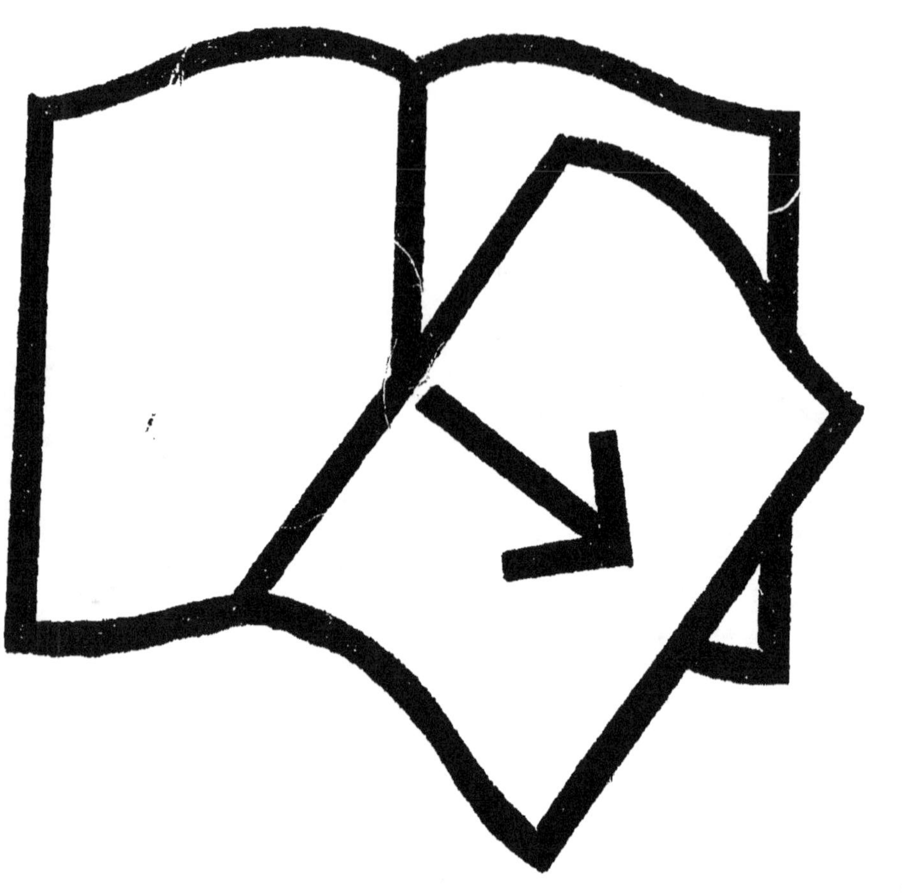

Couvertures supérieure et inférieure manquantes

LES OUVRIERS

DE PARIS.

LES OUVRIERS

DE PARIS,

PAR

Andr Thomas.

Tome 1.

BRUXELLES.

LIBRAIRIE DE TARRIDE, RUE DE L'CUYER, 8,

VIS--VIS LA RUE DE LA FOURCHE.

1850

DE PARIS.

par

Albert Cler

Tome 2

BRUXELLES.

1830

CHAPITRE Ier.

—

A LA PENSÉE DU PAPILLON VOLANT.

Ils étaient seize attablés dans la grande salle d'un restaurateur du Petit-Charonne. Ouvriers et ouvrières, ainsi que le disait leur vêtement, ils consacraient le premier quart d'heure de ce repas à un silence qu'expliquait le cliquetis des couteaux et des fourchettes. Sur la table on voyait du vin bleu, du vin blanc et du vin rouge, combinaison patriotique d'un apprenti qui avait exigé cette subtile représentation des trois couleurs. Les assiettes étaient en grès, les fourchettes en maillechort, les couteaux en fer luisant. La table, quadrilatère assez long, ressemblait à un immense banc tendu de serviettes juxtaposées. La fumée des mets montait et s'enroulait autour des lumières qui éclairaient nos seize personnages, c'est-à-dire un apprenti, quatre jeunes filles, neuf mères de famille et neuf citoyens d'âges différents.

L'apprenti, Parisien de quinze ans, proprement vêtu d'une blouse à ceinture, avait des yeux pétillants comme ceux d'un écureuil, une figure pâle, maigrotte, un sourire malin braqué dans ses coins de lèvres, un air de préoccupation continuelle se pouvant traduire par ces mots : Comment faire rire la société ?

Auprès de lui, contraste morne, était assis un vieillard, le plus vieux des seize, sombre, affaissé sous une pensée lourde ; cet homme paraissait préoccupé comme l'apprenti. Son inquiétude n'était pas de celles qui cherchent à faire danser le rire sur le goulot des bouteilles. Il était arrivé le dernier dans la salle et au moment où on ne l'attendait plus.

— Vous dînez, vous autres ! avait-il dit en entrant.

— Tu as quelque chose, père Larigette ? Faut-il que Jérusard ou moi sortions de table pour aller avec toi ? avait répondu un des assistants.

— J'attendrai que vous ayez dîné.

— Tu es de la fête, toi aussi, Larigette ; assieds-toi et fais comme nous.

— Je ne pourrais pas avaler une miette.

En disant ces mots, le vieillard s'était assis à la place qu'on lui avait réservée, et l'apprenti observait avec joie que l'estomac de Larigette n'était nullement d'accord avec ses dernières paroles.

Cet incident avait causé quelque émotion ; mais tout était rentré dans le mutisme, car chacun avait faim.

L'apprenti jugea peu après qu'il commençait à être temps de rompre le silence; il promena son regard sur toutes les têtes penchées vers les assiettes. Evidemment il cherchait sur qui planter sa première épigramme.

— Pourquoi donc aime-t-on se reluquer dans ces miroirs de faïence? dit-il en donnant à son assiette une blancheur de neige; répondez-moi à ça vous, m'sieur Jérusard.

Cette question s'adressait à un homme un peu chauve, mais encore vert et fort. Il regarda l'apprenti, puis à droite, puis à gauche; il vit les jeunes filles qui déchiquetaient leur fricandeau. Ses yeux s'arrêtèrent complaisamment sur un gros garçon aux joues bombées comme s'il jouait de l'ophicléide.

— Courage, Pantaléon, lui dit-il, donne-t'en pour quelques jours, mon fils.

Le gros garçon faillit casser un plat en y piquant son couteau pour faire honneur à cet encouragement. Il sourit à son père, mais d'un sourire pressé. Pantaléon aimait le veau.

— M'sieur Jérusard, reprit l'apprenti, il va bientôt falloir tirer le ressort à votre fils comme à un omnibus, afin qu'on lise : Complet !

Cette plaisanterie provoqua une hilarité générale. A table, quand on rit on commence à ne plus avoir faim. La veuve de Scarron savait bien cela. Mais entre ne plus avoir faim et ne plus manger, il y a une immensité. Nos seize personnages entraient enfin dans cette heureuse période où la fourchette n'est à la main qu'un hochet de fantaisie ou d'étude culinaire.

Le bonhomme, que l'apprenti avait nommé M. Jérusard, était demeuré la tête levée, les yeux errants sur cette assemblée de bonne humeur. Une vague expression de tristesse se mélangeait à la joie de son regard. Puis la tristesse avait remplacé la joie. Maintenant, immobile et pensif, on eût dit qu'il écoutait tomber sur son cœur une larme qu'il avait empêchée de sortir par ses paupières.

— A quoi rêves-tu? lui demanda son voisin, gros et solide père de quarante ans.

— Je compte les convives, répondit Jérusard; et je trouve, ajouta-t-il à voix basse, qu'il en manque deux.

Le soupir navrant dont ces derniers mots furent accompagnés, ne fut observé que du gros voisin; mais il faut croire qu'il comprit toute la solennité de cette douleur, car par dessous la table il saisit la main de Jérusard et la serra vivement en lui disant :

— C'est bien vrai, Calixte, il y en a deux qui ne sont pas avec nous.

— Tout ce que vous voudrez, m'sieur Jérusard, interrompit l'apprenti; mais ici, à 2 francs par tête, il faut avouer qu'on vous chauffe crânement la chaudière.

Ainsi que l'apprenti vient de le dire, c'est à un pique-nique de 2 francs que nous assistons. Le prix en a été débattu la veille avec le maître restaurateur. Cette petite fête, dont une partie seule des convives connaît la cause, a lieu tous les ans, à la même époque, mais non au même lieu. Chacun des quelques pères de famille qui semblent l'avoir instituée ont le droit d'y conduire leur femme, leurs enfants ou leurs amis, moyennant 2 francs par tête.

— Ce gamin de Pleurniche est-il bavard ! murmura Pantaléon.

Pleurniche était le nom de l'apprenti, et certes jamais créature humaine ne mentit mieux à son nom. Pleurniche avait pu verser des pluies de larmes dans sa première enfance ; mais à l'heure où nous le voyons, il est devenu le plus caustique, le plus sautillant, le plus gai des apprentis. Pour se venger de l'attaque dirigée contre sa dignité par les dernières paroles de Pantaléon, il se prend à lorgner d'un œil une des jeunes filles assises à la gauche du gros voisin de Jérusard. C'est une ronde fillette au teint de cerise, potelée et jolie.

— Mam'selle Chevrotte, lui dit Pleurniche, dites donc à quelqu'un d'ici qu'il vaut mieux être bavard que gourmand, parce que dans un ménage bavarder ne coûte rien.

— Vous vous trompez, Pleurniche, répondit une voix charmante : un bavard ne vaut pas mieux qu'un gourmand : l'un dépense sa vie en paroles, l'autre en festins.

Ce n'est pas Chevrotte qui venait de parler de la sorte, c'était une autre jeune fille frêle, pâle et douce, la seule qui fût coiffée en cheveux à cette table d'enfants du peuple. Ses paroles furent applaudies par l'assemblée tout entière, et Chevrotte pétilla d'enthousiasme en murmurant :

— Ma sœur !

— Ton Henriette est la sagesse même , Périllon, dit Jérusard à son gros voisin.

Celui-ci se rengorgeait dans sa cravate , et dégustait avec bonheur l'admiration que provoquait le moindre mot de sa fille Henriette.

En ce moment, un garçon entrait dans la salle. Il apportait une énorme carpe qu'il déposa sur la table. La plupart des convives se regardèrent avec étonnement. Pleurniche fit une grimace au garçon, à la carpe, puis à toute la société.

— En voilà un *flotteur* de qualité, dit-il ; quand j'affirmais qu'on était bien servi à *la Pensée du papillon volant*.

L'étrangeté de l'enseigne citée par Pleurniche exige que nous nous arrêtions un instant, lecteur, pour voir en quel pays nous sommes. Paris a une immense ceinture de muraille trouée çà et là de portes grillées ; toutes ont leur nom particulier sous la désignation commune de barrières. Les faubourgs, quoique avalés par la délimitation circulaire de la ville, sont demeurés faubourgs. Les barrières, même lorsque le mur de délimitation les aura englobées, resteront barrières. Un nom donné à un quartier vit plus que le quartier lui-même. Chaque faubourg a ses mœurs comme chaque barrière. Seulement la barrière, étant une manière de queue du faubourg, conserve toujours un peu la couleur du corps auquel elle appartient malgré elle. Il y a des barrières d'ivrognes et des barrières d'amoureux, des barrières honnêtes et des barrières vicieuses, des barrières de plaisir et des barrières de travail.

En général, les mœurs sont plus nues aux barrières que dans Paris; la débauche y est plus osée, le tapage plus large, l'ivresse plus terrible. Certaines barrières ont leur célébrité de saturnales, d'autres leur réputation commerçiale, tout cela à jour fixe, tous les dimanches, tous les lundis, ou une fois dans l'année. La Courtille noie le carnaval dans des flots de vin. Au Petit-Charonne et à la barrière du Trône, on voit la foire du pain d'épice, le lundi de Pâques.

Malgré tout, sans en excepter les barrières les plus prudes, le boulevard extérieur n'est qu'une gigantesque rangée de cabarets, laids ou beaux, qui cernent Paris pour l'inviter à venir boire. Cette invitation est écrite sur les enseignes en langage très-pittoresque, parfois si bizarre, que vous en restez éhahi. Le Petit-Charonne, sur son boulevard, étale en lettres bleues ou vertes, entre le premier étage et le rez-de-chaussée de ses maisons de plaisir, une infinité de devises comme celles-ci : *A l'Envie de bien faire, aux Noces de Cana, maison Cana, à la Dame de pique, à Abd-el-Kader*, et enfin : *A la Pensée du papillon volant*. Les pensées emblématiques dont ces extraits historiques sont accompagnés, donnent le vertige à l'œil. Ce n'est que grotesque. Si on le regarde fixement, cela devient fantastique, comme la danse macabre ou les affabulations infernales de Valpurgis. A la Dame de pique, une horrible caricature de reine tient son pique ainsi qu'une danseuse tient son bouquet ; au cabaret d'Abd-el-Kader, on a noirci une muraille en essayant de faire le portrait du célèbre Africain ; ses yeux ont du coûter un pot de noir. A la Pensée du Papillon volant, c'est simplement un papillon jaune qui caresse de sa trompe un papillon de je ne sais quelle couleur. Certes, cette dernière enseigne a tout ce qu'il faut pour mériter la préférence; et c'est grâce à elle, peut-être, que nous trouvons, dans le restaurant qu'elle décore, les seize personnages que vous savez.

Ce restaurant est d'un aspect très-honnête. A l'extérieur, le rez-de-chaussée est peint en chocolat jusqu'à la hauteur de l'enseigne dessinée sur fond vert pâle. L'emblême du papillon coupe l'inscription en deux. La maison n'a que deux étages spacieux. On entre de plain-pied dans une boutique-cuisine. A gauche, rasant la porte, un comptoir défendu par un surmontage de barres de cuivre très-luisantes, offre divers comestibles au coup d'œil du passant : du veau, d'abord, taillé comme un pavé long, revêtu d'une couche de gélatine, des sardines et des harengs frais, mais cuits. Une dinde, rôtie depuis plusieurs jours, une salade de pommes de terre bouillies plaquetées de feuilles de persil, et des haricots à peine crevés par une imparfaite cuisson. Ce légume, inséparable ornement d'un grand nombre de mets, attend très-patiemment son heure d'emploi. Il est pour le restaurateur ce qu'est le blanc pour le peintre; il figure presque partout. Derrière cet étalage à robustes friandises, siége la dame de la maison, le poing sur la hanche, l'œil sur le marmiton qui, auprès d'elle, élabore ses produits fumants.

En traversant cette entrée, on se trouve devant une porte vitrée enrichie de rideaux rouges; c'est la porte de la grande salle, parallélogramme vaste, pouvant servir de lieu de danse ou de festin, suivant qu'on veut des violons ou des fourchettes. Les salles semblables à celle-ci ont une odeur à elles, une odeur de tabac, de vinaigre et de vieux souliers combinée. Pour certaines gens, carrés d'estomac, cette odeur produit l'effet d'un verre d'absinthe.

Par une heureuse exception, l'atmosphère du lieu où dînaient Jérusard et sa société était correcte.

Six bougies, un pauvre lustre à quatre jets de lumière, s'efforçaient d'éclairer entièrement la salle, mais ils parvenaient tout au plus à produire assez de clarté pour satisfaire les exigences de Pleurniche, qui adorait le gaz. Une tapisserie rouge à ramages couvrait les murs. Le plafond, haut au-dessus de la table, était plus bas vers les extrémités latérales. Et voici les motifs de cette irrégularité : dans les établissements de ce genre, la question de fortune est une question d'intelligence résolue par des subdivisions de local. Afin qu'il y ait place pour tout le monde et pour toutes les intentions, on avait pris une partie de la grande salle pour en faire des cabinets dont les escaliers dérobés se perdaient dans la nuit éternelle des corridors. Ceci n'est pas immoral. Les lauréats du grand prix de vertu peuvent très-bien ne vouloir dîner au restaurant de barrière que dans un cabinet particulier, manière de loge grillée d'où l'on voit tout sans être vu, surtout ici où les fenêtres des cabinets s'ouvrent sur la grande salle même. Des rideaux d'un blanc verdâtre permettaient aux

chalands des cabinets de se cacher s'ils le jugeaient convenable.

Or , toutes les fenêtres de ces cabinets étaient
ouvertes quand le dîner de la grande salle avait
commencé; mais depuis un instant l'une d'elles
avait été fermée et les rideaux étaient tombés.
Cependant aucune lumière n'y apparaissait, et il
faisait si sombre autour, que Pleurniche lui-même,
qui possédait les meilleurs yeux de la société, ne
pouvait apercevoir les oscillations mystérieuses
qui agitaient les rideaux blancs de ce cabinet particulier.

— Mais comment est-il possible qu'on nous
donne un poisson de cette grosseur pour deux
francs par tête? demandait Périllon à Jérusard.

— M'sieur Périllon, dit Pleurniche, je vas prier
le garçon d'apporter l'acte de décès de l'animal,
pour voir depuis quand il a fermé l'œil.

— Ce poisson est très-frais, murmura Pantaléon
en humant la fumée qui s'exhalait de la carpe.

— Bah! dit un des convives, vous croyez que
c'est quelque chose un poisson; c'est une chair de
supplément. On nous donne ça par distraction et
nous le mangeons de même.

— Denis Lœuf a raison, ajouta un ouvrier im-
primeur typographe, vénéré comme philosophe et
penseur. D'abord, ce poisson a été pris dans la rivière; il est à tout le monde, parce que la rivière
n'appartient en réalité à personne. On nous le
sert, mangeons-le. S'ils élèvent quelques récla-
mations , je leur prouverai que ce poisson est du
domaine public.

— Bien parlé, Etienne Cassaignet! s'écria Pantaléon ; je trouve ce poisson très-beau ; nous devons le manger.

— Silence ! dit Jérusard avec un ton d'autorité affable , mais grave en même temps. Je ne veux pas aujourd'hui entrer sur le terrain où Etienne Cassaignet a failli conduire la discussion. Je remets la partie à une autre occasion, et ma seule réponse est celle-ci, pour le quart d'heure.

En disant ces mots, Jérusard frappa son verre avec son couteau. Aux sons stridents produits par ce choc, deux ou trois voix répondirent : « Voilà ! voilà ! » C'étaient la dame de comptoir, le marmiton et le garçon qui avaient jeté ce mot, si habituel pour eux, qu'ils le prononcent sans se hâter en rien, sans même savoir à qui il répond. Quand vous laissez tomber une pierre dans un puits , il en revient un son quelconque : quand, au restaurant de barrière, vous frappez sur votre bouteille, il en revient le cri : Voilà ! Voilà ! C'est tout. Les membres du pique-nique à deux francs attendirent.

Le garçon arriva chargé de plats , si étonnants pour Pleurniche , qu'il ne trouva pas la moindre plaisanterie pour saluer leur apparition. Une nouvelle grimace fut tout ce qu'il put leur offrir.

— Garçon, dit Jérusard, vous faites erreur, je crois. Nous n'avons pas voulu toucher à ce poisson avant de vous avoir rappelé que nous ne devons payer notre repas que deux francs par tête.

— Je le sais, monsieur.

— Vous voyez bien, fit Denis Lœuf.

— Mais c'est pour nous ceci? reprit Jérusard.

— Oui, monsieur.

Et le garçon disparut après avoir renouvelé le service et mis quatre bouteilles de bordeaux sur la table.

— C'est bien étonnant, dit Périllon, qui commençait à partager les impressions de son voisin de table.

— M'sieur Jérusard et m'sieur Périllon, recommença Pleurniche, il y a peut-être fort longtemps que vous n'avez nocé hors barrière ?

— Pas mal de temps, mon enfant.

— Ah ! c'est ça. Depuis que vous y êtes venu les prix ont diminué. Le vin ordinaire vaut quatre sous la négresse ; le bordeaux un franc, et le flotteur rien du tout.

Pleurniche affectionnait ce genre de langage coloré que possède si bien l'enfant des faubourgs. Pour lui, une bouteille était une négresse, un poisson un flotteur.

— Ne craignez pas, allez, reprit Etienne Cassaignet, l'ouvrier instruit, on ne vous servira pas du gibier.

A peine ces mots avaient été prononcés, que le garçon entra chargé de deux plats de métal sur lesquels se trouvaient deux bécasses entourées de mauviettes. Il rangea ces plats de façon à faire supposer qu'il en avait un autre à apporter. Effectivement, il sortit et revint placer un chapon truffé sous les yeux ébahis de l'assemblée.

— Non, non, s'écria Jérusard, ne touchons pas à ceci, il y a là-dessous quelque mystification déloyale. C'est à notre bourse qu'on en veut !

Toute la société des seize répondit par un signe de tête affirmatif ; Cassaignet lui-même commençait à douter. Pantaléon partageait bien un peu l'étonnement de son frère, mais le parfum des truffes lui inspirait un insurmontable désir de passer sur tout ce qui était étranger au dépècement des volatiles. Chevrotte, offusquée des œillades étincelantes qu'il prodiguait aux nouveaux plats, le tira par le pan de son habit.

— Assez de gourmandise comme cela, lui dit-elle à voix basse.

Il sourit, regarda Chevrotte, puis, pour qu'on ne lui fît plus le moindre reproche, il tint ses yeux collés au plafond pendant que l'anxieuse question des truffes se vidait.

A la demande de Jérusard, le maître du restaurant vint en personne.

— Monsieur, nous dînons à deux francs? lui dit Jérusard avec ce ton de méfiance qui attend et prévient une négation.

— Je le sais, monsieur, répondit celui-ci.

— Mais alors que signifient ces truffes?

— Laissez-les si vous n'en voulez pas. Vous me payerez deux francs, pas un sou de plus.

— Je vote une adresse de félicitation à ce restaurateur, dit Cassaignet.

— Je crois, dit Pleurniche, que cet homme est payé pour se ruiner.

A la porte de la salle le maître restaurateur rencontra son garçon :

— Viens, dit-il, tu vas leur servir du champagne.

Aux vitres du cabinet fermé, l'un des rideaux laissait maintenant un vide anguleux au travers duquel on aurait pu voir le profil d'une tête d'homme.

La table du pique-nique était occupée de la manière suivante : Périllon et Jérusard au milieu ; vis-à-vis, une femme âgée, sœur de Périllon et de madame Cassaignet, petite personne de quarante-cinq ans. A droite de Périllon, ses deux filles, Henriette et Chevrotte ; puis immédiatement après, Pantaléon, placé à l'un des bouts de la table. Pleurniche à une assez grande distance, comme on le voit, lui faisait face : les autres convives étaient rangés çà et là.

Pantaléon n'avait pu réprimer une exclamation de joie en entendant les rassurantes paroles que le restaurateur venait de dire au père Jérusard. On dépeçait le bipède truffé. Cette opération captivait les regards de Pantaléon.

— Culotte... lui adressa Pleurniche, Pantalon... non, non, je me trompe, Pantaléon, je veux dire ; si tu continues à regarder comme ça ce chapon, nous ne pourrons plus le manger, tu le brûles avec tes yeux.

Chevrotte tira de nouveau Pantaléon par la basque de son habit. Il se redressa alors seulement. Absorbé dans sa contemplation, il n'avait pas entendu le lazzi de Pleurniche.

Jérusard, Périllon et Cassaignet avaient fini par croire qu'ils obligeaient le restaurateur en consommant un repas de noces laissé pour compte. Il communiquèrent cette pensée à l'assemblée entière. Chacun admit cette opinion, excepté Henriette, qui sourit, cependant, en faisant un signe de tête qui semblait dire : C'est possible.

Henriette était choyée par Chevrotte. Celle-ci lui choisissait les meilleurs morceaux, lui coupait du pain et la forçait à boire de temps en temps quelques gouttes de vin pur. La sollicitude de cette bonne fille pour sa sœur se trahissait dans les moindres choses et partout. C'était une vénération mise en pratique. Une poule n'a pas pour son poussin les continuelles prévenances que Chevrotte avait pour Henriette. Entre ces deux jeunes filles, la différence d'âge n'était pas grande : Chevrotte avait dix-huit ans, Henriette dix-sept, mais il y avait une énorme différence d'éducation. Chevrotte, ignorante et naïve, élevée par son père, savait un peu lire dans les grosses lettres, c'était là tout son bagage intellectuel, mais elle savait son métier de brunisseuse ; elle le connaissait à fond. Henriette avait étudié pendant cinq ans dans un pensionnat, selon la volonté d'un de ses oncles , qui devait lui léguer une petite fortune. L'oncle mourut au moment où Henriette arrivait à ce faux degré d'éducation d'où l'on voit tout sans rien connaître. Henriette n'hérita pas. L'oncle n'avait que des dettes. La jeune fille rentra dans la maison paternelle pour y reprendre la vie d'ouvrière. Elle en était partie , croyant qu'il n'y avait pas de plus grand bonheur sur la terre que de manger en famille un lapin sauté à Montreuil-sous-Bois ; elle y revint, ayant vu dans le lointain un nouveau monde chamarré de satin et d'or.

Elle avait une beauté originale, plus dangereuse que toutes les beautés régulières nées sous le compas d'une création méthodique. Une imperceptible tension nerveuse répandait sur son visage un petit air de souffrance éternelle plein de tristesse et de poésie. Elle était pâle ; ses yeux et ses cheveux étaient noirs. Sans doute parce que Chevrotte avait de l'embonpoint pour deux , Henriette n'en avait pas du tout.

De même qu'elles se ressemblaient peu au physique, ces deux sœurs se ressemblaient peu au moral. Chevrotte aimait à rire. Rarement il s'écoulait un quart d'heure sans que ses belles lèvres, d'un rouge vif, envoyassent un éclat de joie gonfler ses joues. Henriette chérissait la rêverie, mignonne escarpolette à cordes roses où les jeunes filles se balancent sans toucher terre jamais ; souvent elle demeurait comme une statue, sans mouvement, sans regards, jusqu'à ce que Chevrotte, venant la surprendre, lui posât ses doigts sur les yeux en lui disant : « Devine qui t'embrasse. » Chevrotte avouait hautement sa prédilection pour les festins de barrière et même les bals de noce ; Henriette lui avait dit une fois : « Je ne puis souffrir tout cela; on y fait trop de bruit. » Chevrotte était bavarde; sa sœur ne l'était pas. Enfin Chevrotte avait des goûts d'ouvrière, Henriette avait des goûts de marquise. Cependant, l'une travaillait comme l'autre, sinon du même état, du moins à peu près dans la même condition : si Chevrotte polissait des porcelaines, Henriette coloriait des lithographies. Cette dernière, en ployant sous le sort qui lui était fait, avait bien senti son amour-propre se briser dans son cœur; mais il y avait chez elle assez de vertu pour qu'il y eût un peu de résignation. Elle se laissa aller à sa destinée, fermant les yeux comme un enfant qui a peur.

Chevrotte avait peut-être compris le sacrifice que la pauvre Henriette faisait de ses illusions : elle l'aimait avant, mais depuis elle l'adorait. Pour elle, Henriette était une sainte, un idéal de sagesse, de science et de vertu.

La gaîté commençait à tirer tout ce qu'elle possédait de mieux dans son répertoire pour dérider Henriette et le père Jérusard, les deux convives les plus difficiles à réjouir. Pleurniche exécutait un feu roulant de sarcasmes drôlatiques. Il s'attaquait à tout le monde, et faisait retomber sur lui-même celles de ses railleries qui ne pouvaient atteindre personne. On apporta le dessert, on étala sur la table quatre bouteilles de champagne, des friandises sans nom, et au milieu, un plat surmonté d'une daubière en plaqué.

Il y eut dans l'assemblée un murmure qui ressemblait à de la colère. Ce n'étaient ni Pantaléon ni Pleurniche qui se fâchaient; mais Jérusard, Périllon, Cassaignet, Denis Lœuf et le morne Larigette, qui n'avait pas prononcé un mot depuis le commencement du repas, se trouvèrent offensés de l'abondance luxueuse qu'on déversait sur leur table.

— Appelez le maître, dit sèchement Larigette,

— En voilà des idées! fit Pleurniche en haussant les épaules.

Pantaléon se hâta d'offrir un geste de sympathie à cette dernière exclamation.

Le restaurateur arriva conduit par le garçon,

assez étonné lui-même d'une énigme dont le mot ne lui avait pas été donné.

— Que signifie ce champagne ? demanda le vieillard au maître de l'établissement.

— Est-ce que vous ne l'aimez pas ? répondit celui-ci d'un ton doucereux.

— Répondez catégoriquement.

— Messieurs et dames, c'est ainsi que je sers. Voilà tout ce que j'ai l'honneur de vous dire. Si cela ne vous convient pas, j'en suis désolé ; mais j'emploie toute ma bonne volonté à vous satisfaire.

Le restaurateur, après avoir parlé de la sorte, salua et sortit.

— Je vous donne ma pratique à perpétuité ! lui cria Pleurniche.

—Et moi aussi, murmura Pantaléon entre ses dents.

Le petit vieillard haussa les épaules, puis reprit son silence accoutumé en murmurant toutefois :

— Dès que ça ne doit pas coûter plus cher, ça me va.

— Il faut nous résigner, dit Périllon.

Et il approcha de Jérusard le plat mystérieusement couvert, pour qu'il en fît les honneurs.

— Tu veux que je serve cette bizarrerie ?

— Puisque tu as servi les autres, tu serviras bien celle-ci.

— Attends au moins qu'on en ait fini avec les bagatelles.

Le champagne est presque passé de mode. Il

a eu sa grandeur, il a sa décadence. Après avoir mouillé les dentelles des Mondor, les paillettes des Lauzun, les lèvres des Mirabeau, les moustaches des Murat, il vient humblement grimper au cerveau des grisettes pour en décrocher le veto de la pudeur. Autrefois gentilhomme, ce vin est devenu laquais. Il soulevait la tenture du boudoir aurore, il ouvre maintenant la porte de la mansarde. Parfois on l'aperçoit encore sur la table du patriotisme, saluant de ses détonations les discours de nos modernes philanthropes ; mais cela n'a pas levé la condamnation qui est tombée sur lui

Néanmoins, avant de disparaître à jamais, il se faufile sur les nappes honnêtes. Usé pour le vice, il se ferait ermite si on voulait le lui permettre. Il n'est pas de petites noces, pas de brave famille en décente goguette qui ne désirent voir sauter un bouchon au plafond. C'est ce qui fait que le champagne existe encore, c'est cette admiration vouée à la danse du bouchon, qui est cause de l'accueil sournois que lui offrent Périllon, Cassaignet mari et femme , Denis Lœuf et Chevrotte même; je ne dirai pas Pantaléon ni Pleurniche, car ces deux drôles acceptent cette dangereuse boisson avec toutes ses mauvaises conséquences, et pour eux le bouchon ne sauterait pas , qu'ils boiraient de même.

Mais les bouchons avaient bien et dûment signé leur pirouette au plafond. Dans les verres , les perles du vin cuit tournoyaient comme des boules dans la main d'un jongleur. On riait largement, on buvait de même. Chevrotte, en tourmentant Henriette, venait de lui faire avaler le quart d'une rasade sans eau. Jérusard, entraîné par son voisin de table Périllon, avait ôté un ou deux ris aux voiles de sa tristesse habituelle. Pleurniche et Pantaléon jouaient au volant avec des carcasses de volaille qu'on eût dit dégraissées par des rats. La joie allait *crescendo* comme une symphonie Berlioz.

Calixte Jérusard pensa qu'il était temps de découvrir le plat mystérieux. La daubière, levée, laissa voir un magnifique gâteau d'amandes enrichi de sculptures et de ciselures de toutes couleurs. Jérusard, quelque peu myope, n'aperçut d'abord rien qui méritât un regard dans cet enguirlandage de frivolités sucrées. Mais en cherchant comment on s'y prenait pour diviser l'architecturale pâtisserie, il vit une petite inscription blanche sur sa partie supérieure. Cette inscription contenait ces mots : « *Il en est deux qui manquent.* » Jérusard demeura un instant suffoqué par une explosion soudaine de douleur et de colère. Il pâlit; de la pointe de son couteau, il brisa l'inscription; puis il se leva de table et sortit.

Aucun des assistants, pas même Périllon, n'avait compris les déchirures faites si violemment sur la surface du gâteau. Pleurniche lança une raillerie qui commentait d'une façon narquoise les émotions de Jérusard et sa subite disparition.

Assez repu pour perdre un instant en paroles, Pantaléon souriait d'un air bénin à tous ceux qui l'environnaient. Mais tout à coup un nuage passa sur son front.

— Ah! dit-il en regardant autour de lui pour

bien se convaincre que son père no pouvait l'entendre; si mon frère n'était pas mort, comme il s'amuserait aujourd'hui !

Chevrotte murmura un mot d'amitié à l'oreille de Pantaléon. Et comme si elle eût voulu le récompenser de son amour fraternel qu'elle comprenait si bien, elle lui versa deux doigts de champagne. Mais d'un ton de dédain majestueux, il abandonna son verre en disant :

— Je ne bois que quand il est plein. Donnez encore, Chevrotte, j'en veux !

La jeune fille saisit vivement la bouteille sur laquelle Pantaléon étendait la main; elle la fit passer à Henriette qui la donna à Périllon; celui-ci la remit à Cassaignet, et bientôt ce fut Pleurniche qui s'en empara. C'était la dernière où il restât de la liqueur, aussi Pantaléon la suivait de l'œil avec anxiété.

— Mon bon petit Pleurniche, dit-il, aie pitié de moi, j'ai soif à boire du vinaigre.

— Mam'selle Chevrotte, répondit celui-ci, approchez-lui la carafe.

— Je n'ai pas vu son pareil pour la cruauté à ce moutard ! s'écria Pantaléon. *Judaël*, de l'Ambigu, est un petit saint auprès de lui.

— Allons, Culotte, dit Pleurniche; ferme ta boite, elle pleine.

Comme on a pu s'en apercevoir déjà, le surnom de Culotte avait été donné à Pantaléon. Ses camarades d'atelier l'avaient d'abord appelé *Pantalon*. Pleurniche, sans demander un brevet de perfectionnement, changea Pantalon en *Culotte*. Il osait rarement employer ce surnom devant le père Jérusard ; mais dès qu'il n'était plus sous le regard sévère de cet homme, il reprenait dans son dictionnaire de gamin non-seulement les sobriquets chéris, mais encore ses expressions les plus pirouettantes.

Une joyeuse clameur salua le retour de Calixte Jérusard. En reprenant sa place, il saisit son verre plein jusqu'aux bords, et le vida d'un trait. Il voulait noyer un peu le chagrin, coutume byronienne admise par le peuple, sorte de suicide momentané qui entasse sur la douleur les ombres de l'ivresse, mais non celles de l'oubli. L'incertitude bachique de Jérusard ouvrit carrière à l'effervescence de Pleurniche et de tous ceux des assistants qui se sentaient le cœur chauffé à l'alcool de la folie. Chacun préparait une saillie et la mâchait comme un soldat fait d'une cartouche. C'étaient des éclats de rire à ressusciter Rabelais, le grand prêtre de la désopilation. Henriette elle-même mettait à nu ses petites dents à force d'entr'ouvrir ses lèvres égayées.

Et maintenant le rideau du cabinet particulier était plus relevé que jamais. Personne n'y prenait garde. Cependant il y avait là, collée contre la vitre, une tête d'homme presque verte de pâleur. On eût dit qu'il y avait des diamants entre ses yeux et ses moustaches. C'étaient des larmes, dans lesquelles scintillaient quelques rayons de lumière.

Pendant les divertissements qui absorbaient l'assemblée, Pantaléon se livrait dans l'isolement à un monologue assez accidenté. Il glissait dans ses poches tous les restes qu'il pouvait atteindre :

viande, fromage, fruits , pain , tout disparaissait dans les gouffres d'étoffe.

Chevrotte fut la première à s'en apercevoir. Elle fixa sur Pantaléon un regard foudroyant. Le gros garçon demeura coi sous ce regard, et, promenant sa main sur sa joue , il se prit à compter les fils de la nappe.

— C'est honteux ! lui dit Chevrotte à voix basse.

— Faites pas attention , mam'selle , c'est pas pour moi, c'est pour Pas-de-Chance.

— Ah ! fit Chevrotte, agréablement surprise ; à la bonne heure. Tenez, ajoutez ceci.

Elle lui fit adroitement passer une bouteille à moitié vide qu'elle avait glissée sous sa chaise. Pantaléon avait une si vive affection pour le cachet vert ou rouge , indifféremment, qu'avant de plonger la bouteille dans son énorme poche , il hésita, se demandant s'il n'était pas plus convenable de l'utiliser ailleurs. Un coup d'œil de Chevrotte l'aida à triompher de son altération inextinguible.

Le repas était fini. Calixte Jérusard se leva et dit ces mots avec douceur :

Mes enfants , nous autres pères , nous allons rester un moment pour causer entre nous. Allez-vous-en tous, les mères, les filles et les garçons. Nous avons à parler d'affaires.

L'instant d'après, il n'y avait plus dans la grande salle que Jérusard, Périllon, Etienne Cassaignet, Denis Lœuf, Larigette et trois autres ouvriers.

Le rideau du cabinet particulier était retombé

depuis le départ des jeunes filles. Etienne Cassaignet se leva ; il alla fermer les portes de la salle, mais en observant les fenêtres du cabinet :

— La séance ne peut avoir lieu ici , dit-il, sans nous livrer à l'indiscrétion du premier venu.

— Pourquoi cela ? fit le vieux et sombre Larigette en frappant son poing sur la table.

— Vous ne voyez pas ces fenêtres ? dit Cassaignet.

— Larigette, ajouta Jérusard, les communications que vous avez à nous faire sont pressantes peut-être , mais notre règlement nous interdit de les entendre dans un lieu dont nous ne sommes pas sûrs. Allons immédiatement rue de la Muette, et nous vous écouterons.

Les huit ouvriers se levèrent.

Henriette, Chevrotte et les autres membres du pique-nique congédiés par Calixte Jérusard s'étaient dirigés vers la barrière du Trône , pour rentrer dans Paris par une voie large et nette. Pleurniche, donnant le bras à madame Cassaignet , ouvrait la marche. Henriette, Chevrotte et Pantaléon venaient les derniers et à assez grande distance ; car Henriette, avant de sortir du restaurant , avait eu à mettre son chapeau et ses socques. Chevrotte ne voulait pas, en hiver, que sa sœur fît un pas sans cette double chaussure, dont elle se passait fort bien, elle comme ses camarades. Quant au chapeau, legs fort inutile des modes du pensionnat , Henriette l'aurait échangé contre un bonnet semblable à celui de sa sœur , si cette dernière ne le lui avait défendu sévèrement. Pour peu que l'on connaisse un cœur de pensionnaire, on doit comprendre combien en ce cas la soumission fut facile.

Pantaléon, sur le boulevard extérieur, regardait le mur de ronde. Evidemment, il cherchait quelqu'un. Henriette portait les yeux du même côté où, sous le prétexte d'une station de voitures, on voyait trois ou quatre couplets de bidets attelés. En ce moment, un monsieur élégamment vêtu se disposait à monter dans l'un des fiacres arrêtés en cet endroit ; la lueur d'un réverbère éclairait son visage tourné vers Henriette, tandis que le cocher déboîtait le marche-pied. C'était la figure que nous avons déjà vue à travers la vitre du cabinet particulier. Henriette, en l'apercevant, eut par tout le corps un tressaillement nerveux.

Longtemps elle suivit des yeux le fiacre qui partit avec une rapidité inusitée. Elle n'était pas la seule qui eût observé ces détails si peu importants en apparence. Une manière de laquais déguisé les avait étudiés minutieusement. Planté sous une lanterne, il tira un petit carnet sur une page duquel il écrivit les mots suivants : « M. le comte est resté jusqu'à neuf heures dix minutes *à la Pensée du Papillon volant*. Il en est sorti, comme il y était entré, par une porte dérobée, et est allé prendre à la barrière un fiacre portant le n° 1557. »

L'émotion d'Henriette n'avait pas été remarquée. Pantaléon cherchait toujours le long du mur d'enceinte. Il s'avança vers une ombre informe qui se dessinait au pied d'un arbre.

— Est-ce toi , Pas-de-Chance ? demanda-t-il.

— Oui , mon bon Culotte , répondit une voix normande.

CHAPITRE II.

L'AMI PAS-DE-CHANCE.

Les ouvriers de Paris se divisent en nombreuses catégories plus heureuses et mieux vêtues les unes que les autres. Nous aurons occasion de parcourir ces différents échelons de la vie salariée. Ici nous constaterons une seule vérité, c'est qu'il y a dans le camp du travail deux positions distinctes : celle de l'ouvrier qui travaille et celle de l'ouvrier qui ne travaille pas. L'homme que Pantaléon vient d'accoster est presque toujours dans cette dernière position. Il se nomme Pas-de-Chance. Ce n'est pas son nom de baptême, c'est le sobriquet que lui ont valu ses éternelles vicissitudes depuis sa première jeunesse. Né dans une ville de Normandie, de l'amour d'une fille d'auberge et d'un commis voyageur, il se souvient d'avoir mendié jusqu'à l'âge de quatre ans , époque à laquelle sa mère mourut. Un Auvergnat le prit sous sa protection et lui enseigna l'art de nettoyer les cheminées. Mais son corps se développa si vite en peu de temps, qu'une fois il fallut démolir une muraille pour arracher Pas-de-Chance à une mort affreuse. L'Auvergnat, ne voyant dans cet événement que la perte d'une pratique, reprocha au malheureux enfant la grosseur prématurée de ses membres et le renvoya. Pas-de-Chance ne comprit rien à tout cela, sinon qu'il avait failli mourir dans une cheminée, souvenir horrible suffisant pour le dégoûter à jamais de faire concurrence aux petits nègres de l'Auvergne. Il noircit presque toute l'eau d'une rivière en se lavant la figure et les mains, si bien qu'il s'en fallut de peu que des blanchisseuses ne le fissent noyer. Échappé à ce nouveau danger, il se demanda comment il souperait : le pauvre enfant ne connaissait que deux repas, celui du matin et celui du soir. C'était en hiver. La bise glacée mordait le nez de Pas-de-Chance. Il pensa bien à mendier, mais la honte lui était venue avec l'âge. Il tendit la main devant un bourgeois, et au regard du bourgeois , la main de Pas-de-Chance monta jusqu'à sa casquette. Il salua en rougissant. Le bourgeois lui dit :

— Qu'est-ce que tu veux, mon petit gars ?

— Je sais pas, répondit Pas-de-Chance.

— Tu pleures ?

Et en effet Pas-de-Chance pleurait.

— Il fait si froid que je ne voudrais pas coucher dehors, dit-il. Maître Pierre ne veut plus de moi ;

il m'a chassé parce que j'ai failli étouffer dans une cheminée.

Le bourgeois emmena l'ex-ramoneur et le donna à un de ses frères, capitaine de cabotage. Pendant quatre ans, Pas-de-Chance fut mousse ; il déserta pour n'être pas tué par un matelot sur les pieds duquel il avait, par maladresse, laissé tomber un pot de goudron brûlant. Cette fois, il possédait quatorze francs, somme énorme sur l'emploi de laquelle il réfléchit longtemps. Les allumettes chimiques venaient d'être inventées, le commerce souriait à Pas-de-Chance. Il se fit marchand voyageur, vendant aux paysans ; il couchait dans les fermes sur le foin ou sur la paille. Une nuit ses marchandises s'enflammèrent ; il se sauva, après avoir tout fait pour éteindre l'incendie : la ferme brûla. Se croyant poursuivi par toute la gendarmerie de France, le pauvre garçon demeura huit jours dans une forêt, dormant sur les feuilles sèches et ayant des noisettes pour unique nourriture. Quand il se hasarda à quitter cette existence de peau-rouge, il fit vingt lieues en un jour, afin de s'éloigner de la ferme incendiée. Il n'avait plus rien, ni marchandises, ni argent. Son capital, resté dans la boîte aux allumettes, devait être en lingot maintenant. Exténué, affamé, las de vivre, se trouvant sur une grande route seul, sans espérance, sans un rayon de foi dans le cœur, Pas-de-Chance regarda une branche d'arbre, puis sa cravate. Il s'assit sur un tas de cailloux, jura comme un démon et éclata en sanglots. Pauvre enfant ! il ne savait de la vie que ce qu'on lui en avait montré, le côté nu et matériel. Rien ne le soutenait dans sa lutte contre l'adversité. Il croyait l'espoir de l'homme fini à l'endroit du chemin où la faim creuse son gouffre. Toute sa philosophie, chaque être à la sienne propre, était suspendue aux cordes humaines de son cœur. N'y trouvant plus la force de vivre, il y trouvait la force de mourir.

— Allons, dit-il, je vais éteindre ma chandelle.

C'était bien nommer la lumière de sa vie que l'appeler une chandelle, lui qui n'avait pas le soleil de la pensée.

Il roula sa cravate, ses bretelles et son mouchoir; il en fit un petit câble. L'instant d'après Pas-de-Chance était pendu. Ordinairement le suicide n'a de réveil que dans l'éternité. Une miraculeuse exception eut lieu pour Pas-de-Chance; ses yeux se rouvrirent chez un menuisier de Château-du-Loir. Ce brave homme, passant par hasard dans une carriole de boucher devant l'arbre dont Pas-de-Chance s'était fait un embarcadère pour l'autre monde, avait décroché le pendu et l'avait apporté chez lui. Il s'intéressa à l'orphelin, le garda dans sa maison, et lui enseigna son métier. Le bonheur eut l'air de sourire à ce malheureux. Le menuisier avait une femme et une fille. Pas-de-Chance se prit à aimer cette famille avec une sorte de frénésie. Depuis si longtemps il se sentait une soif d'affections! Il s'en donna pour les années perdues. Sauf quelques instants de colère et même de fureur incompréhensible, Mathurin Soviche, le menuisier de Château-du-Loir, n'eut rien à reprocher à son apprenti pendant trois ans. Celui-ci savait déjà faire un meuble. La fille de Soviche, Ninette, belle et orgueilleuse fille, devint la pierre d'achoppement de cette période heureuse. Pas-de-Chance l'aimait et voulait l'épouser. Rien ne lui semblait plus simple, Mathurin Soviche ayant déjà promis son adhésion; mais Ninette était coquette et malicieuse; sa conduite avait plusieurs fois suscité la colère de son futur, et Dieu sait ce qu'était cette colère : une véritable folie furieuse, sorte d'éruption chronique, provenant peut-être des irritations et des souffrances dont le souvenir bouillonnait dans ce cœur aigri. Après quoi Pas-de-Chance ressemblait à un mouton pour la douceur.

Ninette avait-elle un brin de sentiment à offrir à son ardent amoureux?

C'est une question que l'avenir résoudra.

Seulement, quand Ninette regardait Pas-de-Chance, elle souriait sournoisement : analysant sa grosse tête, ses yeux bleus toujours brillants, son nez écrasé vers le bout, comme si on y eût asséné un coup de marteau, et ses cheveux d'un blond insolent; tout cela perché sur un corps carré comme une armoire, haut de cinq pieds six pouces, et fort comme celui d'un éléphant.

Ninette allait seule chercher de l'oseille dans le clos du notaire. Pas-de-Chance lui avait dit souvent :

— Ninette, si vous voulez, je vous accompagnerai.

— Non, répondait-elle.

Sans qu'elle s'en aperçût, Pas-de-Chance l'accompagna un beau jour. A cent pas de distance il lui regarda cueillir des herbes. Le fils du notaire, Lovelace en gilet rond, sortit d'un fourré de vignes et vint, se glissant comme un serpent, surprendre Ninette, qui le voyait venir. Ninette feignit un ébahissement. Le fils du notaire l'embrassa. Elle lui donna un soufflet; le fils du notaire lui donna une épingle d'or. Mais au moment où il allait lui-même l'attacher au fichu de Ninette, Pas-de-Chance surgit et sauta au cou du petit notaire comme un loup au cou d'un agneau.

Ninette s'enfuit. Pas-de-Chance lâcha son adversaire en le suppliant de se défendre. Il le boxa si impitoyablement qu'il le laissa évanoui sur un lit d'oseille.

Le lendemain les gendarmes frappaient chez Mathurin Soviche; ils n'y trouvèrent pas celui qu'ils voulaient arrêter. Et voilà donc Pas-de-Chance encore dans le malheur. Soviche lui ferma la porte en lui disant :

— Va-t'en au bagne!

Il partit pour Paris. De là il écrivit à Ninette. Elle lui répondit :

« Le fils du notaire est mort de vos coups de poing; je ne m'exposerai jamais, en devenant votre femme, à être assommée par vous. »

Pas-de-Chance eut envie d'étrangler l'écrivain public qui lut cette lettre. S'il ne le fit pas, c'est qu'il lui vint de si gros sanglots dans la poitrine qu'il en fut suffoqué. Il sortit et s'alla promener par les rues. Ses gémissements faisaient trembler les vitres des boutiques, et, pour la première fois de sa vie, il s'avisa de songer au nom dont on avait étiqueté sa personne. Il eut un instant de vertige en voyant ce fatal sobriquet suspendu sur sa tête. Il lui sembla entendre des voix infernales qui criaient à l'assourdir : Pas-de-Chance! Pas-de-Chance!

—Je suis maudit, pensa-t-il. Le nom qu'on m'a donné me le dit bien assez. Pourquoi Mathurin Soviche m'a-t-il arraché à la mort?

Pas-de-Chance demanda au premier passant où était la rivière. On lui montra la rue qui y conduisait. Arrivé sur le Pont-Neuf, point de départ classique du suicide par immersion, il monta sur le parapet ; mais au moment de se jeter à l'eau, l'image de Ninette lui apparut.

— Misérable! s'écria-t-il, je l'aime, je l'aime trop pour mourir.

Jeu singulier des passions humaines! l'amour, qui a tant de fois souri au suicide, recule devant ce gouffre d'oubli.

Quel est l'amour le plus fort, celui de Werther ou celui de René?

Depuis ce jour, Pas-de-Chance ne songea plus à la mort. A force de persévérance, il trouva de l'ouvrage dans un atelier de la rue Transnonain. Son séjour n'y fut pas de longue durée. Une bataille terrible livrée par lui à tous ses camarades, pour terminer une querelle insignifiante, le rejeta sur le pavé. Après quinze jours de misère et d'attente, il entra chez un fabricant de caisses d'emballage. Connaissant peu ce genre de besogne et y consacrant trop de zèle, Pas de-Chance y gagnait tout au plus un franc cinquante centimes par jour. Il logeait à quatre sous la nuit dans un garni infect de la rue Saint-Germain-l'Auxerrois, où les draps de lit, éclectisme de guenilles mal jointes, étaient changés tous les trimestres. Un bouillon de fruitière versé sur une livre de pain composait son déjeuner. Des noix, des pommes, des harengs crus achetés sur charrette aux marchands des rues, élevaient la carte de son dîner à la somme invariable de vingt-cinq centimes. Il faisait des économies. Il voulait se réconcilier avec la famille Soviche en lui envoyant bientôt un livret de la caisse d'épargne additionné sous son nom fatal. C'était un défi jeté à sa destinée. Pas-de-Chance avait compté sans son ennemi le plus implacable : son caractère étrange. Un différend survint entre son maître et lui ; la colère lui monta aux oreilles. Il saisit son maître et le jeta à la porte de sa propre maison. Une minute après, les rôles étaient intervertis ; ce fut au tour de l'ouvrier à passer la porte, qui se referma sur lui. Pas-de-Chance s'arracha une poignée de cheveux.

À Paris, les défauts ou les qualités d'un ouvrier sont connus dans tous les ateliers d'une même corporation avec une promptitude et une régularité prodigieuses. Les coups de poing de Pas-de-Chance furent signalés sur toute la ligne par un télégraphe mystérieux. Quand il se présentait la casquette à la main, la rougeur au front, car il était timide, on lui souriait, en le congédiant. Ce fut à l'une de ses nombreuses tentatives d'embauchage qu'il dut sa liaison avec Pantaléon Jérusard.

Touché de son air malheureux, Pantaléon lui adressa des compliments sur sa musculeuse stature. Ça devait le réjouir et le flatter, mais au con-

traire il baissa les yeux comme une jeune campagnarde à qui un curé frappe sur la joue. Les deux
poings campés sur les hanches, ainsi qu'on se repose dans un atelier de menuiserie, Pantaléon
cherchait l'énigme de cette candeur herculéenne.

— Je voudrais bien travailler, dit Pas-de-Chance en colorant ces mots de l'accent normand qui
empâtait ses lèvres.

— Le bourgeois veut pas, lui murmura Pantaléon. Vous m'avez l'air d'un bon enfant, venez
donc canonner une goutte.

Ils allèrent trinquer, d'abord en simples confrè-
res ; mais, au second coup, ils se traitèrent d'amis ;
au troisième, ils se seraient embrassés, tant il y
avait sympathie entre eux.

— Une bouteille à quinze, du cachet vert !
s'écria Pantaléon. Allons, entrons dans le cabinet : on ne rencontre pas tous les jours des
amis.

— Je peux pas, camarade, dit Pas-de-Chance ;
ce serait de bon cœur ; mais je peux pas : rapport
à mes occupations qui m'en empêchent.

— En vlà une un peu drôle, par exemple ! Vous
cherchez de l'ouvrage et vous avez des occupations.
C'est une couleur, ça.

— Nom de nom ! grommela Pas-de-Chance en
se grattant le front. Vous me donnez un démenti,
sacr...

Il s'arrêta pensif, comme étonné de lui-même;
puis il reprit tout à coup :

— Bon ! voilà que j'allais vous cogner, vous.
Oh ! queu gredin de caractère, mon Dieu !

— Ah ! vous aimez à cogner?

— Non, j'aime pas ; c'est bête , mais c'est ma maladie. Sitôt qu'on me dit un mot , ça me fait comme une paille dans l'œil.

— Où est-il le mot que je vous ai dit?

— Nom de nom !... nom de nom !... Tenez, vous êtes un brave garçon ; et si je fais des manières, c'est pas à cause de vous.

— Je comprends , dit Pantaléon en poussant Pas-de-Chance par les épaules pour le forcer à entrer dans le cabinet.

Ils burent une bouteille en pleurant de joie de s'être rencontrés.

Les sympathies sont inhérentes au caractère de l'homme. Elles naissent et se développent avec lui. C'est une des manifestations les plus palpables de l'existence de l'âme ; car c'est la lueur intellectuelle devançant nos instincts d'affection pour les guider.

Entre Pas-de-Chance et Pantaléon la sympathie fut complète, instantanée. Ces deux êtres avaient été créés l'un pour l'autre. L'un, doux et patient, comprenait la colère comme un sourd comprend la musique. Il la considérait en amateur, comme un art au-dessus de son intelligence. L'autre avait une réciprocité d'admiration pour la douleur et la patience. Comment se fait-il que des natures si opposées s'harmonisent si souvent entre elles? N'y a-t-il pas en cela l'influence surhumaine qui combine et coordonne tout ce qui tend à la perfectibilité de l'homme?

Un événement bizarre ajouta un charme nouveau à leur amitié. Pour s'être oublié au cabaret, Pantaléon fut à l'instant congédié par son maître.

On lui régla son compte. Il retrouva Pas-de-Chance, qu'il avait prié de l'attendre dans cette prévision assez juste et maintenant réalisée. Pantaléon contraignit son nouvel ami à accepter un prêt de dix francs, puis sous prétexte de lui enseigner les restaurants économiques de Paris et de la banlieue, il le promena de guinguette en guinguette, toujours mangeant et buvant.

Pour la première fois, Pas-de-Chance était ivre. Figurez-vous un éléphant enragé. Il se fit empoigner par la garde dans un bouge qu'il avait à moitié démoli.

Ainsi commença la liaison intime, à la vie et à la mort, de Pantaléon et de Pas-de-Chance.

A l'heure où nous voyons ce pauvre diable au pied d'un arbre du boulevard extérieur, il a travaillé dans vingt ateliers de Paris. Partout on l'a renvoyé pour les mêmes motifs : il est excellent de cœur, mais trop fort et trop dangereux dans ses moments d'oubli. Depuis un mois il n'a pas trouvé un coup de rabot à donner. Sans Pantaléon, il serait mort de faim. Il a pour tout vêtement un bourgeron, autrefois bleu, un pantalon en coutil de quarante-neuf sous ; il est chaussé de souliers troués, et nous sommes en hiver, au mois de décembre 1847.

CHAPITRE III.

———

Pantaléon avait laissé Henriette et Chevrotte sur l'un des côtés du boulevard, en les priant d'attendre un instant, et il était venu offrir à Pas-de-Chance les confortables bribes du pique-nique.

— Nous nous sommes poussé de l'oiseau truffé, lui dit-il en l'abordant; voici ta part.

— C'est une idée que beaucoup d'autres n'auraient pas eue, répondit celui-ci.

Et à peine les morceaux arrivaient dans ses mains qu'ils montaient jusqu'à ses dents. Il n'avait pas mangé depuis la veille.

—Dis donc, je suis là avec mademoiselle Chevrotte et sa sœur. Certainement je suis heureux auprès d'elles parce que tu sais qu'il y en a une qui sera ma femme un jour; mais je voudrais terminer la soirée avec toi. Pour rigoler un peu, nous irions au *Camp de la Loupe*, si tu voulais.

— Mets le sexe en omnibus. Cependant te prive pas pour moi, hein !

— Tu as raison. Je vais user de la *voite* à six sous.

L'homme que nous avons vu transcrire ses observations sur un carnet semblait maintenant épier Pantaléon. Deux fois déjà il avait passé entre le mur de ronde et l'arbre contre lequel Pas-de-Chance était adossé auprès de son ami.

Henriette et Chevrotte, impatientées d'attendre. traversèrent le boulevard et s'approchèrent des deux menuisiers.

— Bonsoir, M. Pas-de-Chance , dit Chevrotte,

Le pauvre diable , surpris la bouche pleine , balbutia des civilités qui auraient fait rire Henriette, si elle ne se fût trouvée encore sous l'impression du saisissement qu'avait provoqué chez elle la vue du monsieur montant en fiacre. L'aspect du dénûment de l'as-de-Chance la rappela à elle. Il n'avait pas de chemise. Son bourgeron montait à cru sur son cou. Se figurant qu'il ne lui manquait qu'une cravate, elle détacha son unique foulard.

— Bon Pas-de-Chance, dit-elle, vous êtes l'ami de Pantaléon ; vous devriez lui donner de bons conseils. Vous n'y pensez peut-être pas. Tenez, mettez ce foulard autour de votre cou , et toutes les fois que vous le toucherez , souvenez-vous de ma recommandation.

Quoique Normand , Pas-de-Chance n'était pas

fin. Il prit le foulard avec émotion et se le noua autour du cou comme s'il avait voulu s'étrangler.

— Vous pouvez compter, mam'selle, que je lui ferai de la morale, à ce garçon ; nom de nom ! je vas-t-y lui en faire ! Et ce n'est pas de votre recommandation seulement que je me souviendrai, mais de vous, de vous, oh ! toujours !

Il avait des larmes dans les yeux.

— Eh bien ! au revoir, Pas-de-Chance, dit Pantaléon en clignant de l'œil.

Et il offrit un de ses bras à chacune des deux sœurs.

Les omnibus de la barrière du Trône n'étaient pas loin. Le jeune Jérusard eut besoin d'employer les grandes supplications afin de décider Henriette et Chevrotte à monter dans l'une de ces voitures, d'autant plus que, par économie, disait-il maladroitement, il voulait suivre à pied.

Pour payer le conducteur en cachette, Pantaléon fouilla dans ses poches. Il crut y prendre une pièce de vingt sous, toute sa fortune, il tira une pièce de vingt francs. Un homme s'apercevant qu'on lui avait volé sa bourse n'a pas un accès de colère aussi impétueux que celui de Pantaléon voyant cette pièce d'or.

— Je suis ensorcelé ! s'écria-t-il. Quel guignon ! mon Dieu, quel guignon !

Avec les vingt sous trouvés dans une autre poche, il paya les places des sœurs Périllon.

L'omnibus partit. De loin on voyait le mouchoir blanc de Chevrotte qui saluait Pantaléon, mais lui, les oreilles rouges, les yeux fixés sur le pavé, il était demeuré immobile comme une borne.

— Je suis ensorcelé, répétait-il, voici la cinquième fois que ça m'arrive.

Pas-de-Chance, après avoir consommé sa part du festin, leva les yeux, cherchant Pantaléon autant que la lueur des réverbères pouvait le lui permettre.

Il crut le reconnaître au milieu de la place, posant en miniature d'obélisque. Un souvenir de son premier métier de marin, joint à la douce chaleur d'estomac qu'il ressentait en ce moment, firent sortir de sa poitrine un hêlement épouvantable. Pantaléon l'entendit; l'empereur sur la colonne dut l'entendre aussi.

Les deux amis se rencontrèrent.

— Quel guignon! quel guignon! répétait le fils Jérusard pour la centième fois.

— Qu'as-tu? Contre qui te fâches-tu? Montre-le-moi, je l'assomme.

— On veut sûrement me faire damner!

— La bonne charge!

— Viens, Pas-de-Chance, viens sous les arbres là-bas; je veux te raconter une histoire à effrayer un mort.

— C'te bêtise!

— Regarde.

Et Pantaléon montra à son ami la mystérieuse pièce de vingt francs. Il y avait si peu d'affinité entre Pas-de-Chance et un louis d'or, qu'il recula devant la scintillation du métal comme un chat devant un cigare allumé.

— Est-tu allé quelquefois à la Porte-Saint-Martin? reprit l'amoureux de Chevrotte.

— Oui, pour acheter des pommes à une marchande qui stationne du côté...

— Je te parle du théâtre. Tu n'y es jamais entré, je vois. Nous irons un jour. On y joue des histoires où il y a des fées. Ces dames-là (elles sont toutes très-jolies, et on croirait que leurs robes ont été taillées dans un arc-en-ciel) font tout ce qu'elles veulent. Elles n'ont qu'à parler et dans la poche d'un gueux il y a un million. Ces sorcières-là existent-elles comme toi et moi?

— Mon opinion dit non.

— Alors, comment ce louis est-il venu dans ma poche? Quelqu'un veut me jouer un mauvais tour!

— Cette pièce est arrivée dans ta doublure sans que tu lui en ouvres l'entrée?

— Sans que je sache où et quand.

— C'est grave. Si je connaissais le gredin qui... ouf!

Le geste de Pas-de-Chance termina sa phrase.

— Mais ce n'est pas la première fois, mille tonnerres! c'est la cinquième; et toujours juste au moment où j'ai pas le rond, lorsque je ne travaille pas. Je n'ai jamais osé te le dire; car ça m'humilie, vois-tu, autant qu'une gifle.

— Si tu mettais demain dans les journaux : « Un honnête ouvrier a trouvé dans sa poche... »

— C'est peut-être bien ce que je ferai, interrompit Pantaléon; mais en attendant, je vais te prêter de quoi te harnacher un peu.

— Non, non, jamais, Culotte, jamais je ne me servirai de cet or dont la source n'est pas claire.

— Pas-de-Chance, mon intention n'est pas de

te donner le louis : je t'offre seulement deux pièces de cinq francs.

— Alors, je ne dis pas. Cette pièce d'or, voistu, elle te porterait malheur.

— Oh ! je ne la garderai pas. Nous allons, si tu
veux, en fricoter un morceau.

— Oui. J'admets. Néanmoins, nous devrions
aller chez Nivôse Bibeau pour le consulter. C'est
un philosophe, tu le sais, puisque c'est toi qui me
l'as fait connaître.

— Bien, mais il va nous endormir avec sa philosophie. Et ses mioches et sa femme, tout ça
piaille et miaule, c'est assommant !

— Ça me rend heureux, moi, de voir cette famille si gaie et si pauvre. Je m'imagine qu'un
jour, quand Ninette Soviche sera ma femme, j'aurai des moutards et du tapage, comme Bibeau
en a.

— Oui, mais je crois que nous devrions pousser
une petite visite au *Camp de la Loupe*, sauf à voir
Bibeau un autre jour.

Et Pantaléon entraînait, sans de grands efforts,
son camarade. Mais il y avait encore loin pour
aller au Camp de la Loupe, et tant de gracieux
reposoirs se trouvaient sur la route, qu'ils ne purent résister à la tentation de s'arrêter quatre minutes pour se désaltérer un peu et changer la pièce
d'or. Ils ne possédaient de montre ni l'un ni l'autre : ils comptèrent les minutes en vidant des
bouteilles. A la quatrième, ils dirent : C'est assez.

Au sortir de ce cabaret, l'homme que nous
avons vu transcrire ses espionnages sur son carnet

se trouva subitement en présence de Pantaléon, et lui tendit la main.

Ce dernier le regardait entre les yeux, avec un ébahissement qui semblait dire : Je ne vous connais pas.

— Tu es mon neveu ! s'écria l'homme à figure de valet.

Pantaléon ne se savait pas d'oncle.

— Où travailles-tu ? où demeures-tu ?

— Je demeure rue Geoffroy-Lasnier, 15. Je travaille rue de Charonne, 37.

— Comment te nommes-tu ?

— Pantaléon Jérusard.

Le prétendu oncle feignit une profonde stupéfaction.

— Pardon, monsieur, murmura-t-il. Je croyais avoir reconnu en vous, à votre ressemblance.... mais votre nom me dissuade. J'ai bien l'honneur de vous saluer.

— C'est un mouchard ! s'écria Pas-de-Chance. Je vais courir après lui.

— Pas-de-Chance, reste avec moi, mon soutien, ma consolation.

Les jambes de Pantaléon s'obstinaient à étudier l'entrechat. Sa langue soulevait les mots comme un cric soulève les masses.

— Bon ! te voilà rond, tu y es, ton père se fâchera, dit Pas-de-Chance.

A quelque distance, le faux oncle écrivait sur son carnet :

« L'un des convives du pique-nique à deux francs se nomme Pantaléon Jérusard, et travaille rue de Charonne, 37. »

CHAPITRE IV.

Entre la barrière de l'Orillon et celle des Trois-Couronnes, le plus éblouissant de tous les cabarets est, sans contredit, le *Camp de la Loupe*. L'enseigne de cette colossale buvette est d'une franchise rare ; elle va ruiner le proverbe qui disait : « Menteur comme une enseigne. » Avoir une *loupe* dans la main, en style d'atelier, signifie : avoir une idée de paresse. Du reste, pour compléter ses intentions, cette devise se pose sur le nom de son inventeur : *Faignant, marchand de vin*. Tout cela écrit sur bois en lettres ventrues, entre deux peintures de genre, contrefaçons de Thomas Couture, reproduisant des phases de décadence humaine. C'est large, c'est grandiose comme les gouffres fabuleux de Charybde et Scylla.

Le Camp de la Loupe a salon d'été et salon d'hiver, ni plus ni moins que le plus blanc hôtel du faubourg Saint-Honoré. Son salon d'été est un grand carré de terre qui a le ciel pour plafond. Quelques acacias maigres, crispés, composent ses tentures ; son parquet est glissant, c'est de la terre battue par les gros souliers et les sabots ; son mobilier est en pierre et en décombres ; une pile de moellons, une vieille planche, un bout de madrier, tout sert de table et de siége.

Le salon d'hiver est mieux arrêté dans ses formes : c'est une longue baraque adossée à un mur économiquement construit, qui a quelque ressemblance avec l'un de ces édifices forains que les marchands de jouets d'enfants élèvent les jours de fête à Saint-Cloud et à Saint-Denis. Douze poteaux ronds et noirs, gros comme des tuyaux de poêle, soutiennent la toiture. Dans cette longue baraque, hermétiquement fermée quand il fait froid, une trentaine de tables étroites, clouées dans la muraille d'un côté, portées sur un pied de l'autre, remplissent la moitié de l'espace. Des barriques superposées forment vis-à-vis à une superbe tapisserie d'un palais dédié à Bacchus. L'hiver, on boit là. On y voit des gens empilés, serrés sur les bancs comme des gamins à l'école. Ils se passent alternativement un pot de grès noirâtre ; ils le suspendent à leurs lèvres pendant quelques secondes, puis le remettent en circulation. Telle est la manière de boire au Camp de la Loupe ; l'usage des verres y est considéré comme une superfluité aristocratique. Il n'y a point de garçons de service ; qui veut un litre se lève, va le demander, le paye quatre sous et revient le boire. Les hôtes habituels de ce lieu sont presque tous en bourgeron. Le pantalon de quelques-uns, effiloché au bas comme un cachemire, laisse voir le soulier avalant rudement le pied au-dessus duquel les éclaboussures de boue ont formé un bas gris chiné. Ils ont des pipes, et le soir, quand ils fument, ça éteint les chandelles, et on est obligé d'ouvrir une lucarne si on veut les rallumer. La baraque du Camp de la Loupe était ainsi une immense cheminée pleine de vapeur quand Pas-de-Chance et Pantaléon vinrent s'asseoir à l'une des tables du milieu. A cause de son habit en drap vert-dragon, ce dernier accaparait la curiosité des buveurs. Ce n'était rien moins qu'un lion comparativement à eux avec son chapeau, sa cravate blanche aux bouts pendants tachés de vin, son gilet en satin noir si court, si mal ajusté à son pantalon, qu'il laissait voir sur son ventre un crevé de calicot.

— Est-il huppé ce daim-là! Je vas lui soutirer des ronds! s'était écrié un buveur déguenillé, maigre, petit, dont la figure ressemblait à une cocarde.

Cette dernière comparaison est burlesque, mais elle est vraie. Une affection scrofuleuse, englobant le nez, la lèvre supérieure et une partie des joues de cet homme, formait un rond d'écarlate enflammé au milieu de son visage, dont le reste était d'un blanc de cierge. Un collier de barbe et ses cheveux noir-bleu complétaient cette image stupéfiante.

— Eh! bourgeois, dit-il en s'approchant de

Pantaléon, vous êtes rupe et vous avez de l'os, j'en suis sûr. Faut-il, à seule fin de vous divertir, vous faire des tours à ma façon?

— Faites tout ce que vous voudrez, avait répondu Pantaléon en souriant de ce rire d'ivresse qui n'a pas de fin.

En un instant les buveurs du Camp de la Loupe s'étaient levés et attroupés autour de la Branche d'Or; c'est ainsi qu'on nommait l'homme à figure tricolore.

Comme on le voit, le sobriquet est une des manies endémiques de la classe pauvre de Paris. Dans les ateliers, elle existe assez généralement, mais elle n'atteint son apogée que parmi les grands bohémiens de l'industrie. Tous ont un surnom qui souvent résume leur vie, raille impitoyablement leur plus cuisante douleur ou leur vice le plus enraciné. Le surnom splendide donné à cet homme en haillons était un sarcasme vivant.

— Allons, on va travailler, dit-il en tirant de sa poche quatre vieux bouchons encore coiffés d'un cachet de cire qui indiquait leur passé glorieux. Bourgeois, vous m'aboulerez deux sous, et je me collerai tout chaud un de ces bouchons sur le front. C'est le premier tour.

— Je comprends pas, dit Pantaléon.

— Tenez, reprit la Branche-d'Or, on approche le bouchon de la chandelle, la cire qui est au bout s'enflamme, et je me pose ça sur le plateau de ma sorbonne; mais avant je veux faire mes conditions.

La Branche-d'Or, joignant l'action à la parole, avait approché de son front le bouchon, subitement transformé en torche allumée ; mais il ne l'avait pas appliqué sur sa peau.

— Nom de nom ! vous nous prenez pour des Bédouins ! s'écria Pas-de-Chance irrité et attendri à la fois.

Pantaléon regardait la Branche-d'Or et il riait.

— Oh ! ne ris pas de cela, toi, ou je te...

En parlant ainsi, Pas-de-Chance avait levé le poing très-énergiquement ; il le laissa retomber sur la table qui faillit en être brisée.

— Mon ami ne veut pas, reprit Pantaléon , et moi non plus. Pourquoi donc éprouvez-vous le besoin de vous cuire en détail? ajouta-t-il en s'adressant à la Branche-d'Or.

— Si je veux avoir du *trèfle* (1), il faut bien que j'en gagne, répondit celui-ci.

Ici, lecteur, nous avons, autant que le permet la langue française, qui ne brave pas l'honnêteté, cherché à reproduire fidèlement les expressions pittoresques en vogue dans les cabarets de barrière et même dans les ateliers des faubourgs. Ce n'est pas de l'argot proprement dit ; les ouvriers rougiraient de parler comme des forçats , et lorsque l'un des plus gros romans de M. Eugène Sue mit l'idiome du bagne à la mode, ce fut dans les petits salons bourgeois et non dans les mansardes que cette noire fantaisie essaya de sautiller sur des lèvres pudiques.

Les dernières paroles de Pantaléon et de Pas-de-Chance n'étaient rien moins qu'une sorte de cen-

(1) Du tabac.

sur\, opposée aux spectacles qui pouvaient égayer le Ca..o de la Loupe.

Les buveurs, qui encadraient ce tableau de mœurs de barrière, ne s'étaient pas levés de leur place pour écouter des sensibleries. Un murmure général exprimait déjà leur mécontentement.

— Qué qu. veut c'ti-là avec son sentiment? avait-on grommelé.

Tous les regards, fixés sur la Branche d'Or, attendaient impatiemment qu'il opérât ses tours de gentillesse cruelle.

— Tenez, voici les deux sous, dit Pantaléon, et ne vous brûlez pas le front.

— C'est bien, murmura Pas-de-Chance, une larme dans l'œil, c'est bien ce que tu fais là.

— En v'là des *danois* (1)! On va te leur *pousser du cuir* (2) tout à l'heure ! s'écrièrent les buveurs désappointés.

Mais la grossière curiosité de ces gens avait été piquée à un si haut point, qu'ils continuaient leur attroupement autour de la Branche-d'Or, devenu pour eux une machine amusante.

— Tiens, moi, je donne un sou, dit l'un.

— Moi aussi.

Une exclamation de joie accueillit ces largesses.

— Le bouchon ! le bouchon ! vite !

— Minute, dit la Branche-d'Or, le capital se monte à deux ronds, mais il peut se grossir. Voyons, les amis, aboulez du cuivre, voici le programme : moyennant la bagatelle de 10 centimes, je me pose

(1) Imbéciles.
(2) Donner du pied.

la cire brûlante, mais éteinte. Pour six sous, je me cachette mieux; je ne souffle la flamme que sur mon front.

— Commencez à travailler pour deux sous, dit une voix ; on verra après.

— Oh! ne faites pas cela, dit Pas-de-Chance.

Aux grands applaudissements des buveurs, la Branche-d'Or approcha de la chandelle un bouchon au bout duquel pétilla aussitôt une flamme verdâtre. Il souffla dessus et se le colla au milieu du front. La grimace affreuse qui tordit alors cette figure étrange, l'aspect nouveau que lui donna cette corne de liége produisirent un effet hideux. Pas-de-Chance seul détourna la tête. La baraque du Camp de la Loupe trembla aux explosions d'un rire infernal, lorsqu'en arrachant l'instrument de son supplice, la Branche-d'Or laissa voir la trace de la brûlure.

— Maintenant, nous allons passer au second exercice, reprit le malheureux, ça ne coûte que six sous.

Pas-de-Chance se pencha vers Pantaléon et lui parla à voix basse.

— Voici les six sous , dit l'instant d'après le jeune Jérusard , à condition que vous ne recommencerez pas vos farces ; elles sont trop chaudes !

Un grognement de colère s'éleva de toutes parts.

— Ils veulent lui ôter le pain de la main, à ce pauvre homme ! hurla un des buveurs. Si ça lui plaît de se rôtir tout vif !

— Ca ne me plaît pas , à moi, répondit Pas-de-

Chance en se redressant; et si quelqu'un de vous n'est pas content, qu'il vienne me le dire tout à l'heure.

— On va vous casser la *gueruffe* (1) à vous, s'écria une voix.

— Nom de nom !

A peine l'agresseur de Pas-de-Chance avait-il articulé sa menace, que ce dernier s'était élancé sur lui.

— Place ! place ! cria-t-on.

Un cercle aussi large que possible se fit autour des combattants.

— Dis-moi ce que tu veux garder de ta figure, l'ami ! vociférait Pas-de-Chance.

On entendit des coups comme il s'en donne aux abattoirs sur la tête des bœufs.

L'adversaire de l'ouvrier menuisier n'était pas taillé en tambour-major; mais sec et nerveux, il avait une force et une adresse redoutables. Néanmoins, Pas-de-Chance fut vainqueur. Il saisit son ennemi dans une étreinte d'acier et le renversa en tombant avec lui.

Les témoins des pugilats de ce genre ne regardent jamais comme définitivement vaincu celui qui est dessous. Ceux qui s'intéressent à lui l'encouragent à triompher par les dents et les ongles, tandis que ses ennemis crient à celui qui le maintient contre terre :

— Souque ! souque !

Souquer c'est frapper sur la figure d'un homme abattu, c'est frapper de façon à lui crever un œil,

____

(1) Figure.

lui casser les dents, lui meurtrir les lèvres, c'est faire de son poing un pilon dont le mortier est en chair humaine. Voilà ce qu'on appelle souquer.

— Je ne veux pas, disait Pas-de-Chance dont la colère était passée, vous traiter autrement qu'en ami, comme je pense que ça a été votre intention à mon égard.

Celui à qui il parlait ainsi avait la mâchoire en sang.

— Je vous ai battu en camarade ; sans cela, continuait-il, vous auriez besoin de ramasser vos morceaux.

Le vaincu se leva et accepta la main que lui offrait Pas-de-Chance.

Les buveurs haussèrent les épaules en retournant à leur place. Cette manière de terminer un combat, qui promettait de grandes émotions et surtout du carnage, leur inspirait un dédain, un mépris indicibles.

Etonné de ne pas avoir vu Pantaléon auprès de lui pendant qu'il se battait, Pas-de-Chance le cherchait partout. Il aperçut quelque chose de noir sous la table ; c'était le jeune Jérusard qui ronflait.

Peu à peu la baraque de la Loupe s'était vidée. Pas-de-Chance avait réveillé son ami quatre fois ; et toujours Pantaléon, après s'être remis sur son siège et avoir bu ce qu'il nommait une gorgée, disparaissait comme l'ombre de Banco et reprenait son sommeil.

— Viens donc, viens donc chez ton père ! lui répétait Pas-de-Chance ; mais Pantaléon ne répondait plus.

Ils ne sortirent qu'au petit jour, ayant dormi l'un sur la table, l'autre dessous. Pas-de-Chance grelottait si fort qu'on eût dit de la grêle tombant sur les tuiles. Entièrement revenu de ses vapeurs bachiques, Pantaléon voulut se diriger immédiatement vers le Temple, afin d'y acheter des vêtemens pour son camarade. Mais tout à coup celui-ci, ôtant de son cou le foulard d'Henriette, se prit à le regarder d'une façon navrante.

— Oui, dit-il, tu m'as bien servi, pauvre foulard *d'un ange* ! J'ai flanqué de bons conseils à mon jeune ami. Crapule que je suis ! Je lui ai laissé passer la nuit hors de sa maison, tandis que son père l'attendait. Ce digne homme aura juré et tempêté jusqu'au jour.

— Te lamente pas comme ça, interrompit Pantaléon. Tu te figures que c'est pour essuyer des larmes qu'Henriette t'a donné un foulard ?

— Je ne pleure pas, et cependant je devrais avoir une rivière à chaque œil.

— Tout de même, tu viens de me remettre en mémoire une ose inquiétante. J'ai peur que mon père ne soit pas content ce matin.

— Vas-y, vas-y de suite. Dis-lui que c'est moi qui t'ai empêché de rentrer.

— Oui, mais toi tu vas aller au Temple.

— Il sera toujours temps.

— Non pas. Je veux te présenter aujourd'hui dans mon atelier. Je tiens à ce que tu aies des frusques honorables. Tiens, voici les quinze francs...

— C'est tout ce qui te reste ; je ne suis pas un sans cœur !

Pantaléon posa les quinze francs sur une borne et se sauva à toutes jambes.

Pas-de-Chance, chez qui toute émotion se trahissait par un mouvement de boxe, détacha un tel coup de poing sur la borne qu'elle trembla.

... pour les prime France ... larges

... jusqu'à leur résiliation.

... prédominent ... contre une onde atténuée

... visible par un ... de base y léger

... mortel coup de point sur l'hanté-parole

durable.

CHAPITRE V.

IL EN EST DEUX QUI MANQUENT.

Excepté quelques rues exclusivement formées d'hôtels voués au luxe depuis la cave jusqu'au grenier, l'ouvrier habite un peu tous les quartiers de Paris. Il serait difficile de trouver une maison ordinaire qui n'ait pas un ménage d'ouvrier en haut ou en bas. Quelques propriétaires n'aiment pas cette classe de locataires, parce qu'elle a rarement la main blanche et qu'il est des lambris d'escalier sur lesquels la moindre tache est un dégât réel. De là vient la préférence des concierges pour les tailleurs ou les gantiers. Néanmoins, quoique les ouvriers n'aient pas de quartiers attitrés, ils s'entassent dans certaines rues, suivant leur métier, et la proximité des ateliers où ils travaillent. Les faubourgs Saint-Martin, Saint-Denis, Saint-Antoine, Saint-Marceau, recèlent chacun leurs différentes catégories de travailleurs, beaucoup plus confuses dans le Marais et le milieu de Paris. L'ouvrier célibataire, à moins d'appartenir aux industries lucratives et artistiques, comme l'orfévrerie, la peinture en bâtiments, la typographie et tant d'autres, loge souvent en garni; c'est-à-dire que, moyennant une somme plus ou moins forte, payée au jour ou au mois, il a un lit mais non une chambre. Selon la propreté du lieu, le prix baisse ou augmente. Le taudis où couchait Pas-de-Chance dans la rue Saint-Germain-l'Auxerrois coûtait, comme on sait, vingt centimes par nuit : soit six francs par mois.

Il existait dans la Cité une baraque, grouillante de vermine, où on avait un ignoble simulacre de lit moyennant deux sous; mais on a démoli cette baraque et sa rue. Vingt centimes est donc le prix le plus réduit que coûte un sommeil d'ouvrier pauvre. Ceux qui traitent largement cette nécessité de la vie ne reculent pas devant le cabinet de douze francs par mois. C'est de l'opulence s'ils sont seuls, c'est la plus déplorable misère s'ils sont en famille. Dans ce dernier cas, ils couchent, père, mère et enfants sur un seul lit, et ils ont à subir la continuelle inquisition du logeur comptant minute par minute les dépréciations causées à sa caricature de mobilier. L'hôtel garni pour une famille d'ouvriers, c'est l'enfer, et en même temps c'est l'élément d'une misère sans fin. Heureux ceux qui ont des meubles ! Ils réalisent une économie énorme sur leur logement et peuvent goûter cette délicieuse tranquillité qu'on appelle la vie chez soi.

Le père Jérusard possédait son mobilier rue Geoffroy-Lasnier, n° 15, au rez de-chaussée de l'arrière-corps d'une immense maison lézardée dans tous les sens, exploitée dans ses moindres détails. Cette construction grotesque, à cause de sa vétusté négligée, avait dû être un couvent sous Louis XI, une hôtellerie sous Henri IV, une maison galante sous Louis XV ; maintenant c'est une caserne d'ouvriers. L'escalier, noir, glissant, toujours humide, semblait s'être entendu avec l'Hôtel-Dieu pour lui envoyer des jambes cassées. Au fond du trou garni de murailles qu'on appelait la cour, le jour était verdâtre, et à midi éclairait à peine les chambres du rez-de-chaussée, dont l'une servait de domicile à Calixte Jérusard, cordonnier de son état. En voyant l'intérieur de son ménage, on découvrait les phases les plus intimes de la vie de ce bonhomme.

Deux lits en bois de chêne, ornés chacun de deux oreillers, et recouverts de courtes-pointes, sortes d'échiquiers en étoffes de vingt nuances ; un bahut, une commode, un vieux fauteuil en velours d'Utrecht, dix chaises dépareillées, trois glaces, l'une à trumeau champêtre, sur la cheminée, reflétant une rangée de tasses modestement retournées sur leurs soucoupes ; tout cela, symétriquement placé dans cette chambre à murailles nues, disait le passé d'une famille nombreuse, dont il ne restait plus qu'une fraction pour garder ces vieux souvenirs.

Le jour naissant faisait de prodigieux efforts

pour descendre jusqu'à la demeure de Calixte Jérusard. Ce brave homme, assis au milieu de sa chambre, se livrait à de tristes réflexions. Aucun des deux lits n'était défait.

Cette tête nue, immobile, penchée vers le carreau, avait un aspect lugubrement poétique dans cette demi-obscurité. Young, ce hibou de l'amour paternel, devait être ainsi quand le jour venait le surprendre.

Calixte Jérusard, que nous n'avons vu qu'imparfaitement dans les nuées d'un pique-nique, avait une physionomie énergique, austère. Son regard, levier magnétique, soulevait les choses et les êtres. Il pouvait avoir atteint sa cinquantième année, à en juger par son crâne chauve et les rides de son front. Ses traits rappelaient ces têtes de moine que Zurbaran a laissées à l'admiration des Diderot modernes. Quoique de petite taille, il devait être fort, car ses membres paraissaient solidement musclés.

Il se trouvait dans une disposition d'esprit particulière aux êtres dont le cœur est profondément blessé par une douleur que rien ne peut effacer. Ils ne sont jamais plus accablés qu'après un moment d'oubli. La veille, pendant un instant, il avait semblé se laisser emporter par la gaieté, cet ange terrestre aux ailes sans cesse ouvertes. Mais bientôt ses noirs et mystérieux chagrins le reprirent. Les mots tracés sur le gâteau d'amandes, les instances de Larigette, qui l'avait entraîné lui et ses camarades rue de la Muette, où ils étaient restés jusqu'à onze heures, et enfin l'inconduite de Pantaléon, envers qui il avait été si bon la veille, roulaient dans sa tête comme une chaîne de malheurs.

Calixte Jérusard appartenait à cette classe d'ouvriers prudents qui, certains de gagner leur vie en travaillant chez les autres, n'ont jamais songé à courir les chances du commerce. Ses journées lui valaient cinq francs toujours, quelquefois plus, suivant son genre d'ouvrage. Il apportait du goût et du savoir dans son métier. Une botte, en cuir ordinaire ou verni, était à ses yeux une œuvre d'art. Il prodiguait à sa confection une patience acharnée et ne reculait pas, dans sa haute expérience, devant les inventions susceptibles d'en enrichir ou d'en perfectionner les moindres détails. Les maîtres bottiers de Paris choyaient Calixte Jérusard, comme les directeurs de théâtre Alexandre Dumas. Ils le convoitaient tous, et par des moyens souvent machiavéliques ils obtenaient quelques journées de sa collaboration. Calixte avait servi dans le 4ᵉ régiment de ligne; mais, comme tous les soldats bons ouvriers, il s'était fait incorporer dans les ateliers militaires pour ne pas oublier son métier tout en apprenant le maniement des armes. Trois ou quatre années de caserne galvanisent un homme, de quelque condition qu'il soit. Calixte, entré au service en 1816, en sortit pour garder scrupuleusement les idées d'honneur et de rectitude que donnent l'esprit et la discipline militaires. Il s'était marié. Resté veuf avec trois enfants en bas âge, deux garçons et une fille, il les avait élevés à force de travail et d'économie. Mais hélas! il ne leur enseigna que les choses humaines, ses principes s'arrêtaient à ce mot : la morale; sa force ne dépassait pas cet argument de famille qu'on appelle une *calotte*. Avec cela il crut apprendre à vivre à ses trois enfants. L'ignorance religieuse, dans laquelle il était né et demeuré lui-même, ne lui permettait pas de sentir qu'il fallait à ces pauvres petites créatures autre chose qu'un bâton pour marcher dans la vie. Fatale ignorance de Dieu ! tu coules avec le lait des mamelles de la mère aux lèvres de l'enfant ; c'est toi qui es le poison de notre société ! c'est toi qui l'as couchée sur le ventre, à cette heure, dans cette boue sanglante où elle râle et meurt comme un bœuf assommé !

La porte de la chambre s'ouvrait lentement comme si quelqu'un eût voulu entrer sans bruit.

Calixte Jérusard sortit tout à coup de son immobilité ; il se leva.

Pantaléon parut.

— Vous rentrez à six heures trois quarts ! dit le père d'un ton où il y avait à la fois colère et désespoir.

— Oh !... non !... il n'est pas si tard ! C'est... c'est pour ne pas vous réveiller que j'ai pas voulu rentrer avant.

Le lourd Pantaléon balbutiait.

— Vous finirez mal, oh ! bien mal, reprit Calixte.

— Bon, à présent ! parce que j'ai un peu oublié l'heure depuis hier soir.

— C'est la troisième fois depuis quinze jours, malheureux. Vous me tuerez de chagrin !

Ce pauvre père s'animait de plus en plus.

— Il a fallu la nuit entière à vos débauches,

n'est-ce pas? tandis que vous me saviez seul ici, tourmenté d'inquiétudes? D'où venez-vous?

— Je sais pas ! répondit Pantaléon plutôt par bêtise que par insolence.

— Votre frère passait les nuits dehors, aussi. Il a commencé de la sorte. Puis, comme il lui fallait de l'argent pour ses orgies, il en a demandé au crime. Vous ferez ainsi à votre tour.

Au seul nom de son frère, Pantaléon avait tressailli. De grosses larmes lui roulèrent sur les joues. Ce reproche, qui pour lui évoquait un fantôme chéri, lui brisa le cœur.

— Mon père! mais il est mort, Sulpice. Ne parlez pas de lui, je vous en supplie; c'est comme si vous m'enfonciez un tire-bouchon dans la poitrine.

Il est certaines natures aigries chez lesquelles les douleurs les plus vives se trahissent plutôt par des paroles que par des larmes. Calixte Jérusard, qui avait eu dans sa vie deux ou trois de ces malheurs affreux qui tarissent la source des larmes, ne trouvait plus que des malédictions pour épancher l'amertume dont son âme débordait.

— Je n'ai plus d'enfants! s'écria-t-il, je suis seul au monde maintenant. Mon fils aîné a commencé, lui, l'œuvre de dévastation de ma famille. Je l'avais fait instruire; il aurait pu devenir avocat ou médecin. Le vice s'est emparé de lui, et alors, non-seulement il n'a plus eu la force de continuer ses études, mais, rentré dans la condition de son père, d'où il n'aurait jamais dû sortir peut-être, il est devenu mauvais sujet, criminel !

Et une fois la débauche introduite dans ma maison, ce n'a pas été seulement mon fils qui a été dévoré par elle. Ma fille ! oh ! ma fille !...

Calixte s'arrêta sous le poids de sa douleur. Pantaléon sanglotait.

— Tu as bien fait de mourir, ma pauvre femme, reprit le père, tu n'as pas vu notre déshonneur accompli par nos enfants !

— Mon père, hasarda Pantaléon, ma sœur est plus à plaindre qu'à maudire. Et mon frère Sulpice n'est plus sur la terre. Quoi ! la mort n'excuse pas à vos yeux ?

— Il est mort !... Mais, malheureux, toi qui marches dans sa voie de perdition, tu ignores quel crime il avait commis avant de mourir ?

— Ne me le dites pas, je vous en supplie.

— Il est temps de te l'apprendre pour t'arrêter peut-être au bord du précipice.

— Non... non, taisez-vous...

— Ton frère. .

— De grâce !

— Ton frère est mort assassin !

Pantaléon s'était bouché les oreilles, et cependant ces trois horribles syllabes frappèrent dans sa tête comme si elles avaient rejailli sur sa cervelle.

— Assassin ! oh ! cela n'est pas, mon Dieu !... On l'a calomnié. Lui, si bon, si aimant. Lui qui pleurait, le soir, en vous voyant dormir sur votre lit. Non, non, mon frère n'est pas un assassin ; cela ne peut pas être !

Une lueur sarcastique, affreuse, brilla dans le

regard de Calixte. On eût dit que cet homme raillait ses propres malheurs.

— Ta sœur, répondit-il, n'est-elle pas une prostituée !

Ce mot hideux fut un nouveau coup de poignard pour Pantaléon. Il fit un geste de rage désespérée , adressé à Dieu et aux hommes à la fois.

Pantaléon ressentait d'autant plus les paroles de son père que c'étaient ses folies bachiques qui causaient ses cruelles évocations du passé.

— C'est horrible, tout cela, mon père, reprit-il, après un silence, et je ne me pardonnerai jamais le mal dont je vous accable aujourd'hui. Ou - bliez cela, tenez. Vous savez combien je vous aime. Je mourrais de chagrin si vous pensiez de moi des choses comme celles dont vous accusez mon pauvre défunt frère. Pardonnez-moi , et moi, je ne m'attarderai plus la nuit.

Le père Jérusard était tombé dans une sorte d'affaissement moral qui suit toujours les grandes émotions. Les bonnes paroles du jeune menuisier furent un baume pour cette âme profondément ulcérée. Il tendit les bras à son fils et le tint longtemps serré contre sa poitrine sans avoir la force de prononcer un mot.

Maintenant, lecteur , il est temps de vous apprendre que Sulpice n'était point mort. Le vieux Jérusard le savait.

-refund de Calixte. On eût dit que cet homme ait-
laissa ses propres malheurs.

— Ta chan, répondit-il, n'est-elle pas une prostituée ?...

Ce mot infâme fut un couvrit coup de poignard pour Boulidou. Il fit un geste de rage
désespérée, adressa à Dieu et aux hommes à la
fois...

Boulidou essayait d'étouffer dans les paroles
de son père que réclament ses folies lourdiques qui
formaient sa cervelle évoquait dans du passé.

— C'est horrible, tout cela, mon père, reprit
il, après un silence, et ce sont une grande malheureuse
dont je suis cause. Je n'ai pas assisté son malheur. Qui
l'aurait dit ?... Vous avez reconnu je vous aime,
de moitié. Je dirai-t-elle se penchée de moi des
choses comme celle dont vous avez déjà tout parlé.
Ce Calixte ?... Vous avez paru, et moi, je ne
m'étonnait plus de rien.

Le père Boulidou avait tombé dans une sorte
d'abîme moral tout à la fois. Les grandes
affaires, chez elle, pêche du pauvre meunier
finirent se laisser peut-être une profondeur
d'angoisse. Il lui fit des signes son fils et le vieillard
commença comme au défiler sans avoir la force
de prononcer un mot.

— Maintenant, laissons, il est temps de vous en
aller, que Balpine n'était point mort. Le vieux
Boulidou le savait.

CHAPITRE VI.

UN ENFANT QUI A DE L'AVENIR.

L'ouvrier est naturellement rêveur, parce que souvent son travail occupe ses mains plus que sa pensée. Son genre de rêverie diffère selon son âge et son intelligence. L'ouvrier, père de famille, trouve une délicieuse matière à châteaux en Espagne dans l'avenir de ses enfants. Rien n'est plus sacré et plus pernicieux à la fois que cette continuelle divagation de l'espérance ; c'est l'amour paternel qui la provoque, mais hélas ! c'est la vanité humaine qui la dirige. Aux yeux de l'ouvrier, l'incarnation du bonheur est vêtue en drap de Sedan, elle a des bottes vernies, des gants jaunes et de l'or au gousset. Que faire pour conduire leur chère progéniture vers cet idéal de la félicité parisienne ? Telle est la question éternellement suspendue au cœur de ces hommes chez qui les sentiments de famille doivent être d'autant plus développés qu'ils sont leurs seules voluptés réelles.

Les uns, rebutés par d'insurmontables difficultés, après avoir longtemps soulevé la porte dorée d'un monde chimérique, où ils croyaient voir une si belle place pour leur enfant, laissent tout à coup retomber leur regard vers le positivisme ; ils vivent en travaillant, leur fils vivra comme eux. Mais il en est qui s'acharnent à la réalisation de leurs rêves. C'est une lutte avec la misère, lutte sublime de privations, de souffrances, de véritables tortures, qui dure longtemps et souvent n'aboutit à rien d'heureux. Calixte Jérusard était un des martyrs de cette persistance glorieuse, mais déplorable dans ses résultats.

Ce brave père avait voulu voir grimper un de ses enfants au sommet de l'échelle. Cet enfant se nommait Sulpice ; c'était son premier-né.

À l'âge de huit ans, Sulpice perdit sa mère, bonne et laborieuse fille d'un concierge de la rue Saint-Martin, n'ayant apporté en mariage qu'une partie du mobilier rangé à cette heure dans la demeure de Jérusard. Elle avait, comme son mari, des vertus basées sur ce qu'on nommait la morale, mais pas plus de religion que lui. C'est-à-dire que la morale, ce code proportionné à la taille de chaque interprétation, suffisait à son tempérament vertueux. Elle ne put, elle aussi, donner à ses enfants que ce qu'elle avait reçu. En bonne mère, elle s'efforça de leur apprendre à distinguer le bien du mal. Mais quand ils lui demandèrent pourquoi le mal différait du bien, sa logique se renferma dans le cercle étroit de la morale, la morale isolée, appuyée sur quoi? sur l'intérêt social; comme si la foi à l'intérêt social pouvait être opposée à l'égoïsme inné de l'intérêt individuel. Eh! pauvre femme, vous n'aviez qu'à dire à vos enfants : Ceci est mal, parce que Dieu le défend! Elle ignorait cette réponse, elle ne savait pas le premier mot de la science sans laquelle l'intelligence ne sert à l'homme qu'à assouvir ses passions.

Sulpice à huit ans se trouva le gardien de son frère Pantaléon et de sa sœur Laure. Pendant que le père allait gagner sa journée, cette pauvre marmaille restait livrée à elle-même. Quoiqu'il songeât sérieusement à faire instruire son fils aîné, Jérusard ne voulait pas l'envoyer aux écoles des frères : « On lui apprendrait des bêtises, » disait-il. Ses préjugés d'ancien soldat et d'ouvrier parisien ne lui permettaient pas d'estimer les disciples de Jean-Baptiste de la Salle. Cette antipathie contre tout ce qui a une apparence évangélique est poussée chez l'ouvrier jusqu'au mépris. L'esprit philosophique du dix-huitième siècle, après avoir porté le ravage et la mort au sommet de l'arbre social, s'est abattu sur les dernières branches. C'est au point qu'aujourd'hui beaucoup de pauvres gens élèvent leurs enfants dans une ignorance systématique de la religion. Quelques-uns admettent seulement qu'ils doivent écouter quatre sermons du curé ou vicaire pour faire leur première communion, formalité regardée par eux comme un simple point de démarcation entre l'enfance et l'âge raisonnable. Ce n'est pas dépravation chez les ouvriers, c'est abrutissement. Et s'il nous fallait dire les causes de cet abrutissement ; si nous devions chercher où se sont fabriqués les poisons qui ont alourdi le moral du pauvre, nous aurions à stigmatiser bien des plumes célèbres où tient encore la boue qu'on a prise pour de la poésie !

L'infortuné Jérusard, poussant jusqu'au plus haut degré son innocent mépris de toute institution colorée de catholicisme, regardait les salles d'asile même comme nuisibles à l'enfance. Les prières qu'on y disait, le monde divin dont on y parlait, pouvaient fausser le jugement. Ainsi Calixte Jérusard préféra ses enfants au logis qu'aux écoles chrétiennes. Il savait lire et écrire comme un garde champêtre. Il consacrait ses soirées à communiquer à Sulpice les premières notions de la lecture et de l'écriture. Doué d'une mordante intelligence, cet adolescent avalait l'instruction comme un fiévreux avale de l'eau. Chargé de transmettre ses études à son frère et à sa sœur, c'est-à-dire à un marmot de sept ans et à une poupée de six, Sulpice s'abandonnait de bonne heure au charme de l'autorité. De là peut-être lui vinrent les idées d'ambition dominatrice qui devaient tourmenter sa vie.

Calixte berçait dans son cœur une pensée toujours vibrante, susceptible de lui inspirer une force surhumaine : faire entrer Sulpice comme pensionnaire dans un collège ; pensionnaire, afin qu'il se développât chez lui une nature nouvelle, à l'abri des influences trop modestes du toit paternel. Obtenir une bourse eût été le comble du bonheur, mais Calixte n'était ni électeur ni homme politique. Ce fut donc par lui-même, par lui seul qu'il dut songer à accomplir son projet. Il lui fallait deux cents francs pour commencer. A Versailles, on lui avait enseigné une institution où les études, suivies tout aussi bien qu'au collége Henri IV, ne coûtaient que cinq cents francs pour les riches et trois cents pour les pauvres. Le premier trimestre et l'indispensable trousseau ne montaient donc qu'à deux cents francs.

Avant d'arriver à posséder cette somme, Calixte eut six mois d'insomnies, de tortures. Aux produits de ses journées, il ajoutait celui de ses travaux de nuit; si bien qu'il desservait deux maîtres, l'un à la journée, l'autre aux pièces. L'un et l'autre de ces maîtres croyaient posséder exclusivement cet excellent ouvrier. Trop loyal et trop bon père pour faire rejaillir sur ses deux enfants son désir de bien élever Sulpice, il songeait à Pantaléon, à Laure, en même temps qu'à son fils aîné, et il ne mettait pas un écu dans le sac du collége, ainsi nommé à cause de sa destination, sans s'occuper de donner un équivalent quelconque à ses deux autres enfants.

A dix ans, Sulpice entra dans l'institution de M. Moutonnet, à Versailles.

Rien ne peut donner une idée de la perversité qui règne dans les colléges en général et dans les institutions secondaires en particulier. Les colléges établis sur de larges bases ont une supériorité morale sur tous les établissements de *marchands de soupe*, ainsi que les nomme le faubourien. Cette supériorité consiste dans trois divisions par âge. Au moins, un enfant innocent n'est pas accolé à un grand niais dont la bouche est une fontaine de phrases fétides.

A Paris, la plupart des collégiens, nous rangeons sous cette dénomination tout ce qui paye les droits universitaires, ont tous les vices des valets. Ils sont cyniques, cruels, calomniateurs et rampants. Cyniques partout et toujours, cruels envers les faibles d'entre eux, calomniateurs et rampants à l'égard de leurs maîtres. Si on jugeait une génération d'après eux, on en aurait peur et horreur. Dans tous les colléges, il y a une sorte de police exercée par les espiègles, à seule fin de savoir quelles sont les vérités ou les calomnies dont on peut accabler un nouveau venu. Les secrets de famille dévoilés on ne sait comment ; les hontes de la misère surtout, la profession plus ou moins élevée d'un père, tout se change en sarcasme contre le malheureux qui n'apporte pas aux jaloux ébahissements de ses camarades la lueur d'un grand nom, le prestige d'une belle fortune. Et encore ces dorures de naissance ne garantissent-elles pas des injures qu'attire le moindre désavantage physique ou moral.

On donna au jeune Sulpice le sobriquet de Tout-en-Cuir. Il comprit la malice de ce mot en voyant les gestes dont il était ordinairement accompagné. C'était le travail de son père qu'on ridiculisait. L'humiliation ne s'oublie jamais quand elle passe par le cœur pour arriver aux joues. La première fois qu'on le fit rougir de la profession de son père, Sulpice eut un mouvement de rage et de haine ; si ses forces eussent secondé sa colère, il aurait tué le petit gueux qui lui jetait ainsi le venin d'une fausse honte, venin horrible dont la blessure est incurable, parce qu'elle frappe la plaie éternellement vive de l'orgueil. De ce jour, Sulpice eut en horreur le métier de son père.

Ici se présente, sans que nous l'ayons cherchée, une occasion de parler de ce prétendu mépris qui, au dire des utopistes, frappe la classe ouvrière. Il est dans la société des opinions qui ne comptent pas : celle des sots notamment. Comment des écrivains sérieux ont-ils pu baser une idée sur de pareilles faussetés ! Quoi ! l'ouvrier qui tient sa vie dans ses doigts et qui à chaque instant en échange une fraction contre un morceau de pain, n'est pas semblable aux autres hommes ! S'il y a une différence entre lui et quelques fragments de la race humaine, elle est à sa gloire et à son avantage. L'ouvrier est dans les conditions les plus morales où il soit donné de vivre ; il reçoit de ses sueurs un prix convenu. La cupidité, le lucre inique, n'ont pour lui ni embûches, ni tentations. Il fait ce que Dieu a dit à l'homme : Travaille. Et quand il remonte vers son Créateur il peut lui montrer ses mains calleuses, peut-être, mais pures de rapines. Dans l'univers intellectuel il est deux juges : la religion et l'esprit. La religion a toujours honoré l'ouvrier, c'est de leurs mains sanctifiées qu'elle a reçu les lois du Christ. L'esprit antique et moderne a si bien compris la valeur de l'industrie que la mythologie avait fait un dieu forgeron, et aujourd'hui la poésie n'a jamais plus de force que lorsqu'elle met une famille d'ouvrier dans ses cadres d'or. Qui dit ouvrier, dit honnête homme !

Trouvez-moi une autre profession qui puisse aussi bien s'abriter sous ce titre !

A dix-sept ans , au moment de commencer sa rhétorique, Sulpice fut brusquement arraché de l'institution Moutonnet. Son père , subitement atteint d'une maladie sérieuse , ne pouvait plus payer sa pension. M. Moutonnet attendit deux trimestres. Le premier jour du troisième , il renvoya Sulpice , et chargea un huissier de quelques bouts de papier à l'adresse de Calixte Jérusard.

Pantaléon était un gros et fort apprenti menuisier, Laure une ravissante et une pâlotte modiste quand Sulpice revint sous le toit paternel. Il faillit étouffer sous la nerveuse accolade de Pantaléon.

Triste et souffrant, le brave Jérusard regardait le retour de son fils comme un grand malheur. Comment terminerait-il ses classes maintenant ?... Un maître cordonnier conseilla à Calixte de ne pas pousser plus avant un projet qui avorterait tôt ou tard. Il s'en fallut peu que Calixte cherchât querelle à cet homme. On peut étudier admirablement en suivant les cours d'un collége de Paris ; mais il faut payer encore une somme assez forte à l'université. Jérusard n'avait pas d'argent, il dit à son fils :

— Etudie seul en attendant.

Sulpice n'étudia pas.

A mesure que sa raison mûrissait, de vagues inquiétudes d'avenir jetaient d'inexprimables angoisses dans ce cerveau malade. En regardant autour de lui, Sulpice voyait les privations que s'im-

posait sa famille et les terribles difficultés amas-
sées sur toutes les voies vers lesquelles son père
avait dirigé son ambition. Il ne se sentait au cœur
ni la force de combattre les obstacles ni celle de renoncer au but.

L'horizon était beau, magnifique, mais les
chemins qui y conduisaient avaient des pierres
aiguës sur lesquelles il fallait marcher pieds nus.
Pendant un an, Sulpice se laissa ainsi balancer
par le découragement. Un beau jour il dit à son
père :

— Je ne veux plus étudier. Vous êtes ouvrier,
je serai ouvrier comme vous !

Calixte pleura de colère ; son fils reprit ses livres, mais au bout de quelques mois il les rejeta de nouveau, aux grands applaudissements de
Pantaléon et de Laure, qui ne comprenaient pas
pourquoi leur père tenait tant à avoir un *épateur*
dans sa famille.

Sulpice devint apprenti mouleur en horlogerie,
métier difficile, susceptible d'occuper entièrement
une imagination artistique. Il s'y voua avec tant
d'ardeur dès les premiers mois, que Calixte Jérusard ne regretta pas trop ses rêves d'avenir mondain en les voyant remplacés par une chance de
célébrité aussi honorable.

Combien cette famille eût été heureuse en réu-
nissant ainsi ses efforts basés sur le travail ! Mais
il lui manquait la source de tout courage. Le monument de la force était bâti sur le sable, il s'é-
croula.

En avançant dans la vie, le caractère de Sulpice
se développait. Il avait à la fois de l'amour et de

la haine pour le luxe, pour les plaisirs bruyants et splendides. Une fois, voyant entrer la foule au bal de l'Opéra, il vendit sa redingote à un fripier, s'acheta une blouse, un faux nez, et une carte d'entrée. Au sortir de ce bal où on l'avait hué, il échappa avec peine à la tentation de se précipiter sous la roue d'une charrette. Les riches formaient le groupe social que sa lorgnette philosophique tourmentait sans cesse.

— Les monstres, disait-il, ils achètent tout : la vertu, le courage, la gloire. Ils payent avec de l'or !

Sa haine pour les riches ne l'empêchait pas néanmoins de rêver la fortune.

— Si j'étais riche, pensait-il, je voudrais qu'autour de moi s'élevassent les bénédictions des pauvres. Au lieu de leur voler leurs filles, ainsi que le font ces pâles débauchés aux ongles longs comme ceux d'un tigre, je m'assoirais à leur table en leur disant : Nous sommes frères. Au lieu de porter aux dentelles de mon jabot un diamant dont la valeur payerait une maison, je donnerais un lit et un toit à ceux qui dorment en plein air. Mes valets seraient mes égaux ; car enfin quel crime ont commis ces malheureux pour rester comme des chiens toujours couchés aux pieds de leurs maîtres ? Je dépenserais de ma fortune ce qui me serait utile, mais le reste appartiendrait à ceux qui n'ont rien.

Tel était le magnifique programme de Sulpice Jérusard.

Il en vint à rêver si fort, que son travail perdait en réalité tout ce qu'il accordait à ses chimères.

Au bout d'un an d'apprentissage, il s'éveilla un beau matin avec une idée bizarre. Il voulait aller en Italie. Rien ne put l'arrêter. Son père en était encore à se demander si c'était possible que l'inconstant jeune homme partît avec dix francs et sa bonne volonté pour fortune. Pantaléon et Laure pleurèrent. Calixte Jérusard ne put manger pendant deux jours; ses cheveux blanchirent.

— Malheureux enfant! avait-il dit.

Et s'il eût su la vérité; si Sulpice lui eût dit : « J'ai honte de vous, ma famille me fait rougir, c'est pour cela que je pars! » Singulier mélange d'orgueil et d'honnêteté, d'énergie et de paresse, de bons et de mauvais sentiments, Sulpice s'arrêtait parfois effrayé de lui-même en sondant les ténèbres de son cœur. Il avait dix-neuf ans alors; il était beau de visage, brun et maigre comme un poëte poitrinaire. Ses yeux noirs avaient un regard toujours incertain et amer.

Il voyagea à peu près comme Rousseau; non pas en montrant une fontaine portative, mais en acceptant toutes sortes de travaux pour né pas mourir de faim. Ce vagabondage artistique lui plaisait, et dans les premiers temps, quand le souvenir de son père venait le troubler, il jetait quelques mots à la poste. Voilà tout.

Arrêté à Lyon par la misère la plus hideuse, il se prit corps à corps avec ce monstre et lutta pendant un an. Enfin, il était parvenu à posséder cinquante francs, juste la somme indispensable pour se hasarder en pays étranger.

Il visita Turin, Gênes, Parme et Milan. Aux curieux qui demanderaient comment ce chrétien errant se défrayait de son voyage, nous demanderions quelles étaient les ressources de ces vieux soldats échappés du fond de la Sibérie et revenus en France. Il y a dans le vouloir l'élément du pouvoir. Si Sulpice ne se dirigea pas vers Rome, c'est que tout à coup la tête ridée de son père lui apparut. Il éprouva subitement des remords inconnus. Il lui sembla entendre la voix qui lui avait appris à lire. Et cette voix le rappelait.

Tandis que Sulpice courait sur la terre classique du macaroni, Pantaléon, ouvrier ébéniste, travaillait tous les jours, le dimanche et le lundi exceptés. Laure était devenue si gentille, que Calixte Jérusard demeurait pensif en la regardant. Un jour il lui dit :

— Sois sage, ma fille et n'écoute pas les paroles des freluquets, car je tuerais celui que tu écouterais.

Etrange façon de conseiller la vertu à une jeune fille! Laure répondit en embrassant son père.

A peu près vers cette époque, les enfants de Jérusard se trouvèrent liés avec ceux de Périllon. Les deux pères s'étaient connus on ne savait où. Chevrotte prétendait qu'ils avaient noué connaissance dans une société secrète d'ouvriers, mystérieusement associés pour protéger l'honneur de leurs filles. Elle ne se trompait pas peut-être.

Trois ans s'étaient écoulés depuis le départ de Sulpice ; Pantaléon et Laure parlaient de lui souvent, mais pas devant leur père, car au nom seul de Sulpice, il avait de grosses larmes dans les yeux. Laure aimait bien Sulpice ; néanmoins elle préférait Pantaléon. Elle lui confiait jusqu'à ses inquiétudes de jeune fille. En revanche, l'ébéniste lui parlait de Chevrotte. Mais il avint que pour imiter son frère, sans doute, Laure voulut avoir un nom à donner à ses rêves. Elle avoua à Pantaléon qu'un *monsieur* lui avait écrit. L'ébéniste se chargea de répondre. Elle lui dit qu'elle aimait ce monsieur. Pantaléon la supplia de ne plus le voir. La pauvre enfant revint, un soir, le front brûlant, et, se trouvant seule avec son frère, elle éclata en sanglots. Calixte Jérusard écoutait à la porte, et, avec ses ongles, il se déchirait la poitrine. Il ne rentra pas de la nuit. Le lendemain matin, le séducteur de Laure, mortellement frappé, tombait sous deux arbres du bois de Vincennes. C'était un duel ; la justice n'eut presque rien à y voir. Mais quand Laure apprit la mort de son amant, elle eut un désespoir affreux ; elle abandonna la maison paternelle.

Trois jours après cet événement, au lever du soleil, un jeune homme à barbe noire et inculte, qui avait des souliers poudreux, des vêtements rapés et un bâton à la main, se présenta à la demeure de Calixte Jérusard. Le concierge répondit :

— Il n'y a personne, monsieur.

— Où travaille mademoiselle Jérusard ? demanda le jeune homme.

— Hélas ! monsieur, depuis trois jours mademoiselle Laure s'est enfuie de la maison de son père.

Celui à qui cette réponse était faite s'appuya sur son bâton pour ne pas tomber, car les dernières paroles du concierge l'avaient frappé comme un coup de foudre.

— Où demeure-t-elle ? balbutia-t-il.

— On ne sait pas.

Le jeune homme s'éloigna. Au milieu de la rue il dit ces mots :

— Ce n'était donc pas assez de la honte de la médiocrité, il a fallu que nous eussions l'infamie du déshonneur !

Le jeune homme qui parlait ainsi se nommait Sulpice Jérusard.

CHAPITRE VII.

UN MYSTÈRE.

Assis dans un pauvre restaurant d'ouvriers, non loin de la maison qu'habitait son père, Sulpice se demandait si maintenant la honte n'avait pas mis une insurmontable barrière entre sa famille et lui.

Il vit entrer deux jeunes gens en blouse, un rabot sous le bras, une scie à la main. L'un de ces jeunes gens était Pantaléon. Sulpice le reconnut, il se leva pour aller se jeter dans ses bras; mais à deux pas de lui il entendit cet échange de médisance :

— Voici le frère de la jeunesse à qui on a tué son amant.

— Elle était jolie, pas vrai? Ça lui a rudement porté malheur.

— Le premier jour qu'elle a levé le pied, son

frère s'a pochardé avec de l'eau-de-vie. Il roulait sur les pavés.

— Le père seul vaut un homme dans cette famille, et l'on croit que c'est lui qui a tué le souleveur de sa fille.

Ce dialogue cloua Sulpice sur son banc. Il continua d'observer son frère qui buvait. Pantaléon paraissait triste; mais sa tristesse semblait un brasier que le vin seul pouvait éteindre. Il tourna les yeux vers Sulpice, le regarda un instant, puis détourna la tête.

— Je suis donc bien méconnaissable? pensa ce dernier.

Pour Sulpice, il n'y avait plus de famille en ce moment; il y avait une fille séduite, un père sourdement accusé d'un meurtre excusable, mais terrible. Son orgueil se révolta à l'idée qu'il fallait prendre sa part de ce déshonneur s'il voulait continuer à porter le nom de son père; et alors quel sort lui était offert! Toujours ramper devant le monde, toujours être humilié par lui!

Pantaléon vint payer au comptoir; il passa devant la table de son frère et sortit du cabaret. Sulpice eut un dernier mouvement de cœur : il se leva de nouveau; mais, comme si Satan en personne se fût mêlé de l'affaire, les deux bavards reprirent derrière lui :

— C'est une bande de pas grand'chose, allez. Ils étaient deux fils et une fille. L'aîné des garçons est parti le premier comme un vagabond. La jeune fille a suivi cet exemple. Il ne reste plus que le grand que vous venez de voir.

Ces paroles glacèrent Sulpice. Une sueur froide ruisselait sur son front.

— Quel mépris ! se dit-il. Jamais je n'aurais la force de le supporter. Non ! plutôt recommencer ma vie errante. Au moins j'y suis spectateur de l'éternelle comédie humaine et non l'un de ses comparses ridicules.

Le pauvre garçon en était arrivé à regarder l'opinion publique comme la seule corde sur laquelle tout homme devait marcher. Incertain s'il reparaîtrait sous le toit paternel, il commença par changer de nom, et il reprit dans Paris l'existence précaire qu'il menait en Italie. Son écriture assez belle, perfectionnée pendant ses longues heures de solitude ; son intelligence apte à tout, ne tardèrent pas à lui procurer de faciles ressources. Seulement il eut occasion de s'apercevoir qu'à Paris les moindres travaux étaient disputés avec encore plus d'acharnement que partout ailleurs.

Les voyages peuvent être une magnifique leçon de philosophie, mais la vie parisienne sera toujours une grande école d'ambition et d'égoïsme. À peine Sulpice eut-il revu l'éternel fracas de la Babylone moderne, que ses idées d'autrefois lui revinrent plus impétueuses. Il se sentit soif de luxe.

Oh ! quelle soif horrible, celle-là ! quelle torture ! l'enfer païen n'en a pas inventé de plus cruelle.

Sulpice, en travaillant chez les entrepreneurs de calligraphie, gagnait cinq francs par jour. Il faisait des économies pour se vêtir ; mais au moment où son épargne atteignait la somme nécessaire à ses moindres projets, il se trouvait sans ouvrage pendant une semaine; et toutes les fois qu'il recommençait sa tentative de thésaurisation, un chômage inopiné venait la détruire. C'était le rocher de Sisyphe éternellement roulé sur la montagne.

Et ce supplice affreux tourmenta ce jeune homme pendant longtemps. Un soir, accablé sous le poids de ses efforts toujours impuissants, il se dirigeait vers un hôtel du faubourg du Roule, où une chambre plus que modeste lui coûtait 6 francs par mois; il pensait à son père, à Pantaléon et à Laure.

— Je ne peux plus vivre ainsi, disait-il; je m'étais condamné à la solitude pour m'élever au-dessus de la sphère où je suis né : cela ne m'a servi à rien. Je vais retourner vers ce pauvre vieillard qui, depuis si longtemps, ignore si j'existe. Il m'a maudit, peut-être ; en me voyant il me pardonnera.

Et en se parlant ainsi, Sulpice s'était arrêté. Déjà il se retournait la rue Geoffroy-l'Asnier; mais une sorte de fascination le retenait. Il fit un pas, puis deux. Au troisième, il s'appuya contre la muraille. Des larmes brûlantes coulaient sur ses joues; car d'un côté, l'orgueil l'enchaînait; de l'autre, les souvenirs les plus doux l'attiraient comme l'aimant attire le fer.

La vue d'un homme qui, à travers l'obscurité, semblait épier jusqu'à ses moindres mouvements, vint l'arracher au vertige qui s'emparait de lui.

Il marcha vers cet homme. Celui-ci le salua presque avec respect.

— Monsieur, lui dit Sulpice , je ne vous connais pas, et cependant, si je ne me trompe , votre salut s'adresse à moi ?

— Oui , monsieur, mon salut s'adresse à vous , répondit l'homme, et j'ai à vous parler.

— Vous vous méprenez sans doute. Je me nomme Jules Fey, dit Sulpice.

Tel était le nom d'adoption sur lequel son incognito reposait dans Paris.

— Je vous demande pardon de vous contredire, reprit l'interlocuteur de Sulpice à voix basse et en fixant sur le jeune homme deux yeux brillants comme des boutons de verre, mais vous ne vous nommez pas ainsi.

Ces derniers mots jetèrent Sulpice dans une stupéfaction profonde. Si sa conscience n'eût pas été pure de toute faute reprochable par la loi , il aurait cru se trouver en présence d'un employé de la police.

— Je ne me nomme pas Jules Fey ! voulut hasarder Sulpice.

— Non , monsieur. Vous vous faites appeler Jules Fey , mais moi je parle à M. Sulpice Jérusard.

— Qui donc êtes-vous ?

— Vous ne me connaissez pas et je vous connais, voilà tout. Maintenant, je vous le répète , nous avons à parler d'affaires sérieuses.

— Est-ce de la part de mon père ? demanda Sulpice.

— Non.

— Est-ce au nom de mon frère ou de ma sœur?

— Non. Je connais M. Calixte , votre père ;

M. Pantaléon , votre frère ; mademoiselle Laure, votre sœur ; mais ces personnes ne me connaissent pas.

— C'est étrange !

— Je n'en disconviens pas.

Ce bizarre interlocuteur , protégé par l'obscurité, et en outre son chapeau à bords assez larges, baissés, échappait aux investigations que les yeux de Sulpice s'efforçaient d'exercer sur sa figure. Néanmoins, à l'accent flasque, au maintien déluré de cet homme et à la coupe de ses vêtements, il était impossible de le prendre pour un haut personnage.

— Je vous écoute , dit Sulpice.

— Pas ici , monsieur , si vous voulez bien le permettre.

— Où donc ?

— Dans ma voiture, celle que vous voyez là au coin de la rue.

— Ah ! vous m'impatientez, fit Sulpice.

— Je n'y suis pas seul. Une dame vous y attend.

— C'est donc une histoire de galanterie ?

— C'est une affaire grave, répéta imperturbablement l'homme au large chapeau.

— Allons , dit Sulpice. Vous savez trop bien mes secrets pour que je refuse d'apprendre les vôtres.

A un signe que le cocher paraissait attendre , une voiture dont les deux lanternes d'argent brillaient comme deux soleils , s'avança. C'était une des plus belles œuvres de Keller , élégamment attelée à deux superbes normands, mais veuve de ce bel ornement emplumé qu'on appelle un chasseur. Dans l'intérieur de cette voiture, une lueur bleuâtre laissait à peine distinguer les objets. Les glaces étaient levées et les stores de satin baissés. L'homme qui avait accosté Sulpice ouvrit la portière et baissa le marchepied. Sulpice, ne voyant qu'un trou noir, monta. Seulement, alors, il aperçut une forme vague dans un coin. A un frôlement d'étoffes, il reconnut qu'il était réellement en présence d'une dame.

— Martin, tu iras un peu vite, dit une voix.

— Oui, M. Bertrand, répondit le cocher.

Celui qu'on venait de nommer M. Bertrand monta à son tour et s'assit du côté où était la dame.

La voiture partit. Sulpice attendit qu'on lui adressât la parole. Son cœur battait un peu plus fort que d'ordinaire. Les mystérieuses circonstances dont il cherchait vainement l'explication commençaient à le troubler. La voiture roulait avec vitesse. On ne disait pas un mot à Sulpice. Il toussa. Rien, toujours rien.

— Mais enfin, où me conduisez-vous? demanda-t-il impatienté?

M. Bertrand se disposait à répondre; mais la dame le tira par la manche, et, après un nouveau silence, elle toussa à son tour et parla.

— Monsieur, dit-elle, nous serons avant dix minutes au milieu de la plaine de Saint-Ouen. Je descendrai de voiture; vous me suivrez. Seuls, vous et moi, sûrs que personne au monde ne nous entendra, nous causerons de l'affaire la plus importante qui ait jamais préoccupé votre vie.

— J'attendrai, murmura Sulpice.

En ce moment, il se mordait la lèvre afin de s'assurer que tout cela n'était pas un rêve.

— C'est étonnant, pensait-il; mais je ne dors pas.

Le cocher arrêta les chevaux. Le prétendu M. Bertrand descendit le premier pour offrir la main à la dame. Supice sauta à terre, et, bien qu'il fît une nuit sans lune et sans étoiles, il reconnut à la brume lumineuse qui s'élevait au loin, qu'il était à un quart de lieue de Paris, au milieu d'une plaine. La dame, presque entièrement enveloppée dans une pelisse en soie noire, prit le bras de Sulpice et s'éloigna avec lui. Dès qu'il eut fait cent pas, M. Bertrand tutoyait le cocher et le cocher tutoyait M. Bertrand.

— Dis donc, si le comte voulait sortir à présent? dit le cocher.

— C'te bêtise! pourquoi veux-tu qu'il sorte maintenant?

— Dame! pour se promener, le pauvre cher homme.

— Ah! oui, est-ce qu'il se promène, lui?

— C'est cependant vrai. Pourquoi donc a-t-il un cocher?

— Pour nous, répondit le sieur Bertrand.

— T'as raison. Mais enfin je suppose que ce soir il sonne ses gens?

— Marianne n'entendrait pas la sonnette.

— Elle n'est pas sourde!

— Quand je lui dis : « Tu es sourde, » elle est sourde.

— Bien, je suppose qu'elle ne bouge pas;

mais si M. le comte vient lui-même jusque dans la loge ?

— Elle éteint la lumière au moindre bruit de son approche.

— Il crie, il casse, il jure.

— Elle le laisse faire.

— S'il lui demande les clefs.

— Elle répond que je les ai emportées.

— Tu as donc pensé à tout ?

— Il y a longtemps que je connais le tour, et il n'y a pas de danger que M. le comte s'y frotte.

— Du reste, tout ça sont des suppositions, reprit le cocher ; M. le comte est malade, il ne veut voir personne. Ce n'est pas justement aujourd'hui qu'il renoncerait à ses habitudes de reclusion. Est-ce drôle ! être riche à millions, et s'imposer volontairement une vie de prisonnier !

— Il aime ça.

— Grand bien lui fasse ! Mais si j'étais M. le comte, je ne vivrais pas ainsi.

— Si tu étais M. le comte, tu ferais ce que nous voudrions, et rien de plus.

— Oh !... ce serait bien possible, fit le cocher.

A une portée de fusil de l'endroit où avait lieu cette conversation, Sulpice, de plus en plus stupéfié, méditait la proposition suivante, que la dame à pelisse noire venait de lui adresser :

— Voulez-vous être millionnaire ?

[illegible] a dit Julie [illegible] jusqu'à chez
Taylor?

— Elle doit l'aimer [illegible].

— [illegible] d'il pure.

— [illegible].

— [illegible].

— [illegible] développa que les [illegible] à [illegible],
et [illegible] que M. [illegible] doute [illegible].

[Several lines illegible]

— [illegible] Vous êtes millionnaire? [illegible]

CHAPITRE VII.

VOYAGE FANTASTIQUE.

Paris, le soir, quand la nuit est close, est beau à voir à quelque distance. Des innombrables lumières, éparses dans cette ville, s'élève une vapeur enflammée qui forme dans les airs un immense nimbe d'or. On dirait la réverbération d'un océan de feu, surtout si on écoute le sourd mugissement sans cesse râlé par lui. C'est un spectacle grandiose qui doit faire rire Sutan, quand il s'assoit sur la lanterne du Panthéon.

Du milieu de la plaine Saint-Ouen, Sulpice voyait les lueurs de la grande fournaise aux voluptés, et on venait lui dire : « Voulez-vous être millionnaire ? »

— Madame, dit-il, expliquez-moi l'étrange aventure qui me met à cette heure en votre pré-

sence, et ne me demandez pas tout ce que je veux
être, car ce serait trop long à dire...

La bizarre interlocutrice ne sembla pas avoir
entendu ces mots; elle reprit d'une voix calme :

— S'il vous était possible de vous transformer subitement en homme du monde, puissant
et honoré?

— Je n'hésiterais pas, madame, soyez-en con-
vaincu, mais je sais que c'est impossible...

Sulpice, quoique dans un état voisin de l'hallucination, ne pouvait s'empêcher de chercher à
voir les traits de la personne qui lui parlait. Mais
un voile épais arrêtait ses regards. Il fut forcé de
se contenter des quelques observations suivantes :
cette dame était maigre, sa voix ferme et incisive,
sa main nerveuse et dure. A coup sûr, un con-
naisseur eût déclaré sur ces indices qu'elle ne
pouvait être belle.

— Je vous offre, reprit-elle, une fortune immense, dont vous pourrez faire usage sans honte
et sans remords.

Ces derniers mots avaient été prononcés d'un
ton moins calme.

Sulpice crut comprendre : il était aimé à son
insu.

— Mais à quelles conditions tout cela? dit-il.

— C'est juste. Vous cesserez d'être Sulpice Jérusard. Votre famille sera pour vous un mot oublié, et vous prendrez le nom qui vous sera donné.

— Quoi! je n'aurais même plus le droit de voir
mon père?

— Pas plus que s'il était mort.

— Oh! c'est trop cruel. Quel crime ai-je commis pour qu'on me suppose capable d'oublier l'homme qui s'est sacrifié pour moi?

— Depuis un an, vous êtes de retour d'Italie. Eh bien, votre père a-t-il existé pour vous?

— Mais comment donc, madame, répliqua vivement Sulpice, savez-vous jusqu'à mes secrets les plus cachés?

— Je sais tout ce qu'il m'importe de savoir. J'avais besoin de vous connaître. J'ai pris votre vie jour par jour, et je l'ai feuilletée comme on fait d'un roman.

— Mais comment avez-vous su mon véritable nom? Je ne l'avais dit à personne.

— Vous sortiez parfois le soir, et vous alliez dans la rue Geoffroy-l'Asnier. Vous demeuriez des heures entières indécis devant une porte. Les renseignements que j'ai fait prendre m'ont appris pourquoi de cette maison un jeune homme était parti depuis trois ans. Ainsi j'ai su votre nom, votre âge, votre passé. Je suis, du reste, seule à savoir cela, et mes ordres ont été exécutés avec assez d'intelligence pour qu'il n'en résultât rien de fâcheux pour vous. Votre amour-propre, plus fort que vous ne le croyez vous-même, la modeste condition de votre famille, sont entre elle et vous un abîme; vous êtes né pauvre et obscur; vous voulez l'opulence, la vie fastueuse; je vous l'offre. Et pour première condition, je vous le répète, votre famille aura cessé d'exister pour vous.

Sulpice resta muet un instant. Il respirait avec peine.

— Après! murmura-t-il.

Vous épouserez, en Angleterre, une femme qui vous aime.

— Je la verrai avant de l'épouser, sans doute.

Ici la voix de la dame à pelisse noire devint tout à fait tremblante.

— Elle n'est pas très laide, continua-t-elle, et vous pourrez l'aimer. Mais au moment où vous la verrez, il ne vous sera plus permis de reculer. Vous aurez accepté ou refusé les propositions qu'elle vous fait faire par moi.

— Est-ce tout ? demanda Sulpice.

— Non. En changeant de nom, vous accepterez le titre de noblesse qu'elle vous dira, et vous le porterez en gentilhomme.

— J'accepte.

— Pour vous enchaîner à jamais à votre femme, vous écrirez trois lignes qui vous seront dictées par moi, et vous les signerez.

— Je voudrais savoir ce que doivent contenir ces trois lignes.

— Elles sont simples et explicites.

— Alors je suis prêt.

— Demain, à pareille heure, vous vous trouverez à l'endroit où vous êtes monté dans ma voiture. Vous aurez mûrement réfléchi aux offres que je vous fais. Je ne vous recommande pas de garder secret l'entretien que nous venons d'avoir, car je vous connais assez pour être certaine que vous n'en divulguerez pas un mot.

— Vous me connaissez si bien, madame, que vous m'effrayeriez si j'étais superstitieux.

— Venez, monsieur, ma voiture va vous reconduire.

Un quart d'heure après, Sulpice se trouvait seul à quelques pas de son hôtel garni.

— Mon Dieu! disait-il, cette nuit va me paraître bien longue!

L'hôtel garni est une étrange demeure. C'est dans ces chambres à petites fenêtres mal fermées, mal vitrées, aux quatre murs nus et écailleux, ou recouverts d'un papier disjoint et humide, c'est sur ces chaises éclopées, craquantes, sur ces tables grandes comme une lettre de faire part, dans cette atmosphère douteuse, aigre et susceptible de vous faire éternuer comme une prise de poudre d'Espagne, c'est à côté de ces lits habillés de laine jaune et de toile rapiécée, c'est à la lueur de ces chandelles de suif vomissant dans leur bobèche de cuivre, que les poètes écrivent leurs plus belles pages, que les Delacroix de l'avenir barbouillent leur première idée, que les futurs hommes politiques délayent un modèle de constitution.

Oh! si vous saviez toutes les illusions empanachées dont le cortége a passé sur ce plancher sale! Si vous pouviez voir les brillantes chimères qui sont venues secouer leur grelots d'or auprès de ces têtes hâves et ridées avant l'âge! Et si vous comptiez les cordes attachées aux espagnolettes ou à un gros clou planté là par hasard, e les petites bouteilles de poison, les rasoirs ensanglantés jusqu'au manche, les réchauds allumés quand tout était soigneusement fermé dans la chambre!

Sulpice ne dormit pas un instant. Il se promena jusqu'au jour dans sa cellule meublée, songeant à sa jeunesse malheureuse, méprisée, à ses jours de misère, d'humiliation, et puis à l'avenir qu'on lui offrait, cet avenir assis sur un million.

Il se regarda dans une glace fendue, détamée ; son habit était luisant comme une anguille et légèrement crevassé aux coudes. Son gilet avait des boutonnières de trop et des boutons de moins. Sa cravate, plagiant les vices de son chapeau, changeait son noir primitif contre une nuance rougeâtre. Son pantalon godait horriblement ; ses bottes avaient des contorsions de hareng brûlé.

— Je suis vêtu comme un mendiant, dit-il. Aussi on me méprise dans la rue ; on rit en me regardant.

Il faut remarquer que telle est l'erreur de tous les gens mal vêtus. Ils s'imaginent captiver l'attention publique par leur dénûment. Singulier effet de l'orgueil humain : l'homme richement enveloppé a absolument la même prétention que le gueux à moitié nu !

— Mais je ne veux plus de cette misère, disait Sulpice ; la fortune me tend les bras, je vais vers elle. N'importe à quelles conditions ; je les aurais acceptées toutes. Mais cependant, si la femme que je dois épouser est d'une laideur repoussante ; si c'est une vieille hideuse, altérée de mon sang parce qu'il est jeune et fort ! N'importe ! je veux être riche. Je me vendais par morceau à la misère et à la honte, il vaut mieux me vendre à un contrat de mariage.

Les mots de gentilhommerie prononcés par la dame à pelisse noire avaient empêché Sulpice de supposer une machination criminelle ou seulement déloyale dans les offres qui lui étaient faites ; néanmoins, se rappelant le faux nom et le titre de noblesse dont il devait se revêtir, puis les trois lignes mystérieuses à écrire et signer, il eut un frémissement involontaire.

Quant aux conditions implacables qui lui interdisaient tout sentiment filial et fraternel, il croyait pouvoir accepter sans hésitation ; car, dès que bon lui semblerait, il desserrerait ou briserait un engagement aussi inhumain.

Enfin la nuit s'écoula et le jour aussi ; ce furent deux siècles pour lui. Il aurait avancé d'un an l'horloge de sa vie, à la condition que cette nuit et ce jour n'eussent duré qu'une heure.

Au moment convenu, la voiture parut. Sulpice devint pâle quand elle s'arrêta devant lui. Il monta, vacillant comme s'il était ivre.

La dame à pelisse noire n'avait pas, comme la veille, M. Bertrand à sa droite. Sulpice s'aperçut qu'il était seul avec elle. La voiture allait très vite. Pendant un quart-d'heure, le silence le plus parfait ne cessa de régner entre ces deux personnages.

Une petite sueur froide perlait le front de Sulpice. Il avait lu les contes de Muséus, et quoiqu'il ne se l'avouât pas à lui-même, il n'aurait pas aimé, à minuit, voir danser un chat noir avec un manche à balai.

La voiture roulait sur la marge d'une route, évidemment, car le bruit des roues ne s'entendait pas.

Dehors le vent soufflait avec rage et glissait des

sifflements aigus au travers des cadres dans lesquels les glaces sautillaient.

Sulpice se souvenait malgré lui de ces enlèvements nocturnes, exercés par les spectres d'Allemagne, sur d'innocentes jeunes filles ou de naïfs chevaliers. Il essayait de rire de ces petits souvenirs littéraires ; mais quand ses lèvres voulaient rire, elles s'amincissaient en tremblotant.

— Regardez au travers de cette glace, dit la dame ; voyez-vous là-bas ce point lumineux sur cette hauteur ? C'est là que nous allons.

A force de s'écarquiller les yeux, Sulpice reconnut le point lumineux ; mais il crut remarquer que c'était une étoile à l'horizon.

— C'est bien loin, ce me semble ? se contenta-t-il d'observer à demi-voix.

La dame ne répondit pas.

Ce voyage, quelque peu fantastique, dura une heure. La voiture ne roulait plus. Quelqu'un vint ouvrir la portière.

— Descendez, mes petits anges, dit une voix facile à reconnaître pour celle de M. Bertrand.

Sulpice vit devant lui une maisonnette à deux étages, isolée sur le bord d'un chemin. Ce pouvait être à Pantin comme à Vincennes, il l'ignorait.

Les maisons ont leur physionomie comme les êtres vivants. Il est une certaine couleur de murailles, un genre particulier de lézardes, une nuance de volets fermés ou de porte entre-bâillée qui inspirent une inquiétude superstitieuse à l'observateur. L'imagination se plaît à asseoir des rêves cruels entre ces murailles à mine sombre, vulgairement qualifiées de maisons à crime.

Or, la maison qui s'offrait aux yeux de Sulpice n'était pas d'un aspect à dissiper les nuages qui montaient à son cerveau.

Figurez-vous quatre murs jetés sur le bord d'un chemin, au milieu d'un champ; des auvents fermés; une petite porte, sur le devant de laquelle M. Bertrand montrait sa silhouette immobile, et tout cela vu à la clarté des lanternes de la voiture.

Sulpice était une de ces natures susceptibles d'actes de courage, mais impressionnables au suprême degré. Ce qui eût échappé à l'œil froid d'un rustre lui causait de vives émotions; la vue d'une épée nue dirigée contre sa poitrine, le trou noir d'un canon de pistolet braqué sur son front, ne l'auraient pas effrayé et n'auraient pas fait affluer le sang à son cerveau, ainsi qu'il avenait de toutes les circonstances bizarres, au milieu desquelles il s'efforçait de paraître calme en ce moment.

La dame entra la première, Sulpice suivait. M. Bertrand resta dehors à tutoyer le cocher, selon son habitude.

— Asseyez-vous, dit la dame.

Sulpice se trouvait dans une salle divisée en deux par un vitrage dépoli. La lumière, placée d'un côté, n'éclairait l'autre que très-faiblement. Impatient de voir la personne avec qui il allait avoir un entretien solennel, il attendit qu'elle levât son voile. Elle se laissa tomber sur un vieux siége, parut réfléchir, puis commença :

— Vous avez eu le temps de songer à mes

propositions, monsieur. Etes-vous disposé à les accepter?

Une dernière hésitation rendit Sulpice muet pendant une minute. Il fit un effort, comme s'il eût levé la pierre d'une tombe, et il répondit :

— Oui, madame.

— Je n'ai nul besoin alors de vous demander si vous êtes prêt à faire tout ce dont nous sommes convenus.

— Je suis prêt.

— Passez dans la pièce voisine, où est cette lumière, et écrivez sous ma dictée.

Il eût bien voulu jeter un regard sur le visage de cette femme, mais il ne sut en quels termes lui communiquer son désir.

— Elle ne veut pas se laisser voir, pensa-t-il, elle doit être horrible.

Il se rendit à l'invitation qui lui était faite. Il trouva une plume disposée à dessein.

— Je suis à vos ordres, dit-il.

La dame restée dans la première pièce dicta :

— « Chère Reine. » Ce dernier mot est un nom propre, ajouta-t-elle.

Sulpice écrivait. La dame reprit en appuyant longuement sur chaque syllabe.

« Faites. Je suis votre complice. Je veux être riche et heureux à mon tour. »

— Madame! s'écria Sulpice en se redressant comme si un serpent l'eût mordu. Arrêtez. Je comprends. Il s'agit d'un crime. Vous m'avez mal jugé.

— Je vous ai jugé tel que vous êtes : un pauvre qui a soif de fortune, qui boira avec ardeur la coupe d'or que j'approche de ses lèvres, et qui, s'il la repoussait par vertu, se tuerait par désespoir!

— Mais c'est peut-être mon arrêt de mort que vous voulez que j'écrive ainsi!

— Il n'est que les coupables qui puissent avoir peur des preuves de leur crime.

— Madame, je vous en supplie, expliquez-moi pourquoi vous me torturez ainsi.

— Vous avez des scrupules d'enfant, dit froidement celle qui dictait. Ecrivez la suite, et vous signerez si vous voulez.

— J'écris, murmura Sulpice.

— « Je veux être riche et heureux à mon tour. Aussitôt l'obstacle levé, je me rendrai à Londres, en Ecosse, si vous préférez, et je deviendrai votre époux devant Dieu et devant les hommes. » Ajoutez la date et votre nom, ou déchirez ce papier; il en est temps encore.

Le ton glacial et indifférent qui colorait traîtreusement ces dernières paroles détruisit à l'instant les incertitudes de Sulpice. Il relut l'écrit en entier.

La femme voilée attendait, et il faut croire que son anxiété était grande en ce moment, car elle tordait ses doigts comme si la douleur seule eût pu faire diversion à son impatience. Au sifflement de la plume courant de nouveau sur le papier, elle bondit sur son siége. Sulpice avait signé. Son innocence réelle lui parut un sûr garant de l'avenir.

— Voici, dit-il; mais maintenant, expliquez-moi tous ces mystères, et, avant tout, où est la femme que je dois épouser?

Il tendait le papier ployé. La dame voilée le saisit.

— Eh bien ! Reine ? lui dit une voix dans l'entre-bâillement de la porte.

— C'est fait, répondit Reine en apportant le papier à Bertrand ; lisez et partez. Souvenez-vous que j'attends une lettre de vous demain.

— Tu l'auras, ma fille. Adieu.

La voiture roula. Reine revint vers Sulpice, et rejetant son voile en arrière :

— La femme que vous devez épouser, dit-elle, c'est moi. Je me nomme Reine Machu.

En voyant à nu le visage de cette créature, Sulpice eut froid dans le dos.

Reine était laide ; mais, de plus, sa physionomie exprimait une énergie sauvage à intimider un gendarme. Ses cheveux crépus formaient une couronne de laine noire autour de son front étroit et plat, sous lequel s'allumaient deux yeux cuivrés. Son nez petit et mal fait, sa bouche tourmentée à chaque coin par deux virgules de malice passionnée, les tons jaunâtres répandus à flots sur tous ses traits, sa maigreur prodigieuse, sa haute taille, composaient un type sans âge et sans sexe. La chevalière d'Eon, sous le casque, pouvait seule avoir eu le physique de Reine Machu.

— M. le comte, dit-elle à Sulpice, veuillez monter par cet escalier ; vous trouverez, dans la chambre au-dessus, le costume que vous devez revêtir à l'instant.

— Je suis comte ! demanda Sulpice atterré ; mais expliquez-moi...

— Vous êtes le comte Marcus-Henri de Prémouran. Vos titres, vos papiers de famille sont dans l'une de vos malles de voyage. Le temps presse. Montez.

Dans la chambre désignée par Reine, Sulpice trouva du linge de toile étincelant de blancheur, puis des vêtements magnifiques, faits à sa taille comme si un tailleur lui eût pris mesure. Il y avait de tout : des bottes, un chapeau, des gants, une montre, des odeurs, des cigares et un porte-feuille ventru. Sulpice ouvrit le portefeuille : c'é-taient des billets de banque qui le gonflaient.

Le malheureux, au milieu de ces trésors, chancelait de bonheur et d'effroi en même temps. Il touchait les objets lentement et du bout des doigts. Il se disait encore : « Je rêve, » et il avait peur de se réveiller.

— M. le comte est-il prêt ? cria Reine.

Cette voix, montant vers Sulpice comme un gla-pissement sinistre, l'arracha au vertige qui s'em-parait de lui.

— Bientôt, répondit-il.

Ses nouvelles bottes luttaient entre elles à qui accaparerait toute la lumière des bougies. Son chapeau neuf était si noir, son linge si blanc, que ça lui faisait mal aux yeux.

— M. le comte est-il prêt? répéta Reine.

— Oui, dit-il.

Reine monta.

— Vous oubliez vos gants, M. le comte, et l'épingle de votre cravate, et cette bague en dia-mants. Tenez. Si vous n'avez pas de valet de cham-bre aujourd'hui, ce n'est pas ma faute, croyez-le bien. Mais bientôt vous en aurez un choisi par moi.

Sulpice laissait compléter sa transformation par Reine. Quand elle eut terminé, elle lui prit le menton comme à un enfant :

— Regardez-moi, dit-elle.

Il tressaillit.

— C'est à s'y méprendre, prononça Reine en fixant sur lui un regard qui aurait cuit un œuf d'autruche.

— Mais expliquez-moi donc...

— A notre retour vous saurez tout.

Sulpice et Reine sortirent à pied de la maisonnette; ils marchèrent pendant quelques minutes. Au tournant d'un chemin stationnait une chaise de poste. Le postillon, depuis une heure, jurait comme un moulin caquette.

— Nous voici dit, Reine.

Ils montèrent. A la lueur d'une lanterne, Sulpice lut sur un poteau : *Route de Calais.*

CHAPITRE IX.

Un peu avant la barrière de l'Étoile, dans l'une de ces petites rues qui partent des Champs-Elysées pour aller vers Chaillot, est situé l'hôtel de Prémouran, vaste édifice dont l'un des côtés s'appuie sur une ruelle sans nom. Sa façade extérieure offre un mur de vingt pieds de haut, servant de cadre à une grande porte cintrée, ornée de quatre colonnes rentrantes. Cette porte, à panneaux découpés, est remarquable par son épaisseur, ses ferrures et surtout son énorme marteau de bronze scrupuleusement conservé à la forme ancienne. L'hôtel se compose d'une cour, de deux ailes assez étroites, d'un corps de logis principal, peu élevé, et d'un vaste jardin entouré de charmilles à fleur de muraille. Ce genre de demeure rappelle la rue de Varennes ou de Grenelle Saint-Germain, l'un des rares quartiers de Paris où les maisons soient disposées pour un seul locataire. L'hôtel de Prémouran, à l'époque où nous y introduisons le lecteur, était triste, silencieux, presque toujours fermé. A de longs intervalles une voiture, à stores baissés, en sortait au coucher du soleil pour rentrer une heure après ; particularité fort peu observée, car cette rue est pure de boutiquiers assis sur leur porte, de tailleurs placés en éternelles vedettes derrière les vitres, et de concierges balayant le pavé du matin au soir.

M. le comte Victor Césaire de Prémouran en 1839 avait acheté cette propriété au marquis de Boutouzel, qui la tenait du duc de Villeroy, son cousin.

Six ans après cette acquisition, le comte Césaire de Prémouran mourut, laissant une immense fortune à son fils, son unique parent, M. le comte Marcus-Henri de Prémouran, à peine majeur.

Cette fortune était le fruit d'un travail aride et continuel. Ruinée par la révolution qui fit tomber la tête de Louis XVI, la famile de Prémouran n'avait légué qu'un titre honorifique à son héritier. Celui-ci mit le titre au fond d'une cassette et chercha fortune dans l'industrie. Il jaunit, vieillit à la peine comme un joueur au tapis vert. Il épousa la fille d'un fabricant d'indiennes, il en eut un fils et resta veuf.

Chaque fois qu'il avait gagné un billet de banque, il le glissait dans la cassette où était son titre de noblesse, de façon qu'un beau jour la cassette étant pleine, il la renversa sens dessus dessous. Le titre lui parut beau sur une pile de billets de banque, il le reprit ; et, trouvant sept chiffres à l'addition de sa fortune, il vendit ses usines et rentra dans Paris, mais non dans le monde ; car quand il était pauvre on l'en avait repoussé. C'est pourquoi il acheta l'hôtel du marquis de Boutouzel, sorte de retraite isolée, où il mourut.

Le comte Césaire de Prémouran n'aimait pas le luxe. Le personnel de sa maison se réduisait à deux serviteurs : un ancien contre-maître et sa femme, ouvriers laborieux liés à son sort depuis dix ans. Ce contre-maître se nommait Bertrand Machu, sa femme Marianne. Ils avaient une fille nommée Reine. Le comte la faisait élever à ses frais.

Ces gens aimaient leur maître ; mais ils se demandaient souvent si, à sa mort, il laisserait un testament, surtout pour leur fille qu'ils adoraient et aux moindres caprices de laquelle ils obéissaient.

Le comte Césaire de Prémouran, avant de rendre son âme à Dieu, recommanda la famille Machu à son fils, mais il ne fit pas le moindre legs en leur faveur. Cet oubli planta un clou de haine dans le cœur de Bertrand, de Marianne et de Reine ; ils résolurent de se venger sur le fils de la lésinerie du père.

Jusque-là, il n'y avait que de l'égarement chez M. et madame Machu. Reine, élevée comme une grande dame et subitement redescendue au niveau de ses parents, revint chez eux.

Ils avaient souri, même à ses défauts. Enfant,

ils lui attribuaient une haute sagesse et n'écoutaient ses puérilités que pour les qualifier de preuves d'esprit; jeune fille, ils la trouvaient jolie; ils
lui disaient que son regard était doux comme un
baiser d'amour, que ses dents ressemblaient à un
chapelet de perles fines. On riait quand, de colère, elle brisait un objet de prix, et si après elle
battait sa mère, Bertrand Machu s'écriait :

— C'est bien fait !

Aussi Reine avait dans le cœur un ferment d'orgueil, de cupidité, d'hypocrisie, de cruauté, en un
mot, tout ce qu'il faut pour gonfler ces ballons de
dépravation humaine qui vont se crever sur un
échafaud.

Son caractère horrible était en partie l'œuvre
de ses parents. Elle leur rendit ce qu'elle avait reçu d'eux. Instruite et subtile , elle les accoutuma
peu à peu à des sophismes qui devaient les mener
loin sur le chemin du mal.

— Pourquoi, disait-elle, M. Henri, qui ne s'est
donné que la peine de naître, a-t-il hérité de la fortune de son père ?

— Tiens, ma femme, écoute ce que dit Reine ,
c'est très-intéressant.

Bertrand et Marianne se prêtaient gravement à
la discussion.

— Vous, continuait Reine , en travaillant sur
ses métiers et en surveillant ses ouvriers , vous
avez contribué à la fortune de feu M. le comte;
vous auriez dû en avoir une part.

— Eh ! hasardait Machu, un imbécile répondrait : Le père nous faisait travailler et nous
payait. Nous n'avions rien à perdre dans ses en

treprises. Nous y trouvions un salaire assuré. Mais lui, une fois , quand il a acheté sa dernière scierie de planches , il a failli boire un fameux bouillon. Il n'en a tenu à rien qu'il ne soit ruiné complétement. C'est peut-être pour cela qu'en nous payant nos journées, il se croyait quitte envers nous.

— Oui, disait Reine , il eût été quitte s'il se fût ruiné ; mais il s'est enrichi.

— Tu as raison, ma fille !

— Et enfin qu'a fait M. Henri pour avoir le droit de dormir si paisiblement sur les trésors de la succession ?

— Je ne sais pas, répondait Bertrand Machu ; feu M. le comte disait : « J'ai travaillé comme quatre hommes , mon fils se reposera comme deux. » Il considérait son fils comme une partie de lui-même, ce vieux-là.

— C'est une injustice révoltante , concluait Reine.

— Oui , c'est vrai, prononçaient en chœur les époux Machu.

— A quoi encore emploie-t-il sa fortune, notre nouveau maître ?

— Il est misanthrope , ainsi que dit Reine.

— Au lieu de donner aux pauvres , de s'acheter quelques amitiés chez les malheureux, il thésaurise comme un avare, et il dort ou il reste dans son trou comme une marmotte.

Dans les paroles les plus acerbes de Reine contre le comte il y avait un sentiment indéfinissable de sollicitude cachée.

— Ça le tuera, s'il continue, disait Bertrand.

Tel était le genre des conversations intimes de cette famille. A force de philosopher de cette façon, M. et madame Machu arrivèrent à considérer la fortune du jeune comte comme la leur, et ce dernier devint à leurs yeux un simple locataire qui leur payait assez bien son terme.

Bertrand Machu, homme de quarante ans, trapu, fort, rouge de peau, avait des yeux gris, un nez épaté et des lèvres lippues. On eût dit un boucher de campagne vêtu à la propriétaire. Reine exigeait qu'il eût de la toilette. Il croyait avoir compris la volonté de sa fille en s'habillant comme un concierge du faubourg Saint-Denis.

Marianne était le pendant de son mari. A eux deux ils allaient ensemble comme Paul et Virginie, Estelle et Némorin, ou Atala et Chactas. Vêtue de laine quadrillée, été comme hiver, la tête couverte des ondulations d'un bonnet à tuyaux, les mains toujours campées dans les poches de son tablier bleu, madame Machu se posait admirablement dans la loge de l'hôtel de Prémouran. Elle remplissait les fonctions de concierge de la maison, véritable sinécure cotée néanmoins quatre cents francs au budget annuel du comte. Bertrand Machu, en sa qualité d'administrateur gérant comptable, recevait douze cents francs.

Reine n'avait pas voulu d'appointements, cela ressemblait trop à des gages. Ses habitudes, comme ses vêtements, tenaient à la fois de la marquise et de la fille de livrée. Ordinairement ses robes auraient pu lutter de richesse avec celles d'une danseuse retirée de l'entrechat et de la pirouette ; mais sa position exigeait qu'elle conservât un attribut quelconque de la domesticité qu'elle avait adroitement changée pour elle en surintendance. De là, ses coiffures médiocres, bonnets tronqués en chapeaux, moitié l'un moitié l'autre; ses mitaines en soie brodée, souvent substituées aux gants satinés, cachées dans un manchon ou une ombrelle, suivant la saison. Reine ne pouvait pas avouer son luxe. Elle souffrait horriblement de cette contrainte incessante, et elle en attendait la fin, fin prochaine, très mystérieuse aux yeux de M. et madame Machu.

Depuis un an, Reine, qui avait eu une enfance sombre et taciturne, souriait quelquefois en montrant à son père et à sa mère les magnifiques étoffes qu'elle achetait pour les enfouir dans ses armoires.

— Tu porteras ces robes-là, ma fille? disait Marianne ébahie.

— Bientôt.

— Grand Dieu! que tu seras belle là-dessous! mais... il me semblait que les grandes dames seules possédaient des toilettes aussi éclatantes.

— Qui vous dit que je ne serai pas bientôt grande dame! répondait Reine.

Marianne se frappait le front, cherchant à comprendre ces paroles.

Henri de Prémouran, sans jamais avoir eu la vie énergique de son père, avait hérité de son mépris pour tout ce qui était faste mondain. Il aimait la solitude, non comme un philosophe, mais comme un fou. Cependant il jouissait de toutes ses facultés mentales.

L'homme qui veut essayer de vivre seul doit

être assez poète pour se créer un monde imaginaire ; sinon, bientôt son isolement le tue. Henri de Prémouran n'avait de poésie que juste ce qu'il faut pour aimer Zimmermann et son *Traité de la Solitude*. Quand il entendait chanter un rossignol dans le jardin de l'hôtel, ses yeux cherchaient un fusil. Il sortait trois ou quatre fois par an. Reine ou Bertrand Machu le suivaient secrètement, qu'il allât à pied ou en voiture ; ils observaient tout.

Le comte ne voulait recevoir personne et ne voyait que les Machu, très rarement encore. Toutes ses affaires sans exception étaient gérées par Reine et son père. Ce dernier donnait les signatures aux fermiers de M. de Prémouran, qui avait des terres jusqu'en Touraine. Il touchait les sommes et en tenait compte sous l'inspection de sa fille, qui avait usurpé la domination suprême en tout. Elle administrait la maison à sa guise, au point de vue de son bien-être. Elle n'avait admis à cette existence entrelardée que son père, sa mère et un de ses oncles, frère de son père, cocher-palefrenier, nommé Martin, celui à qui Bertrand prodiguait un tutoiement qui nous paraissait suspect.

C'était presque toujours Reine qui parlait au comte de Prémouran quand il permettait qu'on lui parlât. Elle ne se demandait plus la cause de sa misanthropie, de sa tristesse éternelle ; elle croyait la connaître. Il avint qu'elle vit le comte se promener dans son jardin. Il parlait à voix haute comme un clubiste qui étudie. Elle entendit à peine ce qu'il disait. Une ineffable lueur de joie brilla dans ses yeux : elle aimait le comte. Elle venait d'acquérir la certitude qu'il était fou d'amour pour elle.

Il n'est pas de passions plus terribles que celles des femmes laides. Reine n'était pas belle, on le sait ; mais elle ne le savait pas, elle.

Un jour, pâle, tremblante, la lèvre blême, elle se rendit dans le salon du comte. C'était une large pièce tendue de satin gris, meublée de velours blanc mat sur ébène, enrichie de peintures de maîtres, un Ribeira, un Titien, un Teniers et un Ostade. Au milieu du parquet, sur une magnifique peau de léopard, quelques livres éparpillés, une chibouque, disaient la vie monotone d'Henri de Prémouran, maigre, brun et débile jeune homme, miné par ce mal terrible que les Anglais appellent spleen.

— Que voulez-vous? demanda-t-il à Reine.

Elle s'assit. Ses jambes faiblissaient.

— M. le comte, dit-elle, je sais tout.

Henri de Prémouran leva les yeux sur Reine.

— Expliquez-vous, s'il vous plaît.

— Je sais pourquoi vous vivez dans cet état de solitude si tristement suave pour vous.

— Je vis comme il me semble bon de vivre! dit le comte.

— Vous luttez, reprit Reine, contre une passion qui s'est emparée de votre cœur. Vous combattez un amour que votre naissance, votre position dans le monde vous interdisent de légitimer !

— Ce que vous me dites est bizarre, dit Henri

de Prémouran d'un ton glacial qui aurait dû désillusionner Reine.

Mais elle aimait ce jeune homme, et son amour n'était pas de ceux qu'on éteint avec le froid d'un regard.

— Oh ! M. le comte, puisque vous m'y contraignez, je ne craindrai pas de m'avilir à vos yeux. Je parlerai, moi, si vous n'osez le faire.

— Eh bien ! parlez ; je vous y autorise.

— Vous aimez une jeune fille... C'est cet amour qui vous tue...

— Qui vous a dit cela ?

— Elle, qui vous aime, qui vous adore.

— Où est donc cette jeune fille ?

Reine hésita, mais elle avait encore la foi et l'espérance.

— Quelle est cette jeune fille ? reprit le comte.

— C'est moi, murmura Reine.

Henri de Prémouran s'était levé, il se rejeta sur sa peau de léopard.

— Vous ! fit-il. Regardez-vous dans une glace, mademoiselle, et apprenez que jamais homme ne vous aimera.

Si un serpent se fût subitement enroulé autour du cou de Reine, la malheureuse n'aurait pas éprouvé une sensation plus terrible.

Elle sortit en se traînant.

La désillusion de Reine fut horrible. Elle eut comme une attaque d'épilepsie en venant tomber dans la loge de sa mère. Quand à force de soins ses sens lui eurent été rendus, elle poussa des cris comme une tigresse blessée. Puis elle raconta la

cause de son désespoir à Marianne et à Bertrand.
Ce dernier sauta sur une hache qui lui avait servi
à fendre du bois, et il se précipita vers l'appartement du comte.

— Non, dit-elle, il ne souffrirait pas assez !

De ce jour, cette femme n'eut qu'une pensée :
assassiner Henri de Prémouran. Mais elle craignait
les lois, et, en outre, si sa vengeance avait soif du
sang de cet homme, un reste d'amour rentré au
fond de son cœur comme une rage impuissante,
l'intérêt de sa famille et le sien qui reposaient sur
une savante exploitation de la confiance du comte,
l'empêchaient de briser une existence à laquelle
la sienne était liée inextricablement.

Le comte dépérissait par suite de la réclusion
volontaire dont il avait fait son unique passion.
Attaqué depuis longtemps d'une insomnie per-
sistante, il ne voulut pas voir de médecins; seulement, aux sollicitations de Bertrand Machu, il
écrivit à un célèbre docteur, qui signa une ordon-
nance et la lui envoya. Cette consultation rendit
le sommeil au comte, grâce à deux petites pilules
qu'il avalait chaque soir dans une potion préparée
par les Machu.

Reine était maintenant absorbée par des préoccupations d'auteur dramatique. Chez elle ou dehors un problème insoluble bouillait dans son
cerveau. Elle cherchait un moyen de concilier à
la fois sa vengeance, son amour et sa cupidité. Le
hasard lui offrit ce moyen.

Traversant un jour la rue Tronchet avec son
père, elle saisit le bras de ce dernier et s'appuya
pour ne pas tomber.

— Mon père, dit-elle, voici le comte déguisé ; il vient à nous.

— Oh ! fit Bertrand Machu, je l'aurais cru, moi aussi.

— Ce n'est pas lui ! s'écria Reine.

Un jeune homme passait.

— Comme il lui ressemble ! dit Bertrand Machu.

— Mon père, reprit Reine, qui venait de concevoir subitement un projet de crime gigantesque, suivez ce jeune homme, sachez où il demeure, ce qu'il fait ; sachez tout cela, il y va de notre fortune, et peut-être de notre vie.

Sans comprendre en rien le sens de ces paroles, mais heureux d'avoir une occasion de plaire à sa fille et de lui prouver qu'il savait être adroit, Bertrand Machu s'élança à la poursuite du prodigieux ménechme d'Henri de Prémouran. C'était Sulpice Jérusard.

Il ressemblait au comte au point que Reine, dans les projets étranges qu'elle venait de concevoir, ne craignait plus qu'une chose, résultat de sa première impression, c'était que ce jeune homme ne fût le comte lui-même, déguisé ; elle se hâta de courir à l'hôtel, où elle vit Henri. Alors elle dit à Marianne :

— Malgré tout, malgré Dieu lui-même, je serai comtesse de Prémouran !

Vous comprenez maintenant, lecteur, comment Sulpice Jérusard s'était trouvé en présence de Reine. Mais pendant que ces deux personnages roulent vers Londres, il est utile de vous ramener à l'hôtel de Prémouran.

Le comte quittait son salon vers dix heures du

soir. Depuis qu'elle avait brûlé sa déclaration d'amour, Reine Machu ne servait plus M. de Prémouran. Marianne remplissait cet office. Tous les soirs elle apportait la potion somnifère.

Le jour du départ de Sulpice et de Reine, Marianne attendait impatiemment son mari. Il revint dans la voiture conduite par Martin, et, se penchant à l'oreille de la Machu :

— Va, lui dit-il, tout s'arrange.

Elle prépara la potion de M. le comte. Au lieu de deux pilules opiacées, elle en mit quatre.

Un sommeil léthargique s'empara du jeune homme. Bertrand Machu, aidé de sa femme, le transporta dans une lourde voiture de voyage, disposée à l'intérieur comme un lit. Le cocher Martin ne prêta à cette mystérieuse machination que le secours de son talent à conduire des chevaux ventre à terre. Lié à son frère Bertrand par intérêt, il agissait sous ses ordres sans chercher à comprendre. Ses instincts d'amitié ou de vertu s'arrêtaient à ses besoins matériels. On lui donnait une grosse nourriture, des bas de laine, de gros souliers, de bons vêtements ; il était heureux : ses yeux et ses oreilles se fermaient pour ne rien voir, rien entendre qui dérangeât le cercle massif de son bien-être.

Bertrand lui dit de prendre son manteau et de monter sur le siége. Ils attendirent Marianne, qui était allée jeter à la poste une lettre écrite par Machu à l'adresse de *Madame de Prémouran, à Londres*. Dès qu'elle fut de retour, elle se glissa dans la voiture de manière à surveiller le sommeil du comte. Bertrand, resté le dernier, ferma soigneusement toutes les portes de l'hôtel, et vint s'asseoir sur le siége auprès de Martin. La voiture partit, se dirigeant vers le chemin de fer d'Orléans.

Huit jours après Reine arrivait de Londres, où elle s'était mariée. Les journaux anglais avaient à ce sujet publié la nouvelle suivante : « Les Français continuent à venir en Angleterre contracter les mariages qui, dans leur pays, ne se célébreraient pas sans provoquer d'énormes charivaris : hier M. le comte Marcus-Henri de Prémouran a épousé presque clandestinement une personne sans naissance, sans fortune et sans beauté. »

Sulpice Jérusard était riche. Il avait des valets, un hôtel splendide, de l'or à pleines mains. Tous les jours, à la même heure, il fatiguait un magnifique cheval arabe sous les arbres rachitiques du bois de Boulogne. Le soir, il allait aux Bouffes, dans une petite loge charmante, mais un peu sombre ; il l'avait choisie ainsi, parce que la nouvelle comtesse de Prémouran était toujours auprès de lui quand il admirait les délicieux gazouillements de Julia Grisi ou les ronflements métalliques de Lablache. Reine aimait Sulpice à cause de sa ressemblance avec le comte ; mais peut-être aussi à cause de cette ressemblance qui lui rappelait une humiliation affreuse, cette femme mélangeait à son amour une haine indéfinissable. Cela peut paraître paradoxal que mettre ainsi les sentiments les plus opposés dans un cœur féminin ; nous ferons observer que, chez les natures mauvaises, accessibles aux instincts criminels, cette bizarrerie morale n'est pas un phénomène ; elle existe fréquemment. L'amour, pour les âmes perverses, est souvent un état de servitude, dont la volupté est la chaîne. Elles maudissent cette chaîne, elles la rongent, sans pouvoir, sans vouloir la briser. De là, cette haine qui mord au moment même où l'amour sourit. Reine Machu était, à coup sûr, une âme perverse; elle ne pouvait pas avoir au cœur un amour qui ne fût pas en même temps une haine.

Jalouse, craintive, soupçonneuse, elle établit autour de Sulpice une police occulte choisie parmi une valetaille habile, rouée, âpre aux gains les plus iniques, qui avait remplacé Bertrand Machu, Marianne et le cocher Martin. Le comte, disait-on, depuis son mariage, tenait ces derniers éloignés de lui à cause des droits de nouvelle parenté qu'ils n'auraient pas manqué de faire peser sur sa fortune et sur certaines convenances aristocratiques.

Quand Sulpice Jérusard sortait de l'hôtel de Prémouran, il était suivi, comme jadis le comte. Reine Machu savait le soir tous les pavés que son mari avait touchés du pied, toutes les fenêtres auxquelles il avait jeté un regard en passant. S'il montait à cheval, un invisible jockey courait derrière lui. S'il allait en voiture, des laquais le gardaient à vue. Le malheureux fut longtemps avant de s'apercevoir de l'espionnage auquel il était condamné. Une circonstance cruelle le lui révéla.

Un jour il était allé rue Geoffroy-l'Asnier. Les yeux pleins de larmes il s'était arrêté un instant devant le n° 15.

Lorsque Reine apprit cela, elle devint furieuse. Elle dit à l'espion que probablement M. le comte avait eu quelque aventure sentimentale dans cette rue.

Le lendemain, Reine, l'âme noircie d'une résolution implacable, partit seule, à pied, de l'hôtel de Prémouran. Sur le quai, auprès de la rue Geoffroy-l'Asnier, elle monta dans un fiacre et pria le cocher d'aller chercher un brave homme dont elle lui donna l'adresse. Le cocher amena Calixte Jérusard.

— Monsieur, lui dit Reine, j'ai à vous parler d'une affaire de famille; veuillez prendre place auprès de moi.

Sur un signe de Reine, le cocher dirigea ses chevaux vers le bois de Boulogne.

— Vous avez un fils qui se nomme Sulpice, reprit-elle.

Un éclair de joie brilla dans les yeux de Calixte.

— Madame, vous le connaissez, vous l'avez vu en Italie! s'écria-t-il. Oh! dites-moi, est-il heureux?

— Je suis désolée de n'avoir que de tristes nouvelles à vous apprendre, répondit Reine froidement; préparez votre cœur de père au coup que je vais lui porter.

— Il est mort! interrompit Calixte en sanglotant.

— Il est mort pour vous, dit Reine, cessez de pleurer un fils qui n'a plus droit à votre pitié.

Calixte, atterré, fixa sur cette femme un regard navrant.

— Que voulez-vous dire?... Madame, épargnez-moi. Laissez-moi ignorer un malheur qui m'empêcherait d'aimer mon fils.

— Sulpice Jérusard a commis un crime que la justice humaine punit de mort, poursuivit impitoyablement Reine Machu ; il n'est plus en Italie, ainsi que vous le croyez, il est à Paris. Il n'est plus pauvre, mais l'immense fortune dont il jouit lui a coûté la vie d'un homme !

Le pauvre père écoutait haletant ; il serrait son crâne dans ses mains, comme pour retenir sa raison prête à s'enfuir.

— Ce n'est pas vrai…, murmura-t-il, ce n'est pas vrai ! O Sulpice, Sulpice, toi que j'ai tant aimé, tu serais devenu un monstre ! Non non, c'est un mensonge…

— Lisez cette lettre, dit Reine ; elle vous prouvera peut-être ce que je suis forcée de vous dévoiler.

— C'est bien son écriture.

Et Calixte lut les lignes écrites sous la dictée de Reine Machu.

— Misérable ! s'écrie-t-il, c'est vous, sa complice, qui l'avez entraîné. Mon fils était un honnête homme, vous en avez fait un scélérat !

— Ne parlez donc pas si haut, monsieur, dit Reine, vous feriez tomber la tête de votre fils. Je suis sa complice, cela est vrai. J'ignore lequel de nous deux a entraîné l'autre, mais je sais que le jour où Sulpice serait redevenu votre fils, notre crime eût été découvert ; c'est pourquoi il m'a fallu briser le dernier lien qui existait entre vous et lui. Il vit aujourd'hui sous un nom qui n'est pas le sien, vous seul pouvez divulguer ce secret auquel est attachée ma sécurité et celle de Sulpice. Qu'il soit mort pour vous, et la justice n'aura jamais à lui demander quel est son véritable nom.

— Ce sont d'horribles mensonges, répétait Calixte, mon fils est encore en Italie.

En ce moment le fiacre roulait sur l'une des allées du bois de Boulogne, Reine regardait au loin comme si elle eût cherché quelqu'un sous les arbres.

— Vous croyez votre fils en Italie, murmurait-elle.

Elle cherchait avec anxiété.

Tout à coup elle saisit la main de Calixte :

— Reconnaissez-vous ce cavalier? dit-elle.

Le nouveau comte de Prémouran caracolait sur son cheval arabe.

— Mon fils! s'écria Calixte d'une voix déchirante.

Cette exclamation frappa Sulpice comme un coup de foudre. Il avait reconnu la voix de son père. Il arrêta son cheval à la portière du fiacre. Mais à la vue de Reine, qui était à côté du vieillard, il devint livide.

Alors le malheureux père détourna la tête.

— Qu'il soit maudit! prononça-t-il.

Il retourna chez lui, se rappela toute la vie de Sulpice en sanglotant. Puis, le soir, quand Pantaléon arriva, il se jeta dans les bras du seul enfant qui lui restait :

— Ton frère est mort, lui dit-il, mort coupable d'un crime !

Rien ne pourrait rendre le désespoir de Pantaléon. Il ne demanda aucune explication, lui ; il pleura.

Dans l'hôtel de Prémouran , il y eut ce jour-là une scène terrible entre Reine et Sulpice.

— Qu'avez-vous fait, madame, qu'avez-vous dit à mon père ? demanda ce dernier dès qu'il put se trouver en présence de sa femme.

— J'ai dissipé les inquiétudes que vous m'aviez inspirées en allant vous promener hier dans la rue Geoffroy-l'Asnier. Vous n'avez pas craint d'enfreindre vos engagements, vous pensiez encore à une famille qui n'est plus rien pour vous. J'ai montré à votre père un écrit qui vous sépare à jamais de lui.

— Misérable ! s'écria Sulpice , c'est le plus cruel des crimes que vous ayez commis ; et vous n'avez pas eu peur que je vous tue dans un moment de colère !

— Je n'ai pas peur d'être tuée, monsieur ; les femmes qui ont peur ne sont pas celles qui ont assassiné un homme.

— Vous avez assassiné...!

— Ah ! ne fermez donc pas plus longtemps les yeux, vociféra la comtesse ; il y a du sang à la place où vous êtes, vous le savez bien. Et si je ne pouvais prouver à tout le monde, comme je l'ai prouvé à votre père, que vous êtes mon complice, vous me dénonceriez !

— Oh ! malheur ! malheur ! dit Sulpice, je comprends tout maintenant.

Reine Machu, par tous les moyens imaginables, comme on vient de le voir, affermissait la sécurité dont elle avait besoin pour vivre au sein de ses criminelles splendeurs , et jusque dans un atelier du faubourg Saint-Antoine, nous allons

réconnaître les menées ténébreuses rendues nécessaires par la disparition du véritable comte de
Prémouran.

CHAPITRE X.

UNE ASSOCIATION QUI A DES COUPS DE POING POUR CAPITAL.

Une partie du faubourg Saint-Antoine appartient à l'ébénisterie. Dans une seule maison de la rue de Charenton et de Charonne, il y a jusqu'à trois et quatre ateliers où l'on fabrique des meubles. Ordinairement ces ateliers sont au rez-de-chaussée et dans d'arrière-corps de bâtiments qui ressemblent à des hangars vitrés. Les grands entrepreneurs exceptés, il y a peu de différence entre la vie de l'ouvrier menuisier et celle du maître ; ils font les mêmes travaux, ils ont les mêmes habitudes ; si leurs bénéfices sont plus grands, leurs charges sont plus fortes. Néanmons, il est des maîtres voués à une haine systématique : il suffit souvent qu'ils soient présumés réaliser les

moindres économies, pour être accusés de boire
le sang des ouvriers. Les maîtres croient se venger de ces animosités implacables en les transmet-
tant à leurs gros fournisseurs, marchands de
planches ou de bois des îles, lesquels le plus souvent les passent à l'ordre de leurs banquiers ou
capitalistes. C'est un éternel ricochet de malédictions dont la cause se perd dans les replis de l'é-
goïsme individuel.

Au bas de la rue de Charonne était l'atelier de
François Durousseau, homme de cinquante ans,
établi depuis peu d'années à Paris. Son passé inconnu, sa vie laborieuse, incompréhensible pour
ses ouvriers, l'avaient d'abord rendu suspect.

François Durousseau était-il veuf, divorcé ou
célibataire? Etait-il seul de sa famille, ou avait-il
une nombreuse postérité? Nul ne pouvait résoudre ces questions irritantes. Une fois seulement,
on avait vu, un dimanche matin, le maître menuisier pleurer dans les bras d'un maréchal des
logis du 5e hussards. Le lendemain, Durousseau
travailla comme à l'ordinaire, et il ne répondit
pas aux questions curieuses qu'on lui fit au sujet
du soldat.

L'ouvrier est naturellement expansif dans l'atelier; aussi il traite de sournois tout homme qui
tient close la porte de sa vie privée. Entre un sournois et un traître, il n'y a pas une énorme différence; or, un traître est tout ce qu'on voudra.
François Durousseau, à cause de son silence obsti-
né, de sa tristesse et de ses allures mystérieuses,
n'était pas aimé de ses ouvriers. Un beau jour, un
compagnon, nommé Libournais-la-Prudence, dé-

clara que ce maître était un exploiteur « qui arron-
dissait son sac aux dépens des camarades. »

Cette accusation fut commentée pendant une
semaine. Les longues excursions que François
Durousseau faisait en ville permettaient la discussion libre sur ce point. Dans cet atelier, le nombre
d'ouvriers était, comme partout, subordonné au
plus ou moins de travail. Habituellement, il y
avait six ou sept établis.

Or, François Durousseau était sorti dès le matin, avec son apprenti Pleurniche. Quatre compagnons travaillaient dans son atelier, quatre compagnons du devoir :

 Libournais-la-Prudence,
 Tourangeau-Fleur-d'amour,
 Vivarais-la-Candeur,
 Albigeois-l'Intelligence.

C'étaient quatre lurons de vingt-cinq à trente
ans, aux bras nus et forts. Les ouvriers menuisiers semblent avoir adopté pour costume d'atelier
un large pantalon en toile verte ou bleue qu'ils
appellent une *cotte*. Quelques-uns portent un tablier de même étoffe. Ce tablier, très-court, commence à la ceinture et s'arrête au genou ; il est
toujours luisant de colle.

Ces quatre compagnons travaillaient sur des
établis rangés sur deux rangs dans l'atelier de
François Durousseau, hangar vitré, isolé au fond
d'une arrière-cour, et surmonté seulement d'un
grenier, logement du maître, auquel conduisait
un escalier d'une raideur dangereuse.

— Ousqu'il est donc le Parisien? Il n'a pas encore paru d'aujourd'hui à l'atelier, disait Vivarais-

la-Candeur, blond, rougeaud, à favoris de braise.

— Il ne s'échine pas, celui-là, ajoutait Touran-geau-Fleur-d'Amour.

— Je sais qu'hier il devait dîner avec sa *poi-gniffe* (1), la fille à Périllon, dit Albigeois-l'Intelligence.

— Tout seul avec elle? demanda Libournais-la-Prudence d'un ton de vivacité qu'il s'efforça de réprimer aussitôt.

— Je pense que oui, répondit Albigeois en jetant sur Libournais un regard sournoisement scrutateur.

— Après tout, ça m'est bien égal!

— Et à moi donc!

— Et à moi!

— Ça nous est égal, ça, c'est connu.

Chacun presque en même temps avait articulé cette sorte de protestation contre toute idée de jalousie.

— Eh bien! tout de même, reprit Albigeois, il y a ici quelqu'un qui n'est pas franc. Je veux de la franchise, moi, crénom! Et quand les amis peuvent donner un coup de main, je ne vois pas pourquoi on se tairait devant eux. Voyons, plus de blague! il y a un de nous qui aime la deuxième fille à Périllon, mam'selle Henriette.

A ces mots les trois autres ouvriers levèrent la tête pour fixer les yeux sur Albigeois. La pensée de chacun de ces hommes était la même en ce moment. Tous quatre ils aimaient Henriette Périllon. Ils l'avaient vue chez son père, où Pantaléon, sous

_____
(1) Fiancée.

un prétexte futile, les avait conduits par vanité, pour leur montrer Chevrotte, sa promise. Périllon, affable et prompt dans ses amitiés, s'était empressé de les inviter à revenir chez lui. Chacun d'eux y était revenu seul plusieurs fois; car Henriette, quoique toujours silencieuse et triste, les avait fascinés sans s'en douter. Maintenant, l'idée fixe de ces quatre amoureux se réduisait à ceci : épouser mademoiselle Henriette.

— Eh bien! dit Albigeois-l'Intelligence, cette femme doit appartenir à celui de nous qui l'aime.

Chacun d'eux eut dans le fond du cœur ce mot si sec que la philosophie voudrait extraire de la nature : A moi !

— Nous formons à nous quatre, continua Albigeois, une véritable puissance. Aidons-nous pour parvenir à notre but. Jurons que mademoiselle Henriette Périllon n'épousera que l'un de nous.

Aucun des quatre compagnons n'osa articuler l'objection qui lui piquait les lèvres. Ils redoutaient à un tel point de perdre leur espérance de bonheur, qu'ils ne voulaient pas la glisser sur le tapis comme un joueur sa dernière pièce d'or. Aussi, sans approfondir davantage cette question scabreuse, ils comprirent qu'avant tout, il était prudent de former, à eux quatre, une sorte de grille de fer autour de la personnification de leur amour.

— Mademoiselle Henriette Périllon, reprit Albigeois en se résumant, n'appartiendra qu'à l'un de nous. Malheur à quiconque voudrait passer sur nous pour arriver à elle ! Nous jurons de l'assommer à coups de poing.

— Nous le jurons ! dirent-ils.

Et quatre poings fermés menaçant et hirsutés comme des masses d'armes, demeurèrent un instant levés vers Dieu.

Le poing est l'argument de l'ouvrier méchant, quand il est à bout de logique. Si vous le serrez un peu dans les filets du raisonnement, vous voyez ses yeux s'allumer par degrés, puis son poing surgir tout à coup, comme le fantoche d'une boîte à ressort. La force est la loi de la matière, comme la justice est la loi de l'intelligence. L'ouvrier est matériel ; la mesure de sa force est la msure de sa loi.

Une voix aigre qui chantait en approchant de l'atelier vint rappeler les quatre compagnons à leur état normal. Ils regardèrent au vitrage d'une fenêtre. Pleurniche arrivait, marchant vite et chantant à pleine voix une chanson de compagnon du devoir dont nous ne voulons pas, au profit de la forme poétique, altérer la véritable couleur :

> Gavot, tu vantes Salomon,
> Il trahit notre Dieu son maître :
> Il fut puni comme un vrai traître.
> Oses-tu prononcer ce nom !
> A ta fausse divinité
> Consacre la fin de ta vie,
> Compagnon de la liberté.
> C'est pourquoi tu nous portes envie,
> Tu nous portes envie,
> En trinquant, répétons sans cesse :
> Le Devoir ne périra pas.

Et Pleurniche entra. Mais au moment où sa

chanson mourait sur ses lèvres, il rencontra le regard courroucé de Vivarais-la-Candeur.

— Approche, *Moufflet*, lui dit-il.

Pleurniche reculait au contraire ; car la physionomie et la pose du compagnon lui inspiraient une méfiance que l'événement ne tarda pas à justifier. Vivarais-la-Candeur courut vers l'apprenti, le prit par les épaules et lui imprima, d'un coup de pied, une commotion si traîtreuse que l'enfant se trouva subitement assis sur le dos.

— Je t'ai défendu de profaner les chansons du Devoir, dit-il en revenant à son établi.

Grâce au lit de copeaux qui avait amorti sa chute, Pleurniche ne s'était pas brisé l'épine dorsale en tombant ainsi. Il éprouva une douleur cuisante, néanmoins il sourit, blasé qu'il était sur les traitements de ce genre. Cet apprenti, dont le nom dit l'histoire, avait eu une époque de sensibilité qui lui avait coûté toutes ses larmes. Les coups de pied et autres gratifications non moins brutales des ouvriers, offensaient son amour-propre autant que ses membres, pendant les premiers jours. Mais on l'avait guéri de sa sensibilité par le système homéopathique. Il en était arrivé à rire de tout. Seulement, son rire grimaçait, entre ses lèvres minces, tant de mépris et de haine pour ses persécuteurs, qu'ils auraient dû en être frappés comme d'une menace s'ils avaient su y lire la vérité.

— Si jamais nous te reprenons à chanter des choses sacrées pour toi, disait Vivarais-la-Candeur, nous te condamnerons aux douceurs de la savate à perpétuité.

Pour comprendre la haute importance que cet ouvrier attribuait à la prétendue profanation de Pleurniche, il faut être initié tant soit peu à la vénération profonde des compagnons pour tout ce qui concerne, de près ou de loin, les différentes sociétés enrubanées auxquelles ils appartiennent.

Les sociétés d'ouvriers sont au nombre de trois en France; le *Devoir*, le *Devoir de liberté* et l'*Union*. Les deux premières seules confèrent le titre de compagnon. Le Devoir fournit les devoirants; le Devoir de liberté, les devoirants de liberté ou gavots. Ces deux institutions ont toutes deux des prétentions de généalogie qui rappellent celles des ducs de Lévis, cousins germains de la Vierge Marie. Le Devoir se dit institué par maître Jacques; le Devoir de liberté par Salomon. L'un vaut l'autre, et si Salomon a été roi des Juifs, maître Jacques, son contemporain, fut roi des architectes.

Chaque profession a ses devoirants et ses gavots. De là ces batailles éternelles qui traînent tant de déchireurs de figure, tant de casseurs de membres devant la police correctionnelle. La société de l'Union n'a ni devoirants ni gavots; elle n'est constituée que par des sociétaires. Ces trois nuances différentes se retrouvent dans tous les corps d'état, et donnent lieu aux qualifications les plus étranges.

Les devoirants charpentiers sont des *bons drilles*, les gavots du même état, des *renards*, et les sociétaires de l'Union, des *lapins*.

Un tailleur de pierre du Devoir est un *chien*, le gavot, un *loup*.

Chaque profession a ainsi ses différentes castes, baptisées de noms désopilants.

A Paris, le compagnonnage n'a pas l'influence qu'il a si longtemps et si lourdement fait peser sur la province. Les Devoirants, les Devoirants de liberté ou Gavots et les sociétaires de l'Union ne se livrent pas dans nos rues, par trop peuplées de baïonnettes, ces combats acharnés qui ont si souvent ensanglanté les pavés de Nantes, d'Avignon, de Toulon ou d'Auxerre. Paris est la seule ville de France peut-être où des ouvriers de différent compagnonnage travaillent dans le même atelier sans se quereller et sans regarder autour d'eux s'il n'y a pas des *Indépendants*, des *Espontons*, des *Armagnols* et des *Agrichons*, c'est-à-dire des ouvriers qui n'appartiennent plus, ou ne font plus partie des sociétés.

Mais cependant les devoirants, comme les gavots, ont des mères à Paris, et nous venons de le voir dans l'atelier de François Durousseau, ils savent faire respecter leur canne et leurs rubans. Certaines corporations même se donnent rendez-vous hors barrière, et vont s'assommer entre elles à l'ombre des forêts nationales de Meudon, ou sur les bords souriants de la Marne. Les boulangers, que les autres compagnons appellent les *soi-disant de la Raclette*, sont les plus grands guerroyeurs des ouvriers de Paris.

FIN DU TOME PREMIER.

LES OUVRIERS

DE PARIS.

LES OUVRIERS

DE PARIS,

PAR

André Thomas.

Tome 2.

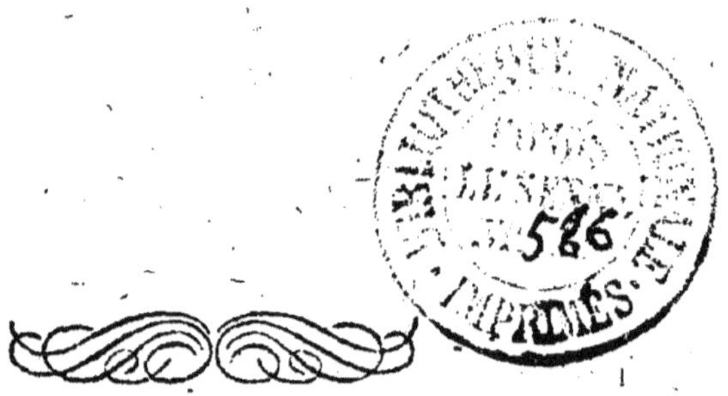

BRUXELLES.

LIBRAIRIE DE TARRIDE, RUE DE L'ÉCUYER, 8,

VIS-A-VIS LA RUE DE LA FOURCHE.

1850

CHAPITRE XI.

SCÈNE D'ATELIER.

C'est surtout parce que nous aimons la classe ouvrière que nous lui devons toute la vérité et que nous regardons comme un devoir de l'éclairer sur les défauts de sa nature ou sur les vices inhérents à son éducation. Notre sympathie pour elle ne saurait être contestée, et nous croyons l'avoir prouvé suffisamment dans ce récit. Tout cœur d'or ramassé au seuil de l'échoppe ou même du cabaret a été enchâssé par nous avec respect et mis en vive lumière. Mais de la même façon que nous avons toujours prétendu garder notre indépendance de discussion vis-à-vis la bourgeoisie, nous voulons également parler en face à la classe ouvrière, rechercher les causes de ses souffrances, et, quand nous les aurons trouvées peut-être en elle-même, ne pas hésiter devant la leçon grave et tendre enseignée par le Christ dans les pages du livre divin. Si nous faisons une place aux torts du maître, nous en devons une aux torts de l'ouvrier. Pourquoi la logique n'irait-elle pas à l'un aussi bien qu'à l'autre? Entre les deux rôles de flatteur et de juge, il y a celui d'ami dont nous avons fait choix.

Le compagnonnage institué dans un but excellent, après avoir subi ses hérésies et ses dissensions, produit peut-être autant de mal que de bien. On éprouve, à vouloir le juger, cette incertitude paradoxale qu'inspirent aux historiens consciencieux les grands sauveurs de principes qui ont eu à leurs pieds des bûchers et des échafauds. Dans le compagnonnage, l'ouvrier trouve la force d'association, force immense dont il abuse, si ses instincts sont mauvais, parce que, nous l'avons dit déjà, la force est la première loi de l'ouvrier injuste. C'est pour centupler son individualité qu'il devient compagnon. Un chaînon n'est rien; uni à d'autres, il acquiert une puissance réelle.

Chez certains ouvriers, il existe un sentiment de superbe tout aussi développé qu'il a pu l'être chez les gens qui déchiraient le nez de Molière sur les boutons de leur habit. L'abus d'autorité et la soif de domination se retrouvent dans les moindres actes du compagnonnage. Des ouvriers, par exemple, interdiront un atelier, c'est-à-dire ils empêcheront, par tous les moyens, qu'un maître ait les travailleurs dont il a besoin. Il nous a été affirmé qu'aujourd'hui même, après la révolution de février, un boulanger de Paris ne pouvait occuper à pétrir sa farine un homme qui n'appartiendrait pas aux *soi-disant de la Raclette*. Il s'exposerait à une guerre terrible et serait forcé de faire amende honorable aux devoirants et aux gavots du pétrin, tout cela sous peine de servir d'enclume à ce long marteau qu'on appelle une canne de compagnon.

Et malheur au curieux qui surprendrait les mystères d'une *guillebrette*(1)*!* Il courrait grand risque de payer de l'un de ses membres, et peut-être de sa vie, son indiscrétion même involontaire.

Maintenant, et pour clore cette petite digression où nous avons blâmé l'abus de la force, disons-le: selon nous, il n'y a pas la moindre différence entre la tyrannie que l'ouvrier exerce avec son poing et celle que le riche exerce avec son or. L'homme, dans la limite de sa puissance, abuse de ce qu'il possède, parce que la nature humaine, isolée de principes religieux, est plus mauvaise que bonne, et qu'aujourd'hui les principes religieux sont relégués dans les bouquins : la société essaye de se passer d'âme.

Pleurniche était resté à l'écart. Il mettait chauffer la colle. Un apprenti menuisier se livre à cette occupation comme un clerc de notaire taille sa plume.

(1) La plus compliquée et la plus mystique des cérémonies du compagnonage. Sur deux cannes placées en croix deux compagnons se donnent l'accolade. Puis se tournant le dos, ils s'éloignent de quelques pas, s'arrêtent, gesticulent d'une façon particulière en poussant des cris, comme la race féline en prodigue à ses amours. Après quoi ils reviennent l'un sur l'autre et recommencent ce manége trois fois. Les détails de cette cérémonie ne sont pas les mêmes pour tous les corps d'état.

— Approche ! lui cria d'un ton impérieux Libournais-la-Prudence, fais-moi passer ce dont j'ai besoin.

— Mais quoi ? dit Pleurniche.

— Moufflet, si tu ne devines pas, tu vas te voir arriver du cuir quelque part !

Le compagnon, les bras croisés, le regard éclairé de malice, jouissait de l'embarras de l'enfant.

— C'est cette *plaque de satou* (1) que vous voulez.

— Oui.

— Et à présent, reprit Libournais, raconte-nous ce que tu as fait hier et ee matin.

— Ça ne vous regarde pas, dit Pleurniche encore sous l'impression des brutalités de ces hommes.

Mais, malgré tout, il se sentit un grand désir de réciter toutes ses joies de la veille, car c'était pour lui un nouveau bonheur que rappeler ce cortége de confortables folies et le faire lentement repasser dans son souvenir. Aussi, après s'être mordu les lèvres un instant, il se hâta de commencer.

— Nous avons baffré au Petit-Charonne, dit-il en se dandinant sur un seul pied. Nous étions seize : M. Jérusard, M. Périllon et ses deux filles, puis....

Quatre voix interrompirent Pleurniche.

— Mademoiselle Henriette y était ?

— Oui. Vous avez parlé tous quatre à la fois, dit l'apprenti en clignant de l'œil pour accentuer son observation.

(1) Planche.

— Continue, lui dit-on brusquement.

— Chacun avait *risqué sa tunique* (1), reprit Pleurniche, le camarade. Culotte s'était lâché du faux-col sur une *lisette* (2) blanche. M'sieur Périllon emboîtait son coffre dans un *croisant* (3) dont les boutons brillaient comme du vrai *jonc*. Mam'selle Henriette avait une *lucarne* (4) de velours bleu quand elle est arrivée, on aurait dit un ange avec un morceau du ciel sur la tête. Moi seul j'avais l'air d'un *gonce en perte* (5) avec *ma blouse et ma viscope* (6).

— Vous avez mangé des *vestiges* (7)? demanda Vivarais-la-Candeur.

— Et vot'sœur? fit Pleurniche.

Cette exclamation est d'un burlesque très-équivoque; mais elle est si vraie, si en usage dans le vocabulaire de l'ouvrier parisien, que nous n'avons pu nous empêcher de l'exposer ici, en en demandant toutefois pardon au lecteur.

— Nous avons dîné, reprit l'apprenti, avec des choses que personne n'en sait le nom. On nous a donné des vitelottes noires enfermées dans un chapon rôti, et puis toutes sortes de *bidoches*, si bien que m'sieur Jérusard a cru qu'on voulait nous *raboter*, surtout quand on nous a servi du champagne.

(1) Mettre son habit.
(2) Une cravate.
(3) Un gilet.
(4) Un chapeau.
(5) Un pauvre.
(6) Une casquette.
(7) Des haricots.

— Du champagne !

— Oui.

— De l'eau de Seltz, tu veux dire.

— C'te bonne charge ! Je vous le répète , du champagne !

— Combien donc avez-vous payé ? demanda Libournais-la-Candeur.

— Deux francs par tête.

— Tiens , dit Vivarais-la-Candeur à ses trois camarades , il faudra que nous allions faire une petite noce chez ce *Mahoura* du Petit-Charonne.

— Nous irons lundi, répondirent les autres en reprenant le travail que le récit de Pleurniche avait interrompu.

— Et v'là, termina l'apprenti.

Libournais-la-Candeur se frappa sur le front.

— Mais ce n'est pas tout, dit-il à Pleurniche, où es-tu allé ce matin avec le patron ?

Il appuya sur ce dernier mot d'une façon qui exprimait son peu de sympathie pour François Durousseau.

— Je l'ai accompagné en portant une table à ouvrage; je ne sais pas où il m'a mené, répondit l'apprenti.

Mais aussitôt , une main dure et lourde tomba sur la tête de l'apprenti et lui saisit l'oreille.

— Aïe ! aïe ! cria-t-il.

— Où es-tu allé ?

— M'sieur Durousseau ne veut pas que je vous rende compte.

Libournais tordit si fort l'oreille de Pleurniche, que cet enfant crut que c'était avec des tenailles qu'on le déchirait. Alors , suivant la singulière habitude qu'il s'était imposée, à force d'énergie et de volonté , Pleurniche se prit à rire.

Impatienté, l'ouvrier lâcha l'oreille que torturaient ses doigts.

Maintenant , dit l'apprenti , puisque vous me laissez, je vais satisfaire votre curiosité : nous sommes allés près de la barrière de l'Etoile.

— Quelle rue ?

— Vous ne le saurez pas.

— Tu me fais grimper la moutarde au cerveau !

— Ca m'est égal.

Néanmoins , par prudence , Pleurniche s'était éloigné de l'ouvrier. Celui-ci courait sur lui pour lui administrer une nouvelle correction, lorsque Pantaléon entra ; il avait l'air triste et refrogné. D'un coup d'œil , il devina la situation perplexe de l'apprenti.

— Vous alliez le battre encore une fois, n'est-ce pas ? dit-il à Libournais, qui s'était arrêté tout coup en apercevant Pantaléon.

— Dame ! ce clampin-là ne veut pas me dire il a accompagné le patron ce matin.

— M. Durousseau m'a défendu de répondre aux questions de ce genre.

— Pourquoi que vous le blâmez d'obéir au patron ? dit Pantaléon avec toute la gravité d'un juge ; c'est son devoir, à cet enfant.

Les quatre compagnons menuisiers avaient pour Pantaléon Jérusard une sorte de déférence qui n'était que de l'hypocrisie. Classé parmi les indé-

pendants, c'est-à-dire parmi les ouvriers non liés
aux sociétés , ce dernier ne devait sa prépondérance qu'à l'insigne amitié dont le comblait la famille Périllon. Il parlait souvent à Henriette, et
la voyait presque tous les jours en allant rendre
visite à Chevrotte. Il pouvait dire du bien ou du
mal des quatre compagnons ; c'est pourquoi, depuis qu'il les avait introduits , très-innocemment,
chez Périllon, ils s'étaient efforcés de gagner son
estime. D'abord ils l'avaient fait entrer dans l'atelier de François Durousseau , et si son rabot ou sa
scie ne mordaient pas, il lui en était toujous offert
quatre autres à la fois.

Pantaléon, peu perspicace de son naturel, n'a-
vait pas compris la cause de ces prévenances un
peu inusitées dans l'ébénisterie ; mais ce qu'il avait
compris facilement, c'était l'espèce d'esclavage du
pauvre Pleurniche , les duretés et les coups dont
on l'accablait. Il lui avait offert sa protection, l'enfant s'était empressé de l'accepter. Grâce à cette
protection, bientôt changée en amitié véritable ,
nous avons vu Pleurniche suivre Pantaléon jusque dans les fastes du pique-nique à 2 francs.

— Il faut qu'il nous respecte , disait l'un des
compagnons.

— Et qu'il nous obéisse , disait l'autre, à nous
d'abord, et au patron après , s'il veut.

Pantaléon haussait les épaules.

— Vous êtes plus tyrans à vous quatre que
huit maîtres, leur dit-il.

— Tyrans !

— Vous qui parlez si souvent de l'abus de l'autorité, vous qui maudissez le riche parce qu'il se

sert de son or pour exercer la domination, vous ne songez qu'à abuser de votre force, et à chaque minute du jour vous commettez les prétendus crimes que vous reprochez aux autres.

Surpris de sa propre éloquence, Pantaléon, quoique justement indigné, n'osa pas continuer un discours si bien commencé.

— Allez voir Nivôse Bibeau, rue des Ursulines-Saint-Jacques, 7, dit-il pour conclure, il vous expliquera votre affaire à vous.

Les quatre compagnons n'auraient peut-être pas laissé passer si pacifiquement cette brusque leçon, si l'apparition d'un Auvergnat, vêtu de vert comme une olive et décoré d'un crachat de cuivre numéroté, n'était venu faire diversion.

— Un mochieur veut vous parler tout de chuite, dit l'Auvergnat à Pantaléon.

Après avoir demandé fort inutilement quelques explications, le jeune Jérusard suivit le commissionnaire, qui ne savait répondre à ses questions qu'en répétant ses premières paroles.

— Notre camarade l'*esbrouffeur*, dit Libournais, ne travaillera pas beaucoup aujourd'hui.

Quatre coups d'ongle frappés sur une vitre firent lever la tête à Libournais.

— Tiens, c'est vous ! dit-il, j'y vais.

Quelqu'un lui faisait signe de sortir pour venir causer avec lui : c'était l'homme qui la veille écrivait ses espionnages sur le boulevard extérieur.

sept de son et pour parties la destination, sans [illegible] qu'à abuser de votre force, et à châtier [illegible] du tout [illegible] contredire les prétendues [illegible] que tous [illegible] aux idées.

[illegible] de sa [illegible] éloignée. [illegible] son [illegible] quelque [illegible] n'en fais pas un [illegible] un discours et bien conduire.

— [illegible], [illegible] des 15 [illegible] [illegible] 7½ [illegible], pour [illegible], il vous [illegible] votre affaire à ceux [illegible].

Les quatre évangélistes s'unissent peut-être pas [illegible] enfin [illegible] votre [illegible] lequel [illegible] l'opération d'un [illegible] votre de [illegible] [illegible] et [illegible] d'un [illegible] de croire [illegible] vont [illegible] [illegible].

— [illegible] se [illegible] à la tête [illegible] de [illegible] dit l'[illegible].

Après avoir [illegible] fort [illegible] quelques explications, le jeune [illegible] suivit le comme [illegible], qui ne [illegible] rejoindre à ses questions qu'en répondant ses [illegible] paroles.

— [illegible] comédie [illegible], dit [illegible] mais [illegible] pas [illegible] augmentant [illegible] [illegible] la page [illegible] votre [illegible] levé la tête à l'improviste.

— [illegible] dit-il, [illegible] qu'il [illegible] vous [illegible] [illegible] votre [illegible] sur le [illegible] [illegible].

[illegible]

CHAPITRE XII.

___

MACHIAVÉLISME.

Pantaléon était accoutumé aux aventures. Dans
son existence, il y avait des mystères inexplica-
bles pour lui, qui l'auraient rendu réellement malheureux s'il eût été atteint de la maladie des penseurs : le pourquoi? Sa poche, singulier creuset
d'alchimiste, changeait le cuivre en or. Mais la
première stupéfaction passée, il oubliait cette miraculeuse métamorphose et en noyait l'étrangeté
dans le vin. Son intelligence, heureuse de son
obscurité, n'était pas de celles qui font de la vie
une échelle dont chaque degré est une pensée, une
découverte, un point d'où l'on peut voir dans le
domaine de Dieu.

De ses aventures à pièces d'or, qu'il n'avait jamais racontées à son père, parce que d'abord il

aurait fallu dire ce qu'en étaient devenues les preuves monnayées, il commençait à ne rester à Pantaléon qu'une grande difficulté à s'étonner de quelque chose. On lui aurait posé une couronne sur la tête en lui disant : Vous êtes roi ! qu'il se serait hâté de nommer Pas-de-Chance son premier ministre , et d'envoyer les trésors de l'Etat chez Chevrotte ; voilà tout.

Aussi , quand l'Auvergnat à veste de velours olive, l'ayant conduit dans un restaurant de confortable apparence, lui dit en lui montrant un cabinet : « Entrez là, » il entra sans hésiter.

Un domestique en livrée , qu'il n'avait jamais vu, le reçut, l'appela par son nom et l'invita à demander tout ce que bon lui semblerait.

— Je commencerai par vous, demander en l'honneur de quel saint nous buvons ensemble, dit Pantaléon ; je ne vous connais pas.

— J'ai été ouvrier comme vous avant d'être en livrée , répliqua le valet ; je veux rentrer dans les ateliers, et comme je sais que vous êtes très obligeant, j'ai pensé que vous me donneriez volontiers les renseignements qui me sont utiles pour trouver de l'ouvrage. Les journées rapportent-elles un peu ? Garçon, deux douzaines d'huîtres ! Les patrons sont-ils bons enfants ? Du vin de Sauterne ! Y a-t-il moyen de nocer un peu quelquefois ? Vous nous donnerez aussi une salade de homards.

Pantaléon écoutait avec ébahissement.

— Du homard ! dit-il.

Le garçon sortit.

— Eh bien ! l'ami, répondez-moi, mais parlez

un peu haut, j'ai l'oreille un peu dure. Noce-t-on encore dans l'ébénisterie ? Depuis quand avez-vous nocé ?

— Depuis hier soir, répondit Pantaléon sans la moindre défiance.

— Ah ! vous avez nocé hier soir.

Et avec une insidieuse adresse, le valet conduisit la conversation de manière à se faire raconter par l'ouvrier jusqu'aux moindres détails de l'étonnant pique-nique de la veille. Seulement deux ou trois fois il avait interrompu pour lui répéter :

— Parlez plus haut, je n'entends pas.

Évidemment, des cabinets voisins on pouvait ne pas perdre un mot du récit de Pantaléon ; quelques minutes après qu'il l'eut terminé, une dame, magnifiquement enveloppée dans un mantelet de satin, sortit, seule, du restaurant.

C'était Reine Machu.

Tandis que Pantaléon continuait la série de voluptés gastronomiques qui semblait vouloir hérisser sa vie de bouteilles et de plats fumants, Libournais-la-Prudence causait avec le personnage que vous savez.

En venant reprendre son ouvrage, il parut livré à de profondes réflexions. Il garda le silence pendant une heure. On n'entendait dans l'atelier que le sifflement du rabot et le raclement de la scie. Pleurniche entretenait toujours le feu sous la colle.

— Va me chercher du bitors, lui dit Libournais.

L'apprenti saisit avec empressement l'occasion de se promener un instant.

— Je vous demande un peu où ce pingre de patron passe sa journée! reprit Libournais en s’adressant à ses trois camarades.

— Les affaires vont bien, répondit Tourangeau-Fleur-d’Amour d’un ton caustique.

— Tu es encore un des balourds qui croient que le patron est en dèche !

— Il a des souliers troués ; et l’autre jour quand nous lui avons demandé l’augmentation de vingt-cinq centimes par journée, il s’est mis à larmoyer si bien que je lui aurais donné l’aumône.

— Eh bien, mes enfants, dit Libournais, j’ai de nouveaux renseignements. Je soupçonnais ce vieux cuistre de feindre la misère pour nous rogner nos journées et s’enrichir de nos sueurs. Je ne me trompais pas ; il place de l’argent chez la Judée, et cette chambre là-haut où il loge, où aucun de nous n’a jamais mis les pieds, est pleine d’or.

Un éclair d’indignation et de colère brilla sur la figure des trois autres compagnons.

— Tu crois cela, dit Vivarais la-Candeur.

— J’en suis sûr, continua Libournais. Du reste, suivez un peu mon raisonnement. Pourquoi ce vieux gueux de Durousseau n’a-t-il jamais fait un repas devant nous? Pourquoi paye-t-il quinze sous par jour à Pleurniche plutôt que de le nourrir avec lui? Parce qu’il va chaque jour se lester en cachette dans les meilleurs restaurants.

— Tiens! ça doit être la vérité, dit Tourangeau-Fleur-d’Amour en mettant ses poings sur ses hanches, ce qui lui donna immédiatement une parfaite ressemblance avec un cerf-volant.

— Et puis, reprit l’accusateur de François Durousseau, ces mystères dont il s'entoure... Sait-on seulement d'où il vient, en quel pays sa *trombine* a commencé à perdre ses crins? J'en mettrais ma main au feu, c'est un avare, un ladre, et dans sa chambre, là-haut, il cache ce qu'il nous vole.

— Si nous montions la voir, cette chambre? proposa Albigeois-l'Intelligence.

— Montons, dirent-ils.

Et l'escalier, ou plutôt l'échelle qui conduisait vers le gîte de Durousseau, craqua sous le poids des quatre compagnons.

C'était, comme nous l'avons dit, dans une manière de grenier que logeait le maître ébéniste. L'échelle aboutissait à une porte en bois blanc, mais cette porte était fermée. Libournais y arriva le premier, et, furieux de rencontrer un obstacle qu'il aurait dû prévoir, il leva le poing... Si une réflexion de police correctionnelle ne s'était dressée devant lui, il eût brisé le mince panneau qui s'opposait à sa curiosité.

— C'est fermé, grommela-t-il.

Les trois camarades, échelonnés sur les marches de l'escalier, poussèrent en chœur un juron à compartiments.

— Attendez, on peut voir par le trou de la serrure.

— A quoi ça nous servira ?

— J'aperçois une malle, une chaise, un matelas sur des copeaux, et des livres de comptabilité dans un coin.

— C'est tout ?

— Oh ! le vieux renard, est-il serré, mon Dieu ! Il joue la misère avec talent. Ah ! si nous pouvions ouvrir cette malle qui est là au milieu de la chambre. Nom de nom ! je vois le truck, ce n'est pas dans celle-ci qu'il met son or. Il y a un petit coffre qui lui sert de traversin. Oh ! si je pouvais entrer, mille tonnerres !

— Si nous avions ses livres de comptes, seulement, objecta Vivarais.

— Ouiche ! est-ce qu'il écrit tout ? dit Albigeois-l'Intelligence d'un ton gouailleur.

Ils se disposaient à descendre et formaient à eux quatre un long rouleau de chair humaine sur l'escalier, lorsque Pleurniche survint. En apercevant cette vilaine contrefaçon de l'échelle de Jacob, l'apprenti demeura stupéfait.

— Nous voulions éprouver la solidité de la barraque, dit Libournais, en s'efforçant de dissimuler son mécontentement d'avoir été surpris.

— Par intérêt pour le patron, ajouta lourdement Vivarais-la-Candeur.

— Ça ne me regarde pas, murmura Pleurniche.

Mais, malgré lui son regard trahit son peu de crédulité au prétexte de Libournais-la-Prudence. Aussi, il s'était à peine retourné qu'il reçut un coup de pied parfaitement semblable à celui qui lui avait été donné deux heures auparavant. Pantaléon, qu'un hasard inouï semblait avoir appelé juste en ce moment, arriva pour être témoin de cette nouvelle brutalité.

— Toujours ! dit-il.

— C'est pour rire, hasarda Libournais ; pas vrai, Pleurniche, que c'est pour rire ?

L'apprenti fit un signe affirmatif, mais en tournant la tête de façon à ce qu'on ne pût voir sa figure ; car la douleur avait été si vive cette fois, qu'il employait toute la force de son amour-propre à changer en sourire un sanglot prêt à sortir de son cœur.

— A force de le battre, reprit Pantaléon, vous rendrez cet enfant plus méchant que vous.

— Eh ! quand il sera fort et grand comme ce gaillard là-bas qui arrive, il battra les autres à son tour, dit Libournais.

Pantaléon regarda dans la cour, afin de voir de ses yeux l'objet de la comparaison de l'ouvrier ; c'était Pas-de-Chance.

Si nous avions à nous venger sur nos lecteurs de ce qu'on nous a appris un peu de latin, nous nous hâterions de citer ici un vers de Virgile, pour dire combien Pas-de-Chance d'aujourd'hui ressemblait peu à Pas-de-Chance d'hier. Il était beau. Il avait presque l'air fat. Les quinze francs de Pantaléon devaient s'être multipliés dans sa main pour payer tant de luxe.

Est-il rien de plus touchant que le luxe du pauvre, ce luxe naïvement étriqué, brossé, tendu comme s'il allait en crevant laisser paraître la misère qu'il cache ? Pas-de-Chance avait une redingote, la première peut-être qu'il eût portée ; le drap en était de différentes nuances ; les manches pouvaient avoir appartenu à un vieil habit d'huissier, car elles étaient luisantes d'usure sous les bras. Le collet étroit collait si bien sur ses épaules, qu'on l'eût pris de loin pour un ruban de lorgnon tant soit peu exagéré ; les boutons, petits et bombés, avaient des reflets fauves. Mais ces défauts de détail disparaissaient devant le grotesque de l'ensemble. Cette redingote torturait le buste de Pas-de-Chance, comme si elle eût voulu en détacher les bras. Elle le contraignait à une pose napoléonienne éternelle ; s'il eût osé se moucher, c'en était fait de son vêtement. Un gilet blanc à mine séculaire imperceptiblement taché de rouille et raccommodé, laissait entrevoir une chemise à petits carreaux bleus, qui, dans ses bâillements, trahissait la peau grenue de Pas-de-Chance. Son pantalon à sous-pieds était simplement un réformé de l'armée, passé du garance au noir fumeux. Il avait en outre des bottes et un chapeau ; mais quelles bottes et quel chapeau ! Le foulard d'Henriette lui servait de cravate. Pas-de-Chance, en hiver, s'était habillé de pied en cap moyennant quinze francs. Comment avait-il résolu ce problème ?

CHAPITRE XIII.

—

LE PATRON.

La blouse est le vêtement le moins dispendieux et le plus commode. C'est l'utile ramené à sa plus simple expression. Il serait facile de trouver une généalogie glorieuse à cette tunique du travailleur. A de rares exceptions près, tous les ouvriers adoptent ce surtout économique. Les uns, particulièrement ceux qui ont besoin de force autant que d'intelligence, les maçons, les terrassiers, les menuisiers, en font leur parure de semaine. Suivant la saison et la largeur de leur budget, ils ont, sous ce mince coton, une chemise, un gilet de laine, une veste ou rien. Les bijoutiers, les typographes, les mécaniciens et les autres corps d'états, éminemment supérieurs aux précédents, ne se servent de la blouse que comme d'une robe d'atelier.

Maintenant où l'ouvrier achète-t-il ses vêtements ?

Il faut être riche pour oser regarder en face un tailleur, l'apôtre de la mode, de la fantaisie, du luxe. Il faut être riche ou fripon : l'un peut payer convenablement ses goûts ; l'autre ne veut pas payer ; conséquemment il ne redoute pas un mémoire peuplé de chiffres. L'ouvrier n'est ni riche, ni fripon. Une chose remarquable et consolante pour les penseurs qui fouillent ces détails de la vie parisienne, c'est la probité innée des salariés. Rarement ils ont des dettes. Ils n'en auraient jamais, peut-être, si à chaque trimestre il ne leur fallait trouver une somme toujours trop forte pour payer leur terme. Ce n'est pas l'ouvrier qui use gratuitement le drap que l'infortuné tailleur ne se serait pas donné à lui-même. En cela, il faut le reconnaître, il y a plus de loyauté chez les enfants de l'atelier que chez tous les parasites gantés, exploiteurs de l'*expédient*.

La confection, industrie qui a pris des proportions colossales depuis 1830, a pour chalands la plupart des ouvriers de Paris. Ceux qui peuvent se bien vêtir vont échanger leur argent contre des objets dont ils discutent la valeur et la qualité. Sauf à nous faire imposer une patente comme entrepreneur de réclames, nous devons le dire: l'ouvrier affectionne *la Belle Jardinière*, cette tour de Babel de la confection.

Mais ces beaux habits neufs ne sont pas permis à ceux qui ont une nombreuse famille et un minime salaire. Le Temple est en vogue pour ceux-là. Au Temple il y a de tout à tout prix : un gilet à cinquante centimes, une redingote à trois francs, un chapeau à trente sous.

Il y a encore un autre genre d'acquisition de vêtements non pas aussi répandu, mais très-pittoresque : c'est la criée sur les boulevards extérieurs. Ordinairement le dimanche et le lundi, depuis midi jusqu'à minuit, les ouvriers hantent les barrières. Le dieu du commerce les poursuit jusque-là et se présente à eux sous les formes les plus séduisantes. Les marchands d'habits, montés sur des carrioles comme des arracheurs de dents, font une manière d'encan de leur friperie. Ils essayent d'abord sur eux-mêmes l'objet *établi comme pas un tailleur de la rue Vivienne vous l'établirait;* et cela digne de figurer dans le plus beau salon et *de vous y faire honneur.* Combien? le marchand fixe un prix élevé et le débat toujours en diminuant jusqu'à ce qu'un amateur tende les bras. Ces scènes de mercantilisme judaïque se prolongent le soir bien après le coucher du soleil, et alors c'est à la lueur des torches portées par des enfants qu'elles sont réellement belles à voir.

Pas-de-Chance avait acheté au Temple sa défroque de lion. Il lui restait une modique fraction de ses finances habilement ménagées. A l'aspect de son dandysme étonnant, Pantaléon sourit avec bonheur.

— Oh ! fit-il.

Pleurniche, subitement revenu à son état normal, se prit à caracoler autour de Pas-de-Chance.

— Paix ! disait gravement le superbe menuisier.

— Le patron va croire que tu es un faraud, murmura Pantaléon en tirant son ami à part. Tu as
l'air d'un notaire fraîchement marié.

Il y avait tant de générosité naturelle chez Pantaléon , que le plaisir de voir la luxueuse métamorphose de Pas-de-Chance l'emportait sur toute
autre réflexion.

Il ne se demanda pas pourquoi son ami avait
préféré une fausse apparence de toilette à de bons
et solides vêtements. Son air radieux et satisfait
lui remplissait le cœur. Il craignait seulement que
M. Durousseau ne prît Pas-de-Chance pour un fat.

— Ah ! disait ce dernier, si Ninette me voyait
à présent!

Cette exclamation d'amour et de vanité nécessi-
tait un geste quelconque; mais en essayant de dégager une de ses mains, Pas-de-Chance entendit un
craquement qui lui fit aussitôt reprendre sa pose
napoléonienne.

— On croirait que tu es gêné , lui dit Pantaléon à l'oreille; tiens pas tes mains derrière le dos
toujours.

— C'est la mode, répliqua imperturbablement
Pas-de-Chance.

— Tu crois ?

— Sur le boulevard *des Gants* on ne se tient pas
autrement.

Le visage du beau menuisier était si gai, si éclairé en ce moment par le rayon de bien-être dans
lequel il se croyait plongé , que vraiment , ainsi
qu'il vient de le dire, si Ninette Soviche l'eût aper-

çu, elle n'eût pas souri piteusement comme elle faisait au Château-du-Loir. Cet instant de bonheur imaginaire effaçait toute la misère écrite sur le visage de Pas-de-Chance. On y retrouverait la jeunesse de ses vingt-trois ans, la vigueur de son intelligence prête à s'épanouir au moindre souffle du bon vent.

— Ousqu'il est le patron ? demandait-il.

— Y est pas, répondit Libournais-la-Prudence, qui avait entendu la question.

— Ah ! fit Pas-de-Chance.

— Etes - vous compagnon , l'ami ? ajouta Libournais.

— Non.

— Quel pays ?

— De Caen.

— Où avez-vous été en apprentissage ?

— A Château-du-Loir.

— C'est un Agrichon , dit Vivarais-la-Candeur.

Pas-de-Chance rougit et se mordit la lèvre en écarquillant les yeux.

— Je crois qu'il m'insulte, dit-il à Pantaléon.

— Mais non.

— Je vas leur donner une leçon de politesse.

— C'est-à-dire que tu vas m'empêcher de te trouver de l'ouvrage ici ?

Le susceptible Pas-de-Chance se disposait déjà à cogner, suivant son expression , et il commençait à quitter sa redingote. Les dernières paroles de Pantaléon produisirent sur lui l'effet d'une douche; il immola sa colère à la sage réflexion de son ami.

Mon Dieu ! il suffisait d'un bon conseil à ce brave garçon.

Il attendit vainement François Durousseau , Les compagnons, voyant approcher la fin de la journée sans que le patron fût de retour, ne tarissaient pas de sarcasmes et d'insultes contre lui. Pleurniche, inutilement interrogé plusieurs fois, se bornait à répondre qu'il avait accompagné son maître du côté de la barrière de l'Etoile.

Enfin, au moment où les ouvriers remettaient leurs outils en place, François Durousseau arriva. Pantaléon, Pas-de-Chance et Pleurniche seuls le saluèrent.

Cet homme avait un peu le visage que Léonard de Vinci prête à saint Pierre. Ses cheveux gris tombants, rares, mais longs, formaient un cadre de vieillesse à cette physionomie absorbée par quelque chagrin secret. Son corps, de hauteur ordinaire, était légèrement voûté. Ses mains calleuses attestaient une laborieuse participation aux travaux de son atelier. Il avait une veste mal taillée en gros drap bleu, un pantalon et un gilet de même étoffe , mais beaucoup plus usés, car la veste se reposait souvent quand le gilet et le pantalon travaillaient. Son chapeau, bas de forme et large de bords, devait avoir été fabriqué en province et pouvait bien avoir vu quatre à cinq hivers.

En entrant dans l'atelier, François Durousseau se découvrit humblement. Il se dirigea vers l'escalier qui conduisait à sa chambre.

Les quatre compagnons étaient sortis pour retourner à leur logement.

— Patron, dit le jeune Jérusard en s'adressant

à Durousseau, qui avait déjà monté quelques marches, voici un de mes camarades, un bon ouvrier.
Il travaillerait dur si vous aviez de l'ouvrage à lui
donner.

— De l'ouvrage! répéta amèrement Durousseau.

— J'en dépêche crânement, allez! crut devoir
ajouter Pas-de-Chance.

— Revenez, mon ami, peut-être vous occupe-
rai-je dans quelques jours.

Pas-de-Chance et Pantaléon se retirèrent pour
arroser cette espérance d'embauchage. Durousseau
dit à Pleurniche de l'attendre, et monta vers son
réduit.

A la lueur d'une lampe allumée par le maître
menuisier, nous pouvons examiner son domicile.
A quoi sert donc à François Durousseau de savoir
sculpter le palissandre et le citronnier, l'ébène et
l'acajou? Son mobilier est d'une simplicité plus que
monastique. L'inventaire que nous a fait Libournais à travers le trou de la serrure eût été une
description entière s'il eût ajouté : « Tout cela se
trouve entre quatre murailles nues, sans fenêtres,
sous un toit percé d'une lucarne. »

Le vieillard jeta les yeux sur son grabat. En
apercevant le coffre qui lui servait de traversin,
comme l'avait dit Libournais, il vint étendre une
couverture de manière à cacher ce mystérieux
objet, puis il écrivit. Sa main tremblait; il s'arrêtait par moments et semblait chercher péniblement
ses expressions.

— Ingratitude! disait-il, veilleras-tu incessamment à la porte du seul homme à qui j'aie le droit

de m'adresser ? Réserves-tu à cet écrit l'accueil honteux dont tu ne crains pas de m'accabler ?

François Durousseau descendit vers Pleurniche.

— Voici tes quinze sous, lui dit-il, va-t'en sagement chez ta mère. En passant au coin de la rue, tu jetteras cette lettre à la boîte. Puis-je compter sur toi, mon enfant? Je souffre d'avoir marché tout le jour dans les Champs-Elysées, sans quoi j'irais moi-même à la poste.

— Je vous réponds d'exécuter vos ordres, m'sieur Durousseau, dit Pleurniche; c'est absolument comme si vous y alliez vous-même.

— Adieu, mon enfant.

Dès qu'il fut dans la rue, l'apprenti lut l'adresse de la lettre :

« A M. le comte Henri de Prémouran. »

— C'est là où nous sommes allés ce matin, dit-il.

Resté seul, François Durousseau ferma les volets de l'atelier, disposa une chandelle sur un bout de bois, et se mit à travailler.

— Si mes pieds sont fatigués, murmura-t-il, mes bras ne le sont pas encore.

CHAPITRE XIV.

———

CHEZ PÉRILLON.

Antoine Périllon, armurier de son état, demeurait quai de Gèvres, au quatrième sur le devant. Son logement se composait de trois pièces contiguës; la porte d'entrée ouvrait sur celle du milieu; à gauche, était la chambre d'Henriette et de Chevrotte; à droite, celle de Périllon. Le strict nécessaire seul meublait ces deux dernières parties de l'appartement. Chez Henriette et Chevrotte il y avait quatre gravures de dévotion encadrées dans une imitation d'ébène ; c'était l'ex-pensionnaire qui avait opéré cet embellissement. La propreté du carreau, la blancheur du lit et des rideaux, les reflets du jour se mirant dans le chêne ciré de deux chaises et d'une commode, donnaient à cette chaste retraite un air de simplicité charmante.

Le luxe de la maison était entassé dans la pièce du milieu; Henriette y avait accompli des prodiges pour la transformer en simulacre de salon, car elle ne croyait plus qu'on pût vivre sans salon depuis son retour du pensionnat. A force de tracasser le propriétaire, elle était d'abord parvenue à obtenir une tapisserie sur les quatre faces, précédemment blanchies à la chaux. Deux fauteuils bons à brûler, achetés quatre francs, s'étaient transformés en meubles de bonne mine sous la housse de coton bleu qu'elle leur avait faite. Une vieille commode à ventre renflé, picotée de vermoulures, avait si bien été tourmentée par son travail acharné, qu'on eût dit un précieux souvenir historique digne de porter un numéro à l'hôtel Cluny. Sur cette commode, on voyait un monde de fanfreluches. Ici des coquillages à valves tigrées ou dorées; là des bagatelles en sucre et en chocolat, comme on en donne aux enfants le premier janvier ; puis un moineau empaillé, un morceau de lave du Vésuve, un petit morceau de saule pleureur sous lequel fut enterré Napoléon à Ste-Hélène, et, au milieu de tout cela, sur socle et sous verre, un coussinet de velours noir artistement brodé aux lettres L. P., supportant un dé à coudre, un étui et des ciseaux. C'était le souvenir de Luce Périllon, la mère des deux jeunes filles, la femme de l'armurier.

Ce microscopique monument funèbre était adossé à la tapisserie, et, par respect, un peu isolé de tous les autres objets. Néanmoins, il ne prenait pas grand'place. Il était humble comme la femme qui l'avait inspiré. La majeure portion de la surface du meuble appartenait à un plateau orné de peintures chinoises, rempli de tasses en porcelaine. Tout cela était réuni en un même endroit, serré, pressé, empilé, pour cacher que la commode n'avait pas de dessus de marbre. Invention d'Henriette ! Comme dans la chambre de cette pensionnaire devenue coloriste, des gravures enrichissaient les murs ; mais au lieu de sujets de dévotion, c'étaient ici les types les plus flamboyants des grandes passions : Jehan de Saintré et la dame des Belles-Cousines, Louis XIV et la Vallière, Ninon et la Châtre, Phébus et Esméralda.

Il y en avait là pour tous les cœurs, c'étaient quatre petits brasiers où l'on pouvait se chauffer l'âme. Les rideaux de la fenêtre, en calicot blanc, relevés par des embrasses, montraient une jolie bordure bleue, travail d'Henriette. Dans les moindres détails de ce mobilier se trouvaient l'esprit et le caractère de cette jeune fille. Partout on voyait que son cœur avait laissé tomber un petit rayon d'amour propre. Souvent elle se levait de grand matin bien avant le jour, et , tandis que Chevrotte et son père dormaient, elle entretenait ce faux air d'aisance qu'elle aimait tant. Mais alors quand la brunisseuse en s'éveillant ne voyait pas sa sœur auprès d'elle, et qu'elle l'entendait épousseter et frotter les meubles ou le carreau, elle sautait à terre comme une lionne, allait la saisir par le bras et la ramenait dans la chambre, crainte de troubler le sommeil de Périllon. Là, vraiment en colère, Chevrotte se fâchait.

— Tu veux donc te tuer ? disait-elle. Depuis quelle heure es-tu à travailler ainsi ?

— Je t'assure qu'il n'y a pas longtemps. J'ai entendu sonner l'Angélus à quelque église voisine. Je ne pouvais me rendormir, je me suis levée.

— Henriette, ma sœur, je t'en supplie, ne te massacre pas ainsi. Vois, tu t'es couchée à minuit, car tu as voulu lire hier soir... et tu interromps ton sommeil bien avant le jour... Aussi vous êtes très-pâle, méchante !

Elles étaient belles à voir ainsi, ces deux sœurs, luttant de générosité et de tendresse. Après avoir embrassé Henriette, pour se réconcilier avec elle, Chevrotte s'habillait à la hâte et se mettait aux ordres de sa sœur, afin de continuer l'œuvre commencée ; mais à elle seule elle voulait tout faire ; et c'étaient de nouvelles querelles toujours terminées par un nouveau baiser. Chevrotte avait une façon expéditive de nettoyer les meubles ; elle ne les frottait pas, c'eût été les user, disait-elle. Henriette, au contraire, ne trouvait jamais assez d'éclat aux moindres choses. Du reste, son amour de la symétrie et du bon goût l'aurait entraînée loin ; si on le lui avait permis, elle aurait démoli certaines parties de la maison pour les rebâtir ensuite. Par exemple, un placard disgracieusement étalé dans un coin du prétendu salon ; Chevrotte le proclamait très-utile, parce qu'elle y enfouissait pêle-mêle tout ce qu'elle n'avait pas le temps d'arranger à la fantaisie d'Henriette.

Or, midi sonnait. Il n'y avait qu'une jeune fille chez Périllon, c'était Chevrotte. Placée dans l'embrasure de la fenêtre, elle travaillait. Figurez-vous une jeune fille d'Ostade ou de Miéris, une figure candide, facile à la joie : des yeux bleus, grands et vifs à allumer de la poudre ; un teint frais, coloré, des tons de grenade et de pêche. Elle cousait de la peluche grise. Au moindre bruit venant de l'escalier, elle prêtait l'oreille et se disposait à cacher sa couture au fond d'une corbeille préparée à dessein.

Sans qu'elle eût préalablement entendu monter l'escalier, Chevrotte tressaillit aux vibrations de la sonnette ; elle fit disparaître sa peluche et alla ouvrir la porte. Elle ne vit d'abord qu'un flot de satin noir et vert ; mais quand ce flot gracieux eut relevé son voile et montré une pâle et belle figure, Chevrotte bondit de joie :

— Laure ! s'écria-t-elle.

C'était Laure, la fille de Jérusard.

Je ne sais pas, lecteur, si vous aimez ces poétiques pâleurs qui ont été en si grande mode après l'apparition de ce qu'on appelle l'école romantique, époque où les jeunes filles buvaient un petit verre de vinaigre le matin, afin de combattre les honteuses tendances de vermillon qui s'avisaient de roser leurs joues. Une apparence de phthisie était un charme dangereux. Plus par sa beauté morbide la créature approchait de la mort, plus elle entraînait de cœurs prêts à s'envoler avec elle.

Ainsi que l'une de ces blanches enveloppes à travers lesquelles on croit voir une âme qui souffre, Laure Jérusard était pâle, plus pâle qu'Henriette Périllon, qui ne peut guère lui être comparée, car Laure est blonde et Henriette est brune. Ses traits sont empreints de douceur, ses yeux versent une mélancolie voluptueuse ; ses lèvres, merveilleusement dessinées, fascineraient l'homme qui observerait leur continuelle et imperceptible agitation. La physionomie de Laure ne dit pas son âge. Elle présente à la fois des empreintes de jeunesse et de décrépitude. Ses cheveux couleur d'ambre, divisés au sommet de son front blanc, légèrement marbré de fils bleus, retombent en bandeaux lissés et arrondis sur ses tempes. Une robe de satin vert foncé emprisonne son corps maigre et fluet. Sa taille svelte disparaît sous une mantille de velours noir doublée de soie jauné; son chapeau de feutre gris cendré n'est guère plus orné que celui d'un homme. Laure ressemble ainsi à un premier prix du conservatoire, à une pupille millionnaire échappée à la maison de son Bartholo, ou, si vous préférez, à une Ève moderne sortie d'un paradis du faubourg Saint-Germain, après y avoir mangé la pomme à elle seule.

— On t'a donc appris que j'avais été chez toi ce matin? lui dit Chevrotte en lui présentant une chaise à côté de la sienne.

— On m'a dit qu'une jeune fille était venue me demander sans vouloir laisser son nom; au portrait qu'on m'a fait, je t'ai devinée.

— Je voulais te prier de me rendre un grand service. Tu vas comprendre.

Chevrotte montra à Laure les compartiments d'un chapeau en peluche grise.

— Je comprends, dit l'ancienne modiste; mais avant, Chevrotte, donne-moi des nouvelles d'*eux*. Tu sais, ceux que je n'ai plus le droit de voir ni de nommer!

La voix de Laure tremblotait. Une larme tomba sur le satin de sa robe.

— Bonne fille , dit Chevrotte aussi émue que son amie, tu pourrais les voir si... (Mais elle changea subitement le cours de ses idées.) Ton père se porte bien, reprit-elle; nous avons dîné ensemble, ily a quinze jours , au Petit-Charonne. Quant à Pantaléon... je le vois presque tous les jours.

— Ont-ils de l'ouvrage? Oh! et puis, réponds-moi vite. Cette nouvelle de la mort de mon autre frère, celui que tu n'as pas connu, s'est-elle confirmée?

— Hélas ! oui.

— J'avais espéré que ce serait une fausse nouvelle, dit Laure en donnant libre cours à ses larmes. Mort! lui, le seul qui aurait pu soutenir!... Oh! Sulpice! Sulpice! Pourquoi nous as-tu abandonnés! Cela fait du bien de pleurer un peu , vois-tu, ma Chevrotte; je suis sûre que ce soir je ne tousserai pas.

— Tu es donc bien enrhumé?

— Ce n'est pas du rhume, va!

Le sourire navrant qui accompagna ces mots fit frissonner Chevrotte.

Dans le transport de son désespoir, le père Jérusard avait flétri sa fille du nom de prostituée. Nous qui pardonnons beaucoup à ceux qui ont beaucoup péché, nous devons nous hâter de relever un peu cette femme. Laure n'appartenait pas au premier venu ; elle était à la solde d'un amant. Or, s'il y a des degrés dans le gouffre de la débauche, celui-ci n'est pas le plus hideux. Ses pieds n'étaient pas tout à fait au milieu de l'égout,

mais sur le bord. En désertant le toit paternel,
elle avait été demander asile à l'une de ses camarades d'atelier; trois jours après, elle foulait de
beaux tapis, elle pouvait se mirer dans l'acajou de
ses meubles; mais quand, vers minuit, sa soubrette annonçait quelqu'un, elle devenait blème,
et s'efforçait de sourire néanmoins.

— Tiens, Laure, reprit Chevrotte, j'ai une pensée sur le cœur, il faut que je te la communique :
je sais les malheurs qui te séparent de ton père,
mais il est bon. Il te pardonnerait si tu allais te
jeter à ses genoux.

— Il détournerait la tête en me maudissant. Il
a défendu à Pantaléon de me saluer, de venir me
voir même.

— Et il n'y est pas allé?

— Je ne l'ai pas vu depuis plus d'un an.

— Ça me regarde, fit Chevrotte, je l'en puni-
rai...

— Oh! c'est la faute de mon père, qui jamais
n'oubliera ma faute. Du reste, moi, je ne pourrais
peut-être pas oublier que mon père a tué le seul
homme que j'aie aimé.

— Quoi! tu crois?

Les traits de Laure s'étaient subitement con-
tractés.

— Si ce n'est pas mon père qui a porté le coup
lui-même, c'est à son instigation que l'on a provoqué mon amant pour l'assassiner en duel. J'en
sais sûre maintenant : mon père appartient à un
tribunal secret qui s'est arrogé le droit de juger
et de tuer les séducteurs.

— Pauvre Laure! dit Chevrotte en prenant la

main de son amie, afin de calmer l'agitation nerveuse qui s'emparait de tous ses membres.

Ce mot de compassion rappela la sensibilité dans le cœur de la fille égarée. Après un moment de silence, de nouvelles larmes remplirent ses yeux.

— Ils l'ont assassiné, dit-elle en sanglotant, et avec sa vie ils ont pris mon amour. Ce n'était pas mon séducteur, c'était mon époux! Vois, Chevrotte, vois la lettre qu'il m'a écrite en mourant.

Laure ouvrit une cassolette en or qu'on eût prise pour une montre, elle en retira un papier jauni sur lequel des caractères tremblés s'alignaient à peine.

— La mort l'aveuglait, reprit-elle, quand il a écrit cela. Je vais lire, moi, tu ne pourrais pas.

Elle colla le papier sur ses lèvres, puis elle lut :

« Laure, mon premier et mon dernier amour, j'ai une épée dans la poitrine; je mourrai dès qu'on essayera de la retirer. L'homme avec lequel je me suis battu m'a dit qu'il vengeait ton honneur et celui de ta famille. Malgré ses loyales intentions, il a commis un crime en me privant de la vie; car j'en atteste Dieu, devant qui je vais paraître, je devais te donner mon nom et ce que je possède, comme je t'ai donné mon amour et mon sang. »

Cette lecture, entrecoupée de sanglots, avait ému Chevrotte autant que Laure. La naïve brunisseuse ne voyait qu'une conclusion à tout cela : son amie était bien malheureuse.

— Allons, dit Laure, oublions les histoires de cœur. Où est ce chapeau? que je voie si tu t'es souvenue des quelques leçons que je t'ai données autrefois.

Au moment où Chevrotte montrait son ouvrage à Laure, un bruit de pas assez lourds se fit entendre dans l'escalier.

— Qui monte ainsi? demanda la brunisseuse.

Pantaléon parut. Laure s'élança vers lui. Il la reconnut et lui tendit les bras en poussant un cri de surprise et de joie.

CHAPITRE XV.

Le jeune menuisier regardait sa sœur comme
un enfant regarde une gravure. Fascinés par l'éclat
de sa toilette, ses yeux voyaient, son cœur ne pensait pas. Laure était belle dans ce tourbillon de
satin; elle avait l'air riche, conséquemment elle
devait être heureuse. L'intelligence du bonheur,
étroite chez la plupart des hommes, n'était pas
large chez Pantaléon. A force de matérialiser
l'humanité, les sophistes lui ont fait un idéal de
bonheur qui se mesure à l'aune. Pour composer
cet idéal, il y a une recette. Le jeune menuisier,
accoutumé à tout apprécier par les yeux, eut besoin de se rappeler un peu la position de sa sœur
pour comprendre la tristesse répandue sur son
visage.

— On croirait que tu as pleuré, Laure, lui dit-il.

— Bah! fit celle-ci.

— Tu as les paupières toutes rouges. N'est-ce pas, Chevroue?

— Elle aura peut-être pelé un oignon avant de venir, dit ingénument la brunisseuse.

Pour elle rien n'était plus naturel que supposer cette nécessité domestique à laquelle elle croyait les femmes plus ou moins astreintes.

— Je suis heureuse de te rencontrer par hasard, dit Laure; j'aurais préféré qu'il en fût autrement; mais...

Cette dernière syllabe, jetée avec un intraduisible mouvement de tête, signifiait tout ce que Laure n'osait dire.

— Il y a longtemps que je pensais à t'aller voir, reprit Pantaléon.

— Oh! que tu m'aurais fait plaisir! murmura la fille de Jérusard. Viens quelquefois le matin vers onze heures, ou le soir de sept à dix. Tu sais, rue de Navarin, n° 40; tu verras comme je suis bien logée. Apporte-moi quelque chose qui ait appartenu à mon père, ce que tu voudras. Mais viens! je t'en supplie. Figure-toi que, quand je pense à vous, je tousse comme si je devais cracher mon cœur.

— Compte sur moi, dit Pantaléon, je te surprendrai prochainement. Faut-il que je t'amène Pas-de-Chance?

— Qui est ce Pas-de-Chance?

— Mon meilleur ami. Un fameux, va!

— Non. Viens seul plutôt.

— Ah ! dame ! il t'aurait fait rire. Je parie qu'i
a la force de jongler un lit et une commode.

Les grosses émotions pouvaient toucher le cœur
de Pantaléon ; mais les délicates perplexités sentimentales ne l'atteignaient pas. Depuis un instant
il considérait attentivement la peluche que Chevrotte et Laure tourmentaient à coups d'aiguille.

— Mais, dit-il, que faites-vous donc-là ?

— Un chapeau, répondit Chevrotte.

— Ah ! pour qui donc ? Je gage que ce n'est pas
pour vous.

— C'est pour Henriette, dit la brunisseuse.

— Je ne savais pas, murmura Laure.

L'accueil froid qu'elle fit au nom d'Henriette
laissait deviner que celle-ci n'avait pas , comme
Chevrotte, toute sa sympathie.

— Vous voulez qu'elle soit donc bien requinquée ? dit Pantaléon.

— Elle a un chapeau très-laid et très-vieux.

— Bon, et vous ?

— Je n'ai pas été élevée dans un pensionnat,
moi , monsieur ; on ne m'a pas habituée à ce
brimborions. Du reste, c'est moi qui veux qu'Henriette porte chapeau. Ça me fait plaisir quand , à
côté de moi, on la regarde dans la rue en disant :
« Voilà une ravissante demoiselle ! » Si on m'adressait des éloges de ce genre à moi , j'en serais
vexée ; mais, adressés à Henriette, ils me rendent
joyeuse. Il faut la voir me serrant le bras alors,
n'osant pas lever les yeux, et m'affirmant, lorsque
nous sommes arrivées , que c'est de moi et non
pas d'elle qu'on parlait. Elle est si modeste , si
vertueuse !

— Je la connais à peine , observa Laure ; elle était en pension à l'époque où nous avons lié connaissance. Je l'ai vue trois fois tout au plus , et elle m'a semblé un peu fière.

— Quelle erreur ! Henriette est la plus douce, la plus humble, la plus aimable de toutes les coloristes de Paris.

— Cela n'empêche. Il y a deux mois environ , j'étais ici comme aujourd'hui. Henriette arriva. Elle me salua comme une duchesse me saluait autrefois quand j'allais lui essayer une parure de bal.

— Tu as pris sa timidité pour de l'orgueil. Elle rougit, la pauvre fille, dès qu'elle se trouve en présence d'une personne qu'elle ne connaît pas intimement.

— Et elle devient muette, ajouta Laure, car elle ne me dit pas un mot.

Ces petites accusations , dirigées contre Henriette faisaient monter le sang aux joues de Chevrotte.

— Mon Dieu, dit-elle, tu veux absolument que je reconnaisse à ma sœur des défauts qu'elle n'a jamais eus. Répondez-moi, Pantaléon, et aidez-moi à convaincre Laure. Henriette a-t-elle parfois été fière devant vous ?

Assis comme un singe, Pantaléon frottait lentement ses mains sur ses cuisses attendant la fin de la discussion. S'entendant interpeller, il demeura immobile comme un magot et sembla réfléchir avant de rendre le jugement qu'on attendait de lui.

— Non, dit-il gravement , mademoiselle Henriette n'est pas une *muselée* comme il y en a. Elle est très-timide , voilà tout. Quant à ses vertus dont parle Chevrotte , je mettrais mes deux mains au feu pour prouver qu'elle les possède réellement.

Un regard jeté à Chevrotte parut chercher la récompense de ces éloges. Ils étaient sincères sur les lèvres de Pantaléon , mais néanmoins il eût trouvé agréable de se faire payer d'un sourire, ou au moins d'une œillade.

L'observation de Laure était fondée. Henriette l'avait accueillie avec froideur ; mais on ne pouvait accuser ni l'orgueil ni la timidité de la coloriste. Plus instruite qu'aucun membre de sa famille , elle voyait clairement la source du bien et celle du mal. Quelques années d'éducation lui donnaient le jugement que la religion peut donner à tous les êtres , avec cette différence que l'éducation ordinaire apprend à discerner le mal et à le couvrir de voiles honnêtes, tandis que la religion le réprime et ne tolère pas ses dissimulations. Telle est notre croyance : la religion doit être le premier flambeau de la vie. C'est le seul qui soit indispensable à l'homme. L'instruction est le télescope de l'humanité , la religion est son œil. Elevée dans la science du monde plus que dans la science de Dieu, Henriette, à l'aspect de Laure, pauvre ange déchu, comprit le peu d'honneur que cette amitié apportait dans la maison de son père , et le danger que la licence présumable de cette jeune fille créait pour sa sœur. C'était plus une question de convenance que de principes. Les convenances disaient froidement : « Cette fille perdue n'appartient plus

au monde honnête; » les principes auraient dit :
« Essayez de la ramener à la vertu, si vous vous
en sentez la force ; mais prenez garde, car il est
écrit : *Celui qui aime le danger périra.* »

Henriette avait pris, au pensionnat, ce qu'on
nomme une teinte de religion ; mais en même
temps, elle avait pris un bain d'idées mondaines.
La présence de Laure chez son père fut, à ses
yeux, une humiliation. Elle n'osa, néanmoins,
communiquer ses impressions à personne. Un motif secret la rendit muette.

Franchement, quelle qu'en soit la cause, Henriette n'avait pas tort de craindre le contact de
Laure : les amitiés qui ne peuvent produire du
bien engendrent du mal. Hélas ! combien peu les
chefs de famille songent à cette vérité ! Il en est
beaucoup qui vont jusqu'à admettre pour base de
leur autorité paternelle les fausses idées de l'homme qu'on a surnommé le flambeau du xviiie siècle. Celle-ci par exemple : « Il faut toujours un
temps de libertinage, ou dans un état ou dans
l'autre : c'est un mauvais levain qui fermente tôt
ou tard. »

— Eh bien ! disait Laure, je me rends à votre
bonne opinion. J'aime autant, du reste : ça me
pesait sur le cœur d'être méprisée par une personne qui sera peut-être ma parente un jour.

Laure souriait à Chevrotte et à Pantaléon en
prononçant ces derniers mots.

— Je crois bien que oui, répondit Chevrotte.

Pantaléon bondit sur sa chaise et faillit la briser de joie.

— A quand donc ces noces ? demanda Laure. Il me tarde à les voir.

— Mon père, répondit le jeune menuisier, me dit toujours qu'il m'avertira quand il sera temps. C'est lui maintenant, qui a la clef de mon bonheur dans sa poche.

— Si vous tardez trop, prononça Laure, je ne serai peut-être plus ici.

— Où seras-tu donc ? dit Chevrotte.

— Je ne sais pas, murmura la pauvre fille en haussant les épaules.

Absorbé dans une étrange contemplation de sa fiancée, Pantaléon ne comprit pas ou n'entendit pas les paroles de sa sœur.

— Mais enfin, reprit-il, où est donc mam'selle Henriette ? Elle ne travaille pas aujourd'hui ?

— Elle flâne comme vous, dit Chevrotte.

— Parbleu ! moi je suis sorti de l'atelier à dix heures, parce que les compagnons y faisaient un *micmac* d'enfer. Ici je vois pourquoi mademoiselle Henriette n'y est pas ; elle sera sortie, afin de vous donner le temps de lui confectionner son chapeau.

— Henriette est allée passer la journée chez son ancienne maîtresse de pension, parce qu'elle n'avait pas d'ouvrage aujourd'hui, et que je l'ai vivement engagée à profiter de ce jour de repos pour se distraire auprès de ses vieilles amies. Mais tout cela n'est qu'une petite machination inventée par moi et par mon père.

— Une machination, Chevrotte ! dit le menuisier abasourdi de ce mot, dont il ne comprenait pas le sens ; vous avez inventé une machination !

— C'est aujourd'hui la Sainte-Luce.

— Eh bien ?

— Vous ne savez pas qu'Henriette a été baptisée sous ce nom, qui était celui de notre chère mère?

— C'est sa fête ! dit Pantaléon comme un homme qui découvre un grand secret.

— Oui, c'est sa fête, reprit Chevrotte, et quand elle reviendra, nous lui causerons une surprise. Comprenez-vous maintenant pourquoi j'ai hâte de finir ce chapeau ?

— Si je pouvais?... fit Laure, mais je ne peux pas...

— M'sieur Jérusard viendra, dit Chevrotte. Mon père doit l'avoir invité ce matin.

— Quel malheur que Laure...!

Pantaléon n'acheva pas sa phrase ; il en commença une autre :

— Je vais acheter quelque bibelot pour Henriette, et puis j'enverrai le môme de ma portière prévenir Pleurniche et Pas-de-Chanche. N'est-ce pas, Chevrotte, il faut qu'il y ait beaucoup de monde.

Il embrassa Laure, lui promit de nouveau d'aller la voir bientôt, et laissa les deux jeunes filles à leur gracieux travail.

Lorsque Pantaléon avait une idée, petite ou grande, il employait à sa réalisation tout ce qu'il possédait d'énergie. Cette fois il voulait faire un cadeau à Henriette, et ses ressources, dont il n'osait vérifier le total, ne s'élevaient pas au-dessus de trente ou quarante centimes. Pas-de-Chance n'était pas entièrement étranger aux causes de la pénurie habituelle de Pantaléon. Mais ce dernier éprouvait à aider son camarade une telle satisfaction, qu'il se regardait plutôt comme son débiteur que comme son créancier.

Les fleurs, même en hiver, ne sont pas à un prix exorbitant, si l'on veut arrêter son ambition aux vulgaires produits de l'horticulture. Cette réflexion avait conduit le jeune Jérusard au Marché aux Fleurs.

Il y avait foule devant les massifs de rosiers et de camélias tristement plantés dans des pots et emprisonnés dans un papier blanc, comme si on craignait qu'ils n'attrapassent un coup d'air. Arrêté devant une des plus belles collections de pétunias, de fuchsias et de dahlias, Pantaléon rêvait des largesses de nabab ; il aurait voulu acheter tout ce qu'il avait sous les yeux, en charger deux ou trois charrettes. Tandis qu'il s'abandonnait à ces désirs de monstrueuse prodigalité, il lui semblait qu'un personnage entièrement enveloppé dans un magnifique paletot noir, la figure avalée jusqu'aux yeux par un cache-nez splendide, l'observait attentivement. Pantaléon trouvait dans ce regard une mystérieuse fascination. Le personnage en paletot noir s'éloigna. Le menuisier se demandait où il avait vu deux yeux ainsi faits, arrêtés sur lui comme ils venaient de l'être à l'instant. Las de chercher dans ses vieux souvenirs, il en revint à ses idées d'acquisition.

— Combien ce pot de petites folies bleues? Ça ne doit pas être cher?

— Trois francs pour vous, m'n'ami, répondait

une jardinière qui avait des arpents d'appas, comme dit un poëte d'Ecosse.

Pantaléon alla plus loin adresser à peu près la même question, et recevoir à peu près la même réponse.

— Je n'ai pas plus de huit sous, s'écria-t-il; tenez, les voulez-vous?

En vidant ses poches, il étala quatre gros sous et deux pièces d'or.

— Je vous donnerai de la monnaie , lui dit-on en souriant.

— Mille tonnerres !... s'écria Pantaléon , c'est trop fort ! Oh ! je n'y tiens plus ; je veux enfin consulter Nivôse Bibeau sur cela...

Il s'élança vers la rue Saint-Jacques.

CHAPITRE XVI.

LE TERRASSIER PHILOSOPHE.

Chaque quartier de Paris a son genre particulier de construction. Il en est qui ne se revêtent que de pierres de taille admirablement équarries, polies, unies entre elles ; d'autres, et c'est le grand nombre, aiment le fragile et le clinquant ; des apparences de murailles leur suffisent, comme à certaines gens des apparences de vêtements. On aligne quelques moellons dans un délayage de chaux et de sable ; on cache sous une couche de plâtre ce mensonge érigé en monument ; on ouvre des fenêtres et des portes : voilà une maison ! Rien n'est triste à voir comme cette manie mesquine qui trahit les vices dominants de notre époque : l'individualisme et l'amour de l'argent. Il semble que l'homme qui bâtit ainsi dit comme

Louis XV : « Après moi le déluge! » Mais que dire de celui qui dans les rues écartées et pauvres fait construire plus mal encore ? Ici tous les matériaux sont vieux, les pierres rapiécées, les charpentes rajustées, les boiseries raccommodées, les ferrures cachent leur rouille sous une enveloppe de peinture, et tout cela grince, craque, se fendille comme si c'était dévoré par un incendie invisible. La rue des Ursulines Saint-Jacques est bâtie presque en entier d'après ce dernier système... Dans l'une de ses maisons demeurent le père Larigette, que nous avons vu il y a quelques jours à *la Pensée du Papillon volant*, et Nivôse Bibeau. Cette maison a trois petits étages et un grenier mansardé. Un escalier merveilleusement simple, peu coûteux, et dont la rampe en fer est incomplète, s'élève du fond d'un corridor obscur, boueux, glissant, et conduit aux régions supérieures, divisées pour loger des pauvres gens et des rats.

Pantaléon venait d'entrer dans cette maison. Il s'arrêta au premier étage et frappa à un carreau de porte vitrée.

— Bonjour, père Larigette, dit-il, Bibeau est-il chez lui?

Larigette, tailleur en neuf et en vieux, représentait un adroit cumulateur de professions. Un peu concierge et usurier, un peu écrivain et agent d'affaires, vivant de l'aiguille et de la plume, de la main et du cerveau, faisant travailler sa femme et sa fille, il pouvait bien, ainsi que le bruit en courait, être riche et avare.

— Allez-y voir, répondit-il froidement à Pantaléon; quand môsieur Bibeau sort, il ne me demande pas la permission.

Ne sachant à quoi attribuer cette froideur si peu en harmonie avec son ton amical, Pantaléon haussa les épaules et continua son ascension.

— Plus souvent que j'irai me déranger pour le fils de l'un de mes ennemis! se dit mentalement Larigette quand le menuisier eut disparu. Un gredin qui a fait tuer l'amant de sa fille, et qui s'oppose à ce qu'on en fasse autant pour moi.

Le domicile de Bibeau se trouvait au fond d'un corridor noir où il y avait quatre portes. Les trois premières, à peine fermées, laissaient apercevoir des tas de chiffons; la quatrième donnait entrée chez Bibeau. Ce logement n'avait que trois murailles, la déclinaison du toit absorbant tout un côté. Une fenêtre, dite tabatière, donnait vue sur le ciel. Dans ce réduit vivaient six créatures : Nivôse Bibeau, sa femme et quatre enfants, deux garçons et deux filles. Leur mobilier offrait dans ses détails des solutions de problèmes devant lesquels l'algèbre eût reculé. Un seul lit, qui, quoique très-restreint, prenait un quart de l'espace, contenait le coucher de toute la famille. Voici comment : la paillasse était le lot exclusif du père et de la mère; le matelas coupé en deux appartenait aux enfants. Quand la nuit venait, cette dernière partie du lit se multipliait sous les mains de la mère. Les deux garçons recevaient leur *portion* de matelas, les deux fillettes la leur, et chacun se disposait au sommeil, sans que l'ange gardien de cette nichée cessât de sourire un instant.

A ce lit encyclopédique il faut ajouter un crucifix en plâtre, deux chaises épaillées, quatre petits bancs, une table en sapin, quelques ustensiles de ménage, une pelle et une pioche, gagne-pain de Bibeau, et vous aurez l'inventaire complet. Au moment où nous pénétrons chez ces pauvres gens, les quatre enfants, dont l'aîné avait huit ans, assis sur leur banc, auprès d'un tuyau de cheminée qui passait contre une des murailles, cherchaient à surprendre un peu de chaleur à ce calorifère gratuit.

Leurs vêtements attestaient la patience et l'incessante sollicitude de leur mère. C'étaient des haillons reliés entre eux par des coutures innombrables. Nivôse Bibeau prenait ce jour-là un instant de repos forcé; il lisait la Bible à haute voix. Sa physionomie, d'une simplicité rustique, exprimait la patience et la bonté. De fortes couches de hâle couvraient son front et ses joues. Ses lèvres épaisses n'avaient pas les vives couleurs qui prouvent la richesse du sang, mais elles laissaient deviner une résignation heureuse, un dédain profond pour toutes les privations qui les avaient pâlies. Une blouse bleue, rapiécée, un mauvais pantalon de gros drap et des sabots, composaient le costume de Bibeau. Ces misérables hardes le couvraient bien mal; ses mains crevassées, rouges, parcourues en tout sens de fils terreux, dénonçaient son humble profession. Il était terrassier, métier pénible, peu lucratif, assujetti aux fantaisies des entrepreneurs et aux intempéries des saisons; si bien que Nivôse Bibeau n'appartenait à cette profession que lorsqu'elle lui offrait du travail. Il employait ses jours de chômage de manière à ce qu'ils ne fussent pas entièrement perdus. Il s'inventait des occupations de tous genres. Une fois, entre autres, il se loua à un maître chiffonnier, pour opérer sous sa direction. Ce terrassier avait eu à peu près la jeunesse de Pas-de-Chance, à la différence qu'il n'était pas orphelin. Son père et sa mère, héros très authentiques des massacres de l'Abbaye en 1792, moururent dans l'attente d'une nouvelle révolution. Le nom qu'ils avaient donné à leur fils, né en 1808, disait leur profonde sympathie pour les temps passés. Comment ce pauvre enfant échappa à l'influence des opinions forcenées de ses parents, comment au lieu de devenir un scélérat il devint honnête homme, un vieux prêtre de Saint-Etienne-du-Mont vous le dirait. Ce vieux prêtre rencontra un jour Nivose dans l'église, essayant de desceller le tronc des pauvres ; il l'emmena de force dans la sacristie et lui fit avouer la cause de sa criminelle tentative. Les patriotes, père et mère Bibeau, avaient dit le matin au petit Nivôse, alors âgé de neuf ans : « Tu coucheras dehors si tu n'apportes pas trente sous ce soir. » Or, Nivôse aurait préféré mourir que coucher dans la rue; c'est pourquoi il voulait emporter le tronc des pauvres.

— Malheureux enfant, lui dit le prêtre, tu ne sais pas le crime que tu allais commettre !

— Pourquoi écrit-on sur cette caisse : « Tronc des pauvres? » répliqua l'enfant.

Le bon vieillard comprit la singulière méprise de Nivôse. Il lui donna trente sous et l'engagea à revenir. Cette aventure changea la destinée du petit malheureux, qui reçut une instruction religieuse à l'insu de ses parents. Le prêtre lui apprit à apprécier la vie humaine à sa juste valeur; dès lors, toute souffrance lui parut légère. Ainsi, il avait traversé la moitié de sa vie sans remords du passé, sans inquiétude de l'avenir. Il enseignait à ses enfants la philosophie qu'on lui avait enseignée. Sa femme, douce et intelligente compagne, croyait comme lui et montrait le Christ à ses enfants, en leur disant, toutes les fois qu'ils éprouvaient les douleurs de la misère :

— Le fils de Dieu a souffert.

Nivôse Bibeau lisait la Bible à sa femme et à ses enfants lorsque Pantaléon entra. Il sourit à la vue de ce tableau d'éducation chrétienne.

— Je craignais de ne pas vous rencontrer, dit-il au terrassier en lui tendant la main. J'aurais été vexé; car j'ai à vous consulter sur une chose sérieuse.

La femme de Bibeau offrit sa chaise à Pantaléon. Elle s'assit sur le lit sans discontinuer un travail de couture qui occupait ses doigts et ses yeux, mais non ses oreilles.

— Me consulter? fit Bibeau en riant; je ne sais presque rien. Si la chose est sérieuse, je crains qu'elle ne dépasse mon unique science, le bon sens.

— Oh! vous pouvez me tranquilliser, j'en suis sûr. Vous n'avez qu'à me répondre comme vous répondriez à un de vos mioches, s'il venait vous dire ce que je vais vous raconter.

La confiance que Pantaléon avait en ce brave homme était fondée sur les excellentes leçons de morale qu'il lui avait entendu faire. Il le connaissait depuis plusieurs années , et rarement il traversait le quartier Saint-Jacques sans s'écarter un peu pour rendre visite au terrassier philosophe ou à ses enfants. Une fois il avait amené Pasde-Chance , qui , depuis , ne prononçait le nom de Nivôse Bibeau qu'avec un sentiment de vénération.

— Figurez-vous, reprit Pantaléon, que je suis prêt à devenir fou. Les aventures les plus extraordinaires m'arrivent depuis quelque temps. Je n'ose pas en parler à mon père, parce qu'il me dirait : « Pourquoi ne t'es-tu pas confié à moi plus tôt ? » Il interpréterait mon manque de confiance d'une manière peu flatteuse pour moi. Vous, mon bon Nivôse , vous me tranquilliserez peut-être, et, comme je n'ai aucun intérêt à vous rien cacher, vous ne supposerez pas autre chose que ce que je vous aurai dit.

Ici, Pantaléon raconta les singulières surprises qu'il avait souvent retirées du fond de ses poches; il termina en montrant au terrassier les deux pièces d'or qui, sur le Marché aux Fleurs , s'étaient glissées si inopinément dans sa mince fortune.

Cette histoire , dont l'invraisemblance disparaissait devant les preuves brillantes que montrait le menuisier, avait si fort intéressé les enfants et la femme de Bibeau, qu'ils s'étaient groupés tous auprès du naïf conteur.

Honteuse de sa curiosité, madame Bibeau allait du lit qui lui servait de siége à Pantaléon, et réciproquement. Elle partageait ses regards entre sa couture et son roman vivant. Le menuisier Nivôse s'aperçut de cette lutte toute féminine.

— Va, Suzanne, dit-il à sa femme; tu peux te reposer un instant, tu as bien assez travaillé cette nuit.

Suzanne n'eut plus que des yeux et des oreilles.

Les enfants s'étaient emparés des deux pièces d'or, et aussitôt le récit de Pantaléon terminé, ils s'amusèrent à rouler le superbe métal sur le plancher.

Nivôse Bibeau réfléchit un moment.

— Voilà, dit-il, une de ces circonstances qui rendent palpable l'utilité de la confession.

Un gros sourire de Pantaléon accueillit ces paroles.

— Ne parlons pas de cela, père Nivôse, ce sont des...

Pantaléon se sentit le bras subitement pris dans des tenailles de fer. C'était la main du terrassier, qui l'interrompait, afin qu'en présence des enfants il n'outrageât pas la religion.

— Oui, continua Nivôse Bibeau, la confession devrait être le tribunal suprême où se videraient toutes les affaires de conscience, parce que la religion est le seul arbitre compétent en cette matière. Je ne sais pas, mon ami Pantaléon, ce que vous dirait un prêtre. Il me semble, à moi, qui vis d'après la loi de Dieu, que je remonterais à l'intention pour juger le fait. Votre probité s'inquiète des richesses mises à votre disposition par une main qui veut rester cachée. C'est une preuve de délicatesse de votre part. Mais évidemment, les pièces d'or ne tombent dans votre poche que pour que vous en fassiez usage.

Ce n'était pas tout à fait la question de conscience qui tourmentait le plus le jeune menuisier.

— Enfin, dit-il, comprenez-vous quelque chose à tout cela ? Je n'ai jamais sauvé la vie à un prince ou à une princesse.

— N'avez-vous pas dans votre famille, demanda Bibeau, quelqu'un qui soit riche et qui ait de l'amitié pour vous?

— Ma sœur ! dit Pantaléon. Mais non, ce n'est pas possible, ajouta-t-il ; Chevrotte m'a expliqué dans le temps comment Laure s'endettait pour vivre dans une apparence de luxe.

— Tenez, observait Nivôse, les poches de votre veste rebondissent sur vos hanches. Rien n'est plus facile que d'y laisser tomber des pièces d'or sans que vous puissiez vous en apercevoir.

Pantaléon cherchait mentalement quel pouvait être son mystérieux bienfaiteur.

— Oh ! s'écria-t-il, si mon frère n'était pas mort !...

Après avoir longtemps causé avec Bibeau, sans arriver à rien conclure sur les causes de ces aventures surprenantes, Pantaléon prit congé de cette bonne famille.

— C'est étonnant, disait-il en revenant vers la rue Geoffroy-l'Asnier, Nivôse Bibeau ne devine pas tout, comme je l'aurais cru.

CHAPITRE XVII.

LE COMPLOT.

Henriette n'était pas encore revenue. Chevrotte, aidée de Laure, avait terminé le chapeau de peluche. Maintenant, seule au logis, elle attendait. Périllon arriva, chargé de bouteilles.

— Tiens, dit-il, cache tout cela dans ma chambre. J'ai laissé un gros bouquet chez la concierge.

— Bien ; moi j'y ai aussi déposé mon cadeau.

— Les amis ne sont pas arrivés encore ?

— Non, mon père ; ils auront voulu dîner chacun chez eux.

— A propos, et nous ?

— Nous allons passer dans votre chambre, j'ai tout préparé. Henriette, comme elle nous l'a dit, aura été invitée à dîner à son ancien pensionnat; c'est à cause de cela qu'elle reste si tard.

— Dépêchons, dit l'armurier ; notre petit plan est si bien arrangé que je ne voudrais pas lui voir manquer son effet. *

Le visage de Périllon pétillait de joie. Ce bon père avait quitté l'ouvrage un peu avant la fin de la journée, afin de venir présider à l'exécution du complot machiné à l'occasion de la fête d'Henriette.

Une fête à souhaiter à l'un des membres d'une famille ! Mais c'est une affaire grave, qui a ses secrets comme une négociation diplomatique, son programme comme un anniversaire de gloire nationale. A Paris, cet usage n'est pas observé autant qu'il devrait l'être par la classe ouvrière. Hélas ! la pauvreté hurle si cruellement à ses oreilles, et lui laisse si rarement le loisir de songer à tout ce qui n'est pas implacable nécessité ! Chez les gens aisés, la vie est tellement absorbée par les relations d'intérêt ou de convenance, on vit tant hors de sa maison et si peu dedans, que c'est tout au plus si l'enfant rencontre son père le jour où il doit lui remettre un bouquet. En province, ces petites solennités intimes se célèbrent plus régulièrement, et occasionnent souvent des concerts injurieux pour l'art musical, ou, ce qui vaut mieux encore, de magnifiques carnages de basse-cour. Mais c'est au village que souhaiter la fête est de rigueur : on porte le gâteau aux notables, en grande cérémonie, musique en tête ; les anciens de l'endroit fleurissent leur boutonnière ; ils ont des compliments dans leurs poches et sur leurs lèvres. Les jeunes délurés brûlent de la poudre, et toute la commune tressaillît. Là il y a toujours la veille et le lendemain d'étiquette. La coutume prend son moment et ses aises : le bouquet ce soir, le festin vingt-quatre heures après. On dépense le temps convenable sans lorgner le soleil ni la pendule. En vivant on se regarde vivre. Ce n'est pas comme à Paris, méchante ville, où les mois n'ont que quinze jours.

Le père Jérusard fut le premier arrivé au rendez-vous donné par Périllon. Pantaléon et Pleurniche le suivaient de près. Et puis M. et madame Cassaignet, M. et madame Denis Lœuf, des amis et des amies à rendre la maison trop petite.

— Rappelez-vous bien, leur disait l'armurier, que nous devons avoir l'air d'attendre Henriette pour sortir, et laissez-moi mener l'affaire.

Pleurniche avait arboré tout ce qu'il possédait de plus gai en fait de physionomie. Le nez de Pantaléon dénonçait, par son coloris immodéré, de nombreuses ruptures exercées sur des cachets verts.

— Dites donc, vous autres, nous irons chez moi tout à l'heure, disait le père Jérusard ; je n'ai pas voulu arriver avec mon bouquet, parce que je ne savais pas où le cacher.

— Nous laisserons Henriette seule, reprit Périllon. Nous avons fait un brin de toilette ; elle croira ce que je lui dirai. Nous sortirons, nous irons un moment rue Geoffroy-l'Asnier, et nous reviendrons.

— Bravo ! cria une voix assourdissante, qu'on reconnut aussitôt pour celle de Pantaléon.

— Mets la sourdine à tes cordes, lui dit Pleurniche.

La sonnette retentit de nouveau. Il se fit un
profond silence. Chevrotte alla ouvrir.

— Enfin ! s'écria-t-elle.

Et elle embrassa la personne qui entrait.

C'était Henriette.

Elle rapportait des livres que lui avait prêtés
son ancienne maîtresse de pension. En voyant la
grosse société réunie dans ce qu'elle nommait son
salon, Henriette eut un petit serrement de cœur
bien innocent, mais, hélas ! bien injuste. Elle
sortait de la maison presque opulente où ses illusions s'étaient abattues sur son âme. Elle avait
encore sur les joues les baisers de ses anciennes
compagnes, riches héritières dont elle enviait le
brillant avenir ; leurs paroles délicates et mus-
quées lui vibraient encore aux oreilles, et de cette
atmosphère radieuse il fallait tout à coup retomber dans le prosaïsme de l'atelier ! Ces émotions
n'étaient pas enfantées par l'orgueil, mais, mon
Dieu ! c'était le résultat de l'éducation d'Henriette.
Ces sensations qu'elle voulait vaincre, et qu'il lui
était impossible de ne pas éprouver, lui mordaient
le cœur bien souvent, et causaient chez elle cet
air de souffrance morale qui donnait à sa physionomie un charme indicible. Pour aller revoir ses
amies du pensionnat, elle avait revêtu sa plus
belle parure, c'est-à-dire une robe en mousseline-
laine bleue, un crispin en drap noir retourné,
afin de dissimuler sa vétusté, le chapeau étiolé
que nous lui avons vu déjà au Petit-Charonne, et
des gants de peau dont elle ne recouvrait ses mains

blanches et effilées que dans les grandes occasions. La même paire lui servait six mois.

— Je ne m'attendais pas à trouver presque tous nos amis réunis ici, dit-elle.

Périllon promena un regard autour de lui, afin de recommander de nouveau la gravité nécessaire à ses projets.

— Ma fille, dit-il, tu vois ici une société qui n'était pas loin de pester contre toi, et même de sacrer. Nous t'attendons avec impatience et voici pourquoi. Un de mes camarades d'atelier, un malin, soit dit entre parenthèses, fait jouer ce soir au théâtre Beaumarchais une pièce de son invention. Il nous a envoyé un certain nombre d'entrées, vu que nous avons des mains solides, de vrais battoirs. Ces billets ont été tirés au sort, et tu n'as pas eu de chance ; tu es condamnée à demeurer à la maison, tandis que nous... tu comprends ?

Malgré les efforts inouïs que faisait Périllon afin de donner à cette fable l'apparence de la vérité, Henriette aurait facilement découvert qu'on la trompait, si Chevrotte, en l'embrassant sur le front, ne lui eût demandé hypocritement pardon de la laisser seule. Ce petit mensonge, pénétrant ainsi à la fois par le cœur et par les oreilles de la jeune fille, l'abusa complètement.

— C'est de toute justice, dit-elle, je viens de me récréer pendant tout le jour, je puis bien garder la maison le soir.

— Tu as des livres, ajouta malicieusement Périllon, tu liras.

— Oui... je lirai...

Néanmoins, cette idée de solitude avait frappé Henriette d'une mystérieuse terreur. Elle était devenue rêveuse.

— Allons, adieu ; à ce soir, dit Chevrotte, nous reviendrons un peu avant minuit

— Bonsoir, mams'elle Henriette, prononcèrent en chœur les amis de la famille.

La porte se referma sur eux ; Henriette était seule.

— Jusqu'à minuit, murmura-t-elle, et il n'est pas sept heures !

Pendant quelques minutes, elle demeura immobile, la tête penchée vers le carreau.

Elle avait ôté son crispin ; sa taille exquise apparaissait dans toute sa grâce. Son chapeau ne cachait plus les ondes épaisses de sa chevelure et le blanc nacré de ses tempes. Ses yeux, presque fermés sous le poids d'une méditation pleine d'anxiété, s'arrêtaient sans regard. En ce moment, un terrible combat se livrait au fond de son âme. Elle déploya une lettre qu'elle sortit de son sein ; elle devait l'avoir lue plusieurs fois déjà, à en croire les mille plis du papier.

— Je pourrais le voir à présent, murmura-t-elle.

Elle relut la lettre.

« Vous qui m'avez inspiré le seul sentiment qui m'attache à la vie, Henriette, c'est à vous que j'écris. Je vous aime aujourd'hui plus qu'hier, et cependant hier je vous aimais de toute la force de mon pauvre cœur. Je veux vous voir, Henriette ; si je demeurais longtemps séparé de vous, je souffrirais tant que je n'aurais plus la force de vivre.

Partout j'interroge ma solitude ; le moindre bruit me semble être le son de votre voix ; je me retourne afin de chercher vos lèvres qui me sourient, vos yeux qui me regardent, et je ne trouve jamais que ma douleur derrière moi. Henriette, je vous le répète, si je n'avais pas votre amour, je mourrais ; mais avoir votre amour et ne pas vous voir, c'est endurer un supplice au-dessus de tout courage. Mon cœur se broie dans ma poitrine ; il veut sortir de cette prison pour aller vers vous.

» J'écarterai tous les obstacles ou je les briserai. Je veux vous voir, vous parler, respirer l'air que vous respirez. Tous les jours, je passe une heure devant la maison que vous habitez. Avant-hier je vous ai vue fermant les rideaux d'une fenêtre. C'était votre chambre, peut-être ! J'ai eu besoin de toute ma raison pour ne pas m'élancer vers vous. Demain, à sept heures, je reviendrai au même endroit ; si vous étiez seule une fois, un instant, si votre frère et votre sœur étaient sortis, Henriette, me recevriez-vous ? Oh ! oui, vous avez assez de confiance en moi pour vous appuyer sur mon cœur sans craindre d'écouter ses battements. Eh bien ! si, au lieu de fermer vos rideaux comme l'autre jour, vous les laissiez reployés, et si vous placiez une lumière auprès de l'une des vitres, je viendrais tomber à vos pieds. »

A peine Henriette avait achevé de lire cette lettre, que sept heures sonnaient.

— Non, dit-elle ; oh ! non, je ne ferai pas ce qu'il me dit.

Et la pauvre enfant regardait la lumière, les rideaux, et elle détournait la tête afin d'échapper à la tentation. Mais, hélas ! quelle force opposait-elle au tourbillonnement de la passion ? La raison seulement et ce qu'on nomme la pudeur. La raison est précisément ce qui dut entraîner la première pécheresse. La raison veut juger et toujours elle transige. Elle tourne les choses à sa guise, et son appréciation n'est basée que sur la puissance présomptueuse qu'elle se suppose. Quant à la pudeur, nous sommes loin de nier l'heureuse influence de ce sentiment chez les femmes ; mais elle ne se manifeste qu'en présence du danger, elle ne le prévoit pas. Il aurait fallu qu'Henriette eût de la foi dans le cœur, qu'elle levât les yeux vers le ciel et qu'elle priât. Oh ! comme le baume de la prière eût dissipé les nuages de la faiblesse humaine !

Henriette s'approcha de la fenêtre, elle plaça un flambeau auprès d'une vitre ; et en exécutant ainsi le signal demandé par l'amoureux auteur de la lettre, elle se mentait à elle-même.

— Oh ! murmurait-elle, il est impossible qu'il vienne !

La figure de cette jeune fille, éclairée à cette heure par toutes les lueurs de la passion, était sublime : assise à quelque distance de la lumière, les yeux fixés sur la flamme vacillante qui appelait son amant, elle ressemblait vaguement à l'antique Hero attendant sur la tour.

Deux minutes s'écoulèrent.

— Je savais bien, dit-elle, qu'il ne viendrait pas. Comment serait-il maintenant sur le quai, juste pour apercevoir ce flambeau ?

Il y avait dans ces mots de la joie et de la peine,

de l'amertume et du bonheur; en les alambiquant, peut-être eût-on trouvé qu'il n'y avait que de l'amour.

— Maintenant, reprit-elle, c'est assez. J'ai été faible en obéissant à une tentation puérile.

Elle retira la lumière. Mais les sons argentins de la sonnette retentirent jusqu'au fond de son cœur. Quelqu'un était là à la porte. Qui était-ce, mon Dieu? Elle ouvrit. Un homme entra.

Henriette, d'une voix à peine intelligible, prononça ce seul mot :

— Donatien !

Ce Donatien saisit la main de la jeune fille et la pressa sur ses lèvres. C'était le personnage qu'une fois déjà nous avons vu pleurer au travers des vitres d'un cabinet, à *la Pensée du papillon volant*. C'était celui qu'Henriette avait vu monter en fiacre auprès de la barrière du Trône.

CHAPITRE XVIII.

—

L'amoureux personnage qu'Henriette venait de nommer Donatien était pâle, brun, et d'une complexion presque maladive. Son âge n'était pas écrit sur ses traits, comme il l'est ordinairement sur toutes les physionomies ; il pouvait avoir vingt-deux ou trente ans. Sa figure douce et passionnée semblait en ce moment dissimuler de longues souffrances sous un rayon de bonheur. Sa barbe noire, soustraite au culte du rasoir, formait un crayonnage d'ébène qui rehaussait la pâleur de ses joues. Ses vêtements de couleur sombre indiquaient une modestie affectée ; car sous sa redingote, boutonnée comme celle d'un officier de cavalerie, on pouvait voir du linge de batiste brodée, et même, en regardant le satin de sa cravate au microscope de l'observation, on aurait aperçu les piqûres encore fraîches d'une épingle ôtée depuis peu.

— Henriette, mon amie, ma joie, vous voici, là, auprès de moi ! c'est votre beau regard qui agite mon âme, c'est votre voix que je viens d'entendre, c'est votre main que je tiens dans les miennes. Oh ! c'est vous, Henriette ! Tout cela est vous, tout cela est mon amour !

Henriette s'était assise; car l'émotion ne lui avait pas laissé la moindre force. Donatien, tombé à genoux devant elle, demeurait dans une extase muette, chaste, comme un sourire d'enfant.

— Oh ! c'est bien mal ce que j'ai fait, dit enfin Henriette en essayant de réprimer le tremblement nerveux qui s'était emparé d'elle.

— Vous vous reprochez déjà l'instant de bonheur que vous me donnez ? dit le jeune homme de cette voix modulée, onctueuse, qui transforme les paroles d'amour en une dangereuse mélodie.

— J'ai peur, murmura Henriette en frissonniant. (Sa main était glacée.) J'ai peur d'avoir commis une imprudence. Vous le savez, Georges, je vous aime, mais je dois aimer aussi l'honneur de ma famille, et je vous ai reçu sous le toit de mon père. J'ai profité de son absence pour abuser de la confiance qu'il a en moi. Oh ! je suis coupable, bien coupable !

Henriette pleurait. Ses larmes tombaient une à une brûlantes. Mais ce n'étaient pas entièrement des larmes de crainte et de remords, c'étaient des larmes d'amour. Larmes mystérieuses qui coulent sous l'ombre d'un prétexte , larmes que la jeune fille n'avoue pas et que l'amant doit étancher avec ses lèvres sans chercher à comprendre. C'est le sentiment de l'honnêteté mis en contact avec les inquiétudes de la passion qui provoque cette dilation du cœur, pleinement justifiée du reste par une autre cause : l'amour d'une jeune fille est une volupté composée de mille terreurs indicibles qui lui créent une vue magnétique au moyen de laquelle elle voit clairement autour d'elle et même dans l'avenir. Il est des amantes trompées qui devinent l'heure de l'infidélité. Il est des jeunes filles qui, par anticipation, pleurent la perte de leur vertu. Henriette pleurait à la fois sur son amour tellement fort maintenant qu'il la dominait , sur la virginité de son cœur effeuillée à jamais , sur son imprudence réelle ; car, ainsi qu'elle l'a dit, en ce moment, à quels dangers n'exposait-elle pas l'honneur de sa famille !

Immobile et heureux, Donatien buvait ces larmes avec tout l'égoïsme de l'amour. Et cependant il aimait Henriette , il aurait donné sa vie pour elle , si on eût dit : « Au fond de votre cercueil vous pourrez encore penser à elle. »

— Les larmes que je vous vois répandre , lui disait-il , me rappellent ce jour béni où , pour la première fois, vous avez, comme aujourd'hui, mis votre main dans les miennes.

Ces derniers mots rendent nécessaire une histoire de l'amour d'Henriette ; ce sera peut-être sa justification.

La plupart des pensionnats de demoiselles sont éloignés du centre de Paris. Les uns vont chercher l'air pur et le calme dans les extrémités du faubourg Saint-Antoine ou Saint-Honoré ; les autres se perchent sur les hauteurs de Chaillot ou de Montmartre, vastes dunettes d'où l'on voit Paris fumer et hurler ; enfin, les moins timides se cachent dans quelque coin des Champs-Elysées, autant que possible à l'écart de ce grand fleuve de vacarme et de luxe, que depuis l'arc de l'Étoile jusqu'à l'obélisque charrient éternellement des chevaux et des voitures.

Un pensionnat n'est pas admissible sans un grand jardin. Malheureusement, un grand jardin n'est pas toujours encaissé dans les hautes murailles, ni planté d'arbres dont le feuillage serve de toiture, de façon à ce que les pensionnaires ne puissent pas promener leurs rêves à l'horizon ; car savez-vous ce qu'est l'horizon des pensionnaires, quand il n'est pas le bleu du ciel ou le sommet d'une colline ? C'est cette ligne de fenêtres là-haut et là-bas, c'est ce belvédère où à certaine heure une ombre à faux col blanc apparaît une lorgnette à la main.

Si la pensionnaire a quitté le giron maternel après y avoir été nourrie du lait de la religion, elle a un élément de rêverie salutaire qui commence à un rien, mais qui s'élève toujours pour s'arrêter à Dieu. Si, au contraire, on n'a éclairé sa première enfance d'aucune lueur évangélique, les notions de science chrétienne qu'elle reçoit ou qu'elle a reçues de ses professeurs ne sont pour elle qu'un point usité d'éducation qui peut prendre place dans sa tête, mais non dans son cœur. Il n'en reste rien pour guider ses émotions. Celle-là, n'ayant au fond de l'âme aucune force qui absorbe son activité morale, la prodigue à tous les sentiments humains que la nature fait mouvoir en elle.

Henriette avait été placée par son oncle dans un pensionnat voisin de l'hôtel de Prémouran et peu éloigné de la rue de Chaillot. Elle pouvait, avec ses jeunes amies, courir dans un fort beau jardin, riche de fleurs, pauvre d'arbres. Pendant les trois premières années, elle eut la gaieté et l'insouciance de son âge ; mais après, son caractère changea tout à coup. Ce n'était plus la rieuse enfant, c'était la jeune fille pensive ; les fleurs et les oiseaux lui souriaient toujours, mais elle ne répondait plus à leur sourire. Elle aimait à s'isoler de ses compagnes ; leurs jeux, leurs cris, leurs bruyantes folies, ne lui inspiraient plus qu'une insurmontable mélancolie. Henriette se réfugiait au fond du jardin ; là, elle était seule presque toujours. Le bruit lointain des voitures qui roulaient dans Paris, les carillons des cloches et les tristes pleurnicheries des orgues de rue, lui composaient une mélodie qui s'accordait avec ses rêves.

Un jour, assise sur un banc, contre l'une des murailles du jardin, elle suivait dans les cieux le vol d'une hirondelle, et, mentalemen., disait à cet oiseau tout un poëme de tendres inquiétudes. Il lui sembla voir une main s'allonger entre sa tête et le ciel : elle crut qu'une fleur venait de tomber dans son tablier de soie, c'était un billet. Oh ! un billet pour une pensionnaire ! c'est une chose horrible et charmante à la fois, du miel et du poison mélangés, une feuille de rose et une épine. Henriette, rouge comme une framboise, se leva effrayée et jeta le billet à terre sans oser le toucher. Quelques minutes après, elle l'avait lu quatre fois ; c'était de l'amour écrit avec du feu et signé Donatien. Ce billet commençait ainsi : « Depuis deux mois, chaque jour je vous vois de bien loin. Pour vous dire l'impression ineffaçable que vous avez produite sur moi, je suis résolu à tout braver ; j'escaladerai les murailles, dussé-je laisser ma chair à leurs dents de pierre... » Une humble supplication de se trouver le lendemain au même endroit terminait cette lettre, d'où s'exhalait un dangereux parfum de vérité.

Qu'on juge de l'effet que dut produire sur Henriette la soudaine apparition de l'amour, sentiment qu'elle ne connaissait encore que comme l'aveugle connaît le soleil. Les phrases ardentes de ce billet lui donnèrent la fièvre ; pendant son sommeil elles vinrent une à une bourdonner à ses oreilles. Henriette vit le danger que sa sensibilité entr'ouvrait sous ses pas. Elle forma la résolution de ne jamais plus retourner au bout du grand jardin. Cette résolution s'évanouit à l'heure où elle devait la mettre à exécution. La curiosité fut le prétexte de sa faiblesse. Elle voulut au moins revoir une seule fois cette main d'où tombaient des billets d'amour. Mais au lieu de la main, au-dessus de la muraille, dans une touffe de chèvrefeuille, elle vit le visage de Donatien. Sur ses traits elle trouva un charme fatal qui fascina son âme bonne et naïve. Des billets reçus par la pensionnaire à intervalles réglés furent longtemps les seules manifestations de cet amour, qui, de la part de Donatien, n'était pas moins poétique et vrai que de la part d'Henriette.

L'amoureux le plus sincère ressemble toujours à un banquier : il escompte son sentiment, mais ne le donne pas. Donatien, après avoir prodigué un certain nombre de billets, demanda au moins un mot de la jeune fille. Elle répondit. Il pressa si souvent la lettre sur ses lèvres, que l'écriture n'en paraissait plus le lendemain.

A voir les émotions de Donatien, on eût pu supposer qu'Henriette était la première femme qu'il aimait.

Les vacances étaient survenues ; toutes les pensionnaires goûtaient, au sein de leurs familles, les deux mois de distractions et de plaisirs. Périllon et Chevrotte n'avaient pas manqué de venir chercher Henriette. En s'approchant d'eux pour les embrasser, elle tomba évanouie dans leurs bras, circonstance que le père attribua à l'exquise sensibilité de son enfant chéric. Chevrotte en conçut de vives inquiétudes pour la santé de sa sœur ; depuis, elle voulait à peine la laisser marcher.

Tourmentée d'un côté par le souvenir de Donatien, de l'autre par la dissimulation que son secret lui imposait, Henriette avait des remords. Elle s'accusait d'ingratitude envers son père et sa sœur ; car son amour lui rappelait sans cesse le grand jardin du pensionnat, où tous les jours quelqu'un devait jeter un regard désolé ; la tendresse de Chevrotte et de Périllon était une accusation vivante levée sur elle pour l'écraser un jour. Et cependant cette tendresse était indispensable à sa vie autant que l'amour de Donatien.

Henriette ne pouvait s'empêcher de parler à chaque instant de ses institutrices et de leur maison. Chevrotte, qui croyait deviner son moindre désir, lui conseilla un jour d'aller voir les dames du pensionnat.

Elle partit.

Je renonce à vous dire tout ce qu'il lui fallut employer d'adresse, de ruse, tout ce qu'elle eut à éprouver d'anxiétés, de tortures, avant de parvenir à se promener seule dans le fond du grand jardin. Enfin elle aperçut Donatien. Elle lui fit passer une lettre ; mais au moment où elle le croyait occupé à la lire, elle entendit du bruit dans un bosquet : Donatien venait de franchir le mur qui, jusqu'à présent, l'avait séparé d'Henriette.

— Qu'avez-vous fait? lui dit-elle.

— Ne craignez pas, répondit-il, votre réputation, votre honneur me sont chers comme à vous. Grâce aux feuillages, j'ai pu escalader la muraille ; personne ne m'a vu.

Henriette était dans le bosquet auprès de Donatien. Tout à coup elle éclata en sanglots. Son cœur ployait sous le poids de ses émotions.

— Voyez, disait-elle, je suis heureuse et je pleure ; j'ai confiance en vous, et cependant la faute que je commets aujourd'hui m'épouvante. Car enfin j'ai reçu vos lettres et je vous ai écrit, comme une enfant, sans songer qu'entre nous deux il y a peut-être un abîme. Savez-vous qui je suis, moi, monsieur? La fille d'un ouvrier, d'un simple ouvrier !

— Oh ! je remercie le ciel de ce qu'il ne vous

a pas fait naître plus haut que moi, disait Donatien.

Néanmoins il y avait dans ces dernières paroles un trouble qui n'aurait pas échappé à toute autre observation que celle d'une amante. Donatien continua en expliquant à Henriette comment des obstacles de famille s'opposaient à ce qu'il demandât immédiatement sa main. Les jeunes filles sont crédules, celle-ci crut tout ce que son amoureux disait. En échange, elle lui apprit le nom et la demeure de son père.

Peu de jours après cette entrevue, l'oncle qui payait l'éducation d'Henriette mourut. On sait qu'il ne laissa pas de fortune. Henriette ne dut plus songer qu'à participer aux travaux de sa famille; elle devint coloriste. Mais, à de longs intervalles, elle voyait toujours Donatien. Seulement jamais, avant le jour où nous sommes, elle ne l'avait encore reçu chez son père.

CHAPITRE XIX.

DANS UN PLACARD.

Depuis quelques minutes Donatien était là dans le salon qui devait à Henriette une grande part de sa pauvre splendeur. La jeune fille ne versait plus les larmes d'amour que nous avons vues pour la deuxième fois tomber de ses yeux. Elle adressait mille questions à Donatien, en le regardant comme un enfant regarderait son père au retour d'un long voyage.

— Je vous ai vu monter en voiture l'autre jour près la barrière du Trône, lui disait-elle ; d'où veniez-vous ?

— Je savais que vous y dîniez avec les amis de votre famille ; vous me l'aviez dit deux jours auparavant, s'il vous en souvient. J'ai parcouru tous les restaurants de l'endroit, car je voulais voir un instant seulement la douce gaieté de votre table ; mais toutes mes recherches ont été inutiles, et c'est sans doute au moment où je me disposais à rentrer dans Paris que vous m'avez aperçu.

— Et vous aviez l'air inquiet... vous vous êtes jeté dans le fiacre comme si vous aviez voulu vous y cacher.

— Enfant!... dit Donatien.

— Mon ami, reprit Henriette, j'ai bien souvent de tristes réflexions dont vous êtes la cause involontaire. Les préoccupations dans lesquelles je vous vois toujours, même lorsque vous cherchez à paraître joyeux, me créent d'éternelles inquiétudes. Savez-vous que j'en suis venue à penser que vous m'aviez trompée en vous disant aussi humble que moi par la naissance et la fortune. Je vous aime tant, Donatien, j'espère si bien en vous, que ce serait fort mal de ne pas me dire la vérité.

— Henriette, ayez confiance en moi. Je ne peux pas vous expliquer tous les détails longs et ennuyeux de ma position; mais, je vous le répète, dès que j'aurai atteint l'âge où il me sera permis d'avoir une volonté décisive, vous deviendrez ma femme. Jusque-là, il faut que tout le monde ignore notre amour.

Les explications de Donatien ne répondaient pas catégoriquement aux inquiétudes d'Henriette. Et puis, il s'était troublé en parlant; mais la jeune fille n'avait entendu qu'un mot qui lui avait rempli le cœur : « Vous deviendrez ma femme. » N'était-ce pas la réponse à tout? Est-ce que cette promesse ne fermait pas irrévocablement le chapitre des doutes ?

— Bon Donatien, disait-elle, alors nous serons heureux. Nous n'aurons plus besoin de nous cacher aux yeux de mon père ; je n'aurai plus à lui mentir comme je lui mens tous les jours. Oh ! si vous saviez la douléur que me cause cette vie de fausseté et d'hypocrisie !

Donatien souffrait en écoutant ces paroles. Il voulait sourire, mais ses lèvres n'exprimaient qu'une dissimulation amère, navrante.

— Oui, murmurait-il, votre père nous bénira un jour.

Tout à coup Henriette se leva, prêtant l'oreille à un bruit confus qui montait par l'escalier.

— On vient ! s'écria-t-elle.

— Rassurez-vous, Henriette, balbutiait Donatien, effrayé lui-même.

— Je suis perdue ; mon Dieu, pitié !

La sonnette vibrait.

Donatien cherchait où se cacher. Il vit le placard ; Henriette lui fit signe d'y entrer ; elle ne pouvait plus parler. Donatien se glissa dans la cachette improvisée, assez vaste heureusement pour renfermer un homme, malgré tout ce que Chevrotte y avait placé. La coloriste ne pensait plus, ne voyait plus ; la terreur avait amorti son intelligence.

La sonnette vibrait toujours.

Henriette ouvrit. Il lui sembla que tous les habitants de Paris s'étaient donné rendez-vous sur le palier. Elle vit une foule, mais elle ne reconnaissait personne. Périllon entra le premier, un gros bouquet à la main ; Chevrotte le suivit portant le chapeau de peluche ; et puis Jérusard, Pantaléon, Étienne Cassaignet, Denis Lœuf, Pleurniche !

Et finalement, Pas-de-Chance, qu'on avait rencontré immobile à la porte de la maison, n'osant pas entrer, quoiqu'il désirât vivement, lui aussi, souhaiter la fête à celle qu'il nommait un ange.

Ce fut une véritable procession de sourires, de fleurs, de cadeaux ; chacun avait les mains chargées. L'émotion d'Henriette, protégée par l'obscurité, avait été prise pour de l'étonnement.

— Tu ne sais pas que c'est ta fête ? s'écria Pélillon.

La raison était revenue dans le cerveau de la jeune fille à qui cette exclamation s'adressait. Peu à peu elle comprit la joie qui brillait dans tous les yeux. Oh ! qu'eût-elle donné en ce moment pour n'avoir pas fait le signal qui avait appelé Donatien chez son père !

Tous les amis de la famille s'étaient rangés en rond autour d'Henriette. Un geste de Jérusard réclama le silence. Au nom de toute la société, il présenta le premier bouquet à Henriette.

— Nous souhaitons, dit-il, une bonne et heureuse fête à la plus tendre, la plus vertueuse et la plus aimée de toutes les jeunes filles.

La voix de Jérusard était émue : il se hâta de terminer son discours par deux baisers qu'il déposa sur les joues d'Henriette.

Après quoi ce fut à Chevrotte.

— Voici mon cadeau, dit-elle, essayez-le vite.

Et elle coiffa Henriette du chapeau de peluche grise.

— Vous êtes trop jolie là-dessous, ajouta-t-elle
en l'embrassant.

Pantaléon offrit à Henriette une vierge en porcelaine blanche.

Une grosse rose artificielle fut le cadeau de
Pleurniche.

Pas-de-Chance n'avait pas même un bouquet ;
certains détails de son costume trahissaient du
reste l'implacable pauvreté qui s'attachait à lui.
Sa redingote *neuve* tenait bien encore sur son
dos. Sa toilette était ce que nous l'avons vue quelques jours auparavant, à la différence de son gilet, qui n'était plus d'aucune couleur, de sa chemise à carreaux mystérieusement cachée, et de
ses bottes, où s'ouvraient maintenant des trouées
ogivales.

— Mademoiselle, dit-il, si le guignon n'était
pas à ma poursuite, je vous offrirais aujourd'hui
mon cadeau comme tout le monde, mais je suis
condamné à ne jamais avoir d'ouvrage. Aujour-
d'hui j'allais être embauché et il est arrivé des bêtises ; enfin, crénom ! ça suffit ! Je vous donne pour
votre fête une larme de reconnaissance.

En disant ces mots, Pas-de-Chace tourmentait
dans ses doigts le foulard qui le cravatait.

— Merci, lui dit Henriette.

L'amitié de ce pauvre homme devenait à son
cœur un baume inexplicable ; elle ne s'aperçut pas
que c'étaient les malheurs amassés sur sa tête
qui causaient sa sympathie pour un être à plaindre
comme elle.

Quand chacun eut souhaité la fête à la coloriste,
elle eut des fleurs plein sa robe. Chevrotte ai-

dait sa sœur à mettre en ordre son fardeau de bouquets.

Pantaléon, profitant de cet entr'acte, prit Pas-de-Chance à part.

— Qu'as-tu voulu dire tout à l'heure? lui demanda-t-il.

— Je vais l'expliquer, mon bon Culotte; j'ai fait des sottises.

— Quelles sottises?

— Je suis allé à ton atelier, parce qu'aujourd'hui M. Durousseau devait m'embaucher comme il me l'avait promis. Je l'ai pas trouvé. Alors, je dis aux quatre camarades :

« — Ous qu'il est le patron?

» — Il est à gobelotter on ne sait pas où, qu'on me répond.

» Je m'anime contre M. Durousseau ; j'écoute toutes les histoires que les compagnons me racontent sur lui, et j'ai fait des bêtises. »

— Tu en reviens toujours là.

— Ah! dit Pas-de-Chance en colère contre lui-même, j'ai détérioré le mobilier de ton patron. Ils m'avaient monté la tête, les autres !

— Quelle malheureuse cervelle tu as!

— Elle serait bonne à fumer la terre, tiens!

— Enfin, te chagrine pas ; il y aura peut-être moyen d'arranger la chose.

— M. Durousseau pourrait bien me mettre à présent à la sauce aux gendarmes.

La voix de Périllon interrompit la confidence qu'exigeait Pantaléon.

— Maintenant, disait l'armurier, on va boire le vin chaud de l'amitié.

Et il disposait une table ronde. Jusqu'à ce moment Henriette avait conservé une espérance; en voyant les préparatifs qui annonçaient de la part de son père l'intention de demeurer indéfiniment dans cette salle, elle éprouva toutes les tortures du meurtrier qui entend lire sa sentence. Son pouls battait à peine, ses mains étaient glacées, sa tête brûlait. Si elle se fût trouvée seule un instant avec Chevrotte, elle lui aurait dit : « Sauve-moi, » au risque de perdre à jamais l'estime de cette bonne fille, qui la croyait innocente et incapable du moindre subterfuge. Comment invoquer son secours? Il aurait fallu l'attirer dans l'une des chambres voisines ; mais alors, Henriette absente, on pourrait avoir besoin d'ouvrir le placard! Cette appréhension enchaînait la coloriste, là, sur ce carreau, où elle aurait voulu tomber morte.

Chevrotte était heureuse. Habituée à voir sa sœur exprimer sa joie du bout des lèvres seulement, elle croyait l'avoir vue sourire une fois, et elle pensait qu'il n'y avait que du bonheur dans son âme.

Chacun s'était mis en quête de chaises; on avait fouillé tout l'appartement. Néanmoins, sans une invention de Pleurniche, un banc improvisé avec une planche, trois ou quatre personnes auraient été obligées de rester debout.

— Dans quoi faire le vin chaud ? demanda Périllon.

— Dans une casserole, répondit Pleurniche.

— Le moutard a raison. Va chercher une casserole, Chevrotte.

— Eh bien ! et des verres? objecta Pantaléon.

— On va en trouver, dit l'armurier.

Henriette ne respirait plus, il lui semblait qu'un étau lui prenait les tempes pour broyer sa tête. Les verres etaient dans le placard.

— Voici la casserole, dit Chevrotte en revenant. Mais maintenant il faut des verres.

Dans un effort suprême, Henriette se leva.

— Je vais les servir. Je sais où ils sont, balbutia-t-elle.

— Non, tu es la grande dame ce soir, tu ne dois pas te remuer.

— Laisse-moi... laisse-moi faire... cela me plaît, je t'assure...

— Je ne veux pas, s'écria Chevrotte.

Il n'y avait plus qu'un moyen : Henriette le trouva sans l'avoir cherché, car elle commençait à se laisser entraîner par le torrent de la fatalité.

— Il n'y aura pas assez de verres, dit-elle à l'oreille de sa sœur. Si on buvait dans les tasses ?

— Tu as raison, répondit Chevrotte.

La bombe était passée pour la malheureuse coloriste.

— Tant pis, reprit Chevrotte, on boira décidément dans de la porcelaine.

Elle étalait les tasses sur la table. Pleurniche se prit à en considérer une attentivement.

— Ça a bien l'honneur d'être bâti comme un verre, dit-il, mais ça a le désavantage de ne tenir guère plus que deux coquilles de noix.

— Ce moucheron, dit Pas-de-Chance, voudrait boire le vin chaud dans une baignoire.

La première bouteille que Périllon déboucha ne fut pas versée dans la casserole, mais bien dans les tasses qui s'avancèrent toutes afin de prendre part à cette première libation.

—A la santé d'Henriette! prononça Chevrotte.

Ce toast fut répété avec un ensemble bruyant.

— A sa beauté physique et morale! dit ensuite Calixte Jérusard.

— A sa douceur charmante! continua Pantaléon.

— A sa modestie virginale! articula Etienne Cassaignet.

— A son amour pour le travail! ajouta Denis Lœuf.

— A son esprit! dit Pleurniche.

—A sa bonté pour les malheureux! s'écria Pas-de-Chance.

— A sa piété filiale! termina Périllon.

Tous ces éloges avaient été autant de coups de massue pour Henriette. Elle se leva à son tour, puis jetant un regard navrant :

— A la mémoire de ma mère! dit-elle.

les hôtes qui s'avancèrent toutes afin de prendre
part à cette première libation.

— A la santé d'Henriette! prononça Charlotte.

Ce toast fut répété avec un ensemble bruyant.

— A sa beauté physique et morale! dit ensuite
Calixte Lebland.

— A sa douceur charmante! continua Paula-
léna.

— A sa modestie virginale! articula Rufisine
Cassignart.

— A son amour pour le travail! ajouta Denis
Léard.

— A son esprit! dit Hermine.

— A sa bonté pour les malheureux! s'écria Pas-
de Chanac.

— A sa piété filiale! termina Périllaux.

Tous ces éloges avaient été autant de coups de
marteau pour Henriette. Elle se leva à son tour,
puis, élevant son verre:

— A la seigneur de vous, mes amies! dit-elle.

CHAPITRE XX.

LE TRÉSOR DU MAÎTRE.

A la porte de la maison où on célébrait la fête d'Henriette, il se passait en ce moment une scène bizarre.

Mais afin de remonter un peu à la source des choses, et de ne pas laisser ignorer au lecteur la nouvelle mésaventure que Pas-de-Chance s'était créée, nous devons raconter ici les remarquables événements qui avaient eu lieu pendant la journée dans l'atelier de François Duroussеau. Ce maître menuisier avait définitivement promis de l'ouvrage à Pas-de-Chance. Ce dernier revint le lendemain vers midi pour demander si ces promesses ne pouvaient pas se réaliser de suite. Il n'y avait dans l'atelier ni Duroussеau, ni Pantaléon. L'un était sorti depuis longtemps avec un gros rouleau de factures à la main ; l'autre, fatigué de l'animation forcenée que les compagnons montraient ce jour-là contre leur maître, et heureux de saisir un prétexte pour aller passer auprès de Chevrotte une partie de la journée, avait sournoisement retiré sa cotte et déserté l'atelier. Pas-de-Chance ne rencontra donc que les deux compagnons et Pleurniche. Il s'adressa d'abord à l'apprenti, qu'il estimait particulièrement, mais Libournais-la-Prudence prit la parole.

— Le patron se fiche de vous, mon bonhomme, lui dit-il ; ça nous afflige, vu que vous avez l'air de quelqu'un qui s'arrangerait pas mal d'un peu d'ouvrage.

— Vous croyez que votre patron se moque de moi ? dit Pas-de-Chance en rougissant.

— Oui, et ça ne nous surprend pas, attendu qu'il se comporte toujours comme un vieux drôle.

— Pleurniche, va me chercher du poussier de mottes, dit Libournais en remettant sa tabatière à l'apprenti, qui, en se disposant à exécuter cet ordre, sourit de façon à laisser entendre qu'il aimait autant s'aller promener qu'écouter les calomnies dont on accablait son maître.

— Voyez-vous, camarade, reprit Libournais, le patron vous a fait venir quatre ou cinq fois, parce que ça le flatte quand les ouvriers s'usent les talons en l'honneur de son atelier.

— Tonnerre ! s'écria Pas-de-Chance.

— Oh ! il ne faut pas que ça vous vexe, ajouta perfidement Vivarais-la-Candeur, vous n'êtes pas le seul à qui il fasse danser ce petit rigodon.

— Et personne ne lui a encore donné la leçon qu'il mérite ?

— Mais non, répondit Tourangeau-Fleur-d'Amour, parce que nous autres gens simples et doux comme des moutons, quand nous apercevons sa figure pateline, nous nous laissons tous prendre à son hypocrisie. Ce n'est que quand nous ne le voyons pas que ses ladreries nous reviennent sur le cœur.

— Eh bien ! que je l'aperçoive , moi ; je le démolis ! dit Pas-de-Chance.

— Ah bien oui ! vous vous mettrez à genoux devant lui, dès qu'il vous aura dit un mot.

— Je voudrais qu'il arrivât ! nom de nom !

Le terrible Pas-de-Chance était une véritable chaudière à vapeur qu'on chauffait à volonté. Les compagnons, et principalement Libournais, avaient deviné tout cela.

— Nous disons souvent comme vous, continuait ce dernier, et ça n'empêche que depuis un an il nous joue sous jambe. Vous allez en juger : ce vieil Harpagon nous refuse une augmentation de vingt-cinq centimes sur nos journées, sous le prétexte que ses affaires ne vont pas bien. Et là-haut, dans le grenier où il loge par économie , il s'est construit une cachette où il empile chaque jour, en or et en argent, le produit de nos sueurs. Croyez-vous que ce n'est pas irritant cela ?

— Il a son trésor là-haut? demanda Pas-de-Chance.

— Comme je vous le dis.

— Et il se moque des ouvriers qui le lui gagnent?

— Il s'en bat l'œil.

— Qu'il vienne, qu'il vienne! je vais lui dégoiser son affaire à ce brigand!

— Il vous dira : « Ce n'est pas vrai, » répliqua Libournais. Il faudrait que vous ayez les preuves à la main.

— Eh bien! mille noms d'un nom! j'en veux avoir des preuves. Où est son trésor, pour pouvoir lui dire seulement que je l'ai vu?

— Tenez, l'ami, fit Libournais, vous m'avez l'air d'un lapin qui a du sang dans les veines. Nous allons vider cette affaire à l'instant. Ce vieux ladre n'aura plus le droit de singer la misère. Montons dans sa cahute, et, devant les camarades, afin qu'il ne puisse nous accuser de lui avoir rien pris, vérifions ses comptes.

— De suite, répéta Pas-de-Chance. On ne gruge pas le pauvre monde sans qu'il se rebiffe!

Une lueur de malicieuse impatience éclairait le rire nerveux que grimaçaient les compagnons. Ils fermèrent la porte de l'atelier au verrou, invitèrent Pas-de-Chance à monter le premier et le suivirent. L'obstacle qui une fois avait arrêté Libournais tomba sous l'énorme poing de l'imprudent ami de Pantaléon. Les cinq menuisiers entrèrent dans la chambre de François Durousseau.

— Tout est fermé à clé, dit Libournais.

— Voici un rossignol, répliqua Pas-de-Chance en saisissant un ciseau de fer.

— Il faut visiter cette malle, d'abord.

Deux coups de ciseau brisèrent la serrure sous les mains de Pas-de-Chance. Les compagnons, restés jusque-là un peu en dehors de cette coupable opération, s'avancèrent, la bouche béante, l'œil

inquiet. A la place des sacs d'argent qu'ils suppo-
saient entassés, ils virent un pain entamé, un couteau , un verre, des miettes encore fraîches, éparses au fond. Cette découverte inattendue glaça un
instant l'ardeur investigatrice des ouvriers ; mais
Libournais n'était pas homme à s'arrêter pour si
peu.

— Ce n'est pas là , dit-il , c'est dans ce coffret.

Il releva le drap du lit et montra une manière
de boîte à violon soigneusement cachée.

— Je veux en finir, dit Pas-de-Chance, la joue
encore enflammée de cette colère si facile à provoquer chez lui.

— Le coffret ne fut guère plus long à ouvrir que
la malle.

— Voici des billets de banque , fit Libournais en retirant une liasse de petits papiers carrés, numérotés et barbouillés de trois lignes d'é-
criture.

— Ce sont des quittances , observa Albigeois :

« Reçu de M. Durousseau la somme de trois cents
francs à valoir... 1845.

« *Signé :* CÉSAIRE DE PRÉMOURAN. »

De son côté, Vivarais-la-Candeur avait pris une
autre liasse de papiers enrichis de timbres.

— Ce sont des protêts, dit-il.

« Je payerai à l'ordre de M. Césaire de Prémouran. »

— Ouf ! s'écria Tourangeau-Fleur-d'Amour, je
tiens le mystère : la correspondance.

Il feuilletait un paquet de lettres.

« Mon cher père. »

— Ah ! il a donc un fils , ce vieux pingre ? fit remarquer Libournais.

« Vous qui m'avez enseigné le courage du soldat , continua de lire Tourangeau , sachez donc avoir celui du commerçant. »

— Bon , j'en étais sûr , interrompit Albigeois-l'Intelligence ; le maréchal des logis que nous avons vu une fois était le fils de Durousseau. Lis, Tourangeau.

« Vous ne pouvez payer vos créanciers , m'écrivez-vous , tous vos efforts sont impuissants à lutter contre l'infortune qui vous accable depuis si longtemps. »

Les compagnons avaient perdu tout à coup leur joie sarcastique.

Pas-de-Chance, sombre et refroidi, écoutait lire les papiers de Durousseau.

— Mais , disait Vivarais , voici un congé avec commandement à en croire le titre écrit en grosses lettres. Que veut dire cela , camarades ?

— Malgré tout , s'écria Libournais , je sais de bonne part ce que j'ai avancé. Le patron est riche...

— Assez ! interrompit Pas-de-Chance d'une voix terrible. Vous m'avez fait l'instrument de votre haine en me contant des mensonges. Votre maître n'est pas un avare, c'est un malheureux !

— Il est bon, le camarade, dit Libournais. C'est lui qui a tout défoncé, et il trouve que c'est à nous le tort.

Pas-de-Chance replaça les papiers et remit le

coffret à sa place. Hélas ! les traces de sa faute étaient ineffaçables.

— Toujours, se disait-il à lui-même, toujours victime de mes emportements ! On me pousse, et je vais comme un dogue, sans réflexion, sans pitié ; je commettrai des crimes quelque jour. Oh ! pourquoi suis-je si fort ! pourquoi cette puissance qui devait contribuer à mon bien-être n'est-elle pour moi qu'une source de malheurs et de folies ! N'ai-je pas été injuste aujourd'hui ? Influencé par ces hommes, j'ai ravagé le domicile d'un pauvre vieillard qui ne m'avait reçu qu'avec bonté. J'ai récompensé le bon accueil qu'il m'avait fait en brisant ses meubles pour surprendre ses secrets ; et tout cela, parce que, quand le sang me monte au visage, mon poing se lève comme une machine. Si, dans l'état de menuisier, on n'avait pas besoin son poing, comme je prendrais une hache pour couper le mien !

Les compagnons descendus dans l'atelier avaient repris leur travail après avoir ouvert la porte à Pleurniche, qui, de retour de sa mission, causait dans la cour avec l'enfant que Pantaléon nommait le môme de sa portière.

— C'est ce soir la fête à mamselle Henriette, était venu dire Pleurniche à l'oreille de Pas-de-Chance.

— Ah ! c'est la fête de cet ange ?

— Chut !

Le maladroit avait dévoilé aux compagnons le secret que Pleurniche s'efforçait de leur cacher.

M. Durousseau arriva ; Pas-de-Chance se mordit les lèvres jusqu'au sang. Le maître menuisier paraissait moins abattu que de coutume.

—Bonjour, mon ami, dit-il à Pas-de-Chance; c'est de l'ouvrage que vous voulez, n'est-ce pas ? Vous ne pouvez plus attendre ? Oh ! je comprends. Eh bien ! mettez-vous à cet établi et commencez.

Cette voix affectueuse et compatissante remua tellement le cœur de Pas-de-Chance, qu'il se précipita sur les quatre compagnons le poing en avant; mais M. Durousseau montait vers sa chambre. Le malheureux briseur de serrures se sauva en courant, comme une fois il s'était sauvé de Château-du-Loir.

— Je suis un misérable fou, pensait-il, jamais je n'aurai d'ouvrage ; jamais je n'épouserai Ninette Soviche.

Néanmoins Pas-de-Chance s'était rendu à la soirée de Périllon, et les quatre compagnons avaient eu également l'intention de porter leur bouquet à Henriette.

Or, huit heures sonnaient à l'hôtel de ville. Rasé de frais, costumé de son mieux, Libournais-la-Prudence débouchait par la rue des Nonaindières et se dirigeait lestement vers la maison de l'armurier. Mais au moment où il arrivait à la porte, il se heurta à quelqu'un arrivant du côté opposé.

— Tiens, c'est Vivarais ! dit-il.

— C'est Libournais ! répliqua l'autre.

Ils s'efforçaient de dissimuler leur air embarrassé, étonné, irrité.

— Eh bien ! reprit mielleusement Vivarais, à qui donc est ce bouquet qui est à tes pieds ?

— A qui est celui-là, couché entre tes bottes ?

— C'est drôle! les rues sont jonchées de fleurs, comme à la Fête-Dieu.

— Je crois... ajouta Libournais, que ce bouquet est tombé de dessous ta redingote.

— Cet autre me fait le même effet ; il me semble que tu le cachais.

Leurs lèvres essayaient de rire, mais leurs yeux échangeaient des éclairs de rage.

— Nous sommes donc deux, disait Vivarais avec ce ton de candeur quelque peu aigre qui justifiait son surnom.

— Nous sommes trois, murmura Libournais.

Et il montrait Tourangeau-Fleur-d'Amour, qui, arrivé à l'instant, reculait stupéfié à l'aspect inattendu de ses deux camarades.

— Et même quatre, dit Vivarais.

Albigeois-l'Intelligence approchait lentement, les yeux baissés, ne regardant personne afin de n'être pas vu. Il poussa une octave d'interjections en rencontrant les amis qui lui barraient le chemin.

Pendant une seconde, les quatre compagnons demeurèrent muets. Libournais interrompit ce silence par un éclat de rire très-bruyant, mais affecté. Ses camarades se crurent forcés de faire chorus, et ils déployèrent leur gorge d'une manière assourdissante.

— Chacun de nous trompait l'autre, dit Libournais; nous sommes tous les quatre amoureux de la même femme.

— Oh ! amoureux ! fit Vivarais.

— Très-peu, dit Albigeois.

— Presque pas, ajouta Tourangeau.

— Voulez-vous que nous tirions au sort cet amour malheureux ? demanda Libournais.

— Non, répondirent les trois camarades.

— Nous nous sommes associés pour que mademoiselle Henriette appartînt à l'un de nous, dit Vivarais ; nous la prierons de choisir un de ces jours ; jusque-là, si vous voulez, aucun de nous ne mettra les pieds chez elle.

— Adopté ! murmurèrent les autres en hochant la tête et en pinçant les lèvres.

— Voilà qui est parfaitement raisonné, ajouta Libournais ; sur ce, les amis, en route.

Les quatre compagnons disparurent lentement dans l'obscurité.

Alors, deux personnages qui semblaient s'être tenus à l'écart, afin d'éviter leur rencontre, se placèrent immobiles à quelques pas de la demeure de Périllon.

CHAPITRE XXI.

LES FOLIES DU VIN CHAUD.

Chevrotte venait de rapporter la casserole pleine de vin fumant. Les amis de Périllon n'en avaient pas encore fini avec la fusillade de louanges qu'ils exécutaient sur la coloriste. Si ce n'eussent été que de froides banalités prononcées du bout des lèvres comme des protestations d'amitié échangées entre gens qui se haïssent, Henriette n'aurait pas souffert autant à les entendre; mais c'étaient de sincères témoignages rendus presque publiquement à ses vertus de jeune fille. Son père ramassait une à une ces cruelles offrandes qui l'inondaient de joie, qui lui gonflaient le cœur. Et là, derrière lui, un voile n'avait qu'à se déchirer pour qu'à la place de son orgueil paternel, il n'y eût plus que du désespoir et de la honte.

Une énorme cuiller à la main, Pleurniche s'était arrogé l'emploi d'échanson; chaque fois qu'il versait une portion du liquide dans l'une des tasses, il adressait une malice à la personne qu'il servait; Henriette et Calixte Jérusard étaient seuls exceptés. Pleurniche ne rencontrait pas sur leur physionomie la moindre étincelle de gaieté qui pût répondre à sa raillerie. Il se rejetait alors sur Pantaléon et Pas-de-Chance. Le premier avait brisé de nombreux cachets verts avant de s'asseoir à cette table. Il riait à tout propos et donnait fréquemment de grands coups de poing à son formidable ami, afin de l'avertir qu'il était convenable de rire aussi. Pas-de-Chance, averti de la sorte, jetait des éclats de rire à fendre les vitres, tandis que Cassaignet et Denis Lœuf luttaient d'éloquence et de logique pour prouver à leurs femmes l'insupportable fadeur de la valse sans musique; nos dames, emportées par une douce ébriété, oubliaient leur âge raisonnable et soutenaient qu'une fête ne peut être célébrée dignement sans quelques minutes de danse. Elles firent Chevrotte juge de la question. Avant de se prononcer, la brunisseuse demanda à consulter sa sœur.

Acceptant les fréquentes rasades offertes par Pleurniche, Jérusard et Périllon, représentants de la sagesse grisonnante, parlaient rarement et écoutaient toujours. L'armurier, assis auprès de sa fille Henriette, la regardait avec inquiétude depuis un instant. Il s'apercevait de l'extrême pâleur qui n'avait même pas épargné ses lèvres d'un rouge si vif ordinairement. Le père Jérusard ne pouvait voir une réunion de famille sans qu'elle lui rappelât un pénible souvenir. Comptant les bouquets dont on avait rempli les mains d'Henriette, admirant chez cette jeune fille le trouble qu'il prenait pour du bonheur, écoutant de chastes baisers tomber sur ses joues virginales, il s'était senti frapper au cœur par un souvenir poignant. Ah! c'est que lui aussi il avait eu une enfant belle et pure qui, au jour de sa fête, recevait des fleurs en baissant les yeux. C'était sa gloire ; il la présentait à ses amis comme un soldat montre sa croix d'honneur. Il disait à tous ses vertus ; il lui prodiguait autrefois cette tendresse dont Périllon environne Henriette. Et maintenant il n'avait plus pour elle qu'une malédiction, plus lourde, il est vrai, à son cœur qu'à ses lèvres. Pauvre homme, il se surprenait à jalouser Périllon, et, pour étouffer sa douleur, il buvait.

— Tu vas répondre à une question grave, disait Chevrotte à sa sœur.

Un frémissement courut par tout le corps de la coloriste.

— Parle, prononça-t-elle.

— Veux-tu que nous dansions un quadrille ? Mademoiselle Cassaignet et madame Denis Lœuf en meurent d'envie.

Henriette demeura un instant sans répondre, comme si ces mots ne fussent arrivés à son intelligence que longtemps après avoir frappé son oreille.

— Danser ? fit-elle.

— Ne vous inquiétez pas de l'orchestre, mamselle, s'écria Pleurniche, je sais les plus beaux airs de Basible, je les chanterai tout aussi bien qu'une clarinette ; Pantaléon sifflera pour faire la flûte, et la muraille servira de grosse caisse à Pas-de-Chance.

— Mais où prendra-t-on un cavalier, si je deviens un instrument ? objecta judicieusement Pantaléon.

— Chevrotte, dit Henriette, on prend ta plaisanterie au sérieux.

— Ce n'est pas une plaisanterie ; nous danserions bien.

— Ma fille, dit Périllon à la coloriste, pourquoi n'es-tu pas gaie comme ta sœur ? Je ne sais pas, mais on te croirait souffrante.

— Moi ! fit Henriette, n'être pas gaie ? Mais, tenez, je ris, je suis heureuse...

Il y avait tout un martyre écrit sur les traits de cette jeune fille.

— On t'offre de danser et tu refuses, reprit Périllon.

— Vous voulez que je danse ? eh bien ! dansons ! s'écria Henriette, en promenant autour d'elle un regard halluciné.

— Dansons, répétèrent mesdames Cassaignet et Denis Lœuf.

En ce moment, sous les fenêtres de la maison de Périllon, un orgue bégayait des sons qui firent pousser un cri de joie à toute la société.

— Voilà notre affaire, dit Pleurniche.

Pantaléon ouvrit la fenêtre et appela le joueur d'orgue. Celui-ci, après avoir bien compté les étages, arrangeait son instrument sur son dos et se disposait à pénétrer dans la maison. Mais à quelques pas de lui se trouvaient les deux personnages que nous avons vus éviter la rencontre de Libournais et de ses amis. C'étaient une femme et un homme : la femme avait des vêtements riches.

— Minot, disait-elle, payez ce joueur d'orgue, afin qu'il vous laisse monter avec lui comme si vous étiez son camarade. Si M. le comte est là-haut, redescendez immédiatement.

Minot était simplement l'espion dont nous avons vu apparaître la tête de faune dans les recoins de ce drame. Il courut au joueur d'orgue, lui glissa quelques mots et quelques pièces de monnaie. Trois minutes après, ils entraient tous deux chez Périllon. Afin de n'être pas reconnu de Pantaléon Jérusard, qu'une fois il avait pressé sur son cœur en lui disant : « Je suis ton oncle, » Minot s'était enfoncé son chapeau jusqu'aux yeux. Un triangle, que le joueur d'orgue lui mit dans les mains, lui procurait du reste une complète physionomie d'artiste de Bohême.

— Un quadrille ! un quadrille ! s'écria-t-on.

— En place, invitez vos danseuses ! ajouta Pleurniche sur un ton emprunté aux us et coutumes des bals de barrière.

Les deux musiciens s'étaient placés dans l'embrasure de la fenêtre. Minot avait promené son regard vitreux partout. Obligé de se donner une contenance, il s'apprêtait à jouer tant bien que mal de l'accessoire musical confié à ses soins.

Chacun s'était hâté d'inviter une danseuse. Etienne Cassaignet et Denis Lœuf, leurs femmes au bras, se faisaient vis-à-vis. Pantaléon, un peu

incertain dans sa démarche et dans ses mouvements exagérés, abritait sous une gaieté extraordinaire les folies dont on aurait pu accuser son
éternel défaut de sobriété. Il voulait absolument
que son père dansât. Chevrotte, Périllon et bientôt tous les assistants se joignirent à lui pour décider Jérusard. Celui-ci se rendit enfin, il invita
Henriette. Elle refusait, car elle craignait, en se
levant, de tomber évanouie sur le carreau ; mais
on l'entraîna de force en poussant des exclamations de joie qui lui vibraient dans la tête comme
des cris de malédiction. Elle devait danser là devant ce placard, qui était le cercueil de son honneur ! L'orgue commençait de jouer ; Minot frappait sur son triangle ; Pleurniche, s'étant improvisé des baguettes, modulait sur la table des rou-
lements qu'il appelait des accords. Henriette, livide, haletante, appuyée sur Jérusard, se sentit
emporter par la danse comme par un flot ; les
objets et les êtres tournoyaient devant elle. Les
murs s'étaient reculés tout à coup ; elle se trouvait
dans une salle immense dont le plafond, comme
un brasier ardent, versait de la lumière et de la
chaleur. Et il lui semblait que le père Jérusard
avait disparu, c'était Donatien maintenant qui la
soutenait, c'était avec lui qu'elle s'abandonnait au
tourbillonnement de cette vision qui ne cessa
qu'avec le quadrille.

Alors Henriette tomba sur une chaise, elle demanda de l'eau ; car l'air qu'elle respirait brûlait
sa poitrine.

— Tu t'es fatiguée ? lui dit Chevrotte.

— Laisse-moi, fit-elle ; laisse-moi...

— Ma sœur! murmura la brunisseuse avec anxiété, qu'as-tu?

— Ce bruit, cette musique, cette fête me font mal, dit Henriette. Mais ne crois pas que je veuille troubler votre joie, non. Oh! amusez-vous, dansez...

La pauvre fille embrassait sa sœur comme un enfant sa mère; elle avait posé sa tête sur son sein; elle retenait des sanglots qui la déchiraient intérieurement. Et on dansait toujours; tout le monde riait et folâtrait sans voir ses souffrances; l'innocente Chevrotte, un peu ébahie des paroles qu'elle venait d'entendre, cherchait à leur donner un sens. Tout à coup elle se leva.

— Je comprends, dit-elle, on abîme le carreau du salon, les meubles même sont menacés. Attends, je vais congédier les musiciens, et puis on boira dans la chambre de mon père, sur la grosse table, n'est-ce pas? Je gage que c'est cela qui te tourmente.

Cette proposition ranima le rayon d'espérance éteint pour Henriette.

— Oui, dit-elle, tu as deviné

Pas-de-Chance ne dansait pas; adossé au mur près de la chaise de la coloriste, il contemplait son suave profil.

— Mademoiselle, vint-il lui dire à voix basse, est-ce que vous avez de la peine?

— Un peu, mon bon Pas-de-Chance, répondit-elle.

— Cré nom! grommela l'herculéen menuisier en fermant son poing et le portant en avant comme pour menacer un être imaginaire ; dites-moi qui vous afflige, et je le découds !

Le vacarme avait atteint son apogée chez Périllon ; Pantaléon protestait énergiquement contre les ordres de Chevrotte , qui renvoyait les musiciens ; il se querellait avec elle, aux grands éclats de rire de Jérusard lui-même. Celle-ci , dans le feu de la dispute, s'abandonnant à des gestes très-animés, s'était décoiffée involontairement. Pantaléon saisit le bonnet de Chevrotte, et se le mit sur la tête.

A la vue de cette face , les spectateurs ne purent retenir une explosion d'hilarité. Laissant cette dépouille aux mains de son vainqueur, Chevrotte profitait du divertissement joué par Pantaléon pour transporter les chaises , les tasses et la casserole au vin chaud dans la chambre de son père. On ne s'aperçut de cette translation que lorsque Pleurniche, prenant le flambeau, invita la société à le suivre dans la pièce voisine.

Enhardi par le succès de son commencement de mascarade, Pantaléon cherchait à la compléter. La demi-obscurité établie maintenant dans le salon favorisait ses projets. Il s'imagina qu'il trouverait un châle ou une robe dans le placard, il posa la main sur la targette. Henriette le vit alors seulement.

Il entr'ouvrit la porte et la referma aussitôt ; un frisson lui parcourut l'épine dorsale : il venait d'apercevoir un homme là, dans ce placard.

Tous les amis de Périllon étaient entrés dans la chambre où devait se terminer la fête. Henriette et Pas-de-Chance allaient également quitter le salon.

—Tenez, mon ami, dit la coloriste à ce dernier, saisissez Pantaléon et portez-le dans la chambre de mon père, je vous en supplie.

Sans exiger la moindre explication , Pas-de-Chance fit de ses bras une ceinture de fer qu'il passa autour du corps de son ami , et l'enleva du lieu où il s'était mis en arrêt comme un chien de chasse. Tandis que Pantaléon se débattait dans cette étreinte , Henriette ouvrit le placard , puis enfin la porte qui donnait sur le palier. Donatien s'enfuit. Personne n'avait surpris cette évasion , tout aussi miraculeuse que celle de M. de Latude. Arrivé dans la rue , Donatien se dirigea en toute hâte du côté des Champs-Elysées.

Mais la femme que nous avons vue parler à l'espion Minot le suivait. Elle était seule ; ses dents claquaient de colère ; elle ne respirait pas , elle râlait. On eût dit une louve suivant un voyageur qu'elle n'ose attaquer. Elle s'arrêta tout à coup pour laisser déborder un flot de rage qui l'étranglait.

— Sulpice Jérusard , prononça-t-elle à voix basse , tu sauras comment se venge Reine Machu !

Fatale coïncidence ! Donatien se nommait donc également Sulpice Jérusard.

Ainsi qu'on le pense, Pantaléon n'avait pas tardé à s'arracher des bras de Pas-de-Chance. Remettant à un autre moment les explications que son ami lui devait sur l'étonnant tour de force, exercé sur sa personne, il était revenu l'œil en feu, le poing levé, se poser devant le placard. Chevrotte, surprise de ses mines furieuses, lui prit le bras.

— Que faites-vous là ? lui dit-elle.

— Malheureuse, lui répondit le menuisier, vous le savez.

En voyant un homme caché dans le placard, Pantaléon n'avait plus cru à l'honneur de sa fiancée ; mais le moindre soupçon ne s'était pas élevé en lui contre Henriette. Tel était l'ascendant moral de la coloriste que le doute même ne pouvait l'atteindre.

— Vous êtes fou ! s'écria Chevrotte.

— Il y a un homme caché là, grommela le menuisier.

A ces mots Chevrotte partit d'un éclat de rire interminable. Henriette, rassurée malgré tout, écoutait les fureurs de Pantaléon comme on écoute les grondements lointains d'un orage passé.

— Ouvrez donc, disait Chevrotte.

Le menuisier ouvrit. Dans le fond du placard il y avait une glace cassée, détamée. Chevrotte la montra à Pantaléon.

— Vous vous êtes pris pour un homme, put-elle à peine articuler, tant le rire la suffoquait.

Ebahi, reconnaissant son erreur, il alla se mettre à table, et but avec d'autant plus d'acharnement, que pendant un moment il avait ressenti une émotion susceptible de donner soif. Il trinqua avec tout le monde, avec son père surtout, et si

souvent, que lorsqu'ils descendirent de chez Périllon, Calixte Jérusard, honteux d'avoir sacrifié
aux douceurs du vin chaud, et Pantaléon, prêt à
continuer par d'autres sacrifices, s'appuyaient l'un
sur l'autre afin de ne pas rouler dans l'escalier.

— Si, maintenant qu'il est gris, je conduisais
mon père chez ma sœur Laure? se disait le menuisier.

CHAPITRE XXII.

LES FREDAINES DE JÉRUSARD.

— Je t'assure, mon fils, qu'on a mis du beurre sur les pavés !

— C'est pas possible, mon père ; nous glissons ainsi parce que le quai va en montant comme la côte du mont Valérien. Tenez, arrêtons-nous un instant dans ce bosquet.

Pantaléon montrait à Calixte Jérusard une boutique de marchand de vin tout enguirlandée à l'extérieur de pampres dorés enroulés à une grille de fer qui doublait la muraille du rez-de-chaussée.

— Tu crois que c'est un bosquet?... demandait le bonhomme.

— Vous n'y voyez pas cette corbeille de fleurs? continua le menuisier en désignant le comptoir, bassin de métal où brillaient des verres arrangés en massifs scintillants, et des bouteilles au cou chastement cravaté de vert et de rouge.

— Reposons-nous dans ce bosquet, chanta Calixte d'une voix chevrotante.

Certes, nous ne surprendrons personne en disant que Pantaléon était ivre ; mais il nous en coûte de révéler au lecteur les effets et les causes de la gaîté de Jérusard.

Le jeune menuisier voguait en ce moment sur des flots de bonheur ; il soutenait son père qui trébuchait quelquefois et riait le premier du peu de solidité de ses jambes.

—Voyez-vous, disait Pantaléon, moi je suis habitué aux influences de la bouteille ; c'est tout au plus si ça me pèse sur la langue. Mais vous, ah ! vous, dame ! il faudrait vous y accoutumer ; ce ne serait pas long, si vous vouliez.

Tels étaient les étranges conseils que le menuisier donnait à son père dans le délire de sa joie. Il aurait tant aimé à avoir pour compagnon de ses incartades bachiques ce vieillard qui demeurait si souvent renfermé dans son marasme comme un mort dans son linceul. Les étourdissements du vin étaient aux yeux de Pantaléon les seules voluptés réelles mises par la nature à la portée de tous les hommes. Et il voyait son père délicieusement balancé au souffle de l'ivresse ; il le surprenait riant en une minute plus qu'il n'avait ri pendant une année, étranger à ses souvenirs de peine, insensible à toutes autres larmes qu'à celles que la bouteille égrène en perles jaunes ou rouges. N'était-ce pas la justification de sa philosophie mesurée au litre ? Ô Noé ! si à cette heure

Pantaléon eût connu l'une des pages les plus intéressantes de votre histoire, c'eût été sur votre
nom qu'il eût versé les chaleureuses inspirations
de gratitude qui s'élevaient de son cœur comme
des flammes d'un punch en feu !

— Où me conduis-tu donc, mon fils? demandait Jérusard.

En sortant du bosquet, où ils avaient cueilli des
prunes et des cerises à l'eau-de-vie, nos deux
guillerets se dirigeaient vers la rue Montmartre.

— Jamais nous ne retournerons chez nous par
ce chemin! disait le père.

— Venez et laissez-vous conduire, répondait
Pantaléon.

À l'air de résolution écrit sur la physionomie
de ce dernier, on pouvait deviner qu'il n'avait pas
assez perdu la raison pour ignorer quelle rue il
faisait parcourir à son père.

— Nous tournons le dos à notre maison, dit
Jérusard en s'arrêtant et cherchant à lire sur une
plaque bleue les lettres blanches qui indiquaient
le nom du carrefour.

— Certainement, répliqua le menuisier.

— Et où allons-nous?

— Promener un moment; il n'est pas dix heures.

— J'admets qu'on se promène un instant le
soir, parce qu'enfin, si le bon Dieu a cloué des
étoiles sur son ciel, c'est pour qu'on les regarde ;
mais je ne vois pas l'utilité de coudoyer tous ces
fiacres qui sont payés à l'heure pour broyer les
Parisiens.

Les judicieuses observations de Jérusard lui

étaient inspirées par le dangereux mouvement de la rue qu'il remontait depuis quelques secondes. Pantaléon, au travers des fumées de son vin, cherchait son intelligence pour lui demander un conseil.

— Tu m'emmène sur les buttes Montmartre, reprenait le père Jérusard ; voyons, mon garçon, il n'est pas possible que tu aies ton bon sens ?

La voix du brave homme s'alourdissait de plus en plus. Il balbutiait certains mots ; en revanche, il y en avait qu'il rendait par des gestes, mais qu'il ne prononçait pas.

— Mon père, dit enfin le menuisier, je vous mène chez un de mes amis, avec qui je désire vous faire nouer connaissance. C'est ici. Je vais m'informer auprès du concierge.

Ils étaient rue de Navarin, numéro 40. Laure habitait un petit appartement au deuxième étage de cette maison. Du haut en bas, l'escalier ciré, éclairé au gaz, revêtu, sur les marches, d'un tapis étroit, retenu par des tringlettes invisibles, invitait à mon r, rien que pour le plaisir de la chose. A chaque palier, une statue sur piédestal vous souriait hypocritement et d'une main vous montrait l'étage supérieur. Au moyen de ces supercheries, on vous eût fait escalader le ciel sans vous donner le temps d'y songer. La porte de l'appartement de Laure, à double battant bronzé, fermée, était un certificat d'aisance ; ouverte, elle perdait sa valeur ; car alors on s'apercevait qu'elle réalisait à peine la moité de ses promesses, le corridor n'occupant quel a moitié de la largeur qu'on lui aurait supposée. Après avoir traversé un vestibule, on arrivait à la chambre à coucher, nid rose et blanc, de satin et de velours, de soie et de dentelle. Le lit, qu'on voyait dans une alcôve au travers de rideaux en mousseline brodée, était chargé d'édredons roses emprisonnés d'une gaze à fils de neige; les fauteuils, les chaises, les moindres meubles, étalaient des sculptures charmantes que rehaussaient les tons brûlants du satin rouge répandu partout avec profusion. Le tapis, honorable produit d'Aubusson, couvrait le parquet en entier; c'était une toison blanche sur laquelle des arabesques écarlates dansaient leurs caprices désordonnés. Cet abus des couleurs vives, coquettement prémédité pour enluminer la pâleur de Laure, formait une atmosphère aurore où les moindres choses s'empourpraient. Une levrette à robe grise, mouchetée de lait, campée sur son train d'avant, le museau allongé, se chauffait et regardait le feu élégant qui pétillait dans l'âtre. Il y avait l'orgueil de l'aristocratie dans l'air insouciant et blasé de cet animal. Couchée sur une chaise longue, Laure se chauffait comme la levrette, et, comme elle, regardait le jeu des flammes.

Une soubrette, grosse personne à mine alsacienne, se glissa auprès d'elle.

— Madame, il y a là deux hommes qui veulent vous parler, dit-elle.

— Je ne suis pas visible à pareille heure, répondit Laure. Quels sont ces hommes?

— L'un m'a dit à l'oreille qu'il venait remplir une promesse qu'il vous a faite aujourd'hui même.

— Qu'ils entrent...

La soubrette se retira. L'instant d'après, Pantaléon parut, poussant son père par les épaules.

Calixte Jérusard cherchait à démêler dans son ivresse ce qui était maintenant vision ou réalité. Debout, au milieu de la chambre, il se donnait des coups de poing dans les yeux et ne discontinuait ces mouvements cruels que pour promener autour de lui un regard atterré. Il n'avait pas encore reconnu Laure.

— Où suis-je? prononçait-il.

Et il tournait sur lui-même.

Laure, appuyée sur un fauteuil, s'y retenant afin de ne pas rouler aux pieds de son père, avait été tellement surprise par cette apparition, qu'elle ne respirait plus. Son cœur était brisé sous une pression horrible.

Pantaléon, adossé à la porte, admirait cette scène navrante. Ses lèvres riaient, ses yeux pleuraient.

— Où suis-je donc? répétait Jérusard.

Tremblotant et trébuchant, il s'approcha de Laure. Il la reconnut et poussa un cri comme si une lame lui eût fendu la poitrine.

— Mon père! s'écria enfin la fille coupable en se précipitant à ses genoux.

Jérusard eut un moment de folie effrayante. Il reculait devant sa fille comme devant une ombre infernale. Ses joues étaient livides. Ses yeux avaient le terne enflammé de l'agonie.

— Laure?... Laure?... c'est Laure? se demandait-il. Qui donc m'a conduit ici sur ces tapis qui cachent une boue infecte?

— Ne parlez pas ainsi, balbutiait Pantaléon en essayant d'apaiser son père, je vous en supplie.

— Je ne vous connais pas, vous ! reprenait Calixte Jérusard; entre vous et moi, il y a la même distance qu'entre la honte de cette fille et mon honneur !

— Vous me tuez en me traitant si durement, disait Laure; mon Dieu, si je suis votre honte, votre honte n'est pas éternelle : je ne vivrai pas bien longtemps.

Le visage de Jérusard changea subitement; des larmes éteignaient le feu de ses yeux. Après sa phase de colère, l'ivresse le ramenait à l'attendrissement. Comme s'il eût obéi à une force surhumaine, il revint vers Laure.

— Ma fille ! s'écria-t-il.

Elle tomba dans ses bras, étouffée par les sanglots. Alors, Pantaléon, pleurant de bonheur, se mit à danser autour de son père et de sa sœur, qui se tenaient enlacés.

C'était un de ces tableaux comme il ne s'en trouve pas au musée, une scène à mouiller des paupières de marbre, à émouvoir les détracteurs de la famille eux-mêmes. Oh ! messieurs les sceptiques, vous qui avez nié la force de l'amour paternel ou filial, parce que votre âme glacée ne pouvait éprouver le plus pur des sentiments humains, si vous aviez vu ces embrassements pleins de tendresse et de désespoir, si vous aviez compris que ce père profitait de son ivresse pour éluder les justes exigences de son honneur offensé, vous auriez un instant nié ce sarcasme dont vous avez enferré votre philosophie : La famille est un mot.

Mais l'attendrissement de Jérusard menaçait de disparaître pour faire de nouveau place aux sentiments de dignité sévère dont son âme était si fortement imbue. Le menuisier demanda de l'eau-de-vie à la soubrette; elle en apporta un flacon; Pantaléon le fit boire presque entier à son père. L'ivresse du vieillard atteignit son paroxysme. Il renversait les meubles et se livrait à des extravagances d'enfant.

— Oh! comme cette couverture est belle! disait-il en se couchant sur le tapis; pourquoi la laisses-tu sous les pieds, ma fille? Il faut être plus économe que ça. Tiens, et ce lit, une montagne de neige et de feuilles de roses; c'est beau! c'est splendide!

Jérusard s'animait de plus en plus. De la douceur la plus grande, il était monté, peu à peu, à ce ton saccadé, strident, particulier aux déclamations des fous. Il continua.

— Mes enfants sont donc riches!... C'est à Laure tout cela! Ces draperies, ces mille choses qui brillent, qui aveuglent, c'est à elle! Ce luxe, cette opulence, elle aussi, elle en a voulu!

La voix de Jérusard vibrait maintenant rugissante, épouvantable.

— Mon père, calmez-vous! s'écriait Laure.

— Où est-il donc l'autre qui est riche aussi? reprenait Jérusard. Sulpice!... Sulpice!... viens donc que je te pardonne aussi un instant! que je te presse sur mon cœur! viens. Oh! il ne m'entend pas! ma pauvre voix d'ouvrier ne monte pas jusqu'à son palais. Sulpice! Sulpice!

— Mon père, disait Pantaléon, vous vous rappelez bien que mon frère est mort... Ne l'appelez pas ainsi. Cela nous désespère.

— Je veux le voir, répétait le malheureux homme. En ce moment, mes bras sont ouverts, demain ils seront fermés à jamais peut-être ! Sulpice, viens ! Oh ! il ne viendra pas !

La constitution délicate de Laure ne put résister à l'accès de démence qui tourmentait son père ; elle tomba sur le tapis. Pantaléon sanglotait.

— Bon, continuait Jérusard en s'apaisant, voilà ma fille qui meurt, à présent...

Il se mit à genoux auprès d'elle, comme Triboulet devant le sac qui sert de linceul à Blanche.

— Laure ! ma fille ! reviens à toi ! Voyons, réponds-moi... Ne demeure pas ainsi comme un cadavre ; songe que dans un instant nous allons nous séparer pour longtemps, pour toujours ! C'est Pantaléon qui m'a grisé, qui m'a conduit ici ; ça ne lui arrivera plus, je m'en déferai. Profite de sa faute ; embrasse cette tête dont tous les cheveux vont blanchir loin de toi. Un jour tu chercheras cette voix, ce sourire, ce père qui est devant toi maintenant ; tu demanderas où il est, on te montrera de l'herbe qui pousse, et on te dira : « Il est là-dessous ! »

Calixte Jérusard se redressa tout à coup, prit son chapeau qu'il avait mis sur un fauteuil, jeta un dernier regard à Laure, et sortit.

Après avoir soigné sa sœur avec la soubrette, Pantaléon revint vers la rue Geoffroy-l'Asnier ; il marcha si vite qu'il rejoignit son père sur la place du Châtelet. Celui-ci lui donna tranquillement le bras sans prononcer un mot.

Quand ils furent arrivés, Jérusard n'adressa que cette question à Pantaléon :

— Est-ce que nous sommes allés bien loin nous promener?

Le menuisier ne répondit pas.

CHAPITRE XXIII.

LA JAMBE DU MORT.

En Touraine, la couleur féodale est encore attachée au sol. C'est un des rares endroits de France
où les clochetons soient restés sur les murailles
grises, les girouettes sur leurs pignons ardoisés ;
les arbres des parcs sur leurs tapis de mousse , et
les forêts sur leur immensité. L'Indre et le Cher,
avant de rentrer dans le lit de la Loire, semblent,
rivières folichonnes, regimber contre la nature et
se livrer à mille extravagances de jeunes filles
qu'on marie trop jeunes. Elles s'approchent l'une
de l'autre en déchirant des prairies pour se frayer
un passage entre gazons et fleurs, puis se séparent
tout à coup et vont courir chacune de son côté, à
droite ou à gauche, en avant ou en arrière ; il leur
faut de l'espace, voilà tout ; elles se veulent diver-

tir. Le lieu où s'exécutent leurs derniers divertissements est parsemé de châteaux et de bois, de
vallées vertes et de tertres rocheux ; c'est un pays
à inspirer des folies aux rivières les plus sages.
Dans ce pays est située la forêt de Villandry, une
forêt qu'on traverse en quatre heures si on sait
prendre les chemins les plus courts. Les arbres
y sont de diverses grosseurs et de diverses èspè-
ces, suivant la qualité et le genre de terrain sur
lequel ils s'élèvent.

Une lieue de long, vous voyez des chênes hauts
et branchus, comme des discours de réception à
l'Académie. Ces arbres ont l'égoïsme de la caste :
auprès de leurs racines, ils laissent à peine croître
un lambeau de mousse brodé de ronces. La terre
doit être à eux seuls, toujours nette, et disposée à
recevoir leur gland en automne, leur feuille en
hiver. Quand le lierre s'avise de grimper sur eux,
ils repoussent cette familiarité humiliante, et, s'ils
ne peuvent s'arracher à ses importunités, ils s'en
attristent au point d'en mourir. Le gui et autres
végétations plus ou moins consacrées par de su-
perstitieuses croyances ne plaisent pas davantage
à ces grands seigneurs des forêts. Ils se savent
beaux et n'ont nullement besoin de ces difformités
à leur parure. Plus loin, dans un bas-fond, voici
des ormes, des vergnes et des frênes, ramages
abondants et touffus, accaparant la chaleur du soleil comme les chênes le suc de la terre.

Au pied de ces chevelus, les broussailles de
tout genre se livrent à une extension désordon-
née : des herbes longues, droites comme des poi-
nards à lames microscopiques, dentelées en ma-

nière de scies à double tranchant, ou taillées en as de cœur, se disputent l'espace et se croisent comme des armes de combattants ; parfois une petite fleur rouge ou bleue se hâte de vivre timidement sa frêle existence dans cette société sauvage où le destin la fit naître. Et enfin là-haut, sur cette colline où la terre est blanchâtre, on a planté des pins ; c'est le plus sobre de tous les arbres. Il s'accommode de tout ; du sable, c'est du luxe pour cet anachorète de la végétation ; un rocher lui suffit. La fougère, herbe qu'on croirait taillée à un emporte-pièce fantaisiste, le genêt hérissé, cachent la pauvreté du sol qui le porte.

L'homme qui étudie les bizarreries de la nature en travail de production doit creuser avec volupté cet amas de science austère enguirlandé de détails ravissants, qui font comme de gracieux parafes autour d'un tableau lugubre. Mais à celui qui voit sans les yeux de la poésie, quelle morne tristesse inspirent ce silence que le bruissement du vent dans les branches revêt d'une couleur sinistre, ce ciel de feuilles, cet horizon de bois, ce bourdonnement des insectes, et ces questions que le merle ou le loriot semblent adresser en sifflant, ces excavations pleines d'eau vaseuse habitées par des crapauds à peau perlée, noire et jaune ; ces champignons de toutes couleurs cachant leur puissance vénéneuse sous une apparence bénigne, et ces bruits subits que les feuilles sèches rendent au passage des bêtes rampantes !

Les crimes imaginaires, surtout dans l'enfance du roman, ont aimé les forêts. C'est l'atmosphère du brigandage exercé sur une haute échelle. Le

crime véritable, exploité comme industrie, y a aussi
réellement élu domicile pendant longtemps. Sous
l'empire, on traversait encore certaines forêts l'arme au poing. Nous n'osons affirmer que la forêt de
Villandry n'était pas de ce nombre. Ses endroits
principaux ont reçu des dénominations qui traînent des crimes après elles : l'un des chemins les
plus larges qui la parcourent s'appelle *la route du
Pendu* ; une chaumière bâtie à l'une de ses extrémités, *la Maison des Chauffeurs;* et enfin, au milieu, une propriété close de murailles est connue
au loin sous le nom de la *Jambe du Mort*, parce
que, à l'endroit qu'elle occupe, les traditions racontent que, pendant les guerres de la Ligue, une
jambe de capitaine venait, à minuit, se promener
solitaire.

Cette propriété est une ancienne dépendance de
la forêt communale. Des murs de douze pieds de
haut la cernent en entier, même sur un des côtés
arrosé par un grand ruisseau qui passe rapide contre cette barrière opposée à ses envahissements.
Une large porte en chêne, garnie de gros clous,
élevée entre deux pavillons, est la seule entrée par
laquelle on pénètre dans ce domaine ou plutôt dans
cette partie de la forêt ; car, à l'exception d'une
maison construite au centre, le sol est resté ce qu'il
était avant d'être renfermé dans une ceinture de
murailles. Le bâtiment du centre est un rez-de-
chaussée quadrilatère avec cour intérieure. Au-
dessous de cette cour est une chambre souterraine
convenablement meublée, ainsi qu'on peut le voir
à travers un vitrage grillé de barres de fer d'une
solidité féroce. Quelques explications sont indis-

pensables pour justifier l'originalité de cet immeuble. Le marquis de Boutouzel, célèbre par les prodigalités qui l'ont complétement ruiné, avait voulu, après 1830, se réchauffer à une contrefaçon des débauches royales du siècle passé.

Il s'était créé un Parc aux Cerfs où une Pompadour aux mains rouges, abusant de sa crédulité, expliquait à quelques jeunes danseuses de la Porte Saint-Martin le rôle de paysannes enlevées qu'elles devaient jouer en pleurant devant lui. En l'honneur de ces duperies, l'immoral marquis avait acheté une portion de la forêt de Villandry, et s'était fait construire à son idée une *folie*, ainsi qu'il la nommait. Son criminel cynisme n'atteignit aucune victime ; la Pompadour subalterne le trompa fort habilement jusqu'au jour où, forcé de liquider ce qu'il possédait afin de payer des lettres de change menaçantes, il vendit à M. le comte Césaire de Prémouran son hôtel de Paris et sa folie de la Jambe du Mort. Le comte n'avait pas changé ce nom respectable à cause de son origine fantastique ; il aimait cette solitude et y passait un mois de l'année. Il songeait à venir l'habiter définitivement lorsqu'il mourut. Son fils, Henri de Prémouran, s'y réveilla un beau jour, condamné à une reclusion perpétuelle.

La nuit où Reine Machu partait pour Londres avec Sulpice Jérusard, une grosse voiture dans laquelle le jeune comte dormait, sortie de l'hôtel de Prémouran, était venue se poser sur les rails du chemin de fer de Tours, et avait traversé cette dernière ville pour ne s'arrêter qu'au milieu de la forêt de Villandry, à la Jambe du Mort. Quand le comte ouvrit les yeux, après un sommeil de dix-huit heures, il fut longtemps à se croire éveillé. Il avait beau tourmenter sa cervelle, rien ne lui expliquait la métamorphose opérée autour de lui. Cherchant un cordon de sonnette pour appeler, sa main rencontra un mur glacé, nu.

— Marianne ! s'écria-t-il, Bertrand !

Aucune voix ne répondit. Le comte était couché sur un lit singulier qu'il ne reconnaissait pas. Tout à coup, le premier instant de vertige passé, il se rappela avoir vu ces lieux quelques années auparavant.

— Je suis à la Jambe du Mort ! dit-il. Voici la bibliothèque de mon père et le mobilier inventé par le marquis de Boutouzel.

Il appela de nouveau et plus fort. Le vent soufflant dans les corridors de la maison fit entendre un hurlement plaintif. Henri de Prémouran se leva et alla donner un grand coup de pied dans la porte. Elle était fermée et si épaisse qu'on eût dit qu'il avait frappé un mur.

— Serais-je devenu fou ? se demandait-il. Quelque médecin obligeant m'aurait-il fait enfermer ici ? Je ne me souviens de rien. Il me semble que Marianne m'a apporté ma potion hier soir dans ma chambre à l'hôtel, et aujourd'hui je suis ici enfermé.

Depuis quatre ans peut-être le comte ne s'était autant appesanti sur une idée. L'ennui, ennemi cruel, qui d'ordinaire attendait son réveil pour se pendre à son cou, trouva la place prise ce jour-là. Impatienté de ne pouvoir percer le mystère au milieu duquel il se mouvait, Henri de Prémouran récitait depuis un instant une tirade de jurons que Satan dut écouter comme un agréable roulement de tambour infernal. Quand il eut épuisé ce mode de consolation, il recommença à chercher dans la nuit des suppositions les fils de l'intrigue si lourdement nouée sur sa tête. Les couvertures du lit étaient celles sous lesquelles il s'était couché à son hôtel.

— On m'a enlevé pendant que je dormais, conclut-il. La potion somnifère que je prenais tous les soirs me causait des torpeurs invincibles : on en aura profité pour me transporter ici. Mais pourquoi ?

L'intelligence du comte se transformait en un immense point d'interrogation.

— Je ne comprends pas cette énigme diabolique, continuait-il. Ce ne peut être qu'un songe, et le mieux est de m'abandonner sans inquiétudes aux derniers effets de l'opium. Les Orientaux, dit-on, se procurent de douces hallucinations au moyen de cette drogue ; il est étonnant qu'elle me produise des effets contraires, car enfin ce n'est pas un songe gracieux celui-ci !

S'étant de nouveau étendu sur le lit, Henri de Prémouran s'efforçait de se persuader qu'il rêvait. Mais ses yeux ouverts rencontraient des réalités trop palpables dans la chambre souterraine qui lui servait de prison.

Les murs, blanchis simplement à la colle, parodiaient l'ancienne épaisseur romaine. C'était de véritable pierre de taille qu'un entrepreneur de ponts n'eût pas dédaignée. Le zénith voûté laissait entrer le jour par une ouverture garnie de fer.

— Tonnerre ! s'écria le comte, je ne rêve pas !

Et saisissant une de ses pantoufles, il la jeta contre les vitres de la bibliothèque.

Le fracas qui suivit ce mouvement de colère acheva de convaincre Henri de Prémouran. Il frappa la porte avec un fauteuil. Un guichet s'ouvrit.

— Que désire M. le comte ? dit une voix.

— C'est la voix de Marianne Machu... Réponds-moi, bonne femme : pourquoi suis-je ici ?

— Pourquoi est-on dans sa tombe ? répondit Marianne.

Et le guichet se referma.

A ces mots, le comte eut froid comme si on l'eût plongé dans un bain de glace. Jamais il n'avait aimé la vie autant qu'à cette heure, justement parce qu'il entendait parler de tombe et de mort, ou parce qu'il commençait à apprécier vaguement l'étrangeté sinistre de sa situation.

— Dois-je périr de faim ? s'écria-t-il.

Le guichet se rouvrit.

— Voici votre nourriture, dit Marianne ; empressez-vous de la recevoir, si vous ne voulez pas jeûner.

Au ton de cette créature, le comte eut peur de lui voir effectuer sa menace. Il prit les mets grossiers qu'elle lui présentait, d'autant plus qu'il espérait tirer d'elle au moins un éclaircissement sur sa position.

— Voyons, Marianne, dit-il de sa voix la plus affable, au nom de l'amitié que vous m'avez souvent témoignée, à moi, votre maître....

— Je n'ai jamais eu d'amitié pour vous, interrompit Marianne , et vous n'êtes pas plus notre maître que nous ne sommes vos serviteurs.

— Insolente !...

Marianne haussa les épaules en entendant cette qualification anodine.

— Vous avez le droit de nous dire tout ce que vous voudrez, reprit-elle; mais, ici, sachez que si quelqu'un est maître, c'est nous.

— Je vous chasserai , dit Henri de Prémouran.

Un éclat de rire effréné accueillit ces paroles. Marianne se tenait les côtes.

— Qu'as-tu donc à piailler de la sorte ? lui demanda une voix qui paraissait venir d'en haut.

— Le *pâlot* me dit qu'il me chassera, mon homme, répondit la Machu.

— Ne cause pas avec le pâlôt ; Reine nous l'a défendu.

Marianne referma le guichet.

Cette conversation échangée entre Bertrand Machu et sa femme , le sarcastique sobriquet de *pâlot* par lequel on le nommait , soulevèrent un coin du rideau noir tendu sur le comte. Il se rappela le caractère de Reine, l'inconcevable déclaration d'amour qu'il avait repoussée avec tant de mépris. Etait-ce sa vengeance qui s'assouvissait ? Dans ce cas, comment, en France, pays éminemment civilisé , pouvait-il se machiner impunément une séquestration semblable à celle qu'il subissait ?

— Je n'ai qu'à attendre patiemment quelques jours, pensa le comte ; la police aura bientôt déjoué cette trame romanesque, et viendra elle-même me rendre la liberté.

Il ne s'était pas écoulé douze heures depuis que Henri de Prémouran se voyait emprisonné, et déjà, lui qui, à Paris, jouissant de tout, possédant tout, avait mené une vie de chrysalide, il éprouvait les angoisses d'une sarcelle encagée. Serait-il donc vrai qu'il est dans la nature de l'homme d'aimer toujours ce qu'il n'a pas, et le désir n'est-il pour lui qu'un défi jeté à l'impossible ? La solitude était insupportable au comte parce qu'elle lui était imposée par une autre volonté que la sienne.

De force il se résigna. Mais au bout d'un mois, ne pouvant plus respirer dans cette cave, il essaya de s'évader. A minuit, il plaça des meubles les uns sur les autres, de façon à atteindre l'espèce de lucarne garnie de barres de fer. Mais au moment où il descellait une des vitres, la voix de Bertrand Machu envoya ces terribles paroles à ses oreilles :

— Si vous tentez de vous sauver, je vous mets du plomb dans la tête.

Et le comte entendit jouer la batterie d'une arme à feu.

CHAPITRE XXIV.

————

LE PALOT.

Le caractère de l'homme subit ordinairement les fluctuations de sa fortune. Fouquet devint un prisonnier très-modeste, après avoir été un magnifique contrôleur-général ; Louis XVI, au Temple, regardait Cléry comme un ami, et non comme un valet de chambre ; Napoléon, à Sainte-Hélène, lançait des cailloux sur la mer, et souriait à leurs ricochets ; le comte Henri de Prémouran, attendant que la police le délivrât, changeait chaque jour un peu de sa vieille nature. Habitué à la richesse dès son enfance, élevé par son père dans une indifférence systématique pour tout, excepté le travail, ayant étendu cette apathie à tout, principalement au travail ; dévoré par une paresse névralgique à l'age où sa vie aurait dû se déployer forte et active, le comte, au sein de l'opulence, n'avait été qu'une marmotte endormie sur de l'or. Maintenant, réduit à une existence forcément solitaire et plus que monastique, il commençait à apprécier les biens dont il n'avait pas fait usage quand cela lui était possible; mais cette appréciation prenait une couleur philosophique vraiment heureuse. Dans la bibliothèque laissée providentiellement à sa disposition, il trouva d'excellents livres que son père n'avait peut-être jamais lus.

Ces livres ouvrirent à l'esprit de ce jeune homme un horizon nouveau. Ils lui révélèrent le royaume intellectuel, et l'initièrent aux croyances religieuses. Alors il découvrit que la créature humaine peut vivre autrement que par le corps, et que la partie matérielle de l'homme n'est qu'un champ livré à l'exploitation d'une âme. Il ne maudit plus sa prison; néanmoins il songea sérieusement à recouvrer sa liberté, car il avait soif de dépenser les trésors de sa nouvelle philosophie.

Rien autant que la captivité ne développe la science des conjectures chez l'homme. Henri de Prémouran était parvenu, en combinant ses observations, à découvrir une partie de la trame ourdie contre lui. Un seul point l'arrêtait dans ses argumentations : quels ressorts magiques avaient fait mouvoir ses terribles ennemis afin de suppléer à sa disparition ? comment cette propriété, qui était à lui, restait-elle exclusivement affectée à l'exploitation d'un crime inconcevable ? Le comte se perdait dans un dédale d'hypothèses à ce sujet. Ses efforts d'imagination n'aboutissaient à construire aucune probabilité logique. Le hasard lui apprit la vérité.

Il entendait souvent causer les époux Machu dans la cour au-dessus de sa prison. Leur voix ne parvenait que vaguement jusqu'à lui au travers de la lucarne qu'ils évitaient attentivement. Après de minutieuses remarques, le comte découvrit que ses geôliers, Marianne et Bertrand, qu'il croyait seuls préposés à sa séquestration, s'asseyaient le soir, quand le ciel est beau, contre l'une des murailles de la cour, à un endroit où pouvait se trouver un banc de pierre, ainsi que lui disaient de douteux souvenirs. En s'élevant à la hauteur de la lucarne, il pouvait surprendre les conversations échangées en ces moments de repos. Des meubles entassés les uns sur les autres, comme lorsqu'il essaya de s'évader, facilitèrent sa tentative. Un jour, il entendit le dialogue suivant :

— Pourvu qu'elle soit heureuse, notre fille, disait Marianne.

— Dame ! elle est ce qu'elle a voulu être, répliquait Bertrand.

— J'aurais eu plaisir à l'entendre appeler madame la comtesse. Doit-elle vous reluquer son monde ! J'imagine que son mari ne la mène pas, celle-là.

— Elle ne l'aime pas beaucoup.

— Ce n'est pas sûr.

— C'est ce qu'elle nous écrit, au moins.

— Tu n'as rien compris à sa lettre, pas plus que moi.

— C'est pourtant clair et net. « J'aime le jeune

homme que j'ai épousé, nous dit-elle, parce qu'il ressemble à celui que vous savez. »

— Oui ; mais elle ajoute : « Je le hais aussi parfois à cause de cette ressemblance, et croiriez-vous qu'alors , lui découvrant tous les défauts de l'autre, il me prend des mouvements de rage que je ne puis maîtriser. »

— Mais, objectait Marianne, surprise de l'irrégularité morale qu'exprimait la lettre de sa fille, elle met donc l'amour et la haine dans le même sac ?

— Ce n'est pas surprenant, répondit Bertrand Machu ; elle a tant aimé le pâlot qu'elle s'est passionnée pour sa ressemblance ; mais le pâlot a été si cruel envers elle, qu'en retrouvant ses traits, elle retrouve l'injure qu'il lui a faite.

— Est-ce qu'elle aurait à se plaindre de son mari ? grommela Marianne d'un ton menaçant.

— Ça ne serait pas bien étonnant. Cet homme s'est vendu à elle plus qu'il ne s'est donné ; il s'intéresse peu à son bonheur peut-être.

— L'ingrat ! il ne l'aimerait pas !

— Oh ! il doit l'aimer , car il est impossible qu'on n'aime pas Reine ; mais il est naturellement inconstant, ce garçon : il a été élevé au collége, puis ouvrier , entrepreneur d'écritures ; maintenant...

— Maintenant , interrompit violemment Marianne, au lieu d'être le fils de Jérusard, le pauvre cordonnier de la rue Geoffroy-l'Asnier, il est d'illustre famille, il est comte et millionnaire. Il a de l'honneur et de l'argent, et il doit tout à notre fille. Aussi, s'il ne rampe à ses pieds pour lui plaire, il se conduit comme un misérable.

Perché sur sa montagne de meubles, Henri de Prémouran ne perdait pas une syllabe de cet entretien.

— Ah ! il faudrait savoir avant de le blâmer, reprit Bertrand.

— C'est singulier qu'elle ne nous dise presque rien de son mari, dans sa lettre. Elle ne parle que du pâlot. Elle nous recommande d'en avoir soin. L'aimerait-elle encore ?

— Un sorcier n'y verrait pas clair là-dedans.

— Malgré ses belles recommandations, nous n'aurons de tranquillité que quand le pâlot sera mort.

— Il va peut-être s'amuser à vivre longtemps comme ça.

— Bah ! il se périt. Avant six mois 'u verras que nous aurons à creuser un trou dans sa prison.

— Préviens-moi, dit Bertrand Machu, quand tu le verras prêt à tourner l'œil. Je veux lui apprendre la vérité avant qu'il meure.

— Tu lui diras comme c'est difficile de faire un comte de Prémouran.

— Je lui expliquerai comment nous nous sommes vengés de son mépris.

— Et, ajouta Marianne, ne manque pas alors de lui prouver que notre fille est comtesse.

— Je lui révélerai tout, ce sera son dernier châtiment.

Pendant un instant, le comte n'entendit plus la voix des Machu. Ils dorlotaient sans doute leurs pensées de vengeance, et cette volupté les absorbait entièrement. Au moment où il allait quitter son poste d'observation, un bruit de pas très-lourds, des chocs de sabots ferrés lui annoncèrent l'arrivée d'un troisième personnage.

— Eh bien ! Martin ? dit Bertrand.

— Je m'embête, répondit une grosse voix.

Le comte reconnut son ancien cocher.

— N'as-tu pas tout ce qu'il faut à un homme ? reprit Bertrand.

— Oui, fit Martin avec tristesse, je n'ai plus de chevaux !

— Aussi n'as-tu qu'à manger, boire et dormir ?

— Ça m'irait, si j'avais mes chevaux.

— Nous n'en avions pas besoin ici, il a fallu les renvoyer à Paris.

— Il fallait me renvoyer avec eux. Moi je ne peux pas vivre sans ces bêtes, ce sont mes amis.

— Idiot ! va, j'ai honte que tu sois mon frère !

— Achète-m'en deux autres ici , ça ne coûte pas cher , continua Martin d'un ton suppliant et pleureur. C'est mon unique société.

— Vous nous comptez donc pour rien , nous , prononça dédaigneusement Marianne.

— Je veux des chevaux, répéta Martin. Depuis que je n'en ai plus, je ne dors plus. Pourquoi ne me laissez-vous pas retourner à Paris ? Reine me mettrait dans son écurie, et je serais content.

— Tu dois rester avec nous et t'accommoder de ton sort, dit Bertrand.

— Il n'y a pas de raison pour que ça finisse , cette existence-là... Me considère-t-on comme un sanglier en me condamnant à vivre au milieu d'une forêt ?

— Tu dois savoir les motifs sérieux qui nous retiennent ici et qui y rendent ta présence nécessaire.

— Ah! je n'entends rien à vos manigances, répliqua brutalement l'inepte Martin; mais je sais que nous nous échinons le tempérament à garder un propre à rien, et que si vous aviez un peu de cœur, vous l'auriez bientôt... Enfin, c'est dit!

— Ça te paraît simple, répliqua Bertrand d'un ton railleur : prendre mon fusil, et puis vlan!...

— Vous n'auriez plus à vous occuper de lui.

— Et si nous étions découverts, tu crois que la justice ne s'occuperait pas de nous? On nous ôterait le mal de gorge pour toujours.

— Pardienne! s'il parvenait à s'échapper, vous. auriez de mauvais comptes à rendre aussi. Dans ce cas, on joue le tout contre le tout.

— Plutôt que de le laisser s'échapper, je le tuerais comme un loup.

— Miséricorde! dit Marianne, quel horrible grabuge, si, chose impossible, le pâlot sortait de sa prison pour retourner à Paris!

— Nous serions perdus; et Reine?

— Je la connais, hasarda Martin, toute sa colère retomberait sur vous.

— Que deviendrions-nous, continua Marianne, et que deviendrait-elle?

— Dame! moi, je redeviendrais cocher, dit Martin, et je n'en serais pas fâché.

Cet égoïste hippomane, que les époux Machu avaient été forcés d'initier à leur terrible secret, ne se croyait nullement coupable des crimes auxquels il prenait une part plus ou moins active. Sa conscience ignorée ne lui reprochait rien, sinon de s'être séparé de ses chevaux.

— Nous bavardons comme des pies, dit Bertrand : ça m'a donné soif.

— Allons boire.

— Va tirer du vin, Marianne.

Le comte entendit de nouveau le bruit des sabots de Martin, puis plus rien. Il descendit du sommet de ses meubles. On lui aurait raconté jour par jour, heure par heure, les circonstances qui avaient motivé et précédé sa séquestration, qu'il n'aurait pas été mieux renseigné. Les moindres phases de ce drame, où il jouait le rôle intéressant de victime, se déroulaient devant lui avec une lucidité parfaite, et il devinait leur enchaînement comme on devine les détails cachés d'une machine.

Ses premières impressions furent empreintes d'une affliction profonde. La perversité de ces Machu, en qui son père et lui avaient eu une confiance aveugle, lui inspirait du dégoût pour l'humanité entière. Mais insensiblement ses émotions se dissipèrent et sa raison froide, libre, s'éleva au-dessus des passions. Il ne ressentit plus ni haine, ni colère, contre les gens qui ne faisaient de sa vie qu'une question de Code pénal.

— Les malheureux ! pensait-il, ils sont à plaindre. L'esprit du mal a jeté sur eux des chaînes autrement hideuses que celles qu'ils font peser sur moi.

Certes ! on le voit par ces paroles : le comte

commençait à regarder le monde au travers d'une lunette philosophique. Peut-être tout le mérite en revenait-il aux livres qu'il feuilletait du matin au soir. Qu'importe? Son moral avait subi une transformation si complète que tout à coup, se rappelant la substitution opérée par la Reine et l'ouvrier devenu si facilement comte de Prémouran, il ne put retenir un éclat de rire.

— Ah! la superbe comédie, s'écria-t-il, je veux la voir. C'est la mienne, Dieu me permettra d'assister à sa représentation. Il serait horrible de mourir entre ces murailles au moment où je me sens vivre. Jusqu'à présent les jours étaient sans lumière à mes yeux, l'or sans prix, la vertu sans valeur. Je n'avais pas d'âme, j'en ai une maintenant, une qui veut connaître ce monde grotesque au milieu duquel j'ai failli passer sourd et aveugle. Je ne suis peut-être pas semblable aux autres hommes, l'amour ne mord pas sur l'acier, la gloire ne saurait émouvoir une fibre de mon cerveau, la science est un puits qui m'effraye, la richesse un hochet dont j'ai la main fatiguée. Il n'y avait qu'une passion grandiose et forte qui pût devenir un élément d'activité pour moi. Cette passion c'est : voir! voir l'humanité, qui est le roman de Dieu, roman colossal où il y a des pages blanches et noires, des choses sublimes et infâmes à la même ligne, des héroïsmes et des lâchetés dans la même phrase!

Henri de Prémouran regardait autour de lui attentivement. Il mesurait la hauteur, l'épaisseur du mur, les proportions de l'édifice, son étendue, refaisant le calcul qui blanchit les cheveux du baron de Trenck. Tout à coup il murmura le fameux mot d'Archimède : j'ai trouvé ! et il n'eut pas la fatuité de le dire en grec. La bibliothèque cachait une muraille ; après quelques tâtonnements il ouvrit la partie inférieure du meuble, écarta les livres, brisa une planche et posa le doigt sur le mur. Puis, avec cette extravagante chaleur de volonté qui dut embraser la tête de Cervantès esclave :

— Je passerai par là, dit-il.

Au point qu'il désignait, on aurait pu remarquer une fissure à peine assez large pour qu'une fourmi osât s'y hasarder.

CHAPITRE XXV.

UN COUP DE FEU.

Le prisonnier se trompe rarement dans le choix de ses moyens d'évasion. En projetant de trouer le mur que masquait la bibliothèque, Henri de Prémouran s'était attaché à la seule pensée qui présentât des chances de réussite. Ce mur séparait sa prison d'une cave; des coups qu'il avait souvent entendu frapper sur des barriques lui avaient révélé cette particularité. Or, d'après les dispositions du bâtiment qu'il se représentait de mémoire, la porte de cette cave devait ouvrir sur l'une des faces extérieures de la maison, et un vague souvenir lui montrait pour y descendre un petit escalier tournant. Le plan une fois arrêté, il se mit à chercher les outils indispensables à son exécution.

Les moindres ferrures du lit et de la bibliothèque se transformèrent en ciseaux et en scies dont
un ouvrier habile n'aurait pas su se servir; mais
Henri de Prémouran, qui les inventait, aurait en-
trepris de creuser un puits dans un rocher avec
ces instruments simplifiés par son génie. Il ne lui
restait plus qu'à prendre de minutieuses précautions afin que rien ne trahît sa résolution. Il n'enlevait la pierre que par fragments. En un jour
quelques onces. Le divan, crevé à dessein, s'en-
graissa de ses premiers débris, peu aptes à lui
donner une souplesse flatteuse. Quand ce meuble,
gonflé, eut assez plagié les repas de Saturne, ce
fut au tour des fauteuils et de la bibliothèque. Le
comte dissimulait ainsi ces débris gros et petits, il
mouillait régulièrement le point que tourmentaient ses outils, afin qu'aucune poussière blanche
ne s'élevât. Son travail ressemblait à celui d'un
rat : un grattement éternel, c'était tout.

Quant aux Machu, geôliers sans aucune éducation spéciale, ils ne croyaient guère que *le pâlot*
songeât à autre chose qu'à quitter une vie déjà trop
longue. Jamais ils n'avaient osé entrer dans la prison où ils le retenaient, parce que, aussi lâches
que cruels, ces gens savaient quelles forces ef-
frayantes le désespoir peut donner. Se confiant à
la solidité des murailles, à l'inertie accoutumée de
leur prisonnier, au peu de vigueur qu'ils lui sup-
posaient, ils se livraient à un joyeux confortable
et épuisaient la cave de manière à faire oublier à
Martin qu'il n'avait plus de chevaux à aimer.

Marianne descendait chaque matin à la prison
du comte, elle frappait à la porte et ouvrait le gui-

chet. Henri de Prémouran tendait une main tremblante et recevait ses vivres. Cela se faisait silencieusement , lentement et la Machu répétait tous
les jours en remontant vers son digne époux :

— Le pâlot se meurt.

Bertrand allait, lui aussi, regarder quelquefois
au vitrage de la lucarne. Le comte, qui connaissait
cette habitude, se promenait alors en se traînant.
Persuadé que sa femme ne se trompait pas, le cruel
gardien revenait en disant :

— C'est vrai !

Cependant jamais Henri de Prémouran ne s'é-
tait si bien porté. Le travail presque incessant que
lui imposait le désir de recouvrer sa liberté ; les
anxiétés dont il ne pouvait se défendre lorsqu'il
réfléchissait à l'incertitude du succès de ses combinaisons ; souvent la voix des Machu qui arrivait
à lui pleine de sarcasmes et d'ironie, qui lui semblaient des allusions à ses projets de fuite dé-
joués d'avance , avaient dissipé les dernières traces de son apathie maladive. Cette existence à péripéties émouvantes renouvela son système physique, comme ses lectures avaient renouvelé son système moral.

A travers les angoisses que lui causaient parfois
de chimériques appréhensions , il éprouvait le
charme de la vie laborieuse. Il en résultait une
chaleur si bienfaisante pour son organisation, que
sa maigreur étique menaça de faire place à un
commencement d'embonpoint.

Déjà son œuvre atteignait des proportions rassurantes; le mur était creusé assez avant pour qu'il
entendît couler le vin des barriques quand Ma-

rianne y venait puiser. Inutile de dire qu'en ces moments il suspendait son travail.

Enfin, l'instant décisif était arrivé. Le comte ne devait plus continuer son opération petit à petit comme il l'avait sagement conduite jusqu'à cette heure. Il fallait d'un dernier coup convertir l'entaille en un passage. Henri de Prémouran attendit la nuit pour tenter son évasion.

Depuis huit jours la pluie ne cessait de tomber. Le mois de mars signalait son apparition par un déluge. Les Machu abondamment pourvus de victuailles que Bertrand allait chercher une fois par semaine à Villandray, narguaient le mauvais temps entre un foyer magnifiquement embrasé et une table à physionomie homérique. Ils prolongeaient la veillée selon la mesure de leur gaieté ou de leur soif. Reine et sa fortune étaient les sujets de conversations ordinaires auxquelles Martin ajoutait toujours quelques chevaux indispensables.

Or, la nuit était noire, le vent sifflait dans la forêt comme s'il eût essayé de déraciner les arbres ; des torrents de pluie battaient un roulement sinistre sur la toiture de la Jambe du Mort. C'était un de ces moments où la nature, prise de vertige, semble vouloir se détruire elle-même. La tempête poussait dans les airs ses rugissements d'alarme et de mort. Les Machu buvaient. Le comte ouvrait le passage par lequel il devait fuir.

Ses prévisions étaient justes. La cave se trouvait au niveau de sa prison. Un dernier effort adroitement combiné lui créa une issue suffisante. Avant de s'élancer hors de ce cachot, que Marianne avait dit être sa tombe, il prit les petits objets de valeur qu'on avait laissés à sa dispotion par inadvertance : une montre, une épingle de chemise et une bague. Puis il se courba afin de se glisser dans son trou. Mais une mélodie affreuse, qui se mêlait au vacarme de la tempête, vint un instant émousser son courage : les Machu chantaient.

Henri de Prémouran écoutait ce concert odieux. On aurait dit que Satan lui-même se prêtait aux étrangetés qui coloraient d'horreur cette heure solennelle.

— Chantez, enfants de Caïn, s'écria-t-il, chantez vos crimes et votre malédiction. J'irais m'asseoir comme un spectre à votre table d'orgie, si je n'avais l'insurmontable désir d'aller voir la grande comédie que vos complices jouent pour moi.

Le comte s'aventura dans l'ouverture si péniblement créée; il s'écorcha les bras et la tête; il passa.

L'obscurité la plus intense régnait autour de lui. Il était dans la cave, son pied heurtait des barriques, ses mains rencontraient les murs visqueux et suintants. Il cherchait la porte, partout et toujours c'étaient des barriques ou des murs.

Immobile, écoutant les hurlements du vent qui ne lui apportait plus la voix des Machu, il essayait de s'orienter au milieu de ces ténèbres. Enfin, il sentit la porte sous ses doigts, mais elle était fermée.

— Je la briserai, dit-il, en enfonçant ses ongles entre la pierre de l'encadrement et le bois.

La porte ne bougeait pas. C'était du chêne à ébrécher une hache.

— Oh ! c'est désespérant ! murmura-t-il ; avoir percé une muraille énorme, et être arrêté par ces planches. Non, je veux que cette porte s'ouvre. Elle s'ouvrira !

— Porte maudite, s'écria-t-il, ouvre-toi.

De nouveau il déchira ses mains contre cette barrière imprévue; elle céda. Mais alors il se trouva tout à coup en présence de Marianne, qui, des bouteilles sous les bras, une lanterne au poing, recula devant lui en poussant un cri de damnée. Il n'avait pu éviter cette rencontre, sans quoi j'ose affirmer qu'il ne s'y fût pas exposé. Le bruit que Marianne avait dû faire en tournant la clef, le flot de lumière entré dans la cave avec l'air du dehors pouvait le prévenir ; mais où se cacher, comment se soustraire à la fatalité qui le mettait en face de cette ennemie ? Profitant de sa terreur, Henri de Prémouran la saisit violemment et la jeta de côté afin de passer.

Il gravissait le petit escalier tournant, lorsqu'il sentit comme un poids de cent livres attaché à l'un des pans de son habit. C'était Marianne, qui ayant laissé tomber ses bouteilles et sa lanterne, avait saisi le prisonnier par son vêtement. En un suprême effort, le comte rompit cette dernière chaîne et abandonna le pan à cette femme, puis il se précipita vers la forêt. Hélas! il ne voyait pas plus clair dans la forêt que dans la cave. Il se heurtait aux arbres comme il s'était heurté aux barriques, et il entendait Marianne qui rugissait en appelant au secours...

Martin et Bertrand buvaient et chantaient, lorsque la Machu leur apparut livide, écumante, un pan d'habit à la main en place des bouteilles qu'ils attendaient.

— A moi! s'écria-t-elle.

— Qu'est-ce donc? firent les deux frères effrayés.

— Il s'est sauvé!

— Qui?

— Lui, le *pâlot!* Il a crevé le mur!

— Nous sommes perdus! hurla Bertrand.

— Il est dans la forêt... Courez!

Bertrand sauta sur son fusil, et présenta des pistolets à Martin.

— Femme! s'écria-t-il, ce que tu dis est-il vrai, au moins?

— Je l'ai vu... il m'a sauté à la gorge quand j'ai ouvert la cave.

— Il faut que nous le trouvions. Viens , Martin !

Animé par le vin et par la colère , Bertrand Machu était épouvantable à voir. Les veines de son cou et de son front se détachaient en relief verdâtre sur sa coloration sanguilonente. Martin, beaucoup moins agité, achevait de vider son verre avant de s'emparer des pistolets que lui offrait son frère.

— Femme! prends une lanterne et éclaire-nous !

Tous trois sortirent et se dirigèrent vers la cave. Le vent soufflait toujours, la pluie ne tombait plus.

— Nous le trouverons ! disait Bertand ; laissez-moi seulement voir la tracede ses pas.

Le sol, naturellement mou, et en outre détrempé par l'eau du ciel, reproduisait effectivement les empreintes des pieds du comte. Un sourire féroce tordit les lèvres des Machu, lorsque, comme des bassets de bonne race, ils se furent collés à la voie.... Ces trois êtres, courbés vers la terre, marchant à la file l'un de l'autre, éclairés par la lueur rougeâtre de la lanterne, ressemblaient à des esprits infernaux se rendant au sabbat du Hartz.

Epuisé, essoufflé, le comte s'était adossé à un arbre afin de reprendre ses forces. De loin il vit cette meute qui arrivait à lui. Il voulut fuir alors, mais toujours les ténèbres l'enveloppaient. La lanterne de Marianne éclairait à peine. Elle prévenait le comte ; et à tâtons, contournant les troncs énormes qui, à chaque instant, s'opposaient à son passage, il s'éloignait des Machu au fur et à mesure qu'ils avançaient.

— Malédiction ! s'écria Bertrand, le pâlot se sert de notre lanterne comme nous.

Marianne s'approcha de son mari.

— Je le sais, lui dit-elle à voix basse ; mais en le poussant dans cette direction, sais-tu où il va ?

— Dans la rivière...

— L'eau est très haute, elle rase le mur. Il voudra l'escalader... comprends-tu ?

— Il se noiera.

— Chut !

Ils continuèrent leur marche. Déjà ils crurent

entendre craquer les branches sous les pieds du comte.

— Si vous tenez à la vie, vociféra Bertrand, arrêtez-vous, monsieur !

Aucune voix humaine ne répondit.

Le père de Reine, obligé de chercher les traces d'Henri, se relevait par moments, regardait devant lui en frôlant de l'index la détente de son fusil; mais il ne voyait que des arbres échelonnés sur la masse de l'obscurité.

Peu d'hommes, dans la situation où était le comte, auraient conservé la plénitude de leurs facultés. Lui, plus que jamais guéri du spleen, éprouvait des sensations inouïes, mais il jugeait et jouait encore froidement ses chances de salut.

Tout à coup il vit beaucoup plus clair dans la forêt. Il était auprès d'un mur, et de l'autre côté de ce mur il n'y avait pas d'arbres. Comme un chat poursuivi, le comte s'élança sur cet obstacle, qui lui parut être le dernier.

— Tire donc ! tire donc ! s'écria Marianne. Est-ce que tu ne vois pas le pâlot sur le mur?

Bertrand visa le comte. Un coup de feu fit retentir les échos de la forêt.

— Il est tombé dans la rivière, dit Martin...

— Je l'ai atteint, j'en suis sûr, grommela Bertrand.

Il n'y avait plus de comte, ni sous les arbres, ni sur le mur. Les Machu se hissèrent pour voir s'il surnageait. Ils aperçurent l'eau qui roulait et tournoyait silencieusement.

— Va-t'en, femme, emporte ta lanterne par

prudence. Martin et moi, nous allons demeurer ici jusqu'au jour.

— Es-tu sûr, au moins, que tu l'as tué?

— N'aie aucune inquiétude ; je vise juste.

Marianne leva les yeux au ciel.

— Que va dire notre fille, grand Dieu !

— Il ne faut pas qu'elle sache ce malheur, répondit Bertrand ; nous n'avons qu'à ne pas le lui apprendre.

Quand les deux frères furent seuls, l'ancien cocher se frotta les mains majestueusement.

— Je vais donc pouvoir retourner à Paris, dit-il.

— Imbécile ! répliqua Bertrand, rien n'est changé dans notre position. Nous allons écrire à Reine que le pâlot se porte bien.

— C'est donc à dire que je dois mourir ici, triste, sans aucune consolation.

Bertrand demeura plongé dans une méditation sombre qu'il n'interrompit que pour murmurer les paroles suivantes :

— Le courant va emporter le cadavre, j'aurais bien désiré le voir cependant...

CHAPITRE XXVI.

—

RICHE !

La révolution de février venait de tomber sur
la France et de briser une couronne, la troisème
depuis soixante ans. Un roi s'était sauvé avec une
blouse de peuple; on avait bu son vin, et le soir
même la République avait été proclamée sur un
balcon. Les choses s'étaient passées aussi lestement
que cela. Ce fut alors que le pauvre monde, qui
n'avait pas eu le temps de repaver ses rues, assista
au curieux tableau de l'escalade du pouvoir par
des libraires et des pharmaciens, mêlés à quelques
gens de cœur. Nos neveux, style Clio, refuseront
sans doute de croire à ces aventures, tant elles
leur paraîtront empreintes d'invraisemblance et
de goguenardise. Mais comme nous n'avons d'au-

tre ambition que celle d'être lu seulement par
fondra pas ces quelques lignes d'histoire avec les
autres épisodes de notre roman.

Une plume spéciale racontera certainement
un jour ces folies sérieuses, qui devaient quelques
mois plus tard devenir terribles, ces saturnales
politiques où tout le monde mettait le doigt au
gouvernement; ces grands effets nés de ces imper-
ceptibles causes ; toute cette accumulation d'événements étranges, absurdes et sublimes, à une
époque où l'impossible était devenu possible et où
il n'y avait plus qu'un seul gouvernement en France : Hasard Ier.

Ah! la belle ivresse! et comme chacun se dépê-
chait alors de planter son arbre de la liberté! Les
ecclésiastiques ne savaient plus où donner de la
tête et du goupillon : tantôt c'étaient des dames
de l'Opéra qui les envoyaient chercher, tantôt des
dames de la halle et de la rue Saint-Marc-Feydeau!
La belle débauche de *Marseillaise* et de gilets à
revers! les belles farces en chapeau pointu! Et
comme les peintres d'enseignes gagnèrent de l'argent à inscrire l'*égalité* et la *fraternité* au front
des édifices, en lettres bâtardes!

Vint alors l'éclosion de ces systèmes longtemps
contenus par leurs prétendus inventeurs. Fourier
reparut avec ses aperçus grandioses et vertigineux,
utopiste à la manière de Martinns, le peintre des
énormités babyloniennes. Un ancien procureur-
général dénicha un nouvel Eldorado dont il fit la
description sans y avoir jamais été, et où il envoya quelques milliers d'individus sans les y suivre. Un autre non moins bizarre, mais plus con-

vaincu, s'avisa de mettre à l'index Dieu, la propriété et la famille.

On revit l'abbé Châtel, primat des Gaules, à la tête de ses ouailles. Robert Owen essaya d'un voyage à Paris, et s'en revint comme il était venu. Les plus sages étaient encore les socialistes et les communistes ; après eux, mais tout à fait en bas, venaient les timides et les timorés, ceux qu'on nommait *républicains rouges*, petites gens à cervelet étroit, qui se contentaient tout simplement de peu de chose, telles que l'impôt forcé et du rétablissement d'un joujou à bascule sur la place de la Concorde.

Pendant trois mois il y eut par les rues orgie de couleurs tricolores. Et comme toute révolution doit avoir son hymne caractéristique, il se trouva un poète qui composa, en l'honneur de la révolution de février, une chanson qui n'avait qu'un couplet, lequel couplet n'avait qu'un mot : *es lampions!* Mais le public aimait cette note, et il ne s'en lassa point. Bientôt des clubs s'ouvrirent à tous les coins de rue. Après les clubs ce furent les banquets, et il n'y eut pas assez de nappes pour y suffire. De leur côté, les ouvriers prirent un petit jeune homme qu'ils enfermèrent au Luxembourg, et après avoir posé des sentinelles à toutes les portes, ils lui dirent : Vous ne sortirez pas de là que vous ne nous ayez organisé le travail. Le petit jeune homme ne demandait qu'à rester. Il resta.

Il y avait aussi une poignée de braves gens qui, le lendemain de la révolution, s'étaient emparés du palais des Tuileries, et qui n'en voulaient plus sortir. Ils avaient fermé les grilles, donné un tour de clef, et ils vivaient les coudes sur la table ou le nez à la fenêtre. Tous les matins, un d'entre eux, élu sommelier, descendait à la cave et en remontait du Laffitte ou du Chambertin ; un autre allait aux provisions. Ce fut de la sorte qu'ils mangèrent tous les petits poissons rouges des bassins ; un autre jour, ils firent rôtir un cygne. Quand venait le soir, ils jouaient le piquet ou l'impériale dans la salle des Maréchaux , et, sur la pointe de minuit, ils allaient se coucher dans le lit des princesses.

Cette douce existence dura plusieurs jours. Lorsqu'il s'agit de les renvoyer, le gouvernement d'alors fut obligé d'user de plénipotentiaires et de parlementer. Ces sybarites de la démocratie consentaient à abandonner *leur* palais moyennant douze cents francs de rente pour chacun. Ils ne cédèrent qu'à la menace du canon , et ils s'en allèrent fièrement en criant : Vive la République.

En entendant crouler la monarchie de 1850, Sulpice Jérusard avait jeté un regard d'espérance sur le cataclysme qui semblait devoir dissoudre le passé ; mais les lois restèrent à peu de chose près ce qu'elles étaient auparavant.

La vie intérieure de l'ancien mouleur en horlogerie était devenue un véritable enfer, un enfer calme ; car les démons qui l'entouraient mettaient des tapis sous ses pieds. Aimant Henriette avec toute la force d'un premier amour, il ne trouvait qu'amertume et désespoir hors de cette délicieuse affection. Son caractère avait subi , sans qu'il s'en aperçût, toutes les galvanisations qu'opère la richesse. L'égoïsme inspirait ses moindres actions, son amour même en était empreint, malgré un semblant de sincérité. Obsédé par l'étrange police que sa femme attachait à ses talons, il avait pendant longtemps renoncé à sortir de l'hôtel. Son appartement et le jardin étaient sa résidence favorite. Ce fut alors que, dans ses voyages par la fenêtre, il vint à découvrir le pensionnat d'Henriette.

Pour communiquer avec cette rêveuse jeune fille, il déploya l'imagination et la patience qu'on a vues. Puis quand, à l'insu de tout le monde, il eut noué cette âme à la sienne, quand il vit cette existence attachée à son existence d'une manière indissoluble, le ciel lui sembla s'être ouvert et lui avoir envoyé une de ses créatures comme un gage de miséricorde. Et cependant, cet enluminage menteur détruit, qu'avait-il fait en réalité? Il venait de prendre la liberté d'une jeune fille et de la sacrifier à ses avidités morales. Enchaîné à Reine Machu, il ne pouvait donner que malheur à Henriette en échange de son amour. Elle lui avait dit : « Je suis la fille d'un ouvrier ; il y a entre nous un abîme ! » Et ce cri de faiblesse, qui aurait dû lui briser le cœur, éteindre sa passion sous la pitié, ne l'arrêta pas.

Son amour lui promettait une volupté, il s'en saisit comme le lion saisit sa proie ; et, au risque de déshonorer sa victime, il avait osé la poursuivre jusque dans la maison de son père. N'était-ce pas de l'égoïsme? Ah! si un amour se légitimait par sa grandeur et sa force, nous n'aurions pas reproché à Sulpice le terrible avenir qu'il préparait à Henriette ; mais précisément parce qu'il aimait pour la première fois, parce que jamais il n'aimerait ainsi , devait-il froidement prendre la main de cette enfant pour l'entraîner au fond du précipice qu'il s'était creusé pour devenir riche.

Riche ! Riche ! Voilà le grand mot des gens à demi-éducation, à demi-courage et à demi-paresse. Des gens à demi-qualités et à demi-défauts. Si j'étais riche ! tout est là-dedans pour eux.

Et comme ils ne sont pas riches, ils n'ont ni vertu, ni force, ni conscience. Comme ils ne sont pas riches, ils se croient dispensés de tout devoir envers la société. Dans leur imagination , tout homme qui naît ambitieux doit naître riche, de même que tout homme qui naît avec des dents doit naître avec du pain. Ils accusent le ciel de chacun de leurs vices , et dès que par leur faute ils voient couler leur sang, ils s'empressent d'en jeter une poignée à la face de Dieu, comme Julien l'Apostat.

— Si j'étais riche ! s'était écrié Sulpice Jérusard.

Alors il n'avait pas un sou vaillant sur lui ; alors la misère appuyait son genou de marbre sur sa poitrine, alors il pleurait et il enviait. Sinistre et pâle, collé pendant de longues heures le long d'un mur d'hôtel, les nuits de bal, il regardait entrer et sortir les femmes vêtues de lumières et de parfums, avec de vagues pensées d'assassinat. S'il passait le jour sur le boulevard , tout contre un jeune homme vêtu avec distinction, c'était souvent pour le salir du choc brutal et prémédité de son coude graisseux. Ah ! la sombre rage de Sulpice

Jérusard, on la retrouve au cœur de bien des ouvriers !

Si j'étais riche ! s'était-il dit, ma splendeur ne serait que le rayonnement du bien ; l'aumône ruissellerait dans mes mains, et mon front serait fier parce que mon cœur serait pur.

Si j'étais riche, je casserais ma richesse en mille petits morceaux flamboyants dont j'illuminerais greniers et chaumières. Il y en aurait pour tous les hommes qui luttent courageusement et qui se battent contre leur destinée ; il y en aurait pour l'ouvrier qui lutte contre sa chaîne, pour l'artiste qui lutte contre sa faim, pour la femme qui lutte contre son honneur !

Si j'étais riche, je ne serais pas orgueilleux ; je n'ai de l'orgueil que parce que je n'ai pas le droit d'en avoir. On me verrait doux et humble alors ; doux, parce que je serais fort ; humble, parce que je serais grand ! Et je voudrais sécher autant de larmes que j'en ai versé !

Ainsi parlait l'ouvrier mouleur.

Or, la plus grande leçon que Dieu pût infliger à cet homme, c'était justement de donner à boire à son désir, c'était de le faire riche !

Non pas riche comme le premier rentier venu, qui jette de temps en temps un sou par la fenêtre aux musiciens, mais riche à millions, riche comme un banquier de Francfort.

Sulpice Jérusard devint riche. On sait comment. Un beau jour il entra de plain-pied dans son rêve. Un beau jour il se trouva face à face avec une fortune colossale et qui était la sienne, face à face avec un pouvoir immense et qui était le sien.

L'or, son ennemi intime, était devenu tout à coup
son plus intime ami ; et il remuait ses coffres avec
tant de frénésie amoureuse qu'il lui en restait des
étincelles aux mains.

Mais que fit-il de sa richesse ?

D'abord il n'en fit rien.

Ensuite il en fit des vices.

Il pouvait expier son crime par la charité, il
l'agrandit par l'égoïsme. Il eut tout ce qu'il avait
désiré, des voitures féeriques, des habits opulents,
une table somptueuse, des chevaux et la loge obligée aux Italiens ; mais les pauvres continuèrent à
ne pas manger leur content, souvent même à ne
pas manger du tout. Dans l'oisiveté, ses mains
blanchirent et son teint se satina ; mais les mains
des pauvres continuèrent à demeurer rouges et à
se tendre inutilement vers lui.

Il pouvait s'employer avec énergie au service
des idées généreuses, aider dans leurs œuvres les
hommes d'intelligence. Reine Machu n'aurait pu
s'opposer à ce qu'il favorisât le travail de la tête
et le travail des bras : il n'en fit rien. Qu'un plan
de réforme salutaire vînt à lui être soumis, il
l'examinait à peine ou bien il le traitait d'utopie.
Qu'un beau livre chrétien arrivât jusqu'à sa non-
chalance, il le mettait sans sa bibliothèque sans
l'avoir lu. S'agissait-il d'une souscription philan-
tropique basée sur une grande échelle, il répondait un : *Nous verrons!* le grand mot de ceux qui
ne veulent pas voir.

Il pouvait, se souvenant de ses misères anciennes, rendre la domesticité moins pesante à ceux
qui le servaient. Mais du jour au lendemain il

était devenu plus bravache et plus exigeant que n'importe quel marquis de théâtre, traitant les valets de marauds et de bélîtres. On eût dit qu'il voulait s'apercevoir de sa fortune par le mal qu'il faisait autour de lui, semblable à un insensé qui pincerait les autres pour s'assurer qu'il ne dort pas.

Il pouvait se mettre à la recherche des souffrances ignorées, apprendre le chemin de l'hôpital, arrêter les innocences au bord du vice. Il se contenta, alors qu'il ne savait comment tuer le temps, de monter sur un mur pour séduire une pensionnaire, et comme elle lui dit : « Je suis la fille d'un ouvrier, » il ôta ses gants et trouva plaisant de se faire passer pour un pauvre diable. Voilà ce qu'il avait trouvé de mieux, en fait d'occupation, depuis qu'il était millionnaire et depuis qu'il était comte.

Et tout cela arrivait sans qu'il s'en aperçût, naturellement, comme si c'eût été une conséquence simple de la fortune, comme si Dieu n'eût créé qu'un seul moule à riches, où il eût versé la paresse, l'indifférence et la débauche, et qu'on ne pût pas être autrement dès qu'on était comte et millionnaire.

Ce n'était pas pourtant un méchant homme que Sulpice ; il y avait même du bon dans sa nature. Seulement la richesse l'avait pris à la gorge, et, du coup, l'avait presque étouffé. Même après un an, il n'était pas bien remis de son émotion. C'était un rêve qu'il faisait, et avant d'en faire jouir les autres, il se hâtait d'en jouir lui-même.

Peut-être aussi nous dira-t-on que Sulpice Jérusard n'est qu'une exception malheureuse, et qu'un autre ouvrier, pur de tout crime et placé dans une t lle position de fortune, se fût conduit différemment et noblement. C'est possible ; mais nous ne le croyons pas.

La richesse exige un apprentissage comme tous les arts élevés. Il est rare qu'on devienne tout à coup puissant et bon. Une bouteille de champagne grise inévitablement quiconque n'a jamais bu que de l'eau dans sa vie. Tout pouvoir brûle à tenir dans le creux de la main, comme un charbon ardent.

Sulpice n'avait pas appris à être riche , car il aurait alors appris à être heureux. En cela , le secret de toute société est bien simple, et on le croira facilement. Le bonheur du pauvre consiste à s'élever, le bonheur du riche consiste à descendre. Dès lors on voit la limite où peuvent se rencontrer leurs deux mains.

Nous ne cherchons pas à ciseler des paradoxes. Mais depuis longtemps il nous semble que la solution du problème social n'est pas tout entière dans l'éducation des pauvres ; elle serait plutôt , selon nous , dans l'éducation des riches. Il ne manque pas d'ouvrages où l'on apprend à vivre , il faut maintenant des ouvrages où l'on apprenne à faire vivre.

La richesse doit être regardée comme un sacerdoce. Les riches président à l'ordre matériel, de même que les prêtres à l'ordre spirituel. Seulement les riches attendent encore leur Evangile. Toute la différence est là.

FIN DU TOME SECOND.

LES OUVRIERS

DE PARIS.

LES OUVRIERS

DE PARIS,

PAR

André Thomas.

—

Tome 3.

A BRUXELLES,

ET DANS LES PRINCIPALES VILLES DE L'ÉTRANGER,

CHEZ TOUS LES LIBRAIRES.

—

1850.

[illegible]

DE PARIS

[illegible]

[illegible]

[illegible]
[illegible] À BRUXELLES
[illegible]

CHAPITRE XXVII.

TÊTE-A-TÊTE.

Neuf heures sonnaient. La nuit était noire. Sulpice longeait à pied la petite rue mal éclairée qui conduit à l'hôtel de Prémouran. Il rentrait. Sa main se posait sur le marteau de la porte, lorsqu'un homme s'élança vers lui.

— M. le comte, dit cet homme, si vous n'êtes pas sans pitié pour le dernier ami de votre père, ordonnez qu'on me reçoive à votre hôtel, du moins quand je viendrai à l'heure qu'il vous plaira. J'ai à vous parler, M. le comte; vous verrez comment on me traite, à votre insu, j'en suis sûr.

Sulpice remarquait le visage honnête de cet homme. Il allait lui demander son nom, lorsqu'il pensa que cette question adressée à un ancien ami de famille, que lui Henri de Prémouran devait connaître, eût été au moins singulière.

— Je donnerai des ordres, dit-il.

— Mais, M. le comte, permettez-moi de vous le dire. Je crois que vos gens agissent contre votre volonté, car vous ne leur aviez pas défendu de me recevoir, n'est-ce pas? Depuis deux mois, il n'est pas de chose que je n'aie faite pour parvenir jusqu'à vous. Je vous ai écrit, je suis venu ici supplier vos valets; on m'a toujours éconduit.

— Revenez demain à midi, murmura Sulpice.

Et il rentra, car il ne savait que répondre. Il fallait qu'il s'informât auprès de Reine, pour savoir ce que signifiaient de telles insistances.

Il se dirigea vers son appartement, celui que le comte Marcus-Henri de Prémouran occupait autrefois, enrichi de quelques innovations luxueuses, mais meublé comme auparavant. Une mélancolique joie intérieure débordait en un sourire imperceptible sur les lèvres de Sulpice. Certes, la rencontre qu'il venait de faire n'était pour rien dans ce mystérieux épanouissement.

— Mon Dieu! dit-il en se jetant sur un fauteuil, si je n'avais pas cet amour, je n'aurais rien ici-bas! Pauvre jeune fille, tu m'aimes, toi!

Et il déployait une lettre qu'il avait lue déjà une fois au moins.

Une porte s'ouvrit violemment, Reine Machu entra. La toilette de Reine avait quelque chose de théâtral et qui s'harmonisait avec sa figure pâle, cruelle. Une robe de velours noir, arrêtée aux poignets par des bracelets de corail, lui donnait un aspect lugubre. Ses mains, gantées de jaune clair, demeuraient habituellement crochues. Elle était coiffée aussi amplement que le lui permettaient ses cheveux crépus : deux bandeaux, qu'il aurait fallu goudronner, si on avait voulu les maintenir en parfaite symétrie, élargissaient l'ovale de sa tête, contournaient ses oreilles de façon à n'en laisser paraître que l'extrémité inférieure, chargée d'une grappe de diamants, et s'allaient perdre au câble d'un chignon enrichi de perles fines. A ces ornements de sa laideur, la soi-disant comtesse joignait la coquetterie de la chaussure. Elle cachait ses pieds, très-peu comparables à ceux d'une enfant, sous les grâces orientales de babouches en drap bleu brodé d'argent. Inutile de dire à ceux qui se rappellent sa taille élevée que Reine aimait la chaussure sans talons.

Ce n'était pas seulement à ses parures qu'elle consacrait ses idées de splendeur. Son appartement séparé de celui de Sulpice par un large corridor à parois revêtues de stucs variés à l'infini, révélait l'orgueilleuse manie des gens enrichis par le hasard, qui, en colorant leur intérieur d'un majestueux semblant d'antiquité, croient ennoblir leur passé vulgaire. Reine s'était meublée à la Louis XV; elle avait voulu vivre dans une atmosphère de comtesse, ainsi que l'attestaient des lambris couverts d'une nuance de soufre tendre et lilas frais, des parquets de marqueterie mêlée de bois d'amarante et de cèdre, des marbres bleu turquin, des bronzes de Cafieri placés sur des tables en consoles, un lit d'étoffe de pékin jonquille recouvert d'une mousseline des Indes brodée et ornée du glands en chaînette, enfermé dans une niche; des ottomanes en bois de rose enguirlandées de crépines d'or, des laques de Chine, des girandoles en cristal de roche, des porcelaines de Saxe et du Japon, des corbeilles en filigranes d'or remplies de fleurs d'Italie.

Reine aimait tout ce qui fascine et brille ; pour elle la fortune sans faste était le jour sans soleil. Ses valets nombreux, dressés par elle comme des singes par un montreur, portaient livrée orange. Le malheureux Sulpice en éprouvait des commencements d'ophthalmie. Quand il demandait un verre d'eau, c'était un de ces êtres aveuglants qui le lui apportait. Il en fit l'observation à Reine; elle lui répondit sèchement que, s'il n'avait pas le goût du beau, elle en était fâchée, mais qu'elle ne changerait rien aux couleurs de la noble maison de Prémouran.

Cette livide contrefaçon de comtesse s'était avancée lentement vers Sulpice. Elle s'arrêta devant lui.

— Un homme vous a parlé, s'écria-t-elle, au moment où vous rentriez. Que vous a-t-il dit ?

— C'est étrange, que vous sachiez ainsi les choses les plus insignifiantes qui m'arrivent, murmura Sulpice. J'avais justement l'intention de vous entretenir au sujet de cette futilité, mais je ne croyais pas que vous en fussiez informée déjà.

— Vous traitez de futile un événement sérieux, et en blâmant les mesures que je juge convenable de prendre pour notre sécurité commune, vous oubliez la juste méfiance que votre conduite m'inspire. Veuillez me répéter les paroles de cet homme.

Sulpice raconta en peu de mots les supplications qui lui avaient été faites à la porte de l'hôtel.

— Ce personnage, reprit Reine, se nomme François Durousseau. Vous ne le recevrez pas plus demain que les autres jours. Il suffirait qu'il vous parlât une seconde fois pour qu'il s'aperçût que vous n'êtes pas le véritable Henri de Prémouran; il l'a connu enfant. Vous comprenez maintenant l'importance des explications que je vous donne.

—Mon Dieu, dit Sulpice, je n'avais pas l'intention de le recevoir.

— Il se pourrait, continua Reine, qu'il vous attendît de nouveau, comme cela lui a réussi ce soir. Je vous engage donc, afin d'éviter ses importunités, à ne pas sortir à pied. C'est une imprudence que vous commettez souvent.

— J'y songerai, madame.

— En tout cas, vous pouvez repousser froidement ce Durousseau, et lui répondre : « Cela ne me regarde pas. » Sous peu de jours vous ne serez plus exposé à le rencontrer. Je ne veux pas qu'il reste à Paris, et dussé-je employer les ressorts que je sais faire mouvoir quand on m'y contraint, je l'enverrai loin de cette ville.

Les yeux de Reine jetaient une lueur de sauvage énergie. Son geste brutal, son sourire vénimeux exprimaient sa haine contre Durousseau.

— Quand on pense, s'écria-t-elle, que ce misérable a osé, un jour, écrire au comte que, sous l'apparence du dévouement, il n'y avait que cupidité autour de lui. C'est mon père, c'est moi qu'il accusait, le niais !

— Madame, interrompit Sulpice, épargnez-moi ces déclamations qui me semblent inutiles.

— Oh ! que de choses vous semblent inutiles à vous ! Cependant il faut que vous sachiez que je fais poursuivre en votre nom ce François Durousseau.

— En mon nom !

— Oui, comte. Un huissier est chargé du recouvrement d'une créance de dix mille francs qui vous sont dus par ce vieillard.

— Mais, s'écria Sulpice, vous faites tout cela sans me prévenir, madame ; vous voyez bien que je n'ai pas la force d'enfermer en mon cœur les remords, qui ne sont rien pour vous.

— Des remords ! répéta Reine.

— Et n'est-ce pas horrible, continua-t-il, qu'il me faille ainsi provoquer la ruine de ce Durousseau, d'un honnête homme peut-être ? Pourquoi me parlez-vous de lui ? Pourquoi m'expliquez-vous tout cela ? Maintenant je me souviens de sa tristesse, de sa voix navrante, et je suis capable demain lorsqu'il viendra...

Reine saisit la main de Sulpice et la lui étreignit.

— Que dites-vous ? Vous vous attendrissez.....

— Ah ! j'ai tort, répondit l'ancien mouleur en horlogerie, en levant les yeux au ciel.

— Est-ce que vous oseriez vous opposer à mes volontés ? Est-ce que vous vous croyez le droit d'en agir à votre guise ?

— Oh ! non , non , madame ; je sais que je ne dois avoir de pitié pour personne. Que m'importent, d'ailleurs, les maux et les douleurs des autres, à moi qui suis le plus malheureux des hommes?

La seule présence de Reine suffisait ordinairement à ramener au cœur de Sulpice un sentiment de douloureuse amertume ; mais, dès qu'il sentait le monstrueux caractère de cette femme s'enrouler autour de lui comme un serpent autour d'une branche, il ne pouvait contenir son désespoir.

— Vous êtes malheureux? dit-elle d'un ton sardonique.

— Pour votre plaisir, répondit Sulpice.

— Croyez-vous, par hasard, que je sois heureuse, moi? Croyez-vous que rien ne manque à la réalisation de mes projets? Trouvez-vous mon visage si tranquille que nulle inquiétude ne s'y lise par intervalles? Vous , malheureux! mais apparemment vous voulez rire? Quoi! je vous aurais tiré de votre abjection profonde, je vous aurais placé au sommet de la société, je vous aurais fait grand, riche, noble, alors que vous n'étiez qu'un ouvrier, un vagabond, un mendiant ; j'aurais fait toutes ces choses pour vous, et vous auriez le droit de venir me dire aujourd'hui : « Je suis malheureux! » Cela ne se peut pas, cela ne doit pas être. Tournez vos yeux : le malheur, c'est moi! moi qui porte seule le poids du crime; moi qui ai tout fait pour vous et qui tire de vous seul le mal que j'endure!... Le malheur, c'est moi de qui vous conspirez la perte.

Sulpice s'était levé afin de s'arracher à la persécution dont Reine semblait prendre plaisir à l'accabler. Elle lui barra le passage et se dressa entre la porte et lui. Alors, reprenant sa place sur son fauteuil, Sulpice mit sa tête entre ses mains, comme si elle eût pesé à ses épaules. Reine continua :

— Depuis longtemps vous me trompez. Vous songez encore à une famille qui n'existe plus pour vous.

— Vos espions lisent donc dans mon âme?

— Attendez, je vais vous prouver ce que j'avance. Qu'alliez-vous faire le 17 décembre à la barrière du Petit-Charonne? Pourquoi êtes-vous demeuré toute la soirée dans un cabaret, *à la Pensée du papillon volant*? Pourquoi, dans ce même cabaret, a-t-on servi à certains convives d'un pique-nique à deux francs des vins fins et des mets de prix? Et quelques jours après, pourquoi êtes-vous entré, sur le quai de Gèvres, dans une maison où vous êtes resté jusqu'à dix heures? Qu'êtes-vous allé faire dans cette maison?

Ces détails, qui ne devaient être connus que de lui, foudroyèrent Sulpice. Il crut que cette pythonisse implacable savait tout.

— Votre père est venu sous le même toit à la même heure. Pourquoi? Répondez !

— Puis-je répondre à de semblables questions? dit Sulpice.

— Votre père est monté chez un armurier où il y avait une sorte de fête ce soir-là. On a bu et dansé chez cet ouvrier. Et vous n'y étiez pas... Bénissez Dieu, monsieur; si vous vous étiez trouvé parmi ces gens , je serais venue, moi, vous dire : « Sulpice Jérusard, tu m'appartiens, parce que tu es mon époux et parce que, pour te faire riche, j'ai assassiné le comte Henri de Prémouran ! »

— Vous eussiez fait cela?... balbutia-t-il.

— Et comment donc me serais-je vengée?

— C'est affreux ! horrible ! Oh ! madame, rendez-moi ma pauvreté , mes habits déchirés et boueux. Rendez-moi ma misère; rejetez-moi au fond de cette rue où vous m'avez pris un soir. Vous voyez bien que crime, richesse, dissimulation , tout cela est trop pesant pour moi ! Nous nous sommes trompés l'un et l'autre. Je ne suis pas l'homme qu'il vous fallait; cela doit vous sauter aux yeux. Oh! la rue ! la rue ! marcher libre et seul , en haillons , affamé , boueux , mais la tête haute, mais le cœur pur ! Vivre de charité au coin de la borne, mais vivre sans malédictions , vivre sans remords ! Cela vous fait hausser les épaules ; eh bien ! oui, je suis un lâche complice, une âme sans courage, un faible et un fou ; c'est évident ; mais rendez-moi mes douleurs d'autrefois , c'é-taient des délices auprès des tortures d'à présent.

Reine l'écoutait froidement.

Lui cependant continuait, et son accent eût attendri un cœur de marbre. Deux larmes de feu creusaient ses joues pâlies.

— Il faut être bonne, madame; je ne peux plus vivre de la sorte... C'est plus fort que moi; j'ai beau prendre mon cœur à deux mains pour l'étouffer, je n'y puis réussir. L'image de mon père me poursuit partout, malgré moi, je vous jure, mais enfin elle me poursuit. Ce n'est pas ma faute. On a beau se raisonner, se dire mille choses, la nécessité, l'impossibilité; que voulez-vous? si fort que l'on puisse être, la nature faiblit toujours, et il est des heures où les sanglots ne peuvent plus se contenir. Vous devez comprendre cela, ajouta-t-il en frémissant, vous, *une femme.*

Il prononça ces paroles en détournant les yeux, car il devinait un affreux sourire sur les lèvres de Reine Machu. Après un instant de silence, il reprit :

— Rendez-moi ce papier que j'ai signé dans un instant de délire! Rendez-moi la liberté! Rendez-moi l'honneur!

— Sulpice, que répondriez-vous à l'homme qui vous dirait : « Rouvrez cette tombe, appelez ce cadavre et ordonnez-lui de revivre? »

Sulpice devint horriblement pâle. Ses yeux vacillèrent. Reine le fixait toujours de son regard infernal.

— Ma foi! prononça-t-elle, si j'étais médecin, je vous tâterais le pouls.

Au bout de quelques minutes, il reprit d'une voix éteinte :

— Ne soyez pas cruelle ainsi; vous voyez bien qu'il est impossible de faire cuire un malheureux dans ses larmes comme vous faites de moi. Reine, rendez-moi ma liberté. Si vous avez cette pitié, eh bien!... je vous aimerai.

Un éclat de rire atroce sortit de la poitrine de cette femme.

— Insensé, dit-elle, je suis liée à vous comme la chair l'est à l'ongle. Le jour où vous redeviendrez misérable , je roulerai avec vous dans la boue. Et vous croyez qu'après n'avoir pas craint de m'ensanglanter les mains pour monter où je suis, je descendrais à la médiocrité qui sourit aux lâchetés de votre cœur ! Tenez, comte, vous avez sommeil ; dormez et ne parlez pas de la sorte.

— Dormir ! mais il y a un cadavre dans mon lit ! s'écria Sulpice.

— Ne rêvez pas si haut, interrompit Reine en portant la main sur les lèvres du malheureux ; les gens de justice viendraient vous éveiller.

— Je n'étais pas créé pour porter le crime ; le remords pèse sur ma tête comme une masse de plomb. De grâce, Reine , si vous avez un peu de cœur, ouvrez-moi la porte de cet enfer où vous m'avez enfermé.

— La porte de cet enfer, répondit Reine lentement et en appuyant sur chaque syllabe, pensez-y, comte, et osez la regarder en face : elle a deux poteaux rouges pour chambranles , c'est l'échafaud !

[illegible] national avec vous dans la
lune. Et vous [illegible] que [illegible] n'avoir pas obligé
de [illegible] toujours [illegible]
[illegible]
[illegible]
— Donnez-les [illegible] dans votre
[illegible]

[illegible]

[illegible]

CHAPITRE XXVIII.

LE SPECTRE FILOU.

Après avoir répondu aux plaintes de Sulpice par de cruelles évocations du passé, Reine s'était retirée dans son appartement. L'ancien mouleur en horlogerie demeura pendant une heure immobile, affaissé sur lui-même.

— Pourquoi ai-je vécu? se demandait-il. Que ne suis-je resté au sein du néant, où la souffrance est inconnue!

Tout à coup sa main rencontra une lettre qu'il avait glissée sur son cœur, lorsque Reine était entrée.

— Henriette! s'écria-t-il, ta lettre me dit pourquoi je vis. O lumière qui éclaire la nuit de mon âme! amour que Dieu a laissé tomber sur moi comme la rosée sur la fleur brûlée par le vent du midi, viens m'enivrer de tes délices !

Sulpice se jeta sur son lit , disposa un guéridon de manière à recevoir la clarté d'une bougie, et se mit à lire la lettre d'Henriette. C'étaient quatre pages d'écriture serrée, un griffonnage aigu et mince tracé à la pointe d'une aiguille , en plusieurs jours, ainsi que le prouvaient les lignes suivantes :

« Donatien,

» On se bat! J'entends la fusillade du côté des Champs-Elysées où vous habitez, ma sœur ne veut pas que je sorte. Je lui dis que je veux aller à mon pensionnat , elle jette ses bras à mon cou et me traite de folle. Donatien, si on vous tuait !

» Le peuple a chassé le roi, m'apprend-on. Peu de sang a été versé. Mais vous, Donatien, vivez-vous ? Je cours à la poste, sous un prétexte ; si à mes initiales je ne trouve pas un mot de vous , je ne sais ce qu'il adviendra !

» Merci, j'ai votre lettre. Je suis tranquilisée, à vous celle-ci :

» Donatien , j'ai eu le délire pendant les trois jours qui ont suivi la célébration de la Sainte-Luce. J'attribue cette petite souffrance à la terreur que j'ai éprouvée. Etait-elle un châtiment de mon imprudence, ou un avertissement providentiel des malheurs que me causera mon attachement pour vous ? Le soir de ma fête, j'ai senti la raison s'enfuir de mon cerveau ; d'inexprimables angoisses me dévoraient, mais je n'ai pas cessé un seul instant de vous aimer. Le croiriez-vous ? je regarde, quand je suis seule, ce placard où vous vous êtes caché, et je touche avec bonheur ces murs qui ne me parlent que de vous. Je me surprends alors à regretter que vous n'y ayez pas oublié un de vos gants ; c'est une idée folle, inintelligible à moi-même ! Comment les dangers passés deviennent-ils presque des voluptés à nos yeux, tandis que les sentiments qui devaient faire notre bonheur apparaissent comme un nuage au-dessus de notre vie ?

» Hier, mon père, ma sœur et moi, sommes allés nous promener sur les fortifications, parce que c'était dimanche. Il y avait beaucoup de monde qui allait et venait. Je me figurais que je vous rencontrerais. Cette illusion, basée simplement sur mon désir de vous voir, n'eût-ce été qu'un minute, m'a bercée jusqu'à notre retour. Comprenez-vous qu'on se fasse ainsi des mensonges afin de se tromper soi-même ? Je vous l'affirme, sans cette espérance chimérique incessamment remuée au fond de mon cœur, la promenade ne m'eût pas été possible. J'aime mon père et ma sœur, Dieu le sait ! et vous ne l'ignorez pas, Donatien ; mais le plaisir d'être avec eux ne me suffisait pas. Il m'a fallu m'imaginer que vous parcouriez, vous aussi, ces collines vertes que forment les talus, et je marchais en cherchant au loin devant moi : la fantaisie qui m'avait dit de venir me promener ne pouvait pas avoir oublié de vous inspirer la même pensée. « Comme tu vas vite ! » me disait ma sœur. — « C'est vrai, » répondais-je ; « il me semblait que tout le monde se portait là-» bas en courant. — Elle a des visions ! » disait mon père.

» Alors je ralentissais mes pas et avançais à peine, car une voix intérieure murmurait : « Non, » il est derrière toi, il se hâte afin de t'atteindre. » Rien de cela n'était vrai. Oh ! que les arbres dépouillés de leurs feuilles me paraissaient tristes ! et ce Paris couvert de sa brume grisâtre, éternelle, j'aurais voulu qu'il n'eût qu'une maison, la vôtre, qu'un habitant, vous, Donatien !

» J'avais au pensionnat l'habitude de prier le matin et le soir. Certainement, c'est une bonne coutume, et si dès mon enfance on m'eût enseigné les croyances religieuses, je crois que la dévotion eût été ma sauvegarde ; mais depuis que vous avez pris tous les battements de mon cœur, c'est à peine si j'ose lever les yeux vers Dieu ; ma prière devient une offense à la religion, car ce n'est que vous que je vois dans le ciel. Vos traits se font l'objet de mon adoration. Ce n'est pas bien, n'est-ce pas ? Eh donc, si je vous avouais que j'ai acheté un Christ en ivoire qui a vos yeux, votre front, vos joues ! Vous le voyez : loin de vous, je ne vis qu'en vous rapprochant de moi à force d'illusions.

» D'après mes calculs, vous avez encore trois cent dix-sept jours à attendre votre grande majorité. On dit que les lois vont être changées par la révolution. Peut-être songera-t-on à réformer celle qui défend aux jeunes gens de se marier, ainsi que bon leur semble, avant vingt-cinq ans accomplis. »

Sulpice interrompit un instant sa lecture. De grosses larmes tombaient de ses yeux et l'empêchaient de voir clair.

— Pauvre Henriette, murmura-t-il en sanglotant ; ange dont la main s'est enlacée à celle d'un réprouvé !...

Il pressa contre ses lèvres le papier qu'avait touché la jeune fille, et il reprit :

« Si la loi ne subit aucune modification, nous attendrons ; mais, Donatien, soyez plus sage que vous n'avez été, et n'exigez pas que je renouvelle l'imprudence que j'ai commise en vous recevant secrètement chez mon père. Un jour vous vous présenterez à lui sans crainte, sans dissimulation, il vous accueillera avec joie, car je serai là, moi, et je lui aurai avoué que je vous aime. Ne nous exposons pas à lui révéler cruellement que je suis indigne de sa confiance ; ce serait lui causer un chagrin dont il ne se consolerait pas.

» Vous allez vous moquer de mon enfantillage ; mais je veux vous faire sourire à la fin de cette lettre. Je me demande souvent : quelle vie sera la nôtre quand nous serons mariés ? L'autre jour, j'ai vu en dehors des fortifications, au milieu d'un bois d'acacias, une petite maison à volets rouges, isolée comme un ermitage, tout juste assez grande pour loger quatre ou cinq personnes : mon père, ma sœur, vous et moi. Si vous aimez la campagne, et si ce n'était pas trop cher, nous pourrions louer cette demeure. Vous m'avez dit que vous n'étiez guère plus riche que moi. Vous aurez un emploi lucratif le plus possible, moi je broderai, mon père et ma sœur travailleront comme nous, et nos efforts réunis suffiront à notre modeste train de vie.

» Je vous livre mes pensées comme elles m'ar-

rivent, Donatien ; j'effeuille mon cœur sur cette
lettre , et je suis jalouse d'elle , parce que vous
l'embrasserez peut-être.

» Votre Henriette. »

Ces douces paroles d'espérance étaient pour
Sulpice aussi tristes qu'un chant de mort. La pauvre coloriste lui parlait d'un avenir calme et heureux, à lui qui entendait encore vibrer les dernières vociférations de Reine.

— Devant moi je vois fuir le bonheur , disait
Sulpice, comme un voyageur du désert voit fuir
le mirage qui trompe ses pas. Malgré cet amour
si vrai, si ardent, il n'y a autour de moi que solitude et désespoir ! Je suis l'esclave de Reine Machu, esclave lié par une chaîne indissoluble , par
un crime ! Qui donc, mon Dieu , romprait ce lien
fatal ? Lorsque j'ai accepté la fortune qu'elle m'offrait, savais-je que je causais la mort d'un homme ?
Les lois me répondraient : « Vous le saviez. » Les
uges me diraient : « Vous avez fermé les yeux
afin de ne pas voir ; mais votre main n'a pas reculé
quand on l'a remplie de l'or trouvé sur la victime. » Ils auraient raison, c'est vrai.

Je me rappelle maintenant comment cela s'est
fait. Dès que j'ai eu remis à Reine l'écrit qu'elle
exigeait , j'ai entendu la voiture s'éloigner. Les
assassins sont venus ici sans doute, et ils ont tué
ce malheureux qui me ressemblait, un jeune homme, qui aimait peut-être comme j'aime ; ils l'ont
massacré là, dans cette chambre, dans ce lit où je
suis couché ; c'était le sien !

Sulpice avait soufflé la bougie. Sa chambre
n'était plus éclairée que par les dernières crépi-

tations du foyer qui envoyait une lueur rougeâtre découper les moindres objets en ombres vacillantes. Ses sombres pensées l'avaient accablé. En vain, pressant sur son cœur la lettre d'Henriette, s'efforçait-il d'opposer un talisman d'amour aux terribles reproches de sa conscience. Il appelait le sommeil, mais ce dieu de l'oubli n'écoutait pas sa prière.

Tout à coup une sorte de déchirement de muraille le fit tressaillir. Une petite porte, qu'il n'avait jamais remarquée dans sa chambre, s'ouvrit du côté opposé à l'appartement de Reine.

— Qui entre ainsi? demanda-t-il.

Le foyer se ranima un instant.

Un homme de la même taille que Sulpice, de la même allure, les cheveux et la barbe taillés comme les siens, vêtu d'habits parfaitement semblables à ceux que Sulpice portait habituellement, avançait vers la cheminée. Son pas était lent et ne rendait pas même un frôlement. La pâleur de son visage et de ses mains empruntait ses tons étranges au jaune lumineux des cires d'église. Il ne semblait pas avoir de regards ni de mouvements. On eût dit un cadavre obéissant à l'impulsion d'une âme éloignée. Il s'assit près du feu, prenant la posture d'un homme qui se chauffe avec plaisir.

Les dents de Sulpice s'entre-choquaient. Tantôt de la glace liquéfiée, tantôt du plomb fondu circulaient à la place de son sang.

— C'est le spectre d'Henri de Trémouran, pensait-il.

Sa respiration faisait dans sa gorge le râclement sec d'une scie dans un os.

Le fantastique personnage rapprochait les tisons épars sur la cendre. Les pincettes ne cliquetaient pas plus qu'un bâton sous sa main. Quand il eut ravivé le feu, il se leva et alla à un secrétaire. Il l'ouvrit, fit mouvoir un tiroir à secret que Sulpice ne connaissait pas, y prit un paquet de papiers roulés, puis, refermant tout avec soin, il revint s'asseoir sur son fauteuil devant la cheminée.

Rarement les fantômes ont la passion du vol, et ce serait à eux une grande lâcheté ; car ils auraient, pour commettre leurs méfaits, des facilités d'exécution contre lesquelles les Fichet seraient aussi impuissants que les Huret.

Mais celui-ci, par son effronterie, sortait de toutes les règles ordinaires ; il eût été capable de boire une rasade, si quelque bouteille se fût rencontrée sur son chemin.

Sans pouvoir surmonter son effroi, comme le don Juan de Molière en présence de la statue qui se rend à son invitation à souper, Sulpice commençait à reprendre un lambeau de courage.

— Qui êtes-vous ? balbutia-t-il.

Aucune réponse ne lui fut faite. Sulpice voulut vaincre sa terreur ; il roula hors de son lit plutôt qu'il n'en descendit. Ses genoux craquaient et flageolaient sous lui. Néanmoins il se hasarda à marcher vers la cheminée. Il n'eut pas la force d'arriver jusqu'à l'être infernal assis auprès du feu ; celui-ci ayant tourné la tête, il paraissait aise de voir les titubations d'effroi qu'il causait. Sulpice s'arrêta.

— Spectre ou homme, va-t’en ! s’écria-t-il d’une voix horrible.

Le spectre haussa les épaules.

— Va-t’en ! va-t’en ! répéta Sulpice.

— Pourquoi m’en aller ? Je suis chez moi ! répondit le fantôme.

Sulpice Jérusard recula, foudroyé.

— Henri de Prémouran ! prononça-t-il d’une voix formidable.

Puis il tomba sur ses genoux, porta ses mains à sa tête, et s’étendit de son long sur le parquet.

Ce dernier cri avait retenti dans l’hôtel comme une explosion d’arme à feu. Reine l’entendit. Reconnaissant la voix de son mari, elle se hâta d’allumer un flambeau à sa veilleuse et accourut effarée.

Elle vit Sulpice évanoui... seul. Ses doigts crispés tenaient une lettre ployée, Reine la saisit, puis elle sonna ses gens.

— M. le comte a eu un accès de fièvre, leur dit-elle, mais ce ne sera pas long.

Dès que Sulpice eut été replacé sur son lit, il revint à lui. Reine congédia les valets.

— Que vous est-il arrivé ? demanda-t-elle à son mari.

Sulpice regardait à droite et à gauche comme un fou.

— Où est-il ? murmurait-il. Par où est-il entré ? par où est-il sorti ?

— Qui donc ?

— Le spectre.

— Allez-vous me jouer une scène de Shakespeare ?

L'ancien mouleur en horlogerie se leva, alla au secrétaire, puis au mur; il s'arrêta devant un lambris mouvant.

— Il y a une porte ici, dit-il.

— Vous devez vous en être aperçu depuis long-temps, répondit Reine; c'est une porte qui, par un long couloir, correspond à une sortie fort inutile que je veux faire murer.

— Dès demain, n'est-ce pas, madame? ajouta Sulpice.

— Pourquoi cela?

— Oh! je ne sais. Tenez, madame, vous me haïssez : eh bien! avant peu, vous serez heureuse; je serai fou. J'ai cru voir...

— Qu'avez-vous vu?

— Non, ce n'est pas possible. J'ai eu un moment de vertige affreux, ou plutôt je m'étais couché et endormi... J'ai fait un rêve... oui, c'est cela : et ce rêve m'a tellement agité que j'ai poussé le cri que vous avez entendu.

Maintenant Sulpice croyait réellement avoir été le jouet de quelque hallucination, tant les péripéties émouvantes au milieu desquelles il vivait lui laissaient peu la plénitude de sa force intellectuelle.

— Bonne nuit, comte, dit froidement Reine Machu, à qui il tardait de regagner son appartement pour lire la lettre surprise par elle. Je prêterai l'orcille; si votre fièvre vous reprend, appelez-moi.

La comtesse lut les quatre pages d'amour adressées par Henriette à Donatien. Elle devina tout en faisant coïncider l'histoire du placard avec la fête qui avait eu lieu le soir de la Sainte-Luce, dans une maison où Sulpice était resté trois heures.

— Voilà donc pourquoi Minot n'a rien vu, grommela-t-elle ; l'imbécile !

Elle relut la lettre, elle aussi, puis elle en copia certais passages.

Le lendemain matin, Sulpice retrouva la prose d'Henriette sur l'une de ses pantoufles.

[illegible]
[illegible]
[illegible]

[illegible]

[illegible]

[illegible]
[illegible]

CHAPITRE XXIX.

———

LES ATELIERS NATIONAUX.

Les ateliers nationaux resteront la page la plus curieuse de notre seconde république. Pendant plusieurs mois, on a vu s'ouvrir des salles à plusieurs coins de Paris, où des hommes venaient passer quelques heures moyennant quelque argent. Là dedans, on fumait, on lisait *le Père Duchêne* ou *la Commune de Paris*, on causait, on se promenait de long en large ; même quelques témoins assez dignes de foi ont affirmé qu'on y travaillait. Pendant plusieurs mois, des hommes, improvisés terrassiers du jour au lendemain, ont bouleversé le sol des promenades, gâché le Champ-de-Mars, embourbé les Champs-Elysées.

On a eu la poésie du travail, mais on n'a pas eu le travail. Un théâtre a été dressé, les quinquets ont été allumés, les décorations ont été peintes par une main fantastique. Quant aux artistes, on les a pris un peu partout. Partout on était allé dire : « Venez ! » et il était venu de véritables pères de famille, le ventre creux, les joues hâves; mais avec eux arrivaient des paresseux et des ivrognes. On les prit ici, là-bas, en province, à l'étranger, sans triage préalable, les bons avec les mauvais, les mauvais avec les horribles ; puis, une fois cette nuée de comparses invitée, la répétition a commencé. Ah ! comme c'était affreux ! Personne n'était d'accord, nul ne savait ses rôles : les uns arrivaient trop tard, les autres s'en allaient trop tôt ; le régisseur n'était pas à son poste. Bref, la représentation n'a pu avoir lieu. On en est resté à la répétition de cette immense parodie du travail organisé.

Vous comprenez, lecteur, qu'il aurait fallu que Pas-de-Chance fût mort pour que nous ne le trouvassions pas dans les ateliers nationaux.

On peut reconnaître sa haute et forte taille dominant cette haie de travailleurs qui jouent ou plutôt qui *cravaillent* au bouchon afin de rompre un instant la monotonie de leurs coups de pioche.

Revenu au dépenaillé de costume sous lequel il nous est apparu pour la première fois, Pas-de-Chance a déjà appartenu à trois différentes brigades. Il s'est vu expulser de la première, parce que, toujours prêt à se faire justice à coups de poing, il avait gravement endommagé la personne du brigadier qui s'était permis de le comparer à un cheval. On l'a congédié de la deuxième pour avoir brisé la hampe du drapeau un jour qu'il l'avait simplement saisie avec trop de zèle. Depuis deux semaines, il est incorporé dans la troisième brigade, et, grâce aux amis qu'il y a trouvés, il a l'espoir d'y rester jusqu'à ce qu'un atelier de menuiserie réclame ses bras.

Un de ses amis était Nivôse Bibeau. Dégringolant de brigade en brigade, Pas-de-Chance avait rencontré le bon terrassier de la rue des Ursulines.

— Vous ne me reconnaissez pas ? s'était-il écrié ; je suis l'intime de Culotte. Cré nom ! c'est encore un bonheur auquel je ne me serais pas attendu, de me voir votre camarade, à vous que je révère ; car je vous révère.

— Vous êtes bien bon, répondit humblement le terrassier.

— Comment ! je suis bon ?

— Oui, de m'accorder une vénération qui ne m'appartient à aucun titre.

— Ça n'a pas l'air de vous aller !

— Pourquoi cela ne m'irait-il pas, si j'en étais digne ?

— Non, ça ne vous va pas, idée de me vexer.

— Allons, puisque vous le voulez, ça me va, dit Bibeau en souriant.

— Après quoi, grommela l'orageux Pas-de-Chance, si vous n'ête pas content, on peut vous soigner d'une autre façon.

Il retroussait ses manches afin de dégager ses poings.

— Avez-vous eu des nouvelles de cette famille Soviche que vous aimez tant ? demanda Nivôse

Bibeau sans même s'apercevoir de ces dispositions fracassantes.

Cette question dissipa subitement l'ardeur volcanique du menuisier.

— Non de nom ! murmura-t-il en se frappant le front, voilà ma maladie qui allait reprendre.

Il saisit la main que lui tendait Bibeau et la secoua rudement.

— Faut pas me parler des Soviche, reprit-il en faisant rouler ses yeux afin de cacher une larme, ça m'attendrit trop. C'est pas étonnant après ça ; le père Soviche, comme je vous l'ai conté, m'a décroché un jour que je m'étais pendu. Et puis sa fille... Ah ! dame ! je l'aime, c'est plus fort que moi. Je crois qu'un de ces matins je partirai pour Château-du-Loir ; je ne pourrai pas vivre sans voir Ninette, au moins encore une fois.

—Je vous en ai parlé, dit Bibeau. parce qu'hier, dans la rue des Enfants-Rouges, j'ai cru entendre une femme appeler un homme Soviche, et le costume de ces braves gens indiquait des campagnards.

Pas-de-Chance bondit.

— Et vous ne les avez pas arrêtés ?

— Pourquoi ?

— Vous ne leur avez pas demandé s'ils me cherchaient ?

— Ce n'était guère probable, mon ami.

— Quel malheur ! mon Dieu, quel malheur ! Est-ce qu'ils avaient une jeune fille avec eux ? une jeune fille plus belle que toutes celles que vous avez pu voir à Paris ?

—Non, je n'ai pas remarqué de jeune fille. La

femme, de quarante ans environ, était seule avec l'homme qu'elle a nommé Soviche.

— Ce dernier avait un chapeau en feutre gris ?

— Précisément.

— Mille millions de tonnerres ! Ce sont eux, s'écria Pas-de-Chance. Ils me cherchent, j'en suis sûr. Je veux les retrouver, je ne dormirai pas que je ne les aie vus. Voyons, Nivôse Bibeau, vous qui avez de l'instruction, enseignez-moi un moyen de savoir leur adresse ou de leur faire connaître la mienne ?

— Vous pourriez vous adresser rue de Jérusalem.

— Je ne manquerai pas d'y pousser une visite, mais... j'ai une autre idée ! Elle n'est pas mauvaise. Aujourd'hui on colle librement ce qu'on veut sur la muraille. Cré nom ! je ne sais pas écrire ! mais vous, père Bibeau ?...

— Je griffonne très mal ; ma femme barbouille un peu mieux, mais à nous deux nous ne sommes pas forts.

— C'est égal. J'achèterai du papier, et vous me ferez mes affiches ce soir.

Le lendemain, les murs de Paris se couvrirent de petites feuilles sur lesquelles des lettres épileptiques grimaçaient les mots suivants :

Avisse à la famile Soviche :
Le citauiain Pas-de-Chance demeurt
rue des Usulines-St-Jacque, 7.

N'ayant pas encore un domicile certain, le menuisier envoyait ainsi aux renseignements chez Nivôse Bibeau. Cet essai original n'eut aucun résultat. Pas-de-Chance tenta tous les autres moyens imaginables de se procurer l'adresse de Soviche : il ne put y parvenir. Quelques jours après, cependant, il devait reu ontrer son amoureuse de Château-du-Loir , l'infidèle Ninette. Mais n'anticipons point sur les événements,

On comprend qu'à partir de cette époque un entier et naïf dévouement fut acquis à Nivôse Bibeau en retour des sages conseils dont il avait aidé Pas-de-Chance dans cette recherche. Un troisième personnage vint faire de cette amitié une trinité toute-puissante. Mais son apparition fut entourée de scènes qu'il est indispensable de raconter ici.

Les ouvriers des ateliers nationaux formaient, à certaines heures de la journée, des groupes où les questions ardentes se discutaient longuement. Chacun y était admis à expliquer ses idées politiques, sauf à provoquer l'adhésion ou le blâme des auditeurs. Là, un peu comme partout, la voix la plus forte, le geste le plus abrupt, décidaient de l'opinion et entraînaient la masse ; on n'était un bon orateur qu'à la condition d'avoir les cheveux en broussaille, de rouler des yeux et surtout de porter une blouse. Le bon sens poitrinaire n'était pas admis. Une phrase en vrai français faisait lever les épaules.

Ce fut dans une de ces discussions que se produisit pour la première fois le nouvel ami de Pas-de-Chance et de Nivôse Bibeau.

Tous les deux étaient assis au pied d'un arbre des Champs-Elysées , du côté du Cours-la-Reine, lorsqu'ils entendirent s'élever à quelques pas une grande rumeur. Un groupe d'ouvriers des ateliers nationaux venait de se former autour d'un jeune homme qui s'agitait et semblait pérorer vivement. Curieux de connaître le sujet de la conversation, le menuisier et le terrassier s'approchèrent.

— Tiens, dit celui-ci, c'est le nouvel ouvrier de la brigade.

— Ce jeune homme qui n'est avec nous que depuis quelques jours?

— Précisément. Mais avançons encore, son discours n'a pas l'air de *leur revenir...*

Ils se mêlèrent au groupe composé de deux à trois cents personnes, et où se trouvait représentée, en abrégé, toute cette singulière population des ateliers nationaux, qui, pour la violence achevée des contrastes, n'eût rencontré d'équivalent que dans les troupes aventurières de l'Italie ou dans les hordes vagabondes des anciens Bohêmes. Là, en effet, semblaient s'être donné rendez-vous de tous les coins du globe et de tous les recoins de la société, avec leurs physionomies spéciales et leurs costumes distinctifs, une nuée de personnages, parmi lesquels, peut-être, les Français, les honnêtes gens et les pères de familles formaient la minorité.

Quelques-uns de ces gens paraissaient avoir honte aux yeux des passants et déguisaient, sous une blouse déchirée, des vêtements qui, quoique diaprés de crasse et rongés par l'usure, trahissaient encore un passé regrettable. Ils traitaient de cynisme le débraillé hardi des jeunes démocrates, qui, la pipe à la bouche, l'œil braqué sur tout le monde, la tête nue pour montrer leur chevelure au soleil, appuyés fièrement sur le bois de leur pelle, semblaient jouir de leur droit au travail dans toute sa plénitude.

Tel était le public qui se pressait autour de l'orateur en question. C'était un jeune homme de vingt-cinq ans à peu près, d'un extérieur doux, et qui s'exprimait sans aucune des exagérations dont nous avons parlé plus haut. Cependant, ainsi que venait de le faire remarquer Nivôse, les dispositions de l'auditoire ne semblaient rien moins que sympathiques à son égard.

— Ecoutez, disait le jeune homme, je veux vous dire en peu de mots ce que je pense du socialisme...

Pas-de-Chance et Bibeau, avides d'entendre cette dissertation, parvinrent, non sans quelques coups de coude, à se placer au premier rang.

— Il a des mains de marbre blanc, murmura Nivôse à l'oreille du menuisier.

— Et un singulier habit, répondit Pas-de-Chance ; les pans ne sont pas de la même couleur ; l'un est noir, l'autre bleu.

CHAPITRE XXX.

———

L'OUVRIER AMATEUR.

Les ouvriers des ateliers nationaux firent silence et resserrèrent leur cercle menaçant autour du jeune homme, qui s'exprima en ces termes :

— D'abord il ne faut pas vous étonner si je n'ai dans le cœur que des paroles de paix et d'amour. Que voulez-vous ! on ne se refait pas. Pourtant, je suis comme vous un homme pour qui la vie s'est montrée mauvaise. Mais je suis aussi un homme qui cherche le vrai par les routes du bien. Peut-être est-ce là une raison suffisante et qui fera comprendre pourquoi la violence n'est pas dans ma bouche. Je hais la haine comme ces vents de feu qui dessèchent tout sur leur passage !

Ce prélude fit froncer quelques sourcils , mais pas une lèvre ne remua.

— Croyez-vous , reprit le jeune homme , que les vices et les abus de ce monde ne me crèvent pas les yeux comme à vous-mêmes? Pensez-vous que je batte des mains à l'ordre de choses actuel, et que je trouve que tout soit pour le mieux ? Mais il faudrait pour cela que je fusse né aveugle, ou que Dieu eût posé une taie épaisse sur mon intelligence. Ah certes , l'humanité crie et souffre ! certes, l'humanité a besoin d'être améliorée ! Vice en haut et en bas , lèpre partout ! En face de pareils désordres et des bouleversements qu'ils amènent , je comprends et j'apprécie les efforts des intelligences réellement dévouées à la cause sociale.

Mais je distingue entre l'amélioration et l'utopie, entre la fraternité et le socialisme, et je vous dis que le socialisme ne fera pas faire à l'humanité un pas de plus dans le progrès. Qu'est-ce, après tout, que le socialisme, sinon une forme nouvelle de gouvernement s'initiant aux intérêts particuliers?

Cette fois quelques murmures passèrent sur cette foule.

Le jeune homme devenait plus triste.

— Oui, dit-il comme s'il se fût parlé à lui-même, on s'occupe des hommes, mais on ne s'occupe pas de l'homme... Tout est là cependant. Ce qu'il faut regarder avant tout dans un gouvernement quelconque, ce sont les gouvernants et les gouvernés. Au lieu de nous inquiéter si l'Etat s'appelle monarchie ou république , inquiétons-nous plutôt s'il s'appelle Henri IV ou Robespierre. Voilà où est la question. A quoi bon changer la forme du gouvernement et mettre le pays à feu et à sang si nous devons, une fois le socialisme installé, compter toujours la même somme de bons et de mauvais citoyens?

Il se fit un moment de silence après ces paroles prononcées d'une voix grave et douce. Evidemment jamais semblable langage n'avait été essayé au sein des ateliers nationaux. Quelques ouvriers se regardaient comme pour se consulter.

— Tout cela est bel et bon, dit un d'entre eux d'un ton bourru; mais le droit au travail?... Il nous le faut, nous le voulons!

— Oui! le droit au travail! le droit au travail! s'écrièrent-ils en chœur.

Le jeune homme hocha la tête avec mélancolie.

— Rappelez-vous que Dieu a dit : *Tu gagneras ton pain à la sueur de ton front;* et vous rappelant cela, songez que le pain doit être une conquête, et non une condition de votre existence. Mes chers compagnons, le droit au travail est de vos illusions la plus douloureuse, je vous le dis à regret. Des hommes égarés vous égarent. L'envie de travailler, voilà le meilleur droit au travail. Il est rare que le sol ait jamais manqué à tout individu qui a l'honnêteté, deux bons bras et de l'énergie en partage.

La plupart des utopistes, vous le savez, ont contracté l'habitude de mettre Dieu en dehors de leurs combinaisons. Ils ne s'inquiètent pas à qui appartient ce globe, et comment nous n'en sommes que les locataires. Quelques-uns d'entre eux vont même jusqu'à dire : *Dieu, c'est le mal !* Cela les met plus à l'aise. Dieu les gêne parce que Dieu est la grande raison souveraine de toute chose. N'imitez pas ces gens, et surtout ne vous laissez pas gagner à leurs théories. Ce sont des fous ou ce sont des monstres dévorés d'ambition, et pour moi, je n'ai jamais pu songer à aucun de ceux-là sans me rappeler aussitôt les franches paroles d'un moraliste célèbre : « Or, je défie qu'on me trouve par tout le monde entier un honnête homme qui ne croie pas en Dieu ! »

La voix du jeune homme s'était à la fin animée en parlant ainsi, son geste était devenu éloquent et dans ses yeux se lisait une conviction ardente. Appuyé contre un arbre épais, sa tête se détachait nettement sur l'écorce brune et dominait le groupe des ouvriers. Immobile, il les regardait tous en face, et tous le regardaient de travers. Evidemment, pour eux, cet homme avait *trop raison*, et c'était là son tort à leurs yeux, un tort qui se pardonne rarement. Aussi, quand il eut fini, aucune voix ne s'éleva pour lui répondre, mais toutes les voix s'élevèrent pour le huer.

— C'est un *aristo !* grommela un déguenillé, dont les yeux à cristallin rouge semblaient prêts à jaillir de leur orbite.

Aristo ! une grande injure d'aujourd'hui, renouvelée d'une grande injure d'autrefois ! dérivé stupide d'un mot absurde !

— Combien vous sont payées les *balançoires* que vous nous débitez ? s'écria un autre.

— Ce sont les riches qui vous envoient !

— A bas le sermonneur ! à bas le réactionnaire !

— On n'est pas aussi résigné que cela lorsqu'on souffre réellement !

— On n'a pas les mains si blanches et la langue si déliée !

— On ne se bat pas quand on raisonne !

(Toute la liste des préjugés populaires.)

— Où étais-tu au 24 février ?

— Je te reconnais ; tu es un municipal sans uniforme.

— Un henriquinquiste déguisé !

— Un envoyé de l'empereur de Russie !

— Cela t'ennuie, sans doute, que le peuple ait foim, monsieur de la figure pâle !

— Ça te fait bobo à l'oreille les cris de *vive la république !* mon mignon ? Excusez, on fera matelasser tes fenêtres, et on étendra de la paille devant ta porte !

— A bas l'orléaniste ! à bas le faux ouvrier !

Une femme qui passait par là, et qui s'était arrêtée depuis quelques minutes, voulut dire son mot aussi, elle. Cette femme, la première venue, une mendiante, une courtisane, peut-être une mère de famille, sourit bêtement, et cria en se levant sur la pointe des pieds :

— A l'eau le mouchard !

C'était de l'huile tombée sur du feu. La rage en prit à tout le rassemblement.

— C'est cela ! à l'eau ! à l'eau ! hurlèrent cent voix formidables.

— Tu es une bonne *citoyenne*, toi ! dit un garçon de dix-sept ans à l'abominable femme qui riait.

Et il lui donna une poignée de main en témoignage de sympathie.

— A l'eau, l'orateur !

Le cercle se resserra autour du jeune homme comme pour l'étouffer. Déjà à travers les cris et les insultes, plusieurs bras vigoureux s'élançaient vers lui. Le danger était imminent, rien ne semblait pouvoir l'y soustraire, lorsque deux des spectateurs, qui étaient demeurés jusqu'à ce moment muets et attentifs, écartèrent la foule par un mouvement brusque. qui la fit refluer sur elle-même. Puis se plaçant devant le jeune homme qu'ils couvrirent de leurs corps :

— Halte-là ! s'écrièrent-ils.

C'étaient Pas-de-Chance et Nivôse Bibeau.

Depuis le commencement de cette scène, le menuisier et le terrassier avaient paru suivre avec un vif intérêt le discours du jeune homme. Chaque mot était entré dans la tête et dans le cœur de Pas-de-Chance pour s'y graver au fur et à mesure. Une lumière pénétrante se faisait dans cette intelligence grossière. Il comprenait. C'est qu'aussi jamais paroles semblables ne lui avaient été adressées ni par sa mère, ni par son père, ni par un prêtre, à lui pauvre enfant perdu et mal trouvé ! C'était la première fois qu'il prêtait son attention, et le fruit qu'il en recueillait lui était déjà précieux. Il en ressentit immédiatement une grande admiration pour cet inconnu. Pas-de-Chance l'écoutait encore, qu'il avait depuis longtemps cessé de parler. Tout entier à la révolution morale qui s'opérait en lui, il ne comprit pas d'abord les imprécations des ouvriers des ateliers nationaux. Mais quand Nivôse lui eut dit : « Ce jeune homme est en danger, » il eut de l'orage plein les yeux.

— Au large! cria-t-il à la foule.

La réputation de Pas-de-Chance était faite dans la brigade ; néanmoins un combat terrible allait s'engager , lorsqu'un incident providentiel vint lui donner la victoire sans combat. Un bataillon de gardes mobiles s'avançait dans les Champs-Elysées.

A cet aspect, le rassemblement des ouvriers des ateliers nationaux se dissipa de lui-même , et chacun retourna lentement à sa pioche ou à sa brouette.

Il ne resta plus au pied de l'arbre témoin de cette scène fougueuse que trois personnes seulement, Pas-de-Chance, Nivôse Bibeau et le jeune homme inconnu.

Ce dernier tendit une de ses mains à chacun d'eux.

— Merci, mes amis, leur dit-il, vous me prouvez que toute générosité n'est pas morte , même chez un peuple qui a faim.

Tels sont les événements qui mirent un troisième personnage dans l'intimité de Nivôse Bibeau et de Pas-de-Chance. Ce troisième personnage se nommait Henri. Il s'était attaché à la brigade d'ateliers nationaux mais, par une singularité inexplicable, semblable à ces fils de famille qui vont gratuitement chez les avoués dépenser leur jeunesse sur du papier timbré, il ne touchait la pioche qu'en amateur, comme ceux-ci touchent la plume. On ne l'avait vu recevoir sa paye qu'une seule fois, et un bavard prétendait l'avoir rencontré, un soir, élégamment vêtu. Pas-de-Chance et Bibeau considéraient ces bruits comme autant de petites calomnies inventées pour accréditer l'accusation déjà formulée contre Henri : à savoir, que c'était un agent payé par les réactionnaires ; néanmoins ils se permirent d'adresser à leur ami quelques questions auxquelles celui-ci répondit de manière à leur ôter toute méfiance. A dater de ce jour, rien n'altéra plus l'union de ces trois êtres, union d'autant plus puissante , que chacun de ses membres symbolisait en lui une qualité souveraine : Henri l'intelligence, Nivôse Bibeau la morale, et Pas-de-Chance la force.

Henri n'était pas d'une assiduité remarquable. Il n'apparaissait au sein de la brigade que lorsque le soleil chauffait le camp des travailleurs. Quelquefois il prenait part aux discussions politiques des ouvriers, et le peu de sympathie que leur inspiraient ses opinions ne l'empêchait pas de les exprimer énergiquement. Le bain froid qu'ils avaient voulu lui faire subir ne lui donna pas la moindre circonspection ; il eut la hardiesse de leur reprocher cet acte de fureur, en leur prouvant que c'était la plus flagrante violation qu'ils eussent commise contre la liberté sacrée d'émettre ses convictions.

Nivôse et Pas-de-Chance causaient avec Henri. Les autres ouvriers de la brigade, occupés à aplanir le sol, semblaient étudier le précepte du sage : « Hâte-toi lentement. » Chacun cassait une motte , donnait un coup de pelle ou de bêche , et entremêlait cette besogne de longues conversations.

— Je vous affirme, disait Nivôse Bibeau , qu'il y a dans notre brigade même beaucoup de gens qui n'ont pas réellement besoin de ce secours déguisé que l'Etat nous accorde.

— Témoin le sieur Larigette , ajoutait Pas-de-Chance , le portier de la maison où vous demeurez. Je ne l'ai vu que deux ou trois fois en allant chez vous le dimanche ; mais il s'échappait de sa loge une fumée qui ne sentait pas la misère, nom de nom !

— C'est ce travailleur à cheveux gris que vous nommez Larigette ? demanda Henri en désignant le concierge de la rue des Ursulines, qui par hasard se retournait en ce moment.

— Lui-même, répondit Bibeau.

— Je l'ai vu hier chez un notaire ! dit Henri.

— Ah ! fit Pas-de-Chance , que pourrait-il avoir à y démêler, si comme nous il était misérable ?

— C'est singulier, observait Nivôse en souriant, mais vous-même, notre bon camarade , qu'alliez-vous donc chercher dans une étude ?

Loin de se troubler , Henri haussa les épaules froidement :

—Malgré tout, je le vois, vous partagez un peu contre moi les soupçons de tous vos camarades. Mon Dieu , ne peut-on aller demander au maître clerc des rôles à copier ?

— C'est très naturel, dit Nivôse ; et Larigette s'y rendait peut-être dans cette intention.

— Ecoutez mes amis, reprit Henri ; afin d'en finir sur ce qui me concerne , laissez-moi vous donner une dernière explication. Je vous l'ai dit, je n'étais pas ouvrier avant la révolution. Des événements qu'il est inutile de vous raconter m'ont fait arriver à Paris, alors que les pavés de février branlaient encore sous les pieds des passants. Ainsi dénué de ressources, un peu par ma faute, il est vrai, j'ai accepté celles que le gouvernement nouveau offrait à tous les nécessiteux. Je vous ai rencontrés providentiellement sur mes pas. Je me suis efforcé de gagner votre amitié parce que j'ai lu au fond de votre cœur. J'ai une pelle à la main comme vous. Je veux être votre ami ; ayez donc confiance en moi !

— Cré nom ! s'écria Pas-de-Chance ; nous vous croyons le meilleur des hommes, et celui qui dirait le contraire....,

— Pour en revenir à Larigette, reprit Nivôse Bibeau après un moment de silence, il sert vraiment de cible à toutes les calomnies.

— Comme, par exemple, celle de n'apparaître que rarement parmi nous, ajouta Pas-de-Chance, et d'avoir semé plusieurs noms dans plusieurs brigades, afin de récolter plusieurs payes.

Larigette, ombrageux comme tous les gens dont la conscience n'est pas cravatée de blanc, s'était déjà retourné deux ou trois fois. Sans entendre un mot de cette conversation, il devinait aux gestes et aux regards jetés sur lui qu'on critiquait sa personne ou ses actes. Il vint droit à Nivôse Bibeau.

Peut-être le lecteur ne se souvient-il qu'imparfaitement de la figure épisodique de ce personnage. Une première fois il nous est apparu à *la Pensée du papillon volant*, au pique-nique à deux

francs ; il était sombre, impatient, et avait, disait-
il, des communications importantes à faire à Calixte Jérusard, à Périllon et aux autres membres
d'une mystérieuse association qui tenait ses séances rue de la Muette.

— Vous riez de me voir réduit à travailler
comme vous, dit-il amèrement en abordant Nivôse
Bibeau ; le malheur n'inspire donc plus aucune
commisération ?

— Eh ! permettez, papa, dit Pas-de-Chance, en
fait de malheurs, je crois que la commisération devrait nous accorder la préférence.

— Ah ! vous ne connaissez pas ma véritable
situation, mon ami, continua Larigette d'un ton
hypocrite ; ma femme et ma fille n'ont pas d'ouvrage depuis deux mois ; mon métier ou plutôt
aucun de mes métiers ne va plus. En temps de révolution, le monde ne se fait pas raccommoder,
on ne s'écrit pas de lettres. Alors il faut bien que
je m'évertue de façon ou d'autre pour ne pas
mourir de faim. Je me ferai peut-être homme politique. J'étudie pour cela ; mais en attendant je
suis terrassier.

— Cependant, objecta Henri, vous ne pouvez
pas avoir la prétention d'être plus pauvre que
Bibeau ; vous devez gagner quelque chose comme
concierge ?

— Oui, le logement, mais pas un liard avec.
C'est triste, pour un homme de ma capacité et de
ma naissance ; car, enfin, feu mon père était huissier à Corbeil. Il ne m'a rien laissé, et pour comble de malheur, un cousin germain qui est riche,
et dont la fortune aurait dû me revenir, à moi ou

à ma fi⸺ , parce qu'il n'avait pas d'autres héritiers , a ⸺lopté un étranger pour fils! Croyez-
vous que c⸺ ne serait pas à se casser la tête contre
les murs?

— Bah! di⸺ Pas-de-Chance , allez voir votre
cousin germain , et priez-le de marier son fils d'a-
doption à votre fille.

— Le scélérat de fils adoptif! grommela l'astucieux Larigette, il a bien eu des idées sur ma fille,
mais pas au point de vue du mariage.

— On dit, père Larigette, observa Bibeau, que
vous vous êtes trompé sur les intentions que vous
prêtez au fils adoptif de votre cousin.

— Ah! je me suis trompé! c'est Calixte Jérusard qui a dit cela , parce qu'il ne voulait pas...
Enfin, ça suffit, je lui en garde souvenir...

— Vous m'avez raconté cette histoire il y a quelques jours, reprit Bibeau ; franchement, elle n'é-
tait pas claire.

— Je me vengerai de ceux qui n'ont pas voulu
qu'on l'éclaircît, dit Larigette.

Depuis un instant , Pas-de-Chance n'écoutait
plus cette conversation; il voyait s'avancer un enfant qui marchait résolûment vers le sommet des
Champs-Elysées.

— Ohé! Pleurniche, ohé!

Ainsi hélé , l'apprenti s'arrêta , et, apercevant
Pas-de-Chance, il se dirigea vers lui.

CHAPITRE XXXI.

———

La tristesse s'était assise sur la figure égrillarde de Pleurniche. Il tendit la main à Pas-de-Chance sans lui adresser la moindre plaisanterie.

— Qu'as-tu donc, moucheron? lui demanda le menuisier. Pourquoi t'es-tu pris cette binette d'enterrement?

— J'ai du noir sur le cœur, répondit Pleurniche.

— Est-ce que la révolution t'a ruiné, toi aussi?

— Il s'agit bien de moi. Ce pauvre m'sieur Durousseau en *dèche*, ça m'afflige.

Au nom de Durousseau, Pas-de-Chance avait eu comme un éblouissement, et Henri s'était approché.

— Vous savez qui je veux dire, reprit l'appren-

ti; un si bon homme que, s'il avait voulu, il vous
aurait causé du désagrément, à cause des bêtises
que vous avez commises chez lui. Mais il a dit
deux ou trois fois : « Ah! mon Dieu! ah! mon
Dieu! » Et puis ç'a été fini. Eh bien donc, maintenant il n'y a pas de déboire qui ne lui arrive.
Les compagnons d'abord lui en ont fait, que j'en
ai pleuré de rage. Si j'avais été assez fort!... Enfin
il n'a plus de métal. Hier il a mis sa *torgue* au
mont-de-cruauté. Et voilà les huissiers qui se mê-
lent de l'affaire aussi. Un gredin d'aristocrate, qui
était comte avant le balayage de février, un
m'sieur de Prémouran, qui est riche à manger de
l'or, le poursuit pour quelques méchants billets.

— Il faut que ce M. de Prémouran entende raison, dit Pas-de-Chance.

— Si vous voyiez ce pauvre patron, reprit
Pleurniche, il en perd la boule. Pendant une heure entière il parle tout seul devant les papiers
timbrés qu'on lui apporte. C'est ainsi que j'ai appris la chasse qu'on lui fait.

— Peut-être, demanda Henri à Pleurniche, votre patron n'a-t-il pas supplié son créancier d'attendre un peu?

— M'sieur de Prémouran refuse même de le recevoir. Il y a trois jours, m'sieur Durousseau l'a
attendu à la porte de son hôtel comme un caniche
attendrait son maître. Enfin il l'a vu rentrant à
pied, il lui a parlé. « Venez me voir demain à midi, » a répondu le Crésus. Le lendemain le patron
y est allé. Un *mandrin* vêtu de velours orange lui
a dit : « M. le comte est parti pour la campagne.
Et les huissiers ont continué à remettre des feuil-

les de papier barbouillées d'encre à la portière de M. Durousseau. J'y vais, moi, une dernière fois, chez m'sieur de Prémouran. Je lui apporte une lettre que le patron a pleuré dessus. Je veux une réponse, et si on me dit qu'il n'y est pas, j'entre tout de même, au risque de me battre avec les *larbins*.

— Très bien, cré nom ! dit Pas-de-Chance. Et Pantaléon, tu ne nous en parles pas ?

— Il travaille aujourd'hui , malgré les compagnons, qui ont signifié à m'sieur Durousseau que s'il ne les augmentait pas de cinquante centimes par journée, ils empêcheraient qu'aucun ouvrier s'employât chez lui.

— Votre patron a donc tous les malheurs à la fois ? dit Henri qui écoutait attentivement.

— Il a le guignon. Croiriez-vous que des compagnons , après avoir gagné leur vie dans son atelier pendant des années, lui ont voué une haine que c'est à n'y rien comprendre ; surtout le grand Libournais-la-Prudence, il mangerait une côtelette de ce pauvre m'sieur Durousseau. Enfin, vous vous le rappelez, Pas-de-Chance, il vous a poussé à fouiller la chambre du patron pour y découvrir ses prétendus trésors, vous n'avez trouvé que des preuves de malheur : eh bien ! ce mauvais Libournais a dit devant moi et ses trois camarades que c'était un coup monté entre vous et m'sieur Durousseau.

— Canaille ! s'écria Pas-de-Chance. Oh ! je n'y tiens plus... J'aurais une attaque d'apoplexie foudroyante si je n'allais pas chercher Libournais pour le châtier.

Mais le menuisier rencontra le regard de Ni-vôse Bibeau.

— Vous m'avez promis de ne plus vous battre sans y être forcé, lui dit ce dernier.

— Vous voyez bien qu'on m'y force. Voyons, vous, Henri, décidez la question. Est-ce que je puis vivre sans assommer Libournais? Vous venez d'entendre les infamies dont il m'accuse.

— Suivez les conseils de Bibeau, mon bon Pas-de-Chance, répondit Henri.

— Oh! crénom! sur qui cogner... sur qui?... le poing me démange! continua Pas-de-Chance; si encore Larigette ne s'était pas esbigné!

Il cherchait autour de lui ; personne ne s'of-frait à lui servir d'enclume. Un arbre qui se trouvait à sa portée reçut la terrible explosion de sa colère. Il en eut la deuxième phalange meurtrie.

— Vous l'empêchez d'aller corriger Libournais, dit Pleurniche à Nivôse Bibeau, vous avez tort. J'aurais vu avec plaisir secouer ce bon-à-tuer. Ce matin encore il a dit qu'il ne serait content que lorsque M. Durousseau serait parti de Paris ou qu'il y serait devenu chiffonnier. Lui, mon pa-tron ! un *carquois* derrière le dos et ramassant du *biffin !* Oh ! je ne sais pas ce que je ferais plu-tôt que de voir cela !

— Et dire que ce gueux de Libournais n'est si barbare envers M. Durousseau que parce qu'il agit à l'instigation d'un fureteur qui vient quel-quefois à l'atelier quand le patron n'y est pas, un homme qu'on croirait arrivant de Brest ou de Rochefort.

—Vous êtes sûr, demanda Henri, que le compagnon dont vous parlez obéit à une influence étrangère ?

— A l'influence de ce gredin dont je vous parle. Et puis après, Libournais, à son tour, pousse ses trois camarades, et, au moment où m'sieur Durousseau aurait besoin de consolation, on le martyrise de toutes les façons. Aussi, Pantaléon et moi, nous sommes décidés à livrer une bataille contre les quatre compagnons ; nous ne sommes que deux ; mais, mille bombes ! nous élèverons des barricades avant d'attaquer !

Les réponses que Pleurniche venait de faire avaient rivé sur les lèvres de Henri un sourire étrange.

— Je comprends, coucluait-il mentalement, je vois le bras qui dans l'ombre dirige cette guerre ignoble.

— Allons, au revoir, prononça l'apprenti, j'ai pas de temps à perdre si je veux voir le comte de Prémouran.

— Revenez par ici, lui dit Henri, vous nous apprendrez le résultat de votre démarche. Nous nous y intéressons vivement.

— Preuve que vous avez bon cœur, ajouta Pleurniche en tendant la main à Henri ; je repasserai par ici.

A peine l'apprenti s'était éloigné de cinquante pas que Pas-de-Chance courut à lui comme s'il avait oublié de lui dire quelque chose. Il l'eut bientôt atteint avec ses enjambées d'éléphant.

— Tu me préviendras, lui glissa-t-il à l'oreille,

du jour où vous devez, Pantaléon et toi, livrer le combat aux compagnons.

— Oui, je vous le promets. D'autant plus qu'un coup de main de vous ne nous nuira pas.

— Parole d'honneur, tu me préviendras?

— C'est entendu.

Pas-de-Chance retourna lentement auprès de Nivôse et de Henri. Il se frottait joyeusement les doigts.

— J'avais oublié, dit-il à ses deux amis, de le prier de me prévenir quand il y aurait de l'ouvrage pour moi chez m'sieur Durousseau.

Pas-de-Chance s'arrêta subitement, les yeux fixés au loin sur l'asphalte de l'une des allées qui longent l'avenue de l'Etoile.

— Que regardez-vous si attentivement? lui demanda Nivôse Bibeau.

— Tenez; voyez-vous ce bonhomme là-bas qui marche si vite?

— Eh bien?

— C'est Calixte Jérusard, le père de notre ami Pantaléon. Il ne marche pas naturellement : il tourne la tête à droite et à gauche. Ça me paraît extraordinaire.

— Jérusard? répéta Henri; n'est-ce pas un cordonnier de la rue Geoffroy-l'Asnier?

— Précisément. Un homme qui a bien du chagrin. Pantaléon m'a raconté ses secrets de famille un soir qu'il était ivre, et ce père est à plaindre. Il avait une fille et deux garçons; la fille l'a abandonné, l'aîné des garçons est mort. C'est surtout ce dernier malheur qui l'accable. Mais ous qu'il va ainsi, le père Jérusard?

— Tranquillisez-vous, Pas-de-Chance, je vais le suivre, dit Henri. Demeurez, vous autres, attendez l'apprenti de Durousseau ; sachez s'il a réussi à voir le comte de Prémouran. Ce soir j'irai chez vous, Nivôse ; je veux connaître votre famille.

— Vous savez mon adresse, dit Bibeau. Je vous annoncerai à ma femme.

— Vous entendez, Pas-de-Chance ? le rendez-vous est rue des Ursulines, à huit heures.

— J'irai, prononça le menuisier.

Henri s'éloigna afin de suivre Calixte Jérusard.

— Cré nom ! est-il bon enfant ! s'écria Pas-de-Chance ; je suis heureux dans mes amitiés.

— C'est un ouvrier bien étonnant, dit Bibeau en reprenant sa pelle.

Calixte Jérusard se dirigeait vers l'arc de triomphe de l'Etoile ; il jetait un regard furtif sur les cavaliers qui allaient et venaient au pas, au trot et au galop sur des chevaux de manége, la tête à l'alignement de la queue, ou sur des bêtes de prix, les naseaux à l'air, le poitrail coquettement cambré.

Chaque fois qu'il avait ainsi examiné un cavalier passant, Calixte Jérusard hochait tristement la tête, et ce mouvement à peine imperceptible n'aurait pu se traduire que par ces mots :

— Non : ce n'est pas lui !

Il s'arrêta sous l'arc de triomphe, incertain, navré ; au-dessous de l'un des groupes d'Etex, il s'assit et cacha sa tête entre ses mains. Une enfant jouait auprès avec sa bonne. Cette petite créature quitta ses jeux et ses rires, et vint se placer devant Calixte, à deux pas de lui. Après l'avoir considéré longtemps sans qu'il la vît, elle s'approcha et glissa son radieux visage sous les mains du pauvre homme.

— Tiens ! il pleure, murmura-t-elle.

Calixte, surpris, se releva et continua de marcher vers le bois de Boulogne.

Le père Jérusard s'était glissé entre les arbres du bois comme un homme qui craint d'être vu. Il cherchait l'endroit où Reine Machu lui avait un jour montré son fils Sulpice, alors qu'il le croyait encore en Italie.

— C'est là, dit-il en s'arrêtant. Le verrai-je, aujourd'hui ? Il fait assez beau pour se promener à cheval. C'est la dixième fois que je viens l'attendre. Là, s'il passait, je l'apercevrais sans qu'il s'en doutât.

Il demeura longtemps dans le bois, épiant les cavaliers ; mais il ne vit pas Sulpice.

— S'il m'avait seulement fait savoir où il demeure, sous quel nom il vit maintenant... je me serais caché dans un corridor auprès de chez lui, et j'aurais pu le voir de temps en temps. Allons ! il faut qu'il soit mort pour moi. C'est de la lâcheté de ma part si je n'oublie cet enfant comme j'ai oublié sa sœur. Ma faiblesse m'a fait perdre la moitié de ma journée, et négliger tous mes devoirs ; Périllon m'attend, il m'avait envoyé prier de me rendre chez lui le plus tôt possible, il faut y aller vite.

Et Calixte retourna à grands pas vers Paris.

CHAPITRE XXXII.

REPRISE DES HOSTILITÉS.

Ce jour-là, Périllon dévorait aussi les amertu-
mes de la paternité. On avait essayé de troubler
sa douce croyance en la vertu de ses filles. Dès le
matin, il s'était rendu chez Jérusard afin de lui
communiquer les incertitudes affreuses qu'on lui
avait glissées dans le cœur, traîtreusement, comme
un coup de poignard. Jérusard était parti plus matin que de coutume, et son concierge ni Pantaléon
ne savaient où il travaillait. Néanmoins, sur l'in-
sistance de Périllon, l'ouvrier menuisier promit
de passer chez deux ou trois célèbres fabricants de
chaussures, afin de trouver Calixte Jérusard, et de
l'envoyer quai de Gèvres. Pantaléon avait bien
rencontré son père, mais Jérusard, au lieu de se
rendre directement à l'invitation de son ami, avait

obéi auparavant à un irrésistible désir de voir les promeneurs du bois de Boulogne.

N'ayant pas eu le courage de surmonter ses anxiétés pour se livrer au travail selon son habitude, Périllon était revenu dans sa chambre attendre Jérusard. Henriette et Chevrotte s'étaient inquiétées de son air chagrin.

— Qu'avez-vous, bon père? lui avait demandé la coloriste en l'embrassant; vous êtes triste.

— Non, mon enfant, ne fais pas attention.

— Vous n'avez pas soupé hier soir en rentrant, dit Chevrotte à son tour, et ce matin vous déjeunez à peine.

L'observation de la brunisseuse était demeurée sans réponse.

Enfin, Calixte Jérusard arriva. Il n'y avait à la maison que l'armurier et sa fille Henriette, l'un enfermé dans sa chambre, où il s'abandonnait à de tristes conjectures; l'autre occupée, dans la pièce voisine, à colorier des portraits de Lamartine.

— Tu aurais dû te hâter davantage, dit l'armurier à Jérusard.

— Il m'a fallu faire une grande course avant de pouvoir songer à toi. Qu'as-tu donc à m'apprendre, mon brave ami?

— N'élève pas la voix, dit Périllon; Henriette l'entendrait, et je ne voudrais pas qu'elle apprît pourquoi j'ai désiré te voir. Je suis malheureux, Calixte; depuis hier soir tout est changé pour moi.

— Mon pauvre ami, que me dis-tu là? fit Jérusard étonné.

— Tu vas voir. Peut-être ai-je tort de m'ala

mer d'une simple calomnie. Ecoute. Hier soir, comme je sortais de mon atelier, quelqu'un me frappe sur l'épaule : je me retourne et me trouve en présence d'une mauvaise figure que je ne connaissais pas.

« — Que me voulez-vous? lui dis-je.

» — C'est à M. Victor Périllon que j'ai l'avantage de parler?

» — Oui.

» — Monsieur, reprend mon accosteur, l'entretien que j'ai avec vous maintenant est une preuve de l'intérêt que je porte à l'honneur de votre famille.

» Tu comprends, Calixte, le rouge qui me monta au visage. On n'entend pas un préambule de ce genre sans avoir une palpitation de cœur. Je marchais à côté de cet homme, ne voulant pas avoir l'air d'accorder trop de confiance à ses paroles.

» — Expliquez-vous, lui répondis-je.

» — Ce que j'ai à vous raconter est très-grave, continua-t-il ; il s'agit de l'honneur de l'une de vos filles... »

L'armurier s'interrompit, absorbé par les pensées qui se déroulaient péniblement au fond de son cœur.

— Après? demanda Calixte.

— Voilà tout. Ce misérable ne m'en a pas dit davantage,

— Comment cela? Il fallait exiger des explications complètes.

— J'aurais dû ne pas m'emporter. Aussitôt qu'il a eu prononcé les derniers mots, je me suis redressé comme si on m'eût craché au visage, et j'ai levé le poing pour frapper cet homme.

— Eh bien ?

— Il s'est esquivé avec une promptitude de singe, et mon poing est retombé sur le vide.

— Tu as eu tort de t'enflammer, Périllon ; la calomnie est mieux renversée par un sourire que par un coup de poing.

— Je me repens de ma colère, mais je n'ai pas été maître de moi.

— C'est malheureux que tu te sois ôté les moyens de te convaincre que ce drôle mentait. Et, tu en es sûr, tu ne l'avais jamais vu auparavant ?

— Il me semble maintenant que je l'avais vu une fois, je ne sais où, avec des musiciens... avec un joueur d'orgue... Il chantait, je crois, ou il maniait quelque instrument... un tambour de basque, un triangle ; oui, un triangle ; parbleu ! c'était le jour de la fête d'Henriette, ici, chez moi. Tu dois te le rappeler toi-même, Calixte, ce personnage dont le chapeau était renfoncé sur les yeux ?

— Comment se peut-il qu'un musicien ambulant ait eu à te parler de tes filles ? Ce n'est pas possible.

— Aussi ne t'affirmé-je rien ; il m'a semblé reconnaître sa figure, voilà tout.

— Et tu t'es laissé troubler par ces calomnies ?

— Elles m'ont mis du poison dans l'âme. Cette nuit, j'ai mordu mes draps de lit afin d'étouffer mes cris de rage. Il faut qu'il y ait eu du feu pour qu'on ait vu la fumée : la calomnie a été provoquée d'une manière ou d'autre. J'ai deux filles, mais toutes deux, mon ami, ne sont pas également fortes contre la séduction. Mon Henriette, j'en ai l'heureuse certitude, ne me causera jamais le moindre chagrin; mais sa sœur n'est pas instruite comme elle. C'est la fiancée de ton fils, me diras-tu; mon Dieu! alors tu me sauras gré de ma franchise : je crains que ce ne soit d'elle qu'on ait voulu parler. Il faut que tu éclaircisses mes soupçons adroitement, prudemment; d'abord, adresse-toi à Henriette : demande-lui si Chevrotte est plus gaie ou plus triste que de coutume. Apprends-lui ma cruelle inquiétude et sache me dire la vérité. Pardonne-moi de te charger de ce soin, au risque de réveiller tes souvenirs les plus tristes; mais, Calixte, à qui me confier, sur qui m'appuyer en ce moment, sinon sur toi, mon seul et véritable ami?

— Tu as bien fait de t'adresser à moi, Périllon, mais ne t'es-tu pas un peu hâté de croire au malheur? Hélas! il vient toujours assez vite sans que nous ayons besoin de l'aller chercher.

— Je ne veux pas avoir à douter un seul instant de la vertu de l'une de mes filles. Ce doute me mangerait le cœur.

— Va à ton travail, fais en sorte de ne perdre que la moitié de ta journée. Laisse-moi seul avec Henriette. Elle me dira tout ce qu'elle sait. Je verrai Chevrotte après, et je suis persuadé que je te tranquilliserai entièrement.

Calixte entra dans la chambre d'Henriette; et Périllon, docile aux sages conseils de son ami, s'empressa de gagner la rue Richelieu, où demeurait son maître armurier.

— Ne vous dérangez pas, Henriette, continuez votre ouvrage, dit Calixte.

— Avez-vous vu mon père? demanda celle-ci; il avait désiré de vous voir.

— Oui, mon enfant, je lui ai parlé tout à l'heure; maintenant, il est parti pour aller travailler.

— Savez-vous quel sujet de peine l'affligeait si fort? Il a été d'une tristesse hier soir et ce matin! ça nous fendait le cœur à Chevrotte et à moi.

— Il m'a tout conté. Ce pauvre père, il vous aime bien.

— Autant que nous l'aimons, n'est-ce pas, mon bon M. Jérusard?

— Oui; autant. C'est ce que je lui répétais là, de l'autre côté, il n'y a qu'une minute.

— En doutait-il? s'écria Henriette.

— Non. Mais il me racontait des histoires où il y avait des filles qui n'aimaient pas leur père. Et moi je lui disais : « Ce ne sont pas les tiennes qui sont dans ce cas. » Où est donc Chevrotte aujourd'hui?

— A la fabrique de porcelaines, où elle avait de grosses pièces à brunir.

— Bien, mon enfant, très-bien. Ah çà! cette bonne Chevrotte m'a l'air tout singulier depuis quelques jours.

Rien au monde n'exigeait autant de circonlocutions diplomatiques que le genre de questions que Calixte Jérusard voulait adresser à Henriette. Il se grattait le front en sourcillant, et il commençait à ne savoir comment s'y prendre.

— Mais non, elle n'a rien d'extraordinaire, je vous assure, venait de répondre Henriette.

— Il m'a semblé. Je peux m'être trompé : cela arrive à tout le monde.

— Oui, vous vous êtes trompé.

— Mon Dieu, cependant, qu'y aurait-il de plus naturel que l'embarras de cette charmante enfant si enfin elle n'aimait pas Pantaléon, je suppose ?

— Oh ! elle l'aime, dit Henriette, elle l'aime beaucoup, parce qu'il est bon malgré ses petits défauts.

— Vraiment ?

— Je ne suis pas initiée aux sentiments de Pantaléon, j'ignore jusqu'à quel point il a pour ma sœur l'amour qu'elle mérite. Je puis seulement affirmer que Chevrotte mourrait de chagrin si on la condamnait à prendre un autre mari que celui-là.

De plus en plus Calixte trouvait ses interrogations difficiles. Ebranler la foi que cette jeune fille avait en la vertu de sa sœur, communiquer des doutes basés sur une ébauche de calomnie lui paraissait une imprudence grave, capable d'altérer la profonde amitié que ces enfants vouaient à leur père. Calixte résolut d'aborder franchement l'explication et d'en détourner ce qui pourrait ressembler à un soupçon.

— Il est fâcheux, dit-il, que Pantaléon ne vous entende pas, Henriette ; il en pleurerait de joie.

— Est-ce que vous ne le lui répéterez pas ? demanda Henriette en souriant.

— Je pourrais bien commettre cette indiscrétion. J'aime assez redire les choses qui font plaisir aux gens. C'est si bon à voir un sourire de bonheur. Je n'ai jamais compris qu'il y ait des malheureux assez cruels pour aimer le contraire. Ainsi, le croiriez-vous, Henriette? un homme a accosté votre père hier au soir, en lui disant que l'honneur de sa famille était en danger...

La coloriste sentit renaître tout à coup l'anxiété qu'elle avait dissimulée si péniblement le jour de sa fête.

— L'honneur de sa famille?... balbutia-t-elle.

Ne voyant dans l'émotion d'Henriette que l'effet d'une juste indignation, Jérusard se hâta d'ajouter :

— Il a reçu le misérable ainsi qu'il devait, le front haut et le poing levé.

— Mais quel était donc cet homme?... Mais quel était donc cet homme?...

— Henriette, interrompit Calixte, ne vous souciez pas de cette calomnie. Périllon n'a pas voulu l'entendre, et moi-même je vois que j'ai eu tort de vous la redire.

Penchée sur sa chaise, la jeune fille regardait Jérusard. Ses lèvres étaient devenues blanches.

— Donnez-moi de l'eau, murmura-t-elle ; j'étouffe... Merci, dit-elle, quand le brave homme lui eut approché un verre plein, ça va mieux.

— Que les vieux sont sots ! s'écria Jérusard; avais-je besoin de vous dire ces bêtises?

— Voilà donc la cause de la tristesse de notre père ?

— Il me l'a avouée à moi, la cause : c'était d'avoir manqué le scélérat de calomniateur qui s'est échappé au moment où un coup de poing allait l'atteindre.

— Et de suite vous avez accusé Chevrotte! Je me souviens de vos premières paroles. Est-ce que mon père doute réellement de la vertu de ma sœur?

— Mais non, mon Dieu, c'est fini, cela. Voyons, Henriette, soyez miséricordieuse; pardonnez-moi, c'est moi le seul coupable.

— Cette pauvre fille, qui travaille du matin au soir, continua Henriette, toujours prête à se sacrifier pour nous, il faut qu'on la soupçonne! C'est affreux.

— Quelle enfant terrible! s'écria Calixte; elle arrange tout au pis.

Des larmes tremblotaient aux cils d'Henriette. Il lui vint à la pensée de se jeter aux pieds de ce vieillard et de lui avouer le secret qui, à cette heure, pesait plus que jamais sur son âme. Elle n'eut pas la force d'obéir à cette bonne impulsion.

Calixte, pour faire diversion, parla politique. Après quoi, ayant embrassé Henriette, afin de se réconcilier avec elle, il la laissa seule.

La coloriste écrivit à Donatien.

Sa lettre commençait ainsi :

« Nous avons des ennemis. Des haines mystérieuses se dressent devant nous... »

CHAPITRE XXXIII.

UNE SOIRÉE CHEZ BIBEAU.

Huit heures sonnaient à l'antique église de Saint-Jacques-du-Haut-Pas, il était nuit close depuis longtemps, et néanmoins la chandelle venait seulement d'être allumée chez Nivose Bibeau. Par économie cette pauvre famille demeurait dans les ténèbres toute une soirée quelquefois; alors, et pour détruire cette sombre mélancolie, Nivôse ou sa femme disaient des histoires aux enfants qu'ils tenaient sur leurs genoux.

Ce soir-là, pour recevoir ses deux amis des ateliers nationaux, Nivôse avait fait la dépense *d'une des six*.

— Si nous avions été riches, disait-il à sa femme, ou si c'était seulement jour de paye aujourd'hui, nous nous serions procuré une bouteille.

— Comment assoiras-tu ton monde?

— Tiens, approche cette malle, elle fera un banc.

Des pas énormes se firent entendre. On eût dit une demoiselle de paveur montant l'escalier. C'était Pas-de-Chance. Sa haute stature se heurta pendant quelques secondes aux murs et aux combles du corridor; mais enfin, grâce à l'approche de Bibeau lui-même, venu à sa rencontre, la chandelle à la main, il s'arrêta, et parvint sans bris à la pauvre chambre du terrassier. Trois poignées de main s'échangèrent.

— Cré nom! les châtaignes vont refroidir, et Henri ne vient pas.

Pas-de-Chance portait dans une poche en papier un *litre* de marrons de Lucques, qu'il avait achetés dans la cave d'un cabaret de la rue Saint-Jacques, à un marchand qui tenait son étalage sur le rebord du soupirail.

Les enfants, dont les yeux commençaient à se gonfler par un désir de sommeil qu'ils essayaient de vaincre, allèrent au-devant de Pas-de-Chance, et montrèrent leurs petites dents blanches en élevant leurs doigts vers le paquet qu'il portait.

— Quelle famille! quelle famille! dit le menuisier en déposant le sac aux marrons, afin d'embrasser chacune à leur tour les quatre têtes d'anges qui entouraient ses genoux. Ah! si Ninette avait voulu, reprit Pas-de-Chance, nous en aurions eu comme ceux-ci, des mioches!

— Vous n'avez pas eu de nouvelles de Mathurin Soviche? demanda Suzanne Bibeau.

— Hélas! non; tout ce que j'ai fait a été inutile.

Mais je mérite un peu mon sort , comme Nivôse me l'a fort bien expliqué, et comme je me le dis souvent à moi-même : mes emportements continuels doivent me rendre malheureux et me priver de l'unique consolation du pauvre : celle d'avoir auprès de soi des êtres qui l'aiment toujours.

— Pas-de-Chance, dit Bibeau, quand on s'aperçoit de ses défauts, on en est bientôt corrigé ; vous êtes un excellent homme, et lorsqu'en retrouvant Ninette, vous lui direz : « Je ne me sers plus de ma force que pour travailler, » elle ne pourra s'empêcher d'admirer votre changement de caractère.

— Cré nom ! dit le menuisier en se donnant un coup de poing sur la tête , il faudra bien que ma locomotive suive les bons conseils que vous me donnez !...

— N'est-ce pas, M. Henri? murmura Suzanne en prêtant l'oreille à un grattement qui annonçait l'approche de quelqu'un dans le corridor.

Nivôse ouvrit, Henri entra.

Ce dernier enveloppa d'un regard rapide les preuves de misère patiente et résignée entassées sous le toit du terrassier Il passa ses doigts dans les cheveux des enfants , qui le regardaient d'un œil timide, mais curieux.

— Vous m'avez attendu, mes bons amis, et vous , madame , que je désirais connaître , dit Henri en saluant Suzanne.

— Dame ! les marrons refroidissaient, dit Pas-de-Chance en se préparant à faire sans façon les honneurs de ses fruits rôtis.

Malgré l'air joyeux qu'il s'efforçait d'avoir ,

Henri éprouvait en ce moment un serrement de cœur inexprimable. Autour d'une table bancale enduite d'une nuance noirâtre, on s'était assis en lui réservant l'unique chaise du logis ; il faisait froid dans la mansarde ; au travers de l'encadrement de la fenêtre-tabatière, le vent envoyait d'impitoyables sifflements qui métamorphosaient la chandelle en girouette. Les enfants se chauffaient aux marrons en les épluchant. L'un d'eux, trop endormi pour peler le sien, se noircissait les lèvres en essayant de le manger sans aucune formalité préalable ; Suzanne vint à son secours. Elle était heureuse ce soir-là ; pour elle c'était fête. Une cruche à la main, Nivôse offrait de quoi se désaltérer.

— Est-ce que vous n'aimez pas les marrons? demanda Pas-de-Chance à Henri, qui, absorbé par une muette contemplation, n'avait pas encore pris sa part de ce repas modeste.

La question du menuisier avait attiré l'attention de M. et de madame Bibeau sur l'étonnante immobilité de Henri. Suzanne, interprétant à sa guise la pâleur et l'aspect délabré du jeune homme, alla prendre un pain entamé, et l'apporta sur la table avec un couteau.

— Peut-être n'aimez-vous pas manger sans pain? dit-elle à Henri.

La pauvre femme ne savait pas dissimuler. Sa véritable pensée apparut nue sous le prétexte dont elle l'avait habillée.

— Non, dit Henri d'une voix émue, j'ai dîné, mes bons amis.

— Où avez-vous dîné? lui demanda Pas-de-Chance.

— Dans un restaurant.

— Bien vrai?

— Pourquoi ne vous dirais-je pas la vérité? Madame, reprit Henri en regardant Suzanne, vous m'offrez tout ce que vous avez, parce que vous croyez que j'ai faim. C'est bien, Dieu vous en récompensera.

— Mais ça a l'air de vous avoir peiné...., dit Nivôse.

— Je sûr sûre que vous ne m'avez pas comprise... balbutia Suzanne embarrassée.

— Cré nom! s'écria Pas-de-Chance en frappant sur la table; Henri, ce n'est pas bien cela : il y a une larme sur votre nez!

— Vous vous trompez, dit ce dernier en se passant la main sur le visage.

— Allons! parlons d'autre chose, ajouta Bibeau. Vous ne nous avez pas demandé des nouvelles de Pleurniche, l'apprenti de Durousseau.

— Eh bien, a-t-il réussi auprès du comte de Prémouran?

— Ce gueux-là! dit Pas-de-Chance.

— Non, il n'a pas réussi; les valets l'ont battu et mis à la porte.

— C'est honteux pour le nom des Prémouran, cette manière de traiter les pauvres gens! dit Henri; mais moi, mes amis, je connais un peu le comte de réputation, et, je crois pouvoir vous l'affirmer, il est étranger à ces actes de cruauté.

Depuis un instant, Suzanne avait agenouillé dans un coin de la chambre ses quatre enfants à

moitié endormis. Elle leur faisait reciter leur prière du soir. Henri écoutait ces pieux balbutiements
monter vers Dieu. Quand il vit dédoubler le lit
pour préparer le coucher des mignonnes créatures , son cœur tressaillit. Et cependant Suzanne
était gaie et Nivôse, en déshabillant le plus jeune
des enfants, lui disait des drôleries qui lui arra-
chaient de grands éclats de rire.

Ce spectacle charmait Pas-de-Chance. Il étudiait
l'habileté avec laquelle on narguait la misère chez
Nivôse Bibeau. Il aurait voulu savoir écrire afin de
noter ses observations ; car un jour il se trouverait
certainement dans la même situation, pensait-il.

Vers dix heures, Henri prit congé de cette bonne famille. Il descendit avec Pas-de-Chance.

— Sont-ils heureux ! disait ce dernier ; ce
que c'est que d'être philosophe. Avez-vous vu ,
Henri , qu'ils rient de tout ce qui navrerait un
autre ?

— Ils ont la science de la misère , répondait
celui-ci.

— Oh ! et puis , la religion ! c'est beaucoup ,
à ce qu'il paraît. Nivôse m'a promis de m'en
apprendre un peu. Où allez-vous coucher , camarade ?

— Chez un ami, très-loin...

— Dites donc, si vous êtes embarrassé , venez
à mon garni ; j'ai payé deux nuits d'avance ,
nous les consommerons toutes deux en une seule
fois.

Henri pressa vivement la main du menuisier.

— Merci , Pas-de-Chance , j'accepterais avec
plaisir; mais ce soir, c'est impossible.

— Il me semble toujours que vous louvoyez avec nous autres. On a peur de vous humilier, quand de bon cœur on vous offre des bagatelles. Sans quoi je vous dirais : Il y a encore un moyen de coucher *à l'œil* si vous étiez *désossé*. Ce serait simplement de venir avec moi chez Jérusard , ce brave homme que je vous ai montré aujourd'hui courant vers l'arc de l'Etoile. Je connais Pantaléon , son fils. Il a un grand lit à lui seul. Dame ! il ferait place à un ami.

Une idée bizarre traversa le cerveau de Henri. Cette dernière proposition de Pas-de-Chance l'éblouit d'une mystérieuse lueur.

— Non , se dit-il à lui-même. Adieu, Pas-de-Chance, à demain. Un mot : où logez-vous donc ?

— Mon garni est maintenant rue du Grand-Hurleur, n° 4. Si ça vous arrange, venez-y à l'heure que vous voudrez. On rentre toute la nuit.

— Fort bien. Au revoir.

Pas-de Chance gagna la rue du Grand-Hurleur, tandis que son camarade d'ateliers nationaux se dirigeait vers un tout autre quartier. Il s'arrêta devant la porte d'une maison meublée de la place du Carrousel; il sonna et entra. Dix minutes après il sortait si complétement transformé qu'il eût été difficile de le reconnaître : un pardessus noir richement ouaté dissimulait un habit en drap brun boutonné; ses bottes d'un vernis irréprochable , ses gants lilas , attiraient les regards des cochers, qui lui criaient :

— Faut-il, bourgeois ?

Après avoir observé combien l'esprit démocratique et social entre peu dans la cervelle de ces sortes de gens, Henri accepta les services de l'un d'eux.

— Rue Saint-Honoré, 460, dit-il.

La citadine partit.

Au numéro 460 de la rue Saint-Honoré brillaient des panonceaux au-dessus de la porte. Henri monta au premier étage. Sur le palier se trouvaient deux portes : l'une, décorée d'une plaque en cuivre sur laquelle on lisait : *Etude;* l'autre ornée d'un beau cordon de sonnette, que la main de Henri secoua délicatement.

— M. Crépin-Mozeret? demanda-t-il à un valet.

— Il est visible pour vous, monsieur; il est dans son cabinet.

Le valet conduisit Henri.

. . . .

Le lendemain, la maison où demeurait le terrassier Bibeau était encombrée de Savoyards portant au premier étage des meubles neufs solidement construits, et les disposant avec soin dans les différentes pièces qui formaient deux appartements, l'un plus grand que l'autre.

Ayant vainement interrogé les commissionnaires pour savoir quels nouveaux locataires venaient habiter si inopinément les lieux confiés à sa surveillance, Larigette courut chez le propriétaire de la maison afin d'obtenir des explications.

On lui remit dix francs de denier à Dieu, et on lui apprit à sa grande stupéfaction que les deux appartements du premier étaient loués, l'un à la famille Bibeau, l'autre au célibataire Pas-de-Chance. Cette nouvelle faillit causer une attaque d'apoplexie à l'envieux Larigette.

— Il faut, dit-il, que ces gens-là soient entrés les premiers aux Tuileries, le 24 février.

— Vous vous trompez, répondit laconiquement le propriétaire.

Et il tourna le dos à Larigette.

Ce dernier se hâta de revenir rue des Ursulines, et de gravir l'escalier au haut duquel était nichée la famille Bibeau.

Le terrassier se préparait à aller rejoindre sa brigade aux Champs-Élysées, quand Larigette, humble et mielleux, lui apparut tête nue.

— Croyez bien que j'en suis heureux. Ça ne m'étonne pas, un honnête homme comme vous a droit au bonheur. Vous avez donc hérité, M. Bibeau ?

— A propos de quoi toutes ces railleries ? demanda Nivôse froidement.

— Est-ce qu'en devenant riche vous seriez devenu fier ? Mais moi aussi, d'un jour à l'autre, je peux hériter, ou du moins j'aurais dû hériter si mon parent... Enfin, il n'y a pas de justice sur la terre.

Suzanne et Nivôse ébahis écoutaient ces paroles.

— Que voulez-vous dire ? demanda madame Bibeau impatientée.

— Je vous félicite, vous serez bien bas au premier ; mais pourquoi ne pas m'avoir prévenu ? J'aurais fait ramoner la cheminée.

— Savez-vous, mon ami, dit Nivôse, que si je n'avais pour habitude de ne jamais me fâcher, vous me mettriez en colère ?

— Etes-vous étonnant ! répliqua Larigette ; et

M. Pas-de-Chance, c'est vous sans doute qui lui prêtez de quoi se meubler?... Tenez, le voici, je vous laisse. Le propriétaire m'a chargé de vous remettre cette quittance.

Au comble de la surprise, Nivôse lisait un écrit ainsi conçu :

« J'ai reçu de M. Bibeau la somme de cent cinquante francs pour deux trimestres de l'appartement qu'il va occuper dans ma maison au premier étage. »

Pas-de-Chance était entré, il entendit cette lecture.

— C'est à vous rendre fou, dit-il ; j'ai reçu ce matin un papier comme le vôtre contenu dans cette lettre, que mon logeur m'a lue ; il y est question de vous et de moi. C'est une mystification à faire casser les reins à quelqu'un.

Nivôse prit la lettre et lut :

« Ne vous étonnez pas des lignes suivantes, ne cherchez pas à les comprendre. C'est un mystère qui vous sera dévoilé plus tard. Rendez-vous rue des Ursulines, et demandez au concierge la clé de votre nouvelle demeure. Tout ce qu'elle contient est à vous ; faites-en usage sans scrupule, et dites à Nivôse Bibeau de prendre possession de l'appartement voisin du vôtre, qui lui appartient désormais. »

— Quelqu'un se moque de nous, dit Pas-de-Chance ; cré nom ! qu'il vienne donc un peu montrer sa figure, celui-là.

Larigette se présenta une seconde fois ; il offrit une clé à Bibeau et une à Pas-de-Chance. Peu s'en fallut que le terrible menuisier ne fît payer à cet homme ce qu'il appelait sa mystification.

— Est-il enragé ! s'écria le concierge ; il me donne la chair de poule avec ses manières.

D'un geste Nivôse pria Pas-de-Chance de modérer ses transports.

Sans ajouter foi encore à tout cela, le menuisier et le terrassier descendirent, suivis de Suzanne et des enfants. En voyant, ils furent bien forcés de croire. L'appartement de Nivôse contenait trois pièces ; dans l'une, quatre petits lits en fer firent bondir d'une folle joie les quatre petits mioches. Une armoire renfermait du linge marqué à l'encre de Chine N. B.; les tiroirs d'une commode étaient pleins de vêtements grands et petits, proportionnés à la taille de Nivôse, de sa femme et de leurs enfants ; le lit destiné à remplacer le grabat de la mansarde était large, abondamment fourni de couches, et paré de beaux draps en toile. Chez Pas-de-Chance existait le même confortable, plus restreint seulement ; sa commode recélait aussi des habits immensément préférables à ceux qu'une fois il avait achetés au Temple.

— C'est égal, c'est enguignonnant de se voir plongé dans la fortune sans voir le trou par lequel on y entre, disait le menuisier.

Un doux sourire errait sur les lèvres de Nivôse et de Suzanne.

— Quelle que soit la main qui nous les apporte, bénissons les dons de Dieu, dit le terrassier.

Sa femme, ses enfants et lui s'agenouillèrent, Pas-de-Chance ôta sa casquette.

— Maintenant, dit Nivôse, Pas-de-Chance et moi, nous allons aux informations.

Ils se rendirent chez le propriétaire et le prièrent de leur apprendre, s'il lui était possible, le nom de leur bienfaiteur.

— Mes enfants, dit le propriétaire, je ne veux pas commettre une indiscrétion. Le nom du haut personnage qui s'intéresse à vous m'a été révélé; mais je ne peux vous le dire.

Il eût été difficile de savoir si, en parlant de la sorte, le propriétaire, homme assez obtus, ne voulait pas exciter la curiosité de ses deux interlocuteurs, et donner seulement un semblant de mérite aux révélations qu'il pouvait faire.

— Vous nous auriez obligés, dit Nivôse, et cela ne vous était pas impossible.

— Sont-ils entêtés, ces gens-là ! Je vais vous expliquer comment c'est arrivé ; mais je ne vous apprendrai rien de plus : ce matin, comme je me levais, un monsieur est venu ici me dire qu'il était chargé par une personne très riche de distribuer des secours aux ouvriers sans ouvrage. « On m'en a signalé deux, a-t-il ajouté, qui, par leur conduite, méritent une protection toute particulière. » Et ces deux c'était vous.

— Mais quelle est donc la personne très riche qui a envoyé chez vous ?

— Voilà ce que je ne peux vous dire.

Pas-de-Chance, irrité de ces réticences, prit la parole à son tour :

— **Il faut que vous nous le disiez ; il le faut !** s'écria-t-il.

L'air déterminé du menuisier effraya le propriétaire.

— Vous y tenez tant que cela ? Après tout , moi, ça m'est égal ; j'ai promis le secret ; vous me ferez le plaisir de ne le dire à personne. Votre protecteur, qui ne vous connaît peut-être pas, se nomme le comte de Prémouran.

Les deux ouvriers poussèrent une exclamation de surprise; ils se regardèrent l'un l'autre pendant une minute.

— Le comte de Prémouran ! répétèrent-ils.

— Oui, mes enfants.

— Celui qui demeure du côté de la rue de Chaillot ? demanda Pas-de-Chance.

— Justement. Il n'y en a pas deux à Paris de ce nom là.

Abasourdis par cette révélation, ils sortirent de chez le propriétaire.

— Un homme si cruel envers Durousseau, si bon pour nous ; c'est prodigieux ! dit Nivôse. N'importe, je me sens le besoin de le remercier.

— Frusquons-nous un peu et allons-y. C'est bien le moins qu'on lui rende visite dans les habits qu'il donne.

[illegible]

CHAPITRE XXXIII.

Si Reine Machu n'avait pas immédiatement
pris ses résolutions contre l'amour d'Henriette,
qui trois jours auparavant venait de lui être révélé par la lettre adressée à Sulpice, c'est que,
par prudence, elle hésitait encore. Elle feignit le
calme aux yeux de Sulpice, afin qu'il ne s'envi-
ronnât d'aucunes précautions nouvelles qui eus
sent rendu insaisissables les détails de son amour.
La chose semblait sérieuse à Reine. Ce n'était pas
une folie galante commencée hier, finie demain.

Henriette parlait de l'avenir, elle comptait les
jours. Évidemment elle ignorait que Sulpice fût
marié ; mais l'erreur de cette jeune fille n'était-
elle pas le résultat d'un complot ourdi par le père

Jérusard, ami de la famille Périllon? N'avait-il pas profité de la beauté d'Henriette pour créer à son fils Sulpice un attachement qui le maîtrisât? Etait-il impossible que Sulpice songeât à fuir hors de France et à briser ainsi l'œuvre de Reine? Sa fuite annihilait alors sa complicité fausse ou réelle dans l'assassinat de Henri de Prémouran, et l'édifice sur lequel reposait la fortune des Machu s'écroulait.

Ne pouvant admettre les sentiments d'honneur comme une barrière infranchissable, parce qu'à ses yeux l'honneur était un mot fragile, Reine commençait à craindre qu'il n'y eût un rapprochement quelconque entre Jérusard et son fils. L'amour d'Henriette lui paraissait n'être qu'une conséquence de cette réconciliation. Peut-être Périllon s'entendait-il avec Jérusard et à eux deux faisaient-ils un pacte de famille sans qu'Henriette s'en doutât. Afin d'éclaircir ce doute, Reine Machu avait déja envoyé Minot tenter une démarche auprès de Périllon; mais au début de ces confidences, un poing menaçant s'était dressé pour unique réponse. Minot n'avait pu exécuter les ordres de madame la comtesse.

Le crime était l'élément de Reine. Créature méchante, habituée dès son enfance à écouter ses instincts mauvais, elle goûtait les perplexités de sa situation presque avec plaisir. Elle avait le génie de la cruauté autant que d'autres peuvent avoir celui de la mansuétude. Le souvenir du mépris dont le comte de Prémouran l'avait abreuvée lui causait parfois des accès de fureur qu'elle dévorait solitairement, relisant les lettres que Bertrand Machu, son père, lui écrivait de Villandry. Elle se mordait les lèvres, se tordait les doigts et riait en même temps des souffrances que le pâlot endurait.

Une dernière lettre de Bertrand, écrite depuis peu, annonçait que le prisonnier s'affaiblissait de jour en jour et paraissait ne pas devoir vivre long-temps. Reine avait répondu à son père : « Si par malheur vous *le* laissiez mourir , je vous accuserais de l'avoir tué pour revenir à Paris. Je ne veux pas qu'il en ait sitôt fini avec la vie. Vous êtes responsable de ce qui arrivera. »

Comme on le voit , Reine Machu n'aimait pas que la mort s'interposât dans ses machinations et les coupât à l'improviste. Le coup de poignard ou le poison, lui inspiraient une sorte de dédain. Elle comprenait à peine qu'une femme se mît du sang aux manchettes en tuant son amant.

Les moyens compliqués , dangereux , mais larges , souriaient à son caractère. Elle calculait de façon à friser la borne de la police sans jamais se heurter à cet obstacle grossier. Un seul homme aidait à l'exécution de ses plans subtils. Cet homme, vous le connaissez , lecteur , il se nomme Minot. Il a l'immense talent de ne jamais savoir plus que madame la comtesse ne veut qu'il sache. Reine a découvert son œil à la Figaro, ses lèvres closes et plissées comme celles d'un muet du Maroc; elle a fait de lui son Homodeï. Il obéit ainsi que la pierre obéit à la main qui la jette. Son individualisme ne se montre qu'une fois tous les mois si Reine oublie de lui remettre un douzième des appointements moyennant lesquels il lui est dévoué corps et âme, et il peut d'autant mieux être employé à surveiller la fidélité conjugale de M. le comte , prétexte bon à tout, qu'il est entièrement inconnu à ce dernier.

Reine était dans un petit salon coquettement paré en style rocaille. Précédé de la lueur que sa livrée orange projetait, un valet parut :

— Madame la comtesse veut-elle recevoir deux ouvriers qui demandent M. le comte ?

Tels étaient les ordres donnés par Reine : on ne parvenait à voir Sulpice qu'après avoir parlé à elle.

— Des ouvriers !

— Oui, madame la comtesse, c'est ainsi qu'ils se sont annoncés. Ils disent venir de la rue des Ursulines-St-Jacques.

— Que m'importe ! fit celle-ci. Congédiez-les : M. le comte n'y est pas.

Le valet sortit. Reine cherchait à deviner ce que son mari avait à démêler avec ces gens. Un nouvel éclair annonça une nouvelle apparition du valet.

— Ces deux ouvriers insistent. Ils prétendent qu'ils ont à remercier M. le comte...

— Faites-les entrer, dit Reine avec impatience, je leur parlerai.

La tenture se souleva devant Pas-de-Chance et Nivôse Bibeau. Ils ressemblaient à de bons fermiers des environs de Paris, grâce à leur nouveau costume, c'est-à-dire leur paletot à long poil, leur pantalon de cuir laine et leurs gros souliers. Le naïf menuisier se renfrognait dans sa cravate afin de se donner un air qui s'harmonisât avec le luxe velu de ses vêtements. Il trouvait que Nivôse ne portait pas élégamment sa toilette.

— Vous n'avez pas de *chic*, lui avait-il dit.

Pas-de-Chance n'admettait pas qu'on dût être parfaitement à l'aise sous de beaux habits.

En pénétrant dans le petit salon de Reine, il craignait de marcher sur le tapis. Le salut qu'il offrit à Reine eût inspiré de la jalousie à un régisseur de province. Beaucoup plus froid, Nivôse Bibeau s'inclina poliment.

— Nous souhaitons voir M. le comte, dit-il, c'eût été un honneur inespéré pour nous.

— Que lui voulez-vous ? demanda Reine séchement.

— Vous n'ignorez pas, madame, les bienfaits que M. le comte répand dans Paris. Il nous a comblés de ses largesses en nous donnant des meubles, des vêtements. Il y aurait ingratitude de notre part à ne pas éprouver le désir de lui témoigner notre reconnaissance.

— Ce n'est pas M. le comte qui prodigue ainsi sa fortune, vous vous trompez.

En prononçant ces paroles, Reine s'était levée. Le sang lui montait au visage ; car, malgré tout, elle réfléchissait qu'il n'y avait rien d'impossible à ce que Sulpice eût voulu secrètement dépenser en actes de charité une partie de ses richesses si étrangement acquises.

— Oh ! madame, reprit le terrassier, Dieu vous récompensera de suivre ponctuellement sa loi. Vous cachez à la main gauche ce que donne la droite, et vous fuyez les bénédictions des pauvres comme d'autres les cris de leurs victimes.

On aurait frappé Reine Machu sur le visage

qu'elle n'aurait pas éprouvé une autre sensation en écoutant ces paroles.

— C'est impossible! grommelait-elle en tirant un cordon de sonnette qui amena subitement un laquais.

— Madame la comtesse a sonné?

Elle dit quelques mots à voix basse. L'homme à livrée orange répondit de même.

— Qu'il se rende dans la pièce voisine, continua la comtesse.

L'instant d'après, dans la pièce voisine, Minot se trouvait en présence de Reine, tandis que Nivôse Bibeau et Pas-de-Chance demeuraient seuls dans le salon.

— Vous me servez mal, disait Reine à Minot, très-mal. J'ignore tout ce qui se passe.

— Je renouvelle à madame la comtesse l'assurance de mon zèle...

— M. le comte dépense follement des sommes considérables sous prétexte d'accomplir des actes de charité, et vous me le laissez ignorer !

Etonné, Minot ne répondit pas.

— M. le comte va jusqu'au fond des faubourgs les plus éloignés, et vous n'en savez rien !

— N'a-t-on pas induit en erreur madame la comtesse?

— Quels sont ces hommes, là, dans mon salon, qui viennent remercier M. le comte?

Suffisamment autorisé par cette question, Minot se glissa auprès de la porte. Sans se montrer, il put voir Pas-de-Chance et Nivôse Bibeau.

Le menuisier hochait la tête et gonflait ses joues.

— Je ne crois pas, disait-il, que madame la comtesse dicte à M. le comte les bonnes œuvres qu'il fait.

— Ne vous hâtez pas de juger, répondait Nivôse, les apparences trompent souvent.

— C'est égal, elle n'a pas l'air généreux, à mon avis. Après ça, tant mieux si je m'abuse.

Un coup d'œil avait suffi à Minot pour examiner les deux ouvriers. Il revint vers Reine.

— Je connais l'un de ces hommes, dit-il, c'est un ami de la famille Périllon.

— Ah ! tout s'explique, s'écria la comtesse.

— Le plus grand, le plus fort des deux assistait à cette fête, à laquelle madame la comtesse m'envoya prendre part déguisé en musicien.

— C'est assez, je comprends.

La figure de Reine étincelait. Elle retourna dans son salon.

— Retirez-vous, dit-elle à Bibeau et à Pas-de-Chance ; M. le comte ne veut pas vous recevoir.

— Mais, madame, hasarda le terrassier, notre visite vous aurait-elle offensée?

— Je sais à quoi m'en tenir sur votre compte, sortez.

En aucun cas, le menuisier ne pouvait recevoir une insulte sans que la colère lui montât au cerveau. Ses joues se revêtirent subitement des couleurs du drapeau communiste.

Il s'arrêta, toisant la comtesse.

— Cré nom ! dit-il, cré nom !

Il n'acheva pas. Bibeau lui avait pris la main, et lui rappelait qu'il était en présence de la comtesse de Prémouran, et chez leur bienfaiteur commun.

Reine avait sonné. Une rangée de valets accompagnait les deux ouvriers. A chaque pas il fallait que Nivôse calmât Pas-de-Chance, agacé par le bataillon flamboyant qui le suivait. Enfin, ils sortirent de l'hôtel de Prémouran.

— Quelle singulière façon de recevoir nos remercîments ! disait le terrassier.

— Ah ! si vous ne m'aviez pas retenu ! répliquait Pas-de-Chance.

— Je crois comme vous maintenant que M. le comte ne consulte pas sa femme quand il fait du bien.

— Pas plus qu'elle ne l'a consulté pour nous mettre à la porte. Je gage que c'est elle qui poursuit Durousseau.

— Ce serait bien possible.

— Oh ! les femmes !... Si Ninette Soviche voulait commander ainsi quand nous serons mariés ! A propos de Ninette, je n'ai pas de ses nouvelles ; à présent que je suis riche, elle manque seule à mon bonheur. Je vais faire d'autres démarches afin de la retrouver, n'est ce pas, Nivôse? et puis j'irai voir Pantaléon. Pourvu qu'il ne soit pas jaloux de mon opulence !

Le terrassier souriait des naïvetés de son ami ; et radieux, comme des héritiers récemment mis en possession, ils descendaient l'avenue de l'Etoile, se souvenant à peine de l'affront que Reine leur avait infligé.

Débarrassée de ces visiteurs étonnants, la comtesse appela Minot. Plus que jamais elle entrevoyait une conspiration tramée autour d'elle. Sulpice, amant d'Henriette, obéissait aux caprices de bienfaisance de cette jeune fille. De là, cette prodigalité dont bénéficiaient les amis de la famille Périllon.

— Vous ne savez pas découvrir les choses qui m'intéressent au plus haut point, disait Reine Machu à Minot.

— Je fais tout mon possible, madame la comtesse ; cette lettre que j'ai interceptée sur les simples indications qu'il vous a plu de me donner en est une preuve.

Un sourire fielleux courut sur les lèvres de Reine. Elle saisit la lettre que lui présentait Minot. Instruit par la comtesse des initiales sous lesquelles Henriette écrivait à Donatien, Minot avait adroitement trompé les employés de la poste au bureau restant. La lettre qu'il remettait à Reine était celle que la coloriste avait commencée par ces mots : « Nous avons des ennemis ; des haines implacables se dressent autour de nous. »

— Ah ! tu t'en es aperçue déjà ? pensa Reine, tu les sentiras mieux encore !

— Minot, dit-elle, je veux absolument savoir si l'armurier Périllon ignore que sa fille a un amant, ou s'il fait semblant de l'ignorer.

— Madame la comtesse sera satisfaite sur ce point ; avant ce soir, je saurai tout, en faisant agir les quatre compagnons menuisiers qui tenaillent ce pauvre M. Durousseau et qui tous quatre sont amoureux de mademoiselle Henriette.

CHAPITRE XXXIV.

———

L'ATELIER CONDAMNÉ.

Il faut avoir vécu à Paris pendant les premiers jours de la république de 1848 pour s'être fait une idée de l'outrecuidance qui s'empara alors de la majorité des ouvriers. La révolution accomplie par eux seuls, comme on le leur disait, ne devait profiter qu'à eux. Quand on criait : « Le peuple est roi ! » ils répondaient : « Le peuple, c'est nous. » Tout ce qui n'était pas ouvrier était bourgeois.

Libournais et ses trois camarades, après la fusillade du 24 février, s'étaient sentis grandir d'une coudée. Durousseau, leur patron, n'était plus qu'une ombre d'exploiteur qu'ils allaient bientôt effacer à jamais. Ils ne se rendaient à l'atelier que quand bon leur semblait, et ils avaient signifié à

Durousseau que s'il s'avisait de les remplacer, ils interdiraient formellement sa maison, et empêcheraient, par la toute-puissance de la corporation à laquelle ils appartenaient, qu'on travaillât chez lui. Durousseau le pauvre, surnommé Durousseau l'exploiteur, avait été signalé déjà par les quatre compagnons.

L'atelier de la rue de Charonne était triste ce jour-là. Pantaléon et Pleurniche y travaillaient seuls. Depuis vingt-quatre heures les quatre compagnons étaient absents. François Durousseau, accablé, harcelé par les huissiers que la comtesse de Prémouran avait déchaînés contre lui afin de consommer sa ruine, descendait à peine de sa misérable chambre.

Pleurniche déployait une énergie vraiment admirable pour arracher son patron au sort qui le menaçait. Les malheurs qui s'abattaient sur le maître menuisier avaient complétement métamorphosé le caractère de l'apprenti. Maintenant c'était un homme sérieux sous la taille et la désinvolture d'un gamin. Il avait même conçu un plan tout particulier, afin de soustraire son patron aux tracasseries judiciaires. Il prenait chez le concierge les actes que les huissiers y apportaient, et les brûlait implacablement. De la sorte, pensait-il avec naïveté, ce sera absolument comme si M. Durousseau ne recevait rien, et le pauvre cher homme ne pleurera pas sur ces méchants barbouillages.

Indigné de la conduite des quatre compagnons, il forçait Pantaléon à doubler son activité ordinaire; il travaillait lui aussi tant bien que mal, mais avec une ardeur prodigieuse. Son ambition eût été de faire, à force de se hâter, autant d'ouvrage qu'il s'en faisait quand tous les établis étaient occupés. Mais Pantaléon avait beau suer, Pleurniche avait beau le gourmander de ses lenteurs, l'absence des quatre compagnons laissait un vide immense dans les opérations de l'atelier. Pleurniche s'en apercevait, hélas !

— Comment veulent-ils que le patron les paie, s'ils ne l'aident pas à livrer ses commandes?

— Je crois, répondait Pantaléon sans discontinuer son travail, que Libournais-la-Prudence, après avoir échoué comme candidat à la délégation au Luxembourg, se présente aux électeurs du huitième arrondissement pour être représentant du peuple. Hier soir, au club des Vertus, il a été admis à faire sa profession de foi.

— Il faut savoir manier la *griffarde* (1) pour être représentant !

— Rasoir !

Cette dernière exclamation, prononcée d'après certaines règles d'euphonie grivoise, signifie : *non.*

— Il faut au moins savoir babiller convenablement?

— Pas davantage.

— Cependant, pour discuter les lois nouvelles qu'ils doivent faire, à ce qu'on dit....

— Il suffit de savoir voter. Tout le monde sait voter. Toi, Pleurniche, tu es peut-être très fort sur l'art de voter.

---

(1) Plume.

— Alors, toi, Culotte, tu pourrais être représentant du peuple.

— Si j'avais l'âge, je me présenterais, parce que c'est une profession honorable et lucrative.

En parlant de la sorte, Pantaléon s'était rengorgé comme un chantre d'église qui entonne le *Magnificat*.

— Mais, tiens, voici les quatre autres qui arrivent là en se dandinant. Ont-ils l'air flâneur, hein ! Ils sont en toilette... Oh ! bien sûr, ils ne courent pas après l'ouvrage.

Pleurniche montrait, à Pantaléon, Libournais et ses amis qui, les mains enfouies dans leurs poches, s'approchaient de l'atelier.

— Si c'est pour narguer le patron qu'ils viennent, nous allons voir, Culotte, si tu as du courage. A nous deux, il faut que nous leur donnions une leçon.

— J'y consens, répondit Pantaléon avec son flegme habituel.

— Ah ! si je savais où trouver Pas-de-Chance !

Les compagnons entrèrent. Ils étaient en grande toilette. Seulement ils n'avaient pas leur canne.

Ils se dirigèrent nonchalamment vers un établi, et s'assirent dessus.

Pantaléon et Pleurniche continuaient de travailler sans lever les yeux.

Ce silence respectif dura quelques secondes, après quoi Libournais se leva et passa derrière Pleurniche dans l'intention de lui allonger un coup de pied en manière de salut amical. Mais Pantaléon glissa une planche entre le soulier prêt à artir et le dos menacé.

— Tu auraisdû le laisser faire, lui dit Pleurniche, je parais le coup avec ce ciseau.

En voyant le danger qu'il avait couru, Libournais devint furieux.

—Tu aurais pu me couper le pied ou la jambe,
petit scélérat !

— Vous auriez pu me casser les reins, vous !
répliqua Pleurniche.

Libournais s'avançait, la main haute, vers l'apprenti; Pantaléon l'arrêta. Alors, au bruit de l'al-
tercation animée qui s'éleva entre ces deux ouvriers, François Durousseau descendit de sa chambre.

Il marchait lentement, il s'appuyait à la rampe,
car ses jambes étaient faibles.

— Ah ! te voilà, citoyen Durousseau, dit Libournais, tu as eu bonne idée de descendre, nous
avons à régler nos comptes.

Ce tutoiement révolutionnaire excita au plus
haut point l'irritabilité de Pleurniche. Il fit un signe d'intelligence à Pantaléon.

— Je vous dois à chacun deux journées, dit
Durousseau, voici la somme qui vous revient.

— Ce n'est qu'un côté de la question, répliqua
Libournais en recevant l'argent. Nous voulons en
finir avec toi.

— Je ne suis pas bien, mes amis ; si vous êtes
en gaîcté, allez vous divertir où bon vous sem-
blera.

Durousseau retournait vers l'escalier de sa
chambre, Libournais lui barra le chemin.

— Mon vieux, tu joues à nos dépens une comédie sur laquelle il faut baisser le rideau. Nous en

savons aussi long que toi quant à la vérité de tes
jérémiades.

— Vous persévérez à me croire avare et thésauriseur, n'est-ce pas ?

— Nous persévérons à dire qu'on ne doit plus
travailler ici , et qu'il faut fermer l'atelier, con•
tinua Libournais enhardi par les éclats de rire de
ses trois amis ; que cela se fasse aujourd'hui ou
demain , c'est parfaitement la même chose , et
c'est juste : d'abord , parce que tu es patron , et
que l'usage du patron étant considéré par nous
comme immoral et abusif , nous avons décidé à
l'unanimité qu'on en casserait le moule ; ensuite ,
parce que tu nous as exploités pendant des années,
et que nous ne voulons pas t'en voir exploiter
d'autres.

— Vous êtes ivre, dit Durousseau.

— N'avez-vous pas honte de parler de la sorte,
Libournais? ajouta Pantaléon, je vous croyais un
bon homme, vous commencez à me désabuser. Je
répéterai votre discours à mademoiselle Henriette.

Depuis quelques jours, Pantaléon connaissait
l'effet magique que le nom de la coloriste produi-
sait indifféremment sur l'un ou l'autre des compagnons.

— Vous n'aurez pas le temps de nous calomnier auprès d'elle, répondit Libournais ; nous allons lui pousser une visite définitive, à cette ma-
niérée. Mais il ne s'agit pas de sentiment ici; je
dis à Durousseau qu'il n'a plus le droit d'exploiter les travailleurs , les citoyens qui produi-
sent avec leurs bras ; et puisqu'il déclare être
ruiné , il est de l'intérêt de notre corporation de

ne pas lui permettre de chercher à se rattraper sur ses ouvriers. Il faut qu'il ferme sa boutique , et v'là !

— Vous êtes de mauvaises gens , dit Durousseau d'une façon navrante ; mes malheurs vous réjouissent.

Pleurniche parlait bas à Pantaléon. Ce dernier lui montrait le patron comme un obstacle à l'exécution du projet arrêté.

— On ne travaillera plus ici , disait Libournais.

— On ne travaillera plus, répétèrent les trois autres compagnons.

L'audacieux despotisme de ces hommes n'est pas tout à fait une fiction de notre roman. Ceux qui ont été à même de voir comment certains ouvriers entendaient user du droit de liberté commenté dans les clubs, reconnaîtront la vérité de ce tableau.

Désolé de son impuissance à réprimer ces désordres, Pleurniche jetait au dehors un regard désespéré.

— Tiens ! dit-il, mademoiselle Chevrotte avec Pas-de-Chance.

—Et ma sœur Laure, ajouta Pantaléon.

Les trois personnages ainsi annoncés avançaient effectivement.

S'étant séparé de Nivôse Bibeau au sortir de l'hôtel de Prémouran, Pas-de-Chance était venu rue de Charonne, devant le n° 37, attendre que Pantaléon sortît. Il n'osait pas entrer ; la crainte de rencontrer M. Durousseau le tourmentait, lorsqu'il vit venir à lui Chevrotte et une belle dame qu'il ne connaissait pas. Réjouie par le luxe inaccoutumé de Pas-de-Chance, la brunisseuse lui sourit et l'engagea à l'accompagner dans l'atelier de Durousseau pour voir Pantaléon. La galanterie avait triomphé de la timidité de Pas-de-Chance.

— Nous avons eu l'idée de vous dire bonjour en passant, disait Chevrotte à Pantaléon.

— Nous revenons du Père-Lachaise, ajoutait Laure; j'y avais entraîné Chevrotte. Ella m'a appris que tu travaillais ici, Pantaléon.

Laure était plus pâle encore que lorsque nous l'avons vue dans son appartement de la rue de Navarin. Elle tenait un petit bouquet de pensées entourées de petites branchettes d'if. Par intervalles, et comme pour apaiser les déchirements d'une toux sèche, elle approchait de ses lèvres ces fleurs étiolées, nées sans soleil sur la tombe où elle les avait cueillies, la tombe de son séducteur, tué si inopinément au bois de Vincennes.

— Ah! chuchotait Pleurniche à Pas-de-Chance, que n'êtes-vous venu sans ces dames, et cinq minutes plus tôt? Les compagnons se sont comportés comme des drôles.

— Cré nom!... cré nom! murmura Pas-de-Chance; j'osais pas entrer.

— Ils ont insulté M. Durousseau.

— Justement, j'avais peur de rencontrer ce brave homme.

— Ah! il ne pense plus à ce que vous lui avez fait.

— Tu crois?

François Durousseau était remonté vers sa chambre dès qu'il avait vu Libournais et ses trois

amis sortir de l'atelier. Ayant prodigué ses premières attentions à Chevrotte , Pantaléon n'avait
pas remarqué la magnificence de son ami. Il s'en
aperçut enfin; il n'eut qu'un geste, qu'une exclamation.

— Eh bien , répondit Pas-de-Chance , je suis
devenu riche, voilà tout !

Ce n'est pas tout, dit-il d'un ton où il y avait
deux grains de prétention; j'ai à causer d'affaires
sérieuses avec M. Durousseau , permettez-moi de
vous brûler la politesse.

— Mille bombes! s'écria Pantaléon en se grattant le front tout à coup, j'oubliais ce que Libournais m'a dit. Chevrotte , les quatre insolents qui
viennent de sortir d'ici vont chez vous maintenant ;
courons-y.

— Oh ! fit la brunisseuse, c'est l'heure où mon
père y est. Je suis tranquille; mais enfin, allons-y
tout de même.

— Et moi , vais - je avec vous ? demanda
Laure.

— Oui, ça fera du renfort.

— Ta sœur ne voudra peut-être pas me laisser
entrer ?

— Viens, te dis-je.

Pantaléon fit signe à l'apprenti qu'il allait revenir bientôt, et il disparut avec sa sœur et sa
promise.

CHAPITRE XXXV.

———

UNE DEMANDE EN MARIAGE.

Chaque homme est remué par une ficelle, comme un pantin. Les uns abandonnent à leurs vices le soin de tirer le fil moteur ; les autres, petit en est le nombre, permettent à quelques bonnes vertus de se mêler de la chose ; mais la majorité, sans s'en apercevoir, laisse aux mains d'autrui la corde qui l'anime. En général, les ouvriers de Paris, quand ils exécutent leurs plus grands mouvements, obéissent à des influences qu'ils ne comprennent pas. Faciles à abuser par quiconque sait mettre une blouse à sa théorie, ils sont prompts à donner leur confiance ; heureusement ils la retirent avec la même célérité.

Si on sait habilement prolonger la cause, l'effet dure longtemps. Minot, exploitant les dispositions haineuses de Libournais et de ses trois camarades, avait dirigé la guerre livrée à François Durousseau. L'espion de Reine Machu, initié à toutes leurs passions, les faisait adroitement servir aux machinations dont il était le premier agent.

En sortant de l'atelier de Durousseau, Libournais et ses amis se rendirent dans un petit cabaret de la rue Sainte-Marguerite, où un homme chaudement couvert d'un manteau à agrafe d'acier verni les attendait. C'était Minot.

— Comment ça a-t-il marché ? leur dit-il.

— Bien, très bien ! répondit Libournais ; le vieux pingre de patron est démoli.

— Tu lui as parlé solidement, ajouta Vivarais-la-Candeur ; ça, c'est vrai !...

— Et avec une logique !... Les avocats ne sont pas grand'chose auprès de Libournais..., dit Albigeois-l'Intelligence.

— Possible, dit Tourangeau-Fleur-d'Amour, mais si c'eût été moi qui eusse porté la parole, j'aurais terminé en m'écriant : « A bas l'exploitation de l'homme par l'homme ! »

— Bravo !... firent Albigeois et Vivarais. Tourangeau a mis le doigt sur ce qui manque au discours de Libournais.

— Mais, demanda Minot, que signifie « exploitation de l'homme par l'homme? »

— Ah !... on ne sait pas..., dit Tourangeau avec ironie ; seulement, ça fait bien à la fin d'un discours, parce que c'est très ronflant. Au club des *Vertus*, on est à l'amende d'un litre quand on oublie cette formule obligatoire.

— Est-il envieux ce Tourangeau ! dit Libournais ; parce que j'ai des poumons durs comme
des cloches, parce que je bats un peu comme il
faut la mesure d'une phrase en la prononçant, il
se mange le cœur ; oui, tu te manges le cœur, vil
intrigant !

— Oh ! c'est bien vrai, s'écrièrent Vivarais et
Albigeois, toujours de l'avis du dernier opinant.

L'apostrophe de Libournais avait allumé la joue
de Tourangeau, qui se disposait à répondre et à
prouver peut-être que ses poumons valaient ceux
de Libournais ; mais Minot souriant réclama la
parole à son tour. On avait quelque déférence
pour lui, d'abord parce qu'il payait toujours la
consommation, et qu'ensuite il semblait mettre au
service de tout le monde son expérience et ses
conseils.

— Mes enfants, dit Minot d'un ton câlin, il me
semble que vous vouliez aller chez M. Périllon.
Vous m'avez parlé de la visite que vous aviez à
lui faire, et vous n'avez pas dédaigné mes réflexions à ce sujet. Maintenant que vous en avez
terminé avec Durousseau, ne serait-il pas temps
de voir Périllon ?

En un seul mouvement, les quatre compagnons se levèrent.

— Partons, dirent-ils.

Tourangeau, Vivarais et Albigeois prirent le
devant, Minot et Libournais les suivaient à quelque distance.

Au nom de Périllon, une vague expression
d'inquiétude s'était arrêtée sur les traits de chacun des quatre amoureux d'Henriette. Depuis le

soir où, sur le quai de Gèvres, ils s'étaient rencontrés à la porte de l'armurier, ils avaient conçu simultanément, l'un contre l'autre, une jalousie qui, sans altérer leurs relations intimes, demeurait comme un germe de discorde prêt à éclater à la moindre commotion. Grâce à une surveillance active, exercée par chacun d'eux sur les trois autres, ils croyaient que le pacte conclu avait été fidèlement observé, et qu'aucun d'eux n'était allé secrètement chez Henriette. Maintenant le moment arrivait où la coloriste devait choisir parmi eux son futur époux. Ils auraient été embarrassés de dire si c'étaient eux ou Minot qui avaient fixé l'heure de cette démarche solennelle; mais enfin qu'importait? Il fallait tôt ou tard qu'elle eût lieu.

Ainsi que nous l'avons observé, Albigeois, Vivarais et Tourangeau marchaient devant, les yeux collés sur le pavé, silencieux, préoccupés. Albigeois passait sournoisement la main sur ses favoris flamboyants et les lissait sur ses joues; Vivarais caressait le nœud de sa cravate, Tourangeau étudiait un sourire fascinateur.

Quel secret Minot confiait-il à Libournais? Quelle huile versait-il sur les charbons ardents de son cœur? Nous avons pu, en diverses circonstances, voir le vermillon de la colère briller aux pommettes de ce compagnon; mais jamais avions-nous vu s'échapper de ses yeux ces deux incendies dont la lueur semble brûler son visage?

— Les traîtres!... disait-il en braquant son poing sur ses trois camarades.

— Modérez-vous, disait Minot, ou je me repentirais des confidences que je vous ai faites. En brusquant la chose, vous ne saurez rien. Il faut vous y prendre comme je vous l'explique.

— Les traîtres!... répétait Libournais; ils ne porteront pas loin leur scélératesse.

— Est-ce que vous allez en vouloir à tous les trois? Il n'y en a qu'un de coupable.

— Lequel? dites-le-moi, au nom de Dieu.

Libournais, en serrant la main de Minot, lui faisait craquer les os.

— Vous êtes étonnant, dit celui-ci, je vous le répète pour la dixième fois, je ne sais pas quel est celui de vous qui a agi de la sorte; mais enfin il y a un coupable. Je vous ai appris la seule manière de le connaître; cela vous convient-il, oui ou non?

— Ne vous fâchez pas, je vais suivre votre conseil, dit Libournais; mais après, quand je saurai celui qui a trahi sa parole... il y aura du mal!

Ils arrivaient sur le quai de Gèvres en ce moment. L'agitation de Libournais s'était concentrée, mais non calmée.

— C'est par intérêt pour vous que je vous ai révélé cela, dit Minot; je ne serais pas fâché de connaître le résultat de votre visite, je vous attends ici.

— Au revoir, prononça Libournais.

Et il s'élança vers les trois compagnons qui venaient de s'arrêter sur le seuil de la maison où demeurait l'armurier Périllon.

Tous quatre s'engouffrèrent dans le corridor. Minot les regardait disparaître. Un sourire se hasardait à caricaturer sur ses lèvres la belle grimace de Méphistophélès en joie.

— Je savais bien, dit-il, qu'à l'aide de ces bonnes gens, j'apprendrais ce que le brutal Périllon pense des amours de sa fille.

Afin de satisfaire madame la comtesse de Prémouran en lui apprenant si l'armurier connaissait ou non les mystères du placard, et conséquemment l'intrigue nouée entre Henriette et le prétendu Donatien, Minot avait dépassé la science de Machiavel dans ses combinaisons. Son plan ne pouvait manquer de produire l'effet qu'il en attendait, et cependant il reposait en partie sur des considérations psychologiques, évaluant d'avance à quel degré s'élèverait la colère de Libournais et la force de dissimulation d'Henriette. En conduisant à l'heure qu'il jugeait convenable les compagnons chez la coloriste, il avait dit à Libournais :

— Le soir même où vous vous êtes rencontrés tous quatre à la porte de Périllon, l'un de vous, plus adroit et plus heureux que les trois autres, est revenu, a été reçu en secret par mademoiselle Henriette et caché dans un placard; c'est celui d'entre vous qu'elle aime sûrement et qu'elle épousera.

On comprend maintenant l'accès de fureur auquel Libournais s'abandonnait il n'y a qu'un instant. Ce n'était pas lui qui avoit eu à subir la douce reclusion du placard; donc, c'était un de ses hypocrites camarades. S'il eût connu celui-là, il l'eût signalé à la vindicte des autres, et du coup justice eût été rendue. Mais comment pénétrer ce secret? Minot l'aida un peu. Il trouva ce moyen : Se présenter tous quatre chez Henriette, la prier de choisir entre eux celui qu'elle aimait. Si elle répondait sans détours et désignait le traître, attendre simplement qu'il fût descendu dans la rue pour lui demander compte de son mensonge; si Henriette refusait de s'expliquer clairement, l'y contraindre. Minot, inventeur à large imagination, avait indiqué à Libournais quel dernier ressort il fallait faire mouvoir en ce cas : c'était tout simplement de s'adresser à l'armurier Périllon.

Libournais, ayant boutonné sa veste sur sa poitrine afin de tenir sa colère chaude, avait monté l'escalier avec ses trois rivaux. Il pendit sa main au cordon de la sonnette.

Henriette eut un tressaillement nerveux quand la sonnette bondit sous la main de Libournais. Elle était seule, quoiqu'il fût l'heure à laquelle Périllon venait prendre son repas. Ce ne pouvait être lui qui s'annonçait ainsi ; il avait emporté une clef ; ce ne pouvait être Chevrotte non plus, elle frappait ordinairement. En se levant pour ouvrir, Henriette éprouvait un vague sentiment de crainte qui l'eût clouée à sa chaise si elle eût obéi à cet étrange pressentiment.

A la vue des quatre compagnons, elle chercha un brin de satisfaction dans son cœur afin de le changer en un sourire, mais elle n'y trouva que de tristes appréhensions.

Tourangeau-Fleur-d'Amour décochait son œillade préparée avec acharnement.

Vivarais-la-Candeur se ployait comme une équerre en saluant.

Albigeois-l'Intelligence donnait une dernière caresse à ses favoris, sous prétexte de se décoiffer.

Libournais-la-Prudence, sombre comme Lara,

poignardait du **regard** non pas seulement Henriette, mais ses camarades.

Ils ne savaient trop que dire ni l'un ni l'autre. La coloriste s'aperçut de leur embarras.

— Mon père n'y est pas , dit-il ; mais si vous voulez l'attendre, messieurs, il ne peut tarder à venir.

En observateur prudent, Libournais laissa la parole à ses camarades. Seulement, il étudiait le moindre geste, la moindre intonation , le regard le plus innocent ; ses yeux allaient du visage d'Henriette à celui de ses rivaux.

— Mademoiselle, commença Tourangeau, l'affaire dont et pour laquelle nous avons à vous entretenir... cette affaire, dis-je, qui nous amène... non, cependant, ce n'est pas une affaire....

Suant à grosses gouttes , le malheureux Tourangeau se débattait vainement. Albigeois-l'Intelligence vint à son secours.

— Tourangeau sait fort bien débiter une tirade au club des *Rugissants*, dit-il ; mais quand il s'agit de... mariage... d'hymen, comme on dit chez les privilégiés, il est assez niais... ou du moins il n'est pas spirituel.

— Heum ! heum !... fit Tourangeau.

Albigeois s'aperçut qu'il ne flattait nullement son camarade. Pensant que c'était à son tour de parler, Vivarais-la-Candeur, d'une voix aigrelette, prononça les mots suivants :

— Il est rare , mademoiselle, que le mois de mars soit aussi beau qu'il est cette année...

La pauvre Henriette écoutait avec satisfaction

ces surprenantes incohérences. Elle offrit des sié-
ges à ces messieurs. Ils s'assirent.

Libournais jugea qu'il était temps de porter le
coup qu'il méditait.

—Mademoiselle, dit-il, vous aimez l'un de nous?
Il est inutile de dissimuler, chacun de nous
avait peut-être conçu des espérances ; mais nous
nous étions promis mutuellement d'oublier nos
prétentions dès que vous, mademoiselle, vous auriez fixé votre choix. Ainsi, ne craignez pas de désespérer les autres *en proclamant le nom du vainqueur*.

Henriette, revenue de son ébahissement, se
trouva offensée par le ton et les paroles de Libournais.

— Messieurs, murmura-t-elle, je vous prie de
ne pas insister sur une question que mon père seul
a le droit de résoudre.

— Sornettes!... dit Libournais ; les jeunesses
d'aujourd'hui choisissent elles - mêmes leurs
amants, elles peuvent bien choisir leur maris.

Ces mots cinglèrent les oreilles d'Henriette comme des coups de cravache ; elle se leva.

— Je suis seule, balbutia-t-elle, et vos paroles
m'obligent à me retirer.

— Sornettes encore !... répéta l'implacable Libournais en se jetant entre Henriette et la porte
de la chambre vers laquelle elle se dirigeait. Nous
sommes venus ici pour vous parler, vous nous
entendrez.

L'éducation avait mis au cœur d'Henriette un
sentiment de dignité facile à émouvoir.

— Monsieur, dit-elle, dois-je me repentir de vous avoir reçu chez mon père?

— Peut-être, répondit le compagnon.

Un léger roulement frappé sur la porte d'entrée empêcha que la coloriste entendît ce dernier mot. Elle alla ouvrir, et poussa un petit cri de joie en voyant Chevrotte, Laure et Pantaléon.

— Notre père n'est pas ici? demanda Chevrotte.

— Non, dit Henriette, et tu fais bien d'arriver.

— Vous n'avez pas votre air ordinaire, mam'selle, observa Pantaléon. Je vois qu'on a été poli envers vous ni plus ni moins qu'envers M. Durousseau.

Henriette saisit la main de Pantaléon, et la pressant avec effusion :

— J'ai peur de ces hommes ! dit-elle.

CHAPITRE XXXVI.

———

Ah ! comme chaque jour apporte une pensée nouvelle, une émotion qui change le cœur ! Autrefois Henriette Périllon aurait à peine salué Laure ; aujourd'hui elle lui sourit, elle s'informe avec inquiétude des causes de sa pâleur. Laure, trop heureuse de ce gracieux accueil, auquel elle était loin de s'attendre, ne répond aux questions d'Henriette qu'en se posant le doigt sur le creux de l'estomac et en faisant un petit signe de tête mystérieux et navrant.

Tandis que cet échange de politesses avait lieu, profitant de ce moment de trève, les trois amis du Libournais demandaient à ce dernier le motif de son inconcevable arrogance.

— Vous me comprendrez bientôt, leur disait-il, et malheur à celui de vous qui me comprendra le premier !

Tourangeau, Vivarais et Albigeois ne trouvèrent qu'un haussement d'épaules pour exprimer leur stupéfaction.

Rassurée par la présence de Chevrotte, de Pantaléon et de Laure, Henriette, sans avoir recouvré sa sérénité ordinaire, se sentait maintenant la force de repousser la singulière audace des quatre compagnons.

— Monsieur, dit-elle à Libournais, vous pouvez continuer vos grossièretés.

— Il n'y a pas la moindre grossièreté dans ce que j'ai eu l'honneur de vous dire, reprit celui-ci ; je vous priais de ne pas aller par trente-six chemins, et de déclarer franchement quel est celui d'entre nous que vous aimez.

— Le choix ne doit pas être difficile à faire, hasarda Pantaléon en riant.

— Non, puisqu'il est déjà fait, répliqua Libournais.

— Henriette ne répondra pas, monsieur, dit Chevrotte, mais moi je puis parler en son nom.

— Parlez, mademoiselle.

— Ma sœur ne veut pas se marier encore ; elle est beaucoup trop jeune. Et puis, quand il s'agit de détermination aussi sérieuse, il est bon de réfléchir un mois ou deux.

— Non, dit Libournais, mademoiselle n'a pas de réflexions à faire ; elle y a pensé déjà.

— Ah çà ! répliqua Pantaléon, vous croyez qu'on pense à vous depuis le 1er janvier jusqu'à la Saint-Sylvestre ?

— Parisien, ce n'est pas vous que nous demandons en mariage ; ainsi , la paix ! Mademoiselle Henriette sait fort bien ce que je veux dire. Elle a pensé à l'un de nous, et c'est celui qu'elle épousera sans doute.

— Monsieur , dit la coloriste , vous vous êtes trompé ; jusqu'à présent, je ne...

— Je connais les couleurs, interrompit le compagnon ; mais puisque vous avez si peu de mémoire, je vais vous en donner, moi.

— Brrr ! fit Laure en frappant son joli petit pied sur le carreau. Il y a des gens que j'aurais bientôt mis à la porte si c'était chez moi ici.

Libournais, les bras croisés sur la poitrine, se tenait debout, droit comme un peuplier. Ses trois camarades ne comprenaient rien à son étrange manière de captiver le cœur d'Henriette , et , craignant de voir exécuter la menace indirecte que Laure venait de leur adresser, tiraient Libournais par sa veste et le pinçaient. Mais ce dernier, insensible à ces puérilités, poursuivit :

— Un soir , il y avait fête ici, mademoiselle ; c'était la Sainte-Luce : vous avez reçu l'un de nous secrètement.

Les quatre compagnons échangèrent un regard sinistre.

— L'un de nous ! répéta Tourangeau.

— Secrètement ! dit Albigeois.

— Le jour de la Sainte-Luce ! murmura Vivarais.

Après une pause, Libournais continua :

— Et , comme vous ne saviez où cacher ce personnage , vous l'avez fait entrer là dans ce placard.

Chevrotte s'élança vers Libournais.

— Sortez ! s'écria-t-elle , sortez ! vous insultez ma sœur !

— Oh ! il faut que tout cela s'éclaircisse , dit Tourangeau.

— Il faut que vous nous disiez le nom de celui que vous avez caché dans ce placard.

Chaque parole de Libournais était une nouvelle blessure pour Henriette. Elle avait beau relever ses paupières, elle ne voyait plus. Il lui semblait qu'un mur s'écroulait au-dessus de sa tête, et que les pierres une à une lui martelaient le crâne. Pantaléon s'était approché du placard, l'avait ouvert, et après être resté immobile devant un vieux miroir qu'il vit au fond, il le referma. Alors il eut un mouvement de désespoir terrible.

— La malheureuse !... prononça-t-il à voix basse en se laissant tomber sur une chaise.

— Je sais l'explication de votre calomnie , reprenait Chevrotte en s'adressant à Libournais , mais je ne veux pas que vous vous croyiez le droit de venir chez d'honnêtes jeunes filles les effrayer de votre grosse voix.

Rien ne pouvait ôter à Chevrotte la conviction qu'elle avait de l'innocence de sa sœur ; mais, pour Laure, qui n'était pas aveuglée par les délicates croyances de la brunisseuse, les moindres indices devenaient de graves sujets de présomption, sinon des preuves. La pâleur d'Henriette, l'atonie subite qui s'était emparée d'elle depuis que le mot de placard avait été prononcé, dévoilèrent à son expérience une partie de la vérité. « Henriette n'aime aucun de ces quatre personnages, mais elle aime

quelqu'un, et l'histoire du placard n'est pas entièrement un mensonge. » Telle fut sa conclusion.

— Mais sortez donc! répétait Chevrotte; votre
persistance est ridicule.

Libournais s'assit, comme s'il n'eût pas entendu.

— Je veux savoir quel est celui qui a menti à la
parole que nous nous étions donnée, dit-il. C'est
maintenant une affaire de haine plus que d'amour.

Les compagnons échangèrent un nouveau regard plein de rage. Chacun d'eux cherchait à découvrir parmi les trois autres le traître qui avait
connu les mystérieuses délices du placard.

— Mais enfin, dit Chevrotte, ma sœur ni moi
n'avons rien à comprendre à vos querelles.

— Vous, non; mais mademoiselle votre sœur,
c'est différent.

— Ah! je voudrais que mon père fût ici!

— C'est lui que j'attends, répliqua froidement
Libournais.

— Vous l'attendez!

— Devant lui, mademoiselle Henriette parlera,
j'en suis sûr.

Chevrotte ne voyait à craindre à l'arrivée de
son père que la colère qu'allait lui causer l'insulte
faite à ses filles; mais la réalisation de la menace
de Libournais eût été pour Henriette ce qu'est
l'aspect du bourreau pour le condamné.

Toujours silencieux, Pantaléon, entièrement
sorti de son caractère habituel, rongeait une sombre pensée. Laure, outrée de la persistance de
Libournais et de ses camarades, s'était levée.

— Croyez-vous, dit-elle aux compagnons, que votre manière d'agir soit honnête?

— M. Périllon sera juge de la chose, dit Libournais.

— Et vous aurez l'audace de lui raconter vos calomnies?

— Pourquoi non!

— Parce que de semblables mensonges portent atteinte à la tranquillité d'une famille.

— Mademoiselle Henriette n'a qu'à répondre à ce que je lui ai demandé, et nous n'aurons pas besoin de voir son père.

— En tout cas, si vous le voyez, ce ne sera pas ici, sortez!

— Nous ne voulons pas sortir.

Laure avait ouvert la porte de la chambre de Périllon. Elle y entra, prit deux pistolets qui se trouvaient sur la cheminée et reparut armée de chaque main.

— Sortez! s'écria-t-elle, ou je vous brûle la cervelle!

Leur premier pas fut un mouvement de terreur, le second un mouvement de honte. Ils descendirent de la sorte jusqu'à la rue, se demandant si c'était la peur ou le dépit qui les chassait de chez Périllon.

Arrivés sur le pavé, ils s'arrêtèrent. Chacun d'eux avait de l'écarlate aux joues. Ils grincèrent des dents en chœur. Libournais exécuta un solo de jurements.

— Il y a parmi nous un misérable qui s'est moqué de ses camarades le jour de la Sainte-Luce.

Pendant quelques minutes, ce fut, dans les tons

les plus bizarres, un échange de « c'est lui! » et de « c'est toi! »

— Puisqu'il n'y a pas moyen de connaître le coupable, reprit Libournais d'un ton solennel, je vous considère tous trois comme mes ennemis ; je vous défie à la canne, au bâton, au chausson et à la boxe.

— Ça me va. Je vous en offre autant à tous trois, de mon côté, dit Tourangeau-Fleur-d'Amour.

— Moi de même, dit Vivarais-la-Candeur.

— Je ne reculerai certes point, dit à son tour Albigeois-la-Prudence.

— Bataille! prononça Libournais. A quoi?

— Au bâton, répondirent les autres.

— Au bâton! répéta Libournais en baissant d'une octave sa voix ordinaire.

— Rendez-vous à la porte Saint-Denis, à quatre heures, aujourd'hui.

— C'est bon.

Les quatre compagnons se séparèrent. Mais Minot épiait Libournais ; il courut après lui et l'atteignit au moment où il s'engouffrait dans une rue.

— Eh bien! eh bien! mon ami, dit-il au compagnon, vous oubliez que je vous attends?

— Je n'ai rien pu savoir, répondit celui-ci.

— Vous n'avez pas parlé à M. Périllon?

— Non.

— Vous n'avez donc pas suivi mes conseils?

— Non.

— Vous ne les avez pas trouvés bons?

— Non.

Déconcerté par ce laconisme auquel Libournais donnait un accent étrange, Minot essaya de
sourire.

— Que vous est-il donc arrivé, mon bon M. Libournais?

— Je ne sais pas, mais je commence à croire
que vous vous servez de moi pour tirer les marrons du feu.

— Oh ! que signifie ce soupçon ? quel intérêt?...

— Nous nous reverrons , mon vieux , dit Libournais avec humeur.

Et , sans écouter les hypocrisies de Minot , il
s'éloigna.

Resté seul, l'espion de Reine Machu se mordit
la lèvre :

— Comment ! je ne pourrais rien répondre
à madame la comtesse ? Oh ! je lui ai promis
un renseignement, et je le lui donnerai, dussé-je
me faire battre. Voyons la boîte aux expédients.

Il se frappa sur le front pour en faire jaillir une
idée.

Après avoir débarrassé Henriette de la tyrannie des quatre compagnons , Laure avait montré
en souriant le mauvais état des armes dont elle
s'était servie. Ses pistolets ne possédaient qu'une
partie de leur batterie. Chevrotte s'efforçait de
paraître joyeuse en proclamant l'héroïsme de
Laure. Elle donnait à ces aventures une physionomie comique , afin de calmer l'émotion de sa
sœur. Elle lui prenait les mains et les secouait
dans les siennes comme si elle eût voulu la réveiller. Mais celle-ci , glacée jusqu'au cœur , n'avait

vu tout ce qui s'était passé qu'au travers d'un voile. Les mots d'insulte, de placard, de pistolets, se heurtaient dans son cerveau, sans qu'il lui fût possible de définir les différentes impressions qui s'y rattachaient.

— Henriette ! ma sœur ! eh bien, ils sont partis, c'est fini !

La coloriste regardait Chevrotte, puis Laure ; à chacune elle tendit une de ses mains. Laure baissa la tête pour cacher une larme, car elle se rappelait la froideur que lui témoignait autrefois l'ex-pensionnaire, et maintenant elle comprenait la cause secrète de sa tardive amitié.

— Mais est-ce que Pantaléon dort ? demanda Chevrotte en désignant le menuisier, qui ne remuait pas plus qu'un bronze.

Pantaléon se leva. Rarement et à moins que nous n'allions fouiller quelques circonstances exceptionnelles de sa vie, il n'y avait eu un si grand bouleversement sur son visage. Il s'avança les yeux baissés.

— Mademoiselle Chevrotte, dit-il d'une voix lente et résolue, aujourd'hui j'ai toute ma raison; vous ne vous jouerez pas de moi aussi facilement que le jour de la Sainte-Luce. Les quatre hommes qui sortent d'ici savent que quelqu'un a été caché dans ce placard le soir où, grâce au coup de main que vous a prêté Pas-de-Chance, vous m'avez empêché de me convaincre de ce que j'avais cru voir. C'est sans doute celui que vous avez soustrait à ma colère qui vous a trahie, car moi, je n'avais dit à personne le singulier escamotage auquel je me suis laissé prendre.

Je ne vous demanderai pas le nom de mon rival ; je vous aimais tant que, même en tuant l'homme que vous me préférez, je serais malheureux pendant toute ma vie. Je ne vous maudirai pas ; vous aviez le droit de disposer comme bon vous semble de votre cœur et de votre main. Mais ce que je vous reprocherai, c'est l'insulte que vous avez laissé faire à mademoiselle Henriette, lorsque vous saviez que vous étiez seule coupable. On l'accusait de vos fautes, et vous n'avez pas réclamé l'affront qui n'appartenait qu'à vous ; on frappait sur elle les coups qui vous étaient dus , et vous avez été sans pitié ; vous n'avez dit à ces hommes de sortir que parce que vous avez eu peur de voir arriver votre père !

— Taisez-vous, s'écria Henriette en se dressant comme dans un accès de démence ; taisez-vous, au nom de Dieu !

— Vous la défendez, vous ! reprit Pantaléon en s'adressant à Henriette.

— Mon frère, dit Laure, tu es simple et brutal comme ces hommes que j'ai chassés tout à l'heure. Voyons, je t'en supplie, réfléchis. Si Chevrotte ne t'aimait pas, pourquoi te recevrait-elle ?

— Ouvrez ce placard, continuait Pantaléon ; regardez ce miroir ; est-il possible qu'on s'y voie ? J'ai été indignement trompé, j'ai bien le droit de me plaindre.

— Non, vous n'avez pas ce droit, car vous n'êtes plus rien pour moi ! dit Chevrotte en venant fermer le fatal placard.

— Ma sœur ! s'écria Henriette, ma sœur !...

Tout à coup une terrible apparition brisa la

voix d'Henriette et la rejeta sur sa chaise dans un état de stupeur indicible. L'armurier Périllon était entré; mais comme s'il n'eût pas pu se soutenir, il s'adossait à la face intérieure de la porte, et là, livide, frissonnant, il s'arrêta.

— J'ai entendu tout ce que vous avez dit... j'étais là...., murmura-t-il d'une voix faible, étranglée.

[illegible]
[illegible]
[illegible]
[illegible]
[illegible]
[illegible]
[illegible]

[illegible]
[illegible]
[illegible]

CHAPITRE XXXVII.

―――

LA TEMPÊTE.

L'apparition de l'armurier, les paroles qu'il venait de prononcer avaient produit l'effet d'une bombe entrant par le plafond. Il y eut un instant de silence plus effrayant que mille cris de terreur.

De grosses larmes roulaient dans les yeux de Laure. Cette scène lui retraçait une des heures les plus noires de sa vie.

— Laissez-moi seul avec mes filles, dit enfin Périllon.

Pantaléon suait à grosses gouttes sous le poids de l'irréparable malheur qu'il causait involontairement. Il ne se repentait pas d'avoir reproché à Chevrotte l'infidélité dont il la croyait coupable, mais il maudissait le rôle de dénonciateur que le hasard venait de lui donner. Ce fut à peine s'il entendit la voix de Périllon.

— Laissez-moi seul parler à mes filles, dit l'armurier d'un ton glacial et sous lequel se cachait un volcan de fureurs.

Il ouvrit la porte. Laure jeta un dernier regard de compassion sur la pauvre Henriette, et elle sortit avec son frère. Sur le palier, Chevrotte les suivit. Elle embrassa Laure, puis elle dit à Pantaléon :

— Ne reparaissez jamais devant mes yeux, puisque vous avez douté de moi.

Quand le menuisier voulut balbutier une réponse, il ne vit que Laure auprès de lui.

— Chevrotte!... Chevrotte!... dit-il en sanglotant, si je vous ai offensée sans que vous le méritiez, vous serez vengée, car avant de vous oublier, je mourrai de chagrin.

— Mon frère, dit Laure, Chevrotte est innocente, j'en suis sûre, et tu as été envers elle d'une cruauté qui m'a déchiré le cœur. Maintenant M. Périllon est en colère. Il va tourmenter ses filles avec les soupçons que tu lui as inspirés. Cours chercher notre père, amène-le ou envoie-le chez Périllon ; j'ai peur pour Chevrotte et pour Henriette.

— J'y vais, dit Pantaléon, et il s'élança si vivement dans l'escalier, qu'en descendant il faillit renverser un vieux commis de librairie, qui montait aux étages supérieurs.

Jusqu'à présent les apparences avaient beau lutter contre la réputation d'Henriette, c'était sur Chevrotte que les soupçons frappaient. Périllon ne pouvait pas douter d'Henriette, et, chose bizarre , Pantaléon n'avait trouvé dans l'accusation de Libournais qu'une preuve contre sa fiancée. Rien n'ébranlait le piédestal de vertu sur lequel trônait Henriette.

— Dites-moi la vérité et hâtez-vous , dit l'armurier à Chevrotte dès que celle-ci eut refermé la porte sur Laure et Pantaléon ; quel homme a été caché dans ce placard ?

— Oh ! mon père, vous aussi, s'écria-t-elle, vous nous calomniez ?

— C'est à vous seule que je parle. N'essayez pas d'étendre votre honte jusqu'à votre sœur ; ce serait infâme à vous.

La terreur d'Henriette n'était aux yeux de Périllon, que le désespoir causé par l'inconduite de Chevrotte.

— Répondez donc , dit-il en serrant dans ses mains de fer les doigts rouges de la brunisseuse.

Henriette fit un effort pour se précipiter vers son père ; mais elle était dans un tel état de prostration que ses membres engourdis n'obéissaient plus à sa volonté. Néanmoins Périllon s'aperçut des tortures qu'elle éprouvait. Il vint à elle.

— Doux ange de la maison, lui dit-il, toi dont le cœur est pur comme celui d'un enfant au berceau, faut-il que, dans ta famille même, tu aies le spectacle de ces drames hideux où un père demande à sa fille de quel droit elle jette de la boue sur le nom qu'il lui a donné! Oh! je n'aurais pas dû te sortir de ta pension, où tu ne voyais autour de toi et sur tes livres qu'un monde chaste et heureux. Je n'aurais pas dû te faire descendre de tes belles illusions à ces vérités navrantes que tu rencontres sous ce toit d'ouvrier, dans cette maison d'homme du peuple, à côté de ta malheureuse sœur qui n'a pas voulu qu'il y eût de l'honneur dans cette famille où il ne pouvait y avoir d'autre bien !

N'était-ce pas labourer le cœur de la pauvre Henriette?

L'armurier revint à Chevrotte. Un instant, tandis qu'il parlait à son autre fille, sa colère s'était attiédie sous une larme d'attendrissement, mais maintenant sa fureur bouillonnait.

— Un homme a été caché dans ce placard, reprit-il, cet homme est votre amant, répondez.

— Je ne vous ai jamais menti, mon père; si cela était vrai, je vous le dirais.

— Vous pouvez mentir, comme vous avez pu laisser accuser votre sœur.

— Accuser ma sœur!... moi?

— Qu'avez-vous répondu à votre fiancé quand il vous a reproché cette lâcheté?... Il a fallu qu'Henriette se levât pour vous défendre!...

— Oh! c'est trop affreux!... dit Chevrotte en fondant en larmes; vous me déchirez le cœur!...

— Hypocrisie tout cela! s'écria Périllon d'une voix tonnante en brandissant son poing au-dessus de la tête de sa fille; vos sanglots ne vous empêcheront pas de me répondre. Un homme a été caché dans ce placard, c'est vous qui l'y avez caché.

Comme une folle, la bouche crispée et ouverte, les joues convulsivement tendues, Henriette avançait vers son père; tout à coup elle lui saisit le bras, et poussant un cri effrayant :

— Non, dit-elle, ce n'est pas Chevrotte ; c'est moi !

Au lieu de croire à la parole d'Henriette, Périllon et Chevrotte elle-même n'y virent qu'une héroïque abnégation. Mais la coloriste reprit :

— J'aime un jeune homme que vous ne connaissez pas, il m'aime aussi ; nous devons nous marier dès qu'il aura vingt-cinq ans. Le jour de ma fête, lorsque vous me dîtes que vous alliez au théâtre Beaumarchais, je ne sais quel démon lui inspira la pensée de venir ici. Vous rentrâtes tous. Ne sachant que faire, je *le* cachai là, dans ce placard...

L'armurier mit sa tête entre ses mains. Des larmes brûlaient ses doigts.

— O illusions de ma vie ! murmura-t-il.

Henriette continua. Sa voix, après chaque mot, traînait un lambeau de son cœur. Elle raconta jusqu'aux moindres détails tout ce qui était relatif à la disparition de Donatien, qu'elle nomma toujours *lui*.

Dès qu'elle eut terminé, Chevrotte lui tendit les bras. Pendant une minute on n'entendit que trois poitrines qui sanglotaient à se briser.

Puis Périllon essuya ses yeux avec ses poings. Oh ! comme sa vie était changée ! Une injuste préférence s'était-elle glissée même dans sa honte ? Nous n'oserions l'affirmer ; mais si c'eût été Chevrotte qui eût été coupable, il ne se serait pas senti précipiter du sommet d'une montagne ainsi qu'il lui semblait à cette heure. Il avait cru que l'éducation élevait une barrière contre les passions. Henriette avait toujours été pour lui la vierge sainte de sa demeure. En admirant la blancheur de son front, l'ineffable candeur répandue sur ses traits, il avait retrouvé les mots de prière qu'on lui avait assez mal appris dans son enfance pour qu'il ne s'en souvînt plus.

Et il fallait couvrir ce passé adorable d'un voile à jamais maudit ! Essayer d'y songer, c'était prendre de la honte et s'en mettre au front.

Après avoir essuyé ses larmes, il regarda Henriette et Chevrotte. Elles se tenaient embrassées, elles pleuraient.

— Le nom de cet homme ? demanda-t-il froidement. Son nom !

Le ton glacial de l'armurier vibra aux oreilles d'Henriette comme une menace de mort contre Donatien.

— Il faut qu'il vous épouse, sans autre délai que celui qu'exigeront les formalités légales. C'est moi, votre père, gardien de l'honneur de ma famille, qui dois connaître à l'instant les intentions de votre séducteur.

Ce dernier mot était toute une question anxieusement jetée à Henriette. Périllon attendait que sa fille se relevât outragée, qu'elle s'écriât :

— Je n'ai qu'un amour à avouer et non une séduction !...

Mais elle se tut. La dernière lueur d'espoir s'éteignit pour l'armurier. Un rugissement étouffé mourut dans sa gorge. Il râla les mots suivants plutôt qu'il ne les prononça :

— Où l'avez-vous connu ? où demeure-t-il ? comment se nomme-t-il ?

— Mon père, il viendra lui-même se présenter

à vous. Jusque-là ne m'interrogez pas, je vous en supplie ! répondit Henriette en tombant à genoux.

— Ne pas vous interroger !... Laisser librement l'infamie entrer chez moi et lui sourire, n'est-ce pas ? Il me faut le nom de cet homme... il me le faut...

Maintenant la voix de Périllon grondait comme le tonnerre.

— Mais il viendra, vous dis-je.

— Et si je ne veux pas qu'il vienne ? si je veux aller à lui ?

— Pourquoi ?

Henriette, toujours agenouillée, sanglotait.

— Pourquoi ? Parce que je veux savoir si cet homme est votre fiancé ou seulement votre séducteur ; parce que je veux savoir s'il doit vivre ou s'il doit mourir.

— Il m'aime. Je vous le dis. Devant Dieu, nous nous sommes juré de sanctifier notre amour. Nous parlions de vous, mon père, et nous pleurions sur la fatalité qui nous forçait à vous tromper.

— Vous parliez de moi !!! Ne m'excitez pas ainsi ; vous voyez bien que la colère me brûle. Dites-moi le nom de *votre amant* !

Il n'y avait plus de larmes dans les yeux d'Henriette ; l'ardeur qui dévorait son front et ses joues les avait taries. Elle se redressa.

— Non, non, non, dit-elle ; je me tairai.

— Henriette, vous n'avez pas le droit de vous taire !

— On n'avait pas le droit de tuer l'amant de Laure Jérusard !

Enfin , la plus terrible cause de l'obstination d'Henriette était dévoilée : sachant que son père appartenait à une association d'ouvriers qui jugeaient et punissaient de mort les séducteurs de leurs filles , elle ne voulait donner aucun renseignement qui pût mettre sur les traces de Donatien. Elle comprenait que le nom n'eût rien été sans autres explications ; mais elle était résolue à n'en donner aucune jusqu'à ce que la colère de son père se fût calmée sous l'évidence de la loyauté de Donatien.

— On n'avait pas le droit de tuer le séducteur de Laure ! s'écria Périllon. Ah ! on viendrait dans nos familles prendre le plus pur de notre sang, le boire comme font les vampires, et nous ne devrions pas défendre notre demeure ! L'homme qui me vole, j'ai le droit de le tuer : celui qui me prend mon argent, quand il a tout emporté, me laisse mes bras au moins : celui qui me prend mon honneur, quand il fuit, ne me laisse rien ! Non ! non ! Gardez la lâcheté de votre déshonneur, vous, nos filles ; mais laissez-nous-en la vengeance. Si votre amant veut vous épouser, il ne doit pas craindre d'être connu de moi. Henriette, son nom ! Parlez ! je vous l'ordonne !

—Ayez pitié de moi, mon père, plus tard vous comprendrez pourquoi je ne puis vous répondre..

— Je ne veux pas attendre, je ne veux pas !

— Oh ! je voudrais être morte, dit-elle.

— Mais c'est tenter Dieu que de résister ainsi à la volonté d'un père ! Ma raison s'égare, Henriette !

Les cheveux de l'armurier se hérissaient, en

effet, la peau de son front vacillait au-dessus de ses yeux qui tremblaient dans leur orbite.

— Mon père ! s'écria Chevrotte ; mon père, calmez-vous !

Périllon repoussa la brunisseuse , et, s'avançant vers Henriette en brandissant une chaise :

— Malheureuse ! vociféra-t-il, vous voulez donc que je vous tue?

Une main nerveuse avait saisi la chaise derrière l'armurier, il se retourna et vit Calixte Jérusard ; il hésita un instant, puis, tombant sur le sein de son ami, il éclata en sanglots.

Profitant de l'entre-bâillement de la porte, le commis en librairie que Pantaléon avait failli renverser en descendant l'escalier, se hasarda sur la scène où se débattaient les sombres péripéties de ce drame. Celui qui entra chez Périllon jeta un coup d'œil de serpent sur l'armurier et sur Henriette ; mais au moment où il se disposait à déployer son calepin, Chevrotte le congédia sans respect pour ses longs cheveux gris ni pour sa cravate à la Garat.

— Le Périllon est touché au vif ; il ne savait rien, dit le commis libraire en déguerpissant.

C'était Minot.

LES OUVRIERS

DE PARIS.

LES OUVRIERS

DE PARIS,

PAR

André Thomas.

—

Tome 4.

BRUXELLES,
LIBRAIRIE DE TARRIDE, RUE DE L'ÉCUYER,
VIS-A-VIS LA RUE DE LA FOURCHE, 8.
—
1850

CHAPITRE XXXVIII.

PAS–DE–CHANCE AYANT PRIS DES LEÇONS DE DOUCEUR.

Nous avons laissé notre ami Pas-de-Chance montant chez François Durousseau avec une gravité tout épiscopale. Accroupi devant un coffre plein de papiers, le maître menuisier faisait des paquets de billets et de factures, qu'il disposait et numérotait soigneusement.

— J'ai à vous parler, M. Durousseau, avait dit Pas-de-Chance en portant alternativement, et l'une après l'autre, ses deux mains à son chapeau. D'abord, je veux vous faire des excuses. Je ne suis pas méchant; la colère me rougit facilement le bout du nez, mais elle ne touche pas au cœur, et quand je fais quelque bêtise comme celle que j'ai commise envers vous, je me mangerais le poing.

Durousseau, ployé sous le poids de sa détresse commerciale, ne se rappelait que vaguement les coupables effractions de Pas-de-Chance. Du reste, à côté de la faute, il voyait le repentir.

— Mon ami, dit-il, je ne vous en veux plus.

— Ah! M. Durousseau, c'étaient les quatre compagnons qui m'avaient tourné la tête en me disant des choses! Vous étiez un pingre, un racleur d'or... Ah! les fourbes! Mais à présent, je ne me laisserai plus emporter par mes moindres émotions. Mon caractère est changé : un mouton ne sera rien auprès de moi quant à la douceur, parce que je prends des leçons sur cet article. J'ai un bon maître, allez! Enfin, voici ce que j'avais à vous dire, M. Durousseau : J'ai appris qu'on vous tracassait pour quelques sous que vous deviez à M. le comte de Prémouran.

— Quelques sous? dit Durousseau; dix mille francs que le père m'a prêtés dans le temps pour m'établir.

— N'importe, M. le comte de Prémouran n'est pas homme à vous poursuivre. C'est la crème des honnêtes gens. Il a des employés occupés tout le jour à chercher les pauvres qu'il y a par la ville, et il leur distribue sa fortune. Tenez, vous me voyez, moi, M. Durousseau, je suis à mon aise, je suis riche, maintenant; eh bien! c'est lui, c'est M. le comte de Prémouran qui est mon bienfaiteur.

Afin de prouver qu'il était riche, Pas-de-Chance boutonnait et déboutonnait son paletot. Il raconta au maître menuisier comment ses prétendues richesses lui avaient été envoyées mystérieusement, et comment aussi il avait été reçu avec Bibeau par madame la comtesse, lorsqu'ils étaient allés pour remercier le comte.

— Oui... c'est bien cette femme qui me fait poursuivre, dit François Durousseau. On dirait que par ses méchancetés elle veut se venger de ceux qui l'ont connue avant que M. le comte eût commis l'irréparable folie de l'épouser.

— Elle n'était pas grand'chose auparavant?... Je m'en serais bien douté. M. Durousseau, il faut une dernière fois tenter de parler à M. le comte, au risque de bousculer cette comtesse.

Durousseau exprima par un hochement de tête le peu d'espérance qu'il fondait sur une nouvelle tentative.

— Si M. le comte de Prémouran, dit-il, avait voulu m'arracher aux ignominies d'une ruine complète, il en aurait trouvé le moyen à l'insu de sa femme. C'est de l'ingratitude à lui de n'avoir pas pitié d'un vieillard qui a pendant quinze ans contribué à la fortune de son père. Mais les riches sont ainsi, oublieux et ingrats.

— Si sa femme l'a empêché de penser à vous, ce n'est pas sa faute à lui.

— Oh! mon Dieu, mon ami, maintenant, le comte de Prémouran s'est dit ceci : « Ce que la comtesse réclame à Durousseau m'est très-légitimement dû : c'est une somme que mon père lui a prêtée pour s'établir, il y a quatre ans et demi. Il n'a qu'à payer, et on ne le tourmentera plus. » Voilà le raisonnement que s'est fait M. le comte. Après cela, c'est peut-être dans mon intérêt. Il a compris qu'il était temps que j'en finisse. J'ai eu beau travailler, économiser, je suis l'un des plus malheureux menuisiers du faubourg. D'abord, je ne sais pas pourquoi, mais enfin, cela est, mes ouvriers me haïssent. Il n'est pas de vexations, pas de cruautés qu'ils ne m'aient condamné à subir.

— Vos ouvriers! interrompit Pas-de-Chance; dites donc une partie de vos ouvriers. N'avez-vous pas Pleurniche, Pantaléon et moi? Si vous vouliez, nous nous mettrions sur un gril, comme des harengs, pour vous plaire.

— Vous avez vu l'acharnement des compagnons; c'est d'eux que je parle. Jamais je n'ai mérité le moindre de leurs reproches. Autant qu'il a été en mon pouvoir, j'ai adouci leurs travaux et augmenté leur salaire. Ils m'ont harcelé à me rendre fou. Mais encore si mes efforts et ma patience m'eussent permis de faire honneur à ma signature, les tourments de l'atelier ne m'eussent pas ébranlé. Le coup de massue au milieu de tout cela, c'est la honte de me voir déshonoré par une faillite. Depuis que M. le comte de Prémouran poursuit contre moi le recouvrement de sa créance, les marchands de bois avec lesquels j'étais en compte courant me refusent crédit et exigent que je m'acquitte envers eux. Ils me refusent tout renouvellement. Avant peu les huissiers m'auront saisi, vendu, et alors...

— Crénom!... crénom!... fit Pas-de-Chance; je vous le répéte, M. le comte de Prémouran ne vous laissera pas ruiner. Allez chez lui une dernière fois.

Le maître menuisier parut réfléchir un instant. Puis il prit son chapeau.

— Vous avez raison, mon ami, dit-il à Pas-de-Chance, je dois tenter un dernier effort. Il faut que je voie le comte.

Pas-de-Chance, croyant avoir rendu une velléité de courage à ce vieillard, trépigna de joie, si bien que le plancher en tressaillit.

— Enfin!... dit-il, j'avais une autre petite chose à vous dire. Puisque vous avez renvoyé les quatre compagnons, je me mets à travailler à leur place. Vous ne me payerez que quand vous toucherez de l'argent.

— Mais, mon brave garçon..., voulut objecter Durousseau.

— C'est dit, patron, je vais vous montrer comment on dépêche la besogne.

Et Pas-de-Chance, tournant les talons, descendit à l'atelier, où Pleurniche se livrait à un frénétique maniement de rabot et de scie; il ôta son paletot neuf, et quand M. Durousseau sortit pour se rendre à l'hôtel de Prémouran, il vit Pas-de-Chance et l'apprenti luttant d'activité, ce qui ne les empêchait pas de causer un peu.

— Vous voici donc définitivement embauché, mon gros? disait Pleurniche.

— On le croit, répondait Pas-de-Chance, en se frottant le menton avec un certain air de prépondérance comique.

— Ça devait être, vu que les bons ouvriers sont créés pour les bons maîtres.

— Est-il flatteur, cet atome !

— Non. Je dis vrai : tout ce que je pense, et rien de plus. Ça me fait autant de plaisir de vous voir mon camarade, que ça m'en a fait de savoir que vous avez hérité.

— Moi! j'ai hérité?

— D'où viendraient vos frusques, votre *coloquet* (1) et vos *pafs* (2) neufs?

— C'est juste. Je dois avoir hérité.

— Ah! si le patron pouvait avoir cette chance-là, lui aussi, reprit Pleurniche, aujourd'hui ou demain ça le sauverait.

— Oui, n'est-ce pas? Il faudrait un peu d'eau à son moulin?

— J'ai peur de voir arriver les huissiers.

— Pourquoi donc viendraient-ils tourmenter un brave homme qui paye autant qu'il le peut?

Une confidence battait du bec aux lèvres de Pleurniche. Il avait évidemment quelque secret à communiquer à Pas-de-Chance, mais il hésitait. Depuis un instant, ses gestes trahissaient un monologue dont le texte devait être : *Vais-je parler ou non?* L'affirmative prévalut sans doute; car tirant un papier de sa poche il reprit :

— Les huissiers sont comme les fusils; on leur dit : *feu!* ils tirent sans voir sur qui. Tenez, Pas-de-Chance, en voici une de leurs cartouches; elle était adressée à m'sieur Durousseau; mais tout à l'heure, quand la portière l'a apportée ici, moi je l'ai empoignée au passage; c'est peut-être la vingtième que je lui épargne à ce pauvre cher homme.

En parlant de la sorte, Pleurniche déployait aux yeux de Pas-de-Chance une feuille de papier en tête

(1) Chapeau.
(2) Souliers.

de laquel le on lisait, imprimé en grosses lettres :
Commandement à fin de saisie.

— Qu'est-ce qui a imaginé ces drôleries? dit
Pas-de-Chance en admirant le timbre du papier.
Que pèse-t-elle donc, cette dame, avec ses balan-
ces? Elle ressemble un peu à Ninette Soviche...
pas beaucoup, mais un peu. A quoi sert d'envoyer
ces petites images au patron?

— Ah! fit Pleurniche profondément découragé,
moi qui voulais vous demander un conseil; vous
ne vous y connaissez pas plus que Pantaléon; vous
ne voyez là dedans que des images.

— Et encore elles ne sont pas belles. Il n'y a
pas moyen de les encadrer.

— Mais c'est un acte d'huissier, malheureux!

— Ah!

— Un acte qui précède une saisie.

— Il fallait le remettre au patron.

— Oui, pour que ça le tourmentât et qu'il en
devînt malade. Je vais brûler ce papier comme
j'ai brûlé les autres, depuis qu'une fois j'ai vu
m'sieur Durousseau pâlir en lisant un méchant
papier semblable à celui-ci.

Et à la flamme d'une allumette chimique,
Pleurniche consomma l'auto-da-fé du commandement.

— C'est égal, reprit-il, j'ai peur que tout cela
finisse mal. Hier soir le patron a écrit à son fils;
il pleurait en cachetant la lettre; il ne se doutait
pas que je le voyais et que je l'entendais. Il se disait des cho. ·s à lui-même, des choses terribles!
Figurez-vous, mon cher Pas-de-Chance, qu'il a un
pistolet là-haut.

L'ouvrier bondit comme si on lui eût enfoncé une épingle dans le dos.

— Tu crois que M. Durousseau serait capable de se...?

— Je le crois, parce qu'on le tourmente trop. Il n'aurait qu'à perdre la tête un instant, et piff!.. mais j'y ai l'œil. Sur la lettre qu'il écrivait à son fils et qu'il m'a envoyé jeter à la boîte, j'ai écrit deux mots.

— Tu sais donc écrire, toi?

— Ma mère m'a appris. Elle ne savait pas beaucoup, dame! de façon que je ne suis pas fort; mais enfin j'ai pu mettre deux mots à côté de l'adresse et si m'sieur Durousseau fils y voit clair sans chandelle, il viendra au plus tôt.

— Tu es bon drôle, s'écria Pas-de-Chance; je t'estime parce que tu aimes ton maître! ça te portera bonheur.

— Oh! oui, je l'aime! Après ma mère, c'est m'sieur Durousseau que je préfère à tout le monde; et puis après, Pantaléon; et après encore vous, peut-être, surtout depuis que vous paraissez avoir pour le patron les égards qu'il mérite.

La porte de l'atelier, s'ouvrant subitement, interrompit Pleurniche. Un homme entra brusquement en louvoyant, trébuchant et chantant à tue tête : c'était Pantaléon. Afin de dissiper la douleur que lui causait sa rupture avec Chevrotte, il avait fait prendre un bain d'eau-de-vie à son cœur.

— C'est gentil d'avoir été vous enivrer quand il s'agit de remplacer les quatre compagnons, lui dit Pleurniche; vous allez faire de *la belle* ouvrage!

Montrant l'intérieur de ses mâchoires, comme un dogue qui bâille, Pantaléon chantait :

Si je meurs, que l'on m'enterre
Dans un bocal plein de vin...

— Il s'est donc déclaré une voie de liquide, pour qu'on ait tant pompé? dit Pas-de-Chance.

— Je ne me marie plus! mademoiselle Chevrotte Périllon... Ça suffit! on comprend... c'est clair... Elle m'a mis à la porte... Non, c'est moi qui l'ai mise à... Nous nous sommes mis à la porte tous deux.

— Couche-toi sur les copeaux, mon ami Culotte, dit Pleurniche, et laisse-nous travailler. Nous t'éveillerons quand tu auras dormi vingt-quatre heures.

— Plus de travail! maintenant je veux vivre pour nocer! Au diable la scie et le rabot! vive le verre et la bouteille, ou bien la barrique! elle doit être jalouse, la barrique. Oh! si j'étais riche, on ne servirait que des barriques sur ma table.

Il s'arrêta tout à coup, et, prenant une mine tragique :

— M. Pas-de-Chance, j'ai à vous entretenir en particulier, dit-il.

Ce ton de gravité imprévue fut si comique, qu'il réveilla pour un instant l'ancienne hilarité de Pleurniche.

— Est-il sérieux, ce farceur! dit Pas-de-Chance en s'approchant.

— J'ai des raisons pour être ainsi, monsieur!

— ... ie me veux-tu?

— Eloignons-nous. Cet adulte n'a nul besoin d'entendre notre explication.

Ils mirent entre eux et Pleurniche une distance de quelques pas.

— M. Pas de-Chance, reprit Pantaléon en affectant un air sec et distingué, pourquoi vous êtes-vous fait le complice d'une ruse indigne dont j'ai été victime? Le soir de la fête de mademoiselle Henriette Périllon, vous vous êtes joué de moi comme d'une toupie. Voulez-vous réparer vos torts envers moi? Répondez sans me rien déguiser. C'était Chevrotte qui vous avait dit de me transporter ainsi d'une chambre à l'autre afin que je ne restasse pas devant le placard?

Mentir était un vice ignoré à Pas-de-Chance; mais aussi, trahir la confiance d'Henriette lui eût semblé un crime.

La première question de Pantaléon était ainsi formulée qu'il put répondre non, sans altérer la vérité.

— Ce n'était pas Chevrotte?

— Je t'ai dit : Non.

— Qui donc t'avait conseillé, M. Pas-de-Chance?

— Personne.

— C'était histoire de rire?

— Tout simplement.

Si Pantaléon n'eût pas été ivre, au trouble de Pas-de-Chance il se serait aperçu que ce dernier dissimulait. Heureusement, l'amoureux de Chevrotte voyait double. Conséquemment, il ne voyait rien.

— Enfin, je te rends mon esti...me ; mais sans le vouloir tu as fait une grande bévue ce jour-là.

— C'est donc fini les explications sérieuses ? dit Pleurniche en voyant revenir les deux amis.

— Si vous me tourmentez, je m'en vais !

— Oh ! Pantaléon...

— Eh bien ! laissez-moi vous raconter l'histoire qui m'est arrivée chez mademoiselle Chevrotte Périllon.

— Raconte ; nous t'écoutons, dit Pas-de-Chance en se remettant au travail.

— Pour lors, les quatre compagnons... commença Pantaléon. Oh ! les misérables !... ce sont eux qui sont cause de tout... Où sont-ils que je les écrase ?...

Il en resta là de son récit : il s'endormait.

Si Pantaléon eût pu à cette heure jeter un coup d'œil au milieu de la plaine Saint-Denis, il eût certainement cru que la Providence s'était chargée de châtier les quatre compagnons.

CHAPITRE XXXIX.

—

QUADRILLE AU BATON.

Les quatre compagnons, au lieu d'examiner froidement la prétendue trahison de l'un d'eux, examen qui les eût bientôt convaincus de leur erreur, avaient décidé que, pour éclaircir cette ténébreuse mystification, il ne leur restait plus qu'à s'assommer réciproquement.

Vous vous méprenez si vous croyez qu'on eût pu lire sur leur visage le motif de leur réunion. Ils se souriaient, leur toilette était fort convenable. Chacun d'eux avait une grosse canne qui lui allait à hauteur d'épaule.

— Où allons-nous ? demanda Tourangeau.

— Plaine Saint-Denis, répondit Libournais.

— Plaine Saint-Denis, répétèrent les autres en heurtant le pavé avec le bout cuivré de leur canne.

Ils partirent, marchant au pas et de front sur le milieu de la rue. Arrivés à la barrière de la Chapelle, Libournais fit claquer sa langue contre son palais.

— J'ai soif, dit-il ; voyons, camarades, si nous buvions un coup avant d'aller plus loin.

Ils entrèrent chez un marchand de vin, dont la boutique à devanture dorée portait pour enseigne : *A la cachette de mon oncle.* Le vin n'y était pas trop bleu ni trop clair ; les quatre compagnons en savourèrent quatre bouteilles. Avaient-ils oublié leur rancune jalouse, ou l'avaient-ils simplement laissée à la porte du cabaret pour la reprendre en sortant ? Les voici buvant et discutant gaiement la différence qui existe entre le petit piéton d'Argenteuil et l'aigrelet de Surênes. Mais ils ne trinquent pas. Ne pas trinquer ! Les Corses qui aiguisent leur poignard, les Arabes qui se cachent pour charger leur fusil, n'ont rien de plus sinistre que des compagnons buvant et ne trinquant pas.

Libournais paya une bouteille. Chacun imita son exemple.

— Et en route dit-il.

— La plaine Saint-Denis est-elle bien éloignée? demanda Vivarais-la-Candeur.

— Non. Avant quinze minutes nous y serons.

Aux environs de Paris, la campagne n'est qu'un immense potager ; les sillons semés de blé ou de seigle s'y rencontrent rarement.

Ce fut un champ de raves que les compagnons choisirent pour lieu de combat. Ils marquèrent le point de départ de chacun d'eux , de manière à former les quatre saillies d'un carré.

Les conditions étaient celles-ci : chacun des combattants , ayant à se défendre contre les trois autres, ne peut, sans faire acte de lâcheté, s'entendre avec l'un de ses adversaires. On comprend quelle sanglante perspective s'ouvrait pour les quatre champions de cette lutte étrange. Ils n'étaient pas gens à reculer, d'autant plus que tout leur désir de vengeance leur revint en ce moment.

Avec ce respect économe que les ouvriers ont pour leurs vêtements du dimanche , ceux-ci se dépouillèrent de tout ce qui n'était pas indispensable. Armés de leurs cannes , les manches de chemise retroussées, ils vinrent prendre position.

Ce n'est plus le mot canne que nous pouvons employer maintenant, car, d'après les règles de ce genre de combat, le bout de bois est une canne ou un bâton, suivant sa longueur. Canne , il se manie d'une seule main ; bâton , il occupe les deux.

Malgré ses apparences débonnaires, le bâton est une arme redoutable, au point que les grands maîtres luttent rarement dix minutes sans de graves résultats.

Or, nos compagnons étaient prêts. Le talon (c'est-à-dire la pomme de leur bâton) dans la main droite, la gauche en avant , ils attendaient le signal, un coup de sifflet de Libournais.

Libournais siffla, les bâtons se mirent en mouvement.

Les compagnons se battaient , leurs joncs se

heurtaient, mais il n'y avait encore aucune blessure à constater. On aurait juré qu'ils s'amusaient. De loin, ils semblaient danser un boléro, tant ils gambadaient.

Un bout cuivré atteignit Tourangeau en plein visage ; son nez se transforma subitement en une fontaine de sang qui lui arrosait les lèvres ; il poussa un rugissement, et, attaquant Libournais qui venait de le blesser ainsi, il lui assena sur la tête un coup qui le fit chanceler.

Les bâtons, en s'entre-choquant, rendaient un bruit sec. Vivarais-la-Candeur, aux prises avec Albigeois-l'Intelligence, manœuvrait avec une telle agilité qu'on l'eût dit caché derrière une roue tournante.

Comme on le voit, le combat se déssinait parfaitement. Chacun s'était pris un adversaire, et cherchait à en finir avec lui, afin d'aller ensuite porter ses coups vainqueurs sur les autres.

Soudain Tourangeau poussa un cri et roula dans la poussière ; il avait une côte cassée par ce qu'on nomme un *coup de flanc*.

Libournais s'élança vers Vivarais et Albigeois. La victoire qu'il venait de remporter sur Tourangeau l'animait d'un courage féroce. Il arriva en exécutant un moulinet qui aurait pu décapiter quelqu'un aussi bien qu'une guillotine. Et les trois bâtons se rencontrèrent.

La fureur avait succédé à la prudence chez les trois derniers combattants, leurs yeux fulguraient. Trop enhardi, Libournais voulait essayer sur Vivarais le coup de flanc qui avait brisé une côte à Tourangeau ; mais au moment où il se disposait à

exécuter sa dangereuse manœuvre, il devint lui-
même victime d'une ruse fatale. Vivarais feignit
de lui porter un coup de tête , il le para; alors ,
tandis que son bâton était levé horizontalement ,
Vivarais lui donna un *coup de figure* si horrible qu'il tourna sur lui-même et tomba comme une masse inerte. Un de ses yeux avait subitement jailli de l'orbite.

— A nous deux ! s'écria Vivarais.

— A toi l'atout ! répondit Albigeois en lui dé-
chargeant sur l'estomac un *coup de banderole* ,
ainsi nommé à cause de la trace qu'il laisse.

Mais cette attaque fut très-habilement déjouée
par un bond en arrière , suivi d'une riposte
subite.

— Ceci est du pique ! répliqua Vivarais en continuant l'allusion de son antagoniste , et ceci du
cœur.

Le bâton a ses finesses homicides comme le
sabre et l'épée ; Vivarais venait d'user d'une
des plus cruelles , qui consiste à faire croire à
son adversaire qu'on va lui porter un coup
de bout , soit dans la poitrine , soit dans la figure , et à lui lancer le talon du bâton dans le bas-
ventre.

Albigeois chancela et se tordit.

— J'en ai assez, prononça-t-il d'une voix étouf
fée par la douleur.

Et il s'étendit auprès de Libounais.

Le soir même, trois brancards entraient ensemble à l'hôpital Saint-Louis. Quant à Vivarais-la-
Candeur, il se promenait sur le boulevard en fumant un cigare à paille.

CHAPITRE XL.

***

L A I D E !

Tandis que les quatre compagnons se battaient au milieu de la plaine Saint-Denis, Reine attendait impatiemment Minot qui, on s'en souvient, lui avait promis de lui apprendre avant la fin du jour si l'amour de M. le comte pour Henriette était connu de l'armurier Périllon. Au moyen de ce renseignement, elle espérait découvrir si cette liaison n'était pas un complot tramé contre elle. Assise sur une ottomane en bois de rose, dans son salon Louis XV, elle remontait de mémoire, jour par jour, sa vie de comtesse, qui aurait pu être si splendide et que le caractère imprévu de Sulpice rendait si étrange. Elle se demandait néanmoins comment elle se serait procuré les émotions indispensables à sa fiévreuse activité morale si son époux se fût endormi sur sa nouvelle position sans lui inspirer la moindre crainte.

Au moment où Reine reculait ainsi sous les plus sombres allées de son passé, Sulpice entra.

— Madame, dit-il, combien payez-vous donc certaines gens pour que, dans le seul but de vous plaire, ils s'exposent si facilement aux répressions de la loi ?

— Je n'ai pas l'avantage de comprendre votre question. Expliquez-vous, comte.

— On a détourné à la poste une lettre qui m'était adressée. Ce détournement n'a pu être effectué que par l'un de vos valets. Je vous prie de dire à ces misérables que me suivre, m'espionner sans cesse, est déjà beaucoup ; me voler, c'est trop !

Sulpice parlait avec énergie, mais sans colère. À la poste, où il était allé demander une lettre à ses initiales, on lui avait appris que la veille un personnage dont on ne se rappelait pas la physionomie était venu se faire remettre une lettre qui portait la suscription qu'il indiquait. Cette révélation le jeta dans un dédale d'hypothèses. Reine avait-elle découvert les secrets de sa correspondance amoureuse ? comment les avait-elle découverts ?

— Que vous a-t-on volé, comte ? reprit-elle en souriant de ce rire qu'on devrait appeler une morsure.

— Une lettre.

— Mais on ne peut voler que les choses qui ont une valeur.

— Celle que je réclame a une valeur pour moi, madame.

— Bah! un griffonnage de quelque fille perdue! une orthographe de cuisine!

En entendant outrager la pauvre Henriette, Sulpice sentit du feu courir dans ses artères.

— Ne parlez pas ainsi, madame, et ne ridiculisez pas la cuisine, qui, si vous vous en souvenez bien, touche presque à l'antichambre.

C'était la première fois que Reine subissait une allusion à la médiocrité de son origine. Elle se leva, toisa Sulpice d'un regard flamboyant.

— Est-ce que pour laver vos triviales amours vous oseriez insulter votre femme?

— Brisons, madame, sur ce sujet. Je vous reproche d'avoir fait prendre mes lettres par vos gens; si je me trompe, justifiez-vous, et voilà tout.

Une toux grêle et perçante qui paraissait partir d'un cabinet voisin du salon suspendit la réponse de Reine. Elle reprit :

— Comte, s'il vous plaisait m'attendre un instant, je vais revenir et vous donnerai les explications que vous me demandez.

Elle sortit. Sulpice n'avait pas remarqué la toux qui semblait avoir motivé la disparition de Reine. Cette dernière trouva Minot dans le cabinet. L'espion lui offrit un salut radieux.

— J'ai eu du mal, dit-il à voix basse, mais enfin j'ai réussi. Madame la comtesse désirait savoir si Périllon...

— Oui ou non? demanda Reine impatiemment.

— L'armurier ne savait rien, madame la comtesse.

— Vous en êtes sûr ?

— Comme je suis sûr d'être le plus fidèle...

— C'est bien , interrompit Reine. Dans un instant, quand je sonnerai, vous reviendrez me raconter les détails de votre excursion.

Minot salua de nouveau, et il s'en alla.

La certitude que Périllon ignorait l'amour de Sulpice et d'Henriette détruisait les craintes de Reine ; elle revint auprès de Sulpice en haussant les épaules.

— Vous disiez, comte , que vos lettres avaient été détournées à la poste ; tranquillisez-vous, il n'y a en cela d'autre coupable que moi.

— Mais de quel droit pénétrez-vous ainsi dans les secrets de ma vie ?

Reine éclata de rire.

— Oubliez-vous que je suis votre femme légitime ?

— Ma femme !... répéta Sulpice, oui, vous avez acheté ma vie ; mais croyez-vous donc avoir acheté mon amour ?

L'éclat de rire de Reine se termina par une contorsion de colère.

— Vous êtes impudent, comte, dit-elle ; votre amour, je ne le demande pas. Je sais qu'il ne s'arrête que sous les mansardes, aux pieds des filles d'atelier sans pudeur, et sans pain, si vous n'étiez bon et généreux; des filles qui ont des placards pour serrer leurs amants comme d'autres pour serrer leur vaisselle.

Cette allusion fit tressaillir Sulpice. Il n'y avait plus à en douter, Reine savait tout.

— Taisez-vous ! s'écria-t-il, c'est moi que vous insultez !

— Je n'ai cependant même pas nommé mademoiselle Henriette Périllon, dit-elle.

— Ne prononcez pas ce nom, madame ; je vous le défends !

— Monsieur !... fit Reine.

En ce moment, peut-être, la jalousie se détendait-elle au fond de cette âme perverse.

— N'affichez pas ainsi, dit-elle, votre amour pour cette créature, car je pourrais m'en venger.

Peu à peu, calculant ses coups, Reine venait de planter une épine sur le cœur de Sulpice. Il se redressa avec force, car il s'agissait d'Henriette, dont la réputation pendait aux ongles de cette femme.

— Madame, reprit-il, vous savez mon secret, mais vous ignorez que j'aime Henriette Périllon comme un mourant aime la vie ; vous ne savez pas que plutôt que de la voir souffrir je verserais jusqu'à la dernière goutte de mon sang ! Si vous songiez à faire du mal à cette jeune fille, d'abord il faudrait être barbare et infâme ! Si vous songiez à cela... Oh ! tenez, madame, j'en suis sûr, vous n'y songez pas !

Reine avait repris un rire satanique dont elle entrecoupa les mots suivants :

— Qu'y aurait-il d'étonnant à ce que je fusse jalouse ?

— Jalouse, vous ?

— Qui vous dit que je ne vous aime pas ?

— Oh! madame, votre regard seul me dit le fond de votre cœur.

— Je me sens cependant disposée à être jalouse, tant pis pour Henriette Périllon; ma jalousie est mauvaise.

— Vous jouez à la cruauté, s'écria Sulpice exaspéré; mais prenez garde, car, de même que vous ne m'aimez pas, moi je vous hais! Je vous hais! reprit-il sourdement en s'approchant d'elle, blême et les dents serrées; je vous hais comme on hait le démon, comme on hait la honte; je vous ai haïe du jour ou je vous ai vue, et j'ai deviné la laideur de votre âme sous la laideur de votre visage.

Ces mots frappèrent sur Reine comme la foudre; elle poussa un rugissement de tigresse blessée.

— Lui aussi! vociféra-t-elle; lui aussi!

Sulpice eût souffleté Reine, il l'eût traînée sur les pavés d'une place publique qu'il ne l'eût pas outragée davantage qu'en lui reprochant sa laideur.

La fille des Machu cacha sa figure dans ses mains, et se laissa tomber sur un fauteuil. Sulpice sortit du salon. Seule, Reine eut un véritable accès d'épilepsie : elle mordit ses mains, elle mordit le velours de son fauteuil. Quand elle se releva, elle était hideuse à voir.

— Et je ne puis pas le tuer! dit-elle.

Sans être initiée aux opinions du code civil en matière de succession, Reine avait compris que la fortune du comte de Prémouran serait perdue pour elle si elle devenait veuve.

— Allons, dit-elle, il faut attendre patiemment, me venger à petit feu. Il aime Henriette, tant mieux. Je vais rendre cette fille malheureuse : elle payera pour lui, celle-là. D'abord, je veux les séparer, qu'ils ne puissent plus se voir. Où est Minot ?

Reine sonna. Minot parut.

— Approchez, lui dit-elle. Ne m'avez-vous pas dit que Périllon était un homme violent ?

— Très-violent.

— S'il apprenait que sa fille a un amant, que ferait-il ?

— J'en demande pardon à madame la comtesse, mais l'armurier Périllon sait, depuis aujourd'hui seulement, que sa fille n'est pas aussi sainte qu'elle en a l'air.

— Et il a appris cela froidement ?

— Pas tout à fait. Sans l'intervention des amis qui se glissent toujours dans ces sortes d'affaires, la chose eût été sérieuse.

— Mais enfin cette fille n'a pas eu le châtiment qu'elle méritait ?

— Non.

— Je veux d'abord qu'elle quitte Paris à l'improviste, afin que M. le comte perde ses traces.

— Alors je crois qu'il faudrait faire partir toute la famille Périllon. En persuadant à l'armurier qu'il causera la perte de sa fille, son déshonneur, s'il ne va s'établir loin de Paris, je crois qu'on arriverait au résultat que se propose madame la comtesse.

— Vous en chargez-vous ?

— Madame la comtesse ne peut avoir le moindre doute à cet égard.

— Vous irez donc trouver Périllon?

— Non, madame la comtesse, il est trop brutal, cet homme. C'est par son ami intime, un vieux cordonnier du nom de Jérusard, qu'il faudrait lui faire faire la proposition. Une bonne figure de prêtre ne serait pas inutile au succès de cette tentative.

— Un prêtre? dit Reine.

— Je me procurerai le costume. J'irai demain chez ce Jérusard, et j'aurai avec lui un entretien.

La tournure honnête que Minot songeait à donner à cette affaire convint à Reine.

— Vous ferez offrir à l'armurier deux mille francs à titre de dédommagement, dit-elle.

— Deux mille francs ne suffiraient pas, je crains.

— Trois mille.

— Que madame la comtesse veuille bien comprendre les pertes que cause à un ouvrier une sorte d'expatriation. Quatre mille francs l'indemniseront à peine si on met en compte les chances du chômage qu'il encourt dans une ville de province.

— Quatre mille francs, soit. Mais qu'il parte à l'instant.

Minot reçut la somme en manifestant le regret qu'il aurait si Périllon ne l'acceptait pas.

— Je vous recommande d'être prudent, dit Reine en terminant. Vous savez que vous ne devez prononcer ni mon nom ni celui de M. le comte.

— Madame la comtesse , j'ai de l'intelligence.

— C'est bien, dit Reine.

CHAPITRE XLI.

L'ABBÉ MINOT.

Minot demeurait rue du Faubourg-du-Roule. Il habitait ce quartier à cause de sa proximité de l'hôtel de Prémouran. Tous les matins, à moins que des missions importantes ne l'appelassent ailleurs, il lui fallait se rendre à un poste d'observation voisin de la demeure de Reine, où il attendait que Sulpice sortît pour le suivre. La demeure de Minot était honnête : deux chambres meublées convenablement.

Célibataire et économe, ce Scapin de vieille comédie jouissait d'une aisance qui avait été l'une des ambitions de sa vie.

Observateur adroit et inventif, il se sentait né un siècle trop tard. Sous Louis XV ou Richelieu, il se fût faufilé parmi les quelques valets illustres dont on voit les noms dans les coulisses de l'histoire; sous la république de 1848, il se contentait d'être l'agent de la comtesse de Prémouran. Parfois il lui venait la pensée de liquider sa situation, et de demeurer rentier; mais il repoussait cette tentation par un seul mot : « Plus tard. » Minot avait des secrets : les secrets de Reine Machu. Il ne savait pas toute sa vie; il ignorait le crime au moyen duquel elle enchaînait Sulpice; mais il avait découvert un mystère, et sa découverte était une valeur négociable. Jusqu'au moment où il se retirerait des affaires et liquiderait sa situation aux dépens de Reine, il avait résolu de la servir avec zèle.

Or il était jour à peine, Minot s'habillait en prêtre afin d'aller chez Calixte Jérusard; il achevait de boutonner sa soutane en essayant un son de voix et une mine apostoliques, lorsqu'on frappa à sa porte. Minot ne se connaissait pas d'amis; qui donc pouvait venir si matin le surprendre dans sa métamorphose?

— N'importe, pensa-t-il, si c'est quelqu'un de ma connaissance, je vais savoir si je suis bien déguisé.

Il donna un dernier coup de peigne à sa perruque, se coiffa d'un chapeau à larges bords, mit un livre sous son bras et ouvrit la porte, car on frappait de nouveau.

Minot recula en se frottant les yeux. Il se trouvait en présence de M. le comte de Prémouran.

— C'est vous, Minot? dit le comte en entrant et regardant sous le chapeau à larges bords.

Jamais Minot n'avait parlé à M. le comte, même

quand il n'était que simple valet à l'hôtel de Prémouran ; jamais M. le comte ne lui avait parlé.
Quand il le suivait , il croyait prendre de telles
précautions que personne n'apercevait son espionnage ; madame la comtesse ne pouvait l'avoir dévoilé. Ces réflexions, qui se dressèrent subitement
dans la cervelle de Minot , le jetèrent dans une
perplexité profonde.

— Je suis l'abbé Minot, murmura-t-il d'un ton
patelin, le frère de celui pour qui vous me prenez
probablement.

Le comte regarda le prétendu abbé, qui ne put
s'empêcher de rougir et de pâlir.

— N'essayez pas de me tromper, drôle !

Minot se décoiffa humblement, et recula encore
afin de se tenir à distance.

— Vous êtes un coquin, Minot, un vrai coquin.

— Vous croyez, M. le comte ?

— J'en suis persuadé.

— Je ne voudrais pas donner un démenti à
M. le comte.

— Vous êtes payé pour me suivre et raconter
mes moindres actions à madame la comtesse.

— Moi!... dit-il.

— Je payerai quelqu'un qui vous suivra aussi,
Minot, et ce quelqu'un aura un bâton à la main.

— M. le comte a sur moi des opinions déplo-
rables.

— Vous ne me suivez jamais?

— M. le comte n'est-il pas sorti de son hôtel,
ce matin comme toujours , sans que le plus humble de ses serviteurs le sût?

— Je vous ferai bâtonner, Minot, je vous le promets, comptez-y.

Le comte s'était assis de façon à ce que les fenêtres n'éclairassent pas trop son visage. Malgré toute la présence d'esprit que témoignaient les réponses de Minot, l'air étrange de son interlocuteur l'inquiétait beaucoup plus que ses menaces, prononcées du reste avec une froideur britannique.

— Allons, Minot, convenez-en, vous êtes payé pour m'espionner, reprit le comte d'un ton qui n'admettait plus de dissimulation. Répondez franchement et n'attendez pas que je vous y contraigne.

— Puisque M. le comte me fait l'honneur de me supposer investi de la confiance de madame la comtesse...

— Enfin, vous ne niez plus?

— Je ne peux pas dire non, quand M. le comte dit oui.

— Je veux un espion, moi aussi, Minot, et c'est vous dont j'ai besoin. Madame la comtesse sait tout ce que je fais, je veux savoir tout ce que fait madame la comtesse, contre moi seulement, bien entendu.

— Comment servir deux maîtres? Je suis probe, M. le comte.

— Vous continuerez à servir madame, comme par le passé, avec autant de zèle. Vous gagnerez toujours l'argent qu'elle vous donne. Cela ne vous empêchera pas d'être à mon service et à mes gages comme aux siens.

— M. le comte veut rire.

— Combien recevez-vous par mois?

— Très peu.

— Combien?

— Deux cents francs.

— Je vous remettrai la même somme et vous serez à moi comme vous êtes à madame la comtesse.

Je ne comprends pas, dit-il.

— Vous servez madame la comtesse depuis dix heures du matin jusqu'à minuit?

— Habituellement.

— Vous m'appartiendrez depuis minuit jusqu'à dix heures.

— Comment me serait-il permis de prouver mon zèle à M. le comte?

— Nous y voici : le métier sera simple. Mon Minot à moi me racontera, en ce qui me concerne, les ordres qu'aura reçus le Minot de madame la comtesse.

— Mais je suis trop honnête homme pour...

— En tout il faut de la probité. Vous en aurez autant que vous en pouvez avoir en continuant à servir madame la comtesse et en acceptant les offres que je vous fais. Vous m'espionnerez, Minot, aussi implacablement qu'il vous sera possible; vous gagnerez légitimement de ce côté l'argent de madame. Après quoi vous me direz chaque jour les manœuvres dirigées par vous ou par madame la comtesse contre moi ou mes relations, et vous n'aurez aucun reproche à vous adresser.

Mais avant d'accepter, et comme s'il eût tenu à la considération du comte, Minot voulut étaler une profession de foi qui lui vint sur le cœur.

—M. le comte, dit-il, vous m'avez gratifié d'une épithète que je vais peut-être justifier en me chargeant du double rôle que vous m'imposez. Mais permettez-moi de vous faire observer uniquement, parce que l'occasion s'en présente, combien ce sont souvent les imperfections des maîtres qui engendrent la perversité des valets. Je suppose qu'au lieu d'être un coquin comme vous avez dit, j'aie désiré être honnête homme, croyez-vous que cela m'eût été facile ? Quand un maître voit de l'intelligence à son valet, il prétend avoir acheté cette intelligence aussi bien que le reste, et de même qu'il emploie les pieds et les mains de son serviteur, il se sert de son esprit. C'est rarement pour faire du bien ; c'est souvent pour faire du mal. Vraiment, je finis par croire qu'un valet n'est pas responsable de ses défauts ; les maîtres exigent qu'il ait les vices utiles à leur genre de vie ; quelquefois ils lui donnent ceux qu'ils n'osent pas avoir. Voilà, M. le comte, tout ce que j'avais à vous dire, afin de vous prouver que je suis au moins un coquin de mérite.

— Vous avez dit la vérité, Minot.

Cette justice rendue à ses opinions domestiques satisfit complétement cet homme.

— Maintenant, dit-il, je suis aux ordres de M. le comte.

— Vous me préviendrez de tout ce qui se tramera contre moi directement ou indirectement.

— Toutes les fois qu'il plaira à M. le comte de m'interroger.

— Je ne vous verrai qu'ici, chez vous, le matin. Jamais à l'hôtel vous ne m'adresserez la parole.

— Comme il plaira à M. le comte.

— Pour commencer, veuillez me dire les ordres qui vous ont été donnés hier soir. Vous êtes sorti de l'hôtel de Prémouran à six heures, et, avant de rentrer chez vous, vous êtes allé au Temple chercher la soutane dont vous êtes vêtu maintenant.

— M. le comte a donc à son service des gens qui... ?

— Non, Minot, je vous ai suivi moi-même.

— C'est vraiment trop d'honneur !

— Pourquoi cette soutane, et où alliez-vous ce matin ?

Avec une sincérité dont on ne l'eût pas cru susceptible, Minot dévoila le plan de l'attaque dirigée contre la famille Périllon.

L'impassibilité du comte étonna l'espion de Reine, mais il fut bien plus surpris encore lorsqu'il entendit les paroles suivantes :

— Je laisse à la Providence le soin d'arranger cela, et n'ai nullement l'intention d'arrêter la comédie que vous me jouez. Je veux seulement, s'il est en mon pouvoir, que les vengeances de madame la comtesse ne soient pas trop cruelles.

— M. le comte, vous êtes un grand philosophe.

Si la langue de Minot n'eût pas été plus polie que sa pensée, il eût dit : *un grand fou.*

— Vous comprenez donc, reprit le comte, que

je ne veux rien empêcher, mais que je tiens à tout savoir.

Ces surprenantes dispositions charmaient d'autant plus Minot, qu'elles lui permettaient de remplir les engagements par lui pris de deux côtés à la fois.

— M. le comte saura tout, dit-il.

— Il est convenu qu'ici, le matin, auront lieu nos entrevues.

L'instant d'après, Minot était seul.

— Quel singulier personnage ! pensait-il en accordant un dernier coup d'œil à sa toilette ecclésiastique ; jamais je ne me serais figuré qu'il considérait cela comme une comédie. C'est égal, il payera sa stalle.

Craignant d'avoir manqué l'heure à laquelle il pouvait rencontrer Calixte Jérusard, Minot sortit précipitamment, se jeta dans un fiacre et dit au cocher :

— Rue Geoffroy-l'Asnier, 15.

CHAPITRE XLII.

DEUX SOEURS.

L'abbé Minot demeura une heure chez Calixte Jérusard ; quand il en sortit, il grommela un juron, à la grande stupéfaction de son cocher de fiacre, qui n'avait pas encore vu jurer un abbé. Sa tentative n'avait pas réussi sans doute ; c'est ce que nous apprendra le père Jérusard qui se rend quai de Gèvres, chez son ami Périllon.

Après avoir adressé une dernière question à Henriette, afin de lui faire avouer le nom de son amant, l'armurier s'était enfermé dans sa chambre. Un instant il avait eu l'idée de se précipiter sur le pavé de la rue, du haut de son quatrième étage, mais il entendit ses filles qui sanglotaient.

La nuit fut triste aussi bien pour lui que pour

Henriette et Chevrotte. Calixte Jérusard entra chez Périllon.

— Pauvre ami, lu' dit-il, voyons, il te faut du courage, de la fermeté. Ne songe plus qu'à punir le séducteur de ta fille.

L'armurier fit un effort pour paraître calme.

— Sais-tu quelque chose de nouveau? dit-il.

— Un prêtre est venu chez moi ce matin parce qu'il me sait ton ami. Il a osé me proposer une singulière réparation pour ta famille.

— T'a-t-il dit le nom et la demeure du misérable?

— Hélas! non.

— Raconte-moi tout ce qu'il t'a dit. Peut-être, en combinant ce que je puis me rappeler et ce que tu vas m'apprendre, saurai-je un peu comment ce malheur est tombé sur ma maison.

— Tu n'ignores pas qu'un prêtre est un fourbe, commença Jérusard, qui, dans sa philosophie moitié militaire, moitié voltairienne rationaliste, comme un marteau l'est sur un clou, n'admettait les cérémonies de l'Eglise que comme autant de momeries dignes d'amuser les enfants et leurs bonnes.

— Je sais à quoi m'en tenir là-dessus, dit Périllon, qui partageait pleinement les opinions de Jérusard.

— Tout à l'heure, comme j'allais sortir de chez moi, un abbé m'arrête dans le corridor. Il me dit qu'il a à me parler; je l'introduis dans ma chambre et je l'écoute. Quand il m'a eu expliqué pourquoi il s'adressait à moi, je lui ai offert de venir te chercher; il n'a pas voulu, prétendant que l'amitié me faisait un devoir d'accepter le rôle qu'il m'offrait.

— Quel était le but de sa visite? interrompit Périllon.

— Le séducteur de ta fille est marié.

On eût dit que Jérusard avait choisi le moment où son ami reprenait un peu son état normal pour le frapper de ce coup imprévu. L'armurier chancela.

— Malheur à lui! murmura-t-il.

— Et ce prêtre était chargé de te donner de l'argent, si toi et tes filles vous vouliez quitter Paris.

— Qu'as-tu répondu, Calixte?

— Une parole violente m'est venue sur les lèvres. J'allais crier à cet homme : « Gardez votre argent pour payer les funérailles de celui qui vous a envoyé ici. » Mais c'eût été dévoiler notre secret; je me suis contenu et lui ai dit seulement que nous n'étions pas de ces pères qui vendent leurs enfants.

— Et tu l'as laissé partir sans lui demander le nom de l'amant d'Henriette?

— Tu penses bien le contraire. Je l'ai pris au collet et lui ai dit : « M. l'abbé, vous allez passer un mauvais quart d'heure si vous ne me nommez pas le scélérat qui a trompé la fille de mon ami. » Alors il s'est mis à me raisonner, à me prouver que je commettais un crime en portant la main sur un ministre de Dieu... Un tas de bêtises que j'ai eu tort peut-être d'écouter, et qui ont paralysé ma colère.

— Tu n'avais qu'à enfermer ce prêtre chez toi et à venir me chercher.

— Mon ami, je n'ai pu employer la force avec un homme qui me disait : « Tuez-moi, si vous êtes un assassin; mon caractère ne me permet pas de me défendre. »

De grosses larmes roulaient dans les yeux de Périllon. Il pensait à Henriette.

— Cette malheureuse enfant, dit-il, a été victime de quelque infamie, et elle ne se croit pas trompée. Elle a foi en son séducteur. N'importe! il faut être cruel souvent malgré soi. Viens, Calixte, viens avec moi l'interroger. Ah! Larigette, Etienne Cassaignet et Denis Lœuf étaient quelquefois jaloux de mon bonheur; ils ne le seront plus maintenant!

Henriette et Chevrotte étaient dans leur chambre. La nuit qui venait de s'écouler n'avait été qu'une scène d'amitié sublime de la part de la brunisseuse, qui avait déployé une sollicitude maternelle pour adoucir la consternation de sa sœur. Une fièvre nerveuse s'était emparée d'Henriette dès le soir; elle grelottait à briser ses dents, son front était rouge. Chevrotte voulut y déposer son baiser du soir, mais alors, en sentant sous ses lèvres le feu de la fièvre, les forces lui manquèrent, Henriette la saisit dans ses bras, et elles pleurèrent toutes deux comme elles n'avaient jamais pleuré depuis le jour où, enfants, elles suivirent le cercueil de leur mère. Puis Chevrotte s'était relevée :

— C'est bête de pleurer comme ça! avait-elle dit.

— Chevrotte, pourquoi notre mère est-elle

morte sitôt! avait répondu Henriette dans une nouvelle explosion de sanglots; j'aurais osé lui dire à elle...

— Et à moi tu n'as pas osé ?...

— Oh! dit Henriette, j'ai eu tort. Viens, je veux tout te raconter, ma sœur.

Et pendant deux heures Henriette chuchota sa confession à l'oreille de Chevrotte assise à son chevet. Le baiser que celle-ci lui donna à la fin fut-il un gage d'absolution ? Je ne sais; mais quand la coupable eut ainsi versé tous les détails de son secret, sa fièvre s'apaisa, ses yeux se fermèrent, elle s'endormit.

Chevrotte écoutait la respiration d'Henriette balancée dans sa gorge plus précipitamment que de coutume. Tout à coup, le souffle d'Henriette devint encore plus saccadé.

— Ne... tuez... pas... Donatien! prononça-t-elle sans se réveiller.

— Non, non, on ne tuera pas ton époux, répondit Chevrotte.

Comme si Henriette eût entendu cette consolante promesse, une lueur de douce espérance éclaira subitement son visage redevenu calme. Vers minuit elle s'éveilla, et rencontra le regard de Chevrotte qui, comme celui d'un ange gardien, ne l'avait pas quittée un instant.

Alors elles recommencèrent à parler de Donatien. Henriette expliqua comment il fallait qu'il s'écoulât trois cent dix-sept jours avant son mariage avec lui. Chevrotte dissimula ses doutes.

Au point du jour, la fièvre d'Henriette était passée. Elle se leva et écrivit à Donatien. Ce fut au moment ou elle terminait que Périllon et Calixte Jérusard entrèrent. Heureusement elle avait eu le temps de cacher sa lettre.

— Laissez-nous seuls avec votre sœur, dit l'armurier à Chevrotte.

La coloriste faillit s'écrier : « Hier est donc encore aujourd'hui ! » comme dit une fois à sa mère Marie-Antoinette, l'auguste victime qu'on donna à dévorer au tigre Simon.

— Mon père, pourquoi m'exclure? ne suis-je pas de votre famille?

— Il le faut, laissez-nous.

Henriette courut se jeter sur le sein de sa sœur. Alors Chevrotte ne put exécuter les ordres de son père.

— Je ne vous ai jamais désobéi, lui dit-elle, je n'ai qu'un profond respect pour toutes vos volontés; mais ma sœur a été malade cette nuit et elle est très faible en ce moment. Je ne puis me séparer d'elle.

— Je veux que vous sortiez de cette chambre, répéta l'armurier.

Mais sa voix s'était affaiblie en apprenant qu'Henriette avait été malade, et l'extrême pâleur de cette enfant le prouvait assez, du reste.

— N'insiste pas, dit Jérusard à Périllon, qui se hâta de saisir le prétexte que cette intervention lui offrait.

— Restez, puisque vous ne pouvez m'obéir, dit-il.

Il se fit un instant de silence. Puis Périllon reprit d'une voix lente :

— Henriette, vous n'avez pas voulu hier me

dire le nom de votre séducteur. Vous redoutiez les extrémités auxquelles un premier mouvement de colère pouvait me porter contre lui. Mais aujourd'hui, vous le voyez, j'ai toute ma raison ; ce n'est plus un homme outragé dans son honneur, c'est un père qui vous parle.

— Je ne puis vous répondre encore, mon père. Si vous avez pitié de moi, malgré mon indignité, je vous en supplie, attendez quelques jours.

— Mais si on vous a trompée, malheureuse enfant ?

Un ineffable sourire de martyre passa sur les lèvres de la coloriste.

— Trompée, murmura-t-elle, par lui !

—Le mensonge est si facile, Henriette, dit Jérusard , surtout lorsqu'il s'adresse à une âme candide comme la vôtre.

— Rassurez-vous , je vous le répète , disait la coloriste ; l'homme que j'aime sera mon époux.

— Et s'il était marié ?

— Donatien marié !

Henriette porta précipitamment la main à ses lèvres qui venaient de trahir le nom de son amant.

— Il se nomme Donatien ! prononça l'armurier. Où demeure-t-il ?

— Je ne puis vous le dire, mon père.

— Vous me le direz, Henriette, car il faut que j'aille lui demander si c'est lui qui m'a fait offrir ce matin de me payer à prix d'or le déshonneur de ma fille.

— A prix d'or ?

— Il a envoyé un prêtre à Jérusard, n'osant

l'envoyer vers moi. Ce prêtre a dit que votre séducteur était marié.

— Ce n'est pas possible! dit Henriette; ce n'est pas...

Et si Chevrotte ne l'eût entourée de ses bras elle serait tombée la face sur le carreau.

— Ce prêtre m'offrait de l'argent à la condition qu'immédiatement je quitterais Paris avec mes filles, mes deux filles, entendez-vous?

Comprenez-vous maintenant que vous avez été abusée d'une manière infâme? Comprenez-vous qu'il n'y a plus de réparation possible et que c'est une vengeance qu'il vous faut! Vous n'êtes pas ma fille si vous ne comprenez pas cela.

A moitié évanouie, Henriette n'entendait plus qu'un bourdonnement à ses oreilles, mais un bourdonnement infernal.

— Ma sœur, balbutia-t-elle, soutiens-moi...

Chevrotte porta Henriette sur son lit; puis, avec une énergie qui tenait de la fureur, s'approchant de son père :

— Ne vous ai-je pas appris que ma sœur était faible et souffrante? dit-elle; si vous voulez la tuer, prenez donc ce couteau !

Périllon se tut.

Immobile, faible comme une mourante, Henriette parlait encore :

—On calomnie Donatien... Ce sont ses parents qui veulent m'éloigner; ce n'est pas lui... C'est parce qu'ils savent bien que nous devons nous marier dès qu'il aura atteint sa majorité.

— Chevrotte, prononça Périllon d'une voix émue, j'accorde vingt-quatre heures à votre sœur.

Si d'ici ce terme elle ne m'a pas donné les renseignements que j'ai droit d'exiger, malheur à elle!.. malheur!...

Les deux pères laissèrent Henriette et Chevrotte dans leur chambre et sortirent ensemble. Sur le quai ils se serrèrent la main en se séparant.

—Je n'ai plus qu'à m'adresser rue de la Muette, dit Périllon; pour consolation il me reste la vengeance!

CHAPITRE XLIII.

POLITESSES D'HUISSIER.

Nous avons laissé François Durousseau se dirigeant vers l'hôtel de Prémouran, pour y aller implorer une dernière fois la commisération de son principal créancier. Rien n'émousse aussi facilement la résolution d'un homme qu'une longue marche sur le pavé de Paris. Durousseau était parti avec un peu de courage au cœur ; quand il arriva sur la place de la Concorde, il se demanda pourquoi il était sorti. Le pauvre Durousseau trouva du mépris dans l'œil des passants; il lui sembla que les gamins insultaient aux rides de son visage, à la blancheur de ses cheveux, à la modestie outrée de ses vêtements. Tout cela était imaginaire ; mais il en résulta que Durousseau revint chez lui comme il en était parti. Sa concierge lui remit un papier timbré. Pleurniche n'avait pas eu le temps d'intercepter celui-ci. Du reste, il en pleuvait chez le maître menuisier. C'était une assignation au tribunal de commerce. En tête se groupaient des barbouillages de billets échus.

— Ah ! j'oubliais cette carte de visite, dit la concirge.

Durousseau lut le nom de Pierre Frapin, huissier.

— Encore un ! murmura Durousseau en souriant de ce sourire douloureux qu'il avait souvent sur les lèvres.

Il rentra à l'atelier : Pantaléon dormait sur un tas de copeaux, Pas-de-Chance et Pleurniche travaillaient.

— Eh bien ! patron, avez-vous vu M. le comte? lui demanda Pas-de-Chance au moment où il montait son escalier.

— Oui, oui, tout est arrangé, mes enfants, répondit-il.

Mais sa physionomie démentait ses paroles.

Pleurniche seul découvrit la vérité sous ce faux air d'espérance. A l'insu de tout le monde, il passa la nuit à l'atelier, car il redoutait la réalisation de quelque projet sinistre conçu par Durousseau.

Le lendemain le maître menuisier descendit dès le matin.

— Tenez, mes amis, dit-il à Pleurniche et à Pantaléon, obligez-moi d'aller chez de braves gens qui me doivent le montant de quelques travaux, et priez-les de me solder.

En parlant ainsi , il remettait à chacun une liasse de comptes acquittés. Pleurniche , rapide comme l'éclair , s'élança d'un côté ; Pantaléon , suivi de Pas-de-Chance, à qui Durousseau avait dit qu'on ne travaillerait pas aujourd'hui , parce que la planche manquait , se mit en marche de son côté.

— Allons , murmura le maître menuisier dès qu'il se vit seul , quand ils reviendront , tout sera fini.

Mais il se trouva en présence de trois messieurs, dont l'un, mieux vêtu que les deux autres, salua gracieusement.

— M. Durousseau ?

— C'est moi.

C'était un huissier : il avait une cravate blanche , un paletot noir , un gilet noir , un pantalon noir et des gants noirs. Il avait une figure d'huissier; dire pourquoi un huissier a une figure à part dans la création , serait expliquer l'affinité qui existe entre la physionomie et la profession de chaque homme.

L'huissier s'était approché. Il salua une deuxième fois.

— En vertu d'un jugement du tribunal de première instance, monsieur, dit l'huissier, je viens instrumenter chez vous à la requête de mon honorable client , M. le comte Marcus-Henri de Prémouran.

— Voici ce que je possède, dit Durousseau ; ici est mon atelier, au-dessus est ma chambre. Je suis désolé de n'avoir pas de plus grandes valeurs à offrir à mes créanciers ; mais je vous assure que c’est un peu la faute de M. le comte. Depuis que mes fournisseurs savent qu’il me poursuit, ils m’ont refusé le crédit dont j’avais besoin. Des commandes importantes out ainsi été perdues pour moi, et je suis ruiné sans espoir.

— Ecrivez, messieurs, dit l’huissier à ses acolytes. « Six établis... » Avez-vous écrit? « Douze armoires en bois de chêne, corniches inachevées. »

Durousseau remonta dans sa chambre, la voix de l’huissier lui perçait le cœur.

En ce moment, le propriétaire de la maison arriva effaré.

— Vous saisissez? s’écria-t-il; tout est à moi, ici. Il m’est dû trois termes; j’ai déjà signifié congé avec commandement.

— Vous ferez opposition lors de la vente.

— Ah! ce que c’est qu’avoir confiance. Jamais je n’aurais cru cela de M. Durousseau. Lui se laisser saisir, se laisser vendre, c’est infâme!

— Mais il est ruiné, ses affaires n’ont pas été heureuses.

— Que m’importe à moi? reprit le propriétaire; je le proclame hautement : les honnêtes gens sont ceux qui ne doivent rien, qui payent leurs termes; les autres devraient être aux galères.

— Alors, monsieur, comment vivrions-nous? objecta naïvement l’huissier.

Le malheureux Durousseau entendait cette conversation. L’huissier monta dans la chambre pour voir s’il n’y avait rien à inscrire sur son procès-verbal de saisie.

— Consentez-vous à être gardien, monsieur?

demanda-t-il. Cela vous éviterait des frais de garde.

— Comme vous voudrez, répondit Durousseau.

— Ecrivez, cria l'huissier : « Le saisi s'est constitué gardien des meubles et effets. » Maintenant, monsieur, voulez-vous avoir la bonté de signer?

On porta l'original à Durousseau, qui signa, conformément à la loi.

L'huissier, les clercs et le propriétaire s'en allèrent ensemble. Ce dernier profita de la présence de l'officier public pour obtenir gratuitement deux ou trois petites consultations.

Durousseau, ne les entendant plus, descendit; il fermait à double tour la porte de l'atelier lorsque Pleurniche se montra à l'un des carreaux d'une fenêtre.

— C'est moi, M. Durousseau, dit-il.

Le maître menuisier le laissa entrer, mais il ne put réprimer un mouvement de contrariété mystérieuse.

— Tu as donc déjà terminé tes courses?

— Oui, patron.

Des gouttes de sueur ruisselaient sur le front de Pleurniche. Il était haletant.

— Je vous rapporte quatre-vingt-quatre francs. Deux comptes seulement m'ont été payés.

— Tu es allé les présenter tous, mon ami?

— Tous.

— Un fiacre à deux chevaux n'aurait pas été si lestement que toi.

— Dame! j'ai trotté.

— Je ne t'avais pas dit de tant te hâter ; vois comme tu sues.

— Ce n'est rien ; je vais allumer les copeaux.

— Oui, tu as raison, chauffe toi un peu.

Quiconque eût vu Pleurniche au moment où en courant il arrivait à la maison de son maître, eût été frappé de l'air inquiet de cet enfant ; maintenant il s'agitait toujours comme un écureuil, mais il souriait et semblait entièrement rassuré. Cette remarque n'avait pas échappé à Durousseau.

— Comment se fait-il que tu aies couru de la sorte ? Dis-moi la vérité, mon garçon.

— J'ai couru pour aller vite, voilà tout.

— Qu'avais-tu besoin d'aller si vite ?

— Je voulais être de retour à présent.

— Pourquoi cela ?

— Ah ! pourquoi... pourquoi...

— Eh bien ! tu ne peux pas dire pourquoi ?

— Je n'en sais rien. Ou plutôt... je le savais en partant, mais je l'ai oublié en revenant.

— Pleurniche, tu me trompes.

— Si je vous dis la vérité, ça vous fâchera, et je ne voudrais pas vous fâcher.

— C'est égal, ne me cache rien, mon enfant.

— Eh ! parbleu ! c'est pas moi qui cache quelque chose.

— Qui donc est-ce ?

— C'est vous.

La voix de Pleurniche était émue. Une larme pendait à ses cils. Il se tourna vers la cheminée où il venait d'allumer des copeaux, et effaça la larme indiscrète. Durousseau, également troublé par la brusque déclaration de l'apprenti, s'éloigna lentement jusqu'au fond de l'atelier, et revint une seconde après en disant :

— Explique-toi, si tu tiens à être compris.

— Depuis quinze jours, reprit Pleurniche, vous êtes triste, patron, mais triste à inquiéter un croque-mort.

— Jamais tu ne m'as vu bien gai...

— Et puis ç'a été en augmentant. Hier soir, quand vous êtes rentré, et ce matin donc! Ce n'est pas naturel d'avoir une figure comme ça. Alors je me suis imaginé que vous étiez malade... que vous aviez besoin de moi, et... c'est pour cela que j'ai couru.

Si Durousseau eût obéi à l'impulsion de son cœur, il eût ouvert ses bras à cet enfant, et il l'eût pressé sur sa poitrine ; mais l'homme réellement malheureux aime à se cloîtrer dans sa douleur ; refuser toute consolation est une des voluptés du désespoir. Le maître menuisier étouffa le mouvement de tendresse que l'attachement de Pleurniche soulevait en lui.

— Je te remercie, mon enfant, dit-il, tu le vois, je me porte bien.

Néanmoins, redoutant sa sensibilité, et ne voulant pas s'exposer à une scène douloureuse qui eût peut-être ébranlé ses résolutions, il remonta dans sa chambre et s'y enferma.

Grâce à la concierge, honnête femme avec laquelle il était en bonne intelligence, Pleurniche n'ignorait pas la visite que l'huissier, accompagné de ses deux clercs, avait rendue à M. Durousseau.

En entendant fermer en dedans la porte de la

chambre, l'apprenti, qui prêtait une oreille attentive, tressaillit et devint pâle. Léger comme un rat, il s'approcha de l'escalier et se hissa au sommet. Par le trou de la serrure il vit Durousseau qui écrivait; mais sur sa table, auprès de l'écritoire, était un pistolet. Pleurniche reconnut cette arme dont il avait parlé à Pas-de-Chance.

— J'en étais sûr, murmura-t-il.

Il frappa violemment à la porte. Au même instant, il entendit l'explosion d'une capsule. Alors, avec cette force incalculable que donne la volonté, il fit sauter la serrure et entra.

Durousseau, livide, assis sur l'unique chaise de sa chambre, tenait le pistolet sur son front, se demandant pourquoi la mort n'était pas venue.

— Au secours! s'écria Pleurniche.

Et saisissant l'arme, il l'arracha des mains de son maître.

— Ne t'effraye pas, mon enfant; j'ai voulu ôter cette capsule, et elle a fait feu...

— Vous avez voulu vous tuer, mais heureusement je m'en doutais.

— Tu avais déchargé ce pistolet?

— Oui. Ah! vous voyez bien que vous vouliez vous tuer!

Il serait impossible d'exprimer en quel ton s'échangèrent ces paroles. Durousseau balbutiait, mais Pleurniche ébranlait la maison de ses cris. Scène bizarre de faiblesse humaine où l'enfant protégeait le vieillard!

— Vous ne vous tuerez pas, M. Durousseau, reprenait l'apprenti, vous vivrez pour ceux qui vous aiment, si vous ne voulez pas vivre pour vous.

Soudain parut un jeune maréchal des logis de hussards. Durousseau se leva en poussant un cri déchirant.

— Mon fils! prononça-t-il.

Ils tombèrent dans les bras l'un de l'autre.

— Je savais bien qu'il arriverait, se disait Pleurniche à lui-même; mais il a failli arriver trop tard.

Et, jugeant que sa présence n'était pas indispensable aux grandes expressions qui allaient nécessairement avoir lieu, il s'esquiva.

Le fils de Durousseau était un grand et beau garçon de vingt-quatre ans, serré dans son dolman comme une femme dans son corset; membré solidement, sans embonpoint ni maigreur; un homme taillé pour monter à cheval et pour porter gracieusement la coquetterie sabrante du hussard.

Appuyé sur l'épaule de son fils, Durousseau pleura longtemps sans prononcer une parole. Ce fut le maréchal des logis qui rompit le silence.

— Vous avez pu songer à vous suicider, mon père! dit-il avec douceur.

— Non, mon pauvre Honoré, ne crois pas ça.

— Voici un pistolet; vous avez au front un cercle noir : comment douterais-je de votre fatale tentative, lors même que je n'aurais pas entendu ce que cet enfant vous disait quand je suis entré?

— Éh bien! c'est vrai, j'ai eu envie de mourir, dit le maître menuisier après un moment d'hésitation ; mais si tu savais combien j'ai été malheureux depuis que je ne t'ai vu !...

— Qu'importe ! n'êtes-vous pas resté honnête homme ?

— Je suis poursuivi par le comte de Prémouran pour une somme que le père m'a prêtée, en me disant : « Vous me rembourserez quand vous voudrez. »

— Dès que vous êtes son débiteur, il a le droit de vous poursuivre.

— Mais, Honoré, j'ai consacré, tu le sais, le plus beau temps de ma vie aux intérêts de M. de Prémouran. Et maintenant son fils est sans pitié pour moi. C'est lui qui a commencé l'attaque. Les autres créanciers sont venus après.

— Avez-vous fait tous vos efforts pour vous acquitter ?

— Cela n'empêche pas que demain je serai déclaré en état de faillite.

— Mettez la main sur votre conscience, et vous y trouverez assez d'honneur pour porter dignement cette croix. Est-ce donc dans la prospérité seulement que le véritable mérite peut vivre ?

— Mort, j'aurais excité la pitié ; vivant, je n'aurai que l'infamie.

— Mort, on dirait que vous aviez peur et que vous avez déserté la vie, comme un banqueroutier déserte son pays !

— Tu te trompes, mon fils, on pleure sur le cercueil d'un vieillard tombé sous le poids de ses malheurs.

— Pleure-t-on sur le corps d'un soldat qui s'est

tué parce qu'il n'avait plus le courage de combattre? Tout homme est soldat; qu'il ait des cheveux blancs ou noirs, fort ou faible, il prend place dans ce combat éternel qu'on appelle la vie. Les pauvres sont les prisonniers d'une colossale ennemie, la misère! et vous croyez qu'il n'est pas plus glorieux de lutter contre elle jusqu'au dernier moment que de se coucher sous ses ongles en lui disant : « Étrangle-moi! » Prenez votre scie et votre rabot, mon père, et si vous ne pouvez plus être maître, redevenez ouvrier; on vous saluera du nom qui vous appartient, celui d'honnête homme, sans regarder si votre passé a été heureux ou malheureux. La calomnie se taira devant votre résignation. Si elle ose lever sa tête de serpent, vous l'écraserez d'un sourire de mépris. Vous vous seriez tué parce que vous avez peur des méchants; est-ce donc pour ceux qui vous haïssent que vous vivez? L'opinion des autres vous ébranle; n'avez-vous pas l'estime de vous-même? Je ne vous parlerai pas de moi, qui, dans ma carrière aride et monotone, n'ai qu'une espérance, celle de vous faire bénir un jour ma première épaulette. Je ne vous dirai pas : « Si vous mourez, me laissant seul, sans rien à aimer sur la terre, je serai malheureux. » Non, je n'ai pas besoin de vous rappeler que vous avez un fils; vous ne pouvez l'avoir oublié.

Durousseau confus écoutait cette mercuriale militaire.

— Mais c'est vous, cependant, qui m'avez appris ces vérités philosophiques, reprit le maréchal des logis.

— Ah ! je les avais oubliées, répliqua Durousseau.

Tout à coup on entendit un bruit semblable à celui qu'un chat poursuivi eût fait en montant l'escalier. C'était Pleurniche qui se hâtait d'apporter une lettre à son patron.

— Le notaire de m'sieu le comte de Prémouran vient de me remettre ce papier ; il n'a pas voulu vous voir, disant que c'était inutile. Je suis sûr que c'est une bonne nouvelle.

Durousseau avait décacheté la lettre et la lisait.

« J'ai l'honneur de vous envoyer ci-joint, d'après les ordres de M. le comte de Prémouran :

» 1° Une quittance du capital, intérêts et frais, des dix mille francs dont vous lui étiez redevable : c'est par erreur que son agent d'affaires vous a poursuivi ;

» 2° Une lettre de crédit à concurrence de douze mille francs sur la maison Gozèfre et Monin.

» Agréez mes salutations empressées.

» CRÉPIN-MOZERET, notaire. »

Nous renonçons à peindre les trépignements de Pleurniche et les exclamations chromatiques de François Durousseau. Le maréchal des logis, seul, vit arriver cette bouffée de bonheur avec la même impassibilité stoïque qu'il avait tout à l'heure opposée aux infortunes de son père.

— Vous le voyez, dit-il, l'espérance est l'ange des honnêtes gens.

Des trépignements Pleurniche était passé aux gambades les plus insensées.

— Patron, s'écria-t-il, permettez-moi de vous embrasser !

— Cher enfant, répondit Durousseau en le faisant sauter dans ses bras.

— Ce gamin-là, dit le maréchal des logis, fera quelque chose un jour.

— Je lui dois la vie, mon pauvre Honoré.

— Patron, ne parlez pas de ça.

— C'est lui qui avait déchargé mon pistolet.

— La belle histoire ! tout le monde eût fait comme moi...

Après avoir prodigué à Pleurniche les éloges qu'il méritait, Honoré dit qu'il serait convenable d'aller remercier le comte de Prémouran. C'était l'intention de Durousseau : leste comme s'il eût rajeuni de vingt ans, il partit avec son fils.

A l'hôtel de Prémouran, ils demandèrent M. le comte ; on leur répondit qu'il était sorti, mais que madame la comtesse était visible. Durousseau avait accusé la fille des Machu de toutes les rigueurs exercées contre lui, et nous savons s'il se trompait à cet égard ; mais la lettre du notaire Crépin-Mozeret lui avait appris qu'il en était redevable à une erreur d'agent d'affaires et non à la haine de la comtesse. Il crut donc pouvoir déposer entre les mains de Reine les bénédictions qu'il apportait à son mari Ce fut une répétition de la scène que déjà Nivôse Bibeau et Pas-de-Chance étaient venus jouer à l'hôtel de Prémouran. Reine dissimula sa surprise quand elle connut l'étrange nouvelle. Forcée par amour propre de savoir ce que faisait le comte, surtout aux yeux de ces deux hommes qui connaissaient bien la médiocrité de sa première condition, elle osa s'attribuer l'initiative de cette bonne action. L'air mielleux de Reine trompa Durousseau au point qu'il la pria d'étendre jusqu'à son fils Honoré sa puissante protection.

On eût difficilement inventé une torture plus grande pour cette femme. Il lui avait fallu sourire à des êtres qu'elle haïssait, et au lieu de leur avoir fait du mal elle se trouvait leur avoir fait du bien. A peine Durousseau père et fils s'étaient éloignés qu'elle se précipita vers l'appartement de Sulpice.

— Ah! c'est donc guerre à mort entre nous? lui dit-elle.

Sa voix était si étranglée que Sulpice entendit à peine.

— Vous avez donné quittance à Durousseau, continua-t-elle; il voulait vous remercier, c'est moi qui l'ai reçu. Ah! vous faites du bien!

Elle sortit, laissant Sulpice atterré. Elle attendit Minot avec impatience. Il vint pour lui rendre compte du peu de succès de sa tentative auprès de Calixte Jérusard.

— Pourriez-vous contrefaire l'écriture de M. le comte? demanda-t-elle en n'accordant qu'une médiocre attention au récit de Minot.

— Oui, madame la comtesse, assez bien.

— Sauriez-vous, sur ce modèle, contrefaire également l'écriture d'Henriette Périllon?

Minot répondit affirmativement après avoir examiné le prétendu modèle; c'était la lettre qu'il avait lui-même interceptée à la poste quelques jours auparavant.

— C'est bien, dit Reine ; alors il faut que pour demain vous ayez à ma disposition une petite maison isolée en dehors des fortifications, au milieu d'un bois d'acacias, et avec des volets rouges, si c'est possible.

Reine prenait ces désignations sur un charmant petit agenda, agenda où elle écrivait tout ce dont elle avait besoin de se souvenir.

— Allez immédiatement à la recherche d'une maison semblable ; vous ne pouvez manquer d'en trouver une. Louez-la pour le temps qu'on exige, et revenez ce soir même.

— Mon zèle et ma promptitude sont connus de madame la comtesse, murmura Minot.

Puis, tournant les talons, il disparut.

[illegible] [illegible] [illegible]
[illegible]
[illegible]
[illegible]

[illegible] [illegible]
[illegible] [illegible]

[illegible] [illegible]
[illegible]
[illegible]

[illegible] [illegible]
[illegible]
[illegible]

CHAPITRE XLIV.

VALENTINO.

Le lecteur doit s'être demandé ce qu'était devenu Pantaléon, envoyé en recouvrement par François Durousseau. D'abord, il avait été déjeuner
avec Pas-de-Chance. Ce dernier, quoique toujours
disposé à donner de bons conseils à son camarade, n'avait pu l'empêcher d'éteindre dans des flots
de vin les douleurs sans cesse renaissantes que lui
causait sa rupture avec Chevrotte.

Lorsque Pantaléon commença à visiter les débi-
teurs de son patron, il était ivre, et Pas-de-Chance
marchait de travers, en moralisant.

Dès qu'il eut présenté une partie de ses comp-
tes acquittés et reçu une légère somme, le jeune
Jérusard observa qu'il était temps de dîner.
Il se trouvait devant le restaurant Deffieux;

il entra. Pas-de-Chance, croyant le suivre chez un débiteur, monta l'escalier ciré qui conduit aux régions supérieures de l'établissement. Ils n'en sortirent qu'à la nuit, ayant complétement oublié le maître menuisier et ses comptes. Ils allèrent ensuite rue de Navarin, 40, chez Laure, la seule qui pût savoir des nouvelles de la famille Périllon. Mais la soubrette les reçut en haussant les épaules.

— Madame est une folle, leur dit-elle, qui se moque de ses propres intérêts comme de ceux des autres. Hier au soir, elle a eu une crise; on aurait juré que c'était fini. Ce matin, le médecin a hoché la tête en lui recommandant de se ménager le plus possible, et ce soir madame est à Valentino; oui, à Valentino ! Je vous dis qu'elle est à Valentino ! Tout ça parce que mademoiselle Ninette...

A ce mot, Pas-de-Chance s'élança sur la soubrette, qui recula épouvantée.

— Ninette ! s'écria-t-il ; Ninette Soviche ?

— Non : Ninette de Château-du-Loir.

— C'est elle ! c'est elle !... A Valentino !...

Grâce aux imprudentes munificences de Pantaléon, ce jour n'avait été pour Pas-de-Chance qu'un tourbillon de fumées bachiques qui gonflaient son estomac et sa tête, lui laissant à peine la plénitude de son intelligence. Mais à présent qu'on venait de faire sonner à ses oreilles le nom de Ninette et les renseignements suffisants pour la voir, la joie dissipa subitement les lourdeurs de l'ivresse.

— A Valentino ! répétait-il en posant la main sur Pantaléon pour l'entraîner.

— Tu me déchires ma cra-a-avate, répondait le malheureux en se dégageant de l'étreinte de son ami.

Ils partirent à pied , car Pas-de-Chance soutenait que les voitures de place n'allaient jamais aussi vite qu'un homme. Pantaléon se pendait à son bras pour le suivre. De minute en minute, Pas-de-Chance avait des éternuments de bonheur qui reproduisaient toujours la même exclamation : « Elle!... je vais la voir!... »

Sur le boulevard, il acheta deux pommes , car il se souvint que Ninette aimait ce fruit à Château-du-Loir : puis il reprit sa course , au grand déplaisir de Pantaléon. Enfin, rue Saint-Honoré, ils s'arrêtèrent devant ce mot, écrit en lettres de feu : VALENTINO.

A droite et à gauche d'abord , l'œil interroge une double montagne de gradins rouges où s'assoient les laideurs et les caducités en tout genre, caducités physiques et morales : les mères de louage à l'heure ou au jour, les pères de précaution et les véritables pères ou mères , idiots ou tolérants.

La salle est un vaste carré dont le plafond, constellé de lumières, semble un brasier suspendu par magie. Une galerie légère, enguirlandée de peintures, offre sur les côtés un refuge aux fumeurs et aux buveurs de bière.

On ne saurait croire ce qui se dépense de force et de jeunesse dans ce Pandémonium d'harmonieuse folie. Il faut le voir, quand la danse y est chaude et que l'orchestre, bien fouetté par son chef, met tout ce qu'il a de souffle dans ses gueules de cuivre, tout ce qu'il y a de strident sur les cordes de ses violons ; alors deux mille têtes se remuent et s'entre-choquent. Ce n'est pas du plaisir, c'est du vacarme. Le plus beau quadrille est celui où l'on tombe, où l'on se déchire, où l'on se roule !

Et quelle danse étrange ! Les bottes s'élèvent à la hauteur du visage, c'est le coup de pied encensoir ; les dames sourient à ce cuir qui leur a effleuré le nez, elles y répondent du bout de leur brodequin en prunelle.

Autrefois, c'était le beau temps ; il y avait de grandes réputations établies sur ce coup de pied, Mogador, Clara Fontaine et les trois reines Pomaré. Hélas ! la mort a mis les unes dans sa hotte ; sans doute elle avait caprice de polkeuses, elle aussi ; les autres sont devenues aéronautes, écuyères d'hippodrome ou ingénues de théâtre.

Une génération de danseuses de Valentino vit deux ans, souvent moins, rarement plus. Vous en trouvez de livides, verdâtres, malades, assises sur les longues rangées de stalles. Vous les avez vues un an auparavant hasarder timidement leur entrée dans cette large caverne de joie. Elles étaient roses, aujourd'hui elles sont couleur de bougie ; elles avaient des cheveux, elles les ont laissés aux ciseaux de l'hôpital ; elles avaient des yeux qui vous poignardillaient, maintenant ce sont des chandelles qui brûlent dans leur crâne, et qu'on aperçoit au travers de deux trous ronds.

La plupart de ces femmes-là n'ont pas le sentiment de l'amour, Dieu ne leur en a permis que la grimace.

Le mardi et le samedi appartiennent plus exclusivement aux Madeleines avant le repentir qui ont encore le bracelet d'or au poing, la cassolette à la ceinture, le rubis au doigt. Leur sourire applaudit le quadrille artistement pirouetté ; leur moue boudeuse jalouse la redowa trop gracieusement balancée. Ces jours-là une vingtaine de coupés attendent à la porte, depuis l'élève du Conservatoire jusqu'à la pensionnaire des Délassements-Comiques.

Or, c'était un de ces beaux jours. Les pieds le plus finement chaussés usaient leur semelle sur le plancher de Valentino. Pas-de-Chance et Pantaléon éprouvèrent quelques difficultés au contrôle, vu la simplicité de leur toilette. Mais après tout, leur mise était convenable, quoique non luxueuse, et l'on ne s'exposa pas à leur refuser un droit qu'ils étaient décidés à acquérir de force.

La foule était compacte. Pas-de Chance ne savait pas nager sans tumulte dans un fleuve de chair humaine semblable à celui-ci. Il s'y élança bruyamment, froissant l'un, renversant l'autre. Pantaléon, le poing appuyé sur la hanche, faisait de son coude une sorte de proue qui fendait les obstacles. Ils se tenaient l'un l'autre afin de ne pas se perdre, et leurs yeux fouillaient laborieusement les masses. L'impatience de Pas-de-Chance était au comble. Il ne disait pas un mot. Ce qu'il croyait être la phase la plus solennelle de son existence allait s'accomplir. Ninette, son amie d'enfance, la fille de son protecteur, allait se jeter dans ses bras, et lui, riche, pouvait lui offrir son amour et sa maison.

— Voici Laure ! s'écria Pantaléon.

— Où ?

— Là... suis-moi.

Dans le salon du fond, Pantaléon apercevait sa sœur, seule, adossée à une muraille.

— Laure !

— Te voilà ? dit-elle en essayant de rire ; tant mieux, car j'avais envie de boire du champagne, mais je n'osais pas toute seule.

— Comme ta main brûle ! dit Pantaléon ; comme tu es pâle !

— Ne fais pas attention.

— Où est votre amie ?... votre amie Ninette ? bredouilla précipitamment Pas-de-Chance.

— C'est pour mademoiselle de Château-du-Loir que vous venez ? fit Laure d'un air ironique.

Comme on le voit, Ninette avait substitué le nom de son village au nom de sa famille.

Quelques mots de Pantaléon expliquèrent à Laure la cause de l'intérêt que Ninette inspirait à Pas-de-Chance. Elle le regarda avec compassion :

— Je comprends. Venez, nous allons la trouver. Elle aime beaucoup la danse, et peut-être est-elle de quelque quadrille. La voici !

Une décharge électrique n'eût pas produit sur Pas-de-Chance plus d'effet que ce dernier mot.

Sous une robe de soie puce à triple rangée de volants, sous une mantille de velours grenat, il reconnut Ninette Soviche, coiffée de satin blanc, gantée comme une mariée.

Qu'étaient devenus sa jupe en cotonnade rayée, son tablier en toile grise, sa coiffe à ailes en calicot blanc, ses gros bas bleus et ses galoches en noyer, que Pas-de-Chance avait embrassées bien souvent, lorsqu'il les trouvait en un coin de la rustique maison de Château-du-Loir !

Pas-de-Chance rougit. Ninette pendait au bras d'un élégant à binocle.

— Je vais *remuer* ce freluquet ! s'écria-t-il.

Il se porta en avant et tomba en face de Ninette. La jeune fille le reconnut. Elle poussa un petit cri, moitié joie, moitié surprise, puis elle lui sauta au cou.

Ninette était à Paris depuis un mois environ. Ayant entendu dire à Château-du-Loir que le gouvernement nourrissait les ouvriers de la capitale, le vieux Mathurin Soviche, sottement tenté par le désir d'en acquérir la preuve, avait vendu le peu qu'il possédait et était venu, avec sa femme et sa fille, prendre sa part des fallacieux avantages dont jouissait la classe ouvrière depuis la révolution de février. Au bout de quinze jours, Ninette avait noué des relations, trouvé des protecteurs, grâce à sa beauté fraîche et piquante. De sphère en sphère, elle se hissa d'elle-même jusqu'aux sommités du monde galant. Dans un entr'acte, elle troqua ses vêtements de campagnarde contre ceux que nous lui voyons à cette heure.

Comme on le pense, Soviche ne fut pas long à s'apercevoir que le premier des avantages offerts par la ville de Paris aux pauvres ouvriers était la perte de leurs filles. Il s'en consola avec sa femme, en voyant le faux air de splendeur sous lequel s'abritait la honte de leur enfant.

L'embrassement de Ninette et de Pas-de-Chance avait duré trois minutes, à la stupéfaction des habitués, qui n'étaient pas accoutumés à voir un accouplement aussi disparate : Ninette, la grâce et la beauté, embrassant un colosse rude, velu, aux mains rugueuses.

— Venez donc, ma chère, lui dit l'élégant en essayant de l'entraîner.

Pas-de-Chance posa la main sur le bras du jeune homme et le repoussa si violemment qu'il alla fendre un groupe voisin et s'asseoir au milieu. Ninette fit semblant de ne pas s'être aperçue de cette évolution. Le monsieur revint furieux et accompagné de plusieurs amis.

— Votre carte ? demanda-t-il à Pas-de-Chance.

Et s'adressant à Ninette :

— Madame, lui dit-il, je vous défends de rester avec ce rustre.

— Comment, il te défend ! C'est moi qui te défends, n'est-ce pas ?

Le monsieur voulut de nouveau entraîner Ninette ; mais Pas-de-Chance l'envoya une seconde fois rouler à dix pas : les amis du monsieur s'élancèrent sur le menuisier. Alors imprimant à ses poings un mouvement de va-et-vient terrible, il se prit à frapper à droite et à gauche. Ses agresseurs tombaient et disparaissaient comme des épis sous la faucille. Les femmes s'évanouissaient ; les hommes appelaient : « A la garde ! » Pas-de-Chance lancé ne s'arrêtait pas. Il y avait si longtemps que le hasard ne lui avait donné si belle occasion ! Ninette essayait vainement de le calmer.

— Allons-nous en, lui-disait-elle.

Mais il se rencontrait toujours un dernier combattant auquel il fallait un coup de poing, et c'était toujours à recommencer ; les employés de l'établissement eux - mêmes vinrent se faire pocher les yeux ; quatre gardiens de Paris reculèrent épouvantés. Pas-de-Chance aurait bien pu ne sortir de Valentino que pour aller en prison ; mais, par un étrange bonheur, il sut profiter de la confusion qu'avaient semée ses coups de poing, et s'évader avec Ninette.

Laure et Pantaléon buvaient du champagne. Le menuisier, aveuglé par ses libations innombrables, ne s'apercevait pas que sa sœur était horriblement pâle, et que son souffle lui rabotait la gorge.

— J'ai rencontré la Branche-d'Or, disait-il ; c'est un homme à figure martiale que tu ne connais pas ; il s'est fait communiste, et vit fort heureux dans une fabrique de bonheur ; j'ai envie d'aller vivre comme lui.

— J'ai rencontré la Mort, répondait Laure ; elle m'a dit qu'avant longtemps elle me viendrait prendre ; alors j'ai voulu faire mes adieux à ce joyeux vacarme, à ces lumières, à ces parfums de vin et d'amour, à cette vie qui a été la mienne et qu'il me faudra quitter bientôt.

Pantaléon poussa un long éclat de rire.

— Dans quelle pièce as - tu vu ça ? demanda-t il ; c'est dans ce drame qu'on a joué au Théâtre - Historique. Il y a une demoiselle assez décidée à se périr, qui dit ce que tu viens de réciter.

Laure vida son verre. Pantaléon remplit le sien et celui de sa sœur.

— Oh ! la belle agonie ! reprit la lorette en élevant sa coupe de cristal ; du champagne, des ophicléides qui hurlent et des damnés qui dansent. Comme cela vous éteint bien au cœur tout regret de la vie ! Vois ces flots de velours, de soie et de satin qui se remuent et s'entremêlent comme ceux de la mer. Ah ! si le démon descendait ici à cette heure, s'il prenait une à une ces mantilles et ces robes splendides, s'il racontait les hontes qui les ont payées, ce serait drôle à faire des statues de bronze !

— Ah ! ah ! ah ! fit Pantaléon, dans quelle pièce as-tu vu ça ?

— A boire ! dit Laure.

— Tes dents claquent, ma pauvrette, tes nerfs s'agacent ; ne bois plus.

— Je veux boire ! Tu parles comme un médecin, toi : « Ménagez-vous, » pour mourir lentement comme on meurt quand on est vieux.

— Ma sœur, tu n'es pas bien ; viens, il y a des voitures devant la porte.

— C'est un corbillard qu'il me faut, et non une voiture.

— Ah ! ah ! ah ! dans quelle pièce as-tu vu ça ? répéta Pantaléon, qui ne pouvait admettre que, telle qu'il la voyait, sa sœur était à l'agonie. Ta soubrette est en colère, reprit-il ; elle t'attend... viens !

Enfin Laure, épuisée, se laissa entraîner. Pantaléon la mit dans une voiture de régie.

— Adieu, lui dit-elle; si je t'envoie chercher demain ou après, hâte-toi de venir.

— Je serai au phalanstère de Vaugirard...

La voiture roulait; Laure n'entendit pas ces derniers mots.

— Combien ai-je dépensé de l'argent de M. Durousseau? se demanda Pantaléon resté seul. Je ne sais pas; je ne veux pas le savoir. Tant pis, j'abandonne mon père et Chevrotte, et l'atelier du faubourg Saint-Antoine. Je vais au phalanstère.

[illegible] — [illegible]

[illegible]

— [illegible]

— [illegible]

— [illegible]

CHAPITRE XLV.

MAISONNETTE À VOLETS ROUGES.

« En sortant de l'enceinte des fortifications par
la rue qui traverse le Petit Charonne, et en tournant à gauche, sur le chemin qui longe les fossés,
on rencontre, à quelque distance de la route, au
milieu d'un petit bois d'acacias, une maison à volets rouges, isolée comme un petit ermitage, tout
juste assez grand pour loger quatre ou cinq personnes. J'en suis sûr, c'est celle dont vous m'avez
parlé dans votre lettre. Je l'ai louée, elle est à
vous et à moi ; demain, à trois heures, j'y serai ;
j'ai tant de choses à vous dire, que je vous supplie
de faire votre possible afin d'y venir, ne fût-ce
qu'une minute.

» DONATIEN. »

Telle était la lettre qu'Henriette avait reçue le

matin même. Une vieille femme la lui avait apportée chez son père au moment où Chevrotte et Périllon venaient de s'absenter. Henriette éprouvait des inquiétudes inouïes depuis qu'on lui avait dit que Donatien était marié. Elle ne le croyait pas, mais elle doutait. Mille rapprochements, auparavant insaisissables pour elle, alimentaient son anxiété maintenant. Elle eût donné volontiers dix années de sa vie pour voir Donatien et lui parler dix minutes, lorsqu'elle reçut le billet précédemment déroulé sous les yeux du lecteur. Elle ne remarqua ni l'étrangeté de l'intermédiaire qui le lui remettait ni l'imprudence d'un semblable procédé. Les choses relatives aux convenances ou aux précautions perdent leur importance en raison de la gravité du moment.

Henriette profita de ce qu'elle était seule au logis. Elle écrivit sur sa table à ouvrage :

« Ne sois pas inquiète, Chevrotte, je reviendrai avant le soir. »

En suivant les indications de la lettre, il était impossible de se tromper. Henriette arriva à trois heures précises devant la maisonnette. La porte et les volets étaient soigneusement fermés. La pauvre enfant tremblait. Elle frappa. Au contact de ses doigts, le battant tourna sur ses gonds. Elle entra, mais elle ne vit ni n'entendit personne.

Cette maison, assise entre une cinquantaine d'acacias maigres et désordonnés, était une solitude enclavée et d'aspect sinistre.

Il ne faisait pas entièrement clair dans la pièce où se trouvait la coloriste quand elle eut passé le seuil ; mais par les disjointures des contrevents se glissait un faux jour qui permettait de distinguer la nudité complète des murs et l'absence totale de meubles. Cette lugubre parodie de son rêve d'amour fit mal au cœur d'Henriette. Elle chercha une chaise où s'asseoir , elle ne rencontra qu'un escalier. Alors, dans cet endroit si sombre , si bizarre, toute sa vie de jeune fille se prit à défiler sous ses yeux comme une procession mortuaire.

Elle était en proie à ce vertige , quand la porte s'ouvrit pour laisser entrer Sulpice.

— Henriette! s'écria-t-il.

— Mon ami , lui dit-elle en tombant dans ses bras. Oh! que j'ai souffert!

— Que t'est-il arrivé?.... Parle donc.... Tu pleures, Henriette, qu'as-tu?

Elle sanglotait en réchauffant ses mains dans les cheveux de Donatien. Dès qu'elle put parler, elle lui raconta les malheurs qui l'avaient assaillie.

— Et, dit-elle en terminant, je ne sais de quelle infernale calomnie on a essayé de vous noircir aux yeux de mon père. On a dit une chose horrible contre vous.

— Que lui a-t-on dit, Henriette?

— On lui a dit que vous étiez... marié !

Sulpice frissonna.

— C'est une calomnie, balbutia-t-il. Oui... c'est une calomnie...

— Oh! n'est-ce pas, Donatien, vous ne m'auriez pas trompée? vous n'auriez pas pris tout ce que j'avais d'amour et de bonheur pour ne me laisser que la honte? Si j'étais seule encore, si mon existence pouvait s'isoler des affections qui l'enchaînent, je n'aurais vu en cela qu'une question de vie ou de mort; mais mon déshonneur à moi serait le déshonneur de mon père; mon père m'a aimé comme son idole, qui a cru à ma vertu comme on croirait à Dieu !

— Et puis, ma sœur..., reprit Henriette, je lui ai parlé de vous à ma bonne Chevrotte. Elle vous aime beaucoup.

— Comme toi, c'est un ange qui ne peut qu'aimer !

— Nous avons arrangé à nous deux le plan que vous suivrez , afin de vous présenter à mon père.

Sulpice subissait le martyre.

— Il faut en finir résolûment avec les inquiétudes de mon père. Et voici ce que nous avons projeté. Vous viendrez chez lui après-demain.

— Après-demain, répéta Sulpice.

— Je l'aurai préparé à votre visite en lui disant que vous venez vous-même démentir les calomnies qui se sont élevées contre vous.

— Mais Henriette , vous oubliez mes parents , la ténacité de leurs volontés ou du moins de leurs fausses espérances.

— Vous lui expliquerez cela vous-même. Votre franchise lui prouvera la loyauté de vos intentions, et alors, je le connais, il vous tendra la main.

— Vous croyez, Henriette ?

— Votre démarche contre-balancera celle que vos parents ont fait faire par un prêtre qui est venu offrir de l'argent à mon père s'il consentait à quitter Paris avec moi.

— Un prêtre !...

— Oui , Donatien , je ne voulais pas vous le dire. Mais, vous le voyez, il est temps de dissuader mon père ; songez quels doivent être ses tourments.

— J'irai, balbutia Sulpice.

Une lueur de joie brilla dans les yeux d'Henriette. La pensée que les terribles anxiétés de son père allaient cesser versait un baume sur son âme. Elle sourit en regardant Donatien.

— Vous avez donc cru trouver la maison dont je vous avais parlé dans ma lettre, reprit-elle ; ce n'est pas celle-là, mais elle lui ressemble, cependant.

— Comment, j'ai cru trouver ?

— Vous l'avez cherchée trop près du Petit-Charonne ; mais enfin c'est une attention dont je vous remercie.

— Une attention ?... Henriette, mon enfant, que dis-tu ?

Sulpice se redressait comme s'il eût vu subitement un précipice s'ouvrir devant lui.

— J'ai eu peut-être tort de vous dire que ce n'était pas celle-là.

— N'est-ce pas toi qui m'as écrit d'y venir ? demanda Sulpice.

— Moi ?

— Ne m'as-tu pas écrit ?

— Non.

Un cri déchirant sortit de la poitrine de Sulpice.

— Nous sommes victimes de quelque infamie, dit-il en s'arrachant une poignée de cheveux. Mais non, c'est impossible. Rappelle tes souvenirs, Henriette ; c'est toi qui m'as écrit de venir ici aujourd'hui, à trois heures.

— Non, répondit Henriette, chez qui se communiquait la terreur de Sulpice, je ne suis venue moi-même qu'après avoir reçu ce fatal écrit.

— Mon écriture a été contrefaite.

— La mienne aussi, dit Henriette qui venait de vérifier la lettre adressée à Sulpice.

— Je comprends maintenant, nous sommes tombés dans un piége.

— Fuyons cette maison.

— Oui... si elle n'est pas environnée de nos ennemis. Oh! Henriette, pourquoi m'as-tu aimé! Je suis maudit, je porte partout avec moi le malheur et le désespoir.

— Donatien, vous m'effrayez!...

— Viens... que je te sauve, s'il en est temps encore. Oh! je donnerais mon sang pour que tu ne sois pas ici, sous la main d'un monstre que tu ne connais pas, et qui veut te broyer dans ses griffes! Douze et sainte créature, voilà donc la récompense de tout le bien que tu m'as fait! Tu as effeuillé les fleurs de ta jeunesse et de ta beauté sur le sentier noir de ma vie; tes lèvres m'ont apporté le parfum du ciel; et moi ce sont des terreurs et des souffrances que je te donne en échange. Henriette, tiens, ici est le bonheur, ici est l'amour; passé le seuil de cette porte, le désespoir nous attend. Cet instant est paisible et pur; le moment qui va suivre sera hideux. Brisons en cet endroit, maintenant, la chaîne qui retient nos âmes à la terre; n'attendons pas l'avenir, il est affreux; j'en ai peur!

Chacune de ses dernières paroles avait meurtri le cœur d'Henriette. Cette malheureuse enfant se débattait sous les frayeurs que lui causait le désespoir de Donatien et les mystères cruels dont il ne dévoilait qu'une partie.

— Donatien , par pitié , ne parlez pas ainsi , murmura-t-elle ; sauvons-nous d'ici puisque vous dites que nous y courons un danger. Voilà que je n'ai plus la force de marcher, à présent.

— Je te porterai

— Mais vous chancelez vous-même.

— Oui, parce que je vois cette ombre.... là.... s'écria Sulpice en jetant un cri d'effroi.

Et il montrait à Henriette une silhouette noire qui se découpait dans un entre-bâillement de la porte.

— C'est mon père ! dit la coloriste d'une voix altérée.

Périllon parut, il était seul. Il alla droit à Sulpice.

— Monsieur , lui dit-il , j'ai le droit de savoir votre nom et votre adresse. Je ne vous demande que cela en ce moment.

Ce fut à peine si Périllon donna un regard à Henriette, tombée à sa place plus morte que vive.

— Voici mon nom, je n'ai pas le droit de vous le cacher, dit Sulpice en remettant sa carte à Périllon ; ma vie est à vous, monsieur.

Mais l'armurier lui rendit son morceau de porcelaine, et lui dit :

— Je ne croirai que ce que je verrai. Vous avez trompé ma fille , vous pourriez me tromper moi aussi. Je vous accompagnerai chez vous.

— Vous pouvez me suivre.

Sulpice sortit de la maisonnette. Il n'avait plus le sentiment de ses actes.

Du haut de l'un des talus qui dominent la maisonnette, une femme élégamment vêtue de noir avait semblé suivre d'un regard plongeant toutes les péripéties de ce drame. On eût dit le génie du mal debout sur un nuage contemplant une de ses œuvres de destruction. Au moment où Sulpice sortait accompagné de Périllon, cette femme poussa un éclat de rire et se retourna.

C'était Reine.

Mais, sur un autre talus, elle aperçut, debout comme elle, un homme pâle drapé dans un manteau ; cet homme paraissait avoir pris, lui aussi, un vif intérêt à ce qui venait de se passer : il disparut comme par enchantement. Reine demeura glacée, les yeux attachés sur le sommet du talus.

— J'ai eu une vision, prononça-t-elle ; une vision qui m'a failli tuer !...

Une fois arrivé à l'hôtel Prémouran, Sulpice avait dit à Périllon :

— Voici ma demeure, monsieur.

Une rangée de valets s'étaient alignés dans un vestibule pour prendre les ordres du comte.

— Comment s'appelle monsieur ? avait demandé Périllon aux valets en leur montrant le faux Donatien.

Les valets lui avaient répondu :

— Vous avez l'honneur de parler à M. le comte Henri de Prémouran.

CHAPITRE XLVI.

—

RUE DE LA MUETTE.

Entre le quartier Popincourt et le sommet du faubourg Saint-Antoine, se trouvent diverses rues peu fréquentées le jour, désertes la nuit, parmi lesquelles la rue de la Muette est une des plus foncées en couleur. Elle est d'une largeur suffisante, mais sa déplorable physionomie provient de la laideur de ses maisons, de leur aspect ruiné et si étrangement sombre qu'elles semblent avoir peur de s'appuyer les unes sur les autres.

Le jour, quelques charrettes viennent à peine troubler le silence de ce quartier; la nuit, on n'y voit que les poteaux des réverbères élevés de loin en loin comme des potences.

Dix heures sonnaient aux mille horloges de

Paris, qui se renvoyaient leurs vibrations métalliques comme des sentinelles échelonnées se renvoient le cri de garde. Un groupe d'hommes que, malgré l'obscurité, on pouvait, à leurs vêtements, reconnaître pour des ouvriers, s'arrêta devant un mur de dix pieds de haut, vers le milieu de la rue de la Muette. L'un d'eux regarda à droite, puis à gauche, et s'approcha d'une porte au-dessus de laquelle on aurait pu voir à quelque distance la toiture d'une maison peu élevée. Il fit mouvoir l'anneau d'une sonnette dissimulé dans les chambranles de la porte qui s'ouvrit. Le groupe disparut aussitôt.

Cinq minutes s'étaient à peine écoulées qu'un autre groupe plus nombreux, mais non moins silencieux, suivit le même chemin, prit les mêmes précautions et disparut au même endroit.

Dans la même direction, deux hommes arrivèrent encore. L'un, gros et fort, se portait sur le bras de l'autre, maigre et sec. Ils marchaient lentement et s'approchaient de l'endroit où avaient disparu les groupes précédents. C'étaient Jérusard et Périllon.

Arrivé devant la porte, ce dernier s'arrêta, et portant ses mains à son front :

— Quelle honte! dit-il, quelle honte aux yeux de tous mes amis!

— La honte s'efface devant le châtiment, répondit Calixte.

Ils pénétrèrent dans une cour au milieu de laquelle se dressait un bâtiment carré composé d'un rez-de-chaussée et d'un étage. Les fenêtres étaient fermées. Le rez-de-chaussée, éclairé par la flamme fumeuse et rougeâtre d'un quinquet, offrait une salle spacieuse aux parois peintes à la chaux et bigarrées de dessins politiques. Pour meubles il y avait deux tabourets. Une terre battue, lissée, luisante, remplaçait le carreau. Cette pièce devait servir à des exercices d'escrime, ainsi que l'attestaient un grand nombre de fleurets et de sabres disposés en croix sur les murs ; puis des masques, des plastrons, des gants, et enfin, cachés sous un escalier qui montait à l'étage supérieur, des pistolets et d'autres armes plus ou moins prohibées.

— Tu vas m'attendre ici, dit Calixte à Périllon ; tu monteras si tu veux, mais seulement quand tout sera terminé.

— Va ! j'attends, dit l'armurier.

Calixte monta l'escalier, et bientôt il arriva dans une salle garnie d'un cercle de chaises où se trouvaient Larigette, Denis Lœuf, Etienne Cassaignet, et bon nombre d'autres ouvriers de trente-cinq à quarante ans.

Ils causaient tous à voix basse. A l'aspect de Calixte on fit silence, et les mains se tendirent à l'encontre de la sienne. Larigette se tint à l'écart, transperçant d'un regard oblique le cordonnier de la rue Geoffroy-l'Asnier.

— La séance est ouverte, prononça Calixte Jérusard en allant prendre possession d'une chaise laissée vacante au milieu du demi-cercle.

Qu'était cette séance ? qu'était cette assemblée mystérieuse ?

Plusieurs ouvriers, pères de famille, s'étaient associés pour protéger l'honneur de leurs filles et le venger au besoin. Ils formaient une sorte de tribunal sans appel qui jugeait les séducteurs et les mettait aux pieds de ce terrible dilemme : Le mariage ou la mort.

Cette procédure s'instruisait avec la promptitude qui fit l'horrible célébrité de la vieille justice vénitienne ; elle s'exécutait de même, et par tous les moyens possibles.

Une des lois de cette société interdisait au père offensé le droit de se venger lui-même. Ce n'était plus son affaire personnelle , mais bien celle de tous les membres réunis. Le sort désignait celui qui devait agir. S'il était blessé ou tué, sa famille restait à la charge et sous la protection de la société. Un autre poursuivait son œuvre.

Cette solidarité , si étrange en apparence, cette loi qui rejetait sur tous le malheur d'un seul, était la force de l'association. Exposé sans cesse, aucun de ses membres ne pouvait se dispenser d'acquérir au maniement des armes l'adresse que donnent de constants exercices. L'âge seul, cinquante-cinq ans , exemptait de participation active. Une faible rétribution mensuelle, régulièrement payée par chaque associé, défrayait le loyer de la maison affectée aux séances, que chacun présidait à tour de rôle.

Ces hommes se voyaient donc détenteurs d'une puissance qui à leur gré pouvait frapper de mort. C'était un sentiment loyal et généreux en apparence qui les avait réunis pour défendre ou venger le plus saint des droits paternels. Mais quels avaient été jusqu'à présent les résultats de cette association ? L'un des associés, ami intime de Larigette , s'était débarrassé d'un jeune homme à qui il devait une forte rente viagère. Il accusa ce malheureux d'avoir séduit sa fille. Le jeune fou ne vit pas le guet-apens. Les membres de la société ne le virent pas non plus; *justice* fut faite. Ensuite était venu Larigette, pleurant, suppliant qu'on le vengeât de l'outrage fait à l'honneur de sa famille; mais Jérusard, chargé d'examiner l'affaire, n'avait pas reconnu l'exactitude des faits allégués. Malgré son esprit astucieux, le plaignant ne put prouver qu'il y eût eu le moindre scandale dans sa maison; depuis six mois on n'y avait pas vu le prétendu séducteur.

Grâce à l'équité de Calixte, la demande de Larigette fut considérée comme dépourvue de preuves suffisantes; on n'eut pas un nouveau meurtre à accomplir; mais Jérusard s'était placé sous le poids d'une haine occulte qui, tôt ou tard, devait essayer de l'atteindre.

Jérusard venait de prononcer la formule :
« La séance est ouverte. »

Il se leva.

— Un homme riche, dit-il, qui avait tous les plaisirs de la vie, a déshonoré la famille de notre ami Périllon, l'un des membres de notre société. Son crime est d'autant plus grand qu'il a employé pour l'accomplir toutes sortes de mensonges et de bassesses contre une enfant naïve et vertueuse. Les lois de notre pays n'atteignent pas les lâchetés de ce genre; c'est pourquoi Périllon vient demander vengeance à notre justice, qui a la générosité d'exposer un de ses membres toutes les fois qu'elle veut frapper. C'est sur cette question que vous êtes appelés à vous prononcer.

Etienne Cassaignet se leva à son tour, et lut un rapport où l'histoire de la séduction d'Henriette était racontée avec impartialité.

Un sourd rugissement accueillit le titre de comte quand il fut prononcé pour la première fois. Puis, lorsque Etienne Cassaignet dit que le séducteur était marié et que par conséquent sa faute était irréparable , des poings s'élevèrent au-dessus des têtes grimaçantes.

Les griefs sur lesquels le comte devait être jugé furent ainsi formulés ; ce fut comme une grêle de malédictions.

— Il est riche !

— Il a des courtisanes !

— Il est marié !

— Il est heureux !

— Il prend le sang du pauvre et il le boit !

A l'unanimité le comte Henri de Prémouran fut condamné à mort.

Un silence solennel suivit la prononciation de cet arrêt. Chacun des membres de l'assemblée écrivait son nom sur une carte qu'il roulait et venait déposer dans un chapeau. Une fois cette formalité remplie, Jérusard présenta l'urne improvisée à son voisin de droite. Celui-ci y plongea la main.

En ce moment, on n'entendait pas un souffle dans la salle.

Le président déploya le fatal papier. D'une voix fermement accentuée, il prononça ce nom : « CALIXTE JÉRUSARD. »

Un éclair sinistre passa imperceptiblement sur les traits de Larigette.

—Je m'offre, dit-il, comme premier témoin.

—Je m'offre en qualité de deuxième témoin, dit une autre voix.

— Merci, répondit Calixte, j'accepte.

—Sont-ils pressés ! murmura Étienne Cassaignet, réellement contrarié.

— Eh! mais, répliqua Denis Lœuf, quand il s'agit de tuer un comte, chacun en veut sa part.

— A moins que Calixte ne nous révoque, reprit Larigette, nous devons, aux termes du règlement, lui servir de témoins comme nous étant présentés les premiers.

— Je ne vous révoque pas, répondit Jérusard, votre empressement est un témoignage de sympathie qui me fait plaisir.

— Bonne chance ! dirent tous les assistants.

— Dans trois jours, prononça Jérusard, le comte de Prémouran sera mort !

A ces mots, Périllon entra ; il marcha vers le cordonnier, et lui serrant la main:

— A toi mon meilleur ami, dit-il, appartenait le soin de me venger.

CHAPITRE XLVII.

<hr>

L'APÔTRE JUBELINE.

Avant la révolution de février, vous l'avez rencontré souvent dans les rues de Paris. Son visage pâle, ses yeux cerclés palissadés de rides; son nez retroussé et charnu vers l'extrémité inférieure, indice ordinaire de pauvreté intellectuelle; ses joues marbrées de filaments violacés, stigmates d'un tempérament sanguin passé au bilieux ascétique d'un moine de Lesueur, inquiétaient le regard des passants les plus distraits.

On le heurtait dans la même rue, à la même heure, tous les jours d'une semaine, puis il disparaissait pendant des mois entiers.

Les enfants ne le voyaient pas sans frayeur, Les peintres le lorgnaient en murmurant: « Quelle belle étude ! » Les portières d'un quartier qu'il traversait souvent s'étaient assemblées pour déclarer à l'unanimité que ce devait être le Juif errant.

La vie de cet excentrique est pour le moins aussi singulière que sa physionomie. Né dans une des grandes villes du Midi, il fut, sous la protection d'un haut personnage, élevé dans un séminaire. Ses parents, pauvres artisans, dont il était l'orgueil et l'espérance, entrevoyaient déjà sur ses épaules le camail du chanoine ou le rochet de l'évêque.

L'instruction s'offrait à lui, noircie de latin et de grec. C'était un chemin sombre et ardu, au bout duquel se trouvaient les grandes routes qui conduisent aux grandes choses. Les ténèbres du commencement l'empêchèrent de voir les lueurs de l'avenir.

A quinze ans, Martin Jubeline, au lieu d'avoir doublé ses étapes, se traînait languissamment parmi les nullités de son âge. On lui retira les faveurs dont il ne se montrait pas digne.

Convié à la grande table de la science, il n'avait pas pris sa part de festin. Un carrossier l'admit comme apprenti. Quelques années plus tard, devenu bon ouvrier, il partit pour Paris, la première ville du monde pour un carrossier.

A la vue de l'immense fournaise où viennent se concentrer toutes les énergies, toutes les ambitions, toutes les gloires et toutes les hontes, toutes les vertus et tous les vices, toutes les richesses et toutes les misères, Martin Jubeline frémit d'horreur, comme s'il eût entrevu l'enfer.

Martin Jubeline vit une multitude infirme ou

incapable, et auprès de ces malades de l'humanité marchait une cohorte souriante et parée qui appelait le plaisir à elle, sans écouter les cris de la faim et du désespoir. Il ne se demanda pas si cette inégalité cruelle était la condition d'une société civilisée ; il s'écria : « C'est hideux ! » et glissa dans son cœur une cartouche de haine contre l'organisation actuelle du monde.

L'âge avait dissipé l'apathie de sa jeunesse. Dans sa tête vinrent bouillonner les pensées qui durent faire pâlir Luther ; il s'imagina que le monde était à réformer, et résolut de travailler à cette œuvre.

La moitié de cette énergie tardive lui eût suffi pour prendre une large part de grandeur et de richesse ; mais que peut la chaleur du soleil sur l'arbre gelé à sa base ? Martin Jubeline ne se souvint de l'indolence de sa vie passée que pour en accuser l'ordre social. Dès lors, travaillant le jour chez un carrossier, il employa les nuits à des lectures philosophiques ; cherchant la force, il trouva l'erreur ; croyant devenir philanthrope, il devint utopiste.

Oh ! combien d'âmes généreuses se sont trompées de la sorte ! Le malheur est qu'il n'y a qu'un pas de la philanthropie à l'utopie, et que, si l'une peut essuyer des larmes, l'autre peut faire couler du sang. Martin Jubeline commença par déclarer une guerre acharnée à l'inégalité sociale en poussant un cri de malédiction contre la misère.

Certes, Dieu nous garde de dire que la misère étant une épée de Damoclès, pour l'humanité, on a tort de chercher à lui arracher ses victimes ! Cette terrible épée tombe sur les coupables comme sur les innocents ; mais, si elle atteint dix innocents, elle frappe cent coupables.

Ouvrez des asiles à la vieillesse et à l'infirmité; diminuez les charges qui pèsent sur le pauvre laborieux; améliorez son sort; faites que ses enfants aient leur place au soleil de l'instruction religieuse, avant de s'aller plonger dans la nuit de l'atelier; mais ne déclarez pas la guerre à la fortune, sous prétexte d'inégalité sociale, car, avant de niveler l'humanité, vous lui abattriez la tête. Le Christ a dit : « Il y aura toujours des pauvres parmi vous. » Croyez-vous que le Christ se soit trompé? Pour lui le cœur humain n'avait pas son enveloppe de chair ; il n'y avait pas de passé ; il n'y avait pas d'avenir; il prenait le monde comme un père prend son enfant sur ses genoux, et il lui disait des vérités éternelles.

Martin Jubeline avait eu pitié d'une moitié de la race humaine, qui lui semblait être martyrisée par l'autre ; il cherchait un système de réédification sociale qui fît disparaître la misère; il s'aperçut bientôt qu'il n'était pas le premier qui eût essayé de démolir le vieil édifice. Découragé par ces découvertes, désespérant d'être inventeur, il se fit disciple. Fourier devint son dieu.

L'auteur de la *Théorie universelle* n'est, à nos yeux, qu'un poëte qui a voulu refaire la manière antique, le paganisme. « Le bonheur, dit-il, sur lequel on a tant raisonné ou plutôt tant déraisonné, consiste à avoir beaucoup de passions et beaucoup de moyens de les satisfaire. » Tel est l'argument fondamental de la philosophie de cet homme.

Les païens divinisaient les passions. Fourier les proclame, bonnes ou mauvaises, utiles à l'ordre social qu'il veut fonder. La créature n'a plus ni libre arbitre ni indépendance. C'est une machine dont on exploite les mouvements intérieurs et extérieurs.

Et c'est appuyé sur de tels principes que ce système a trouvé des adeptes. Néanmoins, gardez-vous de croire que tous les sectaires de cette doctrine, pas plus que ceux des utopies égalitaires, croient aux maximes qu'ils professent. La plupart sont les déserteurs de ce champ de bataille que représente la société actuelle. Ils ont manqué de force et de courage pour entrer dans l'arène par la grande porte, ouverte à tout le monde. Ils se faufilent par le corridor des révolutions ; ils passent dans la boue ou dans le sang, quitte à secouer leurs pieds quand ils arrivent !

Martin Jubeline était de bonne foie, non pas dans sa haine contre l'ordre social, conséquence de sa jeunesse mal exploitée par lui-même, mais dans son amour des classes livrées aux tortures de la misère. Il adopta les idées de Fourier, comme Sancho les exploits de don Quichotte.

Entre concevoir une idée et la mettre à exécution, il y a un gouffre ; mais Martin ne recula pas. Les difficultés étaient innombrables et s'élevaient comme des murailles ; sa volonté fut immense. Ce n'était pas par des actionnaires qu'il pouvait obtenir des capitaux indispensables à son installation ; d'un autre coté , les lois ne lui permettaient pas de tenter sa réforme sociale sur le sol français.

Ce dernier obstacle n'était rien comparativement au premier ; le gouvernement ou la législation pouvait changer. Au cas contraire, il n'y avait pas de motif pour préférer la France à un autre pays ; mais l'âme du projet, c'était *un million*, fortune qui se trouve rarement dans le portefeuille d'un phalanstérien. Martin Jubeline résolut d'amasser sou par sou cette somme énorme. Naturellement porté à l'économie ; il recula les limites connues de cette vertu. Sur six francs que lui rapportait quotidiennement son travail, il en prélevait cinq.

Bientôt son extérieur dénonça ses mystérieuses épargnes ; ses camarades d'atelier l'appelèrent Harpagon. Il leur répondit : « Le Christ a été souffleté. »

Les œuvres de dévouement sont rarement comprises. Jubeline eut beau dévoiler une parcelle de son projet humanitaire, on continua de le bafouer, si bien que l'atelier lui devint insupportable. Il l'abandonna.

Une conviction ardente comme celle de Jubeline, même lorsqu'elle repose sur des erreurs, se manifeste toujours par le prosélytisme. De croyant, il se fit apôtre, et se conféra lui-même cette dignité. Apôtre n'est plus un mot religieux , mais un titre politique à l'usage de tous les prédicateurs de transformation sociale. Madame Flora Tristan était apôtre-femme ; Jean Journet, apôtre en vers ; Barnabé Chauvelot, apôtre en prose.

Tout en répandant ses principes de régénération sociale, Jubeline découvrit un moyen de faire fructifier ses économies : il se mit à colporter en province des brochures phalanstériennes.

Il voyageait à pied, sa propagande derrière le dos. On achetait ses marchandises, et voici pourquoi : il était si pâle et avait l'air si exténué, qu'en lui payant ses imprimés on croyait l'empêcher de mourir de faim. L'apôtre colporteur répandit ses brochures. Des départements entiers faillirent d'en être couverts.

Au bout de quelques années de ce trafic, se voyant riche, possédant quatre cent mille francs, ses remords l'eussent empêché de dormir, s'il n'eût eu l espérance de purifier ses richesses en les employant à fonder un phalanstère. Son succès effrayant ne changea rien à ses habitudes. Il acheta des terrains un peu hors Paris, près la barrière d'Enfer, car il entrevoyait qu'il ne lui manquerait bientôt plus que l'autorisation du gouvernement pour commencer la réalisation de ses rêves. Néanmoins ses vêtements gardaient scupuleusement un aspect misérable.

L'austérité matérielle de son existence allait croissant. Sa nourriture était, à peu de chose près, celle d'un mendiant.

Consumées par son adoration pour Fourier, ses facultés morales s'affaiblirent.

Négation vivante du bonheur absolu, il était heureux dans cette double pauvreté volontaire. Il aimait le haillon comme un autre la pourpre. On est prodigue par orgueil ; lui par orgueil était avare.

La fortune a de singuliers caprices; un hasard inattendu vint tripler la fortune de Jubeline. Le besoin s'étant fait sentir d'un chemin de fer entre Sceaux et Paris, le tracé de la ligne traversa d'un bout à l'autre les terrains de Jubeline. La compagnie lui en acheta une partie; les spéculateurs prirent le reste. Jubeline fut terrifié en se voyant possesseur de douze cent mille francs. Peu lui importait d'établir son essai phalanstérien à Montrouge ou ailleurs; il tenait seulement à la proximité de Paris. La force que prenaient les idées progressistes le remplissait d'espérance. La liberté d'association ne pouvait tarder à être proclamée. Un pressentiment lui disait que la France allait entrer dans une phase politique favorable à l'organisation du système harmonien. Il échangea une grosse partie de ses capitaux contre une vaste étendue de terres situées non loin de Vaugirard. Ses prévisions ne l'avaient pas trompé. Le 24 février vint élargir considérablement le cercle des libertés françaises.

Martin Jubeline, après avoir salué l'avénement de la république comme Simon salua le Messie, recruta une foule de maçons et de charpentiers. Les habitants de Vaugirard se demandèrent si c'était une magnifique caserne de cavalerie qu'on élevait sur le territoire de leur commune. A leur grande stupéfaction, ils lurent sur le fronton de l'édifice, terminé comme par enchantement :

A FOURIER

PREMIER PHALANSTÈRE.

Ce fut à la porte surmontée de cette inscription que Pantaléon vint frapper, le soir même où Laure Jérusard arrosait de champagne les convulsions de sa phthisie.

[illegible]
[illegible]
[illegible]
[illegible]
[illegible]

CHAPITRE XLVIII.

LE PHALANSTÈRE DE VAUGIRARD.

Pour former une phalange complète selon Fourier, il faut quinze cents personnes entre les deux âges extrêmes, les *bambins* et les *patriarches*. Martin Jubeline n'avait donc pu songer qu'à établir une modeste *hongrée*, essai de minime harmonie calculée pour un petit nombre de sociétaires. Ce novateur acharné puisait dans la *Theorie de l'unité universelle* des instructions qu'il regardait comme des lois. Il n'admettait ni commentaires ni explications. Le livre était toute l'école. On devait le prendre au pied de la lettre. Quand on lui disait : « Je crois au système de Fourier, » il ne répondait que par cette question : « Combien avez vous amassé pour créer un phalanstère ? »

L'édifice de cette hongrée était conséquemment

bâti en matériaux de peu de valeur; ce ne devait être qu'un échantillon provisoire destiné à donner à la France, à l'Europe, au monde entier l'impulsion harmonienne. Ce n'était pas un palais, ainsi que le maître en promet à ses adeptes, quand l'univers sera entré dans l'ordre combiné; mais enfin c'était un bâtiment d'une certaine élégance, propre jusqu'à la coquetterie, composé de quatre ailes élevées à hauteur de premier étage, réunies à un centre circulaire.

L'une de ces ailes appartenait aux travaux bruyants de l'enclume, de la scie ou du marteau; l'autre, à l'enfance avec ses classifications progressives; les dernières, appropriées à tous les besoins et commodités de la vie, contenaient, en outre des divers appartements de sociétaires, les cuisines, les buanderies, les salles d'étude et d'instruction. Le centre, affecté aux repas et aux réunions, était surmonté d'un superbe pigeonnier ou logement des *oiseaux de correspondance* et d'un clocheton renfermant les carillons de cérémonies. Tout est cérémonie au phalanstère.

Ces constructions, situées au milieu des terres achetées par Jubeline et closes de murailles, avaient un aspect paisible qui, au premier abord, gagnait le cœur par les yeux. Il avait rassemblé là une centaine de ménages gros et petits, environ quatre cents personnes choisies parmi les pauvres qu'il connaissait disposés à entrer dans l'ordre harmonien. Il y en avait de tout âge et de presque toutes les professions indispensables au bien-être de la colonie. Ceux qui n'avaient pas une capacité spéciale devaient s'employer aux travaux domestiques ou agricoles. La Branche-d'Or, ce malheureux dont le lecteur se rappelle peut-être les singuliers moyens d'existence, n'avait plus besoin de se coller de la cire brûlante sur le visage; on lui fournissait gratis bon lit et bonne table.

L'essai de Jubeline eût été impuissant à se suffire à lui-même; les dépenses excessives exigées par l'installation, les achats de meubles, outils, instruments aratoires, bestiaux, dépassaient toutes prévisions; bref, l'existence du phalanstère eût été menacée dès les premiers jours sans une merveilleuse ressource au livre de Fourier et que l'apôtre se hâta de mettre à exécution.

La première réalisation du système harmonien avait vivement piqué la curiosité publique; les visiteurs accouraient en foule; le bon bourgeois de la rue Culture-Sainte-Catherine, les professeurs de dessin linéaire allaient avec leurs femmes et leurs enfants plonger un regard consterné sur cette résurrection de l'âge d'or. Les habitants de la province, les étrangers arrivaient de partout. Jubeline fixa à DEUX FRANCS le prix d'entrée. Cette heureuse spéculation provoqua une grêle de sarcasmes, dont les journaux hostiles au fouriérisme bourrèrent leurs colonnes. Ces morsures de la presse sont assez saignantes pour que le lecteur se les rappelle. Jubeline en sourit de mépris. Que lui importait l'adhésion des *civilisés*? Sa phalange allait changer la face du monde !

Il était minuit lorsque Pantaléon s'arrêta devant la porte du manoir phalanstérien; c'étaient deux superbes battants flanqués de pavillons spacieux. Au moment de peser sur le bouton de la sonnette, il songea bien que l'heure était peu convenable pour venir solliciter son incorporation parmi les harmoniens ; mais pressé par le besoin de trouver un gîte quelconque, il sonna et se trouva en présence d'un concierge vêtu d'une robe de chambre, chaussé de pantoufles fourrées, fumant un cigare.

— Pardon, monsieur, dit Pantaléon, j'espérais ne déranger qu'un domestique et non le maître de ces lieux.

— Jeune civilisé, il n'y a ici ni maître ni valets, il n'y a que des fonctionnaires attrayants; que me demandes-tu ?

Déconcerté par ce langage emphatique, Pantaléon réitéra des salutations insensées.

— J'aurais voulu parler à la Branche d'Or, dit-il afin de simplifier sa situation.

— La Branche-d'Or ? fit le concierge en robe de chambre, tu veux dire le *sibyl* des oies.

— Sibyl des oies ? Non; c'est un homme qui faisait des tours de société pour vivre avant d'être employé dans votre usine à félicité.

— Reviens à l'aube et tu verras la Branche-d'Or.

— Il n'y aurait pas ici une écurie, un coin où je pourrais reposer ma tête?

— Tu es sans asile ?

— Comme vous dites.

— Suis-moi.

Le surprenant concierge fit entrer Pantaléon dans sa loge, manière de petit salon qui eût fait les délices d'un capitaine à la demi-solde.

— Assieds-toi, dit l'homme à robe de chambre en montrant un divan à Pantaléon.

— Quelle chance de demeurer ici ! dit le menuisier, fasciné par l'air somptueux des moindres choses.

— Ce que tu vois n'est rien ; ne prodigue pas ton admiration aux futilités de la porte. Aimes-tu le cigare espagnol ?

Et l'harmonien présentait à son hôte un panatella grassouillet.

— Vous êtes trop honnête, dit celui-ci, vous me confusionnez.

— Pauvre incohérent !

L'air de compassion dédaigneuse qui accompagna cette exclamation fit d'autant plus rougir l'ébéniste, qu'il n'en comprenait pas le véritable sens.

— Vous venez de m'appeler d'un drôle de nom, murmura-t-il.

— Tout ce qui n'appartient pas à l'ordre combiné est incohérent, civilisé ou barbare, peu importe.

— Ah ! vous voulez dire tout ce qui n'est pas phalanstérien ?

— Oui.

— Mais je suis disposé à le devenir.

L'homme aux pantoufles rembourrées se leva, et, tendant la main à Pantaléon :

— Frère, je te salue, lui dit-il, allume ton cigare.

— Vous êtes bien bon.

— Mais alors c'est à *l'unarque* qu'il faut t'adresser.

— Comment vous nommez ça ?

— Unarque, unarque de la hongrée.

— Ah ! dites donc, je ne connais pas les langues étrangères, moi.

— Tu n'as jamais lu le livre régénérateur ; sans quoi tu saurais que tu es ici au sein d'une hongrée qui a pour chef un unarque.

— Je n'ai jamais lu le livre dont vous parlez, et en vous voyant, monsieur, j'avais cru que le chef c'était vous.

L'harmonien se rengorgea.

— Il vrai que mon physique est assez imposant, dit-il ; on n'est pas toujours à la place que l'on devrait occuper.

Le personnage qui s'exprimait ainsi était un gros homme à favoris noirs, à abdomen formidable ; sa voix pédante et gutturale convenait parfaitement à sa physionomie marseillaise.

— Votre physique, dit Pantaléon, et votre robe de chambre, et vos pantoufles, et vos excellents cigares.

— Ces babioles qui t'étonnent ne forment qu'une mesquine attraction inventée pour rendre tolérables les fonctions de concierge. Le cigare est attractif pour l'homme comme le sucre pour les enfants. Ces agréments m'ont décidé à tenir le cordon. Tout se fait ici par inclination passionnelle. Un homme n'est jamais forcé de remplir des fonctions qui lui seraient désagréables ; le plaisir préside à la vie comme le soleil au jour.

— La belle invention ! s'écria Pantaléon ; vous êtes les plus heureux des mortels !

— A peu de chose près ; il nous manque seulement un unarque capable de nous gouverner.

— Ça c'est juste : quand quelque chose ne va pas bien , c'est toujours le gouvernement qui en est cause.

— Gouvernement incapable !

— Il faut le changer.

— J'y songe.

— Vous êtes sous les griffes d'un tyran ? Je m'en serais douté.

— D'un tyran , non ; mais d'un homme absurde, maniaque, insupportable.

— C'est celui que vous appelez l'unarque ?

— Oui, l'unarque Jubeline. Il comprend le système de Fourier comme un Savoyard le Coran.

— Serait-ce un *réac ?*

— Heum !... fit le concierge (ronflement du larynx qui se prend en mauvaise part), il n'est pas à la hauteur des temps. Au lieu de perfectionner Fourier , il s'amuse à faire en chair et en os une ridicule édition nouvelle de ses œuvres , où tous les degrés d'harmonie sont confondus.

— Est-ce lui qui est le fondateur de l'établissement ?

— Dites donc du phalanstère.

— Du phalanstère, soit.

— C'est lui qui a acheté les terrains et qui a fait construire ; on s'en aperçoit à l'ineptie de ses combinaisons, qui nous font tous les jours endurer mille désagréments ; s'il m'avait consulté, moi, qui étais à Paris graveur sans ouvrage lorsqu'il établit cette hongrée, je lui aurais donné mes idées, mes conseils, et au lieu d'une bicoque comme

celle qu nous a faite, nous aurions un palais semblable à celui de Versailles.

— Pour une bicoque, c'est pas trop mal, dit
Pantaléon en regardant à travers les vitres les
bâtiments du phalanstère que la lune baignait de
ses lueurs blanchâtres. Il a dû y dépenser bien de
l'argent ?

— Quelques centaines de mille francs.

— Comment votre unarque s'est-il procuré les
sommes nécessaires ?

Avant de répondre, l'harmonien envoya un
jet de fumée au plafond, et regardant son cigare
d'un air malin :

— On ne lui adresse pas ces questions-là, dit-il.

— On peut savoir néanmoins.

— Il fait courir le bruit que c'est en colportant
des brochures, puis en bénéficiant sur d'autres
spéculations, qu'il a gagné une fortune colossale ;
mais ces histoires, voyez-vous, ne trompent que
les niais.

— Enfin, connaît-on la vérité ?

— Je suis un de ceux qui la devinent.

— Elle doit être sombre.

— La Russie n'y est pas étrangère.

— Oh ! oh ! fit Pantaléon afin d'avoir l'air de
comprendre.

— Je crois, reprit le détracteur de Jubelin, que
notre unarque a été payé par l'autocrate du Nord
pour perdre le fouriérisme français en établissant
un phalanstère comme celui-ci.

— Le traître !

— C'est parce que tu m'as l'air d'un honnête
garçon que je te dévoile ces secrets ; et, du reste,

tu les trahirais, que tu ne ferais que hâter la révolution qui tôt ou tard doit avoir lieu dans cette
enceinte.

— Il faut un nouvel unarque, n'est-ce pas ?

— Absolument, répondit le Brutus harmonien
d'un air résolu.

— Cependant, si vous voulez bien me le permettre, je me présenterai à celui-ci pour solliciter mon admission.

— Il t'admettra probablement ; mais, auparavant, il voudra t'expliquer le mécanisme sccié-
taire.

— J'ai grand besoin qu'il me l'explique.

Pantaléon avait sommeil ; son interlocuteur s'en
aperçut au clignotement de ses yeux.

— Dors, lui dit-il ; je vais, moi aussi, me livrer
au repos.

Il le laissa sur le divan.

Avant le jour, Pantaléon fut éveillé par un vacarme épouvantable : des hurlements d'animaux
mêlés à des carillons, des vociférations musicales
à ébranler la voûte céleste.

— Qu'est-ce donc ? s'écria-t-il.

— C'est le réveille-matin, lui répondit le concierge en robe de chambre.

— Quoi ! on se lève avant cinq heures dans
votre phalanstère ?

— Par attraction, on se hâte de sortir du lit
pour goûter des plaisirs très-variés, ce qu'on
nomme en harmonie un *parcours*, soit une visite
chez les *vestales*, soit une séance à l'*arrière-cour
d'amour*, agréable causerie où se débrouillent
toutes les intrigues de la nuit. Tu ne comprends

pas, jeune civilisé ; ce mot de *vestale* te cause un éblouissement. Je vais te présenter à l'unarque ; il t'initiera aux délices que tu ignores.

Pantaléon suivit son interlocuteur qui le conduisit dans l'une des salles de réunion, située au milieu du phalanstère. L'instant d'après, il se trouva en présence de Martin Jubeline.

Ce n'était plus le déguenillé thésauriseur que nous avons vu promenant par toute la France ses idées fouriéristes. Scrupuleusement soumis aux prescriptions de l'inventeur harmonien qui veut satisfaire l'œil comme le ventre, le chef de la hongrée était enveloppé d'un manteau de drap vert sous lequel apparaissaient des vêtements presque luxueux.

Ce costume lui donnait un air vénérable ; mais la profonde tristesse qu'exprimait sa physionomie n'indiquait pas qu'en cherchant le bonheur pour les autres, ce pauvre homme l'eût trouvé pour lui.

— Mon ami, dit-il à Pantaléon, vous voulez sortir de la barbarie pour entrer dans l'ordre combiné. Quelle est votre profession ?

— Je suis ébéniste.

— Je ne vois pas d'obstacle à votre admission : vous appartiendrez au *groupe du Chêne*. Etes-vous instruit en Harmonie ?

— Pas beaucoup.

— Avez-vous étudié les œuvres du maître ?

— Oui, quand j'avais un maître capable et qu'il pouvait m'apprendre quelque chose, j'observais son ouvrage.

— Nous ne nous entendons pas, je vous parle de Fourier.

— Connais pas. Mon dernier maître se nommait Durousseau.

— Votre éducation sera longue à faire ; mais il vaut mieux commencer tard que jamais.

L'air de bonhomie de l'unarque étonnait Pantaléon ; comment ce sourire plein de douceur mélancolique, ce regard éteint, pouvaient-ils s'accorder avec le mauvais naturel que le concierge avait prêté à ce dignitaire phalanstérien ?

— J'aurais bien voulu voir mon ami la Branche-d'Or, dit Pantaléon.

Jubeline parut chercher dans sa mémoire.

— Ah ! le sibyl des oies, dit-il, il est probablement occupé à cette heure à donner une leçon de musique aux animaux confiés à ses soins.

— Une leçon de musique à des oies ! interrompit l'ébéniste abasourdi.

— Rien n'est plus simple. En Harmonie tout animal domestique est élevé musicalement. La Branche-d'Or vous expliquera cela lui-même ; mais puisque vous désirez vous instruire , nous allons parcourir ensemble quelques-unes des phases les plus intéressantes de la journée au phalanstère. D'abord , vous allez voir comme on se lève ici de grand matin, toujours par attraction passionnelle.

Et Martin Jubeline fit parcourir à Pantaléon un corridor tapissé, où régnait une douce chaleur.

— Vous ne savez pas ce que sont les vestales, disait-il en marchant. Dans la phalange où l'attrait du plaisir dore voluptueusement tous les actes de

la vie , on choisit un certain nombre de jeunes
beautés parmi les *jouvencelles*. Ce sont les déesses
du phalanstère. Pour obtenir un seul de leurs regards, il n'est rien qu'on ne fasse. Les charmes
de ces sirènes sont de puissants moyens d'attraction passionnelle. En grande Harmonie, les vestales ont rang de *magnates*; couvertes de pierre-
ries , elles promènent leur magnificence sur un
char attelé de six chevaux blancs. On leur rend
toutes sortes d'honneurs. Ce ne sont pas des demoiselles emmiellées de morale. Elles sont chastes par orgueil. Leur première vertu est la coquetterie. Un de leurs sourires ferait mouvoir une armée de travailleurs.

— De travailleurs amoureux , objecta Pantaléon.

— En Harmonie, tout le monde doit être amoureux, les hommes comme les femmes, et s'il y a
des vestales, il y a aussi des *vestals*. Ces derniers
exercent leur fascination sur le sexe féminin comme les premières sur le sexe masculin.

— C'est pas mal inventé cela; les jeunes filles
font la cour aux jeunes gens?

— Aux jeunes gens du corps vestalique.

— Est-il bien difficile de s'enrégimenter dans
ce corps?

— La beauté et le mérite y sont seuls admis.

— Mais si ce sont les plus belles d'un côté et
les plus beaux de l'autre, ils doivent se suffire à
eux-mêmes.

— Il ne leur est pas interdit de s'aimer entre
eux. Lorsqu'un couple vestalique se forme, il n'a

qu'à envoyer une déclaration cachetée à l'office de la *haute matrone.*

— Hein! fit Pantaléon, haute matrone?...

— C'est une manière de ministre des relations amoureuses.

— Très bien. Mais si un vestal me prend ma vestale à moi, croyez-vous qu'il me suffira de savoir qu'il a envoyé une lettre cachetée à la haute matrone pour que je sois fort heureux.

— Des *bacchantes* viennent vous apprendre cette fâcheuse nouvelle, et vous offrent toutes sortes de consolations.

— Je puis me tromper, mais il me semble qu'on ne remédie pas à la jalousie par une substitution de personnes.

— Vous n'y comprenez rien, mon ami. Lisez la *Théorie des quatre mouvements,* chapitre XIII. Mais nous voici arrivés à l'appartement des vestales ; vous allez voir comment les harmoniens se lèvent de grand matin pour saluer les grâces.

Nous prions le lecteur d'excuser le style suranné de Jubeline. Les mœurs phalanstériennes nécessitent la phrase poudrée, comme les souliers à boucle exigent la culotte courte.

Il fit tourner une porte qui communiquait à une antichambre où des harmoniens attendaient et s'impatientaient.

— Pourquoi le salon des vestales ne vous est-il pas ouvert? demanda l'apôtre.

— Ces paresseuses ne sont pas encore levées, répondit une grosse voix.

— Elles n'avaient pas d'attraction à être matinales, observa Pantaléon.

— C'est étonnant, dit Jubeline.

— Depuis une demi-heure, nous faisons un charivari qui a dû les éveiller.

Cette supposition était juste. Les vestales avaient été arrachées au soleil par le vacarme. Un salon resplendissant de lumières, car il faisait à peine jour, ouvrit ses doubles battants à la foule empressée. Il n'y avait que quatre vestales; leur beauté consistait en cette régularité de lignes et de contours que le sens vulgaire admire en amour comme en architecture. Elles étaient de fort mauvaise humeur, à en croire leurs regards ennuyés et leurs larges bâillements. Néanmoins l'élégance de leur toilette, la somptuosité de leur résidence et les causeries des harmoniens ne tardèrent pas de donner un air de fausse gaîté à cette réunion.

— Eh bien? demanda Martin Jubeline à Pantaléon.

— J'aime mieux Chevrotte, répondit celui-ci.

L'unarque comptait en ce moment le nombre des harmoniens présents. Il n'entendit pas la protestation du jeune menuisier.

— Ils ne sont pas tous ici, dit-il; nous allons les trouver au *délité.*

Pantaléon se laissa conduire vers une salle de festins d'où s'élevait un bruit confus d'éclats de voix et de chocs de verres.

— Le repas matinal auquel vous allez assister est considéré parmi nous comme une cène religieuse; nous nous attablons et jouissons des bienfaits de Dieu; c'est la meilleure manière de lui adresser des actions de grâces.

— Ce moyen d'attraction aura quelque influence sur moi.

L'unarque et son hôte vinrent prendre place à la table phalanstérienne. Les mets offraient une exagération de confortable britannique. Le vin, servi dans de larges pots en terre de Hollande, ruisselait dans les verres ; chacun avait soif comme un incendie, femmes et hommes montraient une voracité de loup. Martin Jubeline, seul au milieu de ces gloutons, faisait preuve d'une honnête sobriété.

— J'aime votre prière du matin, disait Pantaléon.

— Maintenant, mes enfants, murmura l'unarque, il faut que chacun se dirige vers son groupe pour travailler un peu.

Aucun des harmoniens ne sembla entendre cet avis, ils n'avaient plus faim, mais ils avaient toujours soif.

— Ils ont eu trop d'attraction pour se mettre à table, dit le menuisier, et ils n'en auront pas assez pour sortir.

De joyeuses fanfares retentirent au dehors.

— La promenade des vestales ! s'écria l'unarque.

— Vos vestales sont des bégueules, grommela un phalanstérien très-désavantagé par la nature.

Un sourire amer passa sur les lèvres de l'apôtre.

— Ces braves gens ont été abrutis par la civilisation, dit-il à Pantaléon ; je ruine mon intelligence à leur chercher des variantes d'attraction ;

quand ils sont à table, ils s'y collent comme des aiguilles sur l'aimant. Enfin, laissons-leur réparer de longues années d'abstinence, et venez voir les enfants, ils entendent bien mieux la manœuvre passionnelle.

— Je me demande, dit le jeune menuisier en suivant Jubeline, si vos harmoniens auront faim demain, après avoir encombré leur estomac ainsi qu'ils paraissent disposés à le faire aujourd'hui?

— Malheureusement, ils arrivent trop vite à l'inertie par la satiété. C'est l'effet de leur mauvaise éducation; on n'a pas développé chez eux une assez grande variété de passions; cela fait mon désespoir; ils mangent toujours et ne veulent pas travailler; leurs enfants seront beaucoup mieux élevés sous le régime sociétaire; loin de l'influence du fléau civilisateur, ils n'apporteront pas dans l'ordre combiné les vices de l'ordre incohérent.

— Mais parlons des pères. S'ils n'ont pas faim demain, quel entraînement suppléera à celui de la table?

— Il y a des plaisirs composés en tout genre.

— Si ces plaisirs n'agissent pas sur eux? S'ils sont malades?

— Il y a le médecin.

—Quelle attraction a le médecin à guérir des malades?

Jubeline fit un mouvement d'impatience. Cette logique du bon sens lui inspirait une profonde pitié.

— Mon ami, dit-il, vous n'y entendez rien.

Les *séristères* de la basse enfance formaient diverses subdivisions qui occupaient toute une aile du phalanstère. La première était affectée aux nourrissons, séparés en trois catégories : les *pacifiques*, les *mutins* et les *diablotins;* la seconde renfermait les *pouponnains* ou *doucereux*, les *poupinards* ou *mutins*, et les *poupinâtres* ou *démoniaques*. Ensuite venaient les *sous-bambins*, les *mi-bambins* et les *sur-bambins*.

Des hommes et des femmes, sous les désignations de *bonnes* et *bonnains*, pourvoyaient aux besoins de ces créatures. Les berceaux étaient suspendus comme des hamacs. Au moyen d'une machine on leur imprimait à tous un mouvement oscillatoire.

En entendant dénommer ces différentes classifications d'enfants, Pantaléon n'avait pu réprimer quelques accès d'hilarité que le mouvement perpétuel des berceaux ne fit qu'augmenter. Le calme et le silence qui régnaient autour de lui le rappelèrent au respect qu'il devait à l'unarque, sinon au corps bambinique.

— Au moins ils ne crient pas, dit-il; ils dorment comme de petites marmottes.

— Ainsi que l'observe Fourier, dit Jubeline, l'enfant ne crie, dans l'ordre civilisé, que parce qu'il n'est pas dans son centre naturel et qu'il aspire après le séristère d'harmonie.

A peine ces derniers mots avaient-ils été prononcés que les vagissements les plus aigus s'élevèrent avec un effroyable crescendo. On eût dit que les poupons voulaient donner un démenti à l'inventeur du phalanstère.

—Où sont donc les *bonnes* et les *bonnains* ? dit Jubeline en jetant un regard autour de lui.

— Ils n'ont peut-être pas d'attraction à soigner les moutards.

— Ils doivent en avoir, car ces fonctions rentrent dans la domuïté passionnelle.

—Où sont donc plutôt les mères de ces enfants? demanda Pantaléon.

— La maternité n'est pas admise à l'Harmonie comme en civilisation. Un enfant n'a nul besoin de sa mère dès qu'il a une nourrice.

— C'est possible, mais la mère a besoin de son nourrisson.

— Préjugé de civilisation ; les parents ne servent qu'à influencer l'éducation de leur progéniture ; on se figure dans le monde incohérent que le bonheur d'une mère est d'allaiter elle-même son enfant, de sourire à ses premiers pas , de lui tendre la main quand ses petites jambes trébuchent, et de fermer ses yeux sous un baiser pour essuyer ses larmes. Fourier a bien prouvé que tout cela n'était qu'illusion, habitude. Lorsqu'en Harmonie la femme a un *époux*, un *géniteur*, un *favori*, puis quelques simples *possesseurs* qui ne sont rien devant la loi, elle a le cœur trop plein pour s'amuser à porter un poupon comme un bouquet à son corsage.

— Dieu de Dieu! la loi d'Harmonie me semble bien facile pour la femme. J'espère que Chevrotte ne viendra pas au phalanstère.

— Maintenant, passons au chœur des *bambins*, dit Jubeline.

Dans un jardin attenant à une salle se trouvaient les enfants de trente-six à cinquante-quatre mois ; c'étaient les bambins. Ces embryons d'Harmonie formaient divers groupes criards et querelleurs ; quelques *patriarches*, vieillards phalanstériens, essayaient vainement de les pacifier.

Afin de commencer leur éducation industrielle, on leur avait donné de petits outils pour qu'ils en apprissent le maniement ; mais les uns préféraient creuser la terre avec leurs mains, les autres paraissaient éprouver une volupté à déchirer leurs vêtements ou à envoyer du sable dans les yeux des patriarches ; ceux qui auraient bien voulu se servir des petits outils formaient un cercle autour d'un gros bambin à cheveux rouges, qui s'en était fait une montagne.

— A-t-il l'air mauvais, celui-là ! dit Pantaléon en désignant le jeune accapareur, qui semblait d'un regard menacer et défier tous les autres.

— Il me donne d'heureuses espérances : il est gourmand, fantasque, mutin, insolent, curieux, indomptable ; ce sera le plus parfait de tous, le plus ardent au travail dans l'ordre combiné. Nous sommes obligés de développer les passions chez les autres, mais chez celui-là elles sont toutes innées. Avant-hier, il a failli tuer un patriarche ; hier, il avait mis le feu au phalanstère : c'est un enfant qui ira loin, c'est peut-être le futur omniarque universel. Plus je relis la *Théorie des quatre mouvements* et plus je fonde d'espoir sur ce bambin.

— En civilisation, on appellerait ça un monstre, un gibier de cour d'assises ; il y a même des imbéciles de parents qui pleureraient sur cette précocité perverse. Je connais un homme, Nivôse Bibeau, qui n'emploierait que la douceur et la religion pour dompter ce terrible caractère. Mais si, comme vous dites, ses défauts sont d'heureux pronostics, je comprends qu'au lieu de les étouffer, vous cherchiez à les fortifier.

— Oh! dit Jubeline, je vous le répète, cet enfant est mon idole, il fait ma consolation; je voudrais être son père; je l'adopterai. C'est lui qui a crevé l'œil à cet autre là-bas, ajouta l'apôtre en se frottant joyeusement les mains; aussi, très prochainement, je vais le faire passer dans le chœur des *chérubins*.

— Est-ce que tous vos chérubins lui ressemblent?

— Non, malheureusement; il y en a quelques-uns qui possèdent au grand complet le clavier des passions, mais ce n'est pas fort et vibrant comme chez celui-là.

— Mais il essaie de planter un clou dans la tête de l'un de ses camarades!

En effet, depuis un instant, le bambin à cheveux rouges, voyant qu'il était l'objet d'une attention critique, avait abandonné sa montagne d'outils et, prenant un marteau et un clou, il se disposait à attacher d'une manière un peu trop solide une mèche de cheveux qui obstruait le regard d'un sous-bambin.

Sans l'intervention d'un patriarche, il aurait accompli cet acte d'originalité féroce.

— Il est ravissant, dit Jubeline, à la grande stupéfaction du menuisier. Venez voir les *chérubins*.

Le chœur des chérubins avait à sa disposition un jardin semblable à celui de la série précédente, mais plus grand.

— Ceux-ci possèdent plusieurs métiers et pourraient gagner leur vie même en civilisation, dit Jubeline. En voici un qui est *licencié au groupe des allumettes, bachelier au groupe d'égoussage, novice au groupe de résédas.*

Ces mots paraissaient si extravagants à Pantaléon, qu'il regarda fixement l'unarque afin de s'assurer si rien ne trahissait la folie sur son visage.

— Ce sont eux qui fabriquent toutes les allumettes du phalanstère. Ils s'emploient dans les cuisines à éplucher les légumes, dans les jardins à cultiver des choux, des salades ou des fleurs.

Pantaléon s'était arrêté devant un de ces groupes d'allumettes, il fit observer à Jubeline que les enfants avaient trempé leurs mains dans le soufre et qu'ils s'en étaient barbouillé la figure sans avoir réalisé la moindre fabrication. Plus loin les chérubins cultivateurs, au lieu de mettre en terre les plants qu'on leur avait confiés, s'amusaient à les tailler comme des ingrédients de julienne. Enfin dans les cuisines les éplucheurs mangeaient les carottes et ne les pelaient pas.

L'unarque souriait à tout. Les mangeurs de carottes lui firent pousser un cri de satisfaction.

— Songez donc, dit-il, que plus ces enfants sont voraces, plus ils rentrent dans les idées du maître, qui exige qu'on les habitue à distinguer vingt nuances de saveur sur le moindre végétal.

— Mais si on veut faire la soupe? dit Pantaléon, les patriarches sont donc obligés de venir eux-mêmes éplucher les légumes?

— Non, le licencié au groupe d'épluchage surveille. Tenez, le voyez-vous? c'est lui qui a une grande plume d'autruche sur la tête; il sait fort bien qu'il faut d'abord satisfaire l'attraction de manger les carottes pour avoir celle de les éplucher.

— Pourquoi le licencié a-t-il un panache d'autruche?

— Ah! pourquoi est-ce un véritable grand seigneur? pourquoi figure-t-il dans les manœuvres de la grande parade? C'est afin d'inspirer à ses inférieurs l'émulation attractive qui leur fait produire cent prouesses industrielles. Les bambins qui voient passer ce chérubin avec son magnifique panache se hâtent de mériter un si grand honneur.

— Vous croyez?... Moi je m'imagine que s'ils désirent le panache, ils l'arracheront au chérubin.

— Oh! vous vous trompez; vous ne connaissez pas la nature humaine comme Fourier. En commettant un pareil attentat, le bambin redouterait le *jury chérubique* devant lequel il aurait à comparaître; car ils sont toujours jugés par leurs pairs, et ils respectent d'autant plus cette juridiction qu'ils ont été admis ou refusés par elle lorsqu'ils ont voulu passer d'une catégorie à l'autre.

— Ah! ils ont à subir un examen?

— Sept épreuves matérielles à leur choix : 1° une de main et de bras gauches; 2° une de main et de bras droits; 3° une de pied et de jam-

bes gauches ; 4° une de pied et de jambe droits ;
5° une des deux mains et des deux bras ; 6° une
de deux pieds et des deux jambes ; 7° une des
quatre membres.

— Un singe ne serait certainement pas au-dessous de cet examen-là : mais je suppose que le pos-
tulant soit refusé ?

— Si un enfant atteignait cinq ans sans remplir les conditions exigées pour être admis à la
tribu des chérubins , il serait considéré comme
idiot ou au moins être subalterne , et , comme
tel , rangé parmi les complémentaires ou tribus
accessoires.

Comme le lecteur a pu s'en apercevoir, Jubeline empruntait littéralement quelques-unes de
ses réponses au quatrième volume de la *Théorie
universelle*, livre II, section III.

— Ceci me paraît juste : un enfant n'a pas de
force dans les bras et dans les jambes, ce doit être
un imbécile.

— Vous commencez à comprendre.

Pantaléon n'écoutait plus l'unarque. Dans l'un
des compartiments de la rôtisserie, il venait de
découvrir une multitude de petits cuisiniers qui
plumaient des volatiles de différents genres et les
embrochaient.

— Ce sont les séraphins , lui d't Jubeline. Ils
préparent la chère *majeure* pour les hommes, *mineure* pour les femmes , *neutre* pour les enfants ,
et *pivotale* pour commandes.

— Si c'est pour le dîner seulement, ces quanti-
tés de viandes me paraissent suffisantes.

— **Dans l'ordre combiné, on fait cinq repas par**

jour : la matine à cinq heures, le déjeuner à huit, le dîner à midi, le goûter à six heures, et le souper à neuf ; il y a en outre deux collations : une vers dix heures, l'autre à quatre.

— Décidément , je me fais phalanstérien , dit Pantaléon , séduit par ce feu d'artifice gastronomique.

— Les chérubins vont soigner les broches *sous-minimes* d'alouettes et de becfigues placées en étage sur l'un des côtés du feu ; les séraphins s'occuperont des broches *sur-minimes* garnies de cailles, de grives et de pigeons ; les *lycéens* et *gymnasiens* surveilleront les deux ou trois espèces de broches à volailles et pièces de moyenne force ; enfin les *jouvenceaux* prendront soin des broches à grosses pièces.

— C'est merveilleux ; seulement recommandez-leur bien de ne pas laisser brûler ces *bidoches*, vu qu'elles m'ont l'air très-savoureux. Mais vous ne me faites voir que les garçons, où sont donc les demoiselles ?

— Vous en avez rencontré déjà sans vous en apercevoir. Les chérubins sont entremêlés de *chérubines*. Leurs travaux diffèrent peu ; le vêtement seul les distingue. En continuant de visiter les différents chœurs d'éducation attrayante, nous verrons avec les *séraphins* des *séraphines*, avec les *lycéens* des *lycéennes*, avec les *gymnasiens* des *gymnasiennes*, avec les *jouvenceaux* des *jouvencelles*. Remarquez-vous que pour établir l'influence émulative, on s'est appliqué à ne pas confondre les tons ascendants ? Les chœurs les plus rapprochés par l'âge sont toujours en présence dans leurs travaux ou leurs exercices. Par ce moyen se forme le charme *corporatif ascendant*, stimulé d'un côté par l'intervention concurrente des deux sexes enfantins, luttant sur les mêmes branches de travail, et de l'autre par les remontrances et les ironies que les aînés adressent à leurs inférieurs.

— Oui, dit Pantaléon, mais je remarque aussi que ces jeunes harmoniens se distribuent des coups de broche là-bas.

Jubeline s'élança pour arrêter un épouvantable combat que des séraphins se disposaient à livrer à quelques lycéens, parce que ces derniers s'étaient permis de railler trop vivement une maladresse fort excusable.

— Ces malheureux, dit-il en revenant vers Pantaléon, sont tous nés dans l'ordre incohérent ; ils en ont conservé les inévitables défauts : ce qui devrait leur susciter de l'émulation provoque leur jalousie.

— Ce n'est pas étonnant ; vous autorisez un enfant de dix ans à exercer une autorité vexatoire sur ceux qui sont un peu moins âgés que lui ; pensez-vous qu'un jeune écervelé reconnaisse la supériorité d'un autre ? Les cheveux blancs, les rides ou les longues moustaches inspirent seuls aux moutards une vénération mêlée de crainte, ou une confiance facile à comprendre.

— Combien vous entendez peu le clavier des passions ! dit Jubeline en haussant les épaules.

— Je ne l'entends pas du tout.

Pantaléon n'était pas un dialecticien, mais sa grosse intelligence ne pouvait admettre ce système d'éducation un peu faux, ce nous semble, en cela que, tout en mettant la raison de côté pour laisser agir la nature, il demande encore moins en réalité à la nature qu'à la raison.

Jubeline et son hôte, sortant des cuisines, gagnèrent les champs phalanstériens. Une légère brise d'avril courait joyeuse dans les airs. Au loin Paris se débattait sous ce nuage de fumée bleuâtre qui caresse toujours l'ardoise de ses innombrables toitures; les arbres commençaient à verdoyer.

— Le beau jour! dit Pantaléon.

— Oh! répliqua Jubeline, la température ne sera réellement belle en Europe que lorsque deux milliards d'habitants auront exploité le globe jusqu'au soixantième degré. Alors on verra naître la *couronne boréale*, qui donnera la chaleur et la lumière aux régions glaciales arctiques. Les mers des côtes ne vous enverront que des zéphyrs agréables, tels que celui de Marseille, qui arrivera à neuf heures précises.

— Par la poste?

— Vous faites l'incrédule; lisez les œuvres de Fourier, vous verrez comment un jour nous boirons l'*aigre de cèdre*, c'est-à-dire l'eau de la mer changée en suave liqueur.

— Ça fera-t-il plaisir aux poissons? Je les crois très accoutumés à l'eau salée.

— Je puis vous répondre par ces paroles de Fourier : « Dès que le genre humain verra s'approcher la naissance de *la Couronne*, il fera sur » les hôtes des mers l'opération que fit Noé sur les » hôtes des terres. On transportera donc dans les » bassins salés intérieurs, comme la Caspienne et

» autres, une quantité suffisante des poissons, co-
» quillages et autres plantes qu'on voudra ensuite
» réinstaller dans l'Océan. Ces poissons devien-
» dront serviteurs de l'homme ainsi que le seront
» les animaux terrestres d'Harmonie (1). »

— Oh! dit Pantaléon, vous abusez de ma jeunesse !

— Je vous instruis, mon ami, ne m'interrompez pas. Dès la quatrième année d'harmonie notre
globe aura *cinq lunes*, l'homme vivra cent qua-
rante-quatre ans et sa taille atteindra sept pieds.
Il n'y aura plus ni ouragans, ni tempêtes, et un
nouvel astre planétaire deviendra pour nous un
vice-soleil.

— Ma foi, dit Pantaléon, je ne suis pas un savant, je n'ose pas vous démentir.

— Et enfin, probablement, nous serons témoins
d'une des plus magnifiques révolutions célestes
qui puissent avoir lieu : la dislocation de la voie
lactée. Pendant quelques mille ans, des légions
éclatantes d'*hyperlunes* ou étoiles, de lueur
moyenne, défileront devant notre globe, comme
une armée devant un général.

Les phénomènes astronomiques n'avaient pas
grand attrait pour Pantaléon; son attention était
en ce moment absorbée par une sorte de procession de bonnes et de *bonnains* en tabliers blancs.
Chacun d'eux promenait un poupon.

— Où vont-ils donc ainsi ? demanda-t-il.

— Cette promenade est ce qu'on appelle un
ressort matériel en éclosion de vocation. On fait

(1) *Théorie des quatre mouvements*, p. 67.

parcourir les ateliers aux enfants. On leur explique tous les genres de tableaux industriels ou agricoles. Cela suffit pour déterminer chez eux un goût dominant ou attractif. En leur montrant les phases actives des différentes tribus de l'enfance, on a soin de faire briller à leurs yeux les prérogatives graduées qui distinguent chaque âge et chaque profession. On leur fait voir les chérubins conduisant des chars attelés d'épagneuls ou de molosses, et transportant ainsi des légumes cultivés et récoltés par eux ; les séraphins dirigeant des ânons pareillement attelés à des chars plus grands ; les lycéens montés sur des zèbres domptés, les gymnasiens et les gymnasiennes chassant à l'arme à feu ; les jouvenceaux et les jouvencelles formant des escadrons de véritable et belle cavalerie, qui font l'ornement des parades. Mais, tenez, voici des cultivateurs harmoniens.

Pantaléon remarqua douze charrues rangées en ligne qui n'attendaient que les laboureurs. Ceux-ci, mollement couchés sur le gazon, goûtaient les douceurs d'une sieste mille fois plus attrayante que la moindre fatigue.

— Ils *pioncent*, dit Pantaléon, et pour peu qu'ils continuent, je ne voudrais pas compter sur le grain qu'ils cultivent pour avoir du pain.

— Eh bien ! mes amis, leur adressa Jubeline, pourquoi ne vous livrez-vous pas au plaisir du labourage ?

— Il faut absolument, répondit l'un d'eux en se frottant les yeux, inventer une machine qui appuie sur la charrue et creuse le sillon ; c'est trop dur pour un homme. Aussi les camarades et moi cherchons-nous un moyen mécanique : nous le trouverons avec le temps.

—Quel malheur, dit l'unarque de Vaugirard, que les opticiens ne se soient pas occupés de découvrir le *mégasco-télescope*, le seul lieu de communication possible entre nous et les autres mondes ! Au moyen de cette nouvelle lentille, grossissant quatre-vingt mille fois, on découvrirait le mécanisme d'*industrie combinée attrayante* de la planète Jupiter, qui bien certainement doit dispenser l'homme de toute participation pénible aux œuvres de la nature.

—La faute en est au corps savant, reprit le laboureur, et un peu à vous, notre unarque ; vous nous avez dit qu'en Harmonie rien ne se faisait par devoir ou par nécessité : or, nous ne trouvons aucun charme à suer sur nos charrues. Que dans l'ordre incohérent on travaille parce qu'on a peur de mourir de faim, c'est possible ; mais ici, où la vie doit être assurée, permettez-nous d'avoir pour le repos à l'ombre un peu plus d'attraction que pour le labourage au soleil.

— Le corps vestalique n'a qu'à passer devant ces braves gens pour les stimuler, dit Jubeline à Pantaléon.

— Vous ne croyez pas l'homme enclin à la paresse ?

— Non, ce vice n'est que l'un des mauvais fruits de la civilisation ; en Harmonie il n'en existe pas.

— Cependant, je vois vos harmoniens travailler rarement.

— Hélas ! ils sont nés hors du phalanstère,

— Vous n'admettez pas qu'il y ait des travaux répugnants ?

— Nous l'admettons si bien que nous avons institué *les petites hordes*, composées de deux tiers de lycéens et gymnasiens et d'un tiers de lycéennes et gymnasiennes. Ce corps se divise en *sacripants* et *sacripantes, chenapans* et *chenapanes, garnements* et *garnementes.* Les chenapans s'attribuent les fonctions immondes ; les sacripants, les exercices dangereux ; les garnements participent de l'une et l'autre attribution. Leur parure est grotesque et barbare ; pour la parade, les petites hordes portent le dolman hongrois et le pantalon bouffant. Elles ont leur langage corporatif ou argot, leur petite artillerie , leurs généraux, petits *kans* ou petites *kanes,* leurs *bonzés* ou *druides,* acolytes choisis parmi les gens âgés qui ont conservé *du goût pour les choses immondes* (sic). Les évolutions tartares de ces bandes , leur luxe étincelant est très nécessaire et exerce une grande attraction sur l'enfance, avec qui il faut toujours parler aux yeux. Cette corporation professe les vertus civiques et religieuses au plus haut degré ; sa mission est toute de dévouement et de charité.

— Pourquoi ? dit Pantaléon.

— Je ne pourrai rien vous expliquer si vous m'interrompez. Les petites hordes doivent anéantir *le vil maître du monde,* l'argent ! elles ont pour statuts le mépris des richesses et le dévouement par point d'honneur.

— Pour avoir leurs beaux habits aux jours de parade ?

— Oui, et un peu par vertu.

— Tiens! mais il me semblait que vous ne vous serviez pas de ce mot-là ?

— Seulement pour les petites hordes.

— Ah! quand vous en avez besoin.

— En outre des fonctions abjectes que remplissent les chenapans, sacripants et garnements, ils sont toujours prêts à voler au secours des différents groupes de travailleurs retardés ou découragés. Alors on sonne la charge des petites hordes par un tintamarre de tocsin, carillon, tambour, trompette, hurlements de dogues et mugissements de bœufs. Conduites par leurs kans et leurs druides, elles s'élancent à grands cris, passent devant les patriarches qui les aspergent et courent frénétiquement au travail. Elles font par amour-propre ce que les civilisés ne font que par l'appât du gain. C'est ainsi qu'elles réparent et entretiennent les grandes routes qui, en Harmonie, sont considérées comme *salons de l'unité;* grâce à l'activité constante des garnements, nous aurons par toute la terre des routes plantées d'arbres et d'arbustes, munies de trottoirs et semées de fleurs régulièrement arrosées. Des honneurs sans bornes sont les seules rétributions de ces immenses services. *L'argot* est la première cavalerie du globe, il prend le pas sur toutes les troupes harmoniennes, et les autorités suprêmes lui doivent le premier salut; il reçoit partout les honneurs de haute souveraineté; à l'approche de l'une des petites hordes, la tour des signaux de chaque phalanstère lui doit un carillon de suprématie et les dômes un brandissement de pavillons. En adressant la parole à un sacripant revêtu de son costume, on lui donne le titre de *magnanime*, et à la horde dont il fait partie le nom de *glorieuse nuée*.

— Faites-moi donc voir vos petites hordes.

— Nous n'en avons pas encore.

— Je crains bien que vous n'en ayez jamais.

— Vous doutez de cela comme vous doutiez de l'éducation musicale ; et cependant, observez ces groupes d'oies qui se dirigent vers nous.

Pantaléon voyait s'avancer huit troupeaux d'oies égaux en nombre, parfaitement séparés les uns des autres, guidés par huit chiens au cou desquels pendait une sonnette. Il n'y avait pas le moindre berger.

— Chaque sonnette, fit observer Jubeline, a un son particulier, correspondant à un ton de la gamme. Chacun de ces palmipèdes reconnaît si bien le son qu'il doit suivre que vous auriez beau les réunir et les brouiller entre eux, ils se diviseraient et iraient former leurs pelotons, pourvu que leur chef de file s'éloignât en agitant la sonnette. Quant aux chiens, ils sont eux-mêmes guidés par un son de trompe qui les avertit de l'instant où ils doivent s'éloigner du phalanstère ou bien y revenir.

— Et c'est mon ami la Branche-d'Or qui a éduqué ces animaux ?

— C'est lui aidé de quelques bambins, car c'est une occupation d'enfants.

— Mais où est-il donc ? j'aurais tant voulu le voir !

— Le voici.

Pantaléon, abandonnant l'unarque, courut vers le sibyl des oies qui sortait d'une étable.

— Vous êtes donc venu nous voir? dit la Branche-d'Or, singulièrement arrondi par l'existence harmonienne.

— Je suis venu admirer votre manière d'élever les volatiles, et puis je songe à me retirer du monde incohérent; je n'y suis pas en bonne harmonie avec M. Durousseau, mon ancien patron, et avec Chevrotte, ma fiancée. Si on est heureux ici, je me sens disposé à y rester.

— Heureux! fit la Branche-d'Or avec un signe de tête au moins dubitatif.

— Vous n'avez pas l'air enthousiasmé?

— Je ne le suis pas du tout.

— Le bonheur commence donc à manquer ici?

— Non, mais il y en a trop.

— Fait-on sept repas encore?

— Oui.

— Eh bien?

— Ça échine le tempérament, je ne peux plus manger moi, je suis dégoûté; depuis deux ou trois jours, une gastrite me tord les boyaux. Quand je vous ai rencontré à Paris, ça allait encore, mais à présent le phalanstère me pèse singulièrement sur la coloquinte. On ne vous laisse pas le temps seulement d'avoir appétit. Vous détournez la tête de dessus un bifteck pour vous trouver en face d'un jambon; c'est comme une prison de viandes, c'est assommant.

— Bah! dit Pantaléon, ça ne m'épouvante pas.

— Au bout de vingt-quatre heures, vous en aurez assez. Autrefois, quand je me collais des bouchons enflammés sur la figure, je n'étais pas très heureux, mais enfin ma vie aventureuse ne me déplaisait pas trop. J'avais des moments de triomphe, lorsque, par exemple, une brûlure m'enlevait la peau du front et que le sang sortait. Les camarades trépignaient des pieds et des mains, d'horreur ou d'admiration : c'était ma gloire ! Ici c'est à peine si une fois par hasard j'ai pu donner une représentation. Les harmoniens sont tellement blasés, qu'il faudrait s'empaler sur un paratonnerre pour leur causer une émotion.

— Ils sont blasés ?

— Tout cela est la faute de l'unarque, il ne sait pas varier les plaisirs ou plutôt il ne veut pas les varier ; il est payé par les ennemis du fouriérisme pour nous dégoûter du phalanstère.

La Branche-d'Or avait prononcé très haut ces dernières paroles. Le hasard voulut que Jubeline arrivât en ce moment, et étendit cette calomnie. De grosses larmes vinrent subitement rouler dans ses yeux.

— Que disiez-vous, mon ami ? murmura-t-il d'une voix navrante.

— Je répète ce que disent tous les harmoniens. Vous nous faites faire sept repas par jour, vous nous laissez boire des tonnes de vin, c'est pour nous engourdir et nous empêcher de travailler. On dit que vous vous entendez avec l'autocrate de Russie pour nous tuer par le bonheur, de même que les aristos voulaient nous tuer par la misère.

L'apôtre Jubeline s'efforçait de dissimuler l'af-

freuse meurtrissure que cette accusation faisait à son cœur.

— Hélas! dit-il, vous êtes les enfants de Caïn.

Et il s'éloigna, car il voulait cacher les larmes que lui arrachait l'ingratitude humaine.

— Il n'y a pas beaucoup d'entente cordiale dans votre phalanstère, dit Pantaléon resté seul avec la Branche-d'Or.

— Vous voyez tout de même que l'unarque n'a rien pu répondre.

— Je commence à ne pas le croire innocent. Mais où est donc le groupe du Chêne, où il m'avait dit que je pourrais m'employer?

— Je vais vous y conduire.

Pantaléon et la Branche-d'Or se dirigèrent vers le groupe d'ébénisterie. Ils entrèrent dans une salle où ils ne trouvèrent qu'une douzaine d'établis inoccupés; les menuisiers harmoniens n'avaient pas encore paru à l'atelier. Il en était de même des forgerons, des charpentiers, enfin de tous les travailleurs du phalanstère, à l'exception d'un seul cordonnier bizarre qui, assis sur une chaise d'une hauteur extraordinaire, s'exerçait à faire double besogne, en utilisant ses pieds aussi bien que ses mains. Cette étrangeté causa une vive surprise à Pantaléon. Les pieds du cordonnier fonctionnaient avec la même dextérité que ses mains. Aussi cousait-il deux souliers à la fois.

— Voilà tout de même, dit la Branche-d'Or, comment en harmonie on apprend à se servir de ses quatre membres.

—Oui, dit le confectionneur de chaussures, on apprend cela ici, mais je suis le seul qui ai pu ou qui ai voulu savoir travailler de la sorte ; aussi quand je vais retourner à Paris , je gagnerai de bonnes journé

— Comment ! retourner à Paris ? fit Pantaléon. Vous songez donc à déserter le phalanstère.

— Certainement. J'ai la passion du travail, tandis que mes camarades d'Harmonie ont la passion de la paresse et du vin. Je suis maintenant sûr de gagner ma vie , je veux être libre de me donner des compagnons de mon choix et des plaisirs pour mon argent.

— Mais où sont-ils donc vos camarades ?

— Ils n'ont pas quitté la table depuis ce matin.

En ce moment, un tumulte épouvantable s'élevait du centre du phalanstère. Pantaléon, attiré par la curiosité, s'élança vers les salles de festins, d'où partait le vacarme. Les harmoniens, troublés par de copieuses libations, s'étaient pris de querelle avec les harmoniennes ; la cause de ce désordre eût provoqué la jalousie de Gargantua. Après avoir consommé la chère *majeure*, la *mineure* et la *neutre* au détriment des femmes et des enfants, les hommes exigeaient qu'on leur servît la *pivotale*. Ils refusaient de se rendre aux justes observations des cuisiniers, aux reproches des *émancipées*, et aux dissertations des patriarches.

L'unarque parut ; à ses sages paroles on répondit par des injures. Sa voix fut couverte par un hourra infernal qui répétait sans cesse : *La pivotale !*

Jubeline ordonna qu'on satisfît leur voracité. Le bruit se calma aussitôt.

Alors Pantaléon demanda quelle différence il y avait entre cette harmonie et celle qui règne dans les étables, où les grognements s'apaisent dès que les auges sont remplies,

Malgré tout ce qu'il venait de voir, l'existence phalanstérienne lui plaisait. Travailler seulement par attraction, profiter de la monstrueuse chère majeure servie cinq fois par jour, sans compter les deux collations, lui semblait une existence très supportable; mais dès le premier jour les mœurs harmoniennes réservaient au jeune ébéniste des vicissitudes imprévues.

Trois vieilles, hideuses comme les sorcières de Macbeth, se prirent subitement d'amour pour lui. Tous ses besoins étaient prévenus par ces trois créatures; partout il les rencontrait sous ses pas. Il en eut peur et supplia l'unarque de mettre un terme à ces importunités sexagénaires; mais celui-ci lui répondit qu'en Harmonie l'âge n'excluait pas l'amour, et que l'*omnigamie* universelle à laquelle tend le fouriérisme n'admettait pas que « Lucas, âgé de vingt ans, payât autrement qu'en amour les services qu'il pourrait recevoir d'Eudoxie et d'Orphise, galantes octogénaires. »

Ce honteux apophthegme, scrupuleusement extrait du livre VI, section VII, de l'*Association composée*, effraya tellement Pantaléon, qu'il résolut de se soustraire par la fuite au cynisme phalanstérien.

FIN DU TOME QUATRIÈME.

LES OUVRIERS

DE PARIS.

LES OUVRIERS

DE PARIS,

PAR

Andre Thomas.

—

Tome 5.

BRUXELLES,

LIBRAIRIE DE TARRIDE, RUE DE L'ÉCUYER,

VIS-A-VIS LA RUE DE LA FOURCHE, 8.

—

1850

CHAPITRE XLIX.

Echappé du phalanstère de Vaugirard, Pantaléon ne savait où porter ses pas. Il songeait aux inquiétudes que sa disparition devait faire éprouver à son père ; mais il craignait aussi que le mépris ne se fût mêlé à ces inquiétudes, car sa conduite déloyale pouvait bien avoir été dénoncée par Durousseau à Calixte Jérusard.

— Maintenant, pensait Pantaléon, mon père doit avoir pris son parti relativement à moi. Il aura eu du chagrin d'abord comme j'en ai eu moi-même, comme j'en ai encore, et puis il se sera dit : « Qu'il aille au diable, ce mauvais garnement ! » car je suis ce qu'on appelle un garnement. Est-ce ma faute ? Je crois que oui ; mais tout le monde y a aidé. Il s'est même trouvé une fée qui

m'a pris sous sa protection invisible pour me dé-
baucher en me glissant de l'or dans les poches.
C'est cet or maudit qui m'avait habitué aux grandes ripailles. .

. » Je croyais en avoir à discrétion, et quand j'ai
dépensé les quarante-cinq francs du patron, j'avais
compté sur deux louis de la fée, vu que l'or vaut
dix pour cent ; ça faisait à peu près mon appoint.
N'est-ce pas excusable d'avoir cherché des consolations au fond de quelques bouteilles? J'étais bien
malheureux : Chevrotte m'avait congédié en me
recommandant de ne plus mettre les pieds chez
elle, parce que je lui avais prouvé qu'elle s'était
indignement jouée de ma crédulité. Ô Chevrotte !
lumière de ma vie, si tu n'existes pour moi, que
vais-je devenir?

» Depuis que j'ai perdu le droit de te nommer
ma fiancée, ce n'est plus du sang qui coule dans
mes veines, c'est du petit bleu. Ah ! pourquoi
m'as-tu trompé, Chevrotte? pourquoi ne m'as-tu
pas dit seulement : « Eh bien, oui, il y a eu quel-
» qu'un dans ce placard, mais je vous défends d'y
» penser? » Je n'y aurais plus pensé. Je l'aime
tant, ma Chevrotte; du moins celle qui était ma
Chevrotte autrefois! Désormais, comment vais-je
traîner mon existence? elle sera triste comme une
noce d'invalide. Ne vaudrait-il pas mieux en finir
tout d'un coup? »

En réfléchissant ainsi, Pantaléon s'était machi-
nalement dirigé vers le quai de Gèvres, point cen-
tral de toutes ses affections. Il s'arrêta sur le trottoir qui longe la Seine. A sa droite, il avait la maison de Périllon qu'il n'osait approcher de trop

près ; à sa gauche la rue Geoffroy-l'Asnier, et devant lui, les tours de Notre-Dame.

— Comment se suicide-t-on ? continuait-il. On a inventé bien des procédés à l'usage des gens qui ont envie de quitter ce monde. Je voudrais un système économique si c'était possible. Voilà bien les tours Notre-Dame ; on peut monter tout à fait en haut et puis se jeter ; mais, moi, si je grimpais là, je m'amuserais à jouir du point de vue et j'oublierais ma détermination. Il me faut un autre moyen. Ce gardien de Paris voudrait-il me prêter sa lardoire ? Je gage que ça lui est défendu. Me noyer, ce serait difficile. D'abord je nage comme un poisson, et puis je suis si accoutumé à boire que la submersion ne me ferait rien. Comment donc en finir d'une manière honnête ? Il n'y a pas d'établissement gratis à cet usage ; cependant le gouvernement devrait bien y avoir songé.

Pantaléon, accoudé sur le parapet du quai, regardait la Seine qui charriait ses eaux roussâtres.

— Je serai obligé de vivre, disait-il, jusqu'à ce que j'aie découvert un moyen de me tuer agréablement.

Tout à coup, il se redressa, se retourna vivement et saisit le bras de la première personne qui se trouvait derrière lui. Il venait de sentir une main glisser dans sa poche des pièces dont il avait reconnu le son.

— C'est donc vous ! s'écria-t-il.

Mais il lâcha subitement le bras du personnage, qui n'était autre que François Durousseau.

— Vous vous reposez, mon ami? dit le maître menuisier en souriant.

Pantaléon fouilla dans la poche de sa redingote, il en retira de l'or. Cette fois il y avait une douzaine de louis.

— Est-ce vous?... demanda-t-il en bondissant.

— Quoi! moi?

— Vous avez mis dans ma poche...?

— Je ne sais pas ce que vous voulez dire, mon ami.

— Alors je vois que c'est ce monsieur tout en noir qui s'échappe là-bas. Oui, c'est lui! Je vous dois quarante-cinq francs, M. Durousseau, gardez-moi ces trois louis. Au revoir!

Et il s'élança vers le monsieur vêtu de noir qui s'enfuyait en descendant les quais du côté des Tuileries.

Le brave Durousseau passait simplement par hasard quand le jeune ouvrier lui avait saisi le bras. Il chercha vainement l'explication de l'étrange ahurissement de ce dernier, et se demanda d'où pouvait provenir l'or qu'il lui avait remis.

Si Pantaléon s'était attaché à la poursuite du monsieur vêtu de noir, c'est qu'il s'était rappelé vaguement l'avoir aperçu au Marché-aux-Fleurs, le jour où deux louis s'étaient faufilés parmi ses gros sous. C'était la même taille et presque le même costume. De nouvelles observations achevèrent de le convaincre qu'il existait une mystérieuse affinité entre ce personnage et lui. Il s'était retourné plusieurs fois, et, de loin, son regard semblait chercher Pantaléon à la place qu'il venait de quitter. Ce dernier crut deviner , à certaines marques d'inquiétude, que son bizarre bienfaiteur ne voulait pas être connu de lui, et qu'il craignait d'être suivi. Il se dissimula derrière une charrette, laquelle descendait également le quai. Les rayons des roues le cachaient, tout en lui permettant de voir à travers.

Le monsieur ne se retourna plus quand il se vit éloigné de deux ou trois cents pas. Alors Pantaléon, résolu à le suivre, se borna à marcher à distance.

— Je verrai où il demeure ; je saurai qui il est, se disait-il. S'il entre dans quelque hôtel, j'entrerai et je m'informerai. Dussé-je le suivre jusqu'à ce soir, il faudra bien qu'il s'arrête chez lui.

C'était le plus sage parti que Pantaléon pût prendre pour parvenir à son but. Se montrer à l'inconnu et lui poser des questions eût été non-seulement une maladresse , mais peut-être une inconvenance, car Pantaléon n'avait pas une certitude matérielle que ce fût à lui qu'il dût attribuer les munificences féeriques dont sa poche avait été si souvent enrichie.

Mais une circonstance imprévue vint déranger ce plan. Le monsieur monta dans un petit coupé charmant, qui paraissait l'attendre près du Louvre.

— Allons, il faut courir , se dit l'ouvrier menuisier.

Et il commençait à enjamber le pavé lorsqu'un son de métal qui s'exhalait de sa poche lui rappela qu'il pouvait prendre un cabriolet de place. Il était justement devant une station.

— Cocher, il s'agit de suivre ce coupé qui file là-bas.

— Nous le suivrons, bourgeois.

— Dépêchez-vous donc.

— Je vous donne mon numéro.

— Partez ou je descends !

— Hue ! la belle !

La rosse, enorgueillie de cette épithète accompagnée de deux coups de fouet sur les oreilles, s'élança assez prestement.

— Elle n'est pas grasse, votre belle !

— Les bons chevaux ne sont jamais autrement.

— Son ardeur se ralentit déjà.

— Parce qu'elle voit le coupé filer moins vite, et qu'elle nous a entendus dire que nous le suivons.

Singulière conversation que celle des cochers de place, toujours relative à leur cheval, à l'état du pavé ou à la redoutable concurrence que leur font les maraudeurs, c'est-à-dire les cochers de petites voitures très-élégantes, non soumises aux lois de station, et qui, à certaines heures de la journée, se permettent de raser le trottoir en faisant l'œil aux passants.

Après avoir longé les Tuileries, le coupé poursuivit par l'avenue de l'Etoile ; il allait à petite vitesse, ce qui réjouissait fort la rosse du cabriolet. Enfin il tourna dans une petite rue, et les portes d'un grand hôtel s'étant ouvertes pour le recevoir, il disparut. Pantaléon fit arrêter, il paya son cocher étonné d'avoir à lui donner la monnaie d'un louis, et vint regarder la porte par où le coupé était entré.

C'était une porte que nous connaissons, lecteur, la porte de l'hôtel de Frémouran.

Il n'est peut-être rien au monde, pas même un lustre de théâtre, qui ait vu autant de monologues qu'une porte. Pendant un instant, Pantaléon, devant celle-ci, se livra à des réflexions d'une haute sagesse. Enfin il prit une décision. Le marteau rendit sous sa main un son vaste et prolongé. On ouvrit. Il entra et se trouva sous le nez d'un concierge en livrée orange, un haut et large concierge. Reine l'avait choisi fort et pour cause.

— Monsieur, dit Pantaléon en baissant ses yeux éblouis, seriez-vous assez obligeant pour me dire le nom de l'honorable propriétaire de cet hôtel?

— Non, répondit brutalement le concierge.

— Vous ne m'avez pas compris, sans doute?

— Je n'ai rien à comprendre et rien à répondre.

— Mais écoutez-moi.

— Qui demandez-vous?

— Je ne vous demande pas une personne, je vous demande un renseignement.

— Allez trouver Vidocq.

— Comment se nomme le monsieur qui vient de descendre de ce coupé?

— Que lui voulez-vous?

— Son nom seulement.

— Pourquoi?

— Cela ne vous regarde pas.

— Allons; vite à la porte!

Et le concierge herculéen poussa si vigoureusement l'ouvrier menuisier, qu'il se trouva dans la rue sans avoir pu opposer la moindre résistance.

— En voilà une réception !... ça m'intrigue. S'il y avait des voisins seulement... Oh ! cette boutique !

Pantaléon apercevait un de ces noirs rez-de-chaussée, comme on en voit dans les rues les moins peuplées de Paris, petits capharnaüms de fruiterie, de mercerie et d'épicerie. Aux six vitres qui lui servaient de façade principale pendaient un ail, une échalote, un écheveau de fil, une chandelle et un paquet de chiendent. C'était une vieille femme maigre et ridée qui tenait ce simulacre de boutique.

— Pardon, madame ; sauriez-vous me dire le nom du propriétaire de cet hôtel-là, vis-à-vis ?

— M. le comte de Prémouran, répondit la vieille sans discontinuer de couper du mou à un gros chat noir.

— Est-ce M. le comte de Prémouran lui-même qui habite son hôtel ?

— Oui, mon garçon.

— Est-ce un vieillard ou un jeune homme, le comte ?

— Dame ! je l'ai vu une fois ; il peut avoir vingt-cinq ans.

En ce moment, Pantaléon cherchait où il avait entendu prononcer le nom que la vieille venait de lui dire. Mais il évoqua vainement ses souvenirs.

— N'est-ce pas un brun, pâle, à barbe noire ?

— Oui, un peu barbu, mais pas trop.

— C'est bien celui du coupé, murmura-t-il.

— Il en mangerait pour deux sous par jour, monsieur, dit la vieille en caressant le chat. Tel que vous le voyez, je lui ai sauvé la vie. On l'avait jeté dans le ruisseau, bonnes gens! et il poussait des *miaou, miaou*, à attendrir un bourreau...

Evidemment la vieille voulait s'indemniser des renseignements fournis à Pantaléon, en le forçant à écouter la biographie de son chat. Il essaya de couper court à ces bavardages.

— Figurez-vous, interrompit-il, que je suis allé demander à voir M. le comte de Prémouran; on m'a mis à la porte.

— Le voir! fit la vieille; il faudrait passer par dessus les murs pour arriver jusqu'à lui. Sa femme lui défend de voir personne.

— Bah !

— Tout comte de Prémouran qu'il est, on dit qu'il mène une vie bien malheureuse. Il a épousé sa servante, ou enfin une femme qui n'était guère davantage. Elle est la maîtresse à son tour, et le comte est esclave. Mais pour en revenir à *Cendrille...*, reprenait la vieille en désignant son chat.

— Ces mystères me tracassent, interrompit Pantaléon; je vous remercie, madame, je veux absolument parler à M. le comte de Prémouran. Je suis trop préoccupé pour écouter l'histoire de votre chat avec toute l'attention qu'elle mérite.

— Cœur de bois! grommela la vieille.

Quoique naturellement apathique, Pantaléon se trouva excité par les difficultés qu'il avait à vaincre pour pénétrer dans l'hôtel de Prémouran. Il regarda de nouveau cette porte énorme défendue par un Hercule. Il se prit à faire le tour des murailles comme fait un guerrier avant d'assiéger une ville.

Si on se souvient de notre description de l'hôtel de Prémouran , on sait que l'un des côtés de la maison et du jardin donnait sur une petite ruelle qui rejoignait la rue de Chaillot. Le mur du jardin n'était pas d'une hauteur infranchissable ; des bornes semblaient avoir été placées contre pour faciliter l'escalade ; une charmille rasant le mur et dépassant intérieurement permettait qu'on se cachât entre les arbres, sans feuilles, il est vrai, mais abondamment pourvus de branches , et très-rapprochés les uns des autres.

Une idée audacieuse illumina Pantaléon :

— Il faudrait passer par-dessus les portes, a dit la vieille ; eh bien ! je vais essayer.

Il monta sur une borne , puis sur la crête du mur , et se laissa couler entre les arbres de la charmille. Son cœur ne battait pas trop fort. La situation critique dans laquelle il sautait à pieds joints se colorait à ses yeux d'un charme étrange qui l'empêchait de penser aux mauvais résultats que pouvait avoir son entreprise.

— Je suis sûr que c'est l'appartement du comte dont je vois les fenêtres, là, à côté, se disait-il. Si j'entrais par cette porte ? Après tout, on ne pourra pas m'empêcher de lui parler. Je veux qu'il me dise pourquoi il me donne de l'or ; ça finit par me chatouiller les oreilles.

Il se hasarda jusqu'à une porte ouverte et pénétra dans le corridor qui séparait l'appartement de

Sulpice de celui de sa femme. Il ne rencontra personne. Le salon de la comtesse était entr'ouvert, il y entra.

— Inhabité! dit-il, comme l'île de Robinson. Cristi! les beaux meubles! on n'en fait pas de ce genre chez Durousseau.

C'était le luxueux mobilier de Reine qui inspirait cette admiration au jeune menuisier. Une tenture à moitié soulevée l'invita à continuer ses explorations par un mignon boudoir. Au milieu de ce boudoir, auprès d'une petite table en laque de Chine, il remarqua une chaise renversée et une plume encore mouillée d'encre.

La comtesse écrivait à cette place quelques minutes auparavant; mais elle venait de se lever brusquement pour aller dans l'appartement de Sulpice.

— Enfin, dit Pantaléon, me voici dans le cabinet du comte. Tiens! une lettre à son adresse... Il était en train d'y répondre... Mais non, ce n'est pas à lui... *A madame la comtesse de Prémouran.*

Sur la table de laque Pantaléon avait pris une lettre qui commençait par ces mots : « Tu nous accuses de songer à tuer le pâlot, afin de quitter la *Jambe du Mort* et de revenir à Paris; crois-tu donc que nous ayons oublié que ta plus grande joie est de savoir cet homme enfermé et malheureux comme un chien enchaîné ? »

— « Tuer le pâlot afin de quitter la *Jambe du Mort* ! » répétait Pantaléon, atterré beaucoup plus par l'aspect sinistre des mots que par leur sens véritable.

Il devint blême. Il ne songea plus au comte ni

à ses pièces d'or. Il lui sembla tout à coup être au fond de l'urne des cavernes à crime qu'il avait vues dans *Victor, ou l'Enfant de la forêt*. Toute sa hardiesse l'abandonna. Ces mots : « la Jambe du Mort, » lui sonnaient des carillons lugubres aux oreilles. Il reprit le chemin de la charmille. En retraversant le corridor, il entendit une voix sifflante qui parlait haut. C'était la voix de Reine. Sa frayeur s'en augmenta.

Comme il repassait par-dessus le mur, il s'aperçut qu'il tenait encore la lettre qui l'avait si fort épouvanté.

— Je vais la porter à Nivôse Bibeau, dit-il; bien certainement il m'explique tout, lui.

Sorti du jardin comme il y était entré, Pantaléon se hâta de gagner la rue des Ursulines Saint-Jacques.

CHAPITRE L.

LES AMBITIONS DE MINOT.

Reine avait eu grand tort, me direz-vous , de laisser la lettre de Bertrand Machu sur la mignonne table de son boudoir, et d'oublier qu'une semblable imprudence n'était digne que d'un diplomate de peu de valeur. Cette observation ne serait pas dénuée de justesse, s'il n'était toujours un instant où le criminel le plus habile s'endort sur sa défiance habituelle, comme Samson sur les genoux de Dalila. Reine avait interrompu sa ténébreuse correspondance , parce qu'elle entendait la voix de Sulpice s'élever contre les valets. Il venait de leur ordonner de sortir immédiatement de l'hôtel lorsqu'elle se présenta pour avoir l'explication de cet acte d'autorité. Sulpice lui répondit qu'il avait chassé la horde d'espions en livrée rouge , parce qu'elle se permettait de refuser l'entrée de l'hôtel à quiconque demandait le comte de Prémouran. Le laconisme de cette réponse , le ton de mépris écrasant qui l'accompagna, empêchèrent que Reine opposât sa volonté à celle de Sulpice.

— Parce que la nature vous a donné les bras d'un homme, lui dit-elle, vous croyez peut-être m'intimider en me laissant seule en face de vous? Vous vous trompez. La force est dans la pensée, et non dans la main, je vous le prouverai.

L'émotion que trahissaient les lèvres de Reine démentait l'énergie de ces paroles. Le regard fixe et ardent de Sulpice l'effrayait. Il ne lui avait pas encore reproché la machination dont elle s'était rendue coupable envers lui et Henriette. Ce silence, plus terrible que mille malédictions, demeurait sur sa tête comme un nuage sombre et menaçant.

— Madame, dit-il, retirez-vous dans votre appartement et laissez-moi seul ici; je ne veux pas vous voir et je ne veux pas vous entendre. J'aurais quitté cet hôtel pour n'y rentrer jamais si un motif sérieux, une exigence d'honneur ne m'eût fait une loi d'attendre ici le châtiment de l'une de mes fautes.

— Vous m'auriez abandonnée?

— Maintenant, je vous le répète, laissez-moi.

Reine essaya de dissimuler son trouble sous un sourire fielleux, puis elle se hâta de revenir vers son boudoir, car tout à coup elle se rappelait y avoir oublié la lettre de son père.

Un hasard prodigieux voulut que Minot, entré

depuis quelques secondes, se trouvât assis dans la pièce voisine du boudoir.

Reine passa devant lui sans l'apercevoir, tant il lui tardait d'étouffer une inquiétude qui s'était glissée dans son âme comme un reptile dans une haie. Sur la table de laque, elle ne vit plus rien. Ses dents s'entre-choquèrent à se briser ; il lui sembla que les murs craquaient autour d'elle.

Minot, étonné de la préoccupation qui l'avait empêchée de remarquer sa présence, s'était levé et se promenait gravement de long en large.

Lorsque Reine eut terminé ses recherches désespérées autour de la table et sur les meubles environnants, elle entendit ce pas napoléonien. Elle s'élança vers Minot, qui recula à l'aspect de sa pâleur verdâtre. Elle lui saisit le bras, et, le clouant d'un regard :

— Minot, lui dit-elle, vous m'avez volée !

Le sang-froid, quand il n'est pas un effet de tempérament, est simplement une science de prévision. Or, Minot, en sondant les perspectives que lui offrait sa position, avait trop bien entendu la possibilité d'une rupture entre madame la comtesse et lui pour s'émouvoir beaucoup de l'apostrophe qu'elle lui adressait.

— Le comte m'a trahi, pensa-t-il.

La colère de Reine s'augmenta de l'impassibilité de cet homme.

— Vous êtes entré dans ce boudoir, lui dit-elle et vous avez profité de mon absence...

Elle s'interrompit. La ruse et l'adresse pouvaient peut-être dominer le valet mieux que l'insulte et la menace.

— Voyons, reprit-elle, vous me cherchiez sans doute, ayant à me parler? Vous avez trouvé sous vos pieds, peut-être, un papier dont j'ai besoin. Remettez-le moi. Justement je songeais à vous accorder une gratification. Vous pouvez avoir besoin d'argent. Pourquoi ne m'en demandez-vous pas? Mais rendez-moi donc la lettre que vous avez ramassée et que vous aurez serrée... par mégarde.

Les intonations, tantôt doucereuses, tantôt stridentes, qui accompagnaient chacune de ces phrases, dévoilaient toutes les terreurs de la comtesse.

Minot, revenu de sa première supposition, cherchait vainement à comprendre quel mystérieux papier on l'accusait d'avoir pris.

— Madame la comtesse, dit-il, nous ne nous entendons pas.

— Minot, j'ai toujours eu confiance en vous, parce que je crois que vous avez le cœur d'un... honnête homme.

— Est-ce pour cela que madame la comtesse m'a dit tout à l'heure que j'étais un voleur?

— Mon Dieu, c'est un emportement bien excusable; j'étais contrariée, irritée, de ce que vous aviez pris cette lettre sans songer d'abord à me la rendre. Mais vous n'avez pas sans doute commis l'indiscrétion de la lire. Donnez-la-moi donc, vous voyez que je l'attends.

— J'ignore ce que madame la comtesse veut dire.

— Minot, s'écria Reine en grinçant des dents, vous devriez être au bagne.

— Ah ! dit froidement le valet, la justice ne frappe pas tous ceux qu'elle devrait atteindre.

Cette réponse, qui pouvait passer pour une allusion, acheva de donner à Reine la conviction que Minot possédait la lettre de Bertrand Machu et l'avait lue.

— Vous savez mon secret, balbutia-t-elle en se laissant tomber sur un fauteuil.

L'espion valet avait trop d'intelligence pour ne pas deviner qu'à dater de ce jour la confiance de madame la comtesse lui était retirée. Il aimait trop l'argent pour ne pas profiter habilement des circonstances qui venaient le forcer à liquider sa situation.

— Oui, madame, dit-il, je sais vos secrets.

— Mais songeriez-vous à abuser de la confiance que j'ai eue en vous ?

— Ce serait possible , si c'était utile à mes intérêts.

— Ame abjecte ! s'écria Reine.

— Dites tout simplement âme de valet , vous savez bien ce que cela signifie.

Reine eut un frissonnement par tout le corps. Elle crut voir une nouvelle allusion dans ces dernières paroles.

— Enfin , quelles sont vos intentions? dit-elle.

— Les vôtres seront les miennnes, madame la comtesse.

— Vous ne voulez pas me rendre la lettre que vous avez prise là ?

— Pardon ; je le voudrais bien, mais je ne peux pas.

— Je comprends , dit Reine , vous ne pouvez faire cette restitution sans y trouver votre avantage.

— Mon Dieu, il n'est pas question, ce me semble, de restituer tel ou tel document, d'anéantir telle ou telle preuve qui s'élèverait contre vous, madame. Vous devez en ce moment attacher assez de prix à mon silence pour me l'acheter tout entier avec ses dépendances. Je vous demande pardon de ma franchise, mais en affaires je n'admets pas la dissimulation. Or, madame, c'est une affaire, une affaire importante que je traite avec vous.

Minot ne connaissait pas à fond les secrets de la comtesse; il n'avait pu en découvrir qu'une partie. Mais les terreurs qu'elle témoignait confirmaient suffisamment ses vieux soupçons. Ces pâleurs, ces allures étranges cachaient un mystère bon à exploiter. Pour cela, il fallait avoir l'air de le connaître, et conséquemment ne pas se disculper d'avoir en sa possession un document qui était censé lui avoir tout révélé.

— Madame la comtesse, reprit-il, depuis un an environ je vous sers avec un zèle qui a dû souvent vous étonner. Pour mériter votre estime, je me suis exposé à d'innombrables coups de bâton. Le courage n'est pas mon élément naturel, et cependant j'ai affronté de véritables dangers afin de remplir dignement les missions extravagantes que vous m'avez quelquefois confiées. Une semblable navigation à travers les obstacles et les éventualités de meurtrissures mérite une récompense. L'homme qui va à la guerre a l'hôtel des Invalides pour abriter ses vieux jours; or, j'ai fait la guerre pour vous, madame; je vous prie de me dire quel profit j'en ai retiré pour l'avenir?

— Ne vous ai-je pas payé ?

— Je puis vous répondre : Non ; parce qu'il est de ces services qui ne se payent jamais. En suivant mon raisonnement, madame la comtesse va se convaincre que ma logique est juste. Si j'avais employé à un commerce quelconque les beaux efforts d'intelligence que j'ai faits comme intendant de votre police, je serais à l'aise aujourd'hui, j'aurais commencé ma fortune, chose à laquelle je pense sérieusement.

— Ma protection n'était-elle pas une fortune pour vous ? Ne vous suffisait-il pas de la mériter ?

—Je ne connais rien de plus fragile que la protection d'un haut personnage ; pour qu'elle soit durable, il faut que l'intérêt la guide. Je crois aux spéculations, je ne crois pas aux générosités. C'est pourquoi, madame la comtesse, j'ai fondé mon avenir sur le présent, et, m'initiant malgré vous peut-être à vos secrets, je me suis imaginé qu'ils feraient ma fortune comme ils ont fait la vôtre.

—C'est de la scélératesse ! prononça Reine sans pouvoir dissimuler un mouvement de crainte, qui fut pour Minot une nouvelle preuve de culpabilité.

—On appelle scélératesse chez un valet ce qu'on nomme politique chez un ministre ; ce n'est pas juste, mais je n'ai jamais cherché la justice sur la terre ; je ne veux y trouver que le bonheur, c'est-à-dire trois mille francs de rente ; voyez s'il est possible d'avoir des goûts plus modérés.

— Si je vous assure trois mille francs de rente, je n'aurai rien à craindre , et vous me rendrez la lettre que vous m'avez dérobée ?

— Grand Dieu comme vous tenez à cette lettre !... Mais songez donc que ma mémoire serait mille fois plus redoutable que ce chiffon de papier !

— C'est vrai, dit Reine.

Et elle demeura pensive, accablée pendant un instant.

— Si je satisfais vos ambitions, reprit-elle, en vous garantissant mille écus de rente, comment, de votre côté, me donnerez-vous la certitude que je n'aurai plus à me repentir d'avoir ma confiance en vous?

— Enrichi par votre munificence, j'irai vivre en pays étranger. Avec soixante mille francs on peut devenir très honnête homme, surtout en Amérique.

— C'est donc soixante mille francs que vous exigez?

— N'est-ce pas le capital de trois mille livres de rente?

— Eh bien! dit Reine, l'affaire est conclue. Je n'ai pas cette somme à ma disposition, mais je l'aurai demain à pareille heure. Maintenant, Minot, ne serait-il pas loyal à vous de me rendre ma lettre?

— Mon Dieu! madame, je ne me pique pas d'être loyal, et puisque la conclusion de notre affaire est ajournée, permettez-moi de vous dire comme un feuilleton : *La suite à demain.*

Et Minot s'en alla, tandis que Reine, abattue par tant d'audace, restait ployée sous de sombres méditations.

— Il faut que mon père vienne à Paris, murmura-t-elle ; il tuera ce valet.

Elle écrivit quelques mots qu'elle alla elle-même jeter à la poste. A son retour, elle se heurta à Denis Lœuf et Larigette, qui sortaient de l'hôtel de Prémouran.

CHAPITRE LI.

LES AMOURS DE PAS-DE-CHANCE.

Avant que Pantaléon ne vienne porter rue des Ursulines Saint-Jacques la lettre dont la disparition tourmentait si fort Reine Machu, n'est il pas convenable de pénétrer un instant dans les amours de notre ami Pas-de-Chance ?

Il avait fondé de radieuses espérances de bonheur sur la jeune fille de Château-du-Loir, mais, hélas ! ses illusions ne devaient pas durer longtemps. Le soir même où il venait de la retrouver au bal Valentino, il avait acquis la triste conviction qu'elle était devenue en un mois aussi Parisienne qu'il est possible de l'être sur les hauteurs de Bréda.

— Qui donc t'a donné une robe de soie, une

mantille de velours et ce bracelet en or ? avait demandé Pas-de-Chance.

— Ça ne coûte pas cher, avait répondu Ninette, et c'est la mode.

— Ton père ou toi, vous gagnez donc beaucoup d'argent ?

— En voilà, une idée !

— Mais, Ninette, explique-moi...

Tout entier à la joie de revoir celle qu'il aimait, la première impression de l'ouvrier n'avait été que de l'amour, mais la réflexion était venue lui montrer une vérité désespérante. Une jeune fille pauvre pouvait-elle être ainsi vêtue sans honte ?

— Où demeurez-vous, Ninette ?

— Je demeurais avec cet imbécile dont vous m'avez débarrassée si à propos.

— Avec lui !

— Vous savez bien qu'à Paris on n'y regarde pas de si près.

— Oh ! Ninette !...

— Êtes-vous drôle !

— Moi qui voulais faire de vous ma femme légitime !

— Eh bien ?

— Vous ne voyez pas que c'est impossible maintenant ?

— Pourquoi impossible ?

— Vous n'avez plus d'honneur.

— A Château-du-Loir on aurait fait attention à cela ; mais à Paris...

— Comment donc votre père a-t-il pu vous abandonner ?

— Il a assez à s'occuper de lui et de ses *clubs*.

— Où demeure-t-il ?

— Je crois que c'est rue des Gravilliers , numéro 12.

— Et votre mère ?

— Elle doit être avec lui.

— Pauvre Ninette !... Pauvre Ninette !...

Parmi les femmes qui escomptent leur beauté pour vivre, sans cependant la mettre à prix fixe, on est surpris de voir combien peu d'entre elles ont le sentiment de leur bassesse. Leur insensibilité est une conséquence des principes qu'elles sont intéressées à admettre, et qui, annulant toutes sortes de vertus, les dispensent d'en avoir : « Il n'y a aucune femme honnête, le mariage est une prostitution plus ou moins avantageuse. » Tels sont les foudroyants aphorismes avec lesquels ces malheureuses créatures se cachettent le cœur. En quelques jours seulement, Ninette était arrivée à n'avoir même plus besoin de ces subterfuges de conscience. Son âme, inaccessible au moindre remords, à la moindre inquiétude, souriait au plaisir sous quelque forme qu'il se présentât.

— M'avez-vous assez interrogée ? dit-elle ; à mon tour. Travaillez-vous ?

— Un peu , Ninette.

— Vivez-vous seul ?

— Je vous attendais pour vous faire partager ma fortune.

— Votre fortune !

Elle pressa le pas de Pas-de-Chance, et plongea sur lui un regard avide.

— Vous êtes donc devenu riche ? dit-elle.

— Oui, Ninette.

— Vous avez hérité ! De combien ?

— Je n'ai pas encore évalué ce que je possède.

— Sont-ce des terres ?

— Non.

— Des maisons ?

— Pas davantage.

— Des rentes donc ?

— Vous verrez, Ninette, quand vous viendrez chez moi.

— Mais nous nous rendons chez vous, mon ami.

— A cette heure ?

— Certainement.

— Allons ! dit Pas-de-Chance de plus en plus désillusionné.

Il n'observait qu'une chose : l'absence de toute pudeur chez celle qu'il avait connue autrefois timide quoique coquette. Les instincts cupides que révélaient ses dernières questions lui avaient totalement échappé. L'âme naïve de Pas-de-Chance se refusait à comprendre une semblable perversité.

Après un instant de silence, Ninette reprit d'une petite voix douce :

— Vous avez peut-être cru, Pas-de-Chance, que je ne vous aimais pas. Depuis votre fuite de Château-du-Loir, j'ai bien souvent pensé à vous.

Une flamme de bonheur brilla sur les traits de l'ouvrier ; mais un retour de tristesse l'effaça aussitôt.

— Vous m'avez cependant écrit que jamais vous ne vous exposeriez à devenir ma femme.

— Je vous ai écrit cela quand j'étais encore sous une fâcheuse impression. On prétendait que le fils du notaire de Château-du-Loir était mort des suites de certains coups de poing que vous lui aviez donnés.

— Il essayait de vous séduire, Ninette, il achetait vos sourires d'enfant pour en faire des grimaces de courtisane.

— Aussi j'ai réfléchi depuis et j'ai reconnu que vous aviez raison. J'ai reconnu ça ; pourquoi ? parce que je vous aimais .. Vous demeurez bien loin , Pas-de-Chance!... Trois mois après votre départ, je vous ai écrit une seconde fois, et je vous disais de revenir si vous ne vouliez pas que je meure de chagrin. La poste n'aura peut-être pas su trouver votre adresse.

L'accent de Ninette démentait ses paroles, mais son épais amoureux n'entendait rien à la musique vocale.

— Vous m'aviez écrit de revenir!

— Pas-de-Chance, pourquoi ne me tutoyez-vous plus?

— Oh ! je te tutoie maintenant...

— Et quand je ne vous ai pas vu revenir, je me suis désespérée. Je voulais partir afin de vous chercher ; mon père m'a retenu quelque temps, puis enfin nous sommes partis ensemble. Je vous ai demandé chez tous les maîtres menuisiers , on ne vous connnaissait pas... Voilà toute l'histoire.

— Cré nom ! s'écria Pas-de-Chance, c'est ma

faute. Je ne laissais jamais mon adresse en changeant de domicile ; il est vrai qu'alors j'en chan-
geais tous les jours. Si j'avais reçu ta lettre, Ninette, je serais revenu à Château-du-Loir ; si
j'étais revenu à Château-du-Loir, tu ne serais pas
ce que tu es aujourd'hui. C'est ma faute. Oh ! oui,
c'est ma faute !

Un sourire imperceptible frôla les lèvres de Ninette. Néanmoins elle répondit d'un air très-sé-
rieux :

— Oui, c'est un peu votre faute.

Ils marchaient toujours.

Ninette s'était récriée sur l'interminable longueur des rues. Plusieurs fois elle avait dit :

— Mon Dieu, comme il y a des fiacres sur le
pavé de Paris !

Mais Pas-de-Chance lui répondait avec si peu
d'intelligence que c'était à faire croire qu'il avait
trop d'esprit :

— Il ne faut pas confondre les milords avec les
fiacres, Ninette, ni les cabriolets avec les coupés.

Enfin ils étaient arrivés.

— C'est là, dit-il.

Le cœur de la jeune fille battait. Etait-ce de
l'or en lingot ou des diamants qu'elle allait voir ?
Cette anxiété lui mettait des étincelles aux yeux.

Pas-de-Chance demeurait, comme on le sait, au
premier étage. Il alluma un flambeau, et, d'un air
magnifique :

— Je suis chez moi, dit-il.

A peine Ninette l'écoutait. Elle regardait partout, comme une chatte qui meurt de faim.

— Où est votre fortune ? dit-elle.

— Tu ne vois pas?

Croyant que les tiroirs de la commode contenaient quelque trésor, elle les ouvrit tous l'un après l'autre. Elle n'y vit que des hardes ou du linge. Ses mains se glissaient et furetaient avec une impatience fievreuse.

— Je ne vois rien, dit-elle.

— Comment, rien! cette commode, ce lit, ces huit chaises, cette table et cette glace, tu appelles cela rien?

— C'est ça votre fortune?

— Mais oui.

— *Des lampions!...* s'écria Ninette qui savait déjà toutes les locutions néologiques, politiques ou financières, usitées dans les sphères les plus vives en couleur. Vous m'avez tiré un feu d'artifice... enfin...

— N'est-ce pas une fortune, un logement comme celui-ci?

— Avec beaucoup d'argent je ne dis pas non.

— L'argent, le voici!

Pas-de-Chance montrait ses bras.

— Maintenant que Nivôse m'a redressé le caractère, je demeurerai longtemps chez un patron : à force de travail, je finirai par gagner assez pour être maître à mon tour. Toi, devenue ma femme puisque tu m'aimes et que je t'adore, tu me donneras du courage quand j'en manquerai ; tu me reprocheras mes jours de paresse si j'en ai. De ton côté, tu t'occuperas comme madame Bibeau, d'abord aux soins du ménage, puis à un travail de confection ou à un métier quelconque. Le soir, je te retrouverai ici, m'attendant les pieds sous la table. N'est-ce pas une fortune , cet avenir , Ninette ? réponds-moi.

— Je dors, dit la jeune fille, qui, ayant ôté son chapeau, s'était assise auprès du lit, la tête appuyée sur les matelas.

Le pauvre Pas-de-Chance, navré de cette insensibilité, demeura muet et rêveur pendant un instant. Il crut entendre le pas de Nivôse Bibeau sur le palier. Il ouvrit sa porte et se trouva en présence du terrassier philosophe.

— Nivôse, lui dit-il, j'ai un conseil à vous demander.

— Venez, mon ami.

Il répugnait à Pas-de-Chance de briser le piédestal sur lequel il avait placé Ninette Soviche ; mais l'expansion seule pouvait apaiser son chagrin. Il raconta ses désillusions à Nivôse en lui avouant que , malgré tout, son amour était plus fort que sa raison.

— Vous reconnaissez des vices déshonorants et aucune vertu à la femme que vous aimez, lui dit Nivôse, votre amour n'est plus un sentiment, c'est une maladie.

— Peut-être en épousant Ninette réussirai-je à détruire ses mauvais penchants.

— Hélas ! mon ami, trop de pauvres gens comme nous ont fait ce terrible essai, et même le font tous les jours ! Qu'en résulte-t-il ? Avant de s'allier à une créature dépravée, ils avaient la paix de la solitude et une espérance d'avenir : mais dès qu'auprès d'eux ils voient la honte et le désordre, ils se laissent entraîner par ce poids de malheur, et tombent dans le mal. Tous avaient cru purifier leur femme en l'épousant ; mais au contraire, ils se sont souillés eux-mêmes. Du reste, supposons qu'elle n'amène pas la débauche dans la maison de son mari, quels principes donnera-t-elle à ses enfants ? Comment leur apprendra-t-elle le bien, qu'elle méconnaît ou qu'elle ignore ? Ces pauvres petits doivent-ils être condamnés à vivre dans les ténèbres, parce que vous avez obéi aux faiblesses de votre cœur ? Loin de moi la pensée d'insulter la femme tombée ! Son ignominie est digne de pitié, comme toutes les misères humaines, mais il ne faut pas mêler l'ivraie avec le bon grain. Pas-de-Chance, vous êtes une âme noble et bonne, vous avez déclaré la guerre à vos défauts, sachez aussi combattre vos passions. N'attachez pas à votre cou une pierre qui vous entraînerait au fond de l'abîme. Le choix d'une épouse est l'acte décisif d'où dépend le bonheur ou le malheur d'un homme. Avant de faire ce pas énorme dans la vie, mesurez la terre sur laquelle vous allez poser le pied.

— Je sens que vous avez raison, Nivôse ; et cependant renoncer à Ninette me semble impossible.

Le terrassier discuta fraternellement avec Pas-de-Chance, et lui expliqua comment l'homme ne peut avoir d'énergie morale sans religion ; mais le raisonnement ne détruit pas l'amour. Après de longues réflexions. Pas-de-Chance en était au même point : il aimait. Ce mot répondait à tout.

Dès le lendemain cependant, Ninette parut avoir compris qu'il serait méritoire à elle de rompre le mauvais lien que son ami d'enfance s'était créé. Elle s'y prit d'une singulière façon.

Pendant une courte absence de son amoureux, elle appela un marchand d'habits et lui vendit tout le linge qui était dans la commode. A son retour, Pas-de-Chance trouva sa chambre vide et sa commode aussi.

— Elle aurait dû me demander la permission, se dit-il. Mais enfin c'est peut-être pour aller chercher notre déjeuner qu'elle a *lavé* les draps et les serviettes.

Deux heures après, Ninette n'avait pas reparu. Il sortit de chez lui afin d'aller à la rencontre de cette folâtre fille d'Ève.

Il attendit longtemps assis sur une borne, si bien que l'Auvergnat du coin, le prenant pour un concurrent frauduleux, lui chercha querelle en lui disant qu'il voulait lui voler son ouvrage. Pas-de-Chance le regarda de cet air dédaigneux que prennent les dogues pour répondre aux aboiements des roquets.

— Candide *Auverpin*, lui dit-il, rends grâce au ciel de ce que je ne suis pas en humeur de me battre aujourd'hui, sans doute parce que j'ai trop cogné hier soir à Valentino ; mais si tu tiens à garder tes membres au complet, évite de me mettre en colère.

Fatigué de trôner sur sa borne, d'où ses yeux interrogeaient en vain la foule des passants, Pas-de-Chance se disposait à rentrer chez lui, lorsqu'une idée lui fit subitement rebrousser chemin. Il venait de se rappeler l'adresse de Mathurin Soviche. Peut-être Ninette était-elle chez son père. Il se dirigea vers la rue des Gravilliers.

CHAPITRE LII.

UN CLUB AU NEUVIÈME ÉTAGE.

Mathurin Soviche demeurait au cinquième, à en croire la réponse du portier; mais en réalité chaque étage étant double, sa mansarde se trouvait au neuvième. L'ancien habitant de Château-du-Loir était arrivé à Paris pour prendre part aux avantages politiques et sociaux que promettait aux ouvriers la révolution de 1848.

Les crises révolutionnaires ont cela de commun avec les épidémies pestilentielles qu'elles enlèvent dans leur tourbillon les jeunes et les vieux, les sages et les fous. Mathurin Soviche aurait pu vivre paisiblement dans son village; son existence et celle de sa famille y était assurée par son travail; la jeunesse et la beauté de Ninette n'y auraient pas été, comme à Paris, deux cordes roses et dorées, traînant cette pauvre fille vers l'hôpital. Mais les voix rouges s'étaient répandues jusque dans les campagnes, elles y avaient porté le désordre et l'erreur; les unes promettaient le partage des richesses, les autres conseillaient aux campagnards dont le cœur battait fort de se ruer sur Paris, la ville aux événements, la cité des barricades. Ninette nous a laissé voir quels furent les premiers résultats de la folie de Mathurin. Elle était tombée dans le grand bourbier de l'amour à vendre, tandis que son père devenait homme politique.

Après avoir monté un escalier noir, surtout vers le faîte, Pas-de-Chance longea un corridor au fond duquel, sur une petite porte vermoulue, il aperçut un écriteau. S'il avait su lire, il aurait probablement accordé un regard à cette majestueuse inscription : *Club des Nationalités étrangères et autres.* Il frappa sans façon.

Un homme coiffé d'un bonnet phrygien vint ouvrir.

— Que demandes-tu, citoyen, s'il vous plaît?

Pas-de-Chance reconnut cette voix.

— Vous ne me remettez pas, père Soviche? s'écria-t-il.

— Ah, c'est vous!... c'est toi!...

— Je suis donc bien changé?

— Oui, mon garçon, tu es changé; tu es encore plus fort que tu n'étais.

— Mais vous, père Soviche, savez-vous que vous n'êtes plus le même? Vous vous êtes laissé pousser la barbe, et puis ce bonnet vous attife d'un drôle d'air.

Mathurin Soviche avait une physionomie très-douce, malgré le ton septembriseur qu'il cherchait à se donner.

— Il ne faut pas juger les hommes sur l'apparence, répondit-il.

— C'est très-connu, ce que vous dites là. Mais où est donc madame Soviche? et Ninette, serait-elle pas ici?

— Toujours les femmes, ces jeunes gens!

Pas-de-Chance regardait autour de lui. La mansarde dans laquelle il était entré avait quelque ressemblance de dimension avec celle où la famille Bibeau nous est apparue pour la première fois. Cette mansarde reproduisait en miniature le puritanisme mobilier des clubs de banlieue.

L'un des côtés, réservé au bureau, présentait, sur une estrade formée de deux caisses longues, une chaise et une table pour le président; ce siége triomphal était flanqué de deux autres moins élevés; huit bancs improvisés, planches de sapin clouées sur des bouts de bois, remplissaient le reste du quadrilatère. Deux drapeaux croisés au-dessus du bureau du président surmontaient l'inévitable devise : *Liberté, égalité, fraternité*. Tout cela était si étriqué, malgré ces prétentions au grandiose, qu'on eût dit un club de poche.

— Ce n'est donc pas ici que vous demeurez, père Soviche? demanda Pas-de-Chance.

— Je suis président du Club des Nationalités étrangères, répondit celui ci, et je demeure dans mon club.

— Il n'y a pas de lit.

— Un vrai patriote n'est pas un Sybarite.

— Et votre femme?

— Elle est là.

Soviche montrait à Pas-de-Chance une porte masquée par une bannière rouge sur laquelle était écrit : *République universelle*. Pas-de-Chance voulait voir la femme de son premier maître, il alla pousser la porte. Dans un cabinet deux fois grand comme une lucarne, éclairé par en haut au moyen d'une vitre enchâssée dans les tuiles, il vit madame Soviche qui préparait une friture sur l'un de ces petits fourneaux portatifs qui servent de chaufferettes aux pauvresses assises sous les porches. Derrière elle étaient entassés un matelas et un traversin, coucher mobile de ce couple insensé.

Madame Soviche embrassa Pas-de-Chance avec effusion. Quand il lui demanda si elle n'avait pas vu Ninette et qu'il lui eût dit en quel lieu il l'avait rencontrée, la pauvre femme baissa les yeux, une larme mouilla ses joues ternies.

— A quel genre de vie mon ancien patron s'est-il donc voué à Paris?

— Je crois que la politique lui a tourné la tête, répondit madame Soviche.

— Etes-vous heureuse enfin?

— Oh! non.

Ces quelques mots échangés à voix basse furent interrompus par de sonores éclats qui firent subitement irruption dans la pièce voisine.

— Tenez, dit madame Soviche, entendez-le donc; il s'exerce à déclamer un discours.

— Avec qui se dispute-t-il?

Pas-de-Chance revint dans l'enceinte du club. Mathurin Soviche debout, tourné contre une muraille , vociférait des phrases incohérentes qu'il accompagnait de gestes épileptiques.

— Père Soviche, dit Pas-de-Chance avec douceur, car il croyait interrompre un accès d'aliénation mentale, vous vous casserez la gorge si vous continuez.

Le nouveau Démosthène, au lieu de s'arrêter, fit vibrer sa voix avec plus de frénésie. Il termina son rugissement oratoire au bout de dix longues minutes, en s'écriant :

— L'hydre de la réaction lève la tête... Il faudra qu'on l'écrase !

— Ces exercices de vocalisation vous font-ils gagner de l'argent, père Soviche ?

— Gagner de l'argent ! répliqua le fougueux président du club, tu oses, devant moi, prononcer ce mot ignoble ! J'ai le cœur d'un patriote ; je ne songe pas aux faibles intérêts de la vie quand je vois l'humanité chanceler sur sa base.

— Un patriote a un loyer à payer, une nourriture à se procurer, une famile à protéger ?

— Non. Il a une opinion à défendre avant tout.

— Une opinion ne donne pas de quoi vivre ; or, quels sont vos moyens d'existence , père Soviche ?

— Je ne vis pas pour me vautrer dans les plaisirs ; je vis pour le triomphe de mes idées et de celles de mes amis politiques.

— Vos idées politiques font-elles le bonheur de votre femme et de votre fille ?

— On est citoyen avant d'être époux et père. Songe donc , mon garçon , que je m'occupe d'un projet immense. Ce club dont je suis le chef a été fondé par moi, afin de réunir toutes les nations du globe en une seule et grande famille. Ici tu verras des représentants de l'Irlande, de la Pologne, de la Turquie, de tous les pays du monde. Tu nous entendras peser le sort des empires, flétrir les rois et leur horrible tyrannie, juger tous les actes des gouvernements ; tu reconnaîtras que nos voix ébranlent la terre comme la foudre, et enfin que notre volonté réagit sur tous les peuples qui attendent de nous le bonheur et la liberté.

A peine Mathurin Soviche avait-il terminé sa volcanique déclamation, que trois clubistes entrèrent. Le premier était habillé en Turc, à la manière de ces juifs d'Alger qui vendent du chocolat, des dattes et des figues sèches ; le second, Anglais d'origine, laissait dénoncer sa profession par sa redingote blonde boutonnée en cuivre armorié, et par l'odeur d'écurie qu'exhalait sa personne ; le troisième, serré dans une crasseuse houppelande à brandebourgs, étranglé par un col en crinoline habilement posé pour déguiser l'absence de linge, n'avait nul besoin de ses énormes moustaches rousses ni de sa prononciation bizarre pour afficher son origine slave.

— Voici les représentants des nationalités étrangères, dit Soviche.

Pas-de-Chance ouvrait de grands yeux.

— Les nouvelles sont sérieuses, dit le Turc, il faut ouvrir la séance immédiatement.

Avec une gravité magistrale, le président Soviche alla prendre son siége. Le Turc s'assit à sa droite, l'Anglais à sa gauche. Pas-de-Chance et le Polonais figuraient la masse des assistants.

Ce fut l'Anglais qui prit la parole sans se lever de son siége, car, vu l'inclinaison du toit, il eût été obligé de se courber pour rester debout.

— L'Irlande, dont je suis le représentant, dit-il (car, afin de se *poétiser*, il se faisait compatriote d'O'Connell), pousse un cri de désespoir vers la France. Le gouvernement répond par de belles phrases à une demande d'intervention. Je propose de mettre aux voix l'intervention immédiate.

Les quatre clubistes s'étant consultés votèrent l'intervention à l'unanimité.

Au moment où le président se recueillait afin de rendre en termes solennels la décision du club, un bruit inopportun troubla le silence; c'était la friture de madame Soviche qui, non contente de se révéler par une fumée épaisse et odorante, s'ébruitait en un rissolement scandaleux.

A son tour le Polonais parla.

— Varsovie, dit-il, va être bombardée, le féroce Nicolas veut encore boire le sang de mes frères, je demande que cent mille hommes soient envoyés dès demain contre les armées russes.

Cette deuxième proposition, accueillie comme la première, allait être votée, lorsque la voix de madame Soviche vint interrompre la décision.

— Faut-il un hachis d'ail sur le merlan? demandait-elle.

Le président plongea sur sa femme un regard farouche.

— Oui, dit-il.

Cet incident n'empêcha point la proposition du Polonais d'être votée avec acclamation.

— Et moi maintenant, dit Soviche, je mets aux voix la mise en accusation du citoyen Lamartine, qui protége ouvertement les idées réactionnaires. Hier, une dame de ma connaissance s'étant rendue chez ce membre du gouvernement provisoire pour solliciter des secours, la citoyenne Lamartine, après lui avoir donné une somme d'argent, apprenant qu'elle avait une famille, lui a remis deux petits livres en disant : « Ceci apprendra à vos enfants l'obéissance chrétienne. » Est-il possible que la femme d'un véritable républicain tienne de semblables propos (1)?

— Non, non! répondirent les clubistes.

— Evidemment, reprit le président, c'est le citoyen Lamartine qui fait distribuer ainsi des livres aristocrates. Ce fait peu important en apparence nous dévoile le fond de son âme, c'est lui qui s'est toujours opposé à ce que la république française envoyât des troupes révolutionner les autres nations. C'est lui qui, au sein du gouvernement provisoire, représente le parti des modérés, c'est à dire des monarchistes. Je réclame donc sa mise en accusation.

Un vote unanime accueillit la proposition de Soviche.

— Mais, dit Pas-de-Chance après avoir écouté silencieusement ces folies révolutionnaires, à quoi vous sert de voter si souvent et si énergiquement?

— Citoyen, tu n'as pas la parole, dit le Turc.

— Mon garçon, dit Soviche, on te permet de prendre part à notre séance, mais non pas de rail-

____

(1) Historique, entendu au club Blanqui.

ler sa dignité. Sache que nous votons parce que nous devons voter.

— Nous voterons jusqu'à la mort ! dit le Polonais d'une voix stridente.

— Prenez ma tête ! s'écria le cocher d'Irlande.

— Et même, ajouta le président, vu la gravité des nouvelles, ne serait-il pas convenable de nous déclarer en permanence ?

— Déclarons-nous en permanence ! s'écrièrent les clubistes.

— Le club des Nationalités étrangères se déclare en permanence, prononça solennellement l'ancien menuisier de Château-du-Loir.

Madame Soviche parut.

— Il n'y a pas de chandelle, dit-elle, il faut deux sous pour en acheter une.

Le président invita le trésorier, c'est à dire son voisin de gauche, à déférer à la demande de sa femme. Mais la caisse du club était entièrement vide et la nuit commençait à tomber.

Pas-de-Chance ne put reprimer un éclat de rire qui scandalisa si fort l'auguste assemblée qu'elle décréta immédiatement l'expulsion du perturbateur.

L'amoureux de Ninette s'en retourna chez lui. Il avait donné ordre qu'on remît sa clef à mademoiselle de Château-du-Loir, si elle se présentait. Elle était revenue effectivement, et, tentée sans doute par la solitude, elle avait continué la liquidation mobilière de la fortune de Pas-de-Chance. Cette fois les couvertures et les matelas disparurent.

En se voyant ainsi dévalisé et en reconnaissant l'œuvre de Ninette, Pas-de-Chance sentit la chanterelle de l'amour se rompre au fond de son cœur.

Telle fut la fin véridique de cette grande passion qui avait pu résister à bien des illusions, mais non aux perspectives des flétrissures judiciaires.

Le lendemain, Pas-de-Chance apprenait à Nivôse Bibeau comment le mépris avait posé une pierre sur son amour, lorsque Pantaléon entra essoufflé.

— Ouf!... fit-il, j'étouffe.

— Quoi de nouveau?

— La Jambe du Mort!... prononça-t-il en se parlant à lui-même.

— Es-tu devenu fou? dit Pas-de-Chance.

— Ce ne serait pas étonnant.

— Comme vous suez! observa Bibeau.

— La Jambe du Mort... répéta Pantaléon.

— Que voulez-vous dire? demanda Suzanne.

— Ecoutez tous! Ecoutez!... Je sors du ventre d'une baleine, comme ce monsieur dont parle la Bible; seulement, au lieu d'y rester trois jours, j'y suis resté trois minutes.

— Il barbote, dit Pas-de-Chance.

— Lisez, Bibeau, lisez, reprit Pantaléon en présentant au terrassier la lettre dont la disparition avait attiré à Minot une épithète peu flatteuse.

Bibeau lut à voix basse. Chaque phrase lui arrachait un mouvement de surprise.

— Dieu, s'écria-t-il, vous a mis sur les traces d'un crime. Il résulte de cet écrit qu'un malheureux est privé de sa liberté par de cruels ennemis; mais à qui donc cette lettre est-elle adressée?

Nivôse lut la suscription :

A madame la comtesse de Prémouran.

Une triple exclamation accueillit ces derniers mots.

— Un crime commis par cette comtesse-là ne m'étonnerait pas, dit Pas-de-Chance.

— Comment ce papier est-il entre vos mains? demanda le terrassier.

— C'est un miracle.

Et Pantaléon raconta les événements qui se rattachaient à son audacieuse exploration de l'hôtel de Prémouran.

— Fais voir tes pièces d'or, dit Pas-de-Chance.

— Les voici.

— C'est à troubler la cervelle d'un homme, des aventures semblables!

— Qui te dit que je n'ai pas la cervelle troublée? Depuis deux jours il m'est arrivé les histoires les plus extraordinaires; je suis un roman incarné.

— Mes amis, reprit Nivôse, je ne vois en tout cela qu'une manifestation de la volonté du ciel, qui nous a peut-être choisis pour aller délivrer une victime de quelque grande iniquité. Cette lettre porte la date d'hier et le timbre de Villandry.

— Villandry, interrompit Pas-de-Chance, je connais ce bourg. C'est en Touraine, j'y ai vendu des allumettes quand j'étais marchand ambulant.

— Il faut que nous partions tous trois, dit le terrassier.

— Nous avons justement de quoi payer les frais du voyage.

Et Pantaléon fit sonner ses louis.

— Ça me va, dit Pas-de-Chance, j'aime les expéditions lointaines.

— Une fois à Villandry, on nous indiquera la Jambe du Mort, et Dieu nous aidera.

Pour Nivôse, homme primitif et plein de foi, ce voyage devenait une sorte d'obligation; pour Pas-de-Chance, c'était une occasion de châtier la méchante comtesse de Prémouran; Pantaléon n'y voyait qu'une promenade récréative, cela lui suffisait. Aussi les mille objections et les trois ou quatre larmes que Suzanne opposa n'eurent-elles aucun succès. Les préparatifs de départ ne furent pas longs.

Nivôse, Pas-de-Chance et Pantaléon roulaient sur le chemin de fer de Tours. Suzanne se consolait de l'absence de son mari par les caresses qu'elle prodiguait à ses enfants, lorsqu'une visite de Henri, l'ouvrier des ateliers nationaux, interrompit ses cajoleries maternelles. Il demanda où était Nivôse. On n'avait pas recommandé le secret à Suzanne, elle raconta comment son mari s'était cru obligé d'aller faire un voyage en Touraine. Ce récit causait à Henri une agitation indicible, tout à coup il se leva :

— Oh! la Providence ! la Providence ! s'écria-t-il.

Et il sortit à pas précipités.

CHAPITRE LIII.

COMMENT ON MEURT PRÈS MONTMARTRE.

Tuer un homme qui s'était fait une volupté de déshonorer une pauvre famille, alors qu'il avait à sa disposition tous les plaisirs que donne la fortune, c'était pour Calixte Jérusard une chose simple et naturelle comme l'extermination d'un reptile ; mais il voulait un combat où les chances fussent égales ; sa confiance en l'équité de son œuvre était son unique force. Néanmoins, sachant que la meilleure cause ne triomphe pas toujours, pour se mettre en face de la mort, il avait demandé trois jours ; car il désirait assurer le mariage de Pantaléon avec Chevrotte ; peut-être aussi avait-il d'autres concessions à faire à ses inquiétudes paternelles.

Mais quand le soir il rentra chez lui, il ne

trouva personne. Il attendit vainement jusqu'au matin. Le jour ne ramena pas son fils. A midi, il envoya aux renseignements chez M. Durousseau. Pleurniche vint lui apprendre que depuis vingt-quatre heures on n'avait pas de nouvelles de Pantaléon. Ce malheureux père attendit encore. Puis il alla à la Morgue.

Son anxiété était poignante. Il devait se battre bientôt, mourir peut-être, et son fils l'avait abandonné à cette heure solennelle. Il n'avait plus que les murailles à qui dire ses dernières volontés.

Cette solitude lui déchirait le cœur et le plongeait dans un abattement extrême. Tout le courage dont il avait besoin s'était évanoui. Il se demandait s'il ne valait pas mieux habiter la tombe qu'une maison vide comme la sienne.

Tout à coup la porte s'ouvrit. Jérusard, levant les yeux, vit une grosse fille blonde, la soubrette de Laure.

— M. Jérusard, mademoiselle votre fille vous prie de venir de suite chez elle, avec M. Pantaléon, si c'est possible.

— Laure ! s'écria-t-il, heureux de prononcer ce nom en ce moment cruel d'abandon.

— Oui, mamselle Laure.

Jérusard oubliait tout. Un de ses enfants se souvenait de lui. Cette pensée l'enivrait. On eût dit qu'il avait peur de réfléchir, tant il se hâtait d'obéir à son premier mouvement.

— Je vous suis, murmura-t-il.

La soubrette marcha devant. Son pas était prompt et robuste. Néanmoins les pieds de Calixte menaçaient toujours ses talons.

— Pourquoi Laure me fait-elle demander? pensait-il; sait-elle que je dois me battre demain ? Non, elle serait venue sans doute. Lui a-t-il été impossible de se rendre à la maison?

Ces suppositions battaient sur son cœur comme des marteaux sur une enclume. Mais il s'y mélangeait une certitude ineffable : il allait voir sa fille, celle qu'il avait été forcé de mépriser, parce que telle était la loi du monde. Oh ! combien il eût payé ce prétexte qui venait le chercher ainsi !

Les rues lui semblaient d'une longueur incommensurable. La grosse soubrette, qui marchait comme une locomotive et soufflait de même, lui faisait l'effet d'un encombrement.

Enfin, il lut de loin, à l'encoignure d'une maison : *Rue de Navarin*. L'instant d'après, il montait l'escalier de Laure en se tenant à la rampe.

Dans le vestibule, Calixte s'étonna que sa fille, prévenue par la soubrette, ne se fût pas avancée pour le recevoir.

Il pénétra dans la chambre et ne s'aperçut pas d'abord que le luxe avait disparu : le parquet s'était dépouillé du tapis d'Aubusson dont il était somptueusement revêtu lorsque Pantaléon l'avait conduit pour la première fois rue de Navarin. Six chaises à fond de paille remplaçaient les fauteuils à sculptures; aux fenêtres on ne voyait plus les beaux rideaux de satin rouge; la levrette à robe grise même n'était plus là. Hélas! la roue de fortune tourne si vite sur les hauteurs de Bréda ! aujourd'hui le duvet, demain la paille ; entre le salon et l'hôpital, un jour !

Depuis que la maladie de Laure s'était déclarée

dans son intensité, le Turcaret qui défrayait ses dépenses de ménage avait fui une maison, où, au lieu d'éclats de joie, il voyait de noires appréhensions de mort. Et pour payer les médecins et les remèdes, peu à peu Laure avait vendu quelque parcelle de son luxe.

C'est toujours ainsi qu'on les abandonne, ces pauvres filles, quand elles n'ont plus le rire aux lèvres et l'amour aux yeux ! Heureuses encore si elles meurent chez elles dans la maison qui les a vues effeuiller voluptueusement leur vie, et la jeter au vent et au plaisir !

De petits rideaux de mousseline, objets de minime valeur, étaient seuls restés aux vitres. Pour empêcher les rayons du soleil de pénétrer trop vivement, on avait tendu un vieux châle noir sur l'une des fenêtres. Tamisé par cette tenture, le jour arrivait si sombre que Calixte y voyait à peine. Il cherchait à droite et à gauche, avançant vers l'alcôve.

Au chevet du lit était assis un vieux prêtre à cheveux blancs. Sur un édredon se détachait entre deux flots de boucles blondes une figure verdâtre que Jérusard ne reconnaissait pas.

— Père, dit le prêtre en se levant, Dieu a fait grâce à cette enfant, donnez-lui votre bénédiction.

Calixte ne comprenait rien à tout cela ; mais il se ployait sur l'enfant que lui montrait le prêtre. Il s'arrêta immobile, la bouche et les yeux grands ouverts, puis il se renversa en arrière.

— Laure ! ma fille ! s'écria-t-il ; ma fille ! ma fille !

Une main blanche, amaigrie, sortit lentement du lit et se tendit vers Calixte qui la saisit, la baisa en l'inondant de larmes.

— Mon père, dit Laure d'une voix gutturale, à peine intelligible, ne vous attristez pas, je suis bien heureuse.

Le prêtre avait quitté la chambre de la mourante. C'était une phthisie pulmonaire qui emportait Laure vers la tombe. Cette maladie presque toujours mortelle éteint ses victimes sous une lente agonie exempte de douleurs et de convulsions. Depuis une semaine environ, Laure entrevoyait sa fin prochaine ; mais, au lieu de s'en effrayer, elle souriait à la mort ; nous avons vu comment elle était allée à Valentino faire ses adieux à la vie et boire du champagne avec Pantaléon, malgré la toux qui démolissait sa poitrine, extravagance lugubre qui avait hâté les progrès du mal.

— Où est donc mon frère ? murmura t-elle, j'aurais bien voulu le voir avant de mourir.

— Mourir, prononça Calixte, toi mourir ! Un médecin, vite ! allez chercher un médecin !

Ces cris s'adressaient à la soubrette, qui, debout comme une borne au milieu de la chambre, faisait sur ses doigts un calcul mystérieux.

— Monsieur, répondit-elle froidement, le médecin sort d'ici.

— Non..., murmura Laure, plus de médecins, mon père, ils n'ont rien à me conseiller.

— Mais qui donc t'a assassinée ainsi ? Pourquoi es-tu si pâle et si faible ? demandait Calixte.

Il n'y avait plus qu'un regard terne dans les yeux de Laure ; ses joues tombantes laissaient saillir les pommettes comme si les chairs se fussent séparées des os, mais un air de douce résignation et d'espérance chrétienne se lisait sur sa physionomie.

— C'est moi-même qui me suis assassinée, dit-elle ; c'est mon fatal oubli de toute vertu ; aussi je ne regrette pas la vie.

— Crois-tu donc que tu vas mourir? s'écria Calixte.

— N'en doutez pas.

— Non, non, ce n'est pas à ton âge qu'on meurt. La mort n'a pas besoin de prendre une jeune fille comme toi, lorsqu'il y a tant de vieillards qui attendent leur tour. Laure, j'ai eu des torts envers toi ; j'aurais dû oublier tes égarements et venir te chercher quand tu as déserté ma maison ; je te demande pardon de ma sévérité; j'en ai souffert autant que toi , peut-être plus encore. C'est le monde qui est cause de tout ; tu sais comme on pense, et quels sont les préjugés de ce qu'on appelle les honnêtes gens. Eh bien j'ai obéi à ces préjugés que je maudis. Cela me coûtait des larmes de sang, c'était cruel , barbare, n'importe ! Par faiblesse j'obéissais aux convenances. Mais , maintenant, Laure , vis, je t'en supplie, vis , et tu reviendras chez nous là-bas, tu y auras un lit semblable à celui-ci, avec des rideaux et des broderies; je t'achèterai de belles robes , puisque tu les aimes tant, et le dimanche je te promènerai à mon bras partout. Viens ! Oh ! tu ne veux pas venir; je vois que tu ne me pardonnes pas !

— Vous, mon père, vous me demandez pardon ! dit Laure. Ah ! que ne suis-je morte il y a trois ans, lorsque je ne vous avais encore causé aucun chagrin !

— Ne parle pas ainsi.

— Mais au moins ne changez pas les rôles de la sorte ; c'est moi qui dois m'humilier devant vous et implorer. Je pouvais être votre consolation, j'ai été votre désespoir. Cette pensée serait terrible pour moi en ce moment suprême, si je n'avais écouté ce bon prêtre que vous avez vu. Il m'a tranquillisée en me parlant de la miséricorde de Dieu et de la vie éternelle vers laquelle mon âme s'envole.

La voix de Laure s'affaiblissait de plus en plus. Calixte cherchait à réchauffer dans ses mains les doigts glacés de l'agonisante.

— Comme tu as froid ! lui dit-il avec terreur.

— C'est la mort qui me gèle, répondit Laure. Mais où est donc Pantaléon ?

— Il n'était pas à la maison quand on est venu me chercher.

— Je ne lui dirai donc pas adieu ?

— Oh ! tu te trompes, Laure, tout n'est pas fini pour toi. Tiens, tes yeux ont repris leur éclat, tu es moins oppressée.

Il est une phase d'agonie qu'on nomme vulgairement *le mieux de la mort* ; c'est l'instant où la vie, prête à abandonner le moribond, se concentre sur ses traits qu'elle baigne d'une dernière lueur.

La soubrette calculait toujours sur ses doigts. Elle s'était retirée dans l'embrasure d'une fenêtre, afin de ne pas trop entendre la voix de Laure ou celle de Calixte.

— Je vais enfin revoir ma mère, murmurait Laure ; je lui dirai combien vous avez été bon pour moi, vous, mon père; oh ! cela ne l'étonnera pas ; mais je me demande comment je la reconnaîtrai dans le ciel, j'étais si jeune quand elle est morte ! c'est à peine si je me rappelle ses traits… Et puis Sulpice que je retrouverai… ce bon Sulpice… il m'aimait bien ; mais il ne m'aurait jamais pardonné les erreurs de ma vie.

Calixte sanglotait.

La soubrette s'avança ; elle avait terminé ses calculs. Les larmes du vieillard et l'agonie de Laure ne causaient pas la moindre émotion à cette fille. En général, il n'est pas de femmes moins sensibles que les Martons du quartier Montmartre. Leur passion unique est l'argent. Les prodigalités de leur maîtresse sont les agiotages sur lesquels elles gaspillent. Dès que ces prodigalités cessent sans espoir de retour, elles regardent de quel côté elles prendront leur vol comme des pies rassasiées. Celle-ci, avant de s'élancer vers de nouveaux hasards, voulait en finir avec Laure.

— Mademoiselle, vint-elle dire d'un ton ferme, vous me devez cinquante-quatre francs ; voudriez-vous avoir la bonté de me payer, puisque vous allez mourir ?

Cette dureté n'était chez cette femme ni cruauté ni dépravation, mais épaisseur de sentiment. A ses yeux, Laure, en mourant si jeune et encore si belle, faisait simplement une manière de faillite, sur le bilan de laquelle ses gages de soubrette ou le *montant de ses notes* ne devaient pas être portés.

Si Calixte eût écouté le mouvement d'horreur que lui inspirait cette demande si affreusement inopportune, la soubrette eût dévancé sa maîtresse dans l'éternité.

— Ma fille se meurt, dit-il, et vous choisissez ce moment pour lui parler de choses semblables?

— C'est toujours à l'heure où l'on part qu'on vous apporte la carte.

— Quelle bête féroce as-tu donc à ton service, ma fille?

— Vous savez bien, Agathe, que je n'ai pas d'argent, répondait Laure.

— Trouvez-en.

— Sortez! s'écria Calixte, sortez!

— Je demande mon dû.

— Sortez!

Agathe hésita un instant, puis elle sortit en hochant la tête.

— Tu es donc dans la misère?

— Non... ne vous inquiétez pas de cela, mon père; ne pensons plus qu'au présent. Je suis riche, j'ai le ciel devant moi.

— Toujours cette pensée de mort!

— Envisageons-la sans frémir, car sa réallsation n'est pas éloignée. Approchez-vous davantage, mon père, tenez-moi bien. Il me semble que le lit remue et que je vais rouler sur le plancher... Là, je suis mieux. Que disions-nous? Ah! nous parlions de ma tombe. Je ne veux que quatre petits cyprès et du gazon... Si c'était possible, il faudrait m'enterrer au Père-Lachaise, auprès du caveau de... Je vous demande pardon de vous parler de *lui*, mais je l'aime encore, vous savez, celui qui est mort au bois de Vincennes?...

Un gémissement douloureux s'exhala de la poitrine de Jérusard.

— Je voudrais être enterrée auprès de son caveau : n'est-ce pas, mon père, vous ferez votre possible pour qu'il en soit ainsi?

— Je te le promets..., balbutia-t-il.

— Et puis, continuait Laure en prenant un accent de supplication inexprimable, vous recommanderez à la plieuse de laisser dans ma main gauche, sur ma poitrine, le papier qu'elle y trouvera ; c'est la lettre que... c'est une lettre enfin.

Chacune de ces paroles tombait comme une goutte de plomb fondu sur le cœur de Calixte.

La soubrette reparut.

— Le porteur d'eau est là, madame, il menace de faire une *scène* si vous ne lui payez pas les trente sous du mois.

— Payez-le! dit Calixte en jetant une pièce de deux francs à Agathe.

— Il y a aussi le marchand de meubles ; il dit que vous avez vendu les fauteuils d'ici. Il veut emporter le lit pour se garantir de son reste de compte. Et le restaurateur me soutient que vous ne devez pas être malade!

— Les misérables! ils tombent comme des corbeaux avant que la victime soit morte! s'écria Jérusard ; s'ils entrent ici, je les écrase!

— On paye les créanciers et on ne les *bouscul* pas, dit la soubrette.

— Mon père, donnez ma montre, répondit Laure ; elle vaut bien cinquante-quatre francs.

Avec une avidité toute judaïque , la soubrette sauta vers la cheminée et y prit une fort jolie petite montre plate en or.

— Je vous remercie , madame ; certes , mon intention n'est pas de vous quitter tant que vous aurez besoin de moi.

Elle sortit.

— Quel monde infâme t'entourait, ma fille !

— Aussi je le quitte sans regret. Mais où est donc Pantaléon ? Je ne le verrai pas , s'il tarde une minute encore. Tenez, les créanciers qui vocifèrent...

Calixte entendait la voix du tapissier et celle du restaurateur.

— On peut très-bien mourir sur une paillasse, disait l'un.

— Quand on sent qu'on ne peut pas vivre , on va à l'hôpital et on ne se fait pas traiter chez soi , disait l'autre.

— Et on ne se vêt pas chez un tailleur !

— C'est encore une manière de tromper le pauvre monde !

— Sans en avoir l'air !

— Race abjecte ! s'écria Jérusard ; vous insultez à la mort !

— Mon père, ne faites pas attention. Allez me chercher... Je n'ose pas vous dire ma dernière fantaisie.

— Que veux-tu, ma fille ? Parle.

— J'ai envie d'entendre jouer un air d'orgue.

— Un air d'orgue !

— Je veux mourir... en musique.

— Mon enfant, as-tu ta raison ?

— Un orgue !... Je vous en supplie, allez me chercher un orgue !

Jérusard, n'écoutant que son désir de satisfaire sa fille, s'élança par la rue en criant :

— Un orgue !... un orgue !...

Il courut à droite et à gauche, répétant ce cri bizarre. Et les passants, à la vue de ce vieillard pâle, qui sanglotait sa question, reculaient épouvantés, comme s'ils eussent rencontré un cercueil animé qui leur aurait demandé l'adresse de Musard.

Enfin, il ramena un joueur d'orgue. Laure sourit en voyant l'instrument.

— *La Cachucha*, dit-elle ; mais qu'on joue bien doucement.

Les créanciers rugissaient toujours dans l'antichambre. Quand ils entendirent cette harmonie, ils poussèrent des hurlements semblables à ceux que la musique arrache aux caniches.

— Ouvrez-leur, dit Laure ; mon père, faites-les entrer.

Introduits dans la chambre de la mourante, ils s'arrêtèrent, car la scène qui s'offrait à eux les glaça : debout au milieu, un homme tournait la manivelle de l'orgue ; Calixte, tombé à genoux auprès du lit, versait des torrents de larmes et regardait sa fille qui râlait en battant la mesure de la valse espagnole.

Tout à coup le vieillard jeta un grand cri : Laure ne battait plus la mesure, elle ne remuait plus, elle n'entendait plus, elle était morte.

L'orgue jouait toujours.

Jérusard se pencha sur le cadavre de sa fille et la prit dans ses bras.

Le tapissier emporta deux édredons, le tailleur une robe de drap noir à peu près neuve, le restaurateur passa dans la cuisine pour faire son choix.

Pendant toute la nuit, le père veilla sa fille. Puis, il suivit seul le corbillard qui emporta le corps.

Lorsqu'il revint rue Geoffroy-l'Asnier, la concierge le regarda avec effroi, tant il était changé.

— On vous attend demain matin rue de la Muette, lui dit-elle.

CHAPITRE LIV.

ENCORE LA JAMBE DU MORT.

Mais puisque c'est seulement demain que le père Jérusard doit se battre, profitons de l'instant d'intervalle que présentent ici les événements, et devançons un peu les trois voyageurs que nous avons vus partir pour la Touraine.

Depuis quelques jours le manoir de la Jambe du Mort s'était assombri d'une nouvelle particularité. De grands cris s'élevaient à toute heure, à minuit comme à midi, de l'ancienne *folie* du marquis de Boutouzel. Les rustiques habitants de Chinon ou de Villandry, qui, en passant par hasard près de cet étrange domaine, avaient entendu ces sinistres clameurs, s'étaient hâtés de composer une fable effrayante pour justifier la peur dont ils avaient été saisis; chacun inventa la sienne; si bien que la Jambe du Mort, déjà suffisamment noircie par la tradition à laquelle elle devait son nom, devenait la Samarcande des contes les plus fantastiques. Cependant il ne s'y était passé que des choses naturelles, naturelles pour les Machu.

Après qu'un coup de feu tiré sur le comte lors de son évasion eut débarrassé Bertrand et sa femme de leurs fonctions de geôliers, Martin le cocher avait vivement manifesté le désir de retourner à Paris. Son frère avait beau lui dire qu'il fallait absolument cacher à Reine la mort du comte et que son retour éveillerait des soupçons, rien ne pouvait vaincre son entêtement. Bertrand imagina des festins continuels afin de le détourner de ses idées fixes. Il ne quittait lui-même le verre ou la fourchette que pour écrire à sa fille et satisfaire la cruauté de celle-ci en lui disant que le pâlot se portait bien, c'est-à-dire qu'il souffrait beaucoup. Mais Martin avait des ivresses turbulentes : il menaçait de passer par-dessus les murs si on ne lui ouvrait pas les portes. Bertrand lui montrait alors son fusil chargé en lui disant :

— Tu sais comment je traite ceux qui s'enfuient sans ma permission.

Le cocher répondait par des grognements, mais il n'osait pas affronter une scélératesse qui avait fait ses preuves. Il promettait de se venger plus tard et laissait éteindre sa colère sous des flots de vin. Un jour qu'il avait réitéré ses menaces en buvant jusqu'à tomber ivre mort, Bertrand et sa Marianne le prirent, l'un par les pieds, l'autre par la tête, et allèrent le déposer dans le cachot qui avait failli servir de tombe au comte Henri de Prémouran.

Qu'on se figure un tigre qui, s'étant endormi libre, se réveille encagé, on aura une idée de Martin se trouvant, au sortir de son ivresse, enfermé dans cette prison. Sa rage fut telle, que pendant vingt-quatre heures il se déchira les mains et le visage contre les grilles de fer. Quand Marianne ou Bertrand lui apportait sa nourriture, il avait de véritables accès d'hydrophobie.

— Ah! lui disait son frère à travers le guichet, tu voulais nous abandonner et nous dénoncer peut-être; apprends à réfléchir, mon gros; cette solitude te rendra plus circonspect, et peut-être ne sera-t-elle point nuisible à ta santé.

Ces sarcasmes exaltaient la fureur du cocher au point que Bertrand se retirait plein d'effroi.

Martin songea bien à s'évader comme le comte; mais la muraille avait été formidablement réparée, et le moindre morceau de fer qui aurait pu servir à creuser une ouverture avait été soigneusement enlevé.

La vie de ce second prisonnier de la Jambe du Mort ne ressembla nullement à celle du premier. Au lieu de devenir philosophe, il devint fou. A de courts intervalles, on entendait ses plaintes que les échos de la forêt reproduisaient comme un grondement de tonnerre.

En incarcérant ce malheureux, les Machu n'avaient pas prévu les conséquences de leur illégalité. La démence de Martin les épouvanta plus qu'elle ne les attendrit: ils essayèrent d'entrer en pourparle avec lui. Mais dans ses tempêtes, il n'exprimait plus que le désir effréné de boire leur sang. Ce n'était plus un homme, c'était une bête féroce dont il eût été dangereux de desserrer la chaîne.

Ce fut sur ces entrefaites qu'un avis de Reine invita Bertrand Machu à se rendre immédiatement à Paris. Inquiété par ce mandat de comparution subit, Bertrand prit à peine quelques minutes pour faire ses préparatifs de voyage. Sa femme l'accompagna jusqu'à la porte extérieure du clos de la Jambe du Mort. Il lui donna les instructions qu'elle devait suivre à l'égard du prisonnier; mais elle l'interrompait toujours.

— Notre fille saurait-elle que le pâlot est mort?...

— Non, elle ne peut avoir appris ce qui s'est passé ici, répondait Bertrand. Ecoute donc ce que je te disais relativement à Martin. Il faut le traiter avec douceur.

— La justice aurait-elle découvert quelque chose là-bas?

— N'oublie pas de lui dire que, s'il veut ne pas crier pendant huit jours seulement, nous lui rendrons sa liberté.

Marianne était trop préoccupée pour prêter la moindre attention à ce qui ne concernait pas sa fille. Aussi cette conversation n'était-elle qu'un imbroglio bizarre.

— Son mari lui aurait-il fait des *traits?* reprit-elle.

— Offre-lui du vin et même un peu d'eau-de-vie; ça pourrait l'apaiser.

— J'ai envie d'aller avec toi à Paris...

— Marianne, es-tu folle?

— Je ne suis pas tranquille.

En parlant ainsi, les Machu avaient dépassé la porte du clos et se trouvaient par conséquent à quelques pas du mur qui entourait la Jambe du Mort.

Or, trois hommes rôdaient autour de ce mur. Evidemment ils avaient l'intention de pénétrer dans le domaine, mais ils ne voulaient pas s'astreindre aux formalités d'une introduction ordinaire. Profitant de l'entre-bâillement de la porte, ils se glissèrent dans l'intérieur sans avoir été aperçus par Bertrand et par sa femme.

— Je ne sais pas pourquoi j'ai de tristes pressentiments, disait celle-ci.

— Va, ne crains rien ; nous sommes toujours les maîtres d'une belle fortune.

— Quand je songe que, pour l'acquérir, nous avons tué le comte...

— Idiote ! est-ce qu'on songe à ces choses-là ? Tu vas me faire manquer la voiture de Tours avec toutes tes réflexions. Allons, adieu... Fais en sorte que Martin ne se doute pas de mon absence.

— Adieu, dit Marianne.

Et du regard elle suivit son mari jusqu'à ce qu'il eût disparu dans les arbres de la forêt, puis elle rentra lentement, la tête penchée, et elle referma la porte. Après quoi, comme pour se distraire, elle vint au guichet du prisonnier. Martin se promenait dans son cachot comme un ours dans sa fosse.

— Beau-frère, lui dit-elle, j'ai de bonnes nouvelles à vous apprendre. Si vous êtes sage et paisible pendant huit jours, votre liberté vous sera peut-être rendue.

— Alors, malheur à vous ! grommela-t-il, car si cette porte s'ouvrait, je ne sortirais d'ici que pour vous tuer, vous et votre scélérat de complice.

— C'est bon à savoir, dit Marianne en frissonnant.

Mais il lu sembla entendre marcher au-dessus de sa tête ; elle remonta tremblante, se soutenant au mur ; ses genoux faiblissaient.

Dans la pièce au-dessus, elle se trouva tout à coup en présence des trois hommes que nous avons vus entrer si clandestinemeut.

C'étaient Pas-de-Chance, Pantaléon et Nivôse Bibeau.

— Qui demandez-vous ?... Que voulez-vous ?... balbutia-t-elle.

— Enfin il y a donc quelqu'un dans cette maison, dit Pas-de-Chance ; nous commencions à désespérer. Pérmettez-nous de nous asseoir, madame, car nous venons de loin et nous sommes fatigués.

Chacun d'eux prit un siége et s'assit sans façon. Marianne s'efforça de surmonter le trouble que lui suscitait cette visite.

— Notre apparition vous étonne, madame, dit Nivôse, cela se conçoit ; mais votre surprise sera plus grande quand vous saurez le motif qui nous amène.

— Qui nous amène à la Jambe du Mort, ajouta Pantaléon, heureux de pouvoir prononcer cet assemblage de mots fantastiques pour lui.

— Je ne vous connais pas, dit la Machu, je ne veux pas vous connaître... Allez-vous-en !

— Elle n'a pas le moindre plaisir à nous voir, murmura Pas-de-Chance.

— Madame, reprit Nivôse, nous arrivons de Paris tout exprès pour voir la Jambe du Mort.

— Etes-vous des malfaiteurs? s'écria Marianne.

— A cet égard, rassurez-vous; nous sommes d'honnêtes gens, et non-seulement nous voulons faire un peu de bien, si c'est possible, mais encore empêcher le mal autant qu'il sera en notre pouvoir.

— Par où êtes-vous donc entrés?

— Ça l'intrigue, dit Pas-de-Chance.

— Vous avez escaladé le mur, et vous vous dites d'honnêtes gens?...

— Permettez-moi de rectifier votre erreur, répliqua Pantaléon. Nous sommes entrés par la porte que vous aviez laissée ouverte.

— Du reste, ce n'est pas à vous particulièrement que nous désirons parler.

Et Nivôse déroulait la lettre surprise aux secrets de Reine.

— Nous désirons voir M. Machu.

— Tout cela n'est qu'une comédie, répliqua Marianne. Vous demandez mon mari parce que vous savez qu'il n'est pas ici.

— Non, madame, nous demandons votre mari parce que c'est lui qui a signé cet écrit.

Marianne s'avança pour voir la signature de Bertrand. Elle recula terrifiée en reconnaissant une lettre adressée à sa fille.

— La frayeur que vous manifestez suffirait à prouver que nous ne nous sommes pas trompés dans nos interprétations, et puisque votre mari est absent, nous allons vous interroger vous-même.

— Je n'ai pas de questions à entendre ni de réponses à faire.

— Oh ! la mère, vous allez nous répondre avec empressement, dit Pas-de-Chance. Ah ! crénom !

— Des circonstances providentielles, continua Nivôse, nous ont révélé un mystère qui ressemble à un crime ; c'est relativement à cela que nous vous prions de nous donner quelques détails.

— Ah ! mon Dieu, dit Marianne, pourquoi Bertrand est-il parti !

— Sa présence ne serait d'aucune utilité.

— Il vous aurait reçus à coups de fusil.

— Parce qu'il aurait eu peur comme vous que nous ne rendissions la liberté au malheureux que vous nommez le pâlot.

— Le pâlot !

— Asseyez-vous, bonne femme, dit Pantaléon en ricanant ; vous obliquez sur vos *guibolles*.

— Assez de préliminaires ! s'écria Pas-de-Chance ; vous avez ici une prison que nous voulons ouvrir. Montrez-nous la porte, et que cela finisse.

— Vous êtes trois lâches ! vous voulez abuser de la faiblesse d'une femme.

— Nous voulons visiter cette maison, voilà tout.

— Mais j'y suis seule, mon Dieu !

— Nous croirons mieux nos yeux que vos paroles.

Un long gémissement, saccadé comme le rugissement d'un lion, vint tout à coup faire tressaillir Marianne.

— Ce cri nous en dit assez, et il nous indique

où est la prison du pâlot; ce doit être ici dessous.

— Vous ne passerez pas! s'écria Marianne en barrant le passage aux trois Parisiens.

— Ah! madame Machu, si vous vous révoltez, nous serons obligés de vous attacher à un arbre, dit Pas-de-Chance en la saisissant aux poignets de manière à lui laisser deux bracelets rouges.

— De quel droit voulez-vous visiter la maison que j'habite? hurlait-elle en se tordant sous l'étreinte de Pas-de-Chance.

Mais Nivôse et Pantaléon avaient trouvé l'escalier qui conduisait à la prison et ils descendaient tous deux sans écouter ses imprécations.

Ils s'arrêtèrent devant la porte à guichet; là Pas-de-Chance vint les rejoindre.

— Eh! monsieur le prisonnier, veuillez nous indiquer comment on ouvre la porte, nous venons vous délivrer.

Nivôse apercevait à travers le guichet une figure écarlate dont les yeux brillaient comme des charbons ardents.

— Il n'y a qu'à tirer les deux verrous, dit Pantaléon, et tourner cette clef dans cette serrure.

Ils ouvrirent la terrible porte.

Martin, debout au milieu de sa prison, fixait sur eux des yeux effarés.

— Ils appellent ça un pâlot, murmura Pas-de-Chance en observant les tons pourprés que trois mois d'exaspération continuelle avaient répandus sur les traits du prisonnier.

— Vous êtes libre, mon ami, lui dit Nivôse.

— Où sont donc, dit-il, les misérables qui m'ont enfermé?

— Si vous demandez une dame un peu récalcitrante qui nous a reçus en nous agonisant, elle est là-haut.

Martin se rua vers l'escalier en poussant une clameur sinistre. Mais soudain un tourbillon de fumée épaisse et lumineuse l'enveloppa.

Désespérée de ne pouvoir s'opposer par la force aux projets de ses trois visiteurs inattendus, Marianne s'était imaginé de les engloutir sous un incendie. Elle avait été chercher quelques brassées de paille, et après l'avoir disposée de manière à leur fermer toute retraite, elle y avait mis le feu.

L'hésitation de Martin ne fut pas de longue durée ; il passa au travers des flammes.

CHAPITRE LV.

***

LE SUPPLICE DE LA ROUE.

Marianne n'attendit pas que l'incendie se fût entièrement développé pour s'éloigner de la Jambe du Mort. Néanmoins sa fuite était lente. A peine eut-elle fait quelques pas hors de la maison, qu'elle se demanda où elle irait chercher un asile au cas où le feu dévorerait le bâtiment.

Arrivée près du mur extérieur, elle se retournait lorsqu'elle aperçut Martin qui courait vers elle. Alors, éperdue, elle s'élança dans la forêt.

Le danger rend agile : Marianne était en ce moment une vivante preuve de cette vérité ; elle enjambait les broussailles avec la vélocité frénétique d'une vieille biche qui entend sonner le hallali ; les branches lui fouettaient la figure ; les ronces lui déchiraient les pieds. Martin la poursuivait toujours. Mais soit que la colère produisît l'effet contraire de la peur, soit que la captivité eût alourdi le cocher, il ne paraissait devoir atteindre Marianne qu'après une poursuite acharnée.

La rivière dans les eaux de laquelle nous avons vu tomber le comte de Prémouran serpentait sous les arbres de la forêt, comme nous l'avons dit, et allait se confondre avec l'Indre, après avoir baigné des prairies et fait tourner un superbe moulin, distant de la Jambe du Mort comme Notre-Dame l'est du Panthéon.

Ce moulin avait une grande roue noire qui tournait sans cesse sous les efforts d'une cataracte, formée en cet endroit par une différence de niveau. L'eau se brisait avec rage sur la machine mouvante, et jetait au loin un bruissement majestueux. Autour du moulin s'étendait une prairie. D'un côté du ruisseau, des villageois et des villageoises fêtaient un lendemain de noces. Les uns dansaient, les autres buvaient. Un vieillard, debout sur une barrique, arrachait à son violon des grincements qu'il accompagnait de cris joyeux : le marié, gros joufflu, jouait à la main chaude. C'était une joie naïve et bruyante, alimentée par les flamandes libations. Des jeunes filles, fatiguées de danser, s'étaient assises sur l'herbe autour d'un paysan à longue chevelure blonde, qui, sur un air langoureux, chantait la légende que voici :

Toujours à la nocée
Le diable fait le guet
Pour voler le bouquet
De dame l'épousée.

C'était en l'an mil deux ou trois;
Une fort belle meunière
Épousait un villageois
Tourné comme un gentilhomme.

Sur le gazon de Plessis
Un violonneux les arrête :
« Dansez avec moi, mes amis,
Ma musique est très-mourante. »

L'épousée s'y fiant,
Veut qu'à l'instant on s'en donne;
Sur un arbuste auparavant,
Sa couronne elle dépose.

Quand elle revint la chercher,
L'arbuste avait grandi d'une aune !
« Mes fleurs, pourquoi vous percher
Si haut? » disait la meunière.

Mais l'arbre s'élevait toujours,
Si bien qu'à perte de vue
Il emportait les fleurs d'amour
Déjà jusqu'en les nuages.

« Mon Dieu! qui donc ira chercher
Ma couronne tant aimée? »
Le violonneux dit : « Un baiser,
Et moi, j'irai, ma mignonne. »

Sur ce front audacieux
La meunière avec une larme
Pose un baiser doucereux;
Puis le musicien se signe.

« Allons, moutons, puisqu'il le faut.
J'ai peur vraiment que j'en ai honte;
Comment jamais aller si haut?... »
Sur l'arbre, il grimpe, grimpe, grimpe.

Hélas! le pauvre violonneux,
Plaignez tous son infortune,
Il disparut dedans les cieux
Avec l'arbre sorti de terre.

Toujours à la nocée
Le diable fait le guet
Pour voler le bouquet
De dame l'épousée.

Tout à coup une scène affreuse vint interrompre cette fête. La danse fut suspendue et le vin délaissé. Une femme échevelée, exténuée, venait de tomber à genoux sur l'autre rive. Elle n'avait plus de voix, il faut croire, car elle ouvrait la bouche pour crier, mais aucune vibration ne sortait de sa poitrine.

C'était Marianne.

Martin l'atteignit enfin. Il la saisit par les cheveux.

— Grâce! grâce! lui dit-elle.

— Où est Bertrand? s'écria le féroce évadé.

— Il est à Paris, chez sa fille.

— C'est lui qui t'avait dit de mettre le feu à ma prison!

— Non... pitié!

— Pitié pour toi?... tu ne te souviens donc pas de ce que je t'ai promis?...

— Au secours! murmura Marianne d'une voix à peine intelligible.

Martin la traîna vers la rivière. En un suprême effort, elle essaya de lutter une dernière fois. Avec ses ongles, elle laboura les bras de son ennemi; mais lui, arrivé au-dessus de l'eau, enroula doublement ses poings dans les cheveux de sa victime, et la mit en mouvement comme un enfant ferait d'une fronde.

Les villageois poussèrent un cri de terreur. Mais séparés du lieu du crime par un cours d'eau profond et rapide, aucun d'eux ne pouvait empêcher l'atroce vengeance de Martin. La chevelure de Marianne lui resta presque entière dans les doigts, et la malheureuse alla s'engouffrer comme une masse dans le courant de la cataracte qui faisait mouvoir le moulin. Ce drame fut couronné d'une hideuse péripétie : le corps de Marianne, pris entre le lit de pierre et la machine tournante, s'y attacha comme un patient sur une roue de torture.

On vit ainsi cette malheureuse disloquée, mutilée, reparaître, et plonger de minute en minute.

— Et maintenant, à l'autre ! s'écria Martin en s'élançant vers la route de Paris.

Quand le meunier arrêta son moulin, il n'y avait plus qu'un cadavre sur la roue, et la rivière était rouge comme si elle n'eût charrié que du sang.

Revenons à Nivôse Bibeau et ses deux amis, que nous avons laissés dans un tourbillon de fumée. Pas-de-Chance avait eu l'excellente inspiration de tirer à lui la paille enflammée. Cette manœuvre ayant dégagé l'escalier, ils étaient remontés tous les trois vers l'étage supérieur. De là, au moyen de quelques seaux d'eau, ils éteignirent ce commencement d'incendie.

— La Machu, dit Pas-de-Chance, avait l'intention de nous faire rissoler.

— Mais où est-elle ?

— Et le prétendu pâlot, qu'est-il devenu ?

— Je commence à croire, dit Pantaléon, que nous avons rendu la liberté à un fou. Qu'en pensez-vous, Nivôse ?

— J'avoue ne rien comprendre à nos aventures. Quel intérêt pouvait avoir la comtesse de Pré mouran à tenir cet homme enfermé ?

— Maintenant nous sommes seuls à la Jambe du Mort, dit Pas-de-Chance.

—La Machu aurait-elle été chercher des défenseurs ?

— Voici quelqu'un !...

—Il a trouvé la porte ouverte comme nous celui-là.

— Il avance rondement.

Les trois Parisiens observaient dans l'avenue un quatrième personnage qui se dirigeait vers la maison.

— Serait-ce le Machu? dit Pantaléon.

— Mais, Nivôse, regardez donc, dit Pas-de-Chance, il me semble reconnaître ce camarade?

— Il me semble aussi...

— C'est Henri !

— C'est lui !...

L'instant d'après, l'étrange ouvrier des ateliers nationaux, toujours vêtu avec la modestie sous laquelle il nous est apparu au milieu de sa brigade, tendait la main à Nivôse et à Pas-de-Chance. Immobile, Pantaléon le regardait en ouvrant la bouche.

— Je vous étonne beaucoup, mes amis, leur dit-il, ma présence inattendue vous cause une sorte de stupéfaction.

—Qui a pu vous dire que nous étions ici ? Comment y êtes-vous venu?

— Une heure après votre départ de Paris, je suis allé voir Suzanne Bibeau ; elle m'a tout dit ; c'est pourquoi me voilà.

Pantaléon prit Pas-de-Chance à part.

— Ne vous fiez pas à cet individu, dit il.

— C'est un de nos amis.

— Ne vous fiez pas à lui, vous dis-je.

— Tu veux rire.

— J'en ai une sueur froide... c'est l'homme aux pièces d'or !

Henri avait entendu ; il s'approchait de Pantaléon, qui reculait sans pouvoir dissimuler une mystérieuse frayeur.

— Oui, s'écria-t-il enfin, vous êtes l'homme aux pièces d'or ; vous avez sa barbe, sa figure, sa taille, tout !

— Ce que vous dites est vrai... je dois lui ressembler singulièrement.

— Et même, reprit Pantaléon en regardant Henri plus fixement encore, savez-vous à qui vous ressemblez ? Oui, je veux être envoyé en Icarie si vous ne lui ressemblez pas un peu. Vous me rappelez mon frère ! mon frère qui est mort !...

— Etes-vous bien sûr qu'il soit mort ? lui dit Henri.

—Ah !... s'écria Pantaléon, ne me dites pas de ces choses-là, vous me percez le cœur. Vous ne voyez donc pas que si vous étiez mon frère Sulpice... Ah ! tenez, tenez, dites-moi vite si vous êtes mon frère, cette incertitude m'étrangle.

Les larmes ruisselaient sur les joues de Pantaléon.

— Je ne suis pas votre frère ; mais je vous l'affirme, Sulpice n'est pas mort.

Le menuisier s'appuya sur Pas-de-Chance, qui pleurait lui-même comme la fontaine des Innocents.

— Où est mon frère, alors ? où est-il, je vous

en supplie ? Oh ! ces émotions-là peuvent tuer un ébéniste !

— Mon ami, dit Henri en lui pressant la main, dès que nous serons de retour à Paris, vous verrez votre frère ; mais, avant de partir, écoutez-moi tous trois. J'ai de grandes choses à vous dire, de grands mystères à vous expliquer.

Les trois ouvriers se groupèrent autour de Henri et l'écoutèrent parler pendant une heure ; après quoi ils quittèrent tous quatre le sombre manoir de la Jambe du Mort.

CHAPITRE LVI.

LE DUEL A L'AMÉRICAINE.

Larigette s'était offert comme témoin de Jérusard, parce que le duel qui devait avoir lieu pourrait être une occasion d'assouvir sa haine. Mais le hard semblait avoir tout préparé pour s'opposer à ses mauvaises espérances. Au lieu d'un adversaire dangereux, le comte n'était qu'un enfant brisé par un sombre désespoir que Larigette avait pu découvrir sous une apparence de froide sérénité. Il ne restait donc plus à ce vindicatif personnage qu'à trouver un moyen de tourner les chances du combat contre Calixte. La plupart de ses combinaisons échouaient devant l'impossibilité de tromper Denis Lœuf, le deuxième témoin. Larigette fouilla sa cervelle comme un bibliomane une caisse de bouquins; il mit en réserve deux ou trois inventions, dont l'une, quoique étrange et sauvage, lui parut offrir des chances de réussite , grâce aux astucieux préparatifs dont il devait l'environner.

Enfin l'heure décisive approchait. Il faisait jour à peine, lorsque Larigette arriva rue de la Muette, lieu du rendez-vous. Il y trouva presque tous les membres de l'association; Jérusard et le comte n'étaient pas encore venus.

— Nous avons voulu savoir un peu comment cela allait se passer, dit un ouvrier. Avez-vous songé, père Larigette, que c'est un combat de brave qu'il faut à Jérusard?

— Tout ce qu'il y a de plus corsé en alignement, ajouta un autre.

Larigette sourit, c'étaient ses menées indirectes qui avaient invité ses camarades à venir débattre les conditions du duel, et par leurs paroles ils allaient innocemment au devant de son plan. .

— Oui, dit-il, mais si Jérusard est brave, le comte de Prémouran ne l'est pas moins, et de plus c'est un ferrailleur de première force, je le connais; si j'ai demandé à être le témoin de Jérusard, c'est que je voulais autant que possible éviter un malheur.

— Le père Jérusard n'est pas entièrement novice non plus.

— On peut même dire qu'il est solide !

— Malgré tout, reprit Larigette, ce n'est pas en maniant ses outils qu'il a pu apprendre les subtilités de l'escrime et du tir.

— Bah ! le courage tient lieu de savoir-faire à cet égard.

— Erreur! ce serait plutôt le savoir-faire qui tiendrait lieu de courage.

— Le comte de Prémouran est donc un grand avaleur? demanda une petite voix.

— Tout ce qu'il y a de plus avaleur, répondit Larigette, d'un ton qui donnait à ce mensonge une couleur de vérité; et si on ne lui offre pas un combat qui le désarçonne, il est sûr de son fait.

— Il tuerait le père Jérusard!...

— Même il pourrait envoyer plusieurs de nous à l'ombre.

— Eh bien! il faut lui offrir un combat effrayant.

— Un combat, dit Larigette, où les chances soient égales; voilà tout ce que je souhaite.

— Je propose les yeux bandés, à trois pas, dit l'un.

— C'est bon pour les enfants, répliqua l'autre.

— Mes amis, dit Larigette, je connais une manière de se battre, moi... mais il faut avoir un caractère américain pour y songer.

— Croyez-vous donc que les Français n'aient pas autant de caractère que les Américains? prononça un brun chevelu et barbu.

— Un instant, mon bon homme, vous allez voir ce que c'est que le *duel à l'américaine.*

Larigette fronça le sourcil et rembrunit sa physionomie, puis il continua :

— Dans une chambre noire on enferme les deux combattants. Chacun d'eux a un pistolet et un poignard, le pistolet pour s'éclairer au besoin, le poignard pour frapper. Un cri que poussent les témoins sert de signal, et le combat commence.

C'était dans le journal *le Droit*, à une repro-
duction de faits divers de Pensylvanie, que Larigette avait emprunté ce genre de duel. Il connaissait si bien les hommes auxquels il s'adressait,
qu'il était sûr de leur faire agréer cette barbarie,
en la leur présentant comme un acte de courage
usité dans un pays autre que la France. Les deux
adversaires pouvaient seuls repousser ce cruel
plagiat d'une originalité d'outre-mer; mais Larigette ne croyait pas que Jérusard l'accepterait, il
n'avait d'autre certitude que d'exposer à un échec
la réputation de la bravoure dont jouissait le vieillard. Il n'osait espérer davantage.

— Ce n'est pas un combat inventé pour des
hommes, celui que vous proposez, murmura l'un
des auditeurs.

— Au contraire, c'est très-beau ! s'écrièrent
plusieurs voix.

— C'est ainsi que j'aimerais me battre, moi, dit
l'ouvrier chevelu.

— Certes, le père Jérusard ne reculera pas devant ce genre de duel, dit un autre.

— Non, non, il ne reculera pas, répétèrent en
chœur tous les assistants.

— Il faut l'offrir au comte pour lui apprendre
à qui il a affaire.

— Et s'il acceptait ?

— On fermerait les volets ici, et tout serait
dit.

Larigette écoutait ce dialogue : il avait bien jugé
ces bonnes gens.

— Jérusard ne voudra pas de ça, dit-il.

— Laissez donc ; c'est le plus brave de nous tous.

— Il ne refusera pas.

— Je vous remercie de n'avoir pas douté de moi, dit un homme entré depuis un instant.

C'était Calixte Jérusard.

— Je veux me battre comme vous venez de l'expliquer, dit-il en posant la main sur le bras de Larigette; mais le comte y consentira-t-il?

— L'heure à laquelle il doit se trouver ici n'est pas éloignée.

Denis Lœuf parut.

— Le comte de Prémouran , dit-il , est en bas avec deux militaires pour témoins ; ce sont des conscrits campagnards qui ne comprennent rien.

— Nous allons nous expliquer avec le comte et lui proposer le combat en chambre noire.

Et les ouvriers descendirent. Larigette se disposait à les suivre lorsque Jérusard l'arrêta.

— Restez, j'ai à vous parler.

Cette voix calme, triste, mais glaciale, causa un mouvement de terreur à Larigette.

— C'est vous qui avez proposé ce genre de combat, dit Calixte.

— Par intérêt pour vous...

— Assez... Vous avez voulu vous venger de moi, parce qu'un jour je vous ai empêché d'accomplir une scélératesse ; néanmoins , je me battrai comme vous l'avez voulu , afin de vous prouver que, s'il y a un lâche parmi nous, il y a aussi des braves qui se mettent en présence de la mort et la défient, sous quelque forme qu'elle leur apparaisse. Vous espériez dire : « Jérusard a eu peur;» vous direz partout : « Jérusard m'a fait trembler et pâlir !

— Mais je vous assure, balbutia Larigette.

Calixte l'interrompit.

— Et maintenant, reprit-il , n'allez pas essayer de rien changer à votre machination. Je la veux comme elle est. C'est une leçon que je vous donne en secret , à la condition que vous ne paraîtrez plus au milieu de nous.

Larigette n'osa pas murmurer une parole. Denis Lœuf rentrait avec les deux témoins du comte, naïfs et rustiques fantassins; arrachés aux oisivetés d'une flânerie à travers rue, ils étaient loin de comprendre la gravité du rôle qu'ils remplissaient.

— Le comte déclare se soumettre à tout ce qu'exige son adversaire, dit Denis Lœuf en remettant un poignard et un pistolet à Calixte.

— C'est bien, dit ce dernier. Le cri du signal sera : « Dieu juge les hommes. »

Les volets furent fermés. Jérusard seul attendait son adversaire, au milieu de l'obscurité la plus complète. Il ne redoutait pas la mort, car rien ne l'attachait plus à la vie. Laure était allée rejoindre sa mère; Pantaléon avait fui le toit paternel, et Sulpice... Oh! ce nom ne revenait plus sur ses lèvres; il restait au fond de son cœur enlacé avec le souvenir de ceux que recouvrait la tombe. Maintenant, lui, Calixte, qui avait été athée par ignorance, se surprenait à désirer un monde meilleur où il retrouverait purifiés par le linceul tous ceux qu'il aimait, et ce désir le faisait arriver à la foi.

Pour lui, l'ange de la mort n'était plus cette création hideuse que le crayon matérialiste a revêtue d'un aspect épouvantable ; au lieu d'une faux elle avait à la main une couronne de fleurs.

Le bruit d'une porte s'ouvrant dissipa le tourbillon poétique au milieu duquel la tristesse balançait Calixte. Il était en présence du comte de Prémouran. Un instant fasciné par l'horrible de cette situation, Jérusard se crut blotti sous un immense drap mortuaire dans les plis duquel dansaient des gouttes de phosphore.

— Monsieur, dit le comte, vous savez quel signal nous attendons?

— Je suis prêt... Vous êtes armé ?

— Comme vous. J'ai accepté ce duel étrange, parce que je voulais être seul en face de mon adversaire et que la présence de témoins m'eût été importune. Mais avant que le signal ne nous parvienne , permettez-moi de réclamer de votre générosité un service que vous ne refuserez pas de me rendre.

— Parlez...

— D'abord, j'ai besoin de vous le dire une dernière fois, j'aime Henriette , et si je n'avais été fatalement lié à une autre femme, je l'aurais épousée, je le jure. Mais ce que je veux que vous lui répétiez, afin qu'elle ait une pensée de compassion pour ma mémoire, est justement ce qui me condamne à mourir aujourd'hui; oui, à mourir, parce que je suis réellement coupable, et que cette conviction paralyse en moi toute force comme toute espérance.

Il y avait des larmes dans la voix du comte. Jérusard, ému, respirait à peine ; ces aveux de faiblesse et de repentir faisaient vaciller ses armes dans ses mains.

— Si vous succombez, murmura-t-il, j'apprendrai à mademoiselle Henriette que vous étiez marié, je redirai vos paroles.

— Je succomberai, n'en doutez pas.

— Est-ce là l'unique service que vous réclamez de moi ?

— Non ; j'en ai un autre encore à vous demander.

— Hâtez-vous.

— Quelques mots seulement.

— J'attends.

— Quand je serai mort, promettez-moi de prendre une lettre que vous trouverez sur mon cadavre et de la porter rue de Geoffroy-l'Asnier, numéro 15.

Le souffle de Jérusard sortait bruyant et oppressé comme un râle d'agonie.

— Rue Geoffroy-l'Asnier ? répéta-t-il.

— Oui.

— Numéro 15 ?

— Oui.

— Chez qui donc ?

— Chez un pauvre vieillard qui vous parlera de moi peut-être... Ah ! ne lui dites pas que c'est avec le père d'Henriette que je me suis battu.

— Comment s'appelle ce vieillard ?

— Je vous ai tout dit.

— Répondez ; ce vieillard, comment s'appelle-t-il ?

— Son nom est sur la lettre.

— Je vous en supplie, répondez-moi !

Le comte hésita un instant ; puis, comme s'il n'eût pu s'empêcher de prononcer ce nom une dernière fois :

— Il se nomme Calixte Jérusard, dit-il.

— Calixte Jérusard ! s'écria l'aversaire du comte.

Et tout à coup, lui saisissant les bras à travers l'obscurité :

— Vous-même, comment vous nommez-vous donc ? prononça-t-il d'une voix étranglée.

— Battons-nous !... tirez sur moi !

— Vous n'êtes pas le comte de Prémouran !

— Tuez-moi, je vous en supplie.

— Je veux que vous me disiez votre véritable nom...

— Tuez-moi !

— Votre nom, vous dis-je... Qui êtes-vous ?

Le comte eut encore un moment d'hésitation, puis il reprit :

— Qui je suis ? eh bien ! je vais vous l'apprendre ; car, dans un instant, cette chaîne de passion et de désespoir qui a été ma vie sera brisée par vous ou par moi. J'ai usurpé la fortune et le titre du comte de Prémouran, je me nomme Sulpice Jérusard.

Calixte interrompit les sanglots convulsifs qui lui ébranlaient la poitrine.

— Mon fils ! s'écria-t-il, comme si l'âme lui eût été arrachée avec ce mot.

Une exclamation de surprise et d'effroi faillit déchirer la gorge de Sulpice. Il tomba dans les bras du vieillard.

En ce moment, une voix vibrante apporta

comme un chant funèbre le signal : « Dieu juge les hommes. »

Mais le fils et le père demeuraient embrassés sans pouvoir parler ni pleurer. Ce ne fut qu'après un long silence que Sulpice recouvra la parole :

— Vous, mon père, vous ici ! c'est avec vous que je devais me battre ! Je suis fou, mon Dieu ! je suis fou !...

— Sulpice, Sulpice ! reprit Calixte en éclatant, c'est la vérité. Je suis là devant toi, sous ce dôme lugubre de ténèbres et de malédictions. Je dois te tuer, à moins que tu ne me tues. Ne me demande pas pourquoi je suis au lieu et place de Périllon, je ne pourrais te le dire ; qu'il te suffise de savoir que dans les larmes dont je mouille ta main, il y a autant de joie que de douleur. Toi, tu es le comte de Prémouran ?... Oh ! fatalité ! fatalité ! Je te retrouve à cette heure chargé d'un nouveau crime, tu as séduit la fille d'un ouvrier... misérable, tu mérites la mort ! Je dois te tuer... il faut que je te tue !

Et Calixte, égaré, leva son poignard sur son fils... Mais tout à coup rejetant l'arme loin de lui :

— Oh ! non, dit-il, je ne peux pas tuer mon enfant ! Dieu m'a donné des entrailles de père... O Sulpice ! est-ce donc parce que je t'ai tant aimé que tu me fais tant souffrir ?... Tu vas fuir à l'instant ; je ne veux pas que tu meures, entends-tu ? C'était bon quand tu n'avais pas ton père ; mais à présent...

Jérusard s'interrompit subitement ; il se tordit les bras de désespoir.

— Ah ! reprit-il, moi qui oubliais... moi qui ne

songeais plus qu'un abîme nous sépare... Va-t'en, Sulpice, va, ne reste pas un instant de plus ici ; tu es sous la main d'une justice qui ne pardonne pas plus que le bourreau... Tiens, on monte à présent... c'est à me faire perdre la raison... Ah ! il y a une porte là.

Calixte avait saisi son fils, il l'entraîna presque de force hors de la chambre noire.

— Tu suivras le corridor jusqu'à l'allée que tu rencontreras.

Et il referma la porte.

— Moi, je vais parler à nos témoins, dit-il.

Mais, en se retournant, il se trouva en présence de Périllon, qui était entré au moment où il faisait évader le comte.

— Non, prononça ce dernier, c'est à moi que tu as à répondre.

D'un coup de poing l'armurier poussa l'un des volets. Un demi-jour remplaça l'obscurité profonde qui régnait auparavant dans la salle.

— On m'apprend en bas, reprit-il, votre genre de duel ; je monte pour empêcher, s'il en est encore temps, un acte de témérité inutile , et je ne suis témoin que d'une infâme trahison.

— Toi qui es mon ami, réfléchis donc avant de m'insulter...

— Tu avais peur de cet homme, c'est pour cela que tu l'as fait sauver.

— N'est-ce plus à Calixte Jérusard que tu parles ?

— Non, ce n'est plus à Calixte Jérusard ! Lui, c'était un brave , qui avait de l'honneur dans l'âme et du sang dans le cœur. Toi, tu es un vil traître qui, sous l'apparence de l'énergie, cachais la poltronnerie d'une femme, la faiblesse d'un enfant. Il t'a payé pour le laisser fuir, combien t'at-il donné ?

— Périllon ! Périllon !... s'écria Jérusard d'une voix stridente.

Puis il retomba accablé.

— Je suis malheureux, bien malheureux, dit-il, mais je ne suis pas lâche.

— Explique-moi alors la disparition de ton adversaire... Non, tu ne peux pas l'expliquer... Ton front est pâle, ta main tremble, tu t'es peut-être mis à genoux devant le séducteur de ma fille pour qu'il ne se battît pas contre toi.

L'exaspération de l'armurier allait toujours croissant. Jérusard, les bras croisés sur la poitrine, semblait ployer sous cette bourrasque d'injures.

— Tu ne me réponds pas ? continua Périllon. Tu n'as plus un mensonge à me faire ?

— Je n'ai qu'une chose à te répondre : jai enterré ma fille hier ; si je n'avais pas voulu me battre, je t'aurais donné ce prétexte ; mais ne vois-tu pas qu'il y a là-dessous un mystère affreux ? Ton cœur ne te dit-il pas que tu devrais me plaindre et non pas me maudire ?

— Eh bien ! dit Périllon en s'efforçant de se calmer, j'admets que ce soit un secret que je ne puisse connaître, et je me repens de t'avoir insulté à tort. Mais la vie du comte de Prémouran m'appartient, il faut qu'il meure. Je saurai le forcer à se battre avec moi, et alors malheur à lui !

— Où veux-tu donc aller ? demanda Jérusard avec anxiété en voyant que Périllon se disposait à sortir.

— Puisque tu as laissé fuir le comte, il faut bien que j'aille le chercher une seconde fois.

— Non ; n'y va pas, je t'en supplie...

— Tais-toi, Jérusard, tais-toi ! ta pitié pour cet homme est une offense pour moi.

Périllon avait mis sous son vêtement les pistolets abondonnés par Sulpice et Jérusard. Ainsi armé, il se disposait à partir ; mais Calixte le saisit par le bras.

— Tu ne peux pas aller verser le sang de cet homme, lui dit-il. Ecoute, je vais t'expliquer pourquoi.

— Malheureux ! s'écria Périllon d'une voix formidable, tu veux défendre le séducteur de ma fille ! Tu es mon ennemi désormais. L'insulte que tu me fais crie vengeance ; et s'il te reste encore un peu de cœur, j'en finirai avec toi avant d'attaquer ton lâche complice.

— Modère-toi ; tu te repentirais trop de ta colère lorsque tu sauras la vérité.

— Je ne me fie plus à ces paroles ; tu t'es joué de mon honneur, rien ne te justifiera. Allons, qu'on nous apporte deux épées ; montez tous, vous qui êtes en bas, vous serez nos témoins et nos juges !...

A la voix de Périllon, les ouvriers qui, au rez-de-chaussée, attendaient le résultat du terrible duel, se hâtèrent de monter.

— Vous qui avez cru à la loyauté de Calixte Jérusard, s'écria l'armurier, apprenez qu'il a fait évader le comte de Prémouran, et qu'à cette heure il me demande encore grâce pour lui.

Un murmure d'étonnement accueillit ces paroles.

— Malgré les apparences qui, je l'avoue, sont contre moi, dit Calixte Jérusard, ma conscience ne me reproche rien.

— Est-il vrai que vous ayez laissé fuir le comte ? demanda une voix.

— Il m'était impossible de me battre avec lui.

— Mais pourquoi ?

— Parce que... non...

Jérusard s'interrompit tout à coup; il allait dire la vérité, mais une pensée vint lui clouer les lèvres : pour devenir comte de Prémouran, son fils avait commis un crime. Soulever le voile qui recouvrait son usurpation, n'était-ce pas le livrer à la justice ?

— Parlez donc, répétèrent les ouvriers.

— Je ne le puis, dit Jérusard.

Soudain un homme parut.

— Pas-de-Chance ici ! fit Périllon.

— Moi-même, et que cela ne vous étonne pas, je me suis donné assez de mal pour vous trouver; tel que vous me voyez, je viens de faire soixante-cinq lieues en sept heures de temps : ceci vous prouve l'utilité des chemins de fer, sans ajouter rien à la question. Je suis allé chez vous, M. Périllon, chez vous aussi, M. Jérusard. On m'a dit que vous deviez être rue de la Muette, mais on ne savait pas le numéro. J'ai demandé à toutes les maisons une à une; je commençais à me décourager, lorsque j'ai aperçu le citoyen Denis

Lœuf sortant d'ici, je me suis imaginé que vous deviez y être et je ne me suis pas trompé.

— Pourquoi nous cherchiez-vous, mon ami ? demanda Jérusard.

— Pour vous inviter tous à vous trouver dans une heure à l'hôtel de Prémouran.

— A l'hôtel de Prémouran ! s'écrièrent plusieurs voix.

—Tous, entendez-vous ? Je ne dois pas vous en dire davantage. Et maintenant au revoir. J'ai d'autres invitations à aller faire.

Pas-de-Chance sortit précipitamment.

Ebahis, les ouvriers cherchaient l'explication de cette énigme.

— Dans une heure, dit Jérusard d'un ton solennel, vous saurez tout.

L'art conforme à [illegible] déclarant que vous [illegible]
[illegible] vous avez raison à ne rien [illegible]
[illegible] quelque chose [illegible] mais [illegible]
[illegible] vécu. Frère ! [illegible]

[illegible]
[illegible] Cher Étang [illegible]
[illegible] une loi [illegible] phrases [illegible]
[illegible] tableau [illegible]
[illegible] vous.
[illegible] travaille [illegible]
Cher Étang, [illegible]
les tableaux et autres [illegible]
[illegible]
[illegible] à l'an [illegible]
[illegible] sa [illegible] de [illegible]
[illegible] de [illegible]
— Vous me laisserez [illegible] que [illegible]
[illegible] vous adorez est b[illegible]

[illegible]
[illegible]
[illegible]
[illegible]
[illegible]
[illegible]
[illegible]
[illegible]
[illegible]
[illegible]
[illegible]
[illegible]

CHAPITRE LVII.

LES FUREURS DE REINE.

Reine était seule dans son salon; elle allait et venait, sombre, rêveuse, s'arrêtant parfois pour prêter l'oreille au moindre bruit. On eût dit Catherine de Médicis attendant le lugubre signal que la cloche de Saint-Germain devait envoyer aux massacreurs des huguenots. Toutefois, ce n'était pas une préoccupation politique qui absorbait Reine; ce n'était pas un trône menacé par l'hérésie qu'elle cherchait à consolider, mais bien sa fortune, son titre de comtesse, qui vacillaient et menaçaient de s'écrouler sous elle.

Sulpice était sorti de l'hôtel dès le matin, en laissant sur son secrétaire un billet qui renfermait des paroles funèbres; d'un autre côté, Minot connaissait maintenant tous les secrets sur lesquels reposait la fortune des Machu ; il fallait s'assurer du silence de cet homme ou vivre éternellement à sa merci.

— Et mon père n'arrive pas ! disait-elle ; 'ma lettre ne lui serait-elle pas parvenue?... J'aurais voulu cependant qu'il fût là pour recevoir ce valet qui a osé traiter avec moi d'égal à égal, et pour demander compte à Sulpice de sa conduite envers moi. Mais, mon Dieu! s'il n'était plus temps! Si Sulpice allait ne plus revenir ici!... Oh! ces inquiétudes me font trop souffrir... Et c'est lui qui m'a fait une vie si noire, si remplie d'agitations et de douleurs. Comment me venger des anxiétés incessantes auxquelles il m'a condamnée?... C'est folie à moi de penser à la vengeance en ce moment où mon œuvre chancelle sur sa base... Mais, mon Dieu! pourquoi mon père n'arrive-t-il pas?... Si je pouvais envoyer à sa rencontre un valet! Mais, des valets... je n'en ai plus; il n'y en a plus un seul dans l'hôtel; le comte les a tous chassés. Peut-être n'est-ce pas un mal. Il est de ces moments, dans la vie, où l'on désire être seul chez soi.

En parlant ainsi, Reine frappait du poing sur le marbre de la cheminée et sur les meubles.

Elle fut interrompue par l'arrivée subite de Bertrand Machu.

— Enfin!...

Il n'y eut ni élan ni caresses entre le père et la fille. Ils échangèrent un regard inquiet, presque méfiant.

— Je vous attendais impatiemment, dit Reine,

— Voyons, ma fille, tranquillise-toi; t'est-il arrivé malheur ?

— Eh ! mon Dieu ! il m'est arrivé ce que j'aurais dû prévoir : Sulpice s'est comporté indignement.

— Le misérable !

— Depuis le jour de notre mariage j'ai vécu dans des transes continuelles.

— Il fallait me faire venir plus tôt.

— Est-ce que vous ne vous doutiez pas que je souffrais, mon père ? Est-ce que vous ne deviniez pas qu'il fallait que je fusse clouée ici pour ne pas être allée une seule fois à Villandry jouir des tourments que l'autre doit éprouver dans sa prison ?

Bertrand sentit un frisson lui parcourir l'épine dorsale.

— C'est vrai, dit-il, j'aurais dû deviner cela.

— Ah ! si j'avais pu voir une seule fois la pâleur et la rage de Henri, toutes mes souffrances eussent été apaisées. Est-il bien malheureux au moins ? Lui répétez-vous sans cesse que c'est moi qui l'ai privé de sa liberté ?

Les yeux de Reine scintillaient. Une lueur satanique éclairait son visage. Bertrand suait à grosses gouttes.

— Certainement, dit-il, nous avons inventé toutes sortes de tortures pour le pâlot. Il est presque à l'agonie.

— A l'agonie ! s'écria Reine; mais je ne veux pas qu'il meure. Ah ! si vous le laissiez mourir, c'est sur vous que retomberait ma colère !

— Ne crains rien, il ne mourra pas.

— S'il mourait, reprit Reine, je vous accuserais devant la justice de l'avoir assassiné.

— Ma fille, tu es vraiment injuste à notre égard.

— Oh! c'est que je le hais tant, cet homme! L'insulte qu'il m'a faite me reste là comme une masse de plomb sur le cœur.

— Oublie cela, Reine.

— Oublier! vous ne savez pas qu'un autre s'est chargé de me répéter presque les mêmes paroles, de me frapper de nouveau avec cette injure sanglante.

— Un autre?

— Oui; Sulpice m'a dit que j'étais laide, et que, pour cela, il me haïssait. Sa haine, je la lui pardonne, parce que je la lui rends bien; mais son outrage!...

— Où est-il donc, ce lâche? s'écria Bertrand; où est-il que je le tue?...

— Tenez, lisez, dit Reine en tendant un billet à son père.

Bertrand lut à haute voix :

« Madame, je vous maudis, et je vais mourir. »

Ces quelques mots plongèrent Bertrand dans de profondes réflexions.

— Mais, dit-il, a-t-il fait un testament en ta faveur?

— Non.

— Tu n'as pas songé que, s'il te laissait veuve, tu étais ruinée?

— Je n'ai eu que de vagues appréhensions à ce sujet; je croyais que vous, mon père, vous aviez ris soin de consolider ma fortune.

— Fatale imprévoyance! Si Sulpice est mort, nous sommes ruinés, nous n'avons pas un testament que nous puissions opposer à la voracité de tous ceux qui voudront bien se dire héritiers naturels du comte de Prémouran.

— Des héritiers, en a-t-il?

— Jamais une belle succession n'en manque.

— Et vous pensez, mon père, que l'on me déposséderait d'une partie de ma fortune?

— On ne te laisserait pas un rouge liard; on nous chasserait de cet hôtel comme des intrus.

— Qui donc oserait agir ainsi?

— Les avoués, les huissiers, gens de malheur et de pillage.

Peu s'en fallut que Bertrand n'ajoutât les gendarmes, autre catégorie d'ennemis instinctifs pour lui.

— Mais enfin, Reine, crois-tu que Sulpice ait mis à exécution le projet de suicide qu'annonce son billet?

— Non, je connais trop bien sa faiblesse de caractère pour craindre qu'il attente lui-même à sa vie; seulement, il peut avoir été se battre en duel avec les protecteurs de l'ouvrière dont il a fait sa maîtresse.

— S'il ne succombait pas?

— Il reviendrait ici sans doute.

— Alors, grommela Bertrand, il aurait à me rendre compte des mauvais traitements qu'il t'a fait éprouver; mais auparavant il faudrait lui faire écrire sous ta dictée un testament qui t'instituât légataire universelle de tous ses biens.

— Son écriture ne ressemble cependant pas à celle du comte de Prémouran.

— Personne n'a vu une ligne écrite par le pâlot. Muni d'une procuration, ça été toujours moi qui ai donné les quittances et réglé les affaires. On ne contestera pas l'hautenticité d'une donation fort logique. C'est bien le moins que l'on laisse sa fortune à sa veuve.

— Vous avez raison, il me faut ce testament de gré ou de force. Si je suis obligée d'employer l'intimidation, la menace, je compte sur vous, mon père.

— Je ne suis venu ici que pour mettre à ta disposition mon expérience comme mon courage.

Reine se passa tout à coup la main sur le front.

— Mais, dit-elle, j'oubliais un autre danger qui pèse sur nous. Un valet que j'employais à surveiller Sulpice, et que je payais avec une générosité regrettable, a surpris nos secrets.

— Ah ! mon Dieu ! fit Bertrand.

— Il m'a dérobé une de vos lettres, là dans mon boudoir.

— Nous sommes perdus.

— Aux grands dangers les grands moyens de salut.

— Comment nous assurer du silence de cet homme ?

— Il m'a demandé soixante mille francs pour se taire.

— Et tu les lui donneras ?

— Non, puisque je vous ai fait venir.

— Quelles sont tes intentions ?

— Je ne sais, vraiment. Trouvez vous-même,

D'un mot, il peut nous perdre, et aujourd'hui il doit se présenter ici pour toucher la somme énorme qu'il exige. Vous, qui êtes prudent et courageux, veuillez me dire le parti qu'il nous reste à prendre.

Bertrand hésita avant de répondre, puis :

— Ce valet doit mourir, prononça-t-il.

— C'est ce que j'avais pensé, dit Reine.

— Néanmoins, je ne te dissimule pas mes terreurs : notre position est affreuse.

— Allez-vous être plus faible que votre fille?

— Il est permis à l'exécuteur de pâlir un peu plus que le juge.

Depuis un instant Reine transperçait son père d'un regard ironique.

— Vous semblez vous plaindre, reprit-elle, quand c'est vous qui êtes la première cause de tout.

— Moi!...

— Oui, vous et ma mère.

— Quel reproche peux-tu nous adresser? Ne nous sommes-nous pas sacrifiés pour ton bonheur?

— Vous n'avez su développer en moi que de mauvaises passions; enfant, vous avez flatté les instincts de grandeur et d'ambition qui devaient me conduire au crime; jeune fille, vous avez obéi à tous mes désirs, ployé à toutes mes volontés; jamais un conseil salutaire, jamais un mot qui m'apprît le bien. On eût dit que vous comptiez sur ma perversité pour vous enrichir. Eh bien! nous sommes riches maintenant, mais dites-moi si nous sommes heureux?

— En ce moment, Reine était horrible à voir. Chacun de ces gestes était une malédiction. La pythonisse de Cumes rendant ses oracles devait avoir cet aspect terrifiant.

— C'est ingratitude à toi, dit Bertrand Machu, de nous accuser des erreurs de ta destinée.

— Ma destinée a été faite par vous; mon passé a fait mon avenir. Vous avez souri à mon adolescence, quand je battais ma mère; votre sourire est resté là, derrière moi, toujours me poussant dans la voie du mal; et vous ne voudriez pas aujourd'hui que je vous disse la vérité! C'est une dette sacrée que je me promettais d'acquitter depuis longtemps.

— Quand on a des remords, on les étouffe, dussent-ils vous dévorer le cœur, et on ne les répand pas en méchancetés.

— Moi, des remords? Non! mes jours sont tendus de noir, il y a peut-être du sang sur le chemin où je dois passer, cela ne m'arrêtera pas; mais à chacun sa part de responsabilité. Ma vie est votre œuvre, je finirai comme j'ai commencé; il me faudrait moi-même tuer Sulpice et ce misérable valet, que je n'hésiterais pas; ne vous plaignez donc pas, vous mon père, et ne me dites pas qu'il est permis à l'exécuteur de pâlir plus que le juge.

— J'ai hésité, mais je ne reculerai pas, dit Bertrand. Où rencontrerai-je ce valet?

— Il doit venir ici.

— Et Sulpice?

— Il faut attendre.

CHAPITRE LVIII.

CE QUE REÇOIT MINOT AU LIEU DES SOIXANTE MILLE
FRANCS.

« Il ne faut toucher à son ennemi que pour
lui abattre la tête, » dit le roi du roman, dans
son *Histoire des Treize*. Minot avait compris cet
aphorisme, et avant de se représenter devant la
comtesse, il voulait avoir les moyens de lutter
avec elle et de la terrasser autrement que par
des réticences diplomatiques. C'est pourquoi, peu
empressé de se rendre à l'hôtel de Prémouran,
il était allé rue de Charonne, chez François Durousseau.

Le menuisier, rendu à la prospérité par le crédit qui lui avait été ouvert dans la maison de banque Gozèfre et Monin, s'était remis au travail
avec bonheur. Il avait renouvelé le personnel de

son atelier , à l'exception de Pleurniche , qui , après une violente tentation de suivre le fils Durousseau pour devenir trompette dans le 5ᵉ hussards , s'était résigné à poursuivre sa carrière d'ébéniste. Il se trouvait seul dans l'atelier , les ouvriers étant à prendre leur repas du matin , lorsque Minot entra.

— Pardon, mon jeune ami , dit ce dernier de sa voix pateline , je désirerais parler à M. Durousseau.

Pleurniche toisa le valet en se croisant les bras d'une façon héroïque.

— D'abord, je ne suis pas votre ami, dit-il.

— Parce que, sans doute, vous ne me connaissez pas.

— Parce que je vous connais, au contraire.

Un sourire effleura les lèvres de Minot.

— Vous me prenez pour un autre, murmurat-il.

— Je vous prends pour un *trimbaleur* que je verrais *mettre à la pendule* (1) sans larmoyer.

— Est-il mordant, ce jeune *pot-à-colle !...*

— C'est vous qui veniez manigancer des révolutions contre M. Durousseau ! vous montiez la tête à Libournais , vous alliez lui payer du *cricamort* (2), et quand il revenait, il insultait ce pauvre patron que c'était à fendre le cœur.

— Quoi ! mon visage ne vous dit pas que je suis un honnête homme, incapable de ce dont vous m'accusez ?

— Un honnête homme de votre espèce devrait

(1) Pendre.
(2) Punch.

être employé sous un bateau à sucer la mousse comme un barbillon.

— Petit sans cœur!... Vous avez bien de l'esprit pour vivre entre une scie et un rabot.

— Et vous, bien de la chance si vous ne mourez pas entre un guichet et une fenêtre grillée.

— Si vous voulez ma protection pour devenir groom chez un grand seigneur?

— Si vous voulez que je vous fasse rosser par Pantaléon, vous n'avez qu'à reparaître un jour qu'il sera ici.

— Trêve de plaisanteries! je veux parler à M. Durousseau.

Le maître menuisier descendait de sa chambre. Minot l'aperçut, il se décoiffa en saluant avec grâce.

— Monsieur, dit-il, dans votre intérêt j'ai besoin d'avoir avec vous un instant d'entretien.

— Laisse-nous seuls, Pleurniche; tu reviendras tout à l'heure.

— Patron, c'est le malin dont je vous ai parlé, murmura l'apprenti à l'oreille du maître.

— Tu fais bien de me prévenir.

— Il veut vous honorer de quelque nouvelle morsure.

— N'aie aucune inquiétude, mon enfant.

Pleurniche sortit de l'atelier en hochant la tête.

— A qui ai-je l'avantage de parler en ce moment? demanda Durousseau.

— Mon nom importe peu.

— Comme il vous plaira.

— Depuis six mois, commença Minot, vous

avez dû éprouver, monsieur, de nombreux désagréments de la part de vos ouvriers.

— Dites des outrages et des injustices.

— En outre vous avez eu à subir mille tourments judiciaires?

— Vous êtes parfaitement renseigné.

— C'est moi qui ai dirigé toutes ces attaques
contre vous.

—Est-ce pour gagner mon estime que vous me
faites un pareil aveu?

— J'étais aux gages de quelqu'un; je n'ai fait
qu'obéir.

— Suis-je donc un personnage si important
qu'il y ait contre moi des persécutions intéressées?

— Oui, monsieur.

— Je ne savais pas.

— Il est une personne dans Paris qui a projeté votre ruine, parce qu'il lui importe que vous
quittiez cette ville. Pour vous convaincre, je n'ai
qu'à vous dire le nom de cette personne : c'est madame la comtesse de Prémouran.

— Elle avait conspiré ma perte?

— Vous n'ignorez pas pourquoi. Elle vous hait
parce que vous connaissez tous ses secrets.

— Mon Dieu! je ne sais que ce qui est connu de
tout le monde : la naissance vulgaire de madame
la comtesse, son avénement imprévu et subit à la
magnifique position que lui a assurée l'amour de
M. le comte.

Minot écoutait attentivement, il interrompit
Durousseau.

— Vous devez en savoir davantage, dit-il; mais
permettez-moi de vous adresser une observation.

Qui donc a pu dire que M. le comte eût de l'amour pour madame la comtesse?

— Il ne l'a épousée que parce qu'il était vivement épris d'elle.

— Voilà le mystère impénétrable, dit Minot en bondissant ; impénétrable pour les étrangers, reprit-il avec adresse, mais non pour nous. M. le comte n'a que de l'aversion, je dirai même du mépris, pour sa femme ; madame la comtesse n'a que de la laideur et de l'astuce pour se faire aimer. Tous ceux qui l'entourent déplorent sa domination et partagent mes sentiments à son égard ; j'ai appartenu au service intérieur de l'hôtel pendant cinq jours seulement, mais peu de temps après le mariage de M. le comte ; je l'ai toujours vu malheureux, et souvent j'ai surpris des larmes sur ses paupières.

— Lui malheureux ! dit le maître menuisier, oh ! pourquoi s'est-il mis dans les griffes de ce démon !

— Tout cela n'est pas naturel. Mes observations m'ont prouvé que madame la comtesse exerce sur son mari une tyrannie étrange. Cette femme a commis un crime, elle a peur que M. le comte ne la dénonce à la justice. L'espionnage auquel elle le condamnait m'a suffisamment prouvé ce que j'avance. Or, vous savez tout, vous. Je viens vous offrir une occasion de vous venger du mal qui vous a été fait.

— Le mal qui m'a été fait? Mais M. le comte m'a sauvé de la ruine.

— Aussi n'est-ce que contre votre ennemie que je suis résolu à agir, et, si M. le comte est votre bienfaiteur, vous devez sourire à mon projet qui vous vengera tous deux.

— Sur mon honneur, reprit Durousseau, je ne sache pas que l'on puisse reprocher un crime à madame la comtesse... Mais ne m'avez-vous pas dit que M. le comte est malheureux? Il peut avoir besoin de mon dévouement. Je vous remercie de vos révélations, et je cours lui offrir tout ce qui reste en moi d'énergie et de force.

L'exaltation de Durousseau n'entrait nullement dans les prévisions de Minot. Il se mordit la lèvre.

— Croyez-vous plaire à M. le comte en allant lui apprendre que les mystères de son intimité sont connus de vous? On voit bien que vous n'avez pas fait votre éducation au service des grands; vous sauriez que le zèle est plus dangereux que l'indifférence.

— Que m'importe, à moi? J'obéis aux impulsions de mon cœur. Vous avez vu mon bienfaiteur verser des larmes; il est sous la puissance d'une méchante créature, je dois aller lui offrir ma vieille expérience...

— C'est inutile votre intervention blesserait son amour-propre, et voilà tout.

— On n'a pas d'amour-propre envers un vieillard qui peut dire : « Je vous ai vu naître ; enfant, vos boucles blondes ont touché mes cheveux blancs. »

— Vous ne comprenez pas.

Durousseau se redressa avec fermeté.

— Permettez-moi de prendre conseil de ma raison plus que de votre intérêt.

Et le maître menuisier remonta vers sa chambre afin de donner sans doute un léger accent de faux col à sa toilette.

Minot déjoué resta un instant décontenancé comme un acteur qui en enlevant son chapeau a fait tomber sa perruque.

Le hasard voulut que la promenade de Pleurniche ne fût pas entièrement oiseuse. Il se rencontra tout à coup rue de Charonne avec trois compagnons de notre connaissance, tous trois marchant lentement comme des invalides et s'appuyant sur des cannes.

C'étaient les trois blessés de la plaine Saint-Denis : Libournais-la-Prudence, qui avait la moitié de la figure cachée par un bandeau ; Tourangeau-Fleur-d'Amour et Albigeois-l'Intelligence.

L'apprenti mit sa casquette à la main , comme s'il eût vu passer un convoi funèbre. Un sentiment de compassion véritable assombrit subitement sa physionomie.

— Que vous est-il donc arrivé ? demanda-t-il.

— J'ai perdu un œil, dit Libournais.

— Moi, j'ai eu une côte compromise.

— Et moi, j'ai été blessé partout.

— Mais, comment ces malheurs vous sont-ils tombés dessus ?

— Nous nous sommes distribué cela entre nous pour des bêtises, parce qu'il a plu à un mauvais drôle de nous mettre en discorde; mais si nous le rencontrons, son manteau à agrafe ne le sauvera pas d'une bastonnade.

— Son manteau à agrafe ! murmura Pleurniche sans pouvoir dissimuler une petite explosion de joie malicieuse ; c'est donc le citoyen à figure louche qui venait quelquefois à l'atelier ?

— C'est lui-même.

— Eh bien, vous ne pouviez tomber plus juste pour avoir le plaisir de lui dire un mot. Il est chez M. Durousseau ; il demandait tout à l'heure : « Où sont donc les quatre compagnons ? se portent-ils toujours bien ? Ce sont de braves gens, qui écoutent bien mes conseils... » Et il se frottait les mains.

— Ah ! le gueux ! Il est là ? prononça Libournais exaspéré par la variante que s'était permise Pleurniche.

— Nous allons lui donner sa quittance, ajouta Tourangeau en brandissant sa canne.

— Je réclame le premier coup, dit Albigeois.

— Tu n'as aucun titre à cet avantage.

— Je crois que cela me revient de droit, dit Libournais.

— Ce serait au plus endommagé d'entre nous au moins.

— Eh bien ! ma côte ?

— Et moi, mon œil ?

— Mes blessures sont aussi dangereuses que les vôtres.

— Faut-il tirer à la courte paille ?

— C'est une bonne idée.

— Très juste.

— Mais, mon Dieu, dit Pleurniche, il y a un moyen bien simple de concilier vos prétentions.

— Ah! tu fais le Minos, môme.

— Voir si tu as de l'imaginative.

Pleurniche se recueillit et prononça gravement les paroles suivantes :

— Puisque chacun de vous prétend avoir des droits égaux à frapper le premier coup, je ne vois qu'une façon de vous satisfaire : vous frapperez tous les trois à la fois.

— Ah ! c'est bien trouvé, s'écrièrent les trois compagnons.

— Nous allons l'assommer *en chœur*.

— Et avec *ensemble*.

— Néanmoins, dit l'apprenti, il ne faut pas le tuer.

— Pas de miséricorde pour ce tartufe !

— Pas de miséricorde, tant que vous voudrez ; seulement songez que vous serez trois contre lui, et qu'il n'a rien pour se défendre.

— Ce gamin-là va étouffer notre colère en nous prenant par l'honneur ; assez causé, Pleurniche, vous n'avez plus la parole.

— On ne tuera pas ton protégé.

En dialoguant de la sorte, les compagnons étaient venus se poster sous une voûte formée par un premier corps de logis et que Minot devait inévitablement traverser pour gagner la rue.

— Chut ! le voici.

Le valet, absorbé par le résultat de son entretien avec Durousseau, se retirait la tête basse. Il lui sembla soudain qu'un plancher s'écroulait sur sa tête. C'étaient les cannes vengeresses qui produisaient cette sanglante illusion. Il se mit à genoux dès qu'il eut reconnu ses agresseurs, et croisant les mains, il demanda grâce en hurlant comme un bosaque qui reçoit le knout ; les compagnons ne s'attendrirent qu'en le voyant tomber. Il était contusionné, meurtri, évanoui de frayeur, mais non grièvement blessé.

— Tu nous as envoyés à l'hôpital, dit Libournais; tu vas y aller à ton tour.

CHAPITRE LIX.

HENRIETTE À L'HÔTEL DE PRÉMOURAN.

Le père et la fille Machu avaient concerté ensemble le parti qui leur restait à prendre à l'égard de Minot et de Sulpice. Leur projet était sinistre, il faut croire, car Bertrand n'y avait souscrit qu'après une longue hésitation. Mais l'espion valet ne devait point, nous en savons la cause, venir s'offrir à ces criminelles préméditations. Il n'en fut pas de même de Sulpice.

Après l'effrayante rencontre à laquelle le hasard l'avait soumis rue de la Muette, il était allé courir au loin, sans savoir où, ne demandant à Dieu qu'un peu de pluie pour mouiller son front, qui lui semblait brûlé par un cercle de feu. Mais il songea que son père irait peut-être à l'hôtel de Prémouran pour le voir, et il revint vers cette maison fatale.

Les corridors étaient déserts; il put gagner son appartement sans être vu. Il se livrait mentalement à une douloureuse évocation de toutes ses fautes passées : l'amitié de son père délaissé si cruellement ; les tortures morales qu'il lui avait fait subir ; son indifférence envers la pauvre Laure, dont la faiblesse n'avait été qu'une conséquence de l'état d'abandon dans lequel lui, son frère aîné, guide et protecteur naturel, l'avait laissée. Ces re-reproches tardifs déchiraient son cœur lorsqu'en se retournant il aperçut Reine derrière lui.

— Je vous attendais impatiemment, lui dit-elle.

— Laissez-moi, je vous en supplie, madame, je désire être seul.

— Seul, pourquoi cela?

— Au nom du ciel, laissez-moi !

— Ne vous emportez pas ; ce serait inutile. Votre billet m'annonçait que vous alliez prendre mesure de linceul chez la plieuse ; n'est-il pas naturel qu'après avoir craint de vous perdre j'éprouve le désir de vous voir?

— Ah! c'est trop d'ironie !

— Vous avez raison, parlons de choses graves; vous avez donc sérieusement songé à mourir?

— Afin de ne plus vous revoir, madame.

— Votre franchise ne m'étonne pas, mais ce qui me surprend, et doit me surprendre en effet, c'est qu'au moment de vous exposer à la mort, vous ayez oublié une chose importante, qui m'intéresse au plus haut point et qu'il est inconvenant de me forcer à vous rappeler.

— Je ne sais pas ce que vous voulez dire.

— Je n'ai pas de fortune personnelle, ma famille n'en a pas non plus; qui donc pourvoirait à mes besoins dès que vous auriez cessé de vivre?

— Quelle raillerie!

— Comment, une raillerie? mais c'est tellement sérieux que voici une plume, de l'encre et du papier timbré.

Reine montrait à Sulpice ces objets étalés sur un secrétaire et que sa préoccupation l'avait empêché de remarquer en entrant.

— Du papier timbré? fit-il.

— Il est utile qu'un testament soit écrit sur ce genre de feuille...

— Un testament, dites-vous?

— Vous concevez que vos idées de cimetière m'inspirent la pensée de me mettre en mesure contre tout événement.

— Quel testament puis-je faire? je ne possède rien.

— Vous avez une très belle fortune, comte, vous chercheriez en vain à vous le dissimuler.

— Moi, une fortune?

— Dont vous ne connaissez certainement pas le chiffre; aussi n'avez-vous qu'à m'instituer votre légataire universelle sans entrer dans les détails.

— C'est un nouveau crime que vous me proposez; une fausse signature, un vol enfin!

— Ne chicanons pas sur les termes. Je vous demande un testament, peu importe le nom qu'il vous plaise donner à cet acte. Vous êtes comte de Prémouran. Vivant ou mort, nul ne vous contestera ce titre. Moi, votre femme, exposée à devenir votre veuve, je ne veux pas courir le risque de suivre votre convoi funèbre en haillons.

— Vous le suivrez, dit Sulpice, avec les vêtements de Reine Machu.

— Malheureux ! murmura-t-elle.

— Votre nom de famille est-il donc une insulte pour vous ?

La comtesse enveloppa Sulpice d'un nouveau regard de dédain. Puis elle s'apaisa jusqu'à rire de pitié.

— Ah ! ah ! dit-elle, vous êtes impudent parce que peut-être vous venez d'échapper à l'épée d'un ouvrier. Vous étiez humble auparavant quand vous aviez peur de mourir. Tout danger n'est pas encore éloigné de vous. Je vous accorde un instant pour réfléchir. Je veux un testament. Et comme vous venez de me le rappeler, souvenez-vous que je me nomme Reine Machu.

Et elle sortit lentement.

Resté seul, Sulpice se demandait ce que signifiaient ces menaces.

— Elle peut m'assassiner, dit-il ; mon dernier soupir sera pour elle une dernière malédiction. Oh ! ma pauvre ambition ! Folle soif de grandeur et de richesse, qu'avez-vous fait de moi ? Dans la médiocrité de ma première condition, j'aurais pu être un honnête homme, heureux par le travail et par l'amour de ceux qui m'entouraient ; dans les splendeurs de la fortune, je n'ai pas été meilleur que le pire de ces êtres que je haïssais parce qu'ils étaient riches ! Comme eux j'ai violé la maison du pauvre, j'ai porté le désespoir chez ceux que j'aurais dû consoler... Henriette, Henriette, me pardonneras-tu ?...

— Je vous pardonne, murmura une voix tremblante.

Et en se retournant, Sulpice aperçut la jeune fille.

— Henriette ! s'écria-t-il.

La pauvre enfant était venue avec Chevrotte. Cette dernière s'était opposée autant que possible à l'insurmontable désir qu'avait eu sa sœur de voir Donatien. Elles ignoraient toutes deux qu'il fût marié, Périllon leur ayant dit seulement que Donatien se nommait le comte de Prémouran. L'absence de valets leur avait permis de parcourir l'hôtel et de pénétrer dans ce salon où elles venaient de rencontrer celui qu'elles cherchaient. Chevrotte attendait un peu à l'écart.

— Je vous pardonne, répétait Henriette à Sulpice ; vous m'aviez dit que vous viviez de votre travail comme moi, et vous êtes riche ; c'est mal de m'avoir trompée ; je comprends maintenant que vos parents s'opposent à notre mariage.

En entendant Henriette prononcer deux fois : « Je vous pardonne, » Sulpice avait cru qu'elle savait tout ; ses dernières paroles le dissuadèrent. Il saisit la main de la jeune fille, et voyant l'abattement peint sur ses traits, songeant aux nouvelles douleurs qui devaient briser cette âme naïve, il eut un mouvement de délire affreux. S'il eût pu obéir aux inspirations de son désespoir, il eût tranché d'un même coup la vie d'Henriette et la sienne.

— Je crains, reprit-elle, que mon père ne trame contre vous quelque vengeance; il ne voudra pas croire que vous attendez votre majorité pour vous unir à moi. Il n'a pas, lui, la foi que j'ai en vous et qui a été ranimée, je l'avoue, par ce nom que je vous ai entendu prononcer en entrant ici : « Henriette, » disiez-vous; vous pensiez à elle comme elle pense à vous. Eh bien ! il faut nous séparer jusqu'au jour où il nous sera permis de demander à mon père sa bénédiction. Partez, quittez Paris, jusqu'à ce que personne ne puisse plus s'opposer à votre volonté.

— Vous avez voulu me sauver? dit Sulpice.

— Fuyez, fuyez au plus tôt ! Que mon père ne vous trouve pas dans votre demeure, sa colère serait aveugle.

— Pourquoi fuir? s'écria Sulpice; crois-tu donc que je vivrai loin de toi ?

— Oh ! vous partirez.

— Un seul mot ? réponds. As-tu douté de moi un instant? As-tu cru que je t'avais trompée sans y être contraint par l'implacable fatalité ?

— A tout ce que vous me direz, je ne peux répondre que ces mots : Je vous aime.

— Oui, tu m'aimes comme je t'aime. Eh bien ! fuyons ensemble; je travaillerai. J'ai des mains pour te nourrir, des bras pour te défendre !

— Abandonner mon père et ma sœur, dit Henriette en se tournant vers Chevrotte, qui se tenait toujours au fond du salon, muette, immobile, son mouchoir sur les yeux.

— Tu as raison, reprit Sulpice avec une exaltation fébrile, tu es à eux et non à moi. Je ressemble à un agonisant qui parlerait d'amour.

— Il faut que vous fuyiez.

— Quand je sortirai d'ici, Henriette, les portes seront tendues de noir; les cloches de quelque église pleureront une prière; je serai mort.

— Vous, mort ! Ne me dites pas cela, je n'aurais plus la force de résister à la tentation de fuir avec vous.

— Viens donc, et je vivrai.

Mais Chevrotte alla se mettre à genoux entre Sulpice et Henriette, et d'une voix entrecoupée de sanglots :

— Oh ! non, dit-elle, vous ne pouvez partir, car il faudrait m'emmener avec vous ; et laisser notre père tout seul, ce serait le condamner à mourir de chagrin.

Tandis que cet ange de douceur parlait ainsi, un quatrième personnage était entré.

C'était Reine Machu. Elle s'arrêta au fond.

A son aspect, Henriette et Chevrotte tressaillirent ; Sulpice recula comme devant l'invasion subite d'une bête fauve.

— Henriette Périllon, balbutia Reine.

— Ma sœur, dit la coloriste, cette femme m'effraye... Comment sait-elle mon nom ?

— Comme elle nous regarde ! dit Chevrotte.

Reine s'approcha de Sulpice. Sa fureur se traduisait en une froideur sarcastique, hideuse.

— Priez donc ces petites de s'en aller, dit-elle.

— Pas un mot de plus, madame, répondit Sulpice à voix basse en se plaçant entre la méchante femme et les deux sœurs.

— Vous avez eu tort de renvoyer les valets, je leur aurais dit de mettre ces grisettes à la porte, et vous ne seriez pas obligé de les chasser vous-même.

— Elles sont sous ma protection ; respectez-les, ou malheur à vous !

— Vous les chasserez à l'instant devant moi ; je le veux. Si vous ne m'obéissez pas, je serai forcée d'agir moi-même.

— Osez donc !

— Je n'ai qu'à leur dire, grommela Reine à son oreille, qu'elles sont ici chez les assassins du comte de Prémouran, et si elles doutent, je leur présenterai la preuve écrite.

Sulpice, foudroyé, chancela sous la puissance de cette menace.

— Hâtez-vous, ajouta Reine.

— Je vous obéis, murmura-t-il.

Il alla à Henriette, implora d'un dernier regard son implacable ennemie, qui lui répondit en étendant sa main vers la porte.

— Fuyez, dit-il aux deux jeunes filles, fuyez seules, oubliez-moi, je suis maudit.

— Entendez-vous ? dit Reine, on vous chasse, sortez !

L'indignation rendit à Chevrotte la force de protester, sinon de résister.

— Madame, dit-elle, qui que vous soyez, sachez qu'il n'est personne qui ne puisse à son tour avoir besoin de la pitié d'autrui.

— Serai-je forcée de réitérer mes ordres et d'exécuter ma menace ? dit Reine à Sulpice.

— Au nom de Dieu, n'exigez pas que je fasse davantage, madame.

— Obéissez.

— De quel droit êtes-vous donc si cruelle? demanda Chevrotte.

—Je suis la femme de cet homme, répondit Reine.

— Sa femme ! s'écria la coloriste en tombant.

— Soyez maudite ! prononça Chevrotte.

Et elle emporta sa sœur.

— Au nom de Dieu, n'exigez pas que je lasse davantage, madame.

— Obéissez.

— De quel droit êtes-vous... que et cruelle? demanda Chervalle.

— Je suis le tempo de vel homme, répondit Reine...

Sa femme s'écria la colophale en tombant.

— Soyez maudite! prononça Chervalle.

Et elle emporta sa sœur.

CHAPITRE LX.

—

AU RIDEAU!...

Que n'eût-il pas donné pour pouvoir recommencer à vivre ses deux ou trois dernières années!

— Je vous laisse, disait Reine, pour que vous écriviez votre testament, et c'est aux genoux de votre maîtresse que je vous retrouve!

Sulpice se redressa terrible.

— Si je n'avais horreur du sang, s'écria-t-il, je vous écraserais sous mes pieds!

— C'est de la démence, à présent.

— Mais quelle volupté ont donc pu vous causer les malédictions de ces pauvres enfants? Quel plaisir avez-vous eu à voir couler leurs larmes de honte?

Jamais la physionomie de Reine n'avait offert une expression plus noire.

— Quelle volupté éprouve-t-on à se venger ?
dit-elle.

— Ah ! ne parlez pas toujours ainsi de vengeance ; car vous m'en donnez le désir à moi, un
désir irrésistible ; c'est comme une fièvre, voyez-
vous, une fièvre qui ne s'éteindrait que lorsque
des lambeaux de votre chair pendraient à mes ongles. Savez-vous, madame, que c'est imprudent à
vous de vous trouver seule avec moi, après ce qui
vient de se passer ?

— Seule ! dit-elle ; je n'ai qu'à heurter ce panneau pour qu'il apparaisse un homme devant lequel vous pâliriez.

— Vous avez pris toutes vos précautions ; eh
bien ! tant mieux. Je m'explique maintenant pourquoi vous vouliez un testament. Vous vous étiez
dit : « Les choses n'iront pas loin de la sorte ; il faut
que l'un de nous cède la place à l'autre. » Et vous
avez décidé que ce serait moi qui mourrais. Je
vous remercie d'avoir compris que je ne tenais
pas à une vie souillée au contact de la vôtre. Où
est l'assassin qui vous prête son bras ? Doit-il me
frapper avec le poignard qui a tué Henri de Prémouran ? Est-ce dans quelque cave sombre, auprès du cadavre de votre autre victime, que vous
ferez creuser ma fosse ? Hâtez-vous donc, car chaque minute avance d'un pas le châtiment suspendu sur votre tête, et là, au-dessus de vous, je ne
sais pourquoi, je vois comme une montagne près
de s'écrouler pour vous ensevelir.

Les grandes surexcitations morales produi-
sent-elles sur certaines organisations les mêmes
phénomènes que le sommeil magnétique ? Ceci

est une question que nous n'avons nullement la prétention de résoudre. Nous constaterons seulement qu'à cette heure solennelle le voile de bronze qui recouvre l'avenir semblait s'être entr'ouvert pour Sulpice et lui laisser voir, écrite en lettres de feu, la réprobation de Reine Machu.

Cette prophétie la saisit au cou comme une corde prend un condamné à la potence : néanmoins elle voulut braver.

— Insensé, dit-elle, vous allez voir comment je me vengerai de vos insultes.

Elle frappa sur un panneau lequel, tournant sur ses gonds, laissa entrer un homme. Mais apparemment ce n'était pas celui que Reine attendait, car en le voyant, elle eut un mouvement de terreur indicible.

C'était et ce ne pouvait être que notre ami Pas-de-Chance.

— Halte-là ! dit-il, vous avez chanté suffisamment sur ce ton.

— Quel est ce manant ?...

— Pardon... faites excuse, madame la comtesse, mais vous avez beau avoir l'air de ne pas me connaître, vous me remettez bien. Une fois déjà vous avez eu la bonté de me faire balayer par votre brigade de homards. Mais reprenons la question...

Reine, revenue de son premier étonnement, avait recommencé à frapper sur le panneau.

— Ne vous donnez pas la peine de tant cogner; le Machu n'est plus là, c'est moi qui ai pris sa place. Il est parti sans demander son reste ; il n'a eu qu'à nous voir et à entendre dire que son frère Martin désirait lui dire un mot.

— Que signifie ?...

— Ce signifie que je viens annoncer mon maître, répondit Pas-de-Chance.

Et prenant sa plus grosse voix :

— M. le comte Henri de Prémouran! prononça-t-il.

L'ancien ouvrier des ateliers nationaux, l'ami de Nivôse et de Pas-de-Chance parut. Il était vêtu de noir. Son front resplendissait d'une lueur limpide, reflet mystique de quelque magnanime résolution.

Lorsqu'à la voix du Christ, Lazare sortit du tombeau, les témoins de ce miracle durent, pendant un instant, demeurer immobiles et foudroyés comme Reine et Sulpice en ce moment.

Puis elle recula...

Sulpice attachait sur le comte des yeux glauques et hagards.

— Le spectre ! s'écria-t-il, le spectre !

Mais Henri s'avançant :

— Détrompez-vous, mon ami, dit-il, c'est une prison et non une tombe que j'ai eu à ouvrir pour venir jusqu'à vous.

— Grâce !... grâce !..

— Ne vous ai-je pas appelé *mon ami* ? dit le comte en lui tendant la main.

Suffoquée par cette radieuse apparition, Reine n'avait pu articuler qu'une parole :

— Lui !!... c'est lui !...

Le comte alla vers elle, et arborant le plus doux de ses sourires :

— Oui, c'est moi, lui dit-il. Vous m'aviez confié à des geôliers imprudents, je me suis évadé en dérangeant quelques pierres de mon cachot. Votre digne père, averti une minute trop tard, me poursuivit, et envoya siffler une balle à mon oreille. au moment où je franchissais un mur qui servait de digue à une rivière. Il crut que le courant m'emportait dans l'éternité, et redoutant de vous apprendre cet épisode, il continua à vous donner de mes nouvelles comme si j'eusse encore été son prisonnier et le vôtre, madame. Oh! de tout cela je vous remercie, car j'étais aveugle et vous avez dessillé mes yeux ; ma vie était un beau livre à coins d'or fermé par l'ennui ; vous m'avez enseigné à l'ouvrir.

Reine, les joues convulsivement tendues, se débattait dans un accès de rage impuissante. L'heureuse sérénité de Henri lui descendait sur le cœur comme un poison mortel ; son visage ressemblait en ce moment à celui de ce damné qui du milieu des ondes infernales se lève pour mordre la barque du Dante dans le tableau d'Eugène Delacroix.

— Assez, murmurait-elle.

Mais lui reprit :

— Je vous bénis parce que vous m'avez envoyé l'ange de la souffrance qui s'est assis auprès de moi pour me dire : « Désormais tu seras meilleur. »

— Assez ! vous me tuez...

— Je vous bénis, car le feu de votre haine a fait dissoudre la glace qui recouvrait mon âme.

— Assez ! assez !

— Grâce à vous et aux quelques jours de pauvreté que vous m'avez faits, j'ai compris que le bonheur du riche était de se faire aimer. Cette vie nouvelle m'a enivré de si douces émotions, m'a révélé tant de délices inconnues ; je me suis tellement réchauffé aux lueurs de cette immense leçon de philosophie, que je vous le redirai toujours : vous ne m'avez fait que du bien, et je ne vous dois que de la reconnaissance.

Reine vacillait depuis un instant comme un arbre frappé par la hache. Ses prunelles dilatées n'offraient plus que deux globes ardents. Tout à coup elle jeta un grand cri en portant la main à son cœur, et elle s'étendit sur le parquet. Elle était morte !

Le comte l'avait tuée en lui jetant son bonheur à la tête.

Au milieu d'un salon voisin de celui où cette scène lugubre venait de se passer, se trouvait réunie une nombreuse société qui ne nous est pas inconnue : d'abord Jérusard et Pantaléon, ce dernier sanglotant, car il venait d'apprendre la mort de Laure ; puis Nivôse, Périllon, Pleurniche, Durousseau, et, à l'exception de Larigette, tous les braves gens que nous avons vus s'étonner au singulier résultat du duel à l'américaine.

Le comte entra tenant Sulpice par la main.

— Calixte Jérusard, dit-il, votre fils vous est rendu. Il a porté mon nom ; il s'est servi de ma fortune, parce que telle était ma volonté.

— Son fils ! s'écria l'armurier.

Sulpice était entre les bras de Jérusard et de

Pantaléon, qui le couvraient de baisers et de larmes.

— Oui, son fils, qui sera bientôt votre gendre, dit Henri à Périllon.

— Mais le comte de Prémouran, c'est donc vous ?

En ce moment, Henriette et Chevrotte entraient, conduites par Pas-de-Chance.

— Oui, je suis le comte de Prémouran et voici Donatien, dit Henri en montrant Sulpice.

Nous ne constaterons pas tous les yeux qui se mouillèrent et firent une douce rosée à ce bleuâtre dénoûment. Nous n'obligerons pas le lecteur à passer en revue une longue rangée de points d'exclamation toute prête à sortir de notre plume.

Ne nous suffit-il pas de dire : Quelques mois après ces derniers événements, Pantaléon et Chevrotte étaient mariés ; Henriette et Sulpice avaient échangé le *oui* solennel devant un magistrat municipal?

Néanmoins nous voulons être prodigue en fait de renseignements. Aussi allons-nous terminer notre histoire par un état de situation de tous les personnages qui ont droit à notre souvenir.

Le comte Henri de Prémouran s'est fait le protecteur et l'ami de tous. Il a envoyé Nivôse et Suzanne régir sa propriété de la Jambe du Mort.

Durousseau, Pas-de-Chance et Pantaléon, commandités par lui et associés entre eux, exploitent une des plus belles scieries mécaniques de la Touraine. Pleurniche, toujours apte à grimper autant qu'un écureuil, ne peut tarder à devenir leur contre-maître.

Sulpice, dégoûté de la vie parisienne, veut absolument aller habiter la campagne et s'y faire cultivateur. Le comte va lui affermer un domaine peu éloigné du lieu qu'habite Pantaléon. Périllon et Jérusard se sont déjà acheté de grands chapeaux et des sabots ferrés, car ils comptent bien suivre leurs enfants.

Quant à Bertrand Machu, nous avons oublié de dire qu'il a été étranglé par l'implacable Martin.

CONCLUSION.

Nous sommes arrivé au terme de cette œuvre, entreprise sous le feu des mauvaises passions du moment, large cuve où sont venues bouillonner les théories coupables et crépiter les théories ridicules, tonne où, depuis six mois, nous versons notre pensée à pleins flots. Depuis six mois, à une époque où la littérature et la morale sont devenues si difficiles, nous avons poursuivi courageusement ce livre. Nous avons essayé de parler au peuple un langage oublié depuis longtemps par ceux qui se disent ses amis, amis à la façon de Marat! Nous avons essayé de parler le langage du cœur. Y avons-nous réussi? Nous le croirions presque, par les orages que nous avons soulevés dans le camp socialiste. On ne fait pas impunément un livre honnête. A enseigner le devoir, à conseiller les voies pures et tranquilles, on gagne infailliblement des ennemis; nous en avons gagné; c'est un premier succès.

Et pourtant rien ne nous eût été plus facile que de nous faire les flatteurs du peuple, de l'appeler *majesté,* de verser le vin terrible de la louange dans son gobelet d'étain. Rien n'eût été plus simple que de déplacer l'aristocratie au profit des ouvriers. Nous eussions pu emprunter au vocabulaire de la Montagne ce langage bourbeux qui électrise les portefaix, l'hyperbole en colère, l'apostrophe qui cingle. Nous aurions pu, nous aussi, emmener la rhétorique chez Paul Niquet, la griser avec de l'alcool, et puis la promener par les rues en lui faisant battre le marbre des boutiques.

Mais à quoi bon? Il est une littérature qui fleurit à l'ombre des tourmentes révolutionnaires, cramponnée à la tradition sainte comme une giroflée aux fentes d'un mur antique ; c'est elle que nous aimons et que nous avons appelée vers nous; celle-là ne sait pas plus flatter que calomnier ; la haine est loin de sa parole ; elle s'efforce d'être le reflet de la vie, elle n'en est jamais la caricature ou la grimace. Le seul suffrage qu'elle ambitionne, c'est une larme sur une joue de femme, un sourire sur une lèvre d'enfant, parfois une pensée sur un front d'homme. Elle va aux humbles comme aux forts.

Si pourtant quelque cri d'indignation vient à s'échapper de sa poitrine, il faut l'excuser. Si des rougeurs soudaines lui arrivent au visage, pardonnez-lui. C'est que sans doute elle n'aura pas pu se soustraire complétement au hideux spectacle des folies criminelles de son époque; c'est que, dans l'eau où elle se mirait, elle aura vu tout à coup monter la vase à la surface, et qu'elle se sera retirée de dégoût.

Le lecteur s'expliquera de la sorte certaines pages amères et vives de ce récit. Plusieurs fois nous avons été entraîné par la force des choses à combattre les nouveaux philosophes et leur nouvelle philosophie ; plusieurs fois nous avons dû descendre dans l'arène politique au secours des grands principes attaqués.

Rôle inouï, rôle étrange, et qui souvent nous arrache un sourire navré ! Quoi ! c'est au XIXe siècle, alors que l'instruction déborde de toutes parts, lorsque les arts, les sciences et les lettres vous font une gerbe de gloire, c'est alors qu'il nous faut venir prendre sérieusement la défense de la famille et de la religion, faire des plaidoyers pour le devoir, nous mettre en travers de notre foyer, afin que l'on n'en arrache pas la branche de buis sacré qui le protége !

O vieux monde, où vas-tu ? « *Sur le char de l'humanité je suis le postillon qui vous mène*, » écrivait au mois de mars l'auteur de *Qu'est-ce que la propriété?* Et nous nous sommes rappelé ce char de la mort décrit par Cervantes, qui s'avance lugubrement, précédé de torches, au milieu de la nuit épaisse...

Socialisme, qui nous délivrera de ta face hideuse, tête de Méduse à crins de serpents qui pétrifie et qui glace? Vers quel but criminel et honteux te diriges-tu d'un pied incertain? Où commences-tu? où finis-tu? Quelles sont tes croyances? Quelle est ta moralité? Tu n'abuses personne avec les unes; tu révoltes tout le monde avec l'autre.

Au moins quel est ton langage? Donnes-tu l'exemple de la dignité, de la conviction, de la force, du calme? Évidemment ta discussion est noble et droite ; un mot obscène ne souille jamais ta plume. Le Christ que tu nommes ton patron , le Christ , *premier socialiste du monde* , t'a légué ses préceptes évangéliques, et , comme lui , sans doute, ta propagande est toute pacifique, n'est-ce pas ?

Non; ton langage est encore et toujours le langage d'Hébert, de Marat et de Fouquier-Tinville. Ta phrase n'est qu'un tocsin éternel. Sans cesse ce vieux mot dans ta bouche : *Sois mon frère ou je te tue !* Ta polémique se fait avec les termes de l'égout.

Ces jours derniers, tu appelais *vidangeur* un de nos hommes de lettres les plus illustres. Mais quels sont donc cependant tes hommes de lettres à toi? Où sont tes grands poëtes, tes grands artistes , tes grands écrivains? Quel cortége de hautes renommées traînes-tu derrière toi? Dis-nous les noms célèbres et grandioses qui t'accompagnent. Socialisme, dis-nous les socialistes.

Est-ce Balzac, Hugo, Vigny, Lamartine, Augustin Thierry?... Non, non, *vidangeurs* que tout cela, *vidangeurs*, vous dis-je ! Tes gloires, à toi, tes poëtes radieux, tes écrivains magnifiques, tes plumes d'or, c'est Bravard, Chipron, Macé, Raginel, Crétin, Watripon, Rinçard, et le reste.

Socialisme, enorgueillis-toi ! mais cela ne nous empêchera pas de te répéter ce que ton chef d'école disait l'autre jour à un fouriériste avec cette urbanité exquise et l'heureux choix de mots qui distinguent ses moindres pamphlets : « Va, pauvre âme, je vais chanter sur toi le *De profundis*, et je te donnerai quinze sous pour te faire dire une messe ! »

Notre œuvre est terminée. Est-ce à dire que le repos nous appartient, que nous n'avons plus qu'à essuyer notre plume, encore chaude de la crispation de nos doigts ? Non pas. Toute lutte sociale appelle le nombre des intelligences. Nous avons notre poste que nous gardons, notre pensée qui veille dans un coin de cette société en état de siége, et nos armes près de nous, c'est à dire la logique et le bon sens.

Il faut des romans à cette nation corrompue, comme dit l'auteur de *la Nouvelle Héloïse*; c'est bien, nous aurons encore des romans à lui donner. Au fond de notre pauvre cœur saignent de récents souvenirs, pleurent de vieilles souffrances, s'agitent des drames lointains, rires, tendresses, sanglots, parfums d'amour, croyances pieuses, dont nous saurons bien faire de la chair à roman. Bientôt nous reparaîtrons avec un livre nouveau.

Pour les lecteurs qui ont bien voulu donner leur attention à celui-ci, nous les en remercions du plus profond de notre cœur, et s'ils veulent nous suivre dans notre prochain voyage à travers la vie et le rêve, ils verront que nous savons garder nos qualités et perdre nos défauts.

FIN.

www.ingramcontent.com/pod-product-compliance
Lightning Source LLC
Chambersburg PA
CBHW070706100726
47907CB00001B/65